MARTINA ANDRÉ

TOTENTANZ

atb aufbau taschenbuch

MARTINA ANDRÉ Jahrgang 1961, lebt mir ihrer Familie bei Koblenz.

Bei Aufbau liegen außerdem ihre Romane »Die Gegenpäpstin«, »Schamanenfeuer«, »Die Teufelshure«, »Das Rätsel der Templer«, »Die Rückkehr der Templer« und »Das Geheimnis des Templers« vor.

Im Verlag Rütten & Loening erscheint ihr neuer Roman »Das Schicksal der Templer«.

Mehr zur Autorin unter www.martina.andre.com

Florenz 2014: Gabrielle Falconi befindet sich auf die Flucht vor ihrem Exmann, dem Chef eines skrupellosen Mafiaclans. Er will ihren Tod, um an das Vermögen ihrer fünfjährigen Tochter Luisa zu gelangen, die eines Tages das Imperium ihres verstorbenen Großvaters »Don« Salvatore Leonardo erben wird, der ebenfalls ein bedeutender Mafiaboss war. Nachdem Gabrielle ihr Kind in Schottland in Sicherheit gebracht hat, schlägt die Mafia gnadenlos zu und versenkt sie mitsamt ihrem gepanzerten Wagen im Lago di Bilancino. Während Gabrielle unter Wasser mit dem Tod ringt, taucht ein geheimnisvoller Fremder auf, der ihr helfen will. Doch statt der erhofften Rettung findet sie sich plötzlich in einer bedrohlichen Zwischenwelt wieder, aus der es scheinbar kein Entrinnen gibt.

Florenz 1477: Damian de' Castello geht nach der grausamen Hinrichtung seines Vaters einen Pakt mit dem Teufel ein, indem er sich von Jacopo de' Pazzi, einem Widersacher Lorenzo de' Medicis, als Auftragsmörder anheuern lässt. Eine Entscheidung, für die er durch die Hölle muss und durch die er alles verliert, was ihm je etwas bedeutet hat. Wird er seinen Schwur, die Frau, die er liebt und das gemeinsame Kind wiederzufinden, jemals wahrmachen können?

MARTINA ANDRÉ

TOTEN TANZ

ROMAN

atb aufbau taschenbuch

FSC
www.fsc.org
MIX
Papier aus verantwortungsvollen Quellen
FSC® C083411

ISBN 978-3-7466-3152-3

Aufbau Taschenbuch ist eine Marke der Aufbau Verlag GmbH & Co. KG

1. Auflage 2015

Die Originalausgabe erschien 2014 bei Rütten & Loening,
einer Marke der Aufbau Verlag GmbH & Co. KG
Umschlaggestaltung www.buerosued.de, München
unter Verwendung eines Motivs von © Roy Bishop / Arcangel Images
und www.florentinermuseen.com
Druck und Binden CPI books GmbH, Leck, Germany
Printed in Germany

www.aufbau-verlag.de

Für all jene,
die mir mit ihrer Begeisterung Mut machen,
solche Romane zu schreiben

»I will tell your story if you die,
I will tell your story and keep you alive …«
(Laleh, aus dem Song »Some Die Young«, 2013)

PROLOG

Januar 2014 Italien/Florenz/Mugello

Elle nahm den gleichen Zug zurück nach Edinburgh, mit dem sie in die schottischen Highlands gefahren war, und von dort aus ging es nach London, wo sie in den nächsten Flieger nach Florenz steigen würde.

Kurz vor dem Abflug rief sie ihren Leibwächter Alberto an, um ihm mitzuteilen, dass sie wie geplant gegen neun Uhr früh mit City Jet auf dem Aeroporto Firenze-Peretola »Amerigo Vespucci« landete. Sie hatte absichtlich eine kostengünstige, ausländische Airline gewählt, um kein unnötiges Aufsehen zu erregen. Sie durfte kein Risiko eingehen, wenn es darum ging, mögliche Verfolger erst gar nicht auf die Spur ihrer Tochter zu führen. Trotzdem fühlte sie sich von allen Seiten beobachtet, wofür schon alleine Alberto sorgte, der sie, sobald sie italienischen Boden betrat, keinen Schritt lang aus den Augen lassen würde. Seine ständige Aufmerksamkeit raubte ihr den letzten Nerv, und sie hoffte inbrünstig, dass der Spuk bald vorüber war. Der Termin mit ihrem Advokaten in Mailand, der die Lage gründlich entschärfen sollte, stand leider erst in den nächsten Tagen auf dem Programm. Zuvor hatte sie noch einiges in Florenz zu erledigen und musste in einem ihrer Restaurants noch mal nach dem Rechten sehen, obwohl Alberto ihr geraten hatte, sich möglichst im Haus zu verbarrikadieren, bis sich die unselige Angelegenheit ein für alle Mal geklärt haben würde.

»Wie ist es gelaufen?«, wollte Alberto noch wissen, bevor sie das Gespräch beendete. »Hat Luisa den Abschied einigermaßen gut verkraftet?«

Elle musste lächeln, weil der ältere Mann seine Sorge um das Kind kaum verhehlen konnte. Auch wenn er ansonsten gerne den hartgesottenen Kerl mimte, zeigte er stets ein weiches Herz, wenn es um Luisa ging. Seit Don Salvatores Tod übernahm er nur allzu gerne die Rolle des Großvaters für die Kleine. Wahrscheinlich, weil er nie eigene Kinder gehabt hatte.

»Sie ist in sicheren Händen«, erwiderte Elle vage. »Und das ist ja schließlich die Hauptsache. Alles andere erzähle ich dir später.« Die Sorge, von Silvio und seinen Leuten abgehört zu werden, verfolgte sie überallhin.

»Na dann ist es ja gut«, gab ihr Leibwächter am anderen Ende der Leitung zurück und stieß einen langgezogenen Seufzer aus. »Möge die Heilige Jungfrau dafür sorgen, dass Don Luigi und sein verteufelter Sohn möglichst bald das Zeitliche segnen.« Seine Stimme klang merkwürdig kalt.

»Alberto?«, fragte Elle zaghaft. »Du hast doch nicht etwa wem auch immer einen entsprechenden Auftrag gegeben?«

»Mach dir keine Sorgen, cara mia, und selbst wenn, hättest du damit nichts zu tun.«

»Alberto!«, rief sie aufgebracht in den Hörer, während das Boardingpersonal nach ihrem Ticket verlangte. »Alles, was ›la Famiglia‹ betrifft, hat auch etwas mit mir zu tun. Ich will nicht, dass die Angelegenheit sich jenseits von Recht und Gesetz verselbständigt, hast du mich verstanden? Ab morgen wird sich unser Anwalt um die beiden kümmern und niemand sonst!«

In der Leitung war nur noch ein Klicken zu hören. Mit fahrigen Händen nahm Elle die abgestempelte Bordkarte entgegen und begab sich anschließend durch den langen Gang des Zubringers an Bord der Boeing 727. Eine Stewardess begrüßte sie freundlich am Eingang und bot ihr eine italienische Tageszeitung an.

»Mafiakrieg in Neapel«, las sie beim Überfliegen der ersten Seite in plakativen Lettern. Elle erschauderte. Ein sonderbarer Zufall, dass sie ausgerechnet mit einer solchen Schlagzeile unter dem Arm den Weg zurück nach Hause antrat. Als ob sie sich nicht schon genug Gedanken machte. Über ihr eigenes Schicksal und das ihrer Tochter, welches allem Anschein nach unauflöslich mit dem Unwort ihres Lebens – Mafia – verwoben war. Würde dieser Wahnsinn denn niemals ein Ende nehmen?

Im Innern des Fliegers angekommen, suchte sie sich einen freien Fensterplatz in den hinteren Reihen und dachte, kaum dass sie saß, weiter über Alberto und seine Kollegen nach. Deren Loyalität reichte traditionell über den Tod des Patrons hinaus und übertrug sich wie selbstverständlich auf Elle und ihre Tochter, ganz gleich, ob es ihr passte oder nicht.

Nachdem Don Salvatore Leonardo im letzten Jahr überraschend an einem Herzinfarkt gestorben war, hatte Elle den Clan auflösen wollen. Doch die ehemaligen Bediensteten ihres Vaters hatten sich mit aller Macht einer solchen Entscheidung entgegengestellt. Sie fürchteten die Rache ihrer früheren Widersacher, falls Elle die Nachfolge ihres Vaters als Patronin ausschlagen sollte und sie sich daraufhin kopflos und unorganisiert ins Private zurückziehen mussten.

Nach langem Ringen hatte Donna Gabrielle, wie sie von ihren Angestellten genannt wurde, Alberto das Zepter über die Privatarmee ihres Vaters übergeben, die er nun mit ein paar jüngeren Clanmitgliedern befehligte. Offiziell waren die Männer noch immer in der Investmentfirma ihres Vaters beschäftigt, die nach seinem Tod von verschiedenen Advokaten geleitet wurde. Inoffiziell verfügten sie über eine ganze Reihe anderer Qualitäten, die mehr im militärischen Bereich lagen und von denen Elle am liebsten gar nichts wissen wollte. Sie selbst hatte bereits vor Don Salvatores Tod mit dessen umstrittener Vergangenheit als Drahtzieher eines durch und durch mafiösen Anlage-Imperiums abgeschlossen. Obwohl er sie nie eingeweiht hatte, wusste sie inzwischen, dass sein Vermögen und damit ihr Erbe nicht mit ehrlichen Geschäften erwirtschaftet worden war. Instinktiv hatte sie nie in seine Fußstapfen treten wollen und nach ihrem Kunststudium entgegen ihrer eigentlichen Überzeugung ihr Heil in der traditionellen Rolle als Ehefrau und Mutter gesucht. Nach einer kurzen Anstellung als Kuratorin in einem Museum hatte sie ihren Job an den Nagel gehängt, als Luisa vor fünf Jahren geboren wurde. Erst seit der öffentlichkeitswirksamen Scheidung von deren Vater, Silvio Falconi, einem millionenschweren Baumagnaten aus Florenz, im vergangenen Jahr hatte sie mehrere erfolgreiche Nobelrestaurants in der Toskana eröffnet, die sich auf Sterne-Küche spezialisiert hatten. Das sicherte ihr Auskommen mehr als genug und machte sie unabhängig vom fragwürdigen Erbe ihres verstorbenen

Vaters, das sie ebenso ausgeschlagen hatte wie dessen Nachfolge. Wobei es leider nicht möglich gewesen war, dies auch sogleich für Luisa zu tun. Sobald das Mädchen achtzehn war, würde sie ein gewaltiges Vermögen erben. Etwas, das sie nicht nur als zukünftige Heiratskandidatin für den europäischen Geldadel interessant machte, sondern auch für Elles Exmann und dessen Vater Don Luigi. Die beiden waren nicht weniger in mafiösen Strukturen verstrickt als ihr Vater, was sie jedoch erst während ihrer Ehe erfahren hatte, und seit dessen Tod lauerten sie nun auf Luisas zukünftiges Vermögen. Voraussetzung dafür war nicht nur der achtzehnte Geburtstag des Mädchens, sondern auch, dass dessen Mutter so bald wie möglich von der Bildfläche verschwand.

Man musste kein Prophet sein, um zu wissen, dass Elle sich in einer latenten Gefahr befand, einem Mord zum Opfer zu fallen. Oder einem bedauerlichen Unglück, wie man ein solches Ableben unter Anhängern der Mafia gerne bezeichnete.

Es war außerdem klar, dass sich die Männer des Leonardo-Clans die Bedrohung durch Silvio und Don Luigi Falconi auf Dauer nicht gefallen lassen würden. Wobei Alberto ohnehin nicht verstehen konnte, warum Elle immer noch deren Familiennamen trug, doch sie wollte den Konflikt mit Silvio nicht noch weiter aufheizen, indem sie amtlich ihren Mädchennamen Leonardo wieder annahm. Schon gar nicht wollte sie darüber nachdenken, welche Konsequenzen ein Racheakt oder gar ein direkter Angriff auf die Familie Falconi haben würde. Wie Alberto auf die Idee kommen konnte, dass sie nichts damit zu tun haben würde, war ihr schleierhaft. Solange sie mit Silvio verheiratet gewesen war, hatte zumindest scheinbar Friede zwischen den beiden Familien geherrscht, erst mit ihrer Scheidung war das Chaos ausgebrochen, und seitdem verfolgte sie nicht nur die Angst vor Silvios Rache, sondern auch vor der Verantwortung, die sie unweigerlich tragen musste, falls die Fehde zwischen den beiden Clans in einem erneuten Blutbad eskalierte.

Obwohl sie hundemüde war, gelang es ihr nicht, auf dem ansonsten ruhigen Flug ein wenig Abstand zu gewinnen und die Augen zu schließen. Wie ein gehetztes Tier stürmte sie nach draußen, nachdem sie die Passkontrolle hinter sich gelassen hatte. Kalte Luft, geschwängert von Abgasen, schlug ihr entgegen. Menschen in Mänteln, Mützen und

Schals verschwanden mit ihren Koffern und Taschen in Bussen, Taxen und Privatlimousinen. Hektisch sah sie sich nach allen Seiten um und seufzte erleichtert, als sie in dem Gewusel von Fahrzeugen endlich Alberto entdeckte, wie er in zweiter Reihe parkend am Steuer des anthrazitfarbenen, abgedunkelten Mercedes nervös mit den Fingern auf das Lenkrad trommelte. Wie verabredet, war er allein gekommen. Auch wenn es in der momentanen Situation vielleicht besser gewesen wäre, noch einen zweiten bewaffneten Leibwächter mitzunehmen, hatte er darauf verzichtet, weil so wenige Personen wie möglich wissen durften, dass Elle alleinreisend soeben aus dem Ausland gekommen war. Bei laufendem Motor stieg er aus und sah sich hastig nach allen Seiten um, bevor er ihr wie üblich die Tür zum Fond öffnete. Elle sprang regelrecht in den Wagen und lehnte sich halbwegs entspannt zurück. Als Alberto schließlich wieder hinter dem Steuer saß, schloss die Zentralverriegelung automatisch, damit während der Fahrt niemand von außen eindringen konnte. Mit leicht erhöhter Geschwindigkeit lenkte er den Wagen auf eine der Umgehungsstraßen von Florenz und steuerte die E 35 in nördliche Richtung an.

»Danke, Alberto, dass ich mich auf dich verlassen kann.« Elle warf rasch einen Blick auf ihr kleines, unauffälliges Mobiltelefon, das sie sich extra angeschafft hatte, um mit Janet in Verbindung bleiben zu können, in deren Obhut sie Luisa zurückgelassen hatte. Weder eine SMS noch ein Anruf waren zu verzeichnen. Stattdessen erinnerte sie sich an ihr Gespräch mit Alberto, das er so abrupt abgebrochen hatte.

»Ich hoffe, du hast mich richtig verstanden«, begann sie von neuem. »Ich wünsche kein eigenmächtiges Handeln der Famiglia, was die Sache mit Silvio betrifft. Sollte ich erfahren, dass er oder seine Leute zu Schaden kommen und jemand von unseren Jungs etwas damit zu tun hat, werde ich denjenigen eigenmächtig zur Verantwortung ziehen und der Polizei übergeben.«

Alberto antwortete nicht, sondern nickte nur stumm, während er Gas gab und ungewohnt laut die Umdrehungen des Motors hochschraubte.

»Wir haben die Wachen ums Haus verdoppelt.« Mit finsterer Miene schaute er in den Rückspiegel. »Auch wenn du nicht glaubst, dass Silvio und Don Luigi es garantiert auf dich abgesehen haben, wirst du mich nicht davon abhalten können, gewisse Vorsichtsmaßnahmen zu treffen. Es geht bei der Sache nicht nur um deinen Kopf.«

»Ich bin mir der Gefahr durchaus bewusst.« Elle schaffte es nicht, die Gereiztheit in ihrer Stimme zu unterdrücken. »Oder denkst du, ich bringe Luisa zweitausend Kilometer weit fort, weil ich mir keine Sorgen mache?«

Aufgewühlt schaute sie nach draußen und sah eine für die Toskana ungewöhnlich eisige Landschaft an sich vorbeiziehen. Der Himmel war leicht bedeckt, und die Trostlosigkeit der Umgebung spiegelte ihre eigenen Gedanken wider. Wie, um Himmels willen, sollte sie dieser Hydra jemals entkommen? Die Mafia ließ ihren Opfern gewöhnlich nur geringe Chancen, ein neues Leben zu beginnen. Und wahrscheinlich hatte sie es tatsächlich Alberto und seinen Männern zu verdanken, dass Silvio sie nicht längst zur Strecke gebracht hatte. Es war schon schlimm genug, wenn man einen psychopathischen Exmann im Nacken hatte, umso schlimmer war es, wenn er sich auf eine kriminelle Organisation verlassen konnte, die bis in die höchsten politischen Kreise reichte.

Elle dachte an Luisa und dass sie am liebsten mit ihr auf eine einsame Insel ausgewandert wäre. Doch im Zeitalter des Internets und der Handy-Ortung gab es keinen adäquaten Unterschlupf, der sie geschützt und dem Mädchen gleichzeitig eine zivilisierte Zukunft geboten hätte.

Elles ganze Hoffnung lag auf dem Gespräch mit Dottore Caesare. Der Advokat ihres verstorbenen Vaters verfügte über exzellente Verbindungen in die höchsten gesellschaftlichen Kreise und würde – so hoffte sie – einen juristischen wie finanziellen Kompromiss ausarbeiten, der Silvio und seinen Vater endlich ruhigstellen sollte.

Wortlos verfolgte Elle, wie Alberto vor Barberino di Mugello den Wagen in Richtung Colle Barucci lenkte und die Schnellstraße über einen Seitenarm des Sees nahm, der an dieser Stelle vollkommen mit Eis bedeckt war.

»Ich weiß, dass du nur unser Bestes willst«, lenkte Elle ein und beugte sich nach vorn, um Alberto in gespielter Zuversicht auf die Schulter zu klopfen. Doch bevor sie den in die Jahre gekommenen Chauffeur und Bodyguard auch nur berühren konnte, zerriss ein scharfer Knall die gedämpfte Stille im Wagen. Dann ein zweiter. Blut spritzte an die Windschutzscheibe, und der Wagen geriet augenblicklich ins Trudeln. Gelähmt vom Schock, blieb Elle nichts weiter übrig, als ohnmächtig mitanzusehen, wie sich der Mercedes nach rechts in eine bedenkliche Schräglage neigte und wie von einem Katapult gelenkt auf das Brückengeländer zuschoss und es schließlich durchbrach. Die Airbags lösten mit einer ohrenbetäubenden Detonation aus, und Elle wurde, eingehüllt von einer stahlharten weißen Wolke, in ihren Sitz geschleudert. Der Aufprall des Wagens auf der Eisfläche war vergleichsweise sanft, und bevor sie halbwegs wieder zu sich kam, war sie umgeben von einem gurgelnden Geräusch, das sie erst recht in Panik versetzte. Ihr erster Gedanke war, dass sie ihren Gurt lösen musste, um aus dem Wagen hinauszukommen, möglichst bevor der vier Tonnen schwere, gepanzerte Mercedes in den Fluten versank. Doch die Überreste der abschwellenden Airbags hatten sich mit ihrem Gurt verheddert, so dass es ihr unmöglich war, sich zu befreien.

»Alberto!« Noch während sie seinen Namen schrie, wurde ihr klar, dass der Mann, der sie ihr halbes Leben begleitet hatte, nicht mehr zu retten war. Seine Schädeldecke war halbseitig zertrümmert, der Inhalt hatte sich wie rote Grütze über Windschutzscheibe und Armaturen verteilt.

Ihr nächster Gedanke galt Luisa und dass sie als Mutter die verdammte Pflicht hatte, alles zu ihrer eigenen Rettung zu tun. Hastig tastete sie sich ab. Sie selbst war bis auf ein paar harmlose Prellungen offenbar unversehrt geblieben.

Währenddessen spritzte eiskaltes Wasser über ihre linke Schulter ins Wageninnere. Auch von vorn drang Wasser ein – durch ein münzgroßes Loch, das der Knall offenbar hinterlassen hatte. Ein Umstand, der ihr im Moment zwar weniger bedrohlich vorkam, aber früher oder später dazu führen würde, dass der ganze Wagen vollllief, nachdem er zügig zum Grund des Sees gesunken war.

Erschienen ihr die ersten paar Meter unter Wasser noch einigermaßen hell, so wurde es nun zusehends dunkler, je weiter der Wagen nach unten sank. An dieser Stelle war der künstlich angelegte Stausee gut und gerne dreißig Meter tief. Sie wusste es von ihrem Vater, der die Bauarbeiten als Aufsichtsratsmitglied einer ortsansässigen Betonfirma begleitet hatte. Seltsamerweise waren zu dieser Zeit mehrere Mitglieder eines konkurrierenden Familienclans verschwunden, und böse Zungen hatten später behauptet, sie würden nun am Grunde des Sees liegen, einbetoniert in mehrere Brückenpfeiler, die sich für die Verbindung zweier Landzungen als notwendig erwiesen hatten.

Elles Panik wandelte sich in Resignation, als sie es schließlich geschafft hatte, ihren Gurt zu lösen und sich gleichzeitig bewusst darüber wurde, niemals lebend die Oberfläche des Sees erreichen zu können. Bei den herrschenden Wassertemperaturen von garantiert unter vier Grad hatte sie selbst als gute Schwimmerin keine Chance, unversehrt aufzutauchen. Tatenlos musste sie mitansehen, wie der Wagen in fast völliger Dunkelheit mit einem Ruck auf dem Grund des Sees aufsetzte und die rückwärtige Scheibe unter dem Wasserdruck von jener Stelle, wo sie geborsten war, in sämtliche Richtungen zu splittern begann. Es war nur noch eine Frage der Zeit, bis sie platzte und sich das eisige Wasser mit einem Schwall über sie ergießen würde.

Plötzlich entdeckte sie ihr Mobiltelefon, das allem Anschein nach unbeschädigt im Fußraum lag. Vielleicht konnte sie ja Hilfe herbeirufen, obwohl dann noch immer das Problem bestand, wie man sie möglichst rasch und unversehrt aus dem Wrack bergen sollte. Aber schon beim Blick aufs Display ereilte sie die ernüchternde Erkenntnis, dass die Anzeige des Telefons keine Verbindung anzeigte.

Verzweifelt schaute sie auf und schrak jäh zurück, als sie unvermittelt das Gesicht eines Mannes erblickte, der sich von außen an die Fensterscheibe drückte und ihr undefinierbare Zeichen gab. Nein! Das konnte nicht sein! Begann man so schnell zu halluzinieren? War vielleicht schon der Sauerstoff knapp? Sie kniff die Augen zu und öffnete sie vorsichtig. Verdammt! Das Gesicht war immer noch da. Schemenhaft und kaum erkennbar, aber doch so echt, dass ihr der Gedanke kam, ihr sei vielleicht jemand ins Wasser hinterhergesprungen, der den Vorfall beobachtet hatte und sie nun retten wollte. Etwas, das Elle bei intensiverem Nachdenken surreal erschien, denn der Kerl trug weder Taucheranzug noch Sauerstoffmaske, und die Temperaturen hier unten waren weiß Gott nicht zum Baden geeignet.

Bei genauerem Hinsehen sah sie, dass sein sportlich durchtrainierter Körper vollkommen nackt war. Dunkle, schulterlange Locken waberten wie Seetang um sein markantes Gesicht. Offensichtlich schien ihm die Kälte des Wassers nichts auszumachen. Elle schöpfte Hoffnung, Vielleicht war der Typ ein Eistaucher, der den Unfall zufällig beobachtet hatte. Aber dann wäre es wohl besser, er tauchte wieder auf und forderte umgehend professionelle Hilfe an. Sie machte wilde Zeichen, dass er ohne sie nach oben schwimmen und jemanden anrufen sollte, der sie hier herausholte. Wenn er wenigstens ein Sauerstoffgerät dabeigehabt hätte. Apropos Sauerstoff! Elle fiel auf, dass der Typ überhaupt keine Luftblasen erzeugte. War er zu allem Glück ein Apnoe-Taucher? Falls ja, würde ihr auch das nichts nützen, denn sie selbst war es nicht. Trotzdem gab er ihr weiterhin wilde Zeichen, die ihr eindeutig zu verstehen gaben, dass sie endlich zu ihm nach draußen kommen solle.

Elle fasste all ihren Mut zusammen und betätigte den manuellen Türöffner. Doch nichts geschah. Offensichtlich funktionierte die Zentralverriegelung noch immer, und ihr kam beim besten Willen keine Idee, wie sie das ändern könnte. Verzweifelt schüttelte Elle den Kopf, um dem Mann verständlich zu machen, er solle endlich auftauchen, bevor er noch selbst ertrank. Doch er schien ausharren zu wollen, jedenfalls bewegte er sich nicht vom Fleck und sah sie mit seinen auffallend grauen Augen merkwürdig intensiv an.

Nur Sekunden später brach die Heckscheibe, und eine riesige Welle eisigen Wassers schwappte über sie hinweg. In Panik schnappte sie nach Luft und sog mit nur einem Atemzug das eisige Wasser in ihre Lungen.

Wild um sich schlagend versuchte sie, der tödlichen Gefahr zu entkommen, doch es war zwecklos. Plötzlich wurde es dunkel und still, und sie sah wieder den Mann, der ihr völlig unbeeindruckt unter die Arme fasste und sie mit Kraft aus dem Wrack zog. Körperlos schwebte sie mit ihm davon, seine Hände fest um ihre Taille geschlungen. Erstaunlicherweise spürte sie weder Kälte noch Atemnot. Eingehüllt in eine dichte Wolke des Vergessens, wurde es schließlich Nacht.

TEIL I

Fluch der Dämonen

»Der ich das Licht mache und schaffe die Finsternis,
der ich den Frieden gebe und schaffe das Übel.« (Jesaja 45,7)

KAPITEL 1

März 1476 Fiesole – in der Nähe von Florenz

»Schau nicht hin«, flüsterte Damian seiner Mutter zu und hielt ihren Kopf so fest an seine Brust gedrückt, dass sie kaum noch zu atmen vermochte.

Sie zitterte am ganzen Leib, und ihre heißen Tränen durchtränkten den Stoff seines gefütterten Mantels. Er selbst hätte auch am liebsten geweint – nein, geschrien, um ehrlich zu sein –, als man seinen Vater auf das Podest führte, auf dem das Urteil vollstreckt werden sollte. Versteinert vor Wut und nicht zuletzt wegen der abgrundtiefen Trauer, biss er sich auf die Lippen, als die Schergen der Signoria dem ehemals stolzen Kaufmann einen Sack über den Kopf zogen, um ihm dann einen Strick um den Hals zu legen.

Ernesto de' Castello ertrug das armselige Schauspiel in einer bewundernswerten Würde, die seinen einzigen Sohn in den Wahnsinn trieb. Was dann geschah, schlug Damian beinahe die Beine weg. Der Henker gab den Helfern ein Zeichen und ließ seinen Vater in schwindelnde Höhe ziehen, was dessen Hals überstreckte und ihn unwillkürlich mit den Beinen strampeln ließ, weil der Körper, nicht der Geist, sich gegen das Unvermeidbare wehrte. Damian spürte, wie seine Mutter, einer Ohnmacht nahe, in seinen Armen versank, während der Vater vor ihren Augen verstarb. Vollkommen versteinert stand er mit ihr da, umringt von einer johlenden, keifenden Menge, die keinerlei Gnade walten ließ und sich daran ergötzte, einen ehemals hochgeachteten Mann wie eine strangulierte Gans an einem Strick baumeln zu sehen, den letzten Zuckungen erliegend, dabei halb nackt und von der Kerkerhaft abgemagert bis auf die Knochen.

Als der Leichnam am Seil völlig erschlaffte, fürchtete Damian, seine Mutter könne der Schlag treffen, vor allem, wenn er selbst die Fassung verlor. Dabei durften sie von Glück sprechen, dass der Gonfaloniere de Giustizia nur ihnen beiden die strikte Anwesenheit bei der Hinrichtung ihres Familienvorstandes auferlegt hatte. Nicht auszudenken, wenn man Damians Schwestern Isabella und Ricarda, kaum den Kinderschuhen entwachsen, verpflichtet hätte, das grauenvolle Sterben des eigenen Vaters mitanzusehen.

Rache, war Damians einziger Gedanke, der ihn in dieser finsteren Stunde am Leben erhielt. Er würde sie alle töten. Den Henker zuerst und dann jene Männer, die seinen Vater hatten verhaften lassen, die Justizbeamten der »Otto«, die für die Geheimpolizei von Florenz zuständig waren. Danach die Ratsmänner der Signoria, die für das hohnspottende Urteil im Namen der Gerechtigkeit gegen Ernesto de' Castello verantwortlich zeichneten. Und erst ganz zum Schluss würde er sich Lorenzo de' Medici vornehmen, jenen Mann, der sich auf diese Weise lästiger Konkurrenten entledigte, indem er sie unter Einsatz von Schmiergeld aus fadenscheinigen Gründen vernichten ließ. Was man Damians Vater vorgeworfen hatte, war lächerlich. Don Ernesto war seit jeher ein ehrenhafter Ritter, gütiger Gutsherr und angesehener Papier- und Tuchhändler aus Fiesole gewesen, der es sich als einer der wenigen Bürger von Florenz erlaubt hatte, öffentlich gegen die ungerechten Steuererhebungen aufzubegehren, die von den Herrschenden von Jahr zu Jahr weiter in die Höhe getrieben wurden. Raubrittertum hatte er das Treiben der Signoria genannt. Wobei seine Frau ihn von Beginn an gewarnt hatte, er solle vorsichtig sein. Darauf achtgeben, die Medici, die bei der Angelegenheit ihre Finger im Spiel hatten, nicht zu erzürnen, vor allem Lorenzo. Doch Ernesto de' Castello war immer ein ehrlicher, bisweilen starrköpfiger Mann gewesen. Geboren im Zeichen des Widders, hasste er nichts mehr als die Ungerechtigkeit. All das war ihm am Ende zum Verhängnis geworden. In einer Stadt, in der seit Jahrhunderten die Schlangen regierten und die Dämonen in Scharen durch Straßen und Lüfte zogen.

Mit einem verächtlichen Schnauben schulterte Damian keine drei Monate später seine Satteltaschen und prüfte ein letztes Mal den Sitz seines Schwertes, bevor er sich zu seiner verhärmt aussehenden Mutter hinunterbeugte und ihr einen Kuss auf die Stirn drückte. Mit seinen dreiundzwanzig Jahren war er nun das Oberhaupt der Familie. Was nicht bedeutete, dass er den zwei jüngeren Schwestern den Vater und schon gar nicht seiner Mutter den Mann ersetzen konnte.

Seit dem gewaltsamen Tod ihres Gemahls war die ehemals stolze Frau zumindest äußerlich zu einer kraftlosen Rose verwelkt, deren Lebenswille von Tag zu Tag mehr zu schwinden drohte. Einzig die beiden halbwüchsigen Töchter, die schweigend am Fenster der Wohnstube hockten und im morgendlichen Sonnenlicht ein paar armselige Näharbeiten verrichteten, gaben ihr die Kraft, sich nicht aufzugeben.

Isabella war sechzehn, eine blühende Rose von schlanker Gestalt, mit seidigem braunem Haar, das ihr bis zu den Hüften reichte. Ricarda würde im nächsten Sommer vierzehn werden, und sie versuchte, was ihr Aussehen betraf, ihrer schönen Schwester nachzueifern, auch wenn die Mittel dafür mehr als knapp waren. Wenn es Damian nicht bald gelang, die Familie wieder zu Reichtum und Ehre zu bringen, würden die Mädchen wohl kaum einen passablen Ehemann finden. Doch im Moment standen die Chancen dafür alles andere als gut.

Normalerweise hätten sie es bei ihrer Grazie und der exzellenten Erziehung leicht gehabt, einen passenden Gemahl zu finden. Aber ohne Mitgift war die Auswahl an potentiellen Bewerbern nicht nur dürftig, sondern schlichtweg nicht vorhanden. Es sei denn, sie entschieden sich für einen älteren Mann, der zwar vermögend war, aber irgendeinen körperlichen Makel aufwies und deshalb gerne auch eine junge Frau ohne Mitgift akzeptierte. Beide Mädchen hatten jedoch vehement bekundet, lieber ins Kloster gehen zu wollen, als irgendeinen alternden Galan zu heiraten, den sie verabscheuten. Damian schnitt es ins Herz, zu sehen, wie seine Schwestern unter der plötzlichen Armut litten. Anstelle ihrer prunkvollen, farbenfrohen Gewänder, die sie in ihrer Not auf einem Kleidermarkt verkauft hatten, trugen sie nun einfache Röcke und Kittel in ausgeblichenen Farben. Von dem Geld, das ihnen vom Verkauf ihrer Habe geblieben war, hatten sie sich Essen und Feuerholz geleistet, um nicht zu verhungern und in dem armseligen Gesindehaus, das sie gegen ihren stolzen Palazzo eintauschen mussten, nicht zu erfrieren. Damian kämpfte derweil mit seinem schlechten Gewissen, weil er als geschlagener Ritter zunächst Pferd, Rüstung und Waffen behalten hatte, obwohl seine Familie vom Verkauf der Sachen mehr als ein Jahr lang hätte leben können. Doch nun war er froh, sich dagegen entschieden zu haben, weil ihm Jacopo de' Pazzi, einer der reichsten Männer von Florenz, überraschend eine Anstellung als Condottiere in seiner neu gegründeten Söldnertruppe angeboten hatte.

»Behaltet Euch wohl«, murmelte er heiser und nickte seiner Mutter zu. »Ich schicke Euch und den Mädchen Geld, sobald ich meinen ersten Sold erhalten habe.«

Wenngleich Eleonore de' Castello schwach und gebrechlich wirkte, war ihr Griff, mit dem sie ihren einzigen Sohn am Handgelenk packte, erstaunlich fest. Ihre ehemals feurigen Augen loderten in einem unseligen Glanz, der nichts Gutes verhieß.

»Geh nicht, Damian. Jacopo de' Pazzi wird dich nur noch tiefer in den Abgrund reißen. Es heißt, Messer Francesco habe großen Einfluss auf ihn. Man erzählt sich, sein Neffe sei von den gleichen bösartigen Dämonen besessen wie seine unseligen Vorfahren. Und da macht es auch nichts, dass er die Geschäfte im Auftrag von Messer Jacopo in Rom führt und einen innigen Kontakt zum Heiligen Vater pflegt«, flüsterte sie unheilschwanger. »Wer mit den Pazzi einen Pakt eingeht, verschreibt seine Seele der Hölle. Um der heiligen Maria, Mutter Gottes, willen, höre ausnahmsweise einmal auf mich, auch wenn du schon lange glaubst, alles besser zu wissen.«

»Bei allem Respekt, den ich Euch und unserem Vater, Gott hab ihn selig, schulde, mein Entschluss ist gefasst.« Damian richtete sich zu voller Größe auf und sah seiner Mutter von oben herab in die Augen. Um zu wissen, dass er das Richtige tat, benötigte er weder ihre Erlaubnis noch ihre Bestätigung, er musste sich nur umschauen. Seit Monaten hauste er mit ihr und den beiden Mädchen in dieser verfallenen Hütte. Nachdem sein Vater auf der Piazza della Signoria in Florenz öffentlich gehängt worden war, hatte man die Familie wegen der angeblich immer noch bestehenden Steuerschuld gnadenlos enteignet. Ihren stolzen Palazzo hatten sie an irgendeinen Bauerntölpel verloren, der mit Lorenzo de' Medici einen ominösen Pakt eingegangen war.

Renaldo de' Faniere, ein niederträchtiger Großgrundbesitzer, der unweit entfernt sein Anwesen bewirtschaftete, hatte das gesamte Vermögen von Damians Eltern mit Unterstützung Lorenzo de' Medicis und der florentinischen Ratsversammlung für einen Spottpreis aufkaufen dürfen. Der verbliebenen, aufs tiefste gedemütigten Familie de' Castello hatte er danach großzügig eine Anstellung auf seinen Feldern und in seinem Haushalt angeboten.

Ihnen selbst war nur das verfallene Gesindehaus geblieben, und so kurz nach dem Winter hätte sie beinahe der Hungertod ereilt, wenn nicht ihre ehemaligen Bediensteten so barmherzig gewesen wären, ihre Vorräte mit ihnen zu teilen. Wobei sie noch froh sein durften, dass die Regierung von Florenz sie nicht alle in Sippenhaft genommen und komplett in die Verbannung geschickt hatte.

Kein Wunder, dass Damian mehrmals daran gedacht hatte, de' Faniere zu töten. Doch damit hätte er seiner Familie keinen brauchbaren Dienst erwiesen. Mit den Günstlingen Lorenzo de' Medicis, der als heimlicher Statthalter über Florenz und Umgebung regierte, verhielt es sich wie mit einer Hydra. Schlug man einen Kopf ab, wuchsen sogleich zwei neue. Deshalb galt es die ganze Schlange zu vernichten und nicht nur deren Häupter.

»Gegen den Löwen kommst du nicht an«, widersprach seine Mutter und meinte damit Lorenzo de' Medici, der diesen Beinamen ganz offen für sich beanspruchte. Unter anderem auch, weil der Löwe eines der wichtigsten Symbole von Florenz war und schon Lorenzos Vater einige lebendige Exemplare dieser Raubkatzen in einer privaten Menagerie gehalten hatte.

»Denkt Ihr, Mutter, ich würde als verbliebenes Oberhaupt der Familie meine wunderhübschen Schwestern diesem feisten Scheusal Renaldo als Huren überlassen, nur um überleben zu können?« Wie ein wildgewordener Hengst, der keinerlei Bereitschaft zeigte, sich zähmen zu lassen, schüttelte er seine schwarze, schulterlange Mähne. Das Einzige, was ihm neben seiner Ausrüstung als Zeichen seiner Ritterehre geblieben war. Eigentlich hätte er zu seinem vierundzwanzigsten Geburtstag im November den Mantel eines Advokaten tragen sollen und sich nach einer passenden Braut umschauen dürfen. Doch mit nur einem Schlag hatten Lorenzo de' Medici und seine Verbündeten, darunter der Gonfaloniere di Giustizia, der mit ihm unter einer Decke steckte, Damians glorreiche Zukunft zunichtegemacht.

»Seit dem ungerechten Tod unseres geliebten Vaters ist nichts mehr, wie es einmal war«, erinnerte er seine Mutter verbittert. »Glaubt Ihr ernsthaft, ich kann mich in ein solches Schicksal ergeben, ohne auch nur einen Finger zu rühren? Abgesehen davon wird sich Euer weiteres Dasein kaum von dem einer Bettlerin unterscheiden, wenn nicht schleunigst ein wenig Geld hereinkommt.« Ohne Mühe hielt Damian ihrem anklagenden Blick stand. »Jacopo de' Pazzi hat keinen Moment gezögert, mir eine Stellung bei der Leibwache seines Neffen anzubieten. Aufgrund meiner adligen Herkunft und meines juristischen Studiums hat er mir sogar einen Posten als Condottiere zugesichert. Das bedeutet, ich werde eine Truppe von ehrlichen Männern anführen und dafür einen anständigen Sold erhalten. Von dem Geld kann ich Euch und den Mädchen wenigstens ein halbwegs vernünftiges Auskommen sichern, auch wenn Isabella und Ricarda ihren Anspruch auf eine standesgemäße Hochzeit zu Grabe tragen müssen, weil es mir kaum gelingen wird, ihnen eine entsprechende Mitgift zu garantieren.«

»Heilige Maria, Mutter Gottes, hilf«, flüsterte seine Mutter mit tränenerstickter Stimme. »Damian, so werde doch vernünftig. Ich kann nicht zulassen, dass du wegen uns deine Seele an den Teufel verkaufst. Die Pazzi sind verflucht, Junge. Jeder weiß es.«

»Unsinn, Mutter«, widersprach er, und trotz dieser Ungeheuerlichkeit weigerte sich alles in ihm, sein Mundwerk zu zügeln. »Das ist übles Gerede, von Lorenzo de' Medicis Anhängern höchstpersönlich in die Welt gesetzt. Nichts davon ist wahr!«

»Ich weiß es von einer alten Seherin in Fiesole«, erwiderte Damians Mutter mit unheilschwangerer Stimme und warf ihm dabei einen Blick zu, als ob er selbst von Dämonen besessen wäre. »Obwohl die Pazzi von der Kirche begünstigt scheinen«, fuhr sie heiser flüsternd fort, »wird die gesamte Familie eines nicht allzu fernen Tages ein furchtbares Schicksal ereilen, und alle, die ihnen dienen, werden mit ihnen untergehen.«

»Altweibergeschwätz«, wischte Damian die Bedenken seiner Mutter mit einer wegwerfenden Handbewegung vom Tisch.

»Das ist es nicht«, zischte die sonst so sanftmütige Frau mit schmalen Lippen. »Als Pazzino de' Pazzi im Jahre 1099 mit seinen Männern Jerusalem eroberte, haben sie Tausende Heiden und Juden erschlagen. Er und seine Krieger standen bis zu den Knöcheln im Blut der Getöteten. Hauptsächlich Alte, Schwache, Frauen und Kinder. Man erzählt sich, ein finsteres Dämonenheer sei durch die eroberte Stadt gezogen und habe auf ewig all jene gezeichnet, die durch ihr erbarmungsloses Vorgehen schwere Schuld auf ihre Seelen geladen hatten. Darunter auch Pazzino de' Pazzi und seine Männer.«

»Soweit mir die Geschichtsschreibung bekannt ist«, hielt Damian mit einem triumphierenden Lächeln dagegen, das bezeugen sollte, wie wenig ernst er die Ausführungen seiner Mutter nahm, »wurden Pazzino und seine Männer mit großen Ehren in Rom vom Papst und in Florenz vom Bischof empfangen, und zur Belohnung ihres Beitrags zur Eroberung der Heiligen Stadt durften sie auf Geheiß des Papstes sogar die mitgeführte Reliquie der drei Feuersteine aus dem Heiligen Grab behalten, mit denen bis heute das Osterfeuer in der Basilika entzündet wird.«

»Ach Junge …« Nun war es an ihr, ihn mit einem mitleidigen Lächeln zu bedenken. »Was weißt du schon von Schuld? Glaubst du ernsthaft, Gott der Herr lässt sich von solch fragwürdigen Taten blenden und macht einen Unterschied zwischen Juden, Heiden und Christen? Wer seine Seele mit dem Blut eines Unschuldigen befleckt, wird für diese Todsünde in der Hölle büßen, da helfen auch keine heiligen Steine.«

»Selbst wenn du recht hättest«, Damian zuckte gleichgültig mit den Schultern, »was hat Francesco de' Pazzi mit seinem Vorfahren zu tun?«

»Abgesehen davon, dass ein solcher Fluch über Generationen an die Nachfahren weitergegeben wird, glaube ich manchmal, du läufst blind durch die Gegend, mein Sohn«, schalt sie ihn. »Hast du dir den glutäugigen Franceschino noch nie genau angesehen?«

»Natürlich, er ist ein hochgeachteter Soldat.«

»Ich meine nicht seinen Rang, sondern sein Äußeres.«

»Sein Aussehen interessiert mich nicht, Mutter, schließlich bin ich kein Sodomit!«

»Er ist der Teufel in Person«, orakelte Donna Eleonore mit düsterem Blick. »Und ja, er ist ein gutaussehender Kerl, soweit ich das als alte Frau beurteilen kann. Rein äußerlich könnte er sogar dein Bruder sein. Aber ich schwöre bei Gott, er ist es nicht. Was du als großes Glück betrachten solltest, denn die Seele seines verfluchten Vorfahren wurde in ihm wiedergeboren. Allein an seinen dunklen, dämonischen Augen kann man erkennen, wie durch und durch schlecht er ist. Sein aufbrausendes Temperament ist in aller Munde, und seine Moral, was den Umgang mit Frauen betrifft, ist von so schlechtem Ruf, dass man meinen könnte, er sei in Wahrheit ein Hurenwirt.«

Für einen Moment wusste Damian nicht, was er auf eine solche Anschuldigung erwidern sollte. Doch dann besann er sich eines Besseren. »Francesco ist ein erfolgreicher Kaufmann und Kriegsherr mit hervorragenden Verbindungen zum Vatikan. In einer solchen Position ist es nicht ratsam, in welcher Weise auch immer zimperlich zu sein. Er ist gezwungen, sich durch seine Taten Respekt zu verschaffen. Ein Schicksal, das er mit vielen anderen Anführern teilt. Trotzdem hat ihm noch niemand die heilige Messe verweigert. Schon gar nicht haben ihn seine angeblichen Dämonen davon abgehalten, ein Gotteshaus zu betreten. Was unweigerlich der Fall wäre, sobald sie auf ein gesegnetes Kreuz treffen.«

»Glaubst du ernsthaft, Dämonen ließen sich von heiligem Boden und einem Kreuz schrecken? Wenn es so wäre, warum haben sie dann dafür gesorgt, dass unser Herr Jesus just an diesem Kreuz getötet wurde? Und das Kreuz konnte sie auch nicht davon abhalten, Tausende Menschen abzuschlachten. Einzig ein reines Herz kann sie auf Abstand halten. Und das ist etwas, das keiner der Patriarchen von Florenz besitzt. Schon gar nicht die Pazzi. Glaub mir, Damian«, flehte sie händeringend. »Francesco ist von Dämonen besessen, und durch ihn ist seine gesamte Familie diesen Dämonen ausgeliefert und du mit ihnen, wenn du nicht schleunigst einen anderen Weg einschlägst.«

Isabella und Ricarda hatten sichtlich beunruhigt ihr Nähzeug zur Seite gelegt und starrten ihre Mutter entgeistert an, doch keine von ihnen getraute sich, einen Kommentar abzugeben.

»Ich kann keinen anderen Weg einschlagen, Mutter«, betonte Damian steif. »Und ich will es auch gar nicht. Das Einzige, was ich will, ist Geld verdienen, um Euch und die Mädchen unterstützen zu können …« Er zögerte und wich ihrem kritischen Blick aus.

»Und was willst du noch?«, fragte sie leise.

Er blickte auf, unfähig, sie anzulügen. »Rache«, bekannte er klar und deutlich. »Ich will Rache für den Tod unseres Vaters. Die Männer, die ihm das angetan haben, sollen sterben, nicht mehr und nicht weniger.«

Er straffte sich und schickte sich an, zur Tür zu gehen.

»Komm noch einmal her«, befahl ihm seine Mutter in unduldsamem Ton, aus dem ihre Anstrengung zu hören war. Er gehorchte zögernd.

»Auch wenn es vielleicht keinen Sinn ergibt und die Dämonen, die bereits von dir Besitz ergriffen haben, sich von einer alten Frau nichts sagen lassen. Ich möchte dich zum Abschied segnen. Knie nieder!«

Damian tat, was sie verlangte, und verdrängte mehr oder weniger erfolgreich das mulmige Gefühl, welches ihn beschlich, während seine Mutter ihn ausgiebig bekreuzigte.

»Im Namen des Vaters, des Sohnes und des Heiligen Geistes«, murmelte sie fest. »Lieber Gott, ich bitte dich um deine Gnade, lass meinen einzigen Sohn für immer in deinem Angesicht bleiben und seine Seele den Mächten der Finsternis trotzen. Amen.«

KAPITEL 2

April 1476 – Florenz

Die Sonne stand schon tief über dem Arno und spiegelte sich wie rotglühendes Feuer in den auffälligen Bogenfenstern des dreistöckigen Palazzo Pazzi, als Damian endlich sein Ziel erreichte. Der hochherrschaftliche Bau war von Giuliano da Maiano geplant worden, einem Meister der florentinischen Architektur, und stand ziemlich prominent an jener Stelle, wo die Via dei Balestrieri die Borgo di San Pier Maggiore kreuzte.

Bereits von der Straße her offenbarte sich dem interessierten Betrachter die künstlerisch gestaltete Häuserfront, von zahlreichen Fresken geschmückt, die jenen heldenhaften Vorfahren der Pazzi bei seiner Eroberung von Jerusalem zeigten, den Damians Mutter als Auserkorenen der Dämonen bezeichnet hatte.

Die Säulenabschlüsse in den Arkadengängen waren mit Skulpturen von Delphinen versehen, die wohl Freude und Großzügigkeit ausdrücken sollten, und den drei Flammen des Heiligen Feuers, das Pazzino de' Pazzi angeblich aus Jerusalem mit heimgebracht hatte. Beides gehörte zum Familienwappen der Pazzi, ebenso wie die Kreuze des Heiligen Grabes von Jerusalem, die sich nicht nur auf dem Abzeichen über dem Haupttor widerspiegelten, sondern auch auf den Strümpfen und Westen der Garde und den verschiedenen Kleidungsstücken der Familienmitglieder, wo sie auf tiefblauem Grund mit goldenem Zwirn aufgestickt waren.

Damian fiel der schwarze Trauerflor ins Auge, der überall an Erkern und Säulen aus durchscheinenden Seidentüchern angebracht worden war. Soweit er wusste, galt diese Geste der Anteilnahme am Tode Simonetta Vespuccis, der angeblich schönsten Frau von Florenz, die nach Auskunft der amtlichen Vertreter der Stadt vor nicht allzu langer Zeit an der Schwindsucht verstorben war. Obwohl Simonetta immer eine glühende Verehrerin der Medici gewesen war, ließen es sich die meisten vornehmen Familien wohl nicht nehmen, ihren Verwandten und auch den Medici ihre Anteilnahme unter Beweis zu stellen. Aber es hieß auch, ihr Mann, Marco Vespucci, habe sich bereits vor ihrem Tod den Pazzi zugewandt, weil er Giuliano de' Medici, den Bruder Lorenzos, abgrundtief hasste. Die Spatzen pfiffen es von den Dächern, dass seine junge Frau eine Affäre mit Lorenzos Bruder gehabt haben solle. Trotzdem zeigte man wohl auch hier Respekt vor der prominenten Toten.

Damian verknüpfte eine andere Erinnerung mit Simonetta, doch die war zu süß und gleichzeitig zu bitter, um sich darin zu vertiefen.

Am Eingang des Palazzo wurde Damian, nachdem er den weitläufigen Innenhof betreten hatte, von einem Wachmann begrüßt. Der in blaues und gelbes Tuch gewandete Mann verlangte nach seinem Begehr, und als Damian sich als zukünftiger Condottiere des Hauses Pazzi ausgab, wollte der Uniformierte seine Empfehlungsschreiben sehen.

Nachdem Damian ihm diese mit einem gewissen Stolz in der Brust vorgelegt hatte, beauftragte der Wächter einen jungen Hausdiener, den ersten Schreiber der Pazzi zu rufen, der die Schriftstücke ohne Mühe als Messer Jacopos Handschrift legitimierte. Danach ging alles wie von selbst. Während Damian seinen Hengst einem Knappen überlassen durfte, der das Tier in einen großzügigen Stall führte, schritt er selbst in Begleitung des Schreibers eine breite Treppe hinauf zum Arbeitszimmer Jacopo de' Pazzis. Auf dem Weg dorthin begegneten ihnen ein paar kichernde Mädchen, die ihn an seine Schwestern erinnerten und ihm bewusst machten, warum er das alles auf sich nahm. Die jungen Frauen waren kostbar gekleidet und gehörten allem Anschein nach zur Familie. Sie lächelten ihm schüchtern zu und bekundeten unter einem verschämten Augenaufschlag ihr unverhohlenes Interesse an seiner Erscheinung, obwohl seine Kleidung weiß Gott keinen Reichtum versprach. Damian war sich seines guten Aussehens durchaus bewusst. Jedenfalls hatte er noch nie Probleme gehabt, sich bei der Damenwelt Aufmerksamkeit zu verschaffen. Selbst Sandro Botticelli hatte ihn vor ein paar Jahren, anlässlich des vorösterlichen Reit- und Kampfturniers unter den adligen Söhnen von Florenz, ohne Scheu angesprochen, während er halbnackt, verschwitzt und blutbesudelt am Spielfeldrand sitzend mit seiner Mannschaft auf die nächste Partie Treibball wartete. Der aufstrebende Künstler wollte wissen, »ob er mit seinen schiefergrauen Augen, den dichten, schwarzen Haaren und seiner athletischen Figur nicht für ihn Modell stehen wolle«. Doch Damian hatte wie seine lachenden Kameraden nur Spott für Botticelli übriggehabt und ihn gefragt, ob ihm die Sodomiten ausgegangen seien, was dieser zugegebenermaßen überhaupt nicht lustig fand.

Einzig seine große Liebe hatte Damian weder mit seinem Charme noch mit seinen Muskeln erobern können. Sie hatte sich auf Geheiß ihrer Verwandtschaft für einen reichen und abgrundtief hässlichen Kaufmann aus Mailand entschieden. Trotzdem erhoffte er sich von seiner Anstellung bei den Pazzi auch wieder ein wenig mehr Glück in der Liebe, war es doch schon einige Zeit her, seit er das Bett mit einer Frau geteilt hatte.

Die Sterne schienen für Damian gut zu stehen, als der in die Jahre gekommene, leicht untersetzte Messer Jacopo de' Pazzi (Messer galt für die Bezeichnung des Ritterstandes, eines Titels, dessen sich Damian aufgrund seiner adligen Herkunft auch bedienen durfte) vor ein paar Wochen auf ihn aufmerksam geworden war. Damals hatte sich Damian auf der Suche nach einer Anstellung an den Hauptmann der Wachmannschaften der Villa Loggia in Montughi gewandt.

Das stolze Anwesen der Pazzi lag unweit von Fiesole, in den Hügeln vor Florenz, und gehörte zu den zahlreichen Liegenschaften der schwerreichen Pazzi-Sippe.

Zwei Köpfe kleiner als Damian und offenbar beeindruckt von dessen breitschultriger Statur, engagierte ihn das grauhaarige Oberhaupt der Pazzi vom Fleck weg als Anführer einer neuen Söldnertruppe, die offiziell seinem jüngeren Neffen Francesco unterstand.

»Wenn Ihr so gut mit dem Schwert kämpfen könnt, wie Eure Reitkünste und die Eleganz Eurer Bewegungen versprechen, seid Ihr für mich und meinen Neffen in jedem Fall der richtige Mann«, hatte Messer Jacopo bereits damals geschwärmt und ihn zwei Wochen später zu einem weiteren Gespräch auf den Sommersitz der Pazzi eingeladen. Dort war er das erste Mal auf Francesco de' Pazzi persönlich getroffen. Er war ein dunkelhäutiger, glutäugiger Mann mit schulterlangen, schwarzen Haaren, also ganz so, wie Damians Mutter ihn beschrieben hatte, der ihn neben seinem neuen Amt als Anführer einer zweihundert Mann starken Söldnerarmee in Kriegszeiten zum Truppführer seiner neuen Leibgarde im Frieden ernannte. Sie bestand angeblich nur aus einer Handvoll bestens gerüsteter Männer, die im Gegensatz zu den übrigen Wachsoldaten besondere Aufgaben zu übernehmen hatten. Um was genau es sich dabei handelte, wollte Jacopo de' Pazzi ihm erst bei Dienstantritt mitteilen.

»Da sind wir«, verkündete der Schreiber und machte mit Damian vor einer hohen, mit Gold verzierten Tür halt. Ein weiterer Wachmann, der draußen auf sie gewartet zu haben schien, meldete sie bei Messer Jacopo an.

»Schön, Euch zu sehen, Messer Damian«, empfing ihn der Familienvorstand der Pazzi lächelnd und klopfte ihm anerkennend auf die Schulter. Danach schickte er merkwürdigerweise den Schreiber hinaus mit dem Hinweis, er wolle mit Damian unter vier Augen sprechen. Jedoch nicht ohne sich zuvor von einem Diener einen besonders edlen roten Wein samt der dazu passenden Häppchen servieren zu lassen. »Greift nur zu«, empfahl ihm Messer Jacopo und deutete auf Käsegebäck und kandierte Früchte, dazu reichte er Damian einen Kristallkelch, in den er den Wein persönlich für ihn eingegossen hatte. »Ihr habt einen langen Ritt hinter Euch, Ihr müsst hungrig sein.«

Damian nahm das kostbare Glas entgegen und schaute sich unsicher um, so viel Prunk war er selbst aus dem ehemals wohlhabenden Haus seiner Eltern nicht gewöhnt.

»So setzt Euch doch«, forderte Messer Jacopo ihn mit einer ungeduldigen Geste auf und deutete auf einen gepolsterten Stuhl. »Wenn wir mit unserem kleinen Exkurs fertig sind, möchte ich Euch gerne zum Abendessen einladen, später wird Euch mein Diener Eure Unterkunft zeigen. Ich habe Euch in den Unterkünften der Söldner eine eigene Kammer zuweisen lassen.« Er zwinkerte Damian wissend zu. »Als Mann von Stand möchte man sicher ab und an seine Privatsphäre haben, nicht wahr?«

»Habt Dank, Messer Jacopo«, erwiderte Damian zurückhaltend, obwohl er allgemein nicht unbedingt zur Schüchternheit neigte. Aber so viel Zuwendung auf einmal, zumal er noch nichts geleistet hatte, irritierte ihn. »Ich fürchte nur, das alles ist zu viel der Ehre.« Mit einem vorsichtigen Blick begegnete er den listigen, schwarzen Augen seines Gegenübers.

»Keineswegs, mein Freund«, entgegnete Jacopo. »Schließlich seid Ihr ein Ritter wie unsereiner und von Lorenzo de' Medici aufs tiefste gedemütigt worden. Ich habe nicht nur ein Interesse daran, Eure Ehre wiederherzustellen. Wie mein Neffe bin ich bestrebt, unseren Widersachern das Handwerk zu legen, und wer eignet sich besser für eine solche Aufgabe als ein Mann, dem von eben jenen Feinden alles genommen wurde? Wobei ich zu bedenken gebe, dass wir keine gebrochenen Weichlinge gebrauchen können, sondern hartgesottene Männer wie Euch, die sich von der gegnerischen Seite nichts gefallen lassen und zugleich so bescheiden auftreten, als wären sie unschuldige Chorknaben.«

Damian nahm einen hastigen Schluck Wein und hob eine Braue.

»Ich glaube, ich verstehe nicht ganz«, bemerkte er zögernd. »Ich dachte, ich solle mich in erster Linie um Eure neu gegründete Schutztruppe kümmern, ihre Kampfübungen überwachen und sie ins Feld führen, falls Eure Verbündeten in Kriegszeiten Unterstützung verlangen.«

Messer Jacopo lachte kollernd. »Natürlich sollt Ihr das. Zumindest wird es Eure offizielle Aufgabe sein. Doch das ist längst nicht alles, wie ich bei unserem letzten Gespräch bereits erwähnte. Es ist nicht ganz einfach, Euch aus dem Nichts heraus ein Beispiel zu geben. Aber wie Ihr Euch vielleicht denken könnt, tobt seit Jahren ein unterschwelliger Machtkampf zwischen uns und den Medici, der zumindest nach außen hin zugunsten der Gegenseite verläuft. Die Medici setzen alles daran, die notwendigen Mehrheiten zu bestechen, um uns aus den wichtigen Ämtern in der Signoria von Florenz hinauszudrängen. Und nicht nur das. Auch im Kaufmännischen versuchen sie uns zu schaden, wo es nur geht. Wenigstens konnten wir den Papst inzwischen auf unsere Seite ziehen. Denn auch dem Heiligen Vater sind die Medici inzwischen zu sehr erstarkt, er würde Lorenzos Hochmut gerne brechen. Sicher ein Grund, warum er die Pazzi-Bank und nicht die Medici mit der Finanzierung von dreißigtausend Dukaten beauftragt hat, um die Festung Imola einnehmen zu können. Und auch die Unterstützung unserer Familie beim Erwerb des Alaunmonopols ist ein Zeichen seiner unendlichen Güte. Tatsachen, die Lorenzo de' Medici in Wut und Wahnsinn treiben. Im Gegenzug versucht dieser weiterhin, gegen den Papst und seine Schützlinge vorzugehen, und biedert sich dem Herzog von Mailand an. Auf der anderen Seite hat er durch diverse Fehlentscheidungen nicht nur den Papst, sondern auch den Herzog von Urbino gegen sich aufgebracht. Federico da Montefeltro kennt sich als langjähriger Heerführer hervorragend im Kriegshandwerk aus und verfügt über eine beeindruckende Söldnertruppe. Er stellt also durchaus auch eine Bedrohung für Lorenzos Machtgelüste dar, obwohl er sich davon noch nichts anmerken lässt.«

»Verzeiht, Herr«, wandte Damian unvermittelt ein. »Verstehe ich das richtig, Ihr wollt Euch mit dem Papst verbünden, um einen Krieg gegen die Medici zu führen? Ist das der Grund, warum Ihr nun eine eigene Armee aufgestellt habt?«

»Von Wollen kann gar keine Rede sein«, erwiderte Messer Jacopo jovial. »Eher von Müssen. Allerdings sollten zunächst einmal die entsprechenden Ränke geschmiedet werden, um das Feld für die anstehende Schlacht zu bereiten. Bis dahin haben wir nicht vor, offen zu Felde zu ziehen. Vielmehr werden wir uns auf kleine, spitze Nadelstiche konzentrieren, die – perfekt ausgeführt – unseren lieben Lorenzo im wahrsten Sinne des Wortes in die Irre führen.« Er lachte düster und genehmigte sich einen Schluck Wein. »Nicht umsonst bedeutet Pazzi Irrer. Schon unsere Vorfahren waren augenscheinlich in der Lage, ihre Feinde in den Wahnsinn zu treiben. Doch dafür benötigen wir keine Truppe von über zweihundert Soldaten. Die habe ich nur zur Abschreckung eingekauft und, wie ich bereits sagte, um sie im Falle des Falles unter Eurer Führung zur Verstärkung meiner Verbündeten einsetzen zu können. Für die subtile Vorbereitung unserer Vernichtungspläne benötige ich weitaus weniger Männer, aber diese müssen umso verlässlicher sein. Deshalb will ich, dass Ihr über die Aufgabe als Condottiere hinaus die Leibgarde meines Neffen Francesco in Florenz befehligt, die sich aus Euch und vier weiteren, ausgesuchten Söldnern zusammensetzen wird. Da Francesco die meiste Zeit in Rom weilt, habt ihr genügend Zeit, zusammen mit diesen Männern diverse Geheimaufträge zu erledigen, die strikter Verschwiegenheit bedürfen. Eure Tarnung wird durch die Einbindung in den kaum nachzuvollziehenden Söldneralltag der übrigen Pazzi-Truppen gewährleistet.«

»Und was genau sollen wir tun?« Damian sah seinen neuen Herrn, dessen Lippen sich noch immer belustigt kräuselten, aus schmalen Lidern an.

Mit einem Schlag wurde Messer Jacopos Miene hart. »Ihr sollt töten.« Seine Stimme war so eisig, dass Damian das Blut in den Adern gefror. »Wer unseren Feldzug nicht unterstützt oder gar stört, muss sterben. Wer offene Rechnungen nicht pünktlich bezahlt, muss sterben. Wer uns an die Gegenseite verrät, findet den Tod. Ihr werdet das mit den Euch zugeteilten Männern erledigen, Messer Damian. Lautlos und ohne Spuren zu hinterlassen.«

KAPITEL 3

Mai 1476 – Florenz

Zunächst war Damian schockiert und nahe daran, dem Rat seiner Mutter zu folgen und seinen Dienst, kaum dass er ihn angetreten hatte, wieder zu quittieren. Was bedeuten würde, er musste das Angebot ablehnen, um sein Seelenheil vor einer solchen Teufelei zu bewahren. Doch so einfach war das nicht. Erstens hatte Messer Jacopo ihn bereits ins Vertrauen gezogen, und es war nicht abzusehen, wie er auf eine solche Abfuhr reagieren würde. Das Letzte, was Damian gebrauchen konnte, war, neben Lorenzo de' Medici einen weiteren mächtigen Paten gegen sich aufzubringen. Und zweitens dachte er an den Tod seines Vaters. Wenn er ehrlich zu sich selbst war, empfand er eine unselige Form blutrünstiger Vorfreude bei dem Gedanken, jene Männer, die das demütigende Sterben Ernesto de' Castellos in aller Öffentlichkeit bejubelt hatten, nun im Auftrag der Pazzi dafür büßen zu lassen.

Eine Frage interessierte ihn noch, auch wenn sie das Risiko barg, dass Messer Jacopo ihm eine Antwort schuldig blieb. »Warum habt Ihr mich für eine solche Aufgabe ausgewählt? Ihr habt doch genug Söldner, die so etwas leicht erledigen könnten.«

»Weil wir dafür intelligente Kämpfer benötigen, auf die wir uns einhundertprozentig verlassen können. Wie Ihr Euch vielleicht vorstellen könnt, sind solche Missionen äußerst heikel. Die Oberen der ›Otto di Guardia‹, denen der Geheimdienst der Signoria untersteht, haben ihre Augen und Ohren überall. Sie arbeiten unter dem stetigen Einfluss der Medici und sind somit unser größter Feind. Das setzt nicht nur ein gewisses Geschick bei den Vorbereitungen besagter Einsätze voraus, sondern auch strikte Verschwiegenheit. Außer Messer Francesco und mir wissen nicht einmal unsere engsten Verwandten, was Ihr da tut. Und auch die übrigen zweihundert Söldner unserer Kampftruppe dürfen nichts davon erfahren.«

Damian nickte mit abwesendem Blick, kaum fähig, seine Unruhe zu verbergen. »Und wer sind meine Mitstreiter?«

»Ihr Schicksal ist dem Euren recht ähnlich«, erklärte Jacopo mit einem undurchsichtigen Lächeln. »Ihre Namen sind: Frederico Tedesco, genannt ›Tedeschi‹, ein blonder Deutscher aus dem Herzogtum Württemberg, dessen Vater bei der Medici-Bank in Basel Geld geliehen hatte, das er nicht zeitig zurückzahlen konnte. Woraufhin ihn Lorenzo durch seine Verbindung zu den Herrschenden hat enteignen und ähnlich wie Euren Vater im Schuldenturm jämmerlich hat zugrunde gehen lassen. Hinzu kommt Luca Allegro, auch ›Moro‹ genannt, ein dunkelhäutiger Söldner aus Pisa, dessen Familie auf eine vergleichbare Weise durch die Habgier der Medici vernichtet wurde. Dann wäre da noch Gulliveri Lamberti, genannt ›la pecora‹, das Schaf, ein kraushaariger Jüngling aus Volterra. Dessen gesamte Familie wurde vor vier Jahren beim Krieg mit Florenz von Lorenzo de' Medicis Truppen brutal niedergemetzelt. Wobei sie keine Rücksicht auf Frauen und Kinder genommen haben. Gulliveri ist dem Tod nur deshalb entgangen, weil er sich mit seinem Onkel auf einer Pilgerreise nach Rom befand. Und zuletzt wäre da noch Laurentio di Baux, ein junger, schlanker Adliger aus Mailand. Er trägt schulterlanges, dunkelblondes Haar, wie es eines Ritters würdig ist. Eure Kameraden nennen ihn auch ›patrizio‹, weil man angeblich allein an seiner Haltung erkennen kann, dass er aus besseren Kreisen stammt. Seine jüngste Schwester wurde vor zwei Jahren von Lorenzos Söldnern zu Tode geschändet. Für die seitens der Familie di Baux geforderte Wiedergutmachung in Form einer Verurteilung der Täter zum Tod am Strang hatte Lorenzo de' Medici nur Spott übrig. Geschweige denn war er bereit, eine Entschädigung in Höhe von fünftausend Fiorini zu zahlen. Im Gegenteil, seine Advokaten haben Laurentios Schwester als freizügige Mätresse am Hof des Herzogs von Mailand bezeichnet, die es nur darauf angelegt habe, sich von jedem dahergelaufenen Hund besteigen zu lassen. Obwohl Laurentios Vater lange als Notar in den Diensten von Galeazzo Maria Sforza gestanden hat, wollte dieser offenbar keine Missklänge zwischen Mailand und Florenz aufkommen lassen. Schon gar nicht wegen einer für ihn unbedeutenden jungen Frau. Seitdem hat Laurentio Rache geschworen. Nur der Tod der Medici wird die Ehre seiner Schwester wiederherstellen können. Ich meine, das alles sind ausgezeichnete Voraussetzungen, um bei den anstehenden Aufgaben die notwendige Begeisterung entwickeln zu können. Findet Ihr nicht auch?« Jacopos Augen glitzerten vor Vergnügen, weil er offenbar bei der Auswahl der Männer ein so glückliches Händchen gehabt hatte.

Dass dieses Potential an unbefriedigter Genugtuung wie dafür geschaffen war, die düsteren Pläne der Pazzi voranzutreiben, hatte wohl auch sein Neffe Francesco inzwischen erkannt.

Damian nickte schweigend. Selbst wenn das Vorhaben, die Medici zu stürzen, zunächst noch in weiter Ferne zu liegen schien, weil Lorenzo und sein Bruder einfach zu gut bewacht wurden, würde er bis dahin all jene mit Wonne dafür bluten lassen, die diesem Abschaum zu Diensten waren und weniger Vorsicht walten ließen.

Einige Monate später bereiteten sich Damian und seine vier Kameraden, die ihn von Beginn an vorbehaltlos als Anführer akzeptiert hatten, in der Abgeschiedenheit eines kleinen Besprechungsraumes auf einen weiteren, von Messer Jacopo befohlenen Auftragsmord vor. Inzwischen waren sie eine eingespielte Truppe. Die anfänglichen Skrupel hatten sie längst überwunden und sogar eine gewisse Eleganz entwickelt, was die Art und Weise des Tötens betraf.

Seit ihrem Dienstantritt hatten sie sieben Männer unauffällig ins Jenseits befördert. Wobei der Tod dieser Männer Florenz und seine Oberen durchaus in Aufruhr versetzt hatte, aber der oder die Täter blieben im Sumpf der erfolglosen Ermittlungsarbeit der »Otto« verschwunden. Ebenso wie einige Leichen, derer man nicht habhaft geworden war, und so konnten die betroffenen Angehörigen nichts anderes tun, als die abgängigen Personen als vermisst zu melden. Nicht wissend, dass ihre Lieben längst im Arno gelandet waren und als Fischfutter dem Meer entgegentrieben.

Natürlich war so etwas nicht angenehm, aber genauer betrachtet hatte Damian es sich schlimmer vorgestellt. Was vielleicht daran lag, dass die Planung stimmte und sie es gemeinsam taten. Aber auch weil es sich ausnahmslos um sogenannte Speichellecker Lorenzo de' Medicis handelte, die es in den Augen ihrer selbsternannten Henker nicht besser verdient hatten.

Pietro della Scappi, ein angesehener Berater der Medici, war so ein Beispiel. Er machte seit neuestem im Auftrag der Medici Stimmung gegen die Pazzi, indem er bei florentinischen Kaufleuten das Gerücht verbreitete, es habe Unregelmäßigkeiten bei Pazzi-Banken in Brügge und Basel gegeben, mit entsprechenden Verlusten. Ihr Geld sei dort also nicht sicher, weil es mit den Geschäften der Medici-Konkurrenz allem Anschein nach nicht zum Besten stünde.

Messer Jacopo hatte della Scappi verflucht, als ihm die Geschichte zu Ohren kam. Zusammen mit seinem Neffen Francesco hatte er die Sache eine Weile aus der Ferne beobachtet, ohne jedoch seine übrigen Verwandten darüber in Kenntnis zu setzen. Zunächst hatten sie es noch im Guten versucht und della Scappi ein hübsches Sümmchen geboten, damit er die Seiten wechselte. Nachdem sich della Scappi als nicht bestechlich erwiesen hatte, war vor drei Tagen eine geheime Entscheidung zu seinen Ungunsten gefallen. »Pietro della Scappi muss sterben und das möglichst unauffällig«, bestimmte Messer Jacopo kalt. Damian hatte daraufhin ein wenig ermittelt und herausgefunden, dass der vermögende Mann mindestens einmal wöchentlich in der Herberge »Zu den sieben

Sternen« auf der anderen Seite des Arno einen Abend mit jungen, männlichen Huren verbrachte. Meist feierten sie ausgelassen und inkognito in della Scappis großzügiger Herbergskammer, wo sie sich offenbar ausschweifenden fleischlichen Genüssen hingaben. Allerdings übernachtete della Scappi dort niemals. Was zu dem Plan geführt hatte, ihn auf dem Heimweg zu töten.

Unter den Söldnern, die Damian nun unterstanden, war es ein ehernes Gesetz, vorher nur wenig und hinterher gar nicht mehr über die erledigten Aufträge zu reden. Entsprechend schweigsam bereiteten sie sich auf ihren Einsatz vor.

Damian und seine Kameraden ließen sich ihre Anspannung nicht anmerken, während sie vor dem Ausgang in die Stadt routiniert den unauffälligen Sitz ihrer Waffen überprüften. Wie üblich gürteten sie ihre Schwerter über dem dunklen Wams. Hinzu kam ein nadelspitzer Langdolch, der unter dem Mantel in einer extra gegürteten Lederscheide steckte und gegen den ein Schwert geradezu harmlos erschien. Mit dem Dolch konnte man ein ahnungsloses Opfer im Handumdrehen aufspießen. Trotzdem kam diese Waffe unter Damians Befehl nur im äußersten Notfall zum Einsatz.

Er bevorzugte den lautlosen, möglichst unblutigen Mord, indem er es vorzog, seine Opfer zu ersticken oder ihnen das Genick zu brechen.

Das hatte darüber hinaus den Vorteil, dass sie ihre Kleider nicht verbrennen mussten, weil es unter den Wäscherinnen ansonsten zu dummen Fragen gekommen wäre. Außerdem hätte Messer Jacopo es garantiert nicht gutgeheißen, wenn sie nach jedem Auftrag neue Hosen und Mäntel benötigten. Zumal er einiges in ihre möglichst unauffällige und doch kostbare Zivilkleidung investiert hatte. Neben einem hellen Leinenhemd und einem dunklen, knielangen Wams aus braunem Samt trugen sie gewöhnlich eine enge, auf den Leib geschneiderte, weiche Hirschlederhose. Im Gegensatz zu den Uniformen, die sie bei offiziellen Anlässen anhatten, verzichtete man bei diesen Kleidern aus Gründen der Tarnung auf das Zeichen der Pazzi. Dazu kamen ein paar dunkelbraune Reitstiefel aus bequemem Ziegenleder, die bis zu den Oberschenkeln reichten und bei Bedarf bis zu den Knien hinuntergekrempelt werden konnten. Über allem trugen Damian und seine Kameraden einen knielangen, schwarzen Überrock aus leichter, feingewebter Wolle, der sich nicht nur bei Dunkelheit als nützlich erwies, sondern auch zur Verhüllung der Waffen.

Am späten Nachmittag legten Damian, Tedeschi, Gulliveri, Luca und Laurentio so gewandet den Weg zum Ort des Geschehens zu Fuß zurück, indem sie im dichten Gedränge der Händler und Käufer getrennt voneinander die Ponte Vecchio überquerten und sich bis zur hereinbrechenden Dunkelheit in einer Taverne gegenüber den »Sieben Sternen« einquartierten, wo sie, ohne viel Aufsehen zu erregen, einen Tisch besetzten und sich unauffällig dem Würfelspiel widmeten. Dabei genehmigten sie sich ein oder zwei Gläser Wein und einen Grappa. Aber nur einen, weil sie für das, was sie vorhatten, bei klarem Verstand bleiben mussten. Auch die vielen schönen Mädchen, die sich ihnen andienten, bissen sich an ihnen die Zähne aus, weil die Pazzi-Söldner keinen nachhaltigen Eindruck hinterlassen durften.

Zu fortgeschrittener Stunde verließen Damian und seine Leute einer nach dem anderen die Taverne und postierten sich im Stockdunkeln hinter einer Mauer in einem Gebüsch, wo sie auf ihr ahnungsloses Opfer warteten. Della Scappi wusste natürlich, wie gefährlich es war, sich nachts angetrunken in den Straßen von Florenz zu bewegen, weshalb er sich zusammen mit der Kutsche zwei Wachleute bestellt hatte, die ihn bei der Rückfahrt über die Ponte alla Carraia begleiten sollten. Pflichtschuldigst warteten die beiden Männer auf einem Trittbrett am hinteren Ende des geschlossenen Wagens und dösten vor sich hin. Keiner von beiden schien die herannahende Bedrohung in Gestalt der Pazzi-Söldner zu bemerken.

Noch bevor die Glocke zur sechsten Stunde schlug, verließ della Scappi wie erwartet die Herberge. Allein und ohne seine weinseligen Hurensöhne, die im ersten Stock des Gebäudes ihr fragwürdiges Treiben gut hörbar weiterverfolgten. Della Scappi bestieg offensichtlich erschöpft von seinen Sünden den Wagen und gab dem Kutscher samt seinen beiden Wächtern ein Zeichen. Zockelnd setzte sich das von zwei Schimmeln gezogene Gefährt in Bewegung. Wobei die beiden Wachleute zwar zu sich gekommen waren, aber Damian kaum munterer erschienen als noch einige Zeit zuvor. Geschützt von der Dunkelheit, nahmen Damian und seine Männer die Verfolgung auf. Längst hatte sich die Nacht über die Stadt gelegt, und die Straßen wurden nur spärlich durch ein paar lodernde Feuerkörbe entlang des Arno-Ufers erleuchtet. Hinzu kamen zwei brennende Stecken, die der Wagenlenker rechts und links neben dem hölzernen Bock aufgepflanzt hatte. Genug Licht, um Damian und seinen Leuten ausreichend Sicht auf das Gefährt zu gewährleisten, zu wenig, um deren Opfer die Gefahr erkennen zu lassen, in der sie sich befanden. Auf ein Zeichen Damians liefen seine Kameraden los, zielstrebig wie Raubkatzen auf nächtlicher Jagd, fest gewillt, keine Gnade walten zu lassen.

Während der Kutscher im Halbschlaf über die Brücke ratterte, bemerkte er noch nicht einmal, wie Damian die Wagentür öffnete und sich neben den vor Schock sprachlosen Pietro setzte. Derweil widmeten sich Damians Kameraden den beiden Wachen, die auf dem Brett an der Rückseite des Wagens gestanden hatten. Mit gezielten Faustschlägen schickten sie die völlig verdutzten Männer so rasch ins Land der Träume, dass sie noch nicht einmal stöhnten. Anschließend zogen sie die Ohnmächtigen lautlos zur Brückenmauer und ließen sie senkrecht mit dem Kopf zuerst in den Arno plumpsen, der an dieser Stelle aufgrund des Wehrs etwas tiefer war als an anderen Abschnitten.

Damian verfuhr in ähnlicher Weise mit della Scappi. Während er dem vergeblich zappelnden Mann mit bloßen Händen Mund und Nase zuhielt und ihm damit jegliche Luft zum Atmen nahm, galoppierte sein Herzschlag so rasch davon wie der seines Opfers. Mit dem Unterschied, dass della Scappis Puls erstarb, noch bevor das Gefährt die gegenüberliegende Seite des Arno erreichte. Damian zog den leblosen Körper unbemerkt aus dem Wagen und schulterte ihn. Noch etwas außer Atem rannte er zur gemauerten Brückeneinfassung und warf die Leiche mit Schwung ins modrig riechende Wasser. Dann drehte er sich zu seinen Kameraden um und rieb sich die Hände.

»Gut gemacht«, raunte er seinen wartenden Mitstreitern zu. »Falls man die sterblichen Überreste der drei morgen am Wehr findet, wird es so aussehen, als seien sie im angeheiterten Zustand in den Fluss gestürzt und ertrunken. Keiner wird beweisen können, dass da jemand nachgeholfen hat.«

»Messer Jacopo kann stolz auf uns sein«, fügte Tedeschi hinzu, wie um sich selbst und seine Tat noch einmal zu bestätigen.

Damian nickte hastig, während er einen raschen Blick in die düstere

Umgebung warf. »Lasst uns schleunigst verschwinden«, murmelte er und gab das Zeichen zum Abrücken.

Bis auf den Nachtwächter und die Wachen auf der Stadtmauer, die allesamt zu weit weg waren, um sie im Dunkeln sehen zu können, war weit und breit keine Seele mehr unterwegs.

»Hättet ihr gedacht, dass es so einfach sein würde? Immerhin waren sie zu dritt«, wandte Laurentio unvermittelt ein, als sie den Weg über die Brücke nahmen und dann gleich nach rechts zum Ufer des Arno abbogen. »Dank deiner guten Planung, Damian«, lobte er seinen gleichaltrigen Anführer, der seinen Untergebenen eher ein Freund war als ein Vorgesetzter.

Damian klopfte ihm beiläufig auf die Schulter.

»Ohne unser perfektes Zusammenspiel wäre das alles wohl kaum möglich.«

»Und was fangen wir nun mit dem angebrochenen Abend an?«, fragte Tedeschi und dehnte grinsend sein breites Kreuz.

»Ich schlage vor, wir belohnen uns mit einer Runde Vino Cotto und einer hübschen Hure in Giacomos Taverne«, schlug Laurentio mit einem schmutzigen Lachen vor.

»Von mir aus«, befand Damian seufzend und fuhr sich mit angewinkeltem Arm übers Gesicht, als ob er die Spuren der Schuld daraus entfernen wollte. Bisher hatten sie ihre düsteren Taten meist in Giacomo Rossis Freudenhaus hinter sich gelassen. Schließlich gehörte der Laden zu Francesco de' Pazzis Besitzungen, und er hatte dem Wirt ausdrücklich die Anweisung erteilt, dass sowohl die Mahlzeiten als auch die dort tätigen Mädchen für seine Leibgarde kostenlos zur Verfügung standen. Lediglich für den Wein und den Grappa mussten sie zahlen.

Nach einem kurzen Fußweg quer durch die Stadt gelangten sie in die Via dei Servi, nicht weit von den Villenvierteln der reichen Patrizierfamilien. Bei der genannten Taverne handelte es sich um ein besseres Hurenhaus, dessen Wirt nicht nur seine Pacht, sondern auch eine nicht unerhebliche Summe an Schutzgeld an die Pazzi zahlte. Schon allein deshalb konnten Damian und seine Männer sicher sein, sich dort einer gewissen Anonymität zu erfreuen. Auch wenn sie sich nicht als das zu erkennen gaben, was sie in Wirklichkeit waren, gedungene Mörder, die vor nichts zurückschreckten, so waren sie doch als Söldner bekannt, die das Leben der Pazzi und deren Familienmitglieder schützten. Entsprechend beliebt waren sie bei den durchaus hübschen, jungen Weibern, die sie mit großem Hallo begrüßten und sich ihnen sogleich mit auffälliger Hingabe widmeten, obwohl sie an ihnen kaum Geld verdienten.

Damian saß noch nicht lange im Schankraum auf einer Bank, als die dunkelhaarige Jacaranda bereitwillig ihren drallen Hintern in seinen Schoß schmiegte und ihm ihre üppigen, nur von einem hauchdünnen Seidenhemd bedeckten Brüste entgegenstreckte. Während sich sein Blick an die emporragenden, himbeerfarbenen Brustwarzen heftete, war er in Gedanken noch immer bei della Scappi, dessen Zunge sich im Todeskampf gegen seine Finger gepresst und dort ein unangenehmes, schleimiges Gefühl hinterlassen hatte.

»Kann ich mir irgendwo die Hände waschen, bevor ich dich anfasse?«, bat er Jacaranda, die sein offensichtliches Bestreben nach Reinlichkeit mit einem strahlenden Lächeln belohnte.

»Ich wollte dir ohnehin gerade vorschlagen, mir in meine Kammer zu folgen. Dort kannst du dir in meiner Waschschüssel waschen, was du willst.« Sie grinste verschlagen. »Ein neues Stück Ambraseife liegt auch bereit und frische Handtücher. Danach können wir es uns gerne in meinem Bett gemütlich machen, wenn du nichts dagegen hast.«

»Was sollte ich dagegen haben?«, bekannte er halbherzig, und schon zog sie ihn am Ärmel seines Mantels unter dem grölenden Lachen seiner Kameraden in ihr schlüpfriges Reich.

Dort angekommen, entzündete sie rasch einen dreiarmigen Kandelaber und versprühte Parfüm. Der schwere Jasminduft, der sich wie ein Nebel in der kleinen Kammer verteilte, nahm Damian beinahe den Atem, zumal die Läden des einzigen Fensters fest verschlossen und mit bunten Vorhängen verhangen waren. Damian ging zu einer hüfthohen Kommode, wo die Waschschüssel stand, und tauchte seine Finger ins kühle Nass. Erst danach schäumte er seine Hände mit der wohlriechenden Seife ein. Als er seine Finger erneut ins Wasser tauchte, um den Seifenschaum abzuwaschen, fühlte er sich plötzlich an Pontius Pilatus erinnert, dem es auch nichts genützt hatte, seine Hände in Unschuld zu waschen. Noch während er sich an einem bereitgelegten Leinentuch abtrocknete, lockte ihn Jacaranda mit ihrer nackten Üppigkeit auf die rote Matratze ihres Baldachinbettes.

»Soll ich dir helfen, dich auszuziehen?«, säuselte sie. Dabei warf sie ihre hüftlangen, braunen Locken zurück und leckte sich genüsslich die vollen Lippen.

»Nein, nicht nötig.« Routiniert befreite er sich von seinem Waffengurt. Stiefel, Hosen und Strümpfe folgten. Nur sein helles Leinenhemd behielt er an, das ihm bis zu den Oberschenkeln reichte und zuverlässig sein hoch aufragendes Geschlecht verbarg. Doch Jacaranda ließ sich nicht täuschen, und als er sich zu ihr aufs Bett kniete, packte sie beherzt unter den Stoff und umschloss mit festem Griff seine Herrlichkeit, wie sie es nannte. Mit angehaltenem Atem und halb geöffneten Lidern ließ er es zu, dass sie ihn genüsslich massierte.

»Oh, ich liebe es, einen gestandenen Kerl wie dich in meiner Hand zu halten, aber noch mehr liebe ich es, ihn in mir zu spüren«, hauchte sie mit ihrer rauchigen Stimme und lehnte sich zugleich mit gespreizten Schenkeln zurück, um ihm uneingeschränkten Zugang zu ihrer Schatzkammer zu verschaffen, wie sie es ausdrückte. Damian, der sich nun auch seines Hemds entledigt hatte, vertraute darauf, dass sie wie üblich feucht genug war, und drang ohne Zögern kraftvoll in sie ein. Die junge Frau stöhnte frenetisch, als er ihr sündiges Fleisch ungewohnt dehnte und so tief in sie stieß, bis er ihren weichen Widerstand spürte.

Dann nahm er einen stetigen Rhythmus auf, indem er seine pumpenden Stöße so lange vorantrieb, bis ihr enggeschwollenes Fleisch sein zum Bersten geladenes Glied spürbar zu melken begann. Während er alle Zurückhaltung fahren ließ und sich zuckend in ihr entlud, zerkratzte Jacaranda ihm in ihrem Übermut den Rücken. Eine beinah erlösende Pein, die ihn für all seine Sünden bestrafen sollte. Keuchend warf er sich danach rücklings in die Kissen und genoss mit geschlossenen Augen, wie sie sein immer noch halbsteifes Gemächt liebkosend mit ihren Fingerspitzen verwöhnte, bis er schließlich selig zu dösen begann. Mit ihrer erhitzten Wange an seiner schweißnassen Brust und ihrem seidigen Haar, das ihm über Arm und Schulter flutete, schlief er bald darauf ein.

KAPITEL 4

Januar 1477 – Florenz

Zwei Wochen nach Weihnachten, am 6. Januar 1477, dem Fest der Heiligen Drei Könige, das in Florenz als Tauffest des Herrn stets besonders gefeiert wurde, saß Damian zusammen mit seinen Kameraden in seiner Kammer und grübelte darüber nach, wie sie ihren freien Tag verbringen wollten.

Die vergangenen Monate hatten nicht viel Neues gebracht. Bis auf die Tatsache, dass Damian und seine Mitstreiter zu den acht Auftragstoten vier weitere Menschenleben auf ihr Gewissen geladen hatten. Francesco de' Pazzi hatte ihnen dafür zu Weihnachten einen allumfassenden, höchstpersönlich unterzeichneten Ablassbrief von Papst Sixtus IV. spendiert, was den ansonsten skrupellosen Neffen des Pazzi-Oberhauptes garantiert eine schöne Stange Geld gekostet hatte. Während die übrigen Kameraden sich dadurch erleichtert fühlten, beschlich Damian immer wieder das ungute Gefühl der Schuld. Nicht nur wegen der kaltblütigen Morde, die sie unablässig begingen, nein – auch wegen Jacaranda, die sich ihm, so oft es nur ging, anbot wie eine überreife Frucht, saftig und süß, an der er sich allerdings zusehends den Appetit verdarb.

Hinzu kam ein Besuch bei seiner Mutter, die sich zwar über das Geld gefreut hatte, das er ihr regelmäßig zukommen ließ, und über die neuen Kleider, die er den Mädchen zu Weihnachten schenkte, aber ihn darüber hinaus mit lästigen Fragen quälte. Zum Beispiel, ob sein Dienst bei den Pazzi weiterhin mit seinen Tugenden vereinbar sei und wann er endlich zu heiraten gedachte. Am besten eine arme, aber ehrliche Frau, die ihn auf dem rechten Pfad der Tugend hielt, ihm den Haushalt besorgte und, so Gott der Herr es zuließ, ihr den sehnlichst erwünschten Enkel bescherte.

In letzter Zeit hatte Damian des Öfteren überlegt, ob es ihm auf Dauer gefiel, sein Glück bei einer Hure zu suchen. Denn mit Sicherheit war Jacaranda keine Frau für die Ehe. Schon gar keine, die seine Mutter zufriedenstellte. Denn obwohl die üppige Schöne ihn regelmäßig in ihr Bett lockte und manchmal sogar von einer gemeinsamen Zukunft faselte, wollte sie nicht darauf verzichten, auch mit anderen Männern zu schlafen. Selbst nachdem er ihr angeboten hatte, ihr finanziell unter die Arme zu greifen, damit sie sich eine andere Arbeit suchte. Besonders störte ihn, wenn sie ohne Zögern an Francesco de' Pazzis Orgien teilnahm, die er in unschöner Regelmäßigkeit für geladene Gäste in seiner Villa hoch in den Bergen vor Fiesole veranstaltete. Für Jacaranda und ihre Mitschwestern war eine solche Zusammenkunft ein lukratives Geschäft, das sich Francesco einiges kosten ließ. Nicht nur Giacomos Mädchen verdienten sich daran eine goldene Nase, sondern auch etliche andere Huren, die der durchtriebene Pazzi-Neffe von seinem Adjutanten in den teuersten Häusern der Stadt rekrutieren ließ. Natürlich alles unter dem Siegel der absoluten Verschwiegenheit. Damian und seine Leute übernahmen in der Regel auf Francescos Befehl die Bewachung des Anwesens während des Bankettes und auch danach, wenn es ordentlich zur Sache ging. Sie waren unter anderem dafür verantwortlich, dass die Gäste nicht über die Stränge schlugen. Was bei den Unmengen an Alkohol und Drogen, die dort konsumiert wurden, schon mal vorkommen konnte. Das erklärte Ziel allerdings war, in der schwülheißen Atmosphäre aus Wollust und Trunkenheit Verträge zwischen Bankiers, Kaufleuten und Kirchenmännern zu schließen, deren gesiegelte Ergebnisse den Pazzi eindeutige Vorteile gegenüber den Medici verschafften.

Jacaranda wäre es wohl lieb gewesen, wenn Damian sich an den deftigen Lustspielen beteiligt hätte, und auch Francesco de' Pazzi hatte ihn des Öfteren eingeladen, weil er ihn für seine unzweifelhaften Verdienste zusätzlich entlohnen wollte. Doch erstens wollte Damian als Condottiere mit speziellem Auftrag seine Verantwortung nicht vernachlässigen, und zweitens legte er keinen gesteigerten Wert darauf, sich in den Hinterlassenschaften anderer Kerle zu suhlen, nachdem sich seine sogenannte Geliebte in seiner direkten Gegenwart von fremden Arschlöchern hatte besteigen lassen.

An solchen Tagen packte ihn meistens die Wut, weil ihm bewusst wurde, dass er wohl niemals eine ehrenvolle Frau finden würde, die bereit war, ihn zum Mann zu nehmen, geschweige denn, sein Leben zu teilen. Wer wollte schon die bessere Hälfte eines Auftragsmörders sein, selbst wenn noch nicht einmal sie wissen durfte, womit er in Wahrheit sein Brot verdiente. Bei diesen Überlegungen steigerte sich der Hass gegen jene Männer, die ihm dieses Elend eingebrockt hatten, ins Unermessliche. Obwohl er sich am Ende selbst für diesen Pfad der Untugend entschieden hatte. Wobei er immer noch überzeugt davon war, durch den unehrenhaften Tod seines Vaters keine andere Wahl gehabt zu haben. Doch der Tag der Abrechnung würde kommen, und dann würde er alles dafür geben, Lorenzo de' Medici und jene, die ihm das angetan hatten, zu vernichten.

»Draußen ist die Hölle los«, kommentierte Tedeschi den Jubel der Wallfahrer zum Dreikönigsfest, die Lorenzo de' Medici und seiner Familie hörbar Beifall zollten, während sie gefolgt von den Honoratioren der Stadt zu Ehren der Heiligen ganz in der Nähe den traditionellen Umzug anführten, dessen Kosten die Familie Medici jedes Jahr vollständig übernahm. Selbst die mit Lichtern und Wimpeln geschmückten Straßen und erst recht das gigantische Feuerwerk gingen auf ihre Rechnung.

»Und wir sitzen hier drin und wissen nichts mit uns anzufangen«, fügte Gulliveri verdrießlich hinzu. »Dabei wimmelt es dort draußen nur so von hübschen Mädchen.«

»Ich wünschte, wir dürften heute Abend als Jacopos Begleitung am Bankett der Medici teilnehmen«, raunte Luca mit düsterer Miene. »Dann wären Lorenzo und sein Bruder schon morgen Geschichte. Ich kann nicht verstehen, wie man sich eine solche Gelegenheit entgehen lassen kann. Wie simpel wäre es, sie mit ihrem eigenen Wein zu vergiften.«

»Genau das wird der Grund sein, warum Messer Jacopo uns nicht dort haben will«, gab Damian zu bedenken. »Wahrscheinlich befürchtet er, seine Wölfe würden, von einer plötzlichen Tollwut befallen, einfach zubeißen, und er hat sich dafür zu verantworten.«

»So ein Unsinn«, widersprach Luca und sah ihn aufgebracht an. »Als ob Messer Jacopo nicht wüsste, dass er sich auf uns verlassen kann. Glaubt er etwa, wir wüssten nicht, wie man eine Giftphiole unbemerkt zu einem Bankett schmuggelt?«

»Ich denke, die Frage ist nicht, wie man die beiden Medici möglichst rasch und zuverlässig zur Strecke bringt«, murmelte Damian mit der leisen Stimme eines Verschwörers. »Es geht wohl eher darum, was danach geschieht. Solange sich Jacopo und sein geliebter Franceschino nicht sicher sein können, wer anschließend die Macht über Florenz zugesprochen bekommt, werden sie garantiert nicht bis zum Äußersten gehen.«

»Was meinst du damit?« Tedeschi sah ihn begriffsstutzig an. »Ich dachte, Messer Jacopo lauert nur darauf, das Amt des mächtigsten Mannes von Florenz selbst zu bekleiden.«

»Glaubst du ernsthaft, die Pazzi könnten die Herrschaft über Florenz übernehmen, allein mit der Unterstützung ihrer eigenen Truppen? Falls ja, überschätzt du uns und unsere Herren aber gewaltig. Alle Wachen und Söldner der Pazzi zusammengenommen, sind wir keine vierhundert Mann. Wenn der Kampf um Florenz entbrennt, und das wird er, wenn die Medici erst von der Bühne gefegt worden sind, gibt es genug neue Aasgeier, die sich um die Beute streiten und dabei weitaus größere Truppenkontingente zur Verfügung haben. Allen voran der Papst und der König von Neapel. Nicht zu vergessen der Herzog von Urbino. Er hat zweitausend Mann unter Waffen und spielt eine entscheidende Rolle bei diesem Schachspiel.«

»Der Herzog von Urbino?« Luca blickte irritiert auf. »Er ist ein erklärter Freund der Medici, schließlich hat er Florenz bei der Erstürmung von Volterra uneingeschränkt unterstützt. Wie könnte er ihnen da in den Rücken fallen?«

Damian schüttelte leise den Kopf. »Was heißt denn in den Rücken fallen? Er lauert wie alle anderen darauf, deren Position übernehmen zu können, sobald sie frei wird. Ich spreche nicht umsonst von Aasgeiern. Das Ganze ist eine hochbrisante Angelegenheit. Die Medici-Brüder leben nur deshalb noch, weil niemand weiß, was nach ihnen geschieht. Oder glaubst du ernsthaft, wir oder auch andere hätten ein Problem damit, sie lautlos zu töten? Es geht nicht um das Wie, es geht um das Ob. Das Wer mit Wem und erst, wenn das geklärt ist, um das Wann.«

»Also du meinst, das ist der Grund, warum Jacopo uns heute nicht auf dem Fest sehen will und uns drei freie Tage vergönnt hat?« Gulliveri schaute ihn fragend an. »Denkt er etwa, wir würden Lorenzo und Giuliano eigenmächtig umbringen?«

»Mir ist scheißegal, was er denkt«, kam Laurentio Damian zuvor. »Lasst uns wie üblich zu Giacomo gehen und uns dem Würfelspiel und den Weibern hingeben« schlug er ungeduldig vor, wobei er erwartungsvoll in die Runde schaute. »Wenn ihr mich fragt, ist ein freier Abend ohne Mädchen und Glücksspiel so sinnlos wie eine Eiterpustel.«

Damian, der als Einziger auf dem Bett saß, während die anderen sich auf die Stühle rund um den kleinen Esstisch verteilt hatten, schärfte gedankenverloren sein Schwert.

»Was ist mit dir, Damian?«, fragte Laurentio. »Willst du lieber Trübsal blasen?«

»Nein«, entgegnete er leise. »Aber heute ist einer jener Tage, an denen mir der unwürdige Tod meines Vaters besonders bewusst ist. Früher, als mein alter Herr noch in Ruhm und Ehre lebte, war unsere Familie am Dreikönigstag auch immer zum Bankett der Medici eingeladen.«

»Was heulst du alten Zeit hinterher?«, wies ihn Laurentio ärgerlich zurecht. »Lorenzo ist ein Teufel, sag nur, du legst immer noch Wert darauf, mit ihm zu speisen?«

»Nein, natürlich nicht.«

»Umso besser«, gab Laurentio grinsend zurück. »Söldner wie wir sind bei einer solchen Veranstaltung ohnehin nicht erwünscht. Unsereins bringt man allenfalls bei schlechtem Wein und ungesalzenem Brot in einer Gesindekammer unter, damit wir dort auf unsere vollgefressenen Herrschaften warten, um sie anschließend wohlbehalten nach Hause zu karren. Außerdem hat uns Giacomo zum Essen eingeladen. Er wird enttäuscht sein, wenn wir uns nicht blicken lassen.«

»Na gut«, sagte Damian mehr zu sich selbst und schaute mit einem halbherzigen Grinsen auf. »Vielleicht ist heute der richtige Tag, um sich sinnlos zu betrinken und den bereits begangenen Sünden der fleischlichen Wollust noch weitere hinzuzufügen.«

»Na also«, bestätigte Luca und schlug ihm bestätigend auf die Schulter.

Obwohl es ein dienstfreier Tag war, verzichteten Damian und seine Kameraden weder auf ihre eisenbeschlagenen Lederharnische noch auf Dolche und Schwerter, als sie ihre Unterkünfte verließen. An solchen

Festtagen trieb sich gewöhnlich einiges an Gesindel in der Stadt herum, und wie zu vermuten, kam es gerne zu Aufständen in den Armenvierteln. Weshalb Damian und seine Kameraden trotz der kurzen Strecke zu Pferd aufbrachen. Im Ernstfall waren sie auf diese Weise rascher am Ort des Geschehens. Bei Einbruch der Dämmerung stellten sie ihre Rösser im Stall neben dem Freudenhaus unter und saßen wenig später in dessen leergefegter Schankstube, weil der beleibte Wirt aus Sorge um seine Einrichtung die Taverne an solchen Tagen geschlossen hielt, auch wenn ihm dabei einiges an Einnahmen entging.

Francescos Söldner waren ihm als Stammgäste trotzdem willkommen. In der Stadt wimmelte es zurzeit von Fremden, und Giacomo Rossi war auf seine Weise ein Hasenfuß. Auch den fünf Mädchen, die in seinem Hause ihre Hurendienste anboten, hatte er an diesem Tag ein Ausgangsverbot erteilt, weil es bei solchen Gelegenheiten schon öfters zu Prügeleien gekommen war, vor allem wenn betrunkene Freier ihre Zeche nicht zahlen wollten. Bis auf Loredana, die für ein paar Tage ihre kranke Mutter besuchte, folgten die übrigen vier jungen Frauen der Anweisung, im Haus zu bleiben, bis das Spektakel vorüber war. Und so saßen Söldner und Huren zusammen mit Giacomo um einen runden Tisch herum und genossen mehrere frisch gebratene Gänse, die er zur Feier des Tages mit getrockneten Äpfeln, Pflaumen und Speck gefüllt und den ganzen Nachmittag auf kleinem Feuer geröstet hatte. Dazu gab es einen großen Topf mit Eiernudeln und Kohl auf römische Art.

»Ich platze gleich«, stöhnte Tedeschi, der ordentlich zugelangt hatte, und rieb sich seinen muskelbepackten, entblößten Bauch, womit er bei den leicht bekleideten Mädchen ein gemeinschaftliches Kichern auslöste. Das sich noch steigerte, als Giacomo zum Nachtisch Mandeltorte mit heißer Buttersoße servierte und Gulliveri mit der Hand vor dem Mund zum Abort rannte, weil er sich offenbar überfressen hatte und sich nun übergeben musste.

Jacaranda, Petronella, Marcella und Domenica waren nach mehreren Gläsern Grappa, die sie alle zur Verdauung getrunken hatten, bester Laune, wie Damian an ihren erhitzten Gesichtern zu erkennen glaubte. Sie lachten und flirteten unverkennbar mit ihm und seinen Kameraden, und es war klar, auf was dieses Treiben hinauslaufen würde. Spätestens nach der Mandeltorte drängte sich Jacaranda in ihrem spärlichen Kleidchen an Damian heran und nestelte an seinem Hemd. »Wollen wir nach hinten in meine Kammer gehen und uns ein wenig vergnügen?«, flötete sie, doch Damian war der Appetit auf weitere Völlerei inzwischen vergangen. »Irgendwie bin ich heute nicht in Stimmung«, raunte er, was zugegeben selten vorkam. »Ich lasse anderen gerne den Vortritt. Zumal Loredana heute nicht anwesend ist und die Runde nicht aufgeht.«

»Ich bediene auch gerne zwei Kerle auf einmal«, erklärte Jacaranda mit einem schamlosen Lachen und warf Tedeschi einen einladenden Blick zu.

»Nicht nötig«, brummte Damian und schob sie ein wenig verstimmt von sich weg. Dass sie so selbstverständlich auf seinen Einwand einging, zeigte ihm wieder einmal, wie beliebig sie ihre Liebhaber wählte.

»Ich ziehe es heute vor, mich zu betrinken und dem Würfelspiel zu frönen.«

»Wie schade«, entgegnete sie und sprang sichtlich beleidigt auf. »Dann werde ich mich erst mal in der Küche nützlich machen.« Mit säuerlicher Miene begann sie, die Teller abzuräumen, während Laurentio mit einem Augenzwinkern bei Petronella nach einem Würfelbecher, Kreide und einer Schiefertafel verlangte.

Den ganzen Abend becherten sie einen Grappa nach dem anderen, und Damian war nicht gerade vom Glück verfolgt. Genaugenommen hatte er schon bald einen halben Monatslohn an Laurentio verloren, was er sich gewiss nicht leisten konnte, weil seine Schwestern so dringend neue Mäntel benötigten.

»Pech im Spiel, Glück in der Liebe«, versuchte Tedeschi ihn grinsend zu trösten und spähte dabei über die Schanktheke hin zu Jacaranda, die Damian den ganzen Abend vor Wut schnaubend nicht aus den Augen gelassen hatte. Draußen brach die Nacht herein, und eigentlich war es an der Zeit, endlich nach Hause zu reiten, doch Gulliveri hatte schon die nächste Runde bestellt, als von draußen ein merkwürdiges Geräusch durch die niedrigen Butzenscheiben drang.

»Was war das?«, fragte Petronella ängstlich.

»Es klang wie ein Schrei«, bemerkte die dunkelhaarige Domenica, die sich bei Tedeschi untergehakt hatte und nun furchtsam die Stirn runzelte, während sie vergebens durch das dicke Glas nach draußen spähte.

Damian stand auf und überprüfte instinktiv den korrekten Sitz seiner Waffen.

»Hilfe!«

Es handelte sich eindeutig um den Schrei einer Frau. Damian war als Erster bei der Tür und riss sie auf. Giacomo reichte ihm eine brennende Fackel, die er in die Dunkelheit hinausstreckte. Die anderen waren direkt hinter ihm und starrten wie er in die angstvollen Augen einer rotblonden Schönheit, deren langes, lockiges Haar ganz zerzaust war und die ihnen, verfolgt von einem vergleichsweise riesigen schwarzen Schatten, händeringend entgegentorkelte. Kurz bevor sie die hölzerne Veranda erreichte, stolperte sie über ihr üppiges Gewand und schlug der Länge nach hin. Während Damian ihr zu Hilfe eilte, waren die anderen vier bereits mit gezogenen Schwertern zur Stelle und hielten ihren Widersacher auf Abstand. Er hatte augenscheinlich vor, sie mit seiner langen Klinge von hinten zu erstechen. Tedeschi und Luca verwickelten ihn sogleich in einen gnadenlosen Kampf, in den sich nun auch Laurentio und Gulliveri einmischten.

Damian vertraute darauf, dass seine Männer den Kerl auch ohne sein Zutun zur Strecke brachten. Rasch gab er die Fackel an Giacomo zurück und nahm die junge, panisch dreinblickende Frau ungefragt auf den Arm, um sie so schnell wie möglich in die warme Schankstube zu tragen. Sie zitterte am ganzen Leib und schmiegte sich in ihrer Angst so eng an ihn heran, dass er ihr teures Parfüm riechen konnte. Sie war nicht besonders groß und auch nicht sehr schwer, besaß aber trotzdem eine wohlgeformte Figur. Während er sie an sich presste, spürte er ihren jagenden Atem an seiner Brust. Sie trug ein kostbares grünes Kleid und noch kostbareren Schmuck, der nicht nur ihren schlanken Hals und ihr anziehendes Dekolleté zur Geltung brachte, sondern auch ihr aufgestecktes Haar, das aus einem Wust von rotblonden Locken bestand, die sich nun zum Teil gelöst hatten und ihr bis zu den Hüften reichten.

Kaum in der Schankstube angekommen, betrachtete er wie vom Donner gerührt ihr schönes, ebenmäßiges Gesicht, die großen hellgrünen Augen, von langen, dunklen Wimpern beschattet, und den geschwungenen Mund. Ihre Haut war so weich und so rein wie ein rosiger Weinbergpfirsich. Selten hatte er eine schönere Frau zu Gesicht bekommen, obwohl es in Florenz von hübschen Frauen nur so wimmelte.

Und verdammt nochmal, er kannte sie! Oder träumte er? Nein. Sie war die Frau, von der er immer vergeblich geträumt hatte. Ihr Name war Gabrielle di Spinola, Cousine von Simonetta Vespucci, jener jungen Frau, die im April letzten Jahres an der Schwindsucht verstorben war. Damian wusste das so genau, weil er vor Jahren zu Simonettas Vermählung mit Marco Vespucci eingeladen gewesen war, als die Welt für ihn und seine Familie noch in Ordnung schien. Gabrielle, damals kaum fünfzehn, war ihm als Brautjungfer sofort ins Auge gefallen. Wie er später erfuhr, hatten Simonettas Eltern sie als Ziehtochter in ihre Obhut genommen, nachdem Gabrielles Mutter von einem Fieber dahingerafft worden war. Ihr Vater war schon länger tot, und Geschwister hatte sie keine. Dass sie inzwischen ebenfalls geheiratet hatte, war ihm wohlbekannt. Aber er hatte den Namen des Mannes vergessen, oder er wollte sich nicht mehr daran erinnern.

Behutsam setzte er sie auf eine Bank und hockte sich neben sie.

Selbst in ihrer Not sah sie ihrer verstorbenen Cousine so ähnlich, dass Giacomo sich bei ihrem Anblick bekreuzigte, weil er wohl dachte, Simonetta Vespucci sei von den Toten auferstanden.

»Meine Dienerin!«, stieß sie unbeeindruckt hervor und deutete durch die offen stehende Wirtshaustür hinaus in die Finsternis. Damians Kameraden hatten ihrem Verfolger derweil das Lebenslicht ausgeblasen und seinen unnützen Kadaver auf die Veranda geschleppt. Aufgespießt wie eine Auster, lag er auf den Holzbohlen und starrte aus gebrochenen Augen zu ihnen empor. Damian hätte schwören können, einen Söldner der Medici vor sich zu haben. Einen der übelsten Sorte, dazu auserkoren wie er selbst, im Auftrag zu töten. Mit dem feinen Unterschied, dass Damian und seine Männer sich grundsätzlich nicht an Frauen und Kindern vergriffen.

»Was ist geschehen?«, fragte Damian möglichst sanft, um die zitternde junge Frau nicht noch mehr zu verstören.

»Meine Dienerin!« Ihre Stimme überschlug sich nun beinahe vor Aufregung. »Dort drüben! Im Gebüsch! Ein anderer Kerl, er nimmt ihr bestimmt gerade das Leben!«

»Keine Sorge«, erwiderte er. »Wir erledigen das.«

Begleitet von einem stummen Nicken, gab Damian seinen Leuten, die an der Tür standen, den Befehl, zur anderen Straßenseite in den gegenüberliegenden Garten zu laufen und die Sache zu klären. Tedeschi schnappte sich eine Fackel und lief vor den anderen her. Damian hingegen widmete sich erneut seiner Schutzbefohlenen, um herauszufinden, was hinter diesem feigen Anschlag steckte und, was noch viel dringlicher war, ob und warum sie und ihre Begleiterin allem Anschein nach allein unterwegs gewesen waren.

Dabei hämmerte sein Herz so laut, dass er fürchtete, sie könnte es hören. Er hatte Gabrielle oder besser gesagt, ihren süßen Leib, spätestens seit Simonettas Vermählungsfeier glühend begehrt. Obwohl noch jung an Jahren, hatte sie schon damals alle Vorzüge besessen, die eine Frau für einen Mann anziehend machten. Und er, knapp neunzehn, hatte sie seither immer wieder in sein Bett fantasiert, und sei es nur, um seine feuchten Träume zu bedienen. Doch nur ein Jahr später war sie mit einem zuverlässigen Handelspartner der Medici verheiratet worden. Damian, der zur damaligen Zeit noch nicht einmal mit seinem Studium begonnen hatte, kam als Ehemann für sie ohnehin nicht in Frage. Dabei war der Kerl, dem sie wohl eher zwangsläufig versprochen worden war, schon damals ein Greis gewesen. Damian hatte sich gewünscht, den Alten möge auf der Stelle der Schlag treffen, als er vom bevorstehenden Ehebund der beiden erfuhr. Aber der Glückliche schien das ewige Leben gepachtet zu haben, denn Gabrielle war allem Anschein nach immer noch seine Frau. Jedenfalls trug sie seinen Ring am richtigen Finger der rechten Hand, mit dem Siegel ihres Gatten, und nichts deutete darauf hin, dass sie inzwischen zur Witwe geworden war. Fragte sich, was sie zur nachtschlafenden Zeit und ohne ihn mutterseelenallein auf der Straße zu suchen hatte?

Aber vielleicht waren sie und ihr Mann gemeinsam Opfer eines Überfalls geworden, und sie hatte sich als Einzige retten können.

Aber warum fragte sie dann nur nach ihrer Dienerin?

»Und was ist mit Eurem Gemahl?«, erkundigte er sich widerstrebend. »Hat er Euch nicht begleitet?«

Sie war anscheinend zu erschöpft für eine ausführliche Antwort und schüttelte nur den Kopf. Also war sie doch allein unterwegs gewesen. Kaum zu glauben.

»Giacomo, bring uns von deinem teuersten Wein. Nein, warte, am besten einen Grappa, der wird sie rasch wieder zu Kräften bringen.« Der

Wirt nickte gehorsam, und wenig später standen ein paar Krüge Vino Cotto und eine Flasche Grappa auf dem Tisch. Damian schenkte Gabrielle einen halben Becher Schnaps ein und bestand darauf, dass sie alles auf einmal schluckte, indem er ihr den Becher höchstselbst an die Lippen hielt. Widerwillig trank sie Giacomos selbstgebrannten Fusel und hustete anschließend so heftig, dass Damian ihr diensteifrig auf den Rücken klopfte.

Ihre Lippen waren ganz rot von dem scharfen Gebräu und brannten offenbar noch immer, weil sie sich mehrmals darüberleckte.

Ein starkes Verlangen, sie zu küssen, erfüllte Damian und das Bedürfnis, ihr auf der Stelle seine eigene Zunge in den Hals zu stecken, oder besser noch etwas anderes mit ihr zu tun, das ihn weit mehr erfreut hätte.

Doch diesen Gedanken verscheuchte er sogleich wieder, zumal sie sichtlich auf Abstand ging.

»Macht das ja nicht noch mal mit mir«, warnte sie ihn mit Tränen in den Augen vom Husten, die sie vergeblich wegzublinzeln versuchte. »Kennen wir uns nicht?«, bemerkte sie unvermittelt, nachdem sich ihr Blick halbwegs geklärt hatte. »Bist du nicht …?« Fragend sah sie ihn an und kramte sichtbar in ihrer Erinnerung, während sie ihre hübsche Stirn runzelte.

»Ja … ja, ich glaube schon«, stotterte er wie ein Schuljunge. Herrgott noch mal, warum machte ihn diese Frau noch genauso nervös wie bei ihrer ersten Begegnung, obschon eine Ewigkeit vergangen war, seit sie sich das letzte Mal über den Weg gelaufen waren?

»Mein Name ist Damian de' Castello. Wir sind uns bei Simonettas Vermählung begegnet. Ist schon ziemlich lange her. Wir waren ja beinahe noch Kinder. Du warst fünfzehn und ich fast neunzehn. Wundert mich, dass du dich überhaupt noch an mich erinnern kannst.«

Heimlich freute er sich, dass es so war, und auch wieder nicht. Weil er ihr schon damals wie ein Verlierer vorgekommen sein musste. »Wahrscheinlich habe ich keine nachhaltige Wirkung bei dir hinterlassen«, scherzte er mit einem unsicheren Grinsen. »Du machst jedenfalls nicht den Eindruck, als ob dich unser Wiedersehen begeistern würde.«

Immer noch schaute sie irritiert, zunächst in seine Augen, und dann fiel ihr Blick auf sein Wams, dessen linke Schulterpartie mit dem Wappen der Pazzi geschmückt war. »Ja – stimmt, natürlich erinnere ich mich. Du musst entschuldigen, ich kann kaum einen klaren Gedanken fassen, solange nicht feststeht, was mit Lucrezia ist.«

»Natürlich, tut mir leid«, räumte er ein. »Meine Kameraden werden sie sicher bald finden und für ihre Sicherheit sorgen.«

»Ja«, flüsterte sie abwesend und schaute dann unvermittelt auf. »Aber ich weiß noch gut, wie wir zusammen getanzt haben. Und dass du ein gutaussehender Angeber warst, der mich unbedingt küssen wollte. Dein Vater war damals ein geachteter Ritter und Kaufmann«, fuhr sie ungerührt fort. »Anscheinend stand er in der Gunst der Medici. Und jetzt bist du offenbar ein Söldner der Pazzi? Wie passt das zusammen?«

Ihr verwunderter Blick forderte ihn auf, Farbe zu bekennen. Und nichts anderes würde er tun.

»Mein Vater wurde auf Geheiß Lorenzo de' Medicis gehängt«, bemerkte er tonlos. »Für eine Tat, die er nicht begangen hat. Seitdem bin ich auf die Medici-Bande nicht mehr gut zu sprechen.« So – damit waren die Fronten geklärt. Wenn sie eine Anhängerin Lorenzos und dessen geckenhaften Bruders war, umso besser. Dann würde sie ihn, Damian de' Castello, zukünftig meiden wie der Teufel das Weihwasser. Doch eher schien das Gegenteil der Fall zu sein, denn ihr Blick war betroffen.

»Oh, das wusste ich nicht. Mein Beileid.« Mitfühlend sah sie ihm in die Augen. »So schrecklich fand ich dich im Übrigen gar nicht«, erklärte sie keck. »Deine schwarze Mähne und die grauen Augen haben mir auf Anhieb gefallen. Ich hätte mir gewünscht, du hättest mir den Hof gemacht. Doch dann musste ich dieses Scheusal – äh – Don Giovanni de' Vincenco heiraten.«

Damian konnte sich ein Lächeln nicht verkneifen. Sie war schon damals so direkt gewesen und hatte ihm eine gescheuert, als er versucht hatte, sie bei einem Spaziergang im Garten zu küssen. Trotzdem freute er sich diebisch, dass sie ihn nicht vergessen hatte. Und vor allen Dingen, weil sie ihren Ehemann als Scheusal bezeichnete.

Doch bevor er darauf eingehen konnte, stand Tedeschi im Zimmer, mit einer jungen Frau auf seinen Armen, um deren Gesundheit es augenscheinlich nicht zum Besten stand. Ihr ansonsten schönes Gesicht war von Blutergüssen gezeichnet, ihr langer blonder Zopf hatte sich aus ihrer Haube gelöst und schleifte über den Boden. Ihr Kleid war zerrissen, aber immerhin lebte sie noch.

»Großer Gott, Lucrezia!«, stieß Gabrielle panisch hervor und stemmte sich hoch, um auf die Füße zu kommen. Noch bevor sie stand, verlor sie das Gleichgewicht und kippte zur Seite. Damian fing sie auf und hielt sie süß und fest in seinen starken Armen. Am liebsten hätte er sie noch einmal an sich gedrückt. Doch das schickte sich nicht. Zumal er sich nicht nur von Tedeschi, sondern auch von Jacaranda und den anderen Mädchen beobachtet fühlte, die ihn und die Geschehnisse um ihn herum mit unverhohlener Neugier betrachteten. Während Damian Gabrielle auf die Füße half, damit sie den Zustand ihrer Dienerin ergründen konnte, spürte er Jacarandas eifersüchtige Blicke auf sich ruhen.

»Wir haben den zweiten Kerl auch erledigt«, raunte Tedeschi ihm zu. »Die anderen drei sind dabei, deren Leichname zu beseitigen. Wir konnten sie ja schlecht auf der Straße liegen lassen.«

»Wohl überlegt«, lobte Damian seinen Mitstreiter. »Und was ist mit dem Mädchen? Ist sie bewusstlos?« Er beugte sich näher zu Gabrielles Begleiterin hinab, um zu prüfen, ob sie noch ausreichend atmete. Was sie offensichtlich tat, denn sie verströmte eine gut wahrnehmbare Wolke von Weingeist, den sie vor nicht allzu langer Zeit getrunken haben musste.

»Ihr könnt sie in Loredanas verwaistes Zimmer bringen«, befand Giacomo hilfreich, »und sie dort aufs Bett legen.«

Gesagt, getan, stiefelte Tedeschi mit ihr in die angegebene Richtung. Wo sich Loredanas Lager befand, wusste der Deutsche nur zu gut, war die rothaarige Hure doch sein bevorzugtes Schätzchen.

Damian hielt Gabrielle noch immer in der Taille gefasst, als er mit ihr in den von Öllampen spärlich beleuchteten Flur trat, um Tedeschi und den übrigen Mädchen, die wie eine Schar schnatternder Gänse hinter ihm herliefen, zu folgen. Damians Blick verweilte unterdessen auf Gabrielles straffen Brüsten, die sich wie zwei appetitliche Äpfel in ihrem fürstlich dekorierten Dekolleté präsentierten. Dank seiner Größe, mit der er die junge Frau um mehr als Haupteslänge überragte, konnte er den Anblick ihrer Schätze uneingeschränkt genießen. Schon bei ihrer ersten Begegnung, als er neunzehn war, hatte sich sein Körper in ihrer Gegenwart verselbständigt, und es erschütterte ihn ein wenig, dass sich bis heute mit fast fünfundzwanzig daran nichts geändert hatte. Blieb die Hoffnung, dass seine enge Lederhose, die er gut sichtbar unter seinem viel zu kurzen Wams trug, nicht allzu viel davon preisgab. Wegen Gabrielle wäre es ihm beinahe noch egal gewesen. Aber Jacaranda würde ihm die Augen auskratzen, wenn sie sah, dass er auf eine für sie völlig fremde Frau so extrem reagierte. Doch im Moment war sie zu beschäftigt und das Licht nicht hell genug, um ihn auf den ersten Blick zu enttarnen.

»Leg sie hier aufs Bett«, riet Jacaranda Tedeschi, als er mit der Dienerin auf dem Arm Loredanas Zimmer betrat. Die junge Frau stöhnte leise, als der Deutsche sie sanft in die Kissen gleiten ließ.

»Wir müssen Lucrezia das Gesicht waschen«, befand Gabrielle mit Blick auf die blutige Nase und die Platzwunde an der Lippe.

»Denkst du, sie ist vergewaltigt worden?«, fragte Damian leise an Tedeschi gewandt, als dieser sich an ihm vorbeidrängen wollte, um hinauszugelangen.

»Ich glaube, wir konnten noch rechtzeitig einschreiten«, gab der Deutsche ihm mit einem Augenzwinkern zu verstehen. »Der Mistkerl war gerade dabei, in sie einzudringen. Er war viel zu abgelenkt, um mitzubekommen, wie Laurentio sich an ihn herangeschlichen und ihm mit einem einzigen Zug die Kehle durchschnitten hat.«

Mit einem bösartigen Grinsen legte er Damian eine Hand auf die Schulter. »Man nennt uns nicht umsonst die Wölfe von Florenz.«

Damian stieß ein zufriedenes Brummen aus. Er hatte kein Erbarmen mit Männern, die schöne, unschuldige Frauen überfielen. Blieb die Frage, warum sie es getan hatten und in wessen Auftrag.

KAPITEL 5

Januar 1477 – Florenz

Nachdem Jacaranda eine Schüssel mit warmem Wasser, Seife und Leinentücher gebracht hatte, half sie Gabrielle, ihrer Dienerin das Blut vom Gesicht abzuwaschen. Als die beiden damit fertig waren, gab Damian Jacaranda zu verstehen, dass er einen Augenblick mit den beiden Frauen allein sein wollte.

Jacarandas Augen funkelten argwöhnisch im Kerzenschein, als sie mit hocherhobenem Haupt, die Schüssel mit dem schmutzigen Wasser in den Händen, an ihm vorbeistolzierte.

Ungeachtet ihrer Launen schloss Damian sorgfältig die Tür hinter ihr, nachdem sie hinausgegangen war. Bei dem, was er Gabrielle zu sagen hatte, benötigte er keine weiteren Zuhörer. Deren Dienerin befand sich ohnehin in einer Art Dämmerschlaf und war sicher nicht in der Lage, ihrer Unterhaltung zu folgen.

»Hoffentlich kommt Lucrezia bald wieder zu sich«, bemerkte Gabrielle besorgt. Damian nickte ermutigend. »Falls sich ihr Zustand nicht rasch genug bessert, werde ich den Medikus der Pazzi rufen lassen, der kann ihr ein paar heilende Tinkturen verabreichen.«

»Das ist sehr freundlich von dir.« Für einen Moment schaute sie auf und lächelte ihn mit strahlenden Augen an. Für Damian war es, als ob die Sonne aufging, schon immer hatte ihn die lindgrüne Farbe ihrer Iris fasziniert. Darüber hinaus besaß sie einen wunderschönen herzförmigen Mund, und das Weiß ihrer Zähne war makellos. In ihrem Blick lag etwas Warmes, Verbindliches. War sie ihm dankbar? Sicherlich. Aber irgendwie war da noch mehr. Er konnte es förmlich spüren. Augenblicklich rauschte ihm das Blut durch die Adern. Noch einmal übermannte ihn die Vorstellung, sie auf der Stelle zu küssen.

»Das ist doch selbstverständlich.« Er straffte sich, bemüht, ihren verbindlichen Blick festzuhalten.

»Ich frage mich allerdings«, fuhr er vorsichtig fort, »aus welchem Grund euch ausgerechnet zwei gut ausgebildete Söldner der Medici angegriffen haben.«

Gabrielle sah ihn schweigend an, das Haupt stolz erhoben wie eine Königin. Sie war viel schöner als ihre verstorbene Cousine, beschied er spontan. Wie Simonetta hatte sie ein paar vereinzelte Sommersprossen im Gesicht, weshalb ihre grünen Augen noch intensiver leuchteten. Aber sie fehlten gänzlich auf ihrem Nacken und den schmalen Schultern, was bei Gott kein Nachteil war.

»Ich kann es dir beim besten Willen nicht sagen.« Mit einem Seufzer sank sie in sich zusammen. Im Kerzenschein wirkte sie bleich und abgekämpft. Offenbar saß ihr der Schreck immer noch in den Gliedern. »Vielleicht hatten sie es auf unsere Unschuld abgesehen«, fügte sie mit einem müden Lächeln hinzu.

Ihr waidwunder Blick und die schmalen, hängenden Schultern brachten ihn beinahe um den Verstand. Wie gerne hätte er sie in seine Arme gezogen, ihr Trost gespendet und sie an sich gedrückt.

»Obwohl ich jeden Mann verstehen könnte, der bei deinem Anblick den Verstand verliert«, sagte er leise, »ist mir doch ein Rätsel, warum er dir nach dem Leben trachtet, und das, noch bevor er deiner habhaft wird. Es sei denn, er treibt es gerne mit einer Leiche.«

»Was redest du da?« Ihr Blick war entsetzt.

»Tut mir leid«, murmelte er schuldbewusst. »Ich hab mal wieder laut gedacht. Nimm es mir nicht übel.«

»Nein, schon gut, schon gut.« Sie wandte sich von ihm ab und schaute zu Boden. »Du hast ja recht, es ist sonderbar.«

Mit ihren großen, fragenden Augen schaute sie zu ihm auf, und mit einem Schlag war ihm bewusst, wie rasend er sie begehrte, schon immer begehrt hatte. Am liebsten hätte er ihre Notlage verdrängt und erst recht, dass sie noch immer mit einem anderen verheiratet war. Ob sie sich vielleicht auf eine heimliche Liebschaft mit ihm einlassen würde, wenn das hier alles vorbei war und er es nur klug genug einfädelte? Ein erregender Gedanke, der ihm zusammen mit ihrem reizenden Anblick den Mund trocken werden ließ und dazu führte, dass er sich räuspern musste, bevor er auch nur ein weiteres Wort herausbringen konnte.

»Sag mir bitte die Wahrheit, Elle«, fuhr er zögernd fort und wagte damit die vertraute Anrede, mit der sie sich bei ihrer ersten Begegnung vorgestellt hatte. »Irgendetwas muss doch passiert sein? Warum begeben sich zwei junge, wohlhabende Frauen mitten in der Nacht in eine solche Gefahr?«

Sie seufzte noch einmal schwer, setzte sich auf einen gepolsterten Stuhl, der neben dem Bett stand und lehnte sich vornüber, während sie sich mit den Händen durch die Locken fuhr und ihr wunderschönes Haar vergeblich zu ordnen versuchte.

Allein dieser Anblick machte ihn schon wieder nervös. Dennoch lehnte er betont lässig am Pfosten des Baldachinbettes und sah sie unverwandt an.

»Wo steckt denn dein Mann? Sollte er nicht bei dir sein, um dich zu beschützen?«

»Mein Gemahl …«, begann sie zögernd. »Don Giovanni de' Vincenco, sitzt in Mailand im Kerker.«

»Im Kerker?« Damian straffte sich und riss erstaunt die Augen auf. »Was hat er getan?« Elle blieb erstaunlich ruhig, als sei es die selbstverständlichste Sache der Welt, wenn der eigene Mann hinter Gittern saß.

»Ihm wird vorgeworfen, er habe mit den Mördern des Herzogs von Mailand gemeinsame Sache gemacht. Einer seiner Neffen war an dem Attentat beteiligt.«

Damian stieß einen leisen Pfiff aus, der dem Ernst der Lage Rechnung trug. Erst vor wenigen Tagen hatte die Signoria öffentlich bekannt machen lassen, dass der Herzog von Mailand am Tag des heiligen Stephanos in seinem eigenen Dom grausam niedergemetzelt worden war. Dabei hatten nicht wenige Galeazzo Maria Sforza einen solchen Tod vorausgesagt, ja wenn nicht sogar gegönnt.

»Du weißt ja selbst nur zu gut, wie es in unseren Kreisen läuft«, fuhr Elle niedergeschlagen fort. »Wenn ein Familienmitglied eines wichtigen Clans in Ungnade fällt, stürzen alle anderen ebenfalls zu Boden. Unser Haus in Mailand wurde auf Befehl Ludovico Sforzas durchsucht und in Besitz genommen. Der Bruder des ermordeten Herzogs hat anscheinend die vorübergehende Regentschaft für dessen minderjährigen Sohn übernommen und seine Söldner angewiesen, in den Häusern der verurteilten Verschwörer und deren Verwandten alles zu plündern, was nicht angenagelt ist. Wahrscheinlich steht uns das hier in Florenz auch noch bevor. Deshalb hat mich Giovanni beauftragt, an seiner statt bei Lorenzo de' Medici um Hilfe zu ersuchen. Da wir ursprünglich bereits seit Monaten zum Bankett der Heiligen Drei Könige eingeladen waren, sollte ich die Gunst der Stunde nutzen, um Lorenzo gnädig zu stimmen. Doch anstatt mir die nötigen zweitausend Goldfiorini Kaution zu borgen und ein gutes Wort für Giovannis Freilassung beim Bruder des getöteten Galeazzo Sforza einzulegen, hat Lorenzo de' Medici die Impertinenz besessen, mich samt meiner Dienerin mit Schimpf und Schande hinauszukomplimentieren. Obwohl er wusste, dass wir schutzlos sind und seiner Fürsorge bedurften. Um dem Ganzen die Krone aufzusetzen, hat er uns allem Anschein nach gedungene Mörder auf den Hals gehetzt.«

Elle schüttelte fassungslos den Kopf, woraufhin sich noch ein paar weitere Strähnen aus ihrem üppigen Haarknoten lösten. »Ich kann es kaum glauben.« Ihre Lippen bebten vor Zorn angesichts dieser Ungeheuerlichkeit.

»Wie ist es denn überhaupt zu dem Rausschmiss gekommen?«, wollte Damian wissen. »Ich meine, Lorenzo ist ein durchtriebener Hund, aber er legt zumindest nach außen immer sehr viel Wert auf Höflichkeit, besonders Frauen gegenüber.«

»Pah! Höflichkeit? Dass ich nicht lache!« Sie warf ihm einen verächtlichen Blick zu. »Nachdem mir klar wurde, dass er weder mir noch Giovanni helfen will, habe ich die Kontrolle über meine Zunge verloren, weil ich so wütend war«, bekannte sie zerknirscht. »Ich habe ihn als einen Aasfresser tituliert, weil er mit seiner Untätigkeit in Don Giovannis Fall nicht zum ersten Mal auf das Vermögen zu Unrecht verurteilter Kaufleute spekuliert. Außerdem habe ich ihm auf den Kopf zugesagt, dass er mit Ludovico gemeinsame Sache macht, indem er die Situation ausnutzt und mit ihm die Beute teilt. Und als er daraufhin nichts erwiderte, sondern mich von seinen Dienern hinauswerfen lassen wollte, habe ich ihm eine Mitschuld am Tod meiner Cousine bescheinigt.«

»Mamma mia!« Damian hob eine Braue und sah sie fassungslos an. Sie musste wahnsinnig sein, so mit dem mächtigsten Mann von Florenz umzuspringen. »Und da wunderst du dich, dass er dich hinauswerfen lässt und dir seine Bluthunde auf den Hals hetzt?«

»Hätte ich mich etwa bei ihm für sein verabscheuungswürdiges Benehmen auch noch bedanken sollen?«, rechtfertigte sie sich mit einem Schulterzucken. »Wobei ich kaum etwas anderes von ihm erwartet habe. Don Giovannis Hoffnungen waren von Beginn an vergeblich, aber er wollte es mir ja nicht glauben. Außerdem bin ich mir über Lorenzos Mitschuld an Simonettas Tod ziemlich sicher. Sie war immer gesund und hat sich nie in den Armenvierteln herumgetrieben. Warum hat ausgerechnet sie einen blutigen Husten bekommen? Nein«, sie schüttelte aufgebracht ihre rotblonden Locken. »Da steckt weit mehr dahinter. Simonetta war Lorenzo de' Medici ein Dorn im Auge, weil sie ein Verhältnis mit seinem Bruder hatte. Giuliano mag ein gutaussehender Kerl sein, aber in den Augen Lorenzos ist er nur ein nutzloses Anhängsel, dessen er sich am liebsten entledigen würde. Mehrmals schon wollte er für ihn die Kardinalswürde erwerben, um ihn als Konkurrenten um die Macht in Florenz kaltzustellen. Doch der Papst hat sich bislang dagegen verwahrt. Da war es garantiert nicht von Vorteil, wenn der kleine Bruder in aller Öffentlichkeit einer verheirateten Frau wie Simonetta den Hof machte. Zumal ihr Mann, Marco Vespucci, obwohl er dem Grunde nach nie wahrhaftig an ihr interessiert war, bei diesem Verhältnis nicht gerade zu Luftsprüngen neigte.« Sie verzog ihr süßes Näschen und schaute ihn aufgebracht an. »Weißt du eigentlich, dass der Mann meiner Cousine ein Sodomit ist, der es lieber mit allen treibt?«

»Ich kenne Marco Vespucci«, gab Damian ihr mit einem Schulterzucken zu verstehen. »Er geht bei den Pazzi ein und aus. Und ja – ich befürchte, es stimmt, was du sagst. Er ist des Öfteren mit Francesco unterwegs, der sich wohl zu beiderlei Geschlechtern hingezogen fühlt. Aber was hat das mit den Medici zu tun?«

»Gar nichts – oder doch. Wenn Marco seine ehelichen Pflichten erfüllt hätte, wäre Simonetta nicht in Versuchung geraten, sich mit Giuliano de' Medici einzulassen, der ihre Not vortrefflich ausgenutzt hat. Wusstest du, dass sie im dritten Monat schwanger war, als sie starb?«

Damian schüttelte entsetzt den Kopf.

»Das Kind war von Giuliano, und es war seinem Bruder ein Dorn im Auge. Nichts hätte seine Pläne mehr ins Wanken gebracht als ein weiterer unehelicher Medici-Bastard – nicht mit einer namenlosen Mätresse, sondern mit einer der angesehensten Frauen von Florenz. Anstatt ihr, wie auch immer, die Schwindsucht an den Hals zu hexen, hätte Lorenzo lieber seinen Bruder beseitigen sollen, und das, noch bevor er sich an Simonetta vergriffen hat. Aber was nicht ist, kann ja noch werden. Skrupellos genug ist Lorenzo jedenfalls. Wie man, was Giovannis Rettung betrifft, und nun auch bei unserem Überfall, gesehen hat.«

»Verstehe«, sagte Damian, und doch verstand er rein gar nichts. Jedenfalls nichts, was Elles Verhältnis zu Don Giovanni betraf. Wieso setzte sie mit ihrem losen Mundwerk ihr Leben aufs Spiel, für einen Ehemann, den sie selbst als Scheusal bezeichnete?

»Warum tust du das alles?«, fragte er frei heraus. »Wenn Giovanni de' Vincenco dir offenbar so zuwider ist? Solltest du da nicht froh sein, ihn auf diese Weise ohne Probleme loszuwerden?« Damian hatte versucht, es nicht allzu gnadenlos klingen zu lassen, trotzdem warf Gabrielle ihm einen abweisenden Blick zu.

»Du bist anscheinend immer noch der neunmalkluge Dummkopf von damals«, spöttelte sie. »Kannst du mir verraten, was das für ein Gewinn wäre, wenn mein Ehemann wegen Hochverrats hingerichtet würde?«

»Und du besitzt eine verdammt scharfe Zunge, die dir nicht unbedingt zum Vorteil gereicht«, entgegnete er gereizt, wobei er ihr viel lieber gesagt hätte, dass sie diese Zunge schleunigst nutzen sollte, um ihn ausgiebig zu küssen. Denn falls Giovanni sterben musste, wäre sie frei, für einen jungen Hengst wie ihn, der nur darauf brannte, ihr jedes Jahr ein neues Fohlen zu zeugen. Aber sie sah nicht so aus, als ob sie ein solch umwerfendes Angebot freudig annehmen würde.

»Tja, tut mir leid. Ich bin unter dem Sternzeichen des Widders geboren«, rechtfertigte sie sich aufgebracht. »Das bedeutet, ich kann mich nicht besonders gut verstellen, habe mein Temperament nicht unter Kontrolle, und entwaffnende Ehrlichkeit gehört dummerweise zu meinen hervorstechendsten Charaktereigenschaften. Kurzum, ich bin für ein Leben in Florenz nicht besonders gut geeignet.«

»Es bedeutet in jedem Fall, dass du einer gerissenen Schlange wie Lorenzo de' Medici nicht gewachsen bist, ähnlich wie mein Vater, und schon alleine deshalb solltest du dich vor ihm in Acht nehmen«, fügte er strafend hinzu und bereute es auf der Stelle, weil sie ihn mit ihren grünen Augen aufgebracht anfunkelte.

»Und du bist unter dem Zeichen des Skorpions geboren, wenn ich mich recht entsinne.« Wieder lachte sie spöttisch. »Das heißt, du weißt immer alles besser, nimmst auch kein Blatt vor den Mund und kannst keinem Weiberrock widerstehen. Außerdem bist du ziemlich rachsüchtig. Wer dir nicht zu Willen ist und dir den Gehorsam verweigert, sollte schon mal sein Testament machen. Du musst nur aufpassen, dass du nicht den Überblick verlierst und eines Tages an die Falschen gerätst.«

»Woher kennst du mich so gut?«

»Also liege ich richtig?« Sie legte den Kopf schief und sah ihn prüfend an.

»Und wenn schon«, gab er grinsend zurück. »Zumindest überlege ich mir vorher, was ich sage. Meistens jedenfalls. Verzeih, wenn ich dir zu nahe getreten bin.«

»Ist schon vergessen«, meinte sie versöhnlich. »Auch etwas, das dem Widder eigen ist. Wir sind nicht nachtragend.«

»Was man von Lorenzo de' Medici offenbar nicht behaupten kann«, fügte Damian mit einem säuerlichen Lächeln hinzu. »Ist er nicht auch unter dem Sternzeichen des Widders geboren?«

»Also«, begann sie von neuem, seine Frage ignorierend. »Ich wollte mit meiner Mission, Giovanni zu retten, in erster Linie der Gerechtigkeit zum Sieg verhelfen. Schließlich wurde er vollkommen unschuldig zum Tode verurteilt. Ich weiß es, schließlich war ich dabei, als man den Herzog im Dom erstochen hat. Darüber hinaus habe ich an unsere vielen Diener gedacht, die ebenfalls ihre sichere Anstellung verlieren, wenn das Haus de' Vincenco fällt. Und natürlich steht auch mein eigenes Auskommen auf dem Spiel. Meine Eltern sind tot, und von meinen Verwandten, sofern sie überhaupt noch leben, habe ich rein gar nichts zu erwarten. Mein Einsatz diente dem Versuch, wenigstens einen Teil von Giovannis Geschäften in Florenz zu retten, damit wir nicht von heute auf morgen vor dem Nichts stehen, falls der Allmächtige meinem Gemahl gnädig sein sollte und er den Kerker überlebt. Auch wenn ich der ganzen Angelegenheit von Beginn an keine großen Chancen eingeräumt habe, woher hätte ich wissen sollen, dass Lorenzo de' Medici derart grausam agiert?«

»Habt ihr gemeinsame Kinder?« Die Frage brannte Damian schon die ganze Zeit auf der Seele.

»Nein«, sagte sie leise und wich seinem forschenden Blick aus. »Das Schicksal war uns bisher nicht gnädig. Oder vielleicht sollte ich lieber sagen, Gott sei Dank. Nicht auszudenken, wenn ich nun ganz alleine für eine Familie verantwortlich wäre.«

Die Antwort erleichterte Damian. Somit gab es nichts, was die beiden neben ihrer Ehe auf Dauer miteinander verband.

»Liebst du ihn?« Er war sicher, er ging mit dieser Frage zu weit, aber er musste es wissen.

»Natürlich nicht«, entgegnete sie genauso direkt. »Schließlich habe ich ihn mir nicht als Ehemann ausgesucht. Ich wurde faktisch an ihn verkauft. Und wenn du es genau wissen willst: Ich habe schon seit ewigen Zeiten das Lager nicht mehr mit ihm geteilt. Er bestieg unsere Dienerinnen und Haussklavinnen, wenn es ihn nach einer Frau verlangte. Außerdem besaß er allem Anschein nach eine Mätresse, älter als ich, der er ebenfalls regelmäßige Besuche abstattete. Trotzdem tut er mir leid. Ich habe gesehen, mit welcher Mühe er seine Geschäfte aufgebaut hat. Und wie wichtig es ihm war, bei den Herrschenden etwas zu gelten. Nun wurde mit einem Schlag alles zerstört, was ihm je etwas bedeutet hat. Das ist nicht gerecht.«

»Was ist schon gerecht?«, raunte Damian und schnaubte verbittert, während er zugleich eine gewisse Erleichterung verspürte, dass zwischen ihr und dem Alten anscheinend nichts lief, was von Bedeutung gewesen wäre.

»Denkst du, es ist gerecht, wenn eine schöne, junge Frau an einen alten Bock verschachert wird, den sie nicht liebt, nur weil er Geld hat und sie nicht?«, fragte er provozierend.

»Glaubst du, mit einem jungen Hitzkopf, der für ein paar Fiorini sein Leben aufs Spiel setzt, wäre sie besser bedient?« Sie schaute ihn schräg von der Seite her an und lächelte abfällig. »Auch wenn mit den Jahren ein weiß Gott ansehnlicher Mann aus dir geworden ist, Damian de' Castello. Ich würde mir überlegen, ob ich einen solchen Kerl wie dich zum Ehemann haben wollte.«

Damian wusste nicht, was er auf diese Retourkutsche antworten sollte, und schaute zu Boden. Doch gleich darauf hob er trotzig den Kopf und schaute ihr direkt in die Augen. »Immerhin konnten der Hitzkopf und seine Kameraden dein Leben und das deiner Dienerin retten und eure blutrünstigen Verfolger ins Jenseits schicken, bevor sie euch noch einmal an den Kragen gegangen wären«, antwortete er nicht eben bescheiden.

»Sag nur, du kanntest unsere Häscher persönlich?«, fragte sie mit neugierigem Blick.

Er hob einen Mundwinkel und grinste verächtlich. »Sagen wir, diese Kerle sind mir schon des Öfteren unangenehm aufgefallen.«

Elle erwiderte nichts, und er verspürte nicht das Bedürfnis, ihr die Umstände dieser Bekanntschaft näherzubringen. »Wahrscheinlich wollte Lorenzo de' Medici dich lieber sofort aus dem Weg räumen, bevor du unangenehme Gerüchte über ihn verbreitest und ihm am Ende die Besitzungen deines Gatten noch streitig machst. Denn wenn man dir keine Mitschuld an der Ermordung des Herzogs nachweisen kann, darfst du nach seinem Tod zumindest deine Mitgift behalten.«

»Ich hatte keine Mitgift«, sagte sie gefasst. »Es ist genauso, wie du vermutet hast. Meine Eltern haben mir nichts weiter vermacht als einen Haufen Schulden, und meine Tante war froh, wenigstens für Simonetta eine halbwegs anständige Aussteuer aufbringen zu können. Für mich blieb da nichts mehr übrig. Allerdings war mein Onkel so gewitzt, einen Ehevertrag mit Giovanni auszuhandeln, der mir zwanzig Prozent seines Vermögens als Mitgiftsicherung zuerkennt, falls unsere Verbindung durch sein eigenes Verschulden annulliert werden sollte. Aber davon kann im Moment wohl kaum die Rede sein. Schließlich kann Giovanni nichts dafür, eingekerkert worden zu sein, und er hat bisher mit keiner Silbe verlauten lassen, meiner überdrüssig zu sein. Damit bleiben mir allenfalls unsere beweglichen Schätze, die es aus unserem Palazzo zu retten gilt, bevor sie im Auftrag Lorenzos zusammen mit Giovannis Seidengeschäften in Florenz und seinem Bankguthaben von der Signoria beschlagnahmt werden. Als wir überfallen wurden, war ich mit Lucrezia gerade auf dem Weg nach Hause, weil ich wenigstens das Nötigste in Sicherheit bringen und unsere Dienerschaft warnen wollte.«

»Warum hattest du eigentlich keine Leibwächter dabei?« Sein Blick zeigte Unverständnis. Normalerweise verfügten reiche Kaufleute wie Don Giovanni über eigenes Wachpersonal, das auch die Familie schützte, falls der Herr des Hauses in der Fremde unterwegs war.

»Ich hatte welche«, erklärte Elle verdrossen. »Zwei ältere Söldner aus Giovannis Schutztruppe. Sie sind sogar mit uns aus Mailand hierhergekommen und haben bei dem Bankett der Medici in der Gesindekammer auf uns gewartet. Aber als man Lucrezia und mich so unvermittelt vor die Tür gesetzt hatte, waren sie plötzlich verschwunden.«

Elle zuckte ratlos mit den Schultern. »Deshalb habe ich Lucrezia vorgeschlagen, wir könnten die kurze Strecke auch zu Fuß gehen. Wie sollte ich darauf kommen, dass Lorenzo uns verfolgen lässt?«

»Erstaunlich, wie wenig du über die Gefahren in Florenz bei Nacht weißt«, wandte Damian kopfschüttelnd ein. »Jeder Taugenichts hätte euch berauben und umbringen können. Don Giovanni hat dich vermutlich ohnehin nie allein vor die Tür gelassen, selbst mit Wachen, oder?«, konstatierte er mit einem anzüglichen Lächeln. »Aber wenn ich dich so ansehe, kann ich ihn gut verstehen. Wahrscheinlich hatte er Angst, du würdest von einem deiner vielen Verehrer entführt.«

»Du bist immer noch der unverbesserliche Charmeur von damals«, befand sie und lächelte schwach. »Was ist mit dir? Bist du verheiratet?«

Leicht verlegen schüttelte er seine schwarzen Locken. »Leider hat mir mein sogenannter Charme bei den Frauen bisher wenig Glück gebracht«, stellte er bereitwillig klar. Eine gute Gelegenheit, ihr durch die Blume zu sagen, dass er noch zu haben war. »Wer will schon einen Ehemann, dessen Vater unehrenhaft gehängt wurde und der dazu noch mittellos ist?«

»Aber dafür kannst du doch nichts!«, widersprach sie ihm heftig.

Unverwandt sah er ihr tief in die Augen. »Hättest du mich, unabhängig von meinen charakterlichen Schwächen, zum Mann genommen, selbst wenn du dafür den Rest deines Lebens als Feldarbeiterin hättest schuften müssen?«

Überrascht konterte sie seinen anzüglichen Blick – und schwieg.

»Siehst du?«, neckte er provozierend. »Habe ich es mir doch gedacht. Darauf willst du nicht antworten.«

»Aber du bist kein Bettler, wenn ich es recht betrachte«, gab sie mit schmalen Lidern zurück. »Allem Anschein nach bist du ein geachteter Condottiere der Pazzi und verfügst über ein gesichertes Einkommen, also warum solltest du keine Frau finden, die dich zum Ehemann haben will?«

Weil keine so wäre wie du, lag es ihm auf den Lippen. »Du hast recht, ich hatte wirklich Glück, nach dem Tod meines Vaters eine Anstellung bei Jacopo de' Pazzi zu finden«, erklärte er finster und umfasste instinktiv das mit rotem Leder umwickelte T-Heft seiner italienischen Klinge. »Aber das bedeutet noch lange nicht, dass ich für ein anständiges Mädchen wie dich eine gute Partie wäre.«

»Woher willst du das wissen?« Wieder warf sie ihm einen unergründlichen Blick zu, ganz so, als ob sie die letzte Behauptung für sich persönlich abschätzen würde.

»Ich weiß es eben«, widersprach er ihr. »Also mach dir keine Sorgen, dass ich dir unberechtigterweise den Hof mache.«

»Warum sollte ich? Das Einzige, worum ich mir im Moment wahrhaftig Sorgen mache, ist der Gesundheitszustand von Lucrezia.«

»Du hast recht«, bekannte er reuig. »Es gibt wichtigere Dinge als uns beide. Wechseln wir lieber das Thema.« Jede weitere Diskussion über ihr Verhältnis zueinander würde ihn höchstens in Teufels Küche führen. »Also, was kann ich tun, um dir und deiner Dienerin zu helfen?«

Elle sah ihn unsicher an. »Denkst du, ich sollte nach dieser Geschichte überhaupt in unseren Palazzo zurückkehren?«

Damian schüttelte seine ebenholzfarbene Mähne. »Lieber nicht. Lorenzo wird ziemlich rasch dahinterkommen, dass sein Mordkomplott fehlgeschlagen ist, und mit anderen Mitteln versuchen, dich zu beseitigen. Doch zunächst einmal sollten wir herausfinden, ob bereits jemand von der Signoria eurem Zuhause einen Besuch abgestattet hat. Ich werde das für dich erledigen.«

Protestierend hob sie die Hände und rümpfte ihr niedliches Näschen, was sie gerne tat, wenn ihr etwas missfiel. »Du hast schon so viel für mich riskiert. Ich will nicht, dass du dich wegen mir in eine solche Gefahr begibst. Wenn überhaupt, gehe ich selbst.«

Wie süß, dachte Damian, sie machte sich wahrhaftig Sorgen um ihn, allein dafür hätte er sie auf der Stelle umarmen können und ihr anschließend eigenhändig den Hintern versohlt, weil sie sich seinen Vorstellungen widersetzte.

»Und was willst du damit bezwecken?«, fragte er provokant. »Dass weitere Schergen Lorenzos dir endgültig den Garaus machen?«

»Und was habe ich davon«, protestierte sie, »wenn ich die Schuld daran trage, dass dir oder deinen Kameraden etwas geschieht? Immerhin ist heute Abend schon genug Blut geflossen.«

Er sah sie durchdringend an und sog ihren widerspenstigen Liebreiz in sich auf. »Aber nicht unseres«, erklärte er mit einem lässigen Grinsen. »Glaub mir, Mädchen, eine harmlose Exkursion zu eurem Palazzo ist gar nichts im Gegensatz zu den Dingen, die ich sonst so treibe. Also, was soll ich dir aus deinem Haus herausholen und vor allem, wo ist es versteckt?«

Einen Moment lang sah sie ihn prüfend an, beinah, als ob sie ihm misstraute.

»Das ist sehr freundlich von dir, aber es geht trotzdem nicht.«

Sie sah ihm fest in die Augen. »Geld und Schmuck sind in einem geheimen Versteck untergebracht. Ich vermag mir kaum vorzustellen, dass unsere Diener dich ins Haus spazieren lassen, wenn du ihnen als Fremder erklärst, meine Schätze in Sicherheit bringen zu wollen. Sie werden denken, du seist ein Dieb.«

Damians Blick fiel auf ihr funkelndes Collier und den ebenso wertvollen Kopfschmuck. Ein unglaublich filigranes Geschmeide aus Gold und Smaragden, das hervorragend zu ihren Augen passte. »Und wie willst du sonst an die Sachen herankommen? Oder willst du den Tand diesen Aasgeiern überlassen? Allein was du da um den Hals trägst, ist schon ein Vermögen wert. Wenn du noch mehr davon besitzt, wärst du dumm, es dir nicht zu holen.«

»Dieser Schmuck ist zusammen nur gut dreihundertfünfzig Fiorini wert«, bestätigte sie seine Einschätzung. »Leider nicht genug, um Giovanni zu retten. Aber Lucrezia und ich könnten notfalls eine Weile davon leben. Jedenfalls hat uns das unser Advokat in Mailand eröffnet. Vielleicht ist es gar nicht nötig, ins Haus zu gehen und auf die Gefahr hin, verhaftet oder gar getötet zu werden, den Rest zu holen.«

»Da bin ich anderer Meinung«, widersprach Damian. »Außerdem will ich dir helfen, noch ein wenig mehr zu bekommen als diesen Schmuck. Ich habe nicht umsonst ein Jahr Rechtswissenschaften studiert. Du sprachst von Verträgen, und vielleicht gibt es Besitzurkunden, die wichtig sein könnten, falls es zu Beschlagnahmungen durch die Signoria kommt. Vertrau mir.« Seine Stimme klang selbstbewusst. »Du musst mir nur sagen, wo dein Mann die Sachen aufbewahrt.«

Einen Moment lang dachte sie nach. Dann ging ein Ruck durch ihre anmutige Gestalt. »Also gut«, gab sie nach. »Im zweiten Stock in Giovannis Bibliothek, in einer doppelten Holzwand. Links neben dem Bücherregal findest du hinter einer grünen Samtschabracke einen Hebel, damit öffnet sich ein geheimes Fach. Dahinter verbirgt sich eine eisenbeschlagene Kiste, die mit einem Schloss versehen ist. Den Schlüssel dazu verwahrt der alte Angelo, Giovannis Leibdiener. Aber vielleicht sollte ich doch lieber mitkommen?«

»Kein Problem«, beschied Damian souverän, was ihr den Anschein vermitteln musste, als habe er das Öffnen von schweren Eisenschlössern mit der Muttermilch eingesogen. »Dazu bedarf es nicht deiner Anwesenheit.«

Elle stieß einen langgezogenen Seufzer aus und warf einen Blick auf ihre schlafende Dienerin.

»Und was wird aus Lucrezia und mir, wenn du recht hast und dein Plan gelingt? Wenn es stimmt, was du sagst, und Lorenzo beabsichtigt, mich zu töten oder wenigstens verhaften zu lassen, wird es kein Schlupfloch in der gesamten Republik geben, wo ich mich verkriechen könnte.«

Sie schaute ihm geradeheraus ins Gesicht. Es war eine simple Feststellung ohne einen Funken Selbstmitleid in ihren klaren grünen Augen. Für ihr mutiges Wesen bewunderte er sie aus tiefster Seele. Sie war eine starke Frau. Keine schwache Putte, die man leicht hinter ihrer makellosen Gestalt hätte vermuten können.

»Außerdem mache ich mir Sorgen um dich, auch wenn du meinst, das sei nicht nötig. Was ist, wenn Lorenzo erfährt, dass seine Kettenhunde von dir und deinen Leuten getötet wurden?« Sie sah ihn zweifelnd an. »Und er euch dafür des Mordes beschuldigt? Ich meine, es gibt ja genug Zeugen, wenn ich nur an den Wirt und die Mädchen denke.«

Damian schüttelte den Kopf und grinste. »Abgesehen davon, dass dieses Gasthaus zum Besitz der Pazzi gehört und der Wirt und die Mädchen den Teufel tun werden, die Hand zu beißen, die sie schützt, würde Lorenzo es nicht wagen, die Söldner seiner Konkurrenten des Mordes an seinen eigenen Auftragsmördern zu bezichtigen. Allein schon, um eine offizielle Fehde zu vermeiden, die jede Menge lästige Fragen aufwerfen würde. Deshalb halte ich es auch für besser, wenn du hierbleibst und mit deiner Dienerin wartest, bis ich zurückkehre. Ich habe vor, dich und Lucrezia ab morgen unter den Schutz der Pazzi zu stellen. Ohne einen mächtigen Schutzherrn seid ihr nichts weiter als Freiwild. Aber das müsstest du eigentlich wissen. Bevor ich Messer Jacopo nicht davon überzeugt habe, für euch die Verantwortung zu übernehmen, sollte niemand erfahren, wo ihr euch aufhaltet. Bis ich mit Laurentio zurück bin, lasse ich euch Tedeschi, Luca und Gulliveri hier. Sie werden gut auf euch aufpassen.«

»Oh, Damian …« Sie lächelte scheu. »Keine Ahnung, wie ich das je wiedergutmachen kann!«

Mir fiele da schon etwas ein, dachte er bei sich, doch er lächelte nur geschmeichelt zurück. »Keine Ursache, Elle«, sagte er sanft und trat auf sie zu. Dann nahm er all seinen Mut zusammen, ergriff ihre kalten, schmalen Hände und hauchte einen Kuss darauf. »Für eine alte Freundin tue ich das gerne, auch wenn sie mich für einen hitzigen Dummkopf hält.«

»Du kannst es nicht lassen«, schalt sie ihn und verzog einen Mundwinkel zu einem geplagten Lächeln. »Immer auf Genugtuung bedacht.«

»Nicht immer«, gab er zurück und zwinkerte ihr zum Abschied lächelnd zu.

Beim Hinausgehen traf er auf seine Gefährten.

»Luca, Gulliveri und ich haben die beiden toten Medici-Schergen unweit der Basilika Santa Maria del Carmine in ein frisch ausgehobenes Grab geworfen und sie mit Erde bedeckt«, erklärte ihm Laurentio mit unbewegter Miene. »Wenn es morgen früh zur geplanten Beerdigung kommt, wird niemand bemerken, dass zwei Fuß tiefer schon jemand liegt.«

KAPITEL 6

Januar 1477 – Florenz

Zusammen mit Laurentio machte sich Damian bald darauf im Schutz der Dunkelheit zum Palazzo Vincenco auf. Gemeinsam näherten sie sich in gebückter Haltung und über Schleichwege der mächtigen Silhouette des dreistöckigen Gebäudes.

Bereits auf dem Weg dorthin mussten sie einigen Fackelträgern ausweichen, die offenbar das gleiche Interesse hegten wie Damian und sein Kumpan. Umringt von haushohen Zypressen, war nicht sofort zu erkennen, was sich im Innenhof des Anwesens zutrug.

Hinter immergrünen Büschen versteckt, verfolgte Damian zusammen mit Laurentio, wie mehrere Männer sich gewaltsam Zugang zu den Unterkünften der Wachmannschaften und Stallungen verschafften. Die Dienerschaft lief aufgeregt umher, Frauen stießen spitze Schreie aus, und Männer brüllten Befehle.

»Das ging ja schneller, als gedacht«, raunte Damian seinem sehnigen Begleiter zu. »Wenn ich eines gelernt habe«, gab Laurentio leise zurück, »dann, dass in Florenz alles doppelt so rasch vonstattengeht wie in Mailand. Zumindest, was Verhaftungen und Hinrichtungen betrifft.«

»Wenn es so ist«, sagte Damian und fasste ihn am Arm, »sollten wir uns dieser Stadt als würdig erweisen.«

Kurze Zeit später, die Uhr des Arnolfo-Turms schlug zur vierten Stunde der Nacht, kletterten Damian und Laurentio wie zwei geschmeidige Katzen eine Mauer an der südlichen Seite des Palazzo hinauf und verschafften sich, in schwindelerregender Höhe über einen schmalen First balancierend, Zugang zu einem offenen Balkon. Von dort aus gelangten sie unbemerkt in besagte Bibliothek. Da sämtliches Gesinde nach unten gelaufen war, um sich den fordernden Nachfragen der Soldaten der Signoria zu stellen, hatten Damian und Laurentio alle Zeit der Welt, die von Elle beschriebene Schatulle an sich zu bringen. Dazu raffte Damian noch einen Stapel Pergamente, dessen Inhalt er sich ebenso wie das Innere der Schatulle später ansehen würde, weil er keine Zeit mit dem Öffnen des Schlosses verschwenden wollte. Das würden sie in Gegenwart der Besitzerin erledigen, wenn sie sicher zur Taverne zurückgekehrt waren. Auf demselben Weg, wie sie nach oben gekommen waren, kletterten sie wieder nach unten, um durch den Garten zu verschwinden. Als sie wenig später Giacomos Schankstube betraten, wartete Elle bereits ungeduldig auf ihre Rückkehr. Um kein Aufsehen zu erregen, hatte Damian die reich verzierte, eiserne Kiste von der Größe eines Tabernakels in eine Tischdecke gewickelt.

»Gott sei Dank«, rief Elle und lief ihm mit offenen Armen entgegen, wobei sie die Kiste völlig außer Acht ließ und ihm ungehemmt um den Hals fiel. Sie küsste ihn rechts und links auf die Wange, als ob es die selbstverständlichste Sache der Welt wäre. »Euch beiden ist zum Glück nichts geschehen.« Laurentio musterte sie mit hochgezogener Braue und nahm eine abwehrende Haltung ein, was sie wohl davon abhielt, ihn ebenso zu herzen.

Für einen Moment stand Damian wie erstarrt, die Kiste samt den Papieren unterm Arm, nicht wissend, ob er die plötzliche Zuwendung dieser unglaublichen Frau genießen durfte oder sich lieber spröde verhalten sollte. Doch seine unbändige Freude wurde durch einen weiteren kritischen Blick Jacarandas geschmälert, die Elles ungewöhnliches Vorgehen eifersüchtig beäugte.

Nachdem Elle von Damian abgelassen hatte, streckte er ihr mit stolzgeschwellter Brust die Kiste entgegen. »Ich hatte recht, die Signoria hat die ›Otto‹ samt ihren Wachmannschaften bereits alarmiert. Sie sind gerade dabei, dein Haus zu besetzen. Anscheinend schert sich die Gerichtsbarkeit von Florenz weder um nachtschlafende Zeiten noch um die Feiertage. Ich glaube, dass unser geschätzter Gonfaloniere di Giustizia auch zum Bankett eingeladen war und noch vor Ort entsprechende Anweisungen erteilt hat. Hier«, fügte er hinzu und überließ ihr den erbeuteten Besitz. »Die Schatulle ist noch verschlossen, also kannst du versichert sein, dass niemand etwas herausgenommen hat.«

»Ach, Damian«, schimpfte sie abwehrend. »Denkst du wirklich, ich glaubte, du würdest mich bestehlen? Wo du mit deinem Kameraden soeben noch mal dein Leben für mich aufs Spiel gesetzt hast?«

Laurentio wandte sich schmunzelnd ab. Auch Tedeschi und die beiden anderen schauten Damian grinsend an. Nur Jacaranda lächelte nicht und auch nicht ihre Mitschwestern, die jede Bewegung Elles mit stutenbissigen Mienen verfolgten. Giacomo nahm die Situation relativ gelassen. »Was habt ihr vor?«, fragte er Damian. »Wollt ihr bei all dem Trubel zurück in euer Quartier oder lieber bei mir übernachten?«

»Wir bleiben gemeinsam hier, bis morgen früh«, beschied Damian kurzerhand. »Ich will mit den beiden Frauen heute Nacht nicht mehr auf die Straße, und hier wird sie niemand vermuten. Morgen früh bringe ich sie in den Palazzo Pazzi. Dann sehen wir weiter.«

Elle protestierte ausnahmsweise nicht, sondern gab sich damit zufrieden, die Nacht in einem Hurenbett zusammen mit ihrer angeschlagenen Dienerin zu verbringen. Offenbar machte es ihr nichts aus, sich aufopfernd um die junge Frau zu kümmern.

Damian und seine Männer schliefen derweil auf den Bänken in der Schankstube. Natürlich hätten sie auch bei Petronella oder Jacaranda die Nacht verbringen können, doch das wollte Damian aus Rücksicht auf die beiden Neuankömmlinge möglichst vermeiden. Er kannte die jungen Huren und auch seine Leute zu gut und hatte kein Interesse daran, den Schlaf seiner neuen Schützlinge durch lautes Stöhnen und eindeutige Geräusche eines mehrmals in der Nacht vollzogenen Liebesaktes zu stören. Gnädigerweise hatten seine Kameraden Verständnis für die ihnen abverlangte Enthaltsamkeit und ahnten, was in ihm vorging.

»Wer ist diese Frau?«, flüsterte Tedeschi ihm in der Dunkelheit zu, als alle anderen bereits schliefen. Wie Damian hatte er sich auf einer harten Bank langgemacht. »Es machte mir den Anschein, dass du sie kennst. Sie muss dir einiges bedeuten, wenn du so viel für sie riskierst.«

»Sie ist die Frau, die ich in jungen Jahren gerne geheiratet hätte«, flüsterte Damian beinahe andächtig. »Aber ein anderer war mächtiger und vermögender als ich. Somit blieb es ein Traum, den ich bis heute Abend tief in mir vergraben hatte.«

»Und was wirst du nun tun? Sie ist immer noch verheiratet und steckt anscheinend in ziemlich großen Schwierigkeiten.«

»Ich werde das tun, was ich schon lange hätte tun sollen.«

»Und das wäre?«

»Sie zu meiner Frau nehmen.«

»Wie das denn? Ich denke, sie ist schon verheiratet?«

»Lass mich nur machen«. Damian lächelte zuversichtlich und gähnte dann herzhaft. »Ich habe da bereits eine Idee.«

»Sag nur, du willst ihren Mann töten?«

»Das erledigt im besten Falle schon der Bruder des Herzogs von Mailand«, erläuterte Damian mit hörbarer Befriedigung in der Stimme. »Aber so weit muss es gar nicht kommen. Ich habe eine bessere Strategie.«

»Und was ist, wenn sie deine Strategie nicht gutheißt?«

»In ihrer aussichtslosen Lage wird ihr gar nichts anderes übrigbleiben, als ja zu sagen.«

Damian musste unwillkürlich lächeln. Er war ein Genie, dem das Glück im Unglück eine zweite Chance geboten hatte, und morgen würde er diese Chance ergreifen und ein neues Leben, an der Seite dieser fantastischen Frau, beginnen. Immer noch lächelnd schlief er schließlich ein.

Am nächsten Morgen hatte er ein wenig Mühe, Elle davon zu überzeugen, ihn zusammen mit ihrer Dienerin zum Palazzo Pazzi zu begleiten, doch nachdem er ihr nochmals eindringlich aufgezeigt hatte, dass ihr in Anbetracht der Lage kaum etwas anderes übrigblieb, stimmte sie schließlich zu. Jacaranda verweigerte ihm den Abschied, als er mit den beiden Frauen und seinen Männern nach dem Frühessen die Taverne verließ. Sie war beleidigt, gar keine Frage.

»Es gibt nichts Gefährlicheres als eine eifersüchtige Frau«, warnte ihn Laurentio, der das Drama durchschaute.

»Jacaranda hat keinen Grund, eifersüchtig zu sein«, raunte ihm Damian zu, während sie, gefolgt von Elle und Tedeschi, der ihre geschwächte Dienerin trug, zu den Pferden gingen. In Wahrheit plagte ihn das schlechte Gewissen, weil er keinen Funken Liebe für Jacaranda empfand. Und auch niemals empfunden hatte, wie ihm beim Anblick seiner Traumfrau mit einem Schlag klar geworden war.

Florenz lag unter einer dichten Nebelglocke, und von ferne waren die sonoren Bußgebete der Geißelbruderschaft zu Ehren des heiligen Hieronymus zu hören. Dazu das Klatschen ihrer neunschwänzigen Katzen, mit denen sich die bußfertigen Brüder den bloßen Rücken blutig schlugen, während sie lärmend durch die noch menschenleeren Gassen zogen.

Doch selbst deren düsteres Bestreben konnte Damians Herz nicht davon abhalten, vor Freude zu hüpfen. Die Tatsache, dass Elle hinter ihm auf seinem unruhig tänzelnden Hengst saß und sich schutzsuchend an ihn klammerte, war ihm Beweis genug, nicht zu träumen. Obwohl er einen harten, eisenbeschlagenen Harnisch trug, glaubte er ihren weichen Busen an seinem Rücken zu spüren. Während er mit der rechten Hand die Zügel führte, lag seine Linke auf ihrem schmalen Arm, mit dem sie seine Taille umfasst hielt, als ob sie ihn nie mehr loslassen wollte.

Ihre Dienerin, die zwar wieder zu sich gekommen war, aber immer noch schwächelte, saß hinter Tedeschi im Sattel. Sie schien ihm trotz ihrer Blessuren zu gefallen, denn auch er zwinkerte Damian grinsend zu, offenbar, weil sie sich in ihrer Not ebenso eng an ihn schmiegte.

Vorbei ging es an prachtvollen, mehrstöckigen Häusern und Gärten bis in die Borgo di San Pier Maggiore zur Ecke der Pazzi, wie ein schlichter Holzwegweiser verriet. Der Name rührte wohl daher, dass hier nicht nur eine Villa Pazzi stand, sondern gleich mehrere prunkvolle Häuser, die von anderen Clanmitgliedern bewohnt wurden und sich, durch zwei enge Gassen miteinander verbunden, eine Kreuzung teilten.

Vor dem stattlichsten Gebäude, das dem Palazzo der Medici in nichts nachstand, machten sie halt.

Elles Staunen war nicht zu übersehen, als sie unter einem großen steinernen Rundtor in den Innenhof des Palazzo Pazzi hineinritten und ihr Blick auf die breiten, gotischen Fenster fiel, die man mit bunten Bildern verglast hatte. Anscheinend war sie noch nie hier gewesen. Was wahrscheinlich daran lag, dass ihr Gemahl es sich nicht mit Lorenzo de' Medici verscherzen wollte, indem er gleichzeitig mit den Pazzi verkehrte.

»Lass mich erst absteigen, dann helfe ich dir«, versprach er ihr, nachdem er seinen Hengst in der Mitte des Hofes vor einem plätschernden Springbrunnen zügelte. Als er kurz darauf mit beiden Füßen auf dem sandigen Boden stand, streckte er ihr die Hände entgegen, und sie ließ sich ohne Widerspruch vom Pferd helfen. Für einen Moment schwebte sie in der Luft, und ihre Gesichter waren sich nahe genug, um sie mühelos küssen zu können. Aber sie machte keinerlei Anstalten, ihm entgegenzukommen.

»So«, sagte er nur und stellte sie pflichtschuldigst ab, ohne die Situation auszunutzen. Dann nahm er sie bei der Hand und führte sie die marmorne Treppe hinauf. Etwas zögernd ließ sie es sich gefallen, dass er sie hinter sich herzog.

»Wo gehen wir hin?«

»Ich bringe dich zu Messer Jacopo, dem Familienvorstand der Pazzi. Er wird eine Lösung für all deine Probleme wissen.«

Im Innenhof wimmelte es von Bediensteten, von denen einer auf sie zueilte. Er trug ein blaues Wams in den Farben der Pazzi, mit goldenen Stickereien am Ärmelaufschlag, die das Wappen der Familie darstellten.

»Wen bringt Ihr uns denn da, Messer Damian?«, fragte Roberto de la Marchese, einer von Jacopo de' Pazzis persönlichen Leibdienern, forsch, wobei er zunächst einen neugierigen Blick auf Elle warf und dann auf Lucrezia, die, von Tedeschi gestützt, im Innenhof zurückgeblieben war und mit ihrem blau angeschwollenen Gesicht einen fürchterlichen Anblick bot.

»Um Gottes willen«, murmelte Roberto. »Was ist denn mit den Damen geschehen?«

Damian erklärte Roberto kurz, was den beiden widerfahren war und dass er ihn umgehend bei Jacopo de' Pazzi zur Audienz anmelden möge.

Nachdem dies erledigt war und Damian die Erlaubnis erhalten hatte, mit den Frauen vorzutreten, bat er Elle und ihre Dienerin, einen Moment vor der Tür zum Arbeitszimmer des Pazzi-Oberhauptes zu warten. Während Lucrezia auf einem gepolsterten Sessel Platz nahm, blieb Elle stehen und schaute ihn erwartungsvoll an.

»Lass mich einen Augenblick allein mit ihm sprechen«, bat er sie. »Ich will Messer Jacopo nur rasch die Lage erklären, bevor er dich hineinbitten und eine Entscheidung treffen kann, was weiter zu geschehen hat.«

In Wahrheit hegte er ganz andere Absichten. Doch er würde einen Teufel tun, ihr seinen Plan zu verraten.

Jacopo de' Pazzi war ein alter, grauer Fuchs, der es, was Hinterlist und Geschäftssinn betraf, faustdick hinter den Ohren hatte. Aber er war auch ein verständiger Mann, der Damian wie einen nahen Verwandten behandelte, und er hatte, wie erwartet, keine Mühe, seinen Ideen zu folgen.

»Wenn Ihr Gabrielle di Spinola de' Vincenco zur Frau haben wollt, Messer Damian«, stimmte er grinsend zu, »und ich Euch damit einen Gefallen für Eure treuen Dienste erweisen kann, werde ich heute noch einen Boten zu meinem Neffen Francesco nach Rom schicken, damit er ein Gesuch beim Papst einreicht, um deren Ehe mit Giovanni de' Vincenco annullieren zu lassen. Als Hauptargument werden wir ins Feld führen, dass sie trotz ihrer Ehe mit Don Giovanni kinderlos geblieben ist. Im Nachhinein sieht es ja ganz so aus, als ob der Alte das Lager nicht mit ihr teilen wollte – oder nicht mehr konnte. Und jetzt kann er schon gar nicht mehr, wo er im Kerker sitzt. Eine solche Tatsache vereinbart sich nicht mit dem heiligen Sakrament der Ehe. Aus diesem Grund würde ihr in jedem Fall die von Euch genannte Mitgiftsicherung zustehen. Schließlich ist es nicht Donna Gabrielles Schuld, wenn ihr Gatte ihr keinen Nachwuchs beschert. Und ich muss Euch recht geben: Wenn Donna Gabrielle ihre Mitgift schützen will, muss sie sich unverzüglich von ihrem Gatten lossagen. Andernfalls traue ich Lorenzo de' Medici zu, dass er sich etwas Perfides einfallen lässt, um das gesamte Vincenco-Vermögen an sich zu reißen und die Donna gänzlich verschwinden zu lassen. Wenn sie Euch jedoch zum Manne nimmt, nachdem unser Heiliger Vater sie per Dekret in den Stand der Unberührtheit zurückgeführt hat, kann sich Lorenzo de' Medici gerne an der Angelegenheit seine Zähne ausbeißen. Meine Advokaten werden ihm schon zeigen, dass auch ein Medici nicht wohl daran tut, öffentlich geltendes Recht zu beugen. Unter diesen Umständen wird er es sich überlegen, ob er sich wegen einer für ihn uninteressant gewordenen Frau mit den Pazzi oder gar mit dem Papst anlegt.«

»Ich danke Euch von ganzem Herzen, Messer Jacopo.« Damian lächelte in stiller Vorfreude.

»Nichts zu danken, mein Freund.« Messer Jacopo klopfte ihm väterlich auf die Schulter. »Wenn ich Lorenzo de' Medici und seine korrupte Signoria damit ärgern kann, ist es mir des Dankes genug.«

Kurz darauf ließ Jacopo de' Pazzi Gabrielle de' Vincenco hereinrufen. Damian platzte beinahe vor Anspannung, besonders weil er fürchtete, sie könne zu seinem Plan nein sagen. Jacopo de' Pazzi fand jedoch in seiner diplomatischen Art wie üblich die richtigen Worte. »Ihr tut wohl daran, Madonna«, erklärte er Elle ein wenig gnadenlos, »Eure Ehe mit Don Giovanni annullieren zu lassen und stattdessen Messer Damian zum Manne zu nehmen.«

»Messer Damian?« Ihr Kopf schnellte herum, und ihr fassungsloser Blick traf auf Damians erwartungsfrohes Lächeln wie ein Eisregen auf einen wärmenden Sonnenstrahl. »Warum denn das? Wir kennen uns doch kaum!«

»Euren Gemahl habt Ihr sicher auch nicht besser gekannt«, widersprach Jacopo zu Damians großer Erleichterung. »Und viel Zeit, um Euch einen anderen Gemahl zu suchen, habt Ihr ja nicht. Wenn Ihr nicht rasch eine neue Ehe eingeht, könnten Euch Lorenzo de' Medici und der Bruder des getöteten Herzogs von Mailand nicht nur finanziell, sondern auch gesellschaftlich ruinieren. Und das würde niemandem etwas nützen, schon gar nicht Eurem Noch-Ehemann, für den ich noch heute zweitausend Goldfiorini bereitstellen lasse, um zumindest sein Leben zu retten. Was bedeutet, er muss trotzdem weiterhin im Kerker sitzen. Was den Vollzug Eurer Ehe natürlich unmöglich macht und damit die Annullierung durch den Papst auf den Plan ruft, von der ich sicher bin, dass der Heilige Vater sie unterschreibt. Er ist den Pazzi äußerst verbunden. Mein Neffe muss ihm nur erklären, wie wir Lorenzo de' Medici damit in die Schranken weisen, und schon wird er uns seinen Segen erteilen.«

»Habt Dank, Messer Jacopo«, flüsterte sie mit bebender Stimme. »Ich weiß Eure Großzügigkeit durchaus zu schätzen.« Dann fiel ihr verwirrter Blick auf Damian, der bemüht war, trotz seiner Aufregung Haltung zu bewahren. »Aber ich weiß nicht, ob ich Don Giovanni so einfach im Stich lassen kann.«

»Ihr lasst ihn nicht im Stich«, widersprach Jacopo vehement. »Ihr rettet ihn vor dem Henker, und zugleich rettet Ihr Euch selbst und einen Teil seines Vermögens. Was sollte er denn dagegen haben? Na, ziert Euch nicht«, empfahl ihr Jacopo und fasste sie ein wenig grob bei der Schulter. »Messer Damian ist ein stattlicher Mann, der Euch sicher einen ganzen Stall voll kräftiger Söhne zeugen wird. Er hat einen guten Sold, und Ihr werdet mit der erstrittenen Mitgift eine reiche Frau sein. Und an einer adäquaten Wohnung wird es auch nicht mangeln. Nach Eurer Vermählung werde ich Euch zwei Zimmer im Palazzo zur Verfügung stellen lassen und eins für Eure Dienerschaft. Was wollt Ihr mehr?«

»Ihr seid zu gütig«, murmelte Elle offenbar immer noch unschlüssig, während Damian die Stirn runzelte. Er stand kurz vor dem Eintritt ins Paradies, sie würde ihm doch jetzt keinen Strich durch die Rechnung machen?

»Was zögert Ihr denn, Donna Gabrielle«, drängte Messer Jacopo sie. »Oder zieht Ihr es vor, alles zu verlieren?«

»Nun gut«, sprach sie die erlösenden Worte und schaute Damian direkt in die Augen. »Ich stimme zu. Ich werde mich von meinem Ehemann lossagen und Messer Damian heiraten. Offenbar ist es von Gott so gewollt.«

»Amen«, fügte Messer Jacopo mit einem breiten Grinsen hinzu. »So soll es sein.«

KAPITEL 7

Januar 1477 – Florenz

Auf Geheiß Messer Jacopos wurde Damians und Gabrielles Eheschließung auf den 28. Januar 1477, dem Tag von Francesco de' Pazzis 33. Geburtstag, festgelegt.

»Es trifft sich gut«, versicherte er Damian bei einer privaten Unterredung, »dass wir damit einen vergleichbaren Anlass für ein rauschendes Bankett gefunden haben, da wir mit Rücksicht auf den Heiligen Vater Francescos Geburtstag nicht offiziell feiern dürfen, weil es sich bei dem 33. um das Todesjahr unseres lieben Herrn Jesu handelt. Aber einer Vermählung kann niemand etwas entgegensetzen, zumal der Papst höchstselbst dieser Verbindung den Segen gegeben hat. Es sei denn, er heißt Lorenzo de' Medici«, er grinste, »aber den haben wir nicht gefragt.«

Damian hatte sich für die Hochzeit in seine beste Uniform geworfen. Ein hüftlanges Wams aus schwarzem Samt mit dem Fell eines Gebirgswolfes verbrämt, darunter trug er ein schwarzseidenes Hemd, dessen Ärmel an den Oberarmen gebauscht waren und das vom Ellbogen abwärts gerafft seine sehnigen Unterarme betonte. Eine enganliegende Wollstrumpfhose, die er dazu trug, lenkte die Blicke sämtlicher anwesenden Damen ohne Zweifel auf seinen muskulösen Hintern und seine wohlgeformten, strammen Beine, die bis zu den Oberschenkeln in glänzenden schwarzen Reitstiefeln steckten.

Doch all das war nichts gegen das türkisfarbene Kleid von Elle, das mit goldfarbener Seide durchwirkt bis zum Boden reichte und unter der Brust und in der Taille mit goldenen Kordeln gerafft wurde. Der Ausschnitt des Kleides war mit geschliffenen Gebirgskristallen veredelt und entblößte ihre kleinen, drallen Brüste beinahe mehr, als er sie verdeckte. Damian hatte Mühe, ihr nicht dauernd aufs Dekolleté zu starren, zumal er bisher keine Gelegenheit erhalten hatte, sich an ihren Schätzen zu bedienen. Elles lange rötlich blonde Haare hatte Lucrezia, die als ihre erste Dienerin und Trauzeugin ein hellblaues Festtagsgewand trug, zu einem Kunstwerk aus geflochtenen und gedrehten Zöpfen aufgesteckt und das Ergebnis ebenfalls mit goldenen Kordeln und Edelsteinen, die auf silbernen Haarnadeln thronten, fixiert. Elles Haut schimmerte zart unter einem kaum zu erahnenden hellen Puder, und ihre Lippen glänzten einladend rosarot wie der Tau auf einer frisch erblühten Rose.

Jacopo de' Pazzi hatte alles, was in Florenz Rang und Namen besaß, zu einem glanzvollen Bankett auf seinen Landsitz Montughi in den Hügeln vor Florenz eingeladen. Die Hochzeit war für die Pazzi eine willkommene Ersatzveranstaltung zu Francescos Geburtstag, um einmal mehr Geld und Macht zu demonstrieren. Allerdings hatte sein Onkel nicht jeden über die Umstände dieser Einladung in Kenntnis gesetzt.

Lorenzo de' Medici und sein Bruder Giuliano – die man zum einen hinzugebeten hatte, weil deren Schwester Bianca de' Medici mit Francescos Bruder Guglielmo de' Pazzi verheiratet war, zum anderen, weil man sie als Vertreter der wichtigsten Familie in Florenz nicht einfach ausschließen konnte – wussten nicht, worum es bei dem Bankett tatsächlich ging. Zur Überraschung aller hatten sie die Einladung ohne Nachfrage angenommen. Vielleicht, weil sie sich denken konnten, dass das Bankett zu Ehren Francescos abgehalten werden sollte. Als sie Elle und dazu noch Damian im Hochzeitsstaat erblickten, war zumindest Lorenzo der Schrecken anzusehen, doch er hatte sich sogleich wieder im Griff. Huldvoll lächelnd schritt er in seiner kostbaren, mit Pelz verbrämten Robe und mit hoch erhobenem Haupt durch die weitläufige Empfangshalle, deren Boden und Wände aus purem Marmor erbaut worden waren. Das dichte schwarzbraune Haar reichte dem Löwen von Florenz, wie er sich selbst gerne nannte, akkurat geschnitten bis ans Kinn. Auffallend waren seine schiefe Nase und der leicht vorstehende Unterkiefer, der seinem Gesicht etwas Grimmiges verlieh. Eine Strafe Gottes, wie Damian schadenfroh befand. Über Lorenzos näselnde Stimme, die er offenbar dieser Missbildung zu verdanken hatte und die eines ernstzunehmenden Mannes unwürdig war, machte sich jeder lustig, der ihn nicht leiden konnte. Ebenso über seinen leicht gekrümmten Gang, den ihm sein Vater vererbt hatte, und seine unsicheren Schritte, wenn er eine Treppe hinabstieg.

Die meisten Gäste begannen zu tuscheln, sobald Lorenzo de' Medici sie passiert hatte.

»Florenz ist sicher der schlechteste Ort, wenn man keinen perfekten Leib besitzt«, flüsterte Elle Damian zu, die offenbar seine Gedanken erraten hatte. »Ich glaube, nirgendwo schütten die Menschen so viel Häme über das Aussehen ihrer Mitbürger aus.«

Allerdings begeisterten sie sich genauso grenzenlos für die Schönheit, wie man an Lorenzos vergleichsweise blendend aussehendem Bruder Giuliano erkennen konnte, der mit seiner athletischen Statur leichten Fußes durch die ihn bewundernde Menge federte. Lächelnd mal hier, mal da, betörte er die anwesenden Gäste mit seiner Attraktivität und seinem unerschütterlichen Charme.

Am Ende blieb er ganz im Gegensatz zu seinem älteren Bruder immer noch lächelnd und ohne Argwohn vor Elle stehen und küsste sie rechts und links auf die Wange. »Schön, dass du dein Glück gefunden hast«, bekannte er neidlos mit einem raschen Seitenblick auf Damian und strahlte sie wehmütig an. Wahrscheinlich dachte er an Simonetta, der Elle so verdammt ähnlich sah, als ob sie soeben wiederauferstanden wäre. Aber wie Damian aus gut unterrichteten Kreisen vernommen hatte, freite Giuliano längst ein anderes Mädchen aus Fiesole. Doch ebenso hatte er in Erfahrung bringen können, dass Lorenzo von dieser Verbindung nichts wissen durfte. Offensichtlich sprachen die beiden Brüder nicht viel miteinander. Denn Giuliano schien nicht einmal zu ahnen, welch tödlichen Groll sein älterer Bruder gegen die Doppelgängerin seiner verstorbenen Geliebten hegte.

Entsprechend vernichtende Blicke warf Lorenzo seinem jüngeren Bruder zu, der bekannterweise kein Kind von Traurigkeit war.

»Wenn Lorenzo mich töten könnte, würde er es auf der Stelle tun«, raunte Elle sichtbar beunruhigt Damian zu, nachdem Giuliano zu seinem Bruder zurückgekehrt war.

Natürlich war Lorenzo inzwischen bekannt, dass die Ehe der Vincencos mit dem Segen des Papstes für aufgelöst erklärt worden war und Elle eine Mitgiftsicherung erhalten hatte, die selbst adlige Ehefrauen in den höchsten Kreisen vor Neid erblassen ließ. Bis zur Auszahlung dieses Vermögens lag der Fall Vincenco für die Signoria unter Verschluss. Was nichts anderes bedeutete, als dass die Veräußerung des Restvermögens der Vincencos zugunsten der Stadt und damit der Medici nicht eher beginnen konnte, bis Donna Gabrielle die ihr zustehende Mitgift von viertausend Goldfiorini erhalten hatte.

Offenbar hatte niemand in der Ratsversammlung damit gerechnet, auf solche Probleme zu stoßen, am allerwenigsten Lorenzo de' Medici selbst, wie man an seiner finsteren Miene unschwer erkennen konnte.

Er und seine Verbündeten hatten angenommen, Gabrielle de' Vincenco sei längst aus Florenz geflohen, wie Jacopo de' Pazzi aus einer sicheren Quelle zugetragen worden war. Die meisten hatten vermutet, Giovanni de' Vincencos junge Frau würde sich unter den Schutz Roms stellen, weil sie überraschenderweise von den dortigen Advokaten des Vatikans vertreten worden war. Doch nun musste auch dem letzten Aasgeier klar werden, dass Jacopo de' Pazzi und sein vermaledeiter Neffe bei dieser hochbrisanten Angelegenheit ihre vermeintlich schmutzigen Finger im Spiel gehabt hatten.

»Messer Damian de' Castello gibt sich die Ehre, das Fest mit uns zu teilen, um seine Braut vor unseren Augen zum Traualtar zu führen«, begrüßte Messer Jacopo seine prominenten Gäste süffisant. Dabei weidete er sich mit unübersehbarer Schadenfreude an der tiefen Verärgerung seines Erzfeindes, während dieser die unerfreuliche Angelegenheit mit einem falschen Lächeln zu überspielen versuchte.

»Ihr könnt von Glück sagen, Messer Damian«, zischte Lorenzo de' Medici ihm wenig später zu, »dass die Signoria nach der Hinrichtung Eures Vaters Erbarmen mit Euch hatte und Euch und Eure Familie nicht in die durchaus gerechtfertigte Verbannung geschickt hat. Sonst wäre eine solche Vermählung gar nicht möglich gewesen. Und auch Eure Braut scheint über mächtige Freunde in Rom zu verfügen, die nicht nur die Annullierung ihrer Ehe beschleunigt haben, sondern auch die höchst fragwürdige Übertragung ihrer Mitgiftrechte. Ansonsten würde sie sich wohl kaum einen so armen Ehemann wie Euch leisten können und sich trotzdem eines so stattlichen Vermögens erfreuen.«

Damian spürte, wie sich Elle, der Lorenzos Unverschämtheiten nicht entgangen sein konnten, in seinen Armen versteifte. Er verstärkte seinen Griff um ihre Taille, um sie zu beruhigen und sie vor diesem Teufel in Menschengestalt zu beschützen.

»Spart Euch Eure Freundlichkeiten, Lorenzo.« Damian bedachte das Medici-Oberhaupt mit einem süffisanten Grinsen. »Wir sind, dem Herrn sei Dank, nicht darauf angewiesen.« Danach führte er Elle in eine andere Richtung, nur weg von dieser Bestie, hin zu einem Diener, der allen ankommenden Gästen einen Becher heißen Gewürzwein servierte.

»Komm, lass uns etwas trinken«, flüsterte er seiner Braut ins Ohr. »Bevor ich dich gleich küsse, muss ich meinen Ekel vor diesem Abschaum hinunterspülen.«

Er konnte sich denken, was in Lorenzos Kopf vorging. Der Pate von Florenz hatte in den letzten drei Wochen alles versucht, um Elle zu finden und sie entweder umbringen oder an den Bruder des Herzogs von Mailand ausliefern zu lassen. Wahrscheinlich hatte er nicht einmal geahnt, dass sie die ganze Zeit bei den Pazzi im Asyl verbracht hatte. Doch nun war es zu spät, um noch irgendetwas unternehmen zu können. Sie stand kurz vor der kirchlichen Trauung mit einem Condottiere seines Erzfeindes, die Ehe mit Don Giovanni war annulliert worden, und eine Mitschuld an der Ermordung des Herzogs war damit so gut wie ausgeschlossen. Da Jacopo de' Pazzi über hervorragende Kontakte zur Familie della Rovere und somit zu Papst Sixtus IV. verfügte, hatten dessen Advokaten nicht nur die Auflösung der Ehe übernommen, sondern auch gleich die anschließende Vermögensregelung. Wie durch ein Wunder waren zahlreiche, abgegriffen aussehende Dokumente aufgetaucht, die Don Giovannis Unterschrift trugen und Elle auf einen Schlag das zehnfache Jahresgehalt eines Advokaten zusicherten.

Da Don Giovannis Hinrichtung bereits durch die Zahlung von zweitausend Goldfiorini aufgehoben war und eine Freilassung aus dem Kerker unter keinen Umständen zur Debatte stand, durfte sie das gesamte Geld mit Messer Jacopos Erlaubnis behalten. Für sämtliche anfallenden Kosten, die der Prozess verursacht hatte, und auch für die sich anschließende Hochzeit mit Damian war das Pazzi-Oberhaupt großzügig aufgekommen. Einzige Bedingung war, dass Damian weiterhin in den Diensten seines Neffen verblieb, obwohl sie sich mit Elles Vermögen mühelos ins Private hätten zurückziehen können. Doch das wollte Damians Stolz ohnehin nicht zulassen, außerdem hatte er noch Mutter und Schwestern zu versorgen, die sich im Übrigen geweigert hatten, für seine Vermählung mit Elle ihr bescheidenes Heim zu verlassen. Seine Mutter missbilligte eine Ehe mit einer geschiedenen Frau, wie sie sagte. Und da machte es auch nichts, dass Elle vier Jahre jünger war als er selbst, bislang keine Kinder geboren hatte und von Sixtus IV. faktisch in den Stand der Jungfräulichkeit zurückversetzt worden war. Erschwerend kam hinzu, dass Eleonore de' Castello die Pazzi ebenso wenig ausstehen konnte wie die Medici. Wenn sie auch nur eine Ahnung davon gehabt hätte, womit Damian sein Geld verdiente, hätte sie ihn ohnehin verstoßen. Wobei er unvermittelt die Sorge verspürte, wie er Elle gegenüber seine wahren Aufgaben als Söldner zukünftig verheimlichen konnte. Bislang hatten sie weder Tisch noch Bett geteilt, weil Elle und ihre Dienerin in einer Kammer im Palazzo Pazzi versteckt worden waren. Doch das würde sich ab heute ändern.

Aber Messer Jacopo wäre kein Pazzi gewesen, wenn er all das nicht bedacht hätte. Er sah es als Vorteil an, dass Damian nun verheiratet war. Einem gestandenen Ritter, der zudem eine Familie besaß, traute man erst recht nicht zu, ein Meister des lautlosen Tötens zu sein. Und so würde Damian der Gunst der Pazzi weiterhin ausgeliefert bleiben, wenn er an ihrem Reichtum und an ihrer Macht teilhaben wollte.

Nachdem sich Damian und Elle in der kleinen Hauskapelle der Villa Loggia vor Stefano da Bagnone, dem Hausgeistlichen der Pazzi – wenn auch ein wenig scheu – ewige Treue und Gehorsam geschworen hatten, trat ihnen beim Einmarsch in die Festhalle Francesco de' Pazzi in den Weg. Er war ganz in Schwarz und Silber gekleidet, und seine glühenden Augen und der finstere Blick erinnerten Damian unvermittelt an seinen verteufelten Vorfahren, der laut seiner Mutter von Dämonen besessen gewesen war.

Formvollendet verbeugte er sich vor Elle und nahm ihre Hand, an deren Mittelfinger nun ein wunderschöner Rubinring erstrahlte.

»Vermutlich ahnt Ihr noch nicht einmal, dass Ihr um einiges schöner seid als Eure Cousine Simonetta«, säuselte er. »Messer Damian hat wahrhaft Glück, eine solche Venus, wie Ihr es seid, ins Bett führen zu dürfen. Dennoch hätte auch ich gerne meinen Anteil an Eurer Freude.« Er hielt inne und blickte Elle irritierend direkt in die hellgrünen Augen. Sie runzelte verunsichert die Stirn, und auch Damian verstand nicht, was Jacopos Neffe ihnen damit andeuten wollte.

»Verzeihung, Messer Francesco«, sagte er fest. »Ich fürchte, ich kann Euch nicht folgen.«

»Ius primae noctis, das Recht des Lehensherrn auf die erste Nacht, Messer Damian.« Francescos schwarze Augen funkelten vor Vergnügen. Allem Anschein nach amüsierte er sich prächtig über seine verrückte Idee, Elle als Erster besteigen zu dürfen. »Als Euer Befehlshaber möchte ich mich gerne als Erstes an den zarten Früchten Eurer Braut laben. Ich hoffe, Ihr habt Eurer Gemahlin berichtet, dass ich ein hervorragender und ausdauernder Liebhaber bin.«

Damian sah aus den Augenwinkeln, wie Elles Gesicht an Farbe verlor und gleich darauf rot anlief vor Zorn. Sie war beileibe nicht das schüchterne Mädchen, das sie nach außen hin vorgab zu sein. Und nun stand sie augenscheinlich kurz vor einem Vulkanausbruch.

»Ich frage mich ernsthaft, werter Francesco, woher mein Ehemann etwas über Eure Ausdauer als Liebhaber weiß! Und was mich betrifft, so muss ich Euch leider enttäuschen, Messer. Erstens bin ich keine Jungfrau mehr«, stellte sie unmissverständlich klar, »was Euer Vergnügen trüben dürfte, und zweitens bestimme ich selbst, wem ich mich hingeben werde. Und Ihr gehört garantiert nicht dazu. Ich will Euch ja nicht vor den Kopf stoßen, aber Euer schlechter Ruf, was Eure Vorliebe für leichte Mädchen und ...« sie lächelte süffisant, »... auch Männer betrifft, eilt Euch voraus. Im Übrigen dürfte Euch nicht entgangen sein, dass ich Messer Damian vor wenigen Augenblicken ewige Treue geschworen habe, und dabei wird es auch bleiben.«

»Oho! Ihr habt aber ein verdammt gefährliches Mundwerk, Madonna«, erwiderte Francesco sichtlich erstaunt. »Und so wie es aussieht, eignet es sich trefflich, einem Mann besondere Freuden zu schenken. Da wird sich Messer Damian wohl gehörig in Acht nehmen müssen, wenn er eine Raubkatze wie Euch zu zähmen gedenkt!«

Elle straffte sich unwillkürlich und hob den Kopf zu einer majestätischen Haltung. »Ich fresse ihm bereits aus der Hand, Messer Francesco. Macht Euch also keine allzu großen Sorgen.«

Francesco brach in schallendes Gelächter aus und wandte sich immer noch grinsend an Damian, der sich ein überraschtes Schmunzeln verkneifen musste. Vor allem, weil das »Aus-der-Hand-Fressen« eine glatte Lüge war. Genaugenommen hatte sie ihn sogar schon einmal gebissen, als er sie ohne Erlaubnis zu küssen versucht hatte.

»Habt Ihr Eure Qualitäten bei Eurer Braut bereits unter Beweis stellen dürfen?«, frotzelte Francesco, der wohl ahnte, dass Damian noch nicht zum Zuge gekommen war. »Vielleicht findet sie ja, temperamentvoll, wie sie offenbar ist, Gefallen an unseren ganz speziellen Banketten. Ihr solltet sie nicht darüber im Unklaren lassen, welchen Spaß wir dort haben. Ihr seid beide herzlich eingeladen. Ich bin mir sicher, dass es ihr gefallen würde.«

»Messer Francesco«, begann Damian gefährlich leise, »bei allem Dank und allem Respekt, den ich Euch schulde, kann es sich bei Eurem Vorschlag nur um einen schlechten Scherz handeln, den ich Donna Gabrielle ganz bestimmt nicht unterbreiten werde.« Damian strafte seinen Vorgesetzten mit einer drohenden Miene. »Es wäre schön, wenn Ihr uns nun entschuldigt und wir die Glückwünsche der übrigen Gäste entgegennehmen könnten.«

»Natürlich, mein Lieber – ganz wie Ihr wünscht.« Francesco verbeugte sich mit einem wölfischen Grinsen.

Elle warf Damian einen irritierten Blick zu. »Was meint er mit deinen Qualitäten und woran sollte ich Spaß haben?«

»Vergiss es«, beeilte sich Damian zu sagen. »Wenn er getrunken hat, redet er immer solchen Blödsinn.«

»Ich kann ihn nicht leiden«, entfuhr es Elle, nachdem er gegangen war. »Er macht mir mehr Angst als Lorenzo de' Medici. Und was sollte das mit seinen Feierlichkeiten in der Villa?«

»Er hält jeden Monat private Bankette für reiche Gäste ab, die meine Leute und ich sichern müssen.« Damian versuchte eine möglichst neutrale Miene aufzusetzen. »Wir schützen sein Anwesen und schreiten ein, wenn die Leute sich im Suff in die Haare kriegen.«

»Und was soll daran so Besonderes sein?« Elle sah ihn misstrauisch an. Damian wich ihrem prüfenden Blick aus. Er war der geborene Schwindler vor dem Herrn, er brachte es fertig, einen Menschen zu töten und danach, ohne mit der Wimper zu zucken, dessen ahnungsloser Witwe die Hand zu küssen. Aber er brachte es nicht über sich, seine eigene Frau zu belügen.

Elle war sensibel genug, es ihm anzumerken. »Du verschweigst mir doch etwas«, bohrte sie weiter. »Wenn du es mir nicht verrätst, werde ich Tedeschi oder Laurentio fragen.« Demonstrativ sah sie sich um. Zum Glück war Tedeschi zusammen mit Lucrezia – die beiden waren ihre Trauzeugen – schon nach draußen auf den festlich geschmückten Hof gegangen, und auch die anderen Kameraden hatten sich bereits unter die gut dreihundert geladenen Gäste gemischt.

Bevor Elle zu einem neuen Fragemarathon ansetzen konnte, traten ihnen weitere Hochzeitsgäste entgegen, die zur zahlreichen Pazzi-Familie gehörten. Frauen und Kinder, die weit weniger furchteinflößend waren als Francesco oder sein durchtriebener Onkel. Freudig beglückwünschten sie Damian und seine Braut zu ihrer Eheschließung, und die Kinder überraschten sie mit einem einstudierten Reigen.

Danach ging es zum Bankett, und schon währenddessen wurde zum Tanz aufgespielt.

Damian war froh, dass sich für Elle keine Gelegenheit mehr bot, ihn wegen Francescos Äußerungen zu befragen. Und spätestens als die riesige Torte serviert wurde, schien Elle Francescos Bemerkung vergessen zu haben.

Wenn er sie so betrachtete, kamen ihm Zweifel, dass sie die kommende Nacht in einem Bett verbringen würden. Der Treueschwur, den sie vor Francesco so vehement vertreten hatte, hallte in ihm nach. Ob sie es wirklich ernst mit ihm meinte und ihn mit Haut und Haaren als Ehemann akzeptierte? Das wäre zu schön, um wahr zu sein, dachte er bei sich. Hungrig nach ihrem grazilen Körper und ihrer widerspenstigen Seele, empfand er jede ihrer anmutigen Bewegungen wie Nadelstiche in seinem Herzen, während sie zum Auftakt des Hochzeitstanzes gemeinsam eine Gagliarda tanzten. Eine recht beliebte Variation eines Schreit- und Hüpftanzes, bei dem sich die Paare bisweilen an den Händen fassten und dann wieder losließen. Jedes Mal wenn er ihre zarten Finger und ihre schmale Taille zu fassen bekam, durchfuhr es ihn wie ein Blitz.

»Ich liebe dich«, flüsterte er an ihr Ohr, als er ihr nahe genug kam.

»Meinst du nicht, dafür ist es noch etwas früh«, wisperte sie bei der nächsten Umdrehung und zwinkerte ihm spöttisch zu. »Du kennst mich doch kaum.« Damians Herz drohte zu zerspringen, als sie sich während des Tanzes mehrmals an ihn schmiegte und ihn absichtlich mit ihren Reizen neckte.

Es war ihm in den letzten drei Wochen nicht gelungen, herauszufinden, was sie wirklich über ihn dachte, geschweige denn für ihn empfand. Schließlich hatte sie sich nicht aus freien Stücken für ihn entschieden, und im Grunde genommen kam er sich nicht weniger hinterlistig vor als Giovanni de' Vincenco. Wobei er ihr nichts weiter bieten konnte als seinen Schutz, seine guten Beziehungen zu den Pazzi und seinen

Körper, mit dessen Qualitäten sie erst noch Bekanntschaft machen würde. Aber es war der beste Schachzug gewesen, den sie in dieser Situation hatte machen können. Und sie war klug genug, es zu wissen. Er hatte nur ein bisschen nachgeholfen, damit ihr gewagter Königssprung gelang.

Nach Einbruch der Dunkelheit neigte sich das Fest seinem Höhepunkt zu, als Hunderte von Kerzen entzündet wurden. Eine Meute aus jungen Männern, nicht wenige davon gehörten zu Damians Kameraden, trug Braut und Bräutigam auf Händen zum Brautgemach. Alle hatten schon viel zu viel Wein getrunken, und einige der Söldner stimmten ein höchst unanständiges Lied an, das die Brautleute anregen sollte, nicht nur ihre Kleider, sondern auch sämtliche Hemmungen abzulegen.

Elles Lachen erschien Damian ein bisschen gequält, als die johlende Truppe mit ihnen das extra mit Seidenblüten und duftenden Kerzen versehene Brautgemach stürmten und sie beide aus gemäßigter Höhe und mit lautem Jubel auf die weiche Matratze des geräumigen Baldachinbettes fallen ließen.

Der Zufall wollte es, dass er und Gabrielle ziemlich nah beieinander landeten. Die geifernde Hochzeitsgesellschaft zerrte derweil an ihren Schuhen und Kleidern, um sie zu animieren, sich noch vor ihnen auszuziehen. Tedeschi und Lucrezia komplimentierten die grölende Menge jedoch mit strengen Befehlen hinaus, damit Braut und Bräutigam endlich unter sich sein durften. Nachdem Tedeschi als Letzter mit einem unverschämten Grinsen die Tür hinter sich geschlossen hatte, war es für einen Moment totenstill.

Ein wenig verlegen rückte Elle von Damian ab und ließ ihren Blick durch das Zimmer schweifen. »Unser Gastgeber hat offenbar weder Geld noch Mühe gescheut, um uns unsere erste gemeinsame Nacht zu versüßen«, stellte sie mit einem lakonischen Lächeln fest.

Damian nickte wortlos, nicht wissend, wie er als frischgebackener Ehemann am besten vorgehen sollte, um die Gunst der Stunde zu nutzen und diesen Moment zu etwas ganz Besonderem zu machen.

Einem alten Brauch nach wurden die Brautleute die Nacht über im Hochzeitszimmer eingesperrt, damit keiner von ihnen das Weite suchen konnte. Um ihnen den Aufenthalt in dem prunkvoll ausgestatteten Zimmer so angenehm wie möglich zu gestalten, hatte man für einen Leibstuhl gesorgt, ebenso wie für einen perfekt bestückten Waschtisch. Außerdem fehlte es nicht an Wein, Obst, Gebäck und sonstigen Naschereien.

Damian wagte es nicht, Elle in die Augen zu sehen, zumal er ihre erwartungsvollen Blicke bemerkte.

»Und nun, du Held?«, bemerkte sie frech. »Was fängst du mit mir an?«

Damian schaute zögernd auf und sah ihr tief in die vom Schalk gezeichneten Augen. Bis auf die Schuhe noch komplett angezogen, lag sie auf dem Bett, halb sitzend auf einem Wust von Kissen, und streckte ihm, ob beabsichtigt oder nicht, Gesicht und Busen entgegen, der sich viel zu sündig aus dem kostbar geschmückten Ausschnitt drängte.

Damian wurde von seinem Verlangen geradezu überrumpelt. Er überlegte nicht lange und ließ den Wolf von der Kette. Mit zwei schnellen Bewegungen hatte er sich seiner Stiefel entledigt und war schon über ihr. Ein wenig grob zog er ihr die Handgelenke über den Kopf und hielt sie fest. Nun war sie gefangen, und Damian war zu stark, als dass sie sich aus seinem eisernen Griff hätte befreien können. Bevor sie einen Schrei des Protests ausstoßen konnte, hatte sein Mund von ihrem Besitz ergriffen. Strampelte sie zu Beginn noch wie ein frisch geschlagenes Kaninchen, das er erbarmungslos in seinen Fängen hielt, so gab sie unter dem Druck seiner weichen Lippen schließlich nach und öffnete ihren kleinen, süßen Mund, um seiner Zunge Einlass zu gewähren. Stöhnend erwiderte sie seinen intensiven Kuss und kam ihm überraschend willig mit den Hüften entgegen.

Sie küssten sich wild und rieben sich aneinander wie im Rausch. Nicht lange, und Damian schob ihr ohne Hemmungen die Röcke hoch, was sie sich ebenso widerstandslos gefallen ließ. Ermutigt von ihrem unausgesprochenen Zuspruch, strich er mit einer Hand über die weißen, enganliegenden Seidenstrümpfe, die nur bis zu den Oberschenkeln reichten und dort von einem blauen Strumpfband gehalten wurden.

Nur noch von einer Hand gehalten, räkelte sich Elle unter ihm und spreizte auffordernd ihre Schenkel. Sie trug, wie es sich für eine gehorsame Ehefrau gehörte, keinerlei Unterwäsche, die seine Bereitschaft, sie zu nehmen, in welcher Weise auch immer behindert hätte.

Ein sicheres Zeichen dafür, dass sie ihn wollte. Was ihn nachhaltig erleichterte. Denn ab heute war sie dazu verpflichtet, ihm jederzeit zu Willen zu sein. Dass florentinische Frauen diesen Umstand gerne zu ihren Gunsten auslegten, war allgemein bekannt. Denn was ihren Ehemännern zum Vorteil gereichen sollte, machte es auch ihren Liebhabern leicht, sich überall schnell und unkompliziert mit ihnen zu vergnügen. Während Damian immer noch ihren Mund plünderte, drang er mit zwei Fingern in ihre zarte Blüte ein, um zu prüfen, ob sie bereit war, weiterzugehen. Er war sich darüber im Klaren gewesen, es nicht mit einer Jungfrau zu tun zu haben, aber dass sie sich nun wie eine Verdurstende gebärdete, verwunderte ihn doch.

Dieses kleine Luder, dachte er in grimmiger Freude bei sich. Sie sehnte sich genauso nach ihm, wie er sich nach ihr verzehrt hatte. Aber sie hatte sich keinen Moment zuvor in die Karten schauen lassen.

Fieberhaft fuhren seine Finger über ihr kühles, bloßes Fleisch bis hin zu ihrem heißen Geschlecht, das sich ihm glatt gezupft und in sichtbar glänzender Wollust präsentierte. Damian strich behutsam über die zarte, vor Feuchtigkeit glitzernde Haut. Als er ihr die Beine spreizte und seine Lippen auf die sich öffnende Rose drückte, bäumte Elle sich auf vor Verlangen. Erst recht, als er seine Zunge zum Einsatz brachte und mit der Spitze ihre anschwellende Perle umkreiste. Stöhnend vor Lust, grub sie ihre Hände in seine schwarzen Locken. Also war ihre Zurückhaltung in all der Zeit vorher in Wahrheit nur gespielt gewesen. »Ich will mein Kleid ausziehen«, erklärte sie mit heiserer Stimme. Und als er sie gewähren ließ, riss sie sich zu seiner Überraschung die Obergewänder vom Leib und entblößte ihre prächtigen Brüste, die fest und rund genau seine Hände ausfüllten.

Einen Moment hielt er inne und starrte fasziniert auf die rosigen Warzen, die darauf thronten wie zwei reife Himbeeren auf einem Mandelpudding. Ungeachtet seines Erstaunens zerrte sie wie von Sinnen an seinem Wams und zog es ihm schließlich über den Kopf. Zitternd wanderten ihre zarten Hände über seine behaarte Brust und dann den muskulösen Bauch hinab an einem dünnen Pfad seidiger Härchen entlang zum Schritt seiner Hose, in die ihre Finger ohne Vorwarnung hineinschlüpften. Damian stöhnte unvermittelt auf, als sie hemmungslos sein zum Bersten geladenes Glied umfasste und mit sanftem Druck massierte. Die Frau wusste, was sie tat, und dass es mit einer solchen Wonne geschah, zeigte Damian, wie lange sie den Beischlaf mit einem Mann ihrer Wahl vermisst haben musste.

Mit einer Hand entledigte er sich seiner Hose und schob sie so weit hinunter, dass seine frisch angetraute Ehefrau sich mühelos an seinen Schätzen bedienen konnte.

Während er sie weiter küsste und ihre Knospe streichelte, entging ihm nicht, wie ein seliges Lächeln über ihr Gesicht huschte.

»Du kleine Hexe«, murmelte er mit einem Grinsen und hätte zugleich schreien mögen vor Glück. »Da hast du mich wochenlang zappeln lassen, wie einen gestrandeten Fisch, und mir nicht im Geringsten gezeigt, wie sehr du mich willst, und jetzt kannst du kaum genug von all dem bekommen.«

»Ich dachte schon, du bemerkst es nie«, stichelte sie kokett. »Ich hatte Sorge, ich müsste dich in unserer Hochzeitsnacht mit Gewalt nehmen.« Sie kicherte und packte noch fester zu.

Mit einem Schnauben stemmte er sich auf die Knie. Ohne Vorwarnung ergriff er mit beiden Händen ihre wohlgeformten Schenkel und spreizte sie noch ein wenig weiter, wobei er ein wölfisches Lächeln aufsetzte.

»Nun, vielleicht wird es dir noch leidtun, dass du mich so lange auf die Folter gespannt hast.« Gabrielle stieß einen spitzen Schrei aus, der unzweifelhaft ihre Begeisterung zeigte und in einen gutturalen Laut mündete, als er auf sie herniedersank und mit einem kraftvollen Stoß ihr enges Fleisch dehnte, um bis zum Ansatz seines Schafts in sie einzudringen. Damians Herz raste vor Vergnügen, während ihre inneren Muskeln ihn heiß und geschwollen zu melken begannen.

»Fragt sich, für wen die Folter schlimmer war«, stieß sie schwer atmend hervor und kam ihm mit den Hüften entgegen, sobald er es nur wagte, sich aus ihr zurückzuziehen. Dabei legte sie ihre Arme um seinen Hals und zog ihn mit erstaunlicher Kraft zu sich herab. Nicht nur mit dem Schwanz, der sich in ihrer allzu bereiten Hitze suhlte, spürte er, dass er ihr mehr als willkommen war – auch mit jeder Faser seines Herzens, das sich nun dicht an das ihre drückte.

»Ich liebe dich«, flüsterte sie an seinem offenen Mund, als ob es noch einer Bestätigung bedurft hätte.

»Ich dich auch«, hauchte er an ihr Ohr, auf dass sie spürbar erschauerte.

Berauscht von diesem unbeschreiblichen Glück und dem Gedanken, sie zur Mutter seiner Kinder machen zu wollen, hielt er sich krampfhaft zurück und streichelte unermüdlich ihre Perle, bis er spürte, wie ihr enges Fleisch sich rhythmisch um ihn zusammenzog. Mit harten, schnellen Stößen unter keuchenden, abgehackten Lustschreien bockte er schließlich in sie hinein und ergoss sich bis auf den letzten Tropfen tief in ihr Inneres.

Nassgeschwitzt, schweratmend und mit einer Strumpfhose, die seine Füße wie Fesseln in Gefangenschaft hielt, sank er auf die Frau hinab, die von nun an sein Leben bedeuten würde.

Erst jetzt wurde ihm bewusst, dass die kleine Wildkatze mit ihrem ungebändigten Temperament ihm den Rücken zerkratzt hatte. Was ihn, ohne es zu wollen, an Jacaranda erinnerte. Einen Moment lang haderte er mit sich, ob es gut war, wenn seine eigene Frau sich wie eine Hure benahm. Doch dann begriff er, was für ein Glückspilz er war, zumal sie ihm ewige Treue geschworen hatte. Unterdessen bekam sie einen hemmungslosen Lachanfall, als sie aufblickte und sah, dass sie halbangezogen und immer noch tief ineinander verkeilt ein ziemlich chaotisches Bild boten.

Erschüttert durch das Beben in ihrem Innern, regte sich Damians Glied und versteifte sich erneut. Nun lachte er auch, entschied sich aber vorerst zum Rückzug, um sich gänzlich seiner Kleider zu entledigen, bevor er sie von neuem verführte. Ihre Miene zeigte für einen Moment Enttäuschung, jedoch nur so lange, bis er ihr auch aus dem verbliebenen Unterkleid half.

»Lass sie an«, sagte er, als sie sich ihrer Strümpfe entledigen wollte. »Ihr Anblick macht mich total verrückt.«

»Du benötigst Strümpfe, um Lust zu empfinden?« Sie kicherte ungehemmt.

»Nein, nein«, beeilte er sich zu sagen. »Ich brauche gar nichts außer deinen wundervollen Körper. Die Strümpfe bringen deine herrlichen Schenkel nur noch besser zur Geltung.«

»Dein Gemächt kommt auch besser zur Geltung, wenn du diese engen Strumpfhosen trägst«, frotzelte sie grinsend. »Trotzdem verlange ich nicht, dass du sie anbehältst, wenn wir es miteinander treiben.« Wieder lachte sie.

Damian scherte sich nicht um ihren Spott, sondern fiel abermals über sie her, doch diesmal nackt und noch ungehemmter als zuvor. Sie ließ es zu, dass er sie wild und ausdauernd stieß, obwohl sie, wenn er nicht vorsichtiger zu Werke ging, in kürzester Zeit vollkommen wund sein würde. Doch sie genoss seine ungestüme Lust in vollen Zügen. Auf jede seiner Bewegungen antwortete sie wie ein Echo und wälzte sich stöhnend mit ihm in den Kissen, so lange, bis er sie beinahe gewaltsam in eine andere Position brachte und sie wie ein Hengst seine Stute von hinten bezwang. Anstatt sich ihm zu entziehen, streckte ihm Elle lustvoll ihren runden, festen Hintern entgegen und genoss es sichtlich, von ihm auf diese rohe, fast brutale Art genommen zu werden.

Nach einem weiteren, gemeinsamen Höhepunkt ihrer Lust fielen sie nacheinander erschöpft in die Kissen. Heftig atmend sorgte Damian dafür, dass Elle zu ihm unter die Decke schlüpfte, und zog sie selig an sich. Die Zärtlichkeit, die er für sie empfand, als sie ihren zierlichen, weichen Leib in seine starken Arme schmiegte, war unbeschreiblich.

Überglücklich küsste er ihr duftendes Haar und dann ihren Mund. Und mit einem Mal wusste er, dass er noch nie in seinem Leben jemanden so sehr geliebt hatte wie diese Frau und dass es nie wieder eine andere für ihn geben würde.

KAPITEL 8

Juni 1477 – Florenz

Nachdem Damian und Gabrielle als Paar in den Palazzo Pazzi eingezogen waren, tauchte trotz ihres unverhofften Glücks neues Ungemach am Horizont auf. Doch diesmal kam es nicht von Lorenzo de' Medici und seinen Schergen, sondern entpuppte sich als hausgemacht. Obwohl Elle in Lucrezia weiterhin eine Bedienstete und gute Freundin hatte und auch die übrigen Pazzi-Frauen Gabrielle wie eine der Ihren in ihre Mitte aufgenommen hatten, fühlte sie sich einsam, wenn Damian im Auftrag der Pazzi abwesend war. Einerseits freute es ihn, dass sie ihn so sehnsüchtig vermisste, andererseits empfand er die Sorgen, die sie sich ständig um ihn machte, als lästig. Zumal sie immer öfter unangenehme Fragen stellte, was genau seine Aufgaben waren und warum und wohin er abberufen wurde.

»Eigentlich weiß ich überhaupt nicht, was du tust, wenn du fortreitest«, beschwerte sie sich eines Abends mit sichtbarem Misstrauen im Blick, als er ihr ankündigte, am nächsten Tag für Jacopo de' Pazzi einen weiteren Auftrag ausführen zu müssen, bei dem er über Nacht fortbleiben würde.

Auffällig gelassen gürtete er am darauffolgenden Nachmittag sein Schwert, während sie ihn in ihrem figurbetonten, rostroten Kleid geradezu vorwurfsvoll anschaute.

»Ich würde zu gerne wissen, warum ich schon wieder eine Nacht auf dich verzichten muss?«

»Ich hab's dir doch schon gestern Abend erklärt«, raunte er ungeduldig. »Es ist nichts von Bedeutung«, log er. »Es würde dich langweilen, wenn ich es dir erzähle.«

In Wahrheit war der Auftrag ziemlich brutal, und Damian betete inbrünstig, dass Gabrielle niemals davon erfahren würde.

Sebastiano de' Poggia, ein reicher Fischhändler aus Pisa, der sich aufgrund seiner guten Geschäfte nicht nur eine Villa in den Hügeln vor Florenz leisten konnte, sondern auch einen Platz im Rat der Stadt, hatte sich in Messer Jacopos Augen auf die falsche Seite geschlagen, indem er die Medici bei einer folgenschweren Regierungsentscheidung unterstützt hatte.

Wahrscheinlich aus Rache über die Vincenco-Geschichte hatte der ranghöchste Medici bei der Signoria ein Gesetz eingebracht, wonach Frauen ab sofort keine Erbschaft mehr erhielten, wenn sie noch Vettern besaßen, die das Erbe des Vaters übernehmen konnten. Dadurch war den Pazzi das ererbte Vermögen der Beatrice Borromei verlorengegangen, Ehefrau von Jacopos Neffen Giovanni de' Pazzi, die normalerweise eine gewaltige Summe aus dem Nachlass ihres Vaters erhalten hätte. Und Sebastiano, der selbst keine Töchter besaß, hatte diese Kampagne lauthals unterstützt. Darüber hinaus hatte er sich geweigert, einen Kredit an die Pazzi-Bank zurückzuzahlen, der ihm daraufhin gekündigt worden war. Er behauptete gar, die Pazzi-Familie hätte ihn bei der Anlage seines Vermögens übers Ohr gehauen, und so, wie es aussah, ging er sogar so weit, sie bei der obersten Gerichtsbarkeit von Florenz auf Schadenersatz zu verklagen.

»Ich will, dass ihr ihm das Maul stopft«, hatte Jacopo de' Pazzi seinen Söldnern mit Eiseskälte in der Stimme befohlen. »Am besten mit dem, was ihn zu jenem stinkenden Abschaum gemacht hat, der er heute ist.«

Daraufhin hatte Damian den Koch beauftragt, eine Kiste mit den hässlichsten Seeteufeln auf dem Markt zu kaufen, die zu finden waren. Am Mittag hatte Damian drei der Fische unbemerkt aus der Speisekammer geschafft und in einen Sack gesteckt, um sie bis zu ihrer eigentlichen Bestimmung in einem leeren Fass in den Stallungen verschwinden zu lassen. Dumm nur, dass die Katzen sein Versteck umkreisten, als ob ein Schatz darin wäre.

»Du stinkst irgendwie nach Fisch«, bemerkte Elle, nachdem er Rüstzeug und Waffen angelegt hatte. In der Hast hatte Damian vergessen, sich die Hände zu waschen, was er nun rasch nachholte. »Ich war zufällig in der Küche, als Piero mit einer Kiste Fisch hereinkam und mich bat, sie ihm für einen kurzen Moment abzunehmen«, redete er sich heraus.

»Du hast mir immer noch nicht gesagt, wo es hingehen soll?«

Damian unterdrückte einen gereizten Seufzer, weil sie nicht nachließ, ihn auszufragen. Wenn Elle sich einmal etwas in den Kopf gesetzt hatte, zeigte sie kein Erbarmen.

»Meine Männer und ich sichern die Ankunft eines Geldtransports in der hiesigen Bankfiliale, der von der Pazzi-Bank in Rom erwartet wird. Wir müssen die Sklaven beim Verladen der Münzen in die Schatzkammer beaufsichtigen. Das kann bis in den Abend dauern. Und danach hat Messer Jacopo uns zu einer Besprechung mit anderen Söldnern in die Villa Loggia befohlen.« Schon wieder eine Lüge. Er senkte den Blick, um Elle nicht in die Augen sehen zu müssen. Aber sie war beileibe nicht dumm. Er musste verdammt aufpassen, was er sagte und welche Miene er dabei aufsetzte.

»Meine Mutter meinte immer, vom Lügen bekäme man eine lange Nase«, spöttelte sie. »Kein Wunder, dass du ein solches Prachtexemplar besitzt.«

Ihre grünen Augen funkelten gefährlich. »Du kannst es mir ruhig sagen – in Wahrheit geht ihr nachher noch zu den Huren in Giacomos vermaledeites Freudenhaus!« Sie warf ihr prachtvolles, rotblondes Haar zur Seite und stemmte ihre Hände wie eine Furie auf ihre geschwungenen Hüften. Ein Anblick, der Damian unter anderen Umständen bezauberte, aber wehe, sie zürnte ihm. Spätestens jetzt war es an der Zeit, seinen geballten Charme spielen zu lassen.

Mit einem einschmeichelnden Lächeln trat er auf sie zu und wagte es, obwohl sie sich wie eine bissige Löwin gebärdete, sie zu umarmen. Sie ließ es geschehen, auch dass er an ihrem Ohrläppchen knabberte und ihr heiße Liebesschwüre zuflüsterte, ganz zu schweigen davon, was er alles mit ihr anstellen würde, sobald er zurückgekehrt war.

»Du hast eine andere, gib es zu«, erklärte sie bitter, als er sich widerstrebend von ihr löste. »Denkst du, ich merke nicht, wenn du etwas vor mir verbirgst?«

»Sei nicht albern.« Damian kräuselte die Stirn. »Wie kannst du so etwas auch nur denken?«, widersprach er betroffen. »Seit wir verheiratet sind, habe ich keine einzige andere Frau auch nur angeschaut, geschweige denn angefasst.«

»Und was ist mit dieser Jacaranda?« In ihrem Blick lag ehrliche Verzweiflung. »Du hattest vorher schon etwas mit ihr. Glaubst du, mir ist entgangen, wie sie dich angesehen hat? Ihre Blicke waren so gierig, als wollte sie dich mit Haut und Haaren verschlingen.«

»Aber, Belissima, wie kommst du denn auf eine solch törichte Idee? In dem Moment, als ich dich das erste Mal gesehen habe, war Jacaranda Geschichte. Außerdem haben wir uns nie geliebt, uns hat nur fleischliche Lust verbunden.«

»Könnten das nicht alle Männer von sich behaupten, wenn sie bei einer Frau liegen?« Schmollend schob sie ihre Unterlippe vor. Entgegen ihrer ansonsten schlagfertigen Art erschien sie Damian mit einem Mal hilflos und traurig.

Gerührt zog er sie in seine Arme und drückte sie fest. »Mein Herz, ich liebe dich, mit jeder Faser meiner Seele. Der Blitz soll mich auf der Stelle treffen, wenn ich dich jemals betrügen würde. Gott ist mein Zeuge!«

»Trotzdem stimmt etwas nicht, wenn du für Messer Jacopo unterwegs bist. Ich kann es spüren. Du bist immer so verändert, wenn du hinterher nach Hause kommst. So abwesend. Kein Wunder, wenn ich eine andere Frau dahinter vermute.«

Gott verflucht, dachte Damian. Sie war wie seine Mutter. Man konnte ihr nichts vormachen. Er bemühte sich, ihr direkt in die Augen zu schauen, und setzte sein überzeugendstes Lächeln auf. »Mach dir keine Sorgen, Liebling. Ich bin nur manchmal etwas erschöpft, wenn wir von einem Einsatz zurückkehren, das ist alles. Zu wenig Schlaf, verstehst du? Woran auch du nicht ganz unschuldig bist.« Er grinste breit und tätschelte ihren runden Hintern. »Und nun geh und spiel mit Lucrezia eine Runde Dame. Sie wird Tedeschi heute Abend auch vermissen müssen. Dann habt ihr beide wenigstens ein bisschen Unterhaltung, bis wir zurück sind.«

Auch noch so ein Problem. Seit seiner Vermählung mit Elle waren Lucrezia und Tedeschi faktisch verlobt. Und auch Elles blonde Dienerin stellte ihrem Liebsten immer öfter lästige Fragen, wo er gewesen sei, oder wollte wissen, was er als Nächstes vorhatte.

»Wir müssen uns unbedingt gründlicher absprechen«, erklärte Damian gegenüber Tedeschi, als er mit ihm, Laurentio, Luca und Gulliveri zu den Pferden ging.

»Denk an den Fisch«, mahnte ihn »Moro«, bevor Damian in den Sattel stieg. Mist! Beinah hätte er das Wichtigste vergessen.

Äußerlich sah man ihnen nicht an, was sie in Kürze zu tun gedachten. Jeder, dem sie auf der Straße nach Fiesole begegneten, musste denken, dass die fünf Pazzi-Söldner sich auf dem Weg zum Landhaus ihres Patrons befanden.

Nach Fisch stinkende Pazzi-Söldner, verbesserte sich Damian in Gedanken, als er den Sack mit den Seeteufeln an seinen Sattel gebunden hatte und mit seinen Kameraden zur Porta a Faenza hinausgaloppierte.

Bei Einbruch der Dunkelheit schlichen sie wie das berüchtigte Wolfsrudel an die Villa ihres Opfers heran. Sebastiano de' Poggia saß – wie zuvor ausgekundschaftet – in der hauseigenen Kapelle seines geradezu fürstlich erscheinenden Anwesens. Mittwochs abends empfing er dort durch einen Mönch des nahe gelegenen Benediktinerklosters wie üblich die heilige Kommunion.

Damian beobachtete den Vorgang durch eines der bunten Glasfenster.

Neben de' Poggia hockte im sanft schimmernden Kerzenlicht sein etwa achtjähriger Sohn. In seinen kleinen Händen hielt er ein mit bunten Ornamenten und goldenen Lettern bemaltes Stundenbuch, aus dem er inbrünstig biblische Verse betete. Jedes Kind von Stand erhielt von seinem Vater ein solches kostbares, in Leder gebundenes Buch, sobald es in der Lage war, lateinische Texte zu lesen. Vorausgesetzt, die Eltern verfügten über das notwendige Vermögen für dieses eigens von Klosterschreibern angefertigte Kleinod.

Lautlos zog Damian sich mit seinen Männern hinter ein Gebüsch zurück und wartete in der Finsternis, bis der Geistliche sich von Sebastiano verabschiedet hatte. De' Poggia war ein fülliger, grauhaariger Mann, von dem man sich erzählte, dass er zu Wollust und Völlerei neigte. Obwohl man ihm Ersteres nicht unbedingt ansah. In seiner schwarzen Kleidung, verbrämt mit einem weißen Kragen, und mit einem offenbar angeborenen unschuldigen Blick wirkte er eher wie ein zu üppig geratener Chorknabe, der kein Wässerchen trüben konnte. Mehrmals war er jedoch Francescos Einladung in die Landvilla der Pazzi gefolgt und hatte es dort unter anderem in unvermuteter Lüsternheit mit Loredana getrieben, Tedeschis ehemaliger Geliebten, die der junge Deutsche inzwischen für Lucrezia aufgegeben hatte. Doch damals hätte Tedeschi den fetten Geldsack, wie er de' Poggia bezeichnete, am liebsten erdolcht. Denn irgendwie hatte der reiche Fischhändler an Loredana einen Narren gefressen und sie regelmäßig in eine Osteria an der Via dei Cavalcanti bestellt, wo er in einem Hinterzimmer das fortgeführt hatte, was in der Landhausvilla zu kurz gekommen war. Er fand offenbar Spaß daran, eine Hure zu fesseln, zu demütigen und zu schlagen, bevor er sie mit einer Miene reinen Widerwillens bestieg, aber er bezahlte gut, und Loredana brauchte das Geld für ihre kranke Mutter.

Francesco de' Pazzi hatte mit der Unterstützung solcher Eskapaden vergeblich versucht, de' Poggia auf seine Seite zu ziehen, erst recht seitdem dieser Widerling ein politisches Amt bekleidete. Doch all das hatte offenbar nicht gefruchtet, und die Androhung, seine kleinen Schweinereien öffentlich zu machen, hatte ihm nur ein müdes Lächeln entlockt. Denn schließlich hatte auch er die Pazzi in der Hand, indem er Francesco versicherte, dass er damit dessen unwürdiges Treiben ebenso an die Öffentlichkeit zerren würde. Was wohl das Fass endgültig zum Überlaufen gebracht hatte.

Kaum dass der Mönch auf seinem Esel davongezockelt war und der Junge von einer Haussklavin daran erinnert wurde, endlich zu Bett zu gehen, begab sich Sebastiano wie üblich nach seiner Andacht auf einen kleinen Abendspaziergang. Sein Weg führte ihn durch einen großzügig angelegten Lustgarten, der gegen Abend spärlich mit Fackeln beleuchtet wurde. Doch diesmal kam er nicht weit. Spätestens als er zu einer akkurat geschnittenen Lorbeerhecke gelangte, die einen Schatten auf einen sprudelnden Brunnen warf, zog ihm Tedeschi einen Sack über den Kopf. Dann streckte er den strampelnden Mann mit einem einzigen Faustschlag an die Schläfe nieder. Danach nahm er ihm den Sack wieder ab und trug den offenbar ohnmächtigen Fischhändler im spärlichen Mondlicht zu einem abgelegenen Unterschlupf, wo sie ihn gemeinschaftlich fesselten. Damian war froh, dass der Mann nicht bei Bewusstsein war, als sie damit begannen, Jacopos Auftrag auszuführen. Dafür spreizte Laurentio den Kiefer ihres reglosen Opfers mit einer Holzklammer, die man üblicherweise bei Folterungen einsetzte.

Luca holte mit spitzen Fingern den ersten, grauenerregenden Fisch aus dem Sack und stopfte ihn mit dem Schwanz vorneweg so tief in Sebastianos Schlund, bis er beinahe darin verschwand. Damian half mit einem Pulverstopfer, mit dem normalerweise Handfeuerbüchsen geladen wurden, so lange nach, bis der gesamte Fisch den Magen ihres Opfers füllte. Dann reichte ihm Gulliveri den nächsten Fisch. Sebastiano hatte unterdessen leise zu röcheln begonnen, was aber sofort nachließ, nachdem Damian ihm den zweiten Fisch bis zum Kopf in den Rachen stopfte. Die wie hässliche Teufel aussehenden Fische waren verdammt groß geraten, und auch wenn sie schon zergingen, waren sie dennoch kompakt genug, um ihr Opfer mehr und mehr zu ersticken. Nach kurzer Zeit zuckte Sebastiano im ohnmächtigen Todeskampf, ohne noch einmal richtig zu sich gekommen zu sein. Als Damian ihm den dritten Fisch bis zur Hälfte in den Schlund stopfte, war der Mann bereits tot. Das letzte griesgrämige Fischgesicht schaute mit weit geöffnetem Maul zwischen Sebastianos unnatürlich blau angelaufenen Lippen heraus. Was den schauerlichen Eindruck vermittelte, als ob die langen, nadelspitzenähnlichen Zähne der grässlichen Kreatur Sebastianos eigene wären.

»Schade, dass Messer Jacopo diesen einmaligen Anblick nicht mit uns teilen kann«, murmelte Tedeschi mit einem schadenfrohen Grinsen.

»Und wohin jetzt mit ihm?«, fragte Laurentio, der die ganze Zeit Wache gestanden hatte, damit sie niemand entdeckte.

»Wir setzen ihn in den Brunnen«, beschied Damian souverän. »Da wird er von seinen Gärtnern garantiert noch vor Sonnenaufgang gefunden, und bei der Höhe und dem herunterplätschernden Wasser bleiben Katzen und Wölfe fern.«

Mit vereinten Kräften hievten die vier Pazzi-Söldner den schweren Leichnam des Sebastiano de' Poggia in die riesenhaft anmutende Marmormuschel, die in fünf Fuß Höhe auf einem breiten Sockel thronte. Aus deren Mitte sprudelte der kräftige Strahl einer Gebirgsquelle, der die Muschel bis zum Rand und darüber hinaus mit Wasser füllte. Mit einem Platsch landeten Sebastianos sterbliche Überreste im fußhohen Nass.

Weiter oben im Palazzo tauchte wie aus dem Nichts eine Fackel auf.

»Wer da?«, rief eine krächzende Stimme.

»Höchste Zeit, abzuhauen«, raunte Damian und gab das Zeichen zum Rückzug.

Lautlos liefen sie zu ihren Pferden und ritten anschließend direkt zum nicht weit entfernten Landhaus der Pazzi, wo sie sich gründlich wuschen und in den Söldnerunterkünften zwecks Tarnung die restliche Nacht verschliefen.

Als sie am frühen Vormittag die Stadttore von Florenz passierten, hatte sich die Kunde von Sebastianos Tod bereits wie ein Lauffeuer in der gesamten Stadt verbreitet.

»Man soll ihn mit drei seiner Fische erstickt haben«, bemerkte Elle mit angeekelter Miene beim Mittagessen, das Damian und sie gemeinsam mit Messer Jacopo und einigen anderen Familienmitgliedern der Pazzi an einer langen Tafel im Speisesaal einnahmen. Es gab gebratenen Seeteufel (der vom Vortag übriggeblieben war), und Damian hätte sich beinahe an einer Gräte verschluckt, von der plötzlichen Vorstellung ergriffen, wie es wäre, wenn *er* einen solchen Fisch als Ganzes hätte hinunterwürgen müssen. Jedenfalls hustete er so auffällig, dass alle Augen auf ihn gerichtet waren. Während ein Diener herbeieilte und ihm auf den Rücken klopfte, lief er rot an und rang, obwohl er die Gräte bereits ausgespuckt hatte, immer noch heftig nach Atem.

»Stellt euch vor, Sebastiano de' Poggia soll der eigene Fisch aus dem Maul herausgeguckt haben«, wusste Jacopo de' Pazzis halbwüchsige Tochter Catherine mit weit aufgerissenen Augen zu berichten.

»Wer hat dir denn solche Schauergeschichten erzählt, Kind?« Jacopos Frau Maddalena schien nicht gerade erbaut, so etwas von ihrer wohlbehüteten Tochter zu hören. »Und was ist das überhaupt für ein Ton? So etwas ist nicht für die Ohren junger Mädchen geeignet, schon gar nicht, wenn sie aus gutem Haus stammen.«

»Ich habe es von der Dienerschaft erfahren«, fügte Catherine mit gesenktem Blick hinzu. »Einer der Laufburschen hat die Neuigkeit vom Markt mitgebracht.«

»Kein schöner Tod«, stellte Messer Jacopo mit lakonischer Miene fest und bedachte Damian mit einem undurchsichtigen Blick. »Oder was meint Ihr, Messer Damian?«

»Fürwahr«, krächzte Damian und schüttelte immer noch hustend den Kopf. Elle warf ihm einen besorgten Blick zu und mit einem Mal trat der dunkle Glanz der Erkenntnis in ihre grünen Augen. Ihr Mund öffnete sich, als ob sie ihrer ungeheuerlichen Vermutung Luft machen wollte. Ihre vollen Lippen blieben offen stehen, während ihr Blick zwischen dem abgenagten Fisch, Messer Jacopo und Damian entsetzt hin und her schnellte. Doch dann schien sie es sich zu Damians großer Erleichterung anders zu überlegen. Ohne ein Wort klappte ihr Mund wieder zu, und sie schwieg.

Aber wenn Damian geglaubt hatte, ungeschoren davonzukommen, so hatte er sich bitter getäuscht.

»Hast du etwas mit der Sache zu tun?«, fragte sie ihn unverblümt, als sie am Abend zu Bett gingen.

»Nein«, murmelte er und wandte sich von ihr ab, um das Licht zu löschen, sobald sie neben ihm lag.

»Lass die Kerze brennen«, herrschte sie ihn ungewohnt hart an. »Ich will, dass du mir in die Augen siehst, wenn du mir antwortest.«

Damian, der splitternackt unter die weiche Daunendecke gekrochen war, um mit seiner Frau, die nur ein dünnes Nachthemd trug, wie jeden Abend einen Ausflug ins Paradies zu unternehmen, hielt seufzend inne. Mit einer fahrigen Bewegung strich er sich seine schulterlange Mähne zurück und warf Gabrielle einen Blick zu, der irgendwo zwischen Abbitte, schlechtem Gewissen und Verärgerung lag.

»Wo denkst du hin?«, erwiderte er mit einem möglichst unschuldigen Augenaufschlag. »Ich habe dir doch schon vor unserem Aufbruch gesagt, was wir gestern gemacht haben.«

»Und warum glaube ich dir nicht?«

»Keine Ahnung! Vielleicht, weil du mich schon immer für einen Schurken und Ehebrecher gehalten hast?« Damian wusste um die Wirkung seiner Worte und beobachtete zufrieden ihre Verlegenheit. »Mein Vater wurde als Verbrecher gehängt, dann muss der Sohn ja zwangsläufig eine genauso schwarze Seele haben«, sagte er und setzte damit noch einen obendrauf.

»Wie kannst du mir nur so etwas unterstellen?«, widersprach sie heftig und runzelte die Stirn. »Glaubst du ernsthaft, ich zweifele daran, dass dein Vater unschuldig gestorben ist? Aber das ist noch lange kein Grund, an seiner statt zum Teufel zu werden. Oder denkst du, ich wüsste nicht, welcher Sorte Mensch Jacopo und sein Neffe Francesco angehören? Ich bin mir sicher, dass sie keinen Deut besser sind als die Medici.«

Damian rückte ein ganzes Stück näher an sie heran und packte sie bei den Schultern, so dass ihr nichts anderes übrigblieb, als ihm direkt in die Augen zu schauen. »Gabrielle«, sagte er ernst. »Die Pazzi haben deine Existenz gerettet und Giovanni de' Vincenco vor dem Fallbeil bewahrt. Und ganz nebenbei haben sie mir die Frau meiner Träume beschert.« Er lächelte sanft und fuhr dann mit unvermindertem Enthusiasmus fort. »Jacopo de' Pazzi behandelt mich wie einen Sohn. Er lässt uns in seinem Palazzo wohnen, bittet uns an seinen Tisch und ermöglicht uns auch sonst ein erstklassiges Leben. Und ganz nebenbei beschützt er uns vor der Rache Lorenzo de' Medicis. Was um alles in der Welt willst du Messer Jacopo und seinen Angehörigen vorwerfen? Dass sie sich gegen die Ungerechtigkeiten und die bösen Gerüchte, die Lorenzo de' Medici in der Stadt über sie verbreitet, zur Wehr setzen? Dass sie sich nicht ungestraft gefallen lassen, wenn Lorenzo Gesetze forciert, die ihre Familie um ihr angestammtes Vermögen bringen?«

»Musste Sebastiano de' Poggia deshalb sterben?«, fragte Elle geradeheraus. »Habt ihr ihn umgebracht?«

Damians Miene gefror zu einer ausdruckslosen Maske. »Es gibt Dinge, Elle, über die sollte man besser nicht sprechen. Selbst zwischen Eheleuten nicht. Hörst du? Und es wäre besser, wenn du eine solche Vermutung gar nicht erst anstellen würdest. Denn wenn *du* es tust, werden es auch andere tun. Und was das für uns bedeuten könnte, brauche ich dir nicht zu erläutern.« Er ließ seine Hände sinken und sah ihr fordernd in die Augen.

»Wenn du auch nur einen Funken Liebe für mich empfindest, wirst du schweigen und mich nie wieder mit einer solchen Anschuldigung behelligen, schon gar nicht solche Vermutung gegenüber Dritten äußern, hörst du?«

Elle wich seinem verbindlichen Blick aus, was er als schlechtes Zeichen wertete. Sie so sehr belügen zu müssen zerriss ihm das Herz. Aber bei Gott und allen Teufeln, er konnte nicht anders.

Als er sah, wie ihre Augen sich mit Tränen füllten, glaubte er den Verstand zu verlieren. Er umarmte sie heftig und zog sie so eng an seine Brust, dass sie nach Atem rang. »Nicht weinen, Carissima«, stammelte er leise. »Ich würde nie etwas tun, das nicht auch zu deinem Wohl wäre, glaube mir.«

»Ich will nicht, dass du deine Seele für Jacopo oder Francesco dem Teufel verschreibst, hörst du?«, wisperte sie unter Tränen. »Ich will keinen Mörder als Ehemann.«

Damian streichelte ihr verzweifelt über die langen, rotblonden Locken, in der irrwitzigen Hoffnung, sie, wie auch immer, vom Gegenteil überzeugen zu können, auch wenn es ihn erst recht sein Seelenheil kostete, weil er sie schlichtweg betrog.

»Ich verspreche dir, ich tue nichts, was nicht der Gerechtigkeit dient«, versuchte er es von neuem. »Aber ich bin und bleibe ein Söldner. Und als Söldner ist es erlaubt, sich im Krieg zu verteidigen. Die Pazzi und die Medici befinden sich im Krieg, und ich bin ein Soldat, der einer der beiden Parteien dient. Oder vertrittst du etwa die Auffassung, dass man sich alles gefallen lassen sollte? Denk doch mal an den Abend, als wir dich und Lucrezia vor dem Angriff der Medici-Schergen gerettet haben. Hätten wir diese Kerle etwa am Leben lassen sollen, damit sie euch bei nächstbester Gelegenheit töten?«

»Nein, natürlich nicht«, entgegnete sie mit erstickter Stimme.

»Siehst du«, erklärte Damian unnachgiebig. »Und für nichts anderes sind Tedeschi, Laurentio, Gulliveri, Luca und ich zuständig. Wir verteidigen Messer Jacopo und seine Familie gegen die Angriffe ihrer Feinde, zusammen mit Hunderten anderen Söldnern, die im Dienste der Pazzi das Gleiche tun. Das verstehst du doch?«

Sie nickte hastig und wischte sich mit einer raschen Handbewegung die Tränen aus dem Gesicht. Damian ließ sie los, küsste sie zärtlich auf die Stirn und dann auf den Mund. Lange und süß.

Als er sie wieder zu Atem kommen ließ, räusperte sie sich und sah ihn mit rotgeweinten Augen an.

»Wäre es möglich, in nächster Zeit einmal deine Mutter und deine Schwestern zu besuchen?« Unvermittelt hatte sie das Thema gewechselt, wofür Damian ihr mehr als dankbar war. Dabei tat sich bei dieser Bitte ein neues, wenn auch ganz anderes Problem auf. Seine Mutter war gegen diese Verbindung, weil Gabrielle bereits verheiratet gewesen war. In ihren Augen war es eine Sünde, seinen Mann im Stich zu lassen, zumal wenn er zu Unrecht verurteilt im Kerker saß. Gabrielle ahnte allenfalls, dass sie im Hause seiner Mutter nicht willkommen war. Aber was diese tatsächlich über sie dachte, wusste sie nicht.

»Ich würde liebend gerne endlich die Frau kennenlernen, die dich zur Welt gebracht hat.«

»Ja, natürlich«, stimmte Damian wohl oder übel zu. Nun eine Diskussion darüber zu beginnen, warum er ihr die Bekanntschaft seiner Mutter vorenthalten wollte, wäre kein guter Schachzug gewesen. Darüber hinaus war er erleichtert, sie auf andere Gedanken zu bringen. »Gleich morgen werde ich Messer Jacopo um einen freien Tag bitten, damit wir alles vorbereiten und nach Fiesole reiten können.«

»Denkst du, sie wird mich mögen, auch wenn ich ihr den Sohn genommen habe?« Ihr ansonsten so widerspenstiger Blick war geradezu ängstlich. Sicher sehnte sie sich nach einer Mutter, weil sie selbst nie eine gehabt hatte. Damian schnitt es ins Herz, ahnte er doch, dass seine Mutter nicht bereit war, ihr diesen Verlust zu ersetzen.

»Natürlich werden meine Mutter und meine Schwestern dich mögen«, redete er sich heraus und löschte das Licht, bevor sie die Zweifel in seinen Augen erkennen konnte.

»Schlaf gut«, flüsterte sie.

Als sie sich an ihn kuschelte, kamen ihm noch ganz andere, lustvolle Gedanken, die er jedoch sofort wieder verwarf, weil ihr Kopf so selig an seiner Brust ruhte und ihr Atem bereits regelmäßiger wurde. Lieber Gott, betete er stumm. Vergib mir meine Sünden und mach, dass ich bald ein anderes, besseres Leben führen kann, damit ich die, die ich liebe, nie mehr belügen muss.

KAPITEL 9

Juli 1477 – Fiesole, in der Nähe von Florenz

Früh am Morgen brach Damian zusammen mit Elle hoch zu Pferd auf, um spätestens am frühen Nachmittag das kleine Bauerndorf in der Nähe von Fiesole zu erreichen, in dem nun seine Mutter und seine Schwestern wohnten. Trotz der Hitze, die sich bereits am Vormittag über die ausgedörrte Landschaft ausbreitete, kamen sie rasch voran. Jacopo de' Pazzi hatte Damian erlaubt, für die Reise zwei seiner edlen Zelter zu nehmen. Elle war eine gute Reiterin, und in ihrem hellgrünen Seidenkleid, das ihre Gestalt wie eine luftige Wolke umgab, sah sie einfach bezaubernd aus. Ihr langes, rötlich gelocktes Haar wehte im heißen Sommerwind wie eine von weitem sichtbare Fahne, während sie in einen leichten Trab fielen. Damian trug trotz der Hitze seine Uniform und war bis an die Zähne bewaffnet. Selbst auf einer so kurzen Strecke konnte man nie wissen, wer oder was einem an Gesindel über den Weg lief. Wobei Elle auf jeglichen Schmuck verzichtet hatte, schon allein, um Damians Familie nicht zu beschämen. Aber sie hatte es sich nicht ausreden lassen, einen ganzen Sack voller Gastgeschenke einzupacken. Vielfarbige, kostbare Stoffe, Süßigkeiten, Gewürze, duftende Seife, frisches Gebäck, edlen Wein und Geld. Ja, Geld. Obwohl sich Damian beinahe sicher war, dass seine Mutter lieber starb, als die Almosen dieser Fremden anzunehmen. Elle hatte seine Bedenken mit ihrer empfindsamen Ader erspürt und darauf bestanden, dass *er* die Geschenke seiner Mutter und seinen Schwestern übergab, mit dem Hinweis, dass sie von ihm kamen.

Sein Blick ruhte auf ihren hellgrünen Augen, die ihn – beschattet von langen tiefbraunen Wimpern – begeistert anstrahlten. Sie freute sich aufrichtig, ihm und seiner Familie helfen zu können und sich damit für seine Zuwendungen und seinen Schutz zu revanchieren.

Und nicht nur dafür liebte er sie. So sehr, wie er noch nie einen Menschen geliebt hatte. Voller Inbrunst wünschte er sich, seiner Mutter schon bald einen Enkel präsentieren zu können. Spätestens dann würde sie Gabrielle als Schwiegertochter anerkennen. Aber obwohl sie sich nicht selten bis zur Erschöpfung liebten, war es Damian bisher noch nicht gelungen, seine Liebste zu schwängern. Manchmal beschlich ihn die Furcht, dass sie vielleicht gar keine Kinder bekommen konnte, weil sie mit Giovanni de' Vincenco auch keine gehabt hatte.

Doch dann sagte er sich, sie mussten es einfach nur öfter und intensiver versuchen. Irgendwann würde ihnen das Schicksal schon gnädig sein.

Wie erwartet, blickte seine Mutter misstrauisch drein, als sie die Schwelle ihres bescheidenen Heims betraten. Damian schämte sich ein wenig vor Elle, weil er seine Familie aus eigener Kraft nicht aus diesem Elend zu erlösen vermochte. Hinzu kam, dass die Regierung von Florenz seine Mutter zur Rückzahlung aller Schulden verurteilt hatte, mit denen sein Vater angeblich bei der Signoria noch im Rückstand war. Was dazu führte, dass sie offiziell nichts besitzen durfte. Doch Elle wischte seine Bedenken mit ihrer frischen Art und ihrem Charme auf der Stelle fort. Ohne Hemmungen küsste sie die Hand seiner Mutter.

»Ich freue mich so, Euch endlich vorgestellt zu werden. Ich wünsche mir so sehr, Euch als Schwiegertochter zu gefallen.«

Damians Mutter reagierte zwar zunächst sprachlos, aber ihre Miene verriet ihm, wie sehr sie sich durch Elles unverblümten Auftritt geschmeichelt fühlte.

Mit dem gleichen Enthusiasmus umarmte sie seine Schwestern, und spätestens als sie ihnen zusammen mit Damian die Geschenke überreichte, war das Eis gebrochen. Elle war nicht nur unglaublich schön, sie war auch unglaublich bezaubernd, wie Damian nicht zum ersten Mal feststellen durfte.

Dabei glaubte er, seinen Ohren nicht zu trauen, als er hörte, wie seine Mutter nach einer deftigen Gemüsesuppe mit Brot und einigen Bechern Wein damit begann, ziemlich peinliche Anekdoten aus seiner Jugend zu erzählen, die zumindest die Frauen zum Lachen brachten. Im Nu war seine Mutter bei ihrem Lieblingsthema angelangt: Damian. Und Elle entpuppte sich als dankbare Zuhörerin. Immer wieder lächelte sie ihn an, und er spürte förmlich, mit wie viel Liebe sie ihn bedachte. Erst als seine Mutter unvermittelt auf Gabrielles vorherigen Ehemann zu sprechen kam, drohte die gute Stimmung zu kippen.

»Nein, ich weiß nicht, wie es ihm geht«, antwortete Elle leise auf die Frage nach seinem Wohlergehen. »Ich weiß nur, dass er noch lebt.«

»Willst du ihn irgendwann besuchen, mein Kind?«, fragte seine Mutter, die mindestens so direkt sein konnte wie seine junge Frau. »Ich meine, weiß er überhaupt, dass du nun einen anderen Mann geheiratet hast?«

»Mutter!«, mahnte sie Damian. »Fragt doch nicht solche Sachen! All das war für Gabrielle doch ohnehin schon schwer genug. Sie kann nichts dafür, dass es so gekommen ist. Wir können froh sein, dass Messer Jacopo uns so sehr zur Seite gestanden hat und mit der Annullierung der Ehe und unserer Hochzeit wenigstens ihre Mitgift gerettet hat.«

»Hat er das?« Sie warf ihm einen erstaunten Blick zu. »Ich dachte, er denkt in erster Linie nur an seine eigenen Interessen. Sicher hat er diese Hilfe an eine Bedingung geknüpft, oder irre ich mich?« Ihr schmaler Blick traf nicht nur Damian, sondern auch Gabrielle, von der sie sich offenbar eine ehrlichere Antwort erwartete.

»Das Einzige, was er verlangt hat«, begann Elle zögernd und wich seinem warnenden Blick aus, »ist, dass Damian weiterhin in seinen Diensten bleibt, obwohl wir nun genug Geld hätten, um uns aufs Land zurückzuziehen, und auch für Euch und Eure Töchter würde es reichen.«

»Danke, mein Kind.« Eleonore de' Castello setzte eine bestimmte Miene auf. »Das ist gewiss sehr großzügig von euch, aber ich möchte kein Geld, für das ich nicht selbst gearbeitet habe. Und schon gar nicht, wenn die Pazzi dafür etwas verlangen, das ich nicht gutheißen kann.«

»Mutter!«, rief Damian und schlug verärgert mit der Hand auf den Tisch. »Wie könnt Ihr meinen Dienstherrn und mich nur so entehren, und das auch noch vor meiner Frau?«

Eleonore schaute unbeeindruckt zu ihm auf. »Nicht ich entehre dich, sondern du dich selbst. Die Spatzen pfeifen es von den Dächern, dass die Pazzi gefährliche Ränke schmieden und man ihnen besser nicht in die Quere kommt, wenn man weiterleben will.«

»Genau das Gleiche kann man von den Medici auch behaupten«, verteidigte sich Damian vehement.

»Aber das ist es ja, was ich meine«, gab seine Mutter stoisch zurück. »Sie geben sich alle nichts. Die Medici, die Strozzi, die Albizi, die Pitti und die Pazzi. Sie alle gehen über Leichen, um an ihre Ziele zu gelangen. Und irgendwer muss das Töten ja für sie erledigen, denn selbst machen sie sich nicht die Hände schmutzig. Mehr sage ich dazu nicht.«

Elle machte ein betretenes Gesicht. Dabei wagte sie es nicht, Damian in die Augen zu sehen.

»Und Ihr denkt, ich erledige das?«, fragte er seine Mutter freiheraus und ging damit aufs Ganze.

»Warum sonst sollte Messer Jacopo dich nicht aus seinen Diensten entlassen wollen?« Ihr Blick war herausfordernd. »Anscheinend besitzt du ein paar besondere Qualitäten, die ihm wichtig erscheinen.«

Offenbar war sie nicht bereit, an seine Unschuld zu glauben, und auch bei Elle schienen sich nun erneute Zweifel zu regen. Verdammt, wenn er eine solche Entwicklung auch nur geahnt hätte, wäre er brav in Florenz geblieben.

Er atmete einmal tief durch und setzte zu einem Gegenschlag an, der sie hoffentlich zum Schweigen bringen würde.

»Ich kann Euch versichern, dass meine Seele nach wie vor im Angesicht des Herrn ist, und all das, was Ihr da behauptet, ist Altweibergeschwätz. Offensichtlich hat Euch Eure Seherin nun vollends die Sinne verwirrt.«

»Damian?« Nun ergriff Elle anscheinend Partei für seine Mutter. »Wie kannst du nur so mit ihr sprechen? Wenn deine Mutter sich Sorgen um dich macht, hat es sicher seine Berechtigung. Ich selbst traue

Messer Jacopo und Messer Francesco nicht über den Weg. Wie viel lieber wäre es mir gewesen, du hättest deine Stellung dort aufgegeben.«

Nun wurde es Damian aber wirklich zu bunt. Er sprang auf und baute sich in einer drohenden Haltung vor den beiden Frauen auf, in dem Gefühl, am liebsten laut loszubrüllen. Aus dem Augenwinkel heraus sah er, wie seine Schwestern ängstlich die Köpfe einzogen, und entschied sich spontan für die leise, verschwörerische Variante.

»Wenn ich nicht in Jacopos Diensten stünde, wärst du längst tot, weil die Söldner der Medici weiter Jagd auf dich gemacht hätten«, zischte er. »Und ich wahrscheinlich auch. Von Mutter und meinen beiden Schwestern ganz zu schweigen. Nur dem Umstand, dass wir einen so starken Schutzpatron besitzen, haben wir es zu verdanken, dass die Medici und deren Büttel es nicht wagen, uns auch nur ein Härchen zu krümmen. Mag ja sein, dass eine solche Tatsache einem romantisch verblendeten Weib nicht einleuchtet, ja geschweige denn überhaupt in den Sinn kommt. Aber dafür gibt es ja mich, den männlichen Vorstand der Familie. Der Gott sei Dank immer noch zu bestimmen hat, wo es langgeht.«

»Amen«, beschied Elle mit fatalistischer Stimme und warf ihm dabei einen Blick zu, als ob sie ihn fressen wollte.

Sie war beleidigt, gar keine Frage. Seine Mutter sowieso, was ihre wie üblich in solchen Situationen unbewegte Miene verriet.

»Ich glaube, wir gehen jetzt besser«, beschied Damian in aufgesetzter Strenge. Obwohl ihn das schlechte Gewissen plagte, fürchtete er, die beiden Frauen könnten sich noch mehr gegen ihn verbünden. »Ich denke nicht, dass wir in der Frage der Pazzi jemals einen gemeinsamen Nenner finden«, sagte er unnachgiebig und gürtete seine Waffen, die er beim Betreten seines Elternhauses stets ablegte.

»Wenigstens besitzt deine Frau einen messerscharfen Verstand«, murmelte seine Mutter beim Abschied. »Was mir die Hoffnung gibt, dass sie ein Auge auf dich wirft und auf das, was du tust.«

»Lass uns aufbrechen«, befahl Damian gebieterisch mit Blick auf Elle, die nicht den Eindruck machte, als ob sie seinen Befehlen gehorchen wollte. Was er als umso schlimmere Blöße empfand, nicht nur vor seiner Mutter, sondern auch vor seinen Schwestern.

Doch sie war wirklich eine kluge Frau, denn offenbar bemerkte sie, wie sehr auch ihn der Streit belastete.

»Ich denke, du machst einen Fehler, wenn du jetzt so einfach gehst«, erklärte sie ruhig. »Deine Mutter hat schon schwer genug an ihrem Schicksal zu tragen. Es ist nur allzu verständlich, wenn sie sich um dich sorgt. Und um zu wissen, dass du alles für sie geben würdest, muss ich keine Seherin sein. Deshalb sollten wir aufhören, uns zu streiten, um uns keinen weiteren Kummer hinzuzufügen. Als Familie ist man aufeinander angewiesen. Besonders im Kampf gegen seine Feinde. Das setzt auch voraus, dass man sich gegenseitig vertraut.«

Ihr Blick wechselte von Damian zu seiner Mutter und zurück. Damian verschlug es den Atem. Elle besaß trotz ihres ungestümen Wesens eine diplomatische Ader. Bei dem Temperament, das sie mitunter an den Tag legte, kaum zu vermuten. Und obwohl er noch immer einen hartnäckigen Groll gegen seine Mutter verspürte, hätte er Elle am liebsten in den Arm genommen und auf der Stelle geküsst.

»Und weise ist deine Frau auch noch«, stellte Eleonore beinahe verwundert fest. »Und das bei ihrer Jugend.« Sie schenkte ihrer Schwiegertochter ein warmes Lächeln. »Solange sie an deiner Seite ist, mache ich mir überhaupt keine Sorgen mehr, verlass dich drauf. Und nun leg dein Schwert wieder ab, Sohn, und setz dich hin«, befahl sie Damian. »Gabrielle hat recht, wir sollten lieber einen Grappa trinken und uns vertragen.«

Damian und Elle blieben bis zum nächsten Morgen. Seine Mutter hatte darauf bestanden, ihnen ihr Ehebett zu überlassen. Eines der wenigen Möbelstücke, die sie hatte behalten dürfen. Und das sie auch nicht verkaufen würde. Schließlich hatte sie darin schon ihre Hochzeitsnacht verbracht und sechs Kinder geboren, von denen nur drei am Leben geblieben waren. Sie selbst hatte mit den Mädchen auf dem Dachboden auf ein paar alten Strohmatten geschlafen.

Doch zuvor hatte Elle mit ihr noch ein ernstes Gespräch geführt. Ob Donna Eleonore es nun wollte oder nicht, sie würde jeweils tausend Goldfiorini aus Don Giovannis Hinterlassenschaft für die Ausbildung und Mitgift der beiden Mädchen festlegen. Schon in den nächsten Tagen wollte sie für Isabella und Ricarda ein Konto bei einer neutralen Bank eröffnen, die weder etwas mit den Pazzi noch mit den Medici zu tun hatte, und die beiden Mädchen jeweils als Inhaberinnen eintragen lassen. Wenn auch leicht widerstrebend, hatte Damians

Mutter schließlich zugestimmt und sie vor dem Schlafengehen unter Tränen umarmt.

Als Elle am nächsten Morgen in Damians Armen erwachte, küsste er sie sanft. »Ich danke dir für deine Großzügigkeit und deine Weitsicht«, murmelte er, »und dafür, dass du es nicht hast zum Äußersten kommen lassen. Ich schäme mich dafür, dass ich so grob zu dir und meiner Mutter war. Es tut mir leid.« Das war ihm schwergefallen, aber es war notwendig. Nicht nur, weil es seine gute Erziehung verlangte, sondern auch, weil es der Wahrheit entsprach. Aber noch etwas anderes entsprach der Wahrheit, und das konnte er beim besten Willen nicht zugeben. Er war ein Mörder, und er würde es weiterhin bleiben, wenn er nicht bald etwas änderte.

Zwei Tage später bat er um eine Audienz bei Jacopo de' Pazzi. Elle hatte er davon nichts gesagt. Sie befand sich mit den Frauen der Familie bei einem kleinen Umtrunk zu Ehren eines neugeborenen Pazzi-Säuglings in einem Palazzo in der Nachbarschaft, wo eine Nichte Messer Jacopos mit ihrer Familie lebte. Damian nutzte die Gunst der Stunde und empfand es als gutes Zeichen, dass das Oberhaupt der Pazzi bester Laune zu sein schien.

»Was führt Euch zu mir, Messer Damian?«, kam er ihm säuselnd entgegen und streckte zur Begrüßung bereitwillig seine Hände aus. Damian, der für diesen Besuch seine Uniform angelegt hatte, hoffte inbrünstig, dass der Alte, wie sie Jacopo unter den Söldnern nannten, für sein Vorhaben Verständnis zeigte. »So setzt Euch doch!«

Damian kam der Aufforderung nach und nahm auf einem rotgepolsterten Scherenstuhl Platz, während Jacopo sich in seinen hochherrschaftlichen Lehnstuhl sinken ließ.

»Ich weiß nicht recht, wo ich beginnen soll«, leitete Damian seine kleine zurechtgelegte Rede ein. »Um es kurz zu machen: Ich hätte gerne ein anderes Kommando, oder wenn das nicht möglich ist, würde ich die Truppe gerne verlassen und mit meiner Frau zu meiner Familie aufs Land ziehen. Weg von hier, weg von den Medici. Vielleicht könnten wir auch zusammen mit meiner Mutter und meinen Schwestern nach Rom oder ins Herzogtum Urbino gehen.«

Einen Moment lang sagte Jacopo de' Pazzi überhaupt nichts, sondern sah ihn nur an. Damian dachte schon, er habe ihn nicht richtig verstanden, und wollte gerade von neuem ansetzen, als Messer Jacopo in schallendes Gelächter ausbrach.

»Verzeiht, Herr«, warf Damian stirnrunzelnd ein. »Was ist daran so lustig?«

Das Lachen erstarb. »Nichts!«, herrschte Jacopo ihn wutschnaubend an. »Was glaubt Ihr eigentlich, wer Ihr seid, Messer Damian? Denkt Ihr, ich nähre Euch wie eine Natter an meiner Brust, auf dass Ihr Euch so mir nichts, dir nichts davonmachen könnt? Wir sind einen Pakt eingegangen, und dabei habt Ihr mir Eure Seele verkauft. Ihr wisst viel zu viel, als dass ich Euch jemals wieder aus meinen Diensten entlassen könnte. Entweder Ihr haltet mir die Treue, oder ich muss Euch leider das angedeihen lassen, was Ihr meinen Widersachern angedeihen lasst. Um mich deutlich auszudrücken: Falls Ihr Euch dazu entschließen solltet, mir Eure Loyalität aufzukündigen, wird Euch und Eure schöne Frau das gleiche Schicksal ereilen, das alle ereilt, die sich gegen mich stellen. Denn wer nicht für mich arbeitet, arbeitet gegen mich. Das müsstet Ihr doch eigentlich am besten wissen!«

Damian schluckte sein Entsetzen hinunter und überlegte für den Moment eines Herzschlages, ob er Messer Jacopo auf der Stelle töten sollte. Doch damit hätte er nicht nur sich selbst in noch größere Gefahr gebracht, sondern auch Elle sowie seine Mutter und seine Schwestern.

Einen Augenblick lang zog er es vor, gar nichts zu sagen. Auch weil ihm die Last der Erkenntnis förmlich die Sprache verschlug. Jacopo de' Pazzi war genauso ein Schwein wie Lorenzo de' Medici. Eleonore de' Castello hatte vollkommen recht. Aber meistens bedurfte es eines Teufels, um einen anderen Teufel auszutreiben, hatte ihm mal ein Mönch in der Klosterschule gesagt. Doch was tat man, wenn sich jener Teufel auch gegen einen selbst wandte? Sollte man sich etwa noch nach einem dritten Teufel umsehen?

»Nun schaut doch nicht so enttäuscht, Damian de' Castello. Hat Euch die Liebe so sehr das Hirn vernebelt, dass Ihr nicht mehr wisst, warum Ihr einst angetreten seid? Wolltet Ihr nicht immer in erster Linie Euren Vater rächen? Die Medici vernichten? Miterleben, wie ein neuer, kühlender Wind durch die perfekt angelegten Gassen von Florenz weht?« Er bedachte Damian mit einem prüfenden Blick. »So viel kann ich Euch schon verraten – unter dem strikten Siegel der Verschwiegenheit, versteht sich –, allzu lange müsst Ihr nicht mehr ausharren. Francesco steht in Verhandlung mit Sixtus IV. Und dieser hat Kontakte zum König von Neapel und dem Herzog von Urbino geknüpft. Und alle sind sich in einem einig. Sollte es gelingen, Lorenzo de' Medici und seinen unnützen Bruder zu beseitigen, werden die Karten neu gemischt, und auch die Pazzi bekommen dann ein dickes Stück vom Kuchen. Doch bis dahin gilt es, durchzuhalten und sich nicht vom rechten Weg abbringen zu lassen.« Er grinste gehässig. »Nach dem nächsten Osterfest wird es, so Gott will, keine Medici mehr geben.«

Für Damian war damit alles gesagt. Jacopo de' Pazzi würde ihn nicht ziehen lassen, und er würde auch nicht dafür sorgen, dass er andere Aufgaben erhielt. Einmal Auftragsmörder, immer Auftragsmörder.

»Was ist, wenn meine Frau erfährt, was ich in Wahrheit für Euch leiste?«

»Wenn Ihr wollt, dass sie weiterhin gesund und munter bleibt, werdet Ihr wie gehabt dafür Sorge tragen, dass sie von Euren dunklen Machenschaften nicht einmal etwas ahnt. Schließlich seid Ihr ein kluger Kerl, ansonsten hätte ich Euch gewiss nicht einen so verantwortungsvollen Posten anvertraut, nicht wahr?« Wieder grinste er.

Damian hasste ihn, doch das tat nichts zur Sache. Im Moment sah er keinen anderen Ausweg, um dieser Misere zu entkommen, als Elle weiterhin anzulügen. Ein schrecklicher Gedanke, der ihn weitaus mehr belastete als die Morde selbst, die er von Zeit zu Zeit für die Pazzi beging.

»Was ist passiert?«, fragte Tedeschi mitfühlend, als Damian ihm wenig später in der Waffenkammer begegnete.

»Nicht hier«, erklärte ihm Damian rau und zog ihn zu ihrem Besprechungszimmer, das noch immer in seiner alten Kammer beheimatet war. Relativ emotionslos schüttete Damian dem Deutschen sein Herz aus.

»Denkst du, mir fiele es leicht, Lucrezia anzulügen?« Die großen blauen Augen des Deutschen wurden schmal. »Ich habe mich in sie verliebt und würde sie gerne heiraten, aber ihre Cousine Emilia, die kleine, dralle Braunhaarige, die sich bei Giovanni de' Pazzi als Kindermädchen verdingt, hat ihr so viele Schauergeschichten über uns erzählt, dass sie mir ständig lästige Fragen stellt. Ich lege jedes Wort auf die Goldwaage, damit sie keinerlei Verdacht schöpft. Allein schon, weil ich weiß, dass Lucrezia noch immer in den Diensten deiner Frau steht und die beiden einen munteren Austausch betreiben. Deshalb ist es umso wichtiger, dass wir uns gegenseitig ein Alibi verschaffen, um uns und unsere Liebsten zu schützen, so gut es eben geht.«

»Eines Tages bringen wir sie alle um«, sagte Damian mit unbewegter Miene. »Die Medici, die Strozzi, die Pittis und die Pazzi.«

»Und was dann?« Tedeschi sah ihn mit einem mitleidigen Lächeln an. »Sollen wir dann selbst die Macht übernehmen, nur um genauso zu enden wie unsere Widersacher?«

»Ich träume von einem Land, in dem es keine korrupten Herrscher gibt, in dem die Gerechtigkeit regiert, ganz egal, ob man arm ist oder reich. In dem wir freie Menschen sein können und unsere Kinder keine Angst haben müssen vor Tod und Verfolgung.« Damian blickte auf und sah Tedeschi direkt in die Augen. »Ich wünschte, ich wäre frei und kein Pazzi oder Medici würde über mein Schicksal bestimmen.«

»Das ist ein Traum, Damian«, beschwichtigte ihn der Deutsche. »Und das Land, von dem du sprichst, ist das Paradies. Aber ich bin mir ziemlich sicher, dass wir niemals dorthingelangen werden. Jedenfalls nicht nach all den Sünden, die wir begangen haben. Und da wird auch der Ablassbrief des Papstes nichts dran ändern.«

KAPITEL 10

April 1478 – Florenz

Irgendwie war es Damian gelungen, sich in sein grausames Schicksal zu fügen. Obwohl es ihn etliche schlaflose Nächte gekostet hatte, mit dem Umstand fertigzuwerden, dass Jacopo de' Pazzi ihn und seine Frau nicht lebend aus seinen Diensten entlassen würde. Wobei es ihm gar nicht so sehr um sein eigenes Schicksal ging, sondern in erster Linie um das Wohl von Elle. Er war nun für sie verantwortlich. Und damit nicht genug. Seit Weihnachten 1477 war eine neue Verantwortung hinzugekommen. Sie erwartete ihr erstes Kind.

Damian war halb wahnsinnig vor Glück, als Elle ihm eines Abends im Bett unvermittelt ein freudiges Ereignis ankündigte. Wie immer hatten sie sich zärtlich geliebt, und Damian war gerade dabei, tiefer in sie einzudringen, als sich Elles lustvolles Lächeln in eine gespielt ernste Miene verwandelte und sie warnend den Finger hob.

»Halt! Nicht so hastig wie sonst.«

»Was hast du denn?«, fragte Damian und hielt irritiert inne. »Hab ich dir wehgetan? Hast du Schmerzen?«

»Nein.« Willig schmiegte sie sich an ihn. »Es ist nur …« Sie wich seinem prüfenden Blick aus, rollte mit den Augen und zog beinahe verschämt die Mundwinkel nach oben. »Ich habe da seit neuestem einen kleinen Mitbewohner in mir, und was soll er von seinem Vater denken, wenn er heranstürmt wie die Cavalleria?« Nun schaute sie auf und lachte befreit.

Damian begriff sofort, was sie meinte und grinste noch viel breiter. »Ist das wahr?«, fragte er atemlos. »Ein Kind? Wir bekommen ein Kind?«

Erschrocken zog er sich aus ihr zurück, weil er nichts kaputtmachen wollte. Doch sie hielt ihn fest und zog ihn erneut zu sich herab. »Die Hebamme hat gesagt, es macht dem Kind nichts, wenn wir uns lieben. Wir sollen nur ein wenig behutsamer vorgehen.«

»Bist du sicher?« Er runzelte zweifelnd die Stirn, doch Elle lachte nur glockenhell und spreizte ihre Schenkel noch ein wenig weiter, damit er es als Aufforderung empfand, was er auch tat, allerdings nur zögernd.

»Wir werden ein Kind haben«, flüsterte er und küsste sie selig, während er seinen vorherigen Rhythmus wieder aufnahm. Allerdings um einiges bedächtiger als zuvor.

Doch die ungetrübte Freude währte nicht lange. Schon kurze Zeit später reiste Francesco de' Pazzi aus Rom an und bat seine Condottieri allesamt in die Villa Loggia zu einer hochbrisanten Beratung. Auch Damian war als Anführer seiner Leibgarde in Florenz mit von der Partie und wunderte sich über die getroffenen Geheimhaltungsmaßnahmen, die weit über das übliche Maß hinausgingen. Obwohl helllichter Tag war, hatte man den Besprechungssaal im zweiten Stock des Pazzi-Landhauses durch das Zuziehen der Holzläden verdüstert, damit niemand die heikle Zusammenkunft der obersten Truppführer der Pazzi-Garde mitsamt ihrem Befehlshaber ausspionieren konnte. Zu groß war die Furcht vor der »Otto«, dem achtköpfigen Justizausschuss der Regierung von Florenz, der über ein dichtes Netz an Spionen und Geheimpolizisten verfügte, um jegliche Umsturzbewegungen bereits im Keim zu ersticken.

»Aus Anlass des österlichen Besuches unseres jungen päpstlichen Neffen, Raffaele Riario Sansoni, seines Zeichens Kardinal von Genua«, begann Francesco de' Pazzi in Abwesenheit seines Onkels, »und eines dafür vorgesehenen Banketts zu Ehren des jungen Würdenträgers in der Villa der Medici nahe Fiesole ist unter Mitwirkung diverser Ehrenmänner ein umfassender Plan zur endgültigen Vernichtung Lorenzo de' Medicis und seines Bruders gereift. Da mein Onkel und ich der Meinung sind, dass wir uns sorgfältig auf eine sofortige Machtübernahme nach dieser Tat vorbereiten müssen, werden unsere eigenen Truppen in jedem Fall eine entscheidende Rolle spielen.«

Damian spürte, wie es ihm heiß und kalt den Rücken hinunterlief. Also war es nun tatsächlich so weit. Die Medici sollten fallen. Francesco erklärte ihnen in der ihm üblichen, eiskalten Art, wie er und seine Verbündeten vorzugehen gedachten. Lorenzo und Giuliano sollten bei einem Bankett zu Ehren des jungen Kardinals am 25. April in ihrem eigenen Landhaus unweit von Florenz vergiftet werden. Zeitgleich würden Truppen des Papstes unter dessen verdientem Heerführer Giovanni Battista da Montesecco und des Grafen Girolamo Riario della Rovere bereitstehen, um nach dem plötzlich entstandenen Machtvakuum vorübergehend die Stadt einzunehmen. Auch von Truppen des Königs von Neapel war die Rede, und, wie Damian bereits vermutet hatte, der Herzog von Urbino hatte ebenfalls seine Unterstützung bei der Einnahme der Stadt angeboten. Allerdings unter Vorbehalt und erst, nachdem der Sturz gelungen war.

Der Erzbischof von Pisa, Francesco Salviati, würde umgehend das Amt des Erzbischofs von Florenz übernehmen, während Francesco de' Pazzi als neuer Gonfaloniere sogleich die Macht über die Signoria erhalten sollte.

Nachdem die nötigsten Schritte geklärt waren, bat Francesco de'

Pazzi Damian zu einem anschließenden Vieraugengespräch, bei dem er ihm reichlich gnadenlos auftrug, für die unauffällige Beschaffung des Giftes zu sorgen. In diesem Fall ein speziell präparierter Saft aus der Wurzel der Tollkirsche. Außerdem sollte er sicherstellen, dass diese todbringende Tinktur später an die richtigen Leute gelangte.

Obwohl Damian es kaum erwarten konnte, Lorenzo und seinen Bruder tot zu sehen, war es doch etwas anderes, direkt und selbst mit dem Mord beauftragt zu werden. Und während er sich mit Laurentio an die Beschaffung des Giftes machte, war er kaum fähig, seiner schwangeren Frau in die Augen zu schauen. Auf der einen Seite das Leben in ihrem sich rundenden Leib fröhlich wachsen zu sehen, und auf der anderen Seite eiskalt den Tod zweier so prominenter Männer zu planen, bereitete ihm zunehmend schlaflose Nächte. Umso erleichterter war er, als Giuliano de' Medici seine Teilnahme an dem Bankett wegen Unwohlseins absagte und umgehend ein neuer Plan geschmiedet werden musste, der aber – wie sich herausstellte – in der Ausführung kaum weniger grausam war.

Nun wurde nach Absprache mit allen Beteiligten festgelegt, Lorenzo de' Medici und seinen Bruder am darauffolgenden Sonntag, dem 26. April 1478, während eines weiteren Banketts zu Ehren des jungen Kardinals in deren Stadt-Palazzo in Florenz zu erdolchen. Da bewaffnete Söldner wie Damian aus Sicherheitsgründen keinen Zugang zu den oberen Gemächern des Palazzo Medici erhielten und folglich auch nicht zu einem solch erlesenen Festmahl geladen waren, gestaltete sich der Zugang zu den beiden Opfern erheblich schwieriger als am Tage zuvor im Landhaus. Ergo mussten andere Attentäter her, die den Opfern ungehindert Dolche und Schwerter in die Herzen stoßen konnten. Am besten solche Männer, von denen man es am wenigsten annehmen würde. Noch in der Nacht erteilten Damian und seine Kameraden dem Hauskaplan der Pazzi, Stefano da Bagnone, und dem apostolischen Vikar Antonio Maffei di Volterra in ihren abgeschotteten Unterkünften eine Lektion im perfekten Töten, indem sie ihnen zeigten, wie und wo man mit Schwert und Dolch am besten ansetzte, um sein Opfer möglichst rasch ins Jenseits zu befördern.

Francesco de' Pazzi setzte hingegen auf Bernardo Bandini Baroncelli, einen Lebemann und Bankier aus Florenz, der ebenfalls zum Bankett geladen war und wohl wie die meisten bei diesem Komplott sein eigenes Hühnchen mit Lorenzo de' Medici zu rupfen hatte. Nur dass niemand Baroncelli eine Lektion im Töten erteilen musste. Damian kannte den hageren Mann mit den tiefliegenden, eng zusammenstehenden Augen und der auffällig großen Hakennase. Ein hässlicher Kauz, dem die Verschlagenheit ins Gesicht geschrieben war. Nicht nur deshalb mochte Damian ihn nicht, auch weil er von Francesco wusste, dass Bernardo ein eigenes Netz von gedungenen Auftragsmördern beschäftigte, denen es nur ums Geld ging und nicht um die Ehre. Nicht selten griff deren Anführer selbst zum Messer, weil er sich nicht zu schade war, für gute Münze das Leben eines Menschen auszulöschen, dessen Namen er noch nicht einmal kannte.

Damian hingegen empfand sich als Ritter und redete sich gerne ein, aus höheren Motiven zu töten, nämlich nicht für seine eigene Bereicherung, sondern für das Ziel einer politischen Umwälzung hinsichtlich mehr Gerechtigkeit für das Volk. Vielleicht gefiel es ihm deshalb nicht, dass nun ausgerechnet ein Kerl wie Bernardo Baroncelli das Zünglein an der Waage spielen sollte.

Jacopo de' Pazzi hatte Damian und seine Männer unterdessen von Francescos zu seiner persönlichen Leibgarde beordert, offenbar, weil er seinen direkten Wachen misstraute.

Interessanterweise hatten die Frauen der Familie an diesem denkwürdigen Ostersonntag die Anweisung erhalten, ihre Andacht nicht mit ihren Ehemännern, sondern in der Hauskapelle der Pazzi direkt neben der Kirche Santa Croce zu feiern.

Damian war diese Entscheidung nur recht. Elle inmitten eines Mordkomplotts mit ungewissem Ausgang zu wissen, hätte ihm weitere schlaflose Nächte bereitet.

»Warum darf ich dich nicht begleiten?«, fragte sie ihn mit waidwundem Blick. »Ich möchte so gerne dabei sein, wenn all die Würdenträger um den jungen Kardinal in den Dom einziehen.«

»Das ist zu gefährlich«, gab Damian mit strikter Miene zurück. »Dort drängen sich Hunderte Menschen, nicht auszudenken, wenn es aus irgendeinem Grund zu einer Panik käme und du hinfallen würdest!«

Am liebsten hätte er Elle schon im Vorfeld zu seiner Mutter geschickt, weil er sich denken konnte, dass nach dem Tod der beiden Medicis zunächst einmal Chaos in der Stadt herrschen würde. Doch ein solches Vorgehen wäre zu auffällig gewesen. Eine Frau wie Elle hätte sich nicht einfach irgendwohin schieben lassen, ohne zu wissen, warum. Darüber hinaus stellte sich die Frage, ob sich das zu befürchtende, anschließende Chaos nicht wie ein Lauffeuer auf die umliegenden Dörfer ausbreiten würde. Da war es ihm lieber, Elle blieb im sicheren Palazzo und er würde jederzeit zur Stelle sein können, um sie und die anderen Frauen und Kinder der Pazzi vor eventuell marodierenden Medici-Söldnern zu beschützen.

Als er ging, küsste er sie noch einmal auf die Stirn und dann auf den Mund. »Braves Mädchen«, sagte er, nachdem sie darauf verzichtete, ihn wie sonst üblich mit Widerworten zu überschütten.

»Du bist heute so komisch.« Zweifelnd sah sie ihn mit ihren schönen grünen Augen an. »Es liegt irgendwas in der Luft, ich kann es spüren. Schon seit Tagen benimmst du dich merkwürdig, redest kaum mit mir und wälzt dich die ganze Nacht im Bett herum.«

»Du siehst Gespenster, cara mia«, ging er besänftigend auf sie ein. »Wahrscheinlich liegt es an der Schwangerschaft, dass du alles in düsteren Farben malst. Es ist beinahe wie an deinen unreinen Tagen, obwohl du doch eigentlich glücklich sein müsstest.«

Sie nickte ergeben, und er hasste sich dafür, sie so dreist zu belügen.

Als Damian und seine Männer wenig später hoch zu Ross Messer Jacopo de' Pazzi zum Anwesen der Medici folgten, passierten sie den Vorplatz des Doms, in dem später die Messe zelebriert werden sollte.

Der Frühnebel lichtete sich nur langsam, und die Frage, ob es ein sonniger Tag werden würde, stellte sich erst gar nicht.

Wie von Damian vermutet, hatten sich trotz der trüben Sichtverhältnisse bereits Hunderte von Schaulustigen vor dem Kirchenportal eingefunden, die den Neffen des Papstes samt seinem Gefolge sehen wollten, und verstopften somit auch den Zugang zum Palazzo Medici. Hinzu kamen die dreißig berittenen Armbrustschützen und fünfzig Fußsoldaten des päpstlichen Heerführers Giovanni Battista da Montesecco, die zusätzlich zu weiteren Militärs auf den Vorplatz des Doms drängten. Angeblich waren sie zum Schutz des jungen Kardinals angereist und hatten die Nacht vor der Stadt in freiwillig von Papstanhängern zur Verfügung gestellten Unterkünften verbracht. In Wahrheit hatte Montesecco nicht nur den Schutz des Kardinals zu gewährleisten, er sollte auch die Truppen der Signoria in Schach halten, bis Girolamo Riarios Truppen nach dem gelungenen Attentat spätestens am Nachmittag oder gegen Abend gänzlich die Stadt einnehmen würden.

Messer Jacopo und seine Begleiter waren noch nicht ganz am Palazzo Medici angelangt, als ihnen Stefano da Bagnone entgegeneilte, nur um ihnen zu sagen, dass das Bankett nun wegen einer weiteren Unpässlichkeit Giuliano de' Medicis auf die Zeit nach der Messe verschoben worden sei.

»Bei allen Teufeln«, schimpfte Jacopo und bekreuzigte sich gleichzeitig. »Es ist, als habe sich Gott mit allen himmlischen Heerscharen gegen uns verschworen.«

Inwiefern Gott und der Teufel bei der Sache ihre Finger im Spiel hatten, blieb für Damian abzuwarten, aber Jacopo hatte recht, es waren nicht die besten Voraussetzungen, um einen so lang gehegten, aber nun völlig aus dem Ruder geratenen Plan in die Tat umzusetzen. Allerdings durfte man nun keinen Rückzieher machen. Wahrscheinlich würde sich keine zweite derartige Gelegenheit mehr ergeben, das Blatt zuungunsten der Medici und ihrer Anhänger zu wenden.

»Was denn nun?«, grollte Laurentio, während er mit angespannter Miene seinen unruhig tänzelnden Hengst zügelte. Auch Luca, Gulliveri und Tedeschi warfen Damian verwirrte Blicke zu, der auch nicht wusste, was als Nächstes geschehen sollte.

Doch dann sah er von weitem eine Prozession herannahen. Eine dichtgedrängte Traube aus Söldnern und Würdenträgern, teils zu Pferd, teils zu Fuß. Bei näherem Hinsehen entdeckte er in deren Mitte die schmale, dunkelhaarige Gestalt des jungen Kardinals und direkt dahinter die stattliche Erscheinung Lorenzo de' Medicis. Dessen Purpurgewand hob sich sichtbar von der weißen, golddurchwirkten österlichen Robe des Kardinals ab.

Nur von Giuliano de' Medici war weit und breit nichts zu sehen.

»Wo ist sein Bruder?«, zischte Messer Jacopo, dem dieser Umstand auch nicht entgangen war, dem vorbeieilenden Vikar Antonio Maffei zu, der ihn beinahe in der Masse von Menschen und Pferden übersehen hätte.

»Ihm war noch immer nicht wohl«, erklärte der rundliche Vikar sichtbar nervös. »Deshalb wurde ja auch das Bankett nach hinten verschoben. Euer Neffe Francesco und Bernardo Bandini befinden sich noch im Palazzo und versuchen gerade den jungen Medici zu überreden, trotz allem an der Messe teilzunehmen.«

Mit dieser Information ausgestattet, kehrte Jacopo auf der Stelle zum Dom zurück und befahl Damian und seinen Leuten, bei Montesecco und seinen Söldnern zu warten, während er sich selbst um einen Platz in der Kirche bemühte.

Geduldig beobachteten Damian und seine Kameraden, wie nach einer Weile des Wartens – die Messe hatte bereits begonnen – wahrhaftig Francesco de' Pazzi und Bernardo Bandini auftauchten. In ihrer Mitte eskortierten sie Giuliano de' Medici, der, bleichgesichtig und mit leicht gekrümmtem Gang, von Francesco gestützt wurde.

Damian fragte sich augenblicklich, wie es nun weitergehen sollte. Niemand wusste, ob Bagnone, Maffei und Bandini beim Eintritt in die Kirche auf Waffen kontrolliert worden waren. Wahrscheinlich aber nicht, denn sonst hätte es sicher einen Tumult gegeben.

Den Priestern traute man garantiert nicht zu, dass sie vor Gottes Angesicht von Messer und Schwert Gebrauch machen würden, und Bandini war in direkter Begleitung des jungen Medici in den Dom gelangt. Somit bar jeden Zweifels kamen die Wachen des florentinischen Erzbischofs bestimmt nicht auf die Idee, ihn abzutasten. Zumal Lorenzo und der Kardinal bereits in der Kirche waren und sich der üblichen Andacht hingaben.

Francesco Salviati Riario, der Erzbischof von Pisa, dem bei der Sache auch noch eine Rolle zugedacht war, hatte sich indessen mit seinen Getreuen bereits heimlich zum Palazzo della Signoria begeben. Dort wollte er nach dem Sturz der Medici unverzüglich seine Ansprüche beim derzeitigen Gonfaloniere di Giustizia, Cesare Petrucci, anmelden.

Draußen auf dem Vorplatz schickte Damian derweil ein kurzes Gebet zum Himmel, während er, kerzengerade auf seinem Hengst sitzend, das Ende der heiligen Messe abwartete.

Niemand wusste, was als Nächstes geschehen würde. Ob sich während der Messe eine Gelegenheit bot zuzuschlagen oder ob man doch lieber bis zum Bankett warten sollte, was wiederum die Gefahr barg, dass Giuliano sich vorzeitig verabschiedete.

Doch die Frage nach dem Wann und Wie, die sich inzwischen allen Eingeweihten, die draußen zum Warten verurteilt waren, regelrecht ins Gesicht gebrannt hatte, sollte schon kurz darauf beantwortet werden.

Der durchdringende Schrei einer Frau, der wie ein Signalhorn durch die geschlossenen Türen des Doms drang, war das Zeichen, dass irgendetwas Schreckliches vorgefallen sein musste.

Damian und seine Kameraden schauten sich nervös an, und Montesecco wollte anscheinend nicht warten, bis er von einem Verbündeten informiert wurde. Der Heerführer sprang von seinem Hengst ab, rannte zum Kirchenportal und riss es auf. Dabei wäre er beinahe von einem Schwall fliehender Menschen überrannt worden, die schreiend und weinend auf den Vorplatz stürmten. Im Innern war derweil weiteres hektisches Geschrei zu hören.

Als erste bekannte Gesichter kamen Jacopo de' Pazzi und sein Leibdiener aus dem Dom gestürmt. Damian reagierte sofort und nahm sich seines Schützlings an, indem er ihm die Zügel des Pferdes überreichte und dabei die brodelnde Umgebung im Auge behielt.

»Was ist?«, rief er Messer Jacopo, der inzwischen in den Sattel gestiegen war, über die schreiende Menge zu.

»Kommt, Messer Damian!«, brüllte Messer Jacopo ihm entgegen. »Geleitet mich zu Erzbischof Salviati auf die Piazza della Signoria!«

Leicht irritiert gab Damian seinen Leuten ein Zeichen, dass sie Messer Jacopo samt seinem Hengst in ihre Mitte nehmen und zur Piazza della Signoria reiten sollten. Etwa fünfzig weitere Pazzi-Söldner folgten ihnen, die restlichen Soldaten warteten auf Damians Befehl auf Messer Francesco, von dem jedoch weit und breit nichts zu sehen war. Auf der Piazza angekommen, hob Jacopo die rechte Faust zu einem Siegeszeichen und brüllte immer wieder laut: »Volk und Freiheit!«

»Sind die Medici tot, Messer Jacopo?«, rief Damian seinem Schützling zu, weil er nicht glauben wollte, dass das Attentat nun doch so einfach gelungen war. »Wo ist Euer Neffe Francesco? Ist er noch im Dom?«

Doch Jacopo winkte nur ab, als ob Damian eine lästige Fliege wäre.

Erzbischof Salviati und seine Männer ließen derweil auf sich warten.

Laut Jacopo waren sie längst in den Palazzo eingedrungen, kamen aber seltsamerweise nicht mehr heraus. Als sich kurz darauf nach einem Handgemenge herausstellte, dass man den Erzbischof und seine Söldner aus Perugia durch Palastwachen festgesetzt hatte, weil sie bei Petrucci aufgrund ihres merkwürdigen Verhaltens unter Verdacht geraten waren, gab Messer Jacopo das Zeichen zum Angriff. Damian zückte sein Schwert und verteidigte seinen Paten vom Pferd aus gegen die Angriffe der Gegenseite. Zusammen mit seinen Kameraden schlug er nach allen Seiten aus: Stahl klirrte auf Stahl, und es dauerte nicht lange, bis die ersten Soldaten blutüberströmt zu Boden sanken.

Doch obwohl die Pazzi-Söldner schon bald eine Bresche in die Menge geschlagen hatten, kamen sie nicht weit, weil Wachen und Prioren sie aus den obersten Fenstern des Regierungs-Palazzos mit einem Hagel aus dicken Steinen und Pfeilen begrüßten. Gleichzeitig sorgten sie dafür, dass der schrille Hall der Alarmglocken wie wild über die Stadt donnerte.

Kurz darauf rückten weitere Stadtwachen an, gefolgt von einem wütenden Mob, der »Palle, Palle!« rief, ein Schlachtruf, der sie eindeutig auf Seiten der Medici positionierte.

Damian, der in erster Linie die Sicherheit Jacopos im Blick hatte, schnappte sich ungefragt die Zügel des Hengstes und zog seinen Herrn samt dem edlen Tier in eine enge Seitengasse, die wie ein halbwegs freier Kamin ihren Abzug zum südöstlichen Villenviertel ermöglichte.

»Rückzug!«, brüllte er seinen Kameraden zu, die Salviati und seine Anhänger ihrem Schicksal überließen und augenblicklich dem laut zeternden Pazzi-Oberhaupt folgten.

Jacopo fluchte derweil wie ein Geisteskranker. Damian versuchte erst gar nicht, ihn davon zu überzeugen, dass sie genau das Richtige taten.

Was immer auch im Dom vonstattengegangen war, es hatte die Bürger von Florenz nicht dazu bewegen können, ohne Protest zu ihrem selbst ernannten, neuen Herrn überzulaufen, und solange die Frage nach diesem neuen Herrscher nicht eindeutig geklärt war, entstand ein gefährliches Drunter und Drüber.

Jacopo de' Pazzi verfluchte unterdessen Damian und seine Kameraden als nichtsnutzige Feiglinge. Als sie nach einer kurzen Odyssee schließlich das Anwesen der Pazzi erreichten, hob er mit hochrotem

Gesicht drohend die Faust. »Das wird Euch den Kopf kosten, Messer Damian«, brüllte er außer sich vor Zorn. »Das ist Hochverrat!«

Während Damian sich nicht an seinem keifenden Befehlshaber störte, trudelten weitere Pazzi-Söldner ein, unter denen sich zu Jacopos großer Überraschung auch sein Neffe Francesco befand. Dessen Bein blutete wie verrückt, und so, wie es aussah, konnte er sich kaum auf dem Pferd halten. Sofort liefen ein paar Diener herbei, die ihm beim Absteigen halfen. Irgendjemand hatte ihm eine Klinge direkt in den Oberschenkel gerammt.

»Was hat das zu bedeuten?«, krächzte Messer Jacopo aufgebracht. »Wieso bist du hier? Ich dachte, ihr habt sie erledigt?«

»Lorenzo ist uns entwischt«, keuchte Francesco mit schmerzverzerrtem Gesicht. »Nur Giuliano ist tot. Sein Bruder muss mit dem Teufel im Bunde stehen. Francesco Nori, einer seiner Anhänger, hat sich vor ihn geworfen und ist an seiner Stelle durch das Schwert gestorben.«

»Du verdammter Hurensohn!«, brüllte Jacopo seinen Neffen an. »Warum hast du es nicht selbst zu Ende gebracht?«

»Ich habe es versucht«, schrie Francesco außer sich vor Erregung zurück. »Fast hätte ich dafür mit meinem Leben bezahlt. Du siehst doch, was mit meinem Bein geschehen ist!«

»Und wo ist Lorenzo jetzt?« Jacopo sah ihn mit aufgerissenen Augen an. »Wir könnten Damian und seine Leute schicken, damit sie zu Ende bringen, was deine Schwachköpfe nicht geschafft haben.«

»Das wäre vollkommen zwecklos«, keifte Francesco zurück. »Lorenzos Anhänger haben sich mit ihm in der Sakristei verschanzt. Und solange er lebt, wird sich kein Florentiner darauf einlassen, uns zu unterstützen!«

»Verdammt seist du in der Hölle!«, fluchte Jacopo seinem Neffen hinterher, während der sich von Damians Männern die breite Treppe zum ersten Stock hochtragen ließ. Schreiend kamen ein paar Frauen herbeigelaufen, die ihn sofort umringten. Unter ihnen waren auch Lucrezia und Gabrielle, die angsterfüllt nach unten in den Innenhof schauten. Elle flog Damian regelrecht entgegen, als sie ihn unter den Ankömmlingen entdeckte. Ohne Rücksicht auf ihren Zustand sprang sie in ihrem himmelblauen Brokatkleid die letzten zwei Stufen auf einmal hinunter und fiel ihm schluchzend um den Hals.

»Um Gottes willen, was ist geschehen?«, rief sie in Panik.

Damian war kaum fähig zu sprechen, so sehr rang er nach Atem. Stockend erzählte er ihr von dem Attentat und den Folgen, die nun zu erwarten waren.

»Bei der Heiligen Mutter«, keuchte Elle. »Sie werden euch hängen, ganz gleich, ob ihr etwas mit der Verschwörung zu tun habt oder nicht!«

»Wir müssen hier weg!«, brüllte Jacopo dazwischen, der offenbar genau das Gleiche befürchtete, und sprach damit aus, was Damian dachte. »Messer Damian, Ihr werdet mich zusammen mit Euren Männern begleiten. Sofort!«

»Ich gehe nicht ohne meine Frau, Messer Jacopo«, stellte Damian unmissverständlich klar. »Wenn der Mob bis hierher kommt, und das ist zu befürchten, werden sie auch vor unseren Familien nicht haltmachen.«

»Von mir aus«, brüllte das Pazzi-Oberhaupt und machte mit seinem irren Blick seinem Namen alle Ehre. »Aber beeilt euch und sattelt unverzüglich die Pferde. Ich schaue nach Francesco und informiere meine Frau, meine Tochter und den Rest der Familie. Wir müssen so schnell wie möglich die Truppen des Papstes draußen vor der Stadt erreichen. Wir sollten nicht unnütz Zeit verstreichen lassen!«

Der Innenhof des Pazzi-Palastes glich einem Wespennest, in das man brennendes Öl gegossen hatte. Immer mehr verletzte Söldner trafen ein. Manche von ihnen blutüberströmt, andere völlig orientierungslos und ohne die leiseste Ahnung, was das alles zu bedeuten hatte. Die meisten von ihnen waren gar nicht in die Verschwörung involviert gewesen. Nur ihre Anführer kannten den Plan.

Damians Kameraden waren inzwischen aus Francescos Gemächern zurückgekehrt. »Der Idiot liegt weinerlich auf seiner Ottomane und lässt sich von seinem Medikus behandeln, als ob er lediglich einen Reitunfall gehabt hätte«, schimpfte Laurentio über Messer Francesco. »Ich glaube, der hat noch gar nicht begriffen, dass er am Arsch ist und wir alle mit ihm.«

»Pack nur das Nötigste«, rief Damian Elle zu, als sie mit gerafftem Rock nach oben rannte, um wenigstens etwas Geld und einen Mantel mitzunehmen.

Auf halber Strecke kam ihr Maddalena Serristoni entgegen, Jacopo de' Pazzis Frau. Sie trug ein edles, mit Perlen besticktes Kleid und ihren kostbarsten Sonntagsschmuck. Sie war eine stolze Erscheinung, stammte sie doch aus einer der reichsten Familien von Florenz. Damian wollte sich nicht ausmalen, was das alles auch für ihr weiteres Schicksal zu bedeuten hatte. Gefolgt von ihrem Bruder Giovanni Serristoni, der offenbar mit ihr die Messe in Santa Croce besucht hatte, wirkte sie geradezu unerschütterlich.

»Ich gehe nirgendwohin«, stellte sie unmissverständlich klar. »Dies ist mein Haus und meine Stadt. Ich habe nichts getan, was gegen das Gesetz verstößt. Außer, dass ich augenscheinlich den falschen Mann geheiratet habe. Ich befinde mich mit den Kindern unter dem Schutz meiner Familie und werde mich nicht wie ein Wurm unter einem Stein verkriechen. Das kann ich schon allein unserer Tochter nicht antun. Jacopo kann von mir aus das Weite suchen und Francesco sowieso. Ich will ihn hier nicht mehr sehen. Ich werde meinen Mann, der so unsägliches Leid über unsere Familie gebracht hat, verlassen.«

Damian, der ihren Vortrag aus einiger Entfernung mitbekommen hatte, konnte sich denken, dass sie vor Wut kochte und gleichzeitig vor Sorge verging. Niemals hätte sie ein solches Unterfangen zugelassen. Doch Jacopo und Francesco hatten nicht im Traum daran gedacht, die Frauen der Familie einzuweihen. Sie hatten ja nicht einmal alle männlichen Familienmitglieder von ihren Absichten in Kenntnis gesetzt.

Im selben Moment kam Messer Jacopo erneut die Treppe hinabgeeilt. Er hatte sich hastig umgezogen und trug nun unauffällige braune und schwarze Kleidung, auf der kein Pazzi-Wappen zu sehen war.

»Du musst auf der Stelle verschwinden!«, riet sein Schwager Giovanni Serristoni, dem ebenfalls die Panik ins Gesicht geschrieben stand. »Wenn du hierbleibst, bringst du uns alle in Gefahr!«

»Ja doch!«, fauchte Jacopo. »Leider habe ich es nicht geschafft, meinen vermaledeiten Neffen zu überreden, sich uns anzuschließen. Dabei ist er es, der die besseren Verbindungen zum Vatikan hat. Er will hierbleiben und erst seine Wunden auskurieren, der Schwachkopf.«

Niemand erwiderte etwas, und Jacopo verlangte nach seinem Pferd, damit er aufsteigen konnte. Er und seine Frau würdigten sich derweil keines Blickes, als er den unverzüglichen Abmarsch befahl.

Damian hatte Sorge, dass Elle, die noch einmal im Palazzo verschwunden war, um noch ein paar Sachen zu holen, es nicht schaffen würde, rechtzeitig wieder unten zu sein.

Doch Laurentio, Gulliveri, Luca und Tedeschi, der auch noch auf Lucrezia wartete, ließen sich Zeit mit dem Aufsteigen, was Jacopo beinahe zur Weißglut trieb. Ohne seine Erlaubnis abzuwarten, hatten Damian und Laurentio den beiden Frauen jeweils ein Pferd gesattelt.

Erst als Gabrielle und Lucrezia aufgesessen waren, gab Damian das Zeichen zum Abmarsch. Gefolgt von ein paar weiteren Pazzi-Söldnern, denen das Pflaster in Florenz nun auch zu heiß war, um zu bleiben, flohen sie in gestrecktem Galopp durch das südliche La-Croce-Tor, das aufgrund der Einnahme durch die Truppen des Papstes weit offen stand.

KAPITEL 11

1478 – Castagno di San Godenzo – Umland von Florenz

Wie von Teufeln getrieben, ritten sie in einen klaren, sonnigen Tag, mit dem in der Frühe wohl kaum jemand gerechnet hätte. Nur das stetige Läuten der Glocken ließ vermuten, dass irgendetwas Furchtbares geschehen sein musste.

Auf halber Strecke Richtung Fiesole trafen sie auf die Truppen von Girolamo Riario und Teile der päpstlichen Armee, deren Condottieri Tolentini und Giustini nervös nach der päpstlichen Reiterei unter Montesecco Ausschau hielten, wobei es ihnen in erster Linie um die Sicherheit des jungen Kardinals zu gehen schien.

»Zum Teufel mit dem kleinen Speichellecker«, schleuderte ihnen Jacopo de' Pazzi entgegen. »Wenn Sixtus IV. es mit seiner Revolte ernst gemeint hätte, wären Eure Männer längst unten in der Stadt, und wir müssten uns nicht verjagen lassen wie geprügelte Hunde. Wie wäre es, wenn Ihr, anstatt hier rumzustehen und Maulaffen feilzuhalten, dort hinunter reiten würdet, um noch zu retten, was zu retten ist?«

»Auf Geheiß des Heiligen Vaters haben wir den strikten Befehl abzuwarten, bis der Umsturz gesichert und Lorenzo de' Medici tot ist«, erklärte Tolentini, aufrecht auf seinem weißen Hengst sitzend, mit einer Miene, als ob ihn die ganze Sache nichts angehen würde. »Eher werden wir nicht marschieren.«

Spätestens jetzt wurde Damian klar, dass Messer Jacopo und sein unseliger Neffe sehenden Auges in eine Falle gerannt waren. Wer auch immer die Fäden für diese Verschwörung in den Händen hielt, hatte dies mit der Absicht getan, die Rechnung andere bezahlen zu lassen. In diesem Fall waren es die Pazzi, die nun nicht nur unverhältnismäßig zur Kasse gebeten wurden, sondern auch das gesamte Risiko trugen. Und jeder, der ihnen unterstand, würde ihr Schicksal teilen.

»Kommt!«, sagte Damian mit rauer Stimme zu seinem sprachlosen Herrn, der erst jetzt zur Gänze zu begreifen schien, auf was sich sein verteufelter Neffe eingelassen hatte.

Jacopo spie vor den beiden Condottieri aus und zügelte seinen Hengst.

Ohne sich von den Führern der päpstlichen Truppen und ihren Hunderten Söldnern beeindrucken zu lassen, lenkte Damian die kleine Truppe aus vierzehn Männern und zwei Frauen eine Anhöhe hinauf.

»Wo wollt Ihr mit uns hin, Messer Damian?«, fragte Jacopo längst nicht mehr so gebieterisch, wie man es von ihm gewohnt war.

»Nach Castagno di San Godenzo, einem kleinen Bergdorf gut fünf Stunden Ritt entfernt. Die dortige Benediktinerabtei wird uns einen Unterschlupf bieten, bis wir uns etwas Neues haben einfallen lassen.« Damian versuchte ruhig zu bleiben, obwohl er innerlich kochte und Messer Jacopo am liebsten auf der Stelle an die Gurgel gegangen wäre. Schlimm genug, dass sie nicht nur sich selbst vor den Schergen der »Otto« in Sicherheit bringen mussten, sondern auch Elle und Lucrezia. Jacopo de' Pazzi war dabei ungefähr so nützlich wie ein stinkendes Eitergeschwür, dessen Witterung die Hunde bereits etliche Meilen gegen den Wind aufnehmen konnten.

Bei einer kurzen Rast in einem Pinienwald entledigten sich Damian und seine Männer vor Jacopos Augen und ohne ein Wort darüber zu verlieren sämtlicher Pazzi-Wappen, die sie ohne Rücksicht auf den wertvollen Stoff von ihren schwarzen Uniformen rissen.

Auch die anderen Männer, die zur gewöhnlichen Truppe der Pazzi gehört hatten, taten es ihnen nach.

Vor Einbruch der Nacht suchten sie in einer Höhle Unterschlupf und schlachteten die Ziege, die Laurentio kurz zuvor mit seiner Armbrust erlegt hatte.

Während das Fleisch über langsamem Feuer brutzelte, hatte Damian für die Frauen ein paar Decken auf dem kalten Höhlenboden ausgelegt. Gabrielle fielen vor Müdigkeit beinahe die Augen zu. Im Gegensatz dazu war Damian hellwach. Alle seine Sinne waren geschärft. Solange sie sich nicht in Sicherheit wähnen konnten, würde er kein Auge zumachen.

Doch noch mehr sorgte er sich um den Zustand seiner Frau.

»Geht es dir gut?«, fragte er und nahm sie im flackernden Schein des Feuers sanft in die Arme.

»Machst du Witze?« Elles grüne Augen funkelten spöttisch im Licht des Feuers. »Wie konnte es überhaupt so weit kommen?«, flüsterte sie und zog ihn zu einem Felsvorsprung, der tagsüber einen fantastischen Ausblick ins Mugello bot. »Sag nur, du hast davon gewusst!«

»Ich … ich«, stotterte er hilflos und zog sie noch ein wenig weiter vom Lager weg, wo sie nicht belauscht werden konnten. »Francesco hat mich in seine Pläne eingeweiht, ja. Aber es war nicht so, als ob ich irgendeinen Einfluss darauf gehabt hätte. Er hat es befohlen, und ich musste es tun.«

»Du hättest nein sagen können.«

»Hätte ich nicht«, widersprach er mit rauer Stimme. Der Gedanke, gar nicht erst nach Alternativen gesucht zu haben, belastete ihn nun schwerer als das, was geschehen war.

»Warum?« Ihre kleine Hand schnellte vor und packte ihn unversehens an seinem stoppelbärtigen Kinn, womit sie ihn zwang, ihr selbst in der Dämmerung direkt in die Augen zu sehen. »Ich denke, ich habe Anspruch auf eine vernünftige Erklärung!«

»Ich habe es versucht«, bekannte Damian bitter. »Damals, nachdem wir vom Besuch meiner Mutter nach Florenz zurückgekehrt waren. Ich wollte meinen Dienst bei den Pazzi quittieren. Aber Messer Jacopo hat mir angedroht, er würde dich töten lassen, wenn ich ihm die Gefolgschaft kündige. Und meine Mutter und meine Schwestern dazu.«

»Was?«, rief Gabrielle außer sich und so laut, dass die Männer, die draußen Wache standen, sich auf der Stelle zu ihnen umdrehten.

»Sch…«, machte Damian. »Nun können wir auch nichts mehr daran ändern.«

»Dieser Hund«, fluchte Elle und ballte die Faust in Jacopos Richtung. »Gib mir einen Dolch, und *ich* werde ihn töten.«

»Gabrielle«, versuchte Damian sie zu besänftigen. »Abgesehen davon, dass er noch immer von seinen Wachen umringt ist, es würde keinen Sinn haben, deine Seele und die des Kindes mit seinem Mord zu belasten. Er wird sowieso schon bald in der Hölle schmoren. Lass dir das gesagt sein.«

»Damian?«, fragte sie leise. »Du warst es doch nicht, der Giuliano de' Medici erstochen hat?«

»Nein«, erwiderte Damian im Brustton der Überzeugung. »Ich wusste ja noch nicht einmal, was Jacopo und seine Verbündeten im Einzelnen vorhatten.« Das war nicht gelogen. Denn nach der missglückten Vergiftungsaktion im Landhaus der Medici war er von weiteren Attentatsplänen ausgeschlossen gewesen. Wenn man einmal davon absah, dass er Stefano da Bagnone und Antonio Maffei kurzfristig ein paar Lektionen im Umgang mit dem Dolch und im Schwertkampf erteilt hatte.

Er räusperte sich und zog Gabrielle an sich. Sie war so weich und warm, und der Gedanke, dass sie unter diesen Umständen sein Kind trug, brach ihm beinah das Herz. »Es wird alles gut werden, ich verspreche es dir«, sagte er und fühlte sich dabei so hilflos wie nie zuvor in seinem Leben.

»Versprich nicht, was du nicht halten kannst, Damian de' Castello«, fauchte sie drohend. »Denk lieber darüber nach, was nun aus uns werden soll. Und auch aus deiner Mutter und deinen Schwestern. Wir müssen ihnen so bald wie möglich eine Nachricht zukommen lassen, dass wir leben und dass es uns gutgeht. Du musst sie nachholen, sobald wir einen sicheren Unterschlupf gefunden haben. Sonst wird Lorenzo sich am Ende noch an ihnen rächen.«

»Ja«, sagte er nur und senkte den Kopf. Die alte Frau würde der Schlag treffen, wenn sie erfuhr, was geschehen war.

»Sie hatte recht«, murmelte Damian in Gabrielles duftendes Haar, während er sie fest in seinen Armen hielt, um sie in der kühlen Abendluft zu wärmen.

»Was meinst du damit?« Elle sah ihn von unten herauf an.

Er konnte ihren süßen Atem auf seinem Kinn spüren, wagte es aber nicht, sie zu küssen. »Meine Mutter«, bekannte er leise. »Sie hat von Anfang an orakelt, dass ein Pakt mit den Pazzi mich direkt in die Hölle führen würde. Hätte ich doch nur auf sie gehört. Wie Jacopo und Francesco war ich vollkommen verblendet von meiner Rache an den Medici.«

»Wie kam Eleonore darauf?«

»Sie kennt doch diese Seherin oberhalb von Fiesole. Die meint, dass der Begründer der Familie Pazzi nicht umsonst als Irrer bezeichnet wurde. Ein gewisser Hang zum Wahnsinn und zur Verblendung gehört wohl zu deren Familienerbe, sagte sie. Angeblich werden die Pazzi aufgrund der Untaten ihres Vorfahren bei der Eroberung von Jerusalem immer wieder von Dämonen heimgesucht, und Francesco besitzt ihrer Meinung nach deren volle Aufmerksamkeit. Jedenfalls genug, um all jene mit ins Verderben zu ziehen, die mit ihm in Berührung kommen.«

»Wenn du nicht bei den Pazzi gedient hättest, wäre ich jetzt tot«, stellte Elle tonlos klar. »Wer hätte Lucrezia und mich denn retten sollen, an jenem denkwürdigen Abend? Und eins lass dir gesagt sein, Damian de' Castello: Ganz gleich, was du auch getan hast, egal, in welche Abgründe du hinabgestiegen bist: Ich bereue keinen einzigen Tag, den ich mit dir verbracht habe. Ich bin glücklich, dass du mich geheiratet hast, und stolz, unser gemeinsames Kind unter dem Herzen tragen zu dürfen.«

Damian schluckte, doch der Kloß in seinem Hals wollte nicht weichen. Schlimmer noch, Elles einzigartiges Bekenntnis brachte ihn zum Weinen. Er wollte sie küssen, ihr sagen, wie sehr er sie liebte. Unfähig, auch nur ein einziges Wort herauszubringen, flennte er wie ein geprügelter Hund. Anstatt ihren Mund zu suchen, vergrub er sein verweintes Gesicht an ihrer Halsbeuge, während seine Schultern zuckten und er sich den Rotz durch die Nase nach oben zog. Zum Glück war es hier draußen schon dunkel, und seine Kameraden standen zu weit weg, um zu sehen, was mit ihm vorging.

Gabrielle hielt ihn fest, kraulte sein schwarzes, widerspenstiges Haar und redete sanft auf ihn ein. Sie gab ihm Halt, obwohl es doch seine Aufgabe gewesen wäre, sie zu halten. Frauen waren in der Not um so vieles stärker, gestand er sich ein und dachte daran, wie tapfer seine Mutter die Zeit nach dem Tod seines Vaters durchgestanden hatte. Dabei mochte er sich nicht ausmalen, was mit ihm und dem alten Mann geschehen wäre, hätte man stattdessen die Mutter gehängt.

Damian räusperte sich und schluckte den Schmerz und die Angst tapfer hinunter. Er musste stark sein, für Elle und das Kind. Er musste die beiden beschützen, ganz gleich, was geschah. Schon morgen, wenn er Messer Jacopo bei den Mönchen in Castagno di San Godenzo abgeliefert hatte, würde er mit ihr fliehen. Weit übers Meer, irgendwohin, wo die Bluthunde der »Otto« sie niemals finden konnten.

Das Krächzen der Raben war das Erste, was Damian nach einem kurzen Schlaf weckte. Erschrocken fuhr er hoch, weil er entgegen seiner Absicht für einen kurzen Moment eingenickt war.

Ein Blick in die Höhle verriet ihm, dass er nicht der Einzige war, den die Müdigkeit überwältigt hatte. Jacopo de' Pazzi schnarchte laut vor sich hin.

»Ein Wunder, dass er überhaupt schlafen kann«, raunte Gulliveri mit Blick auf den Alten. »Hat er doch weitaus mehr verloren als wir alle zusammen.«

Damian nickte nachdenklich und schaute sich gähnend um. Die übrigen Wachen waren bereits dabei, ihre Habseligkeiten und Waffen zusammenzupacken.

»Es hilft nichts, wir müssen weiter«, flüsterte er mit Blick auf Gabrielle, die immer noch in seinen Armen lag und schlief.

»Die Schergen der ›Otto‹ werden nicht lange auf sich warten lassen«, orakelte er düster. »Wenn Lorenzo de' Medici erneut das Ruder übernommen hat, wird er alles daransetzen, seine Widersacher dingfest machen zu lassen.«

»Glaubst du, er hat seine Macht behalten können?« Tedeschi, der bei Lucrezia gelegen hatte, stemmte sich hoch und sah ihn fragend an.

»Im Moment weiß wohl niemand so genau, was nach unserer Flucht geschehen ist«, gab Luca zu bedenken und stieg umständlich in seine Plattenrüstung, die er kurz abgelegt hatte, um sich auszuruhen.

»Unabhängig davon wird jeder Fremde zum Feind.« Damian rappelte sich hoch, während er Elle so sanft wie möglich weckte. »Solange wir nicht wissen, was genau geschehen ist und wer eventuell unsere Verfolgung aufgenommen hat«, fuhr er fort. Als er sah, dass sie die Augen aufgeschlagen hatte, schwieg er abrupt, um sie nicht zu beunruhigen. Rasch ging er in die Knie und küsste sie auf den Mund. »Aufstehen, mein Herz! Wir müssen sehen, dass wir weiterkommen.«

Als er vor die Höhle trat, um in einem nicht weit entfernten Gebüsch seine Notdurft zu verrichten, warf er zunächst einen prüfenden Blick in die Umgebung, bevor er sich hastig zwischen zwei Lorbeersträuchern niederließ.

Danach ging er zu den Pferden und sattelte sie. Der Frühnebel tauchte die Hügel des Mugello unterdessen in ein gespenstisches Spiel verschiedener Schatten. Die Vögel sangen in der aufgehenden Morgenröte ihr Lied, was ein gutes Zeichen war, weil offenbar niemand in der Nähe lauerte, der sie verstummen ließ. Die Luft roch nach Erde, Blumen und Kräutern. Alles sah so friedlich aus und nichts deutete darauf hin, dass es galt, tausend grausamen Toden zu entrinnen.

Schweigend sattelten auch die übrigen Männer ihre Pferde.

Als Damian zur Höhle zurückgekehrt war, half er Elle, ihre wenige Habe zu packen, und versprach ihr und Lucrezia, so rasch wie möglich eine Quelle zu suchen, damit sie sich waschen und etwas trinken konnten.

Jacopo de' Pazzi verlangte missmutig nach Wein, den ihm im Augenblick beim besten Willen niemand beschaffen konnte.

Erst als sie nach gut einer Stunde ein Landgut erreichten, schickte Damian, der das Kommando übernommen hatte, Laurentio und Luca zu den Bauern, um einen Schlauch mit Wein zu erwerben. Um kein Aufsehen zu erregen, gaben sie sich als Söldner des Herzogs von Urbino aus und erfuhren ganz nebenbei, dass bereits in der Nacht Soldaten der Signoria angeklopft hatten, um nach flüchtenden Attentätern zu fahnden.

»Heißt das, sie sind uns auf der Spur?«, wollte Jacopo wissen und blickte ängstlich in die Reihen seiner finster dreinschauenden Begleiter.

»Ihr würdet mich doch nicht ausliefern«, stotterte er, nachdem niemand bereit war, ihm zu antworten. Vermutlich dachten alle das Gleiche. Dass der alte Pazzi und sein größenwahnsinniger Neffe sie mit einem Schlag ihrer Heimat, ja wenn nicht sogar ihres Lebens beraubt hatten und dass beide eigentlich nichts anderes verdient hätten, als gelyncht zu werden.

Damian verspürte eine gewisse Erleichterung, als sie am Nachmittag die Benediktinerabtei von Castagno di San Godenzo erreichten, deren Begründer – Zufall oder nicht – ebenfalls auf den Namen Jacopo getauft worden war. Als Günstling des Papstes und anerkannt gläubiger Katholik hatte Jacopo de' Pazzi es nicht schwer, die frommen Brüder von ihrer Verpflichtung zu überzeugen, ihn vor den Häschern Lorenzo de' Medicis zu verstecken.

Auch hatten sie offenbar keine Probleme damit, das Wenige, was sie besaßen, mit ihren Gästen zu teilen. Nach einer kräftigen Mahlzeit setzte Damian Jacopo de' Pazzi und dessen verbleibende Söldner darüber in Kenntnis, dass sich ihre Wege nun trennen würden.

Wobei sich seine eigenen Kameraden, allen voran Tedeschi, der Lucrezia keinesfalls im Stich lassen wollte, ihm anschlossen.

»Wo wollt Ihr denn hin, Messer Damian?«, krächzte Jacopo de' Pazzi sichtlich verstimmt. Er hatte eindeutig Angst um seinen Hintern, falls die übrigen Söldner sich auch dazu entschließen würden, ohne ihn zu verschwinden.

»Es ist besser, wenn Ihr es nicht wisst.« Damian warf ihm einen undurchsichtigen Blick zu. »Aber auch Euch würde ich nicht raten, allzu lange hier zu verweilen. Ich vermag mir kaum vorzustellen, dass Lorenzo es aufgibt, nach Euch zu suchen, wenn er und seine Anhänger den ersten Schock überwunden haben.«

Auf ein Zeichen hin verließen Damian und seine vier Kameraden mit Elle und Lucrezia den Hof der Abtei in Richtung Norden. Nachdem Jacopo de' Pazzi und die gewöhnlichen Pazzi-Söldner zurückgeblieben waren, machte sich fast so etwas wie gelöste Heiterkeit unter Damian und seinen Kameraden breit.

»Es hätte nicht viel gefehlt, und ich hätte dem Alten den Hals umgedreht«, gestand Tedeschi ehrlich und grinste verschlagen. »Er ist ein selbstherrliches Arschloch, dessen Dummheit kaum zu überbieten ist.«

»Ich hätte dir geholfen«, unkte Laurentio boshaft. »Am Ende konnte ich ihn nicht mehr ertragen.«

»Nur am Ende nicht?«, frotzelte Gulliveri. »Ich mochte ihn noch nie leiden. Er war immer überheblich. Hat sich stets aufgeführt wie ein

Feldherr, obwohl Francesco die ganze Zeit über die Fäden in der Hand gehalten hat.«

»Welche Fäden denn?«, warf Luca ein. »Die beiden hatten noch nie einen vernünftigen Plan, um die Medici auszulöschen. Sie haben entweder gezögert oder sich von ihren Verbündeten für dumm verkaufen lassen, und das haben wir nun davon.«

»Irgendwie wusste ich, dass es eines Tages so kommen würde«, fügte Gulliveri hinzu. »Aber die Hoffnung stirbt ja bekanntlich zuletzt.«

Damian zwinkerte Elle, die direkt neben ihm ritt, liebevoll zu.

»Vielleicht können wir heute Abend schon Imola erreichen, dann sind wir vorerst in Sicherheit. Es gehört immer noch zum Besitz des Papstes.«

»Warum hast du Messer Jacopo nichts von deiner Absicht erzählt?«, wollte sie wissen. »Es wäre auch für ihn ein sicherer Hafen gewesen.«

»Dreimal darfst du raten.« Damian schüttelte abwehrend den Kopf und grinste. »Ich war mehrmals kurz davor, das alte Großmaul umzubringen. Ich hätte mich keinen Moment länger zurückhalten können.«

Die Sonne stand bereits tief, als Damian die kleine Truppe in eine felsige Schlucht hinein lenkte. Auch wenn es für seine Frau und ihren Zustand sicher besser gewesen wäre, wollte er keine weitere Pause mehr einlegen. Noch ein oder zwei Stunden Ritt, und sie wären am Ziel.

»Wie fühlst du dich?«, fragte Damian und bedachte Elle mit einem fürsorglichen Blick. »Wenn du Schmerzen hast oder ein dringendes Bedürfnis, musst du es mir sagen.«

»Alles in bester Ordnung.« Ihre rechte Hand fuhr über den kaum gewölbten Leib, und sie lächelte. »Das Kind wird bestimmt ein guter Reiter.«

»Oder ein Gauner«, gab Damian zweifelnd zu bedenken, »weil es schon vor seiner Geburt auf der Flucht ist.«

»Das waren unser Herr Jesus und seine Eltern auch.« Elle strich sich ungerührt die hüftlangen, blonden Locken zurück. »Trotzdem glaube ich nicht, dass unser Kind der nächste Messias wird«, schob sie bedauernd hinterher.

Noch in ihr Gespräch vertieft, ritt Damian in die nächste Biegung hinein, als ihn ein plötzliches Geräusch abrupt den Kopf heben ließ.

Ein dicker Stein hatte sich aus der überstehenden Böschung gelöst und kullerte vor den Hufen seines Hengstes auf die Straße. Das Tier scheute, und im selben Moment war das Hufgetrappel anderer Pferde zu hören.

»Achtung!«, brüllte er heiser und packte Elles Stute geistesgegenwärtig am Zügel. Auf der Stelle zogen er und seine Kameraden die Waffen und bildeten einen Ring um die beiden Frauen. Obwohl noch nichts zu sehen war, stieß Lucrezia einen spitzen Schrei aus, der sich im Nachhinein wie das Kommando zum Angriff erwies.

Von beiden Seiten preschten Soldaten in der Uniform der Signoria heran und kreisten sie ein. Auf einen Blick konnte Damian erkennen, dass es zu viele waren. Mindestens dreißig Mann. Und er kannte den Anführer. Gidio Olivetti, ein Hauptmann der Medici, mit dem er auf dem letzten Turnier auf der Piazza Santa Croce bis aufs Blut aneinandergeraten war, weil er mit unfairen Mitteln gefochten hatte. Gidio war ein durchtriebener Hund, der gewiss keine Gnade walten lassen würde.

Trotzdem nahmen Damian und seine Männer den Kampf auf. Weil sie sich jedoch mitten in einem Hohlweg befanden, an dessen Rändern der nackte Kalksteinfelsen emporragte, waren sie nicht in der Lage auszubrechen.

Eine aussichtslose Situation, zumal Damian mitansehen musste, wie seine Kameraden unter den Schwerthieben der heranstürmenden florentinischen Söldner regelrecht niedergemetzelt wurden. Er selbst hatte Elle und Lucrezia an die rückwärtige Felswand gedrängt und verteidigte die beiden Frauen mit seinem Leben, indem er todesmutig seine Schläge nach allen Seiten austeilte. Nachdem seine Männer alle verwundet waren und er als Einziger unverletzt übriggeblieben war, trat für einen Moment eine gespenstische Stille ein, die nur vom Keuchen seiner Kameraden und dem Schluchzen der beiden Frauen durchbrochen wurde.

Gidio, ein rothaariger Kerl mit wirren Locken und eiskalten, hellblauen Augen, gebot seinen Männern für einen Moment Einhalt. Dann ritt er ein Stück auf Damian zu, blieb aber im sicheren Abstand stehen. »Ich kenne dich«, brüllte er dumpf. »Du bist Damian de' Castello, Anführer der Leibgarde des Francesco de' Pazzi. Deinen Befehlshaber hat man noch gestern Nachmittag nackt, wie Gott ihn schuf, vor dem Palazzo della Signoria aufgehängt. Ebenso Erzbischof Salviati und etliche andere Würdenträger, die glaubten, es sei ein Leichtes, den Bürgern von Florenz eine neue Regierung zu bescheren, ohne sie zuvor um Erlaubnis zu bitten. Es steht außer Frage, dass alle, die an diesem hinterhältigen Umsturz beteiligt waren, des Todes sind. Meine Aufgabe ist es, diese Dämonen aufzuspüren und dorthin zu entsenden, wo sie hingehören. Nämlich in die Hölle.« Er machte eine kurze Pause, offensichtlich um sich zu vergewissern, ob sein Gegenüber alles verstanden hatte.

Damian, dem das Herz bis zum Hals schlug, warf einen Blick hinter sich, um abzuschätzen, ob er wenigstens den Frauen einen Weg in die Freiheit erkämpfen konnte, selbst wenn er dabei sein Leben lassen würde. Doch es schien zwecklos, wie er sich eingestehen musste.

Die Hoffnung, dass Gidio ein Ehrenmann war und die beiden Frauen ziehen ließ, wenn Damian sich ergab, hatte er indessen längst aufgegeben. Lucrezia weinte herzzerreißend, weil Tedeschi, all seiner Waffen beraubt und mit aufgeschlitztem Bein, bäuchlings auf dem Boden lag. Etliche Schwerter waren auf seinen Nacken gerichtet, bereit, zuzustechen bei nur einer einzigen, unbedachten Bewegung. Laurentio erging es nicht besser. Und auch Gulliveri und Luca, die es ebenfalls an Armen und Beinen erwischt hatte, lagen bereits in Fesseln.

»Ich ergebe mich«, sagte Damian mit fester Stimme, »wenn Ihr mir versprecht, die Frauen anständig zu behandeln. Solltet Ihr das ablehnen, schwöre ich Euch, bin ich nicht der Einzige, der in der Hölle landet.«

»Seid unbesorgt, Messer Damian, wir wissen, wie man eine Madonna zu behandeln hat.« Gidio verbeugte sich mit einem Grinsen in Elles und Lucrezias Richtung, die beide ganz starr vor Angst auf ihren nervös tänzelnden Pferden verharrten. Damian drehte sich noch einmal zu ihnen um und zwinkerte Elle, von allen anderen unbemerkt, zu. Sie nickte kaum merklich, als ob sie ihn verstanden hätte. Er würde in einer Art Überraschungsangriff versuchen, die Blockade zu durchbrechen, und sie sollte zusammen mit Lucrezia wagen zu fliehen.

Als der Hauptmann zwei seiner Männer entsandte, um Damian vom Pferd zu holen, gab er seinem treuen Hengst die Sporen, auf dass er stieg. Während das Tier wie ein Berserker nach allen Seiten ausschlug, entstand ein kurzfristiger Tumult, bei dem Elle, wie abgemacht, zu entkommen versuchte. Was ihr zunächst auch zu gelingen schien, weil sie durch eine Lücke brach, die entstanden war, als sich mehrere Reiter gleichzeitig auf Damian stürzten. Doch schon als Damian sich auf dem Boden wiederfand, etliche Soldaten auf sich liegend, die ihn niederprügelten, sah er durch die Beine ihrer Pferde, dass Gabrielle von zwei weiteren Söldnern eingeholt und ungeachtet ihrer Schwangerschaft vom Pferd gerissen wurde.

Damian schloss schmerzerfüllt die Augen. Nicht wegen sich selbst, sondern wegen seiner Frau, die nun gnadenlos in den Dreck gezerrt wurde.

Danach ging alles unglaublich schnell. Zusammen mit seinen verletzten Kameraden wurde er zu einem nur fünfzig Fuß entfernten Olivenbaum geschleppt, dessen Äste stark und hoch genug waren, um sie alle auf der Stelle baumeln zu lassen. Dass Gidio nicht lange fackeln würde, um sie zu hängen, konnte er an seinem grimmigen Blick ablesen.

Auch die Frauen hatte man inzwischen gefesselt. Als Tedeschi sich erneut zu wehren begann, ließ der Hauptmann ihn erbarmungslos niederprügeln. Gleichzeitig vergriff er sich an der laut weinenden Lucrezia und stieß sie zu Boden. Ehe sie sich versah, hatte er ihr die Röcke gehoben und vergewaltigte sie vor den Augen ihres Liebsten. Damian bäumte sich ein letztes Mal auf, um seinen Häschern zu entkommen, doch sie hielten ihn eisern nieder und drohten ihm sogar, das Gleiche mit Gabrielle zu machen, wenn er sich nicht einsichtig zeigte.

Gabrielle stand unterdessen wachsweiß und mit einigen Blutergüssen im Gesicht ebenfalls gefesselt in direkter Nähe zu Gidio. Ihre Lippen bebten, während ihr zutiefst entsetzter Blick die ganze Zeit über an Damian klebte.

»Es tut mir leid«, formten ihre Lippen. Damian schüttelte unmerklich den Kopf. Das Letzte, was er wollte, war, dass sie sich für dieses Unglück verantwortlich fühlte.

»Heilige Maria, Mutter Gottes«, betete er inbrünstig, »wenn du je etwas für mich übrighattest, bitte für mich bei Gott dem Allmächtigen und allen Heiligen, dass ein Wunder geschieht. Ich werde dir auf ewig zu Diensten sein, wenn du meine Frau und mein Kind am Leben lässt. Ich kann ja verstehen, wenn du mich und meine Kameraden nicht retten willst, nach allem, was wir an Sünden auf uns geladen haben. Aber rette meine Frau und mein Kind. Ich flehe dich an!«

Doch es sah nicht danach aus, als ob die Heilige Mutter ein Einsehen mit ihm haben würde. Einer nach dem anderen wurden sie mit auf den Rücken gefesselten Händen zu dem Olivenbaum gestoßen und unter die für jeden Einzelnen bestimmte Schlinge gestellt. Widerstandslos ließ er es über sich ergehen, dass sie ihn seiner Stiefel und Hosen beraubten und ihn und seine Kameraden, bei denen sie genauso vorgegangen waren, halbnackt und gedemütigt dort stehen ließen. Damian hörte, wie auch Luca und Gulliveri zu beten begannen, während Laurentio nur dastand und atmete, laut und deutlich, als ob er jeden einzelnen Zug genießen wollte, bis es vorbei war. Die Soldaten hatten sich unterdessen die Enden der Seile jeweils an ihren Sattelknauf gebunden, während das andere Ende in Form einer festgezurrten Schlinge um den Hals des jeweiligen Delinquenten gelegt wurde. Dazwischen befand sich ein etwa zehn Fuß hoher Ast, an dem die Todeskandidaten in die Höhe gezogen werden würden.

Damian spürte vor lauter Aufregung fast nicht, wie ihm als Letztem die Schlinge um den Hals gelegt wurde. Seine Aufmerksamkeit galt ausschließlich Elle und der Hoffnung, dass ihr kein weiteres Leid geschah.

»Im Namen der Signoria von Florenz verurteile ich euch kraft meines Amtes hier und sofort zum Tode durch den Strang, und um die notwendige Schwere eurer Schuld zu unterstreichen, soll euch zusätzlich der Leib aufgeschlitzt werden.«

Kaum hatte der Hauptmann sein Urteil gesprochen, stieß Gabrielle einen langgezogenen Schrei aus. Danach brach sie zusammen und schrie wie am Spieß. Dabei verfluchte sie Gidio, er möge einen langsamen, grausamen Tod sterben. Damian wünschte, sie hätte es nicht getan, aber er selbst hätte wohl nicht anders reagiert.

Wie durch einen Nebel sah er, wie jemand herbeieilte und sie mit Schlägen zum Schweigen bringen wollte. Doch sie hörte nicht auf zu schreien.

Ganz benommen vor Angst, musste er mitansehen, wie sie von Olivetti höchstpersönlich vergewaltigt und anschließend so lange von ihm verprügelt wurde, bis sie keinen Laut mehr von sich gab.

Er selbst fühlte überhaupt nichts mehr. Erst als der Strick anzog und ihm den Atem nahm, wurden seine Lebensgeister wieder wach, und er strampelte wie verrückt, weil er keine Luft mehr bekam. Sterne tanzten vor seinen Augen, und dann sah er nur noch einen schwarzen Schatten auf sich zueilen. Was dann folgte, war so grausam wie nichts zuvor in seinem Leben. Die Klinge des Söldners drang tief in sein Fleisch, zerfetzte sein Innerstes, und das Letzte, was er spürte, war, neben dem unsagbaren Schmerz, das warme Blut, das ihm die nackten Schenkel hinunterrann. Er fühlte, wie das Leben aus seinen Adern wich, und dann wurde es dunkel.

Erstaunlicherweise wurde es sogleich danach wieder hell. Doch das schien noch nicht das Ende der Qualen zu sein. Einer blitzschnellen Vision gleich zogen seine Sünden an ihm vorüber, und er verspürte jedes Leid, das er je einem Menschen oder einem Tier zugefügt hatte, in der gleichen Intensität, wie es seine Opfer verspürt hatten. Wobei er weitaus mehr Menschen als Tiere auf dem Gewissen hatte. Schreiend wand er sich unter seinen eigenen Händen, die ihn erstickten, ertränkten oder ihm das Genick brachen, ihn erdolchten oder mit dem Schwert aufspießten. Dazu spürte er das Leid von Witwen und Kindern, die ihre Männer und Väter verloren hatten. Und auch den Schmerz seiner eigenen Mutter, wie sie sich um ihn sorgte und weinte, als er sich ihren Ratschlägen widersetzt hatte. Aber auch die Liebe, die er mit anderen geteilt hatte, bekam er zu spüren. Auf eine wunderbare, heilsame Weise. Vor allem Gabrielle hatte ihn bedingungslos geliebt und er sie.

Überraschend befreit von jeglicher Qual, schwebte er mit einem Mal über seinem grauenhaft zugerichteten Leichnam und sah von oben herab, was um den Olivenbaum herum geschah.

Nicht weit entfernt von ihm lag Gabrielle und rührte sich nicht. Damian war sich sicher, dass die Schmerzen, die er vorher ertragen musste, bei weitem nicht so furchtbar waren wie dieser Anblick.

Im Nu war er bei ihr, um ihr zu helfen, doch sie lag blutüberströmt und mit zerrissenen Kleidern im Dreck. Ihre gebrochenen Augen starrten leblos in den Himmel. Sie war tot, gar keine Frage. Damian brach neben ihr zusammen und weinte so sehr, dass er zu ersticken glaubte. Bis sich plötzlich eine Hand auf seine Schulter legte. »Warum weinst du denn, Damian? Ich bin doch hier«, sagte sie leise. Irritiert schaute er auf und glaubte, seinen Augen nicht zu trauen. Gabrielle, sie lebte!

Dass sie es nicht tat, jedenfalls nicht in der bisher gewohnten Gestalt, wurde ihm recht schnell klar, als er sich zwischen zwei Gabrielles entscheiden musste. Einer, die furchtbar zugerichtet und leblos am Boden lag, und einer anderen, die hinter ihm stand und sich liebevoll und zugleich ängstlich an ihn herandrängte und ihn mit ihren aufgerissenen, grünen Augen anstarrte, als habe sie ein Ungeheuer gesehen.

»In Gottes Namen«, stammelte sie. »Was geht hier vor?«

Dass sie nicht die Einzigen waren, die nun zweimal existierten, sah er an seinen Kameraden, die genauso fassungslos auf ihre grässlich zugerichteten Leiber blickten.

Nur Lucrezia hatte es noch nicht erwischt. Allem Anschein nach hatte sie die Aufmerksamkeit Gidios erregt, denn er befahl den Männern, sie zu verschonen, vielleicht weil er sie für sich haben wollte.

In ohnmächtiger Verzweiflung versuchte Tedeschi gegen die Männer vorzugehen, um seine Liebste zu retten, doch er rannte einfach durch sie hindurch. Für sie existierte er nicht.

Damian hatte sich inzwischen aufgerichtet. Er hatte noch immer keine Hose an und stand da in seinem blutbesudelten Hemd wie ein begossener Hund im Regen.

»Damian«, flüsterte Gabrielle entsetzt. »Sag, sind wir tot?«

»Falls es so ist«, antwortete er mit bebender Stimme, »kann ich dich trotzdem sehen.«

»Ich dich auch«, behauptete sie hartnäckig. »Und spüren kann ich dich auch.« Sie legte ihre Arme um seinen Hals und küsste ihn inbrünstig, obwohl er zumindest äußerlich noch immer schwere Verletzungen aufwies, aber wenigstens war das Blut versiegt. Zaghaft nahm er Elle in seine Arme und drückte sie fest an sich. Und tatsächlich spürte er ihre Wärme und ihre Nähe, wenn auch nicht ganz so intensiv wie zuvor. Alles andere als beruhigt, aber doch glücklich, sie bei sich zu haben, küsste er sie sanft.

»O Damian, ich hatte solche Angst um dich. Was ist bloß mit uns geschehen?«, wisperte sie. »Und wo sind wir jetzt? Etwa im Paradies?«

Irritiert schaute sie sich noch einmal um, doch das Tal, das ihr Schicksal besiegelt hatte, war immer noch dasselbe.

»Ich weiß es nicht«, antwortete er reichlich verunsichert und löste sich von ihr. Verwirrt schaute er zu seinen ebenso ratlos dreinblickenden Kameraden und dann wieder auf die blutüberströmten Leichen, die wie zu groß geratene, leblose Puppen mit seltsam abgewinkelten

Gliedmaßen unter dem Olivenbaum lagen. Gidio hatte sie einfach dort liegen lassen, wahrscheinlich, um sie den wilden Tieren zum Fraß zu überlassen.

»Und was machen wir nun?«, fragte Tedeschi verzweifelt. »Heißt das etwa, wir sind dazu verurteilt, unser weiteres Dasein als halbnackte Geister zu verbringen?«

Damian warf einen Blick auf Elle, die nicht weniger verstört zu ihm aufschaute.

»O mein Gott«, flüsterte sie mit ängstlichem Blick. »Tedeschi hat recht. Wir sind zu Geistern geworden!«

»Verdammte Scheiße«, fluchte der Deutsche. »Und was wird nun aus Lucrezia?«

»Sie lebt«, beschwichtigte ihn Gulliveri. »Das siehst du doch. Gidio wird sie zu seiner Mätresse machen.«

Für Tedeschi schien das kein Trost zu sein. Er weinte lautlose Tränen, während Gidio den Abmarsch befahl und Lucrezia sich zu ihm aufs Pferd setzen musste.

Kaum waren die Männer verschwunden, wurde es plötzlich noch heller als zuvor. Ein Licht, gleißender als die Sonne, blendete sie unvermittelt. Es umfing Gabrielle von Kopf bis Fuß wie ein Heiligenschein.

»Oh, ist das schön«, wisperte sie und betrachtete fasziniert ihre Hände und Füße, die sich in dem Licht regelrecht aufzulösen schienen.

Damian fuhr erneut der Schreck in die Glieder, zumal er sah, wie sich aus Elles leuchtendem Leib ein kleines Wesen löste, das aussah wie ein lebender Säugling.

Sie schnappte das nackte, winzige Kind wie einen fliegenden Ball und presste es wiegend an ihre Brust. »Sieh nur, Damian«, schluchzte sie gerührt. »Es ist unser Kind, es ist ein Mädchen, und es lebt!«

Nein, das tat es nicht, dachte er schockiert. Es war tot, wie seine Eltern.

Trotzdem wollte Damian seine Hände nach dem kleinen, blond gelockten Wesen ausstrecken, doch es gelang ihm noch nicht einmal, das Köpfchen des Kindes zu streicheln.

Irgendetwas zog ihn von den beiden weg. Panik kam in ihm auf, als er sah, wie Gabrielle und der Säugling sich immer weiter von ihm entfernten.

»Bleib bei mir!«, brüllte er in schierer Angst, sie zu verlieren.

Gabrielle streckte unterdessen verzweifelt die Hände nach ihm aus. »Damian, bitte geh nicht weg!«, rief sie ihm zu.

Mit einem Mal tauchte eine zweite Lichtgestalt auf und nahm seine Frau bei der Hand. Der Kerl sah wie ein Erzengel aus oder zumindest das, was Damian sich darunter vorstellte. Langes wallendes Haar und ein ebensolches Gewand. Dazu ein waberndes, leuchtendes Gebilde, das seine Gestalt wie eine Lichterfahne umwehte und ohne weiteres als Flügel hätte gedeutet werden können.

»Lass sie gefälligst los, du Hund«, brüllte er bis an den Rand seiner Kräfte. Doch die Gestalt, von der er nicht wusste, ob sie Mann oder Frau war, störte sich nicht an ihm. Ohne überhaupt von ihm Notiz zu nehmen, führte sie Gabrielle und das Kind einen langen, strahlenden Korridor hinauf, in dessen Verlauf sie sich immer weiter von ihm entfernten.

»Gabrielle!«, schrie er verzweifelt, doch sie drehte sich nicht einmal mehr zu ihm um.

Ohnmächtig musste er mitansehen, wie sie und das Kind in einen langen Bogen aus Licht hineingezogen wurden und schließlich verschwanden. Dann war es abrupt wieder dunkel.

Damian fiel auf die Knie und weinte bitterlich, ungeachtet seiner Kameraden, die ihn nicht weniger hilflos anglotzten.

»Wo ist sie hin?«, fragte Luca begriffsstutzig.

»Ich vermute mal, sie ist in den Himmel aufgestiegen. Da, wo sie hingehört«, gab Laurentio wie selbstverständlich zum Besten.

»Und was ist mit uns?« Luca sah ihn verständnislos an.

»Dreimal darfst du raten.« Laurentio deutete auf einen schwarzen Schatten, der sich unvermittelt vor ihnen aufbaute.

Der Kerl sah furchterregend aus. Nicht nur weil er so hässlich war, sondern eher weil er so krank aussah, mit einem bis zum Skelett abgemagerten Körper, eingefallenen Wangen und tiefliegenden Augen, eben wie man sich Tod und Verdammnis allgemein vorstellte.

»Willkommen in der Unterwelt«, begrüßte die bedauernswerte Kreatur sie teilnahmslos. »Mein Name ist Abbadon, man nennt mich auch den Fürst der Schatten. Bei mir landen alle, die sich nicht ganz so wohl verhalten haben wie die junge Dame, die soeben von uns gegangen ist.«

Damian sprang unvermittelt auf. »Ich will zu meiner Frau«, fuhr er den Fremden an, während er in seiner Not zu seiner alten Stärke zurückfand. »Und zwar sofort. Wir sind vor Gott und der Kirche verheiratet!«

»Bis dass der Tod euch scheidet, ja«, erklärte der Fremde ungerührt. »Ihr seid ab sofort geschiedene Leute.«

»Ich will verdammt noch mal wissen, wo sie ist«, protestierte Damian in wilder Entschlossenheit.

»Verdammt ist das passende Wort«, erwiderte der Fremde ungerührt. »Auf dich wartet Verdammnis, und zwar so lange, bis du für all deine Sünden Buße getan hast«, fuhr der Fremde mit einer krächzenden Stimme fort, aus der Damian ein Quäntchen Schadenfreude zu hören glaubte.

Außer sich vor Wut, packte Damian sein kläglich aussehendes Gegenüber am Kragen. Doch kaum hatte er ihn berührt, durchfuhr ihn ein gigantischer Schmerz, der weitaus schlimmer war als alles, was er bisher erlebt hatte. Reflexartig ließ er den Mann los und krümmte sich wie ein zertretener Wurm am Boden.

»Dies ist nur eine Warnung, mein Freund«, riet ihm der Hohläugige mit aalglatter Stimme. »Wenn du nicht tust, was wir von dir verlangen, werde ich dich mit dem geballten Leid der Welt in Berührung bringen.«

»Was ist das Leid der Welt …«, spottete Damian keuchend, »… gegen das, was mir widerfahren ist? Ich habe alles verloren, was mir lieb und teuer war. Wenn ich meine Frau und mein Kind nicht wiedersehen darf, dann mach mit mir, was du willst.«

»Hör zu, mein Freund«, sagte Abbadon streng. »Wenn du tust, was wir von dir verlangen, und als Dämon genug Schmerzen auf dir vereint hast, um deine Schuld auszugleichen, besteht die Möglichkeit zur Rückkehr in die menschliche Welt. Obwohl auch das nicht gerade eine Belohnung ist, wie du mir sicher bestätigen kannst. Aber es ist der erste Schritt in die nächsthöhere Sphäre.«

»Bedeutet das, ich habe eine Chance, meine Frau und mein Kind wiederzutreffen?«

Abbadon stieß einen entnervten Seufzer aus. »Selbst wenn du es schaffen solltest, bei guter Führung zu den Menschen zurückkehren zu dürfen, wirst du die beiden vermutlich nie wieder zu Gesicht bekommen. Entweder sind sie in der nächsthöheren Ebene ihres seelischen Daseins angelangt, oder sie werden auf eigenen Wunsch an anderer Stelle als Mensch wiedergeboren, weil es ihnen noch an einschlägigen universellen Erfahrungen mangelt, um in ihrer seelischen Entwicklung weiterzukommen. In beiden Fällen ist es höchst unwahrscheinlich, dass ihr noch mal aufeinandertrefft.«

»Aber es ist nicht gänzlich ausgeschlossen?« Damian schöpfte unerwartete Hoffnung.

»Ich sagte doch«, brummte der Dämonenfürst, »es ist nicht wahrscheinlich. Auch wenn du deine Buße noch so verlässlich erfüllst.«

Der Kerl machte eine ungeduldige Handbewegung, und ein finsteres Loch tat sich vor ihnen auf. »Und nun kommt endlich, euer Schicksal ist besiegelt. Ihr könnt ohnehin nichts mehr ändern.«

Damian spürte, wie er in ein kaltes, ungemütliches Nichts gezogen wurde, während sein Blick immer noch an jener Stelle haftete, wo Gabrielle und das Kind in diesem merkwürdigen Licht verschwunden waren. »Ich verspreche dir, Elle«, flüsterte er voller Inbrunst, »ich werde dich und das Kind finden, und wenn ich die gesamte Ewigkeit nach euch absuchen muss.«

TEIL II

Lohn der Sünde

»Der Lohn, den die Sünde zahlt, ist der Tod …«
(Römer 6,23)

KAPITEL 1
Racheengel
Januar 2014 – Italien/Florenz/Mugello

Colle Barucci/Florenz – eine Woche zuvor …

»Bringst du mich in den Kindergarten, Mami?« Luisas runde Wangen leuchteten rosig, während sie Elle im Foyer der Villa Leonardo mit ihren großen blauen Augen erwartungsfroh anstarrte.

»Ja, mein Schatz«, antwortete Elle und beugte sich zu der Fünfjährigen hinab. Sie drückte sie an sich und gab ihr danach einen Kuss auf den Mund. »Und ich freue mich schon darauf.«

»Super!«, jubelte Luisa, die genauso temperamentvoll war wie ihre Mutter. Und sie sah auch so aus, wie Elle ausgesehen hatte, als sie im gleichen Alter war. Ein blondgelocktes, kleines Muskelpaket, das den ganzen Tag in Bewegung war. Ein echter Wirbelwind also, dem man so leicht nichts vormachen konnte. Obwohl sie mit Puppen spielte, trug sie am liebsten Hosen. Trotz aller Tragik musste Elle lächeln, als sie einen letzten Blick in den großen Wandspiegel im Foyer der Villa Leonardo warf, bevor sie zur Garderobe ging und darin die erwachsene Luisa zu erkennen glaubte. Wie üblich hatte sie sich dunkel gekleidet, was ihr zugutekam, da sie bei ihrem Vorhaben möglichst nicht auffallen wollte. Ohne lange zu überlegen, hatte sie einen eleganten, schwarzen Hosenanzug aus feinem Wollstoff gewählt, mit passender Jacke und einem enganliegenden, anthrazitfarbenen Rollkragenpulli aus edler Kaschmirwolle, dazu ein wenig Silberschmuck. Hastig schlüpfte sie in ihre halbhohen, schwarzen Lederstiefel und kontrollierte anschließend den Inhalt ihrer schwarzen Hermestasche, die groß genug war, um Wechselwäsche und ein paar Toilettenartikel darin zu verstauen.

Mit einem kurzen Blick versicherte sie sich, dass sich alles darin befand, was sie bei ihrer Mission benötigen würde: Bargeld in ausreichender Menge, damit sie nicht mit Kreditkarte bezahlen musste. Tickets, direkt am Schalter gebucht. Pässe. Luisas Impfbücher und Schnuddel, ein in die Jahre gekommener Plüschhase, ohne den die Kleine nicht einschlafen konnte. Ihn hatte sie ganz unten in der Tasche versteckt. Zum einen, damit sie ihn nicht vergaß, zum anderen, damit Luisa keine unnötigen Fragen stellte. Auf weiteres Gepäck hatte sie bewusst verzichtet. Sie würde Luisa neue Sachen kaufen und einen Koffer, sobald sie in London gelandet waren, oder später, nachdem sie mit dem Zug Edinburgh erreicht hatten. Von dort aus wollte sie weiter in die schottischen Highlands zu Janet, einer alten Freundin, die sie noch aus Internatszeiten kannte und auf die sie sich hundertprozentig verlassen konnte.

Rasch ordnete sie zum Abschluss das Haar, das immer noch blond war wie in ihrer Kindheit und ihr wie damals bis über die Schultern reichte, mit dem Unterschied, dass es nun einen Stich ins Rötliche hatte und sämtliche Locken daraus verschwunden waren. Ihr Teint war eher blass, und sie benutzte gewöhnlich nur wenig Make-up, verkörperte also nicht gerade das, was man sich unter einer waschechten Italienerin vorstellte. Luisa war ihrem Blick gefolgt und grinste. »Du siehst hübsch aus, Mami«, flötete sie.

»Ja, mein Schatz, ich sehe genauso aus wie du, obwohl meine Augen grün sind und nicht blau.« Die blauen Augen hatte Luisa von ihrem Vater, aber das wollte Elle lieber nicht erwähnen. Sie vermied es, möglichst in Luisas Gegenwart das Gespräch auf Silvio Falconi zu bringen, denn genaugenommen war er der Grund, warum sie sich ab sofort mit ihrem Kind auf der Flucht befand, wovon Luisa jedoch nichts wissen durfte.

Es kam nicht oft vor, dass Elle Zeit hatte, ihre Tochter morgens persönlich in die Vorschule zu begleiten, und die Kleine empfand es mit Recht als außergewöhnlich, dass ihre Mutter so früh am Morgen Zeit für sie hatte. Meistens brachte Ernestina sie zusammen mit Alberto, ihrem grauhaarigen Chauffeur, und Luca, einem jungen, finster dreinblickenden Bodyguard, der seine Ausbildung bei einer italienischen Spezialeinheit absolviert hatte, in die private Vorschule Santa Michele.

Die Einrichtung lag in Barberino di Mugello einige Kilometer entfernt von Colle Barucci, wo Elle seit dem Tod ihres Vaters zusammen mit der Kleinen den Familiensitz ihrer Eltern bewohnte. Die Villa, in der sie bereits als kleines Mädchen gelebt hatte, bot jeglichen Luxus und war, so lange sie denken konnte, wie eine Festung gesichert. Ihr Vater, Don Salvatore Leonardo, hatte stets großen Wert auf den Schutz seiner Familie gelegt. Schon Elle hatte nie mit dem Fahrrad zur Schule fahren dürfen. Sie musste stets im gepanzerten Wagen und mit einem Bodyguard zur Schule gebracht werden. Mit dem Übergang auf eine weiterführende Schule hatte ihr Vater sie in ein Schweizer Internat geschickt, dessen Liegenschaften nicht weniger gut gesichert waren. Im Stillen hatte sich Elle immer gewünscht, ihrer eigenen Tochter ein solches Schicksal ersparen zu können. Doch danach sah es im Moment leider gar nicht aus.

Santa Michele war die einzige Vorschule weit und breit, die einen privaten Wachdienst beschäftigte und Fremden nur Einlass nach Rücksprache mit den Eltern gewährte. Entführungen von begüterten Familienmitgliedern waren in Italien an der Tagesordnung, und an jeder Straßenecke lauerten Ganoven, die keine Gelegenheit ausließen, auf welche Weise auch immer einen schnellen Euro zu machen.

Doch Luisa drohten noch ganz andere Gefahren. Ihr Vater, von dem Elle seit gut einem Jahr geschieden war, verkörperte alles Böse in einem. Er hatte es auf Luisa abgesehen und besaß Männer und Mittel, um eine Entführung, wohin auch immer, mit Leichtigkeit zu realisieren.

Nachdem die Gerichte seinen Sorgerechtsantrag mit dem Hinweis zurückgewiesen hatten, dass das Kind bei der Mutter besser aufgehoben sei als bei Vater und Schwiegervater, hatte er noch im Gerichtssaal einen Tobsuchtsanfall bekommen und ihr mit seinem aufbrausenden Temperament vor dem Richter angedroht, dass sie diese Entscheidung noch bitter bereuen würde. Was das Gericht umgehend dazu veranlasst hatte, ihm per Gerichtsbeschluss zu verbieten, sich künftig Mutter und Kind auf weniger als zehn Meter zu nähern.

Seitdem hatte Elle keine ruhige Minute mehr, denn sie wusste nur zu gut, wozu Silvio und sein Vater Luigi fähig waren. Wobei sie hoffte, dass die beiden nicht so weit gehen würden, dem Kind etwas anzutun. Eigentlich ein Grund mehr, Luisa jeglichen Ausgang zu verbieten, aber

Elle wollte unbedingt, dass sie halbwegs normal aufwuchs und nicht wie sie selbst in einem goldenen Käfig.

»Warum bringst du mich zur Vorschule, Mami? Oder ist heute ein besonderer Tag und ich hab's vergessen?«

Mit ihren blonden Locken und den himmelblauen Augen sah Luisa aus wie ein Engel, wobei sie es faustdick hinter den Ohren hatte. Eine Eigenschaft, die sie augenscheinlich nicht von ihrer Mutter, sondern vielmehr von ihrem Großvater mütterlicherseits geerbt hatte. Don Salvatore war ein hochintelligenter aufmerksamer Mann gewesen, dem nicht die geringste Kleinigkeit entgangen war. Wie sonst hätte er eine der bedeutendsten Investmentfirmen Italiens führen und sich dazu noch als Clanoberhaupt einer alteingesessenen, florentinischen Familie durchsetzen können?

»Ich habe zufällig frei heute, Schätzchen, und dachte, ich könnte dir eine Freude machen«, versicherte Elle ihrer fünfjährigen Tochter, während sie ihr in das dunkelblaue Mäntelchen half. »Wir beide könnten später doch einen kleinen Ausflug unternehmen.« Gleichzeitig verspürte sie einen Stich im Herzen, weil sie das Mädchen belog. Rasch setzte sie ihr eine himmelblaue Mütze auf und versah sie mit einem passenden Schal, bevor sie ihr die Handschuhe überzog.

»Wird Ernestina auch mitkommen?«, fragte die Kleine munter weiter und bedachte das alte Kindermädchen, das schon Elle die Mutter ersetzt hatte, mit einem unschuldigen Augenaufschlag.

»Nein«, entgegnete Elle und wagte es nicht, Ernestina in die Augen zu sehen, aus lauter Sorge, dass sie die Angst und das Entsetzen der alten Frau mit voller Wucht treffen könnten.

»Alberto wird uns fahren. Nur dich und mich. Ist doch auch mal schön, nur wir beide, oder? Freust du dich nicht?«

»Doch, Mami«, versicherte ihr das Mädchen mit treuem Blick. »Aber warum kann Ernestina nicht mit uns kommen? Ist sie krank?« Luisas forschender Blick lag auf der alten Kinderfrau, die sich ein gequältes Lächeln abrang.

»Ich habe heute Kopfschmerzen, Kleines«, log Ernestina ebenso konsequent, wie Elle es tat. »Vielleicht sehen wir uns später, wenn du aus der Vorschule zurückkommst.«

Ernestina stand das Wasser in den Augen, als sie sich von ihr verabschiedete. Als Luisa der alten Frau zum Abschied ein Küsschen abverlangte, blinzelte sie rasch die Tränen weg.

»Wieso weinst du denn?«, fragte Luisa verwirrt, weil ihr auch das nicht entgangen war.

»Weil ich solche Kopfschmerzen habe«, stotterte Ernestina und wischte sich rasch mit dem Handrücken über die faltigen Augen.

»Nimm ein Aspirin und leg dich ins Dunkle«, empfahl Luisa mit altkluger Miene, »dann geht es dir bald wieder besser.«

Elle musste trotz aller Sorge schmunzeln, weil das Mädchen diesen Ratschlag Ernestina nachgeplappert hatte wie ein gelehriger Papagei. Elle litt selbst manchmal unter Migräne und das Kind bekam regelmäßig von Ernestina zu hören, dass ihre Mutter Ruhe benötigte, ein Aspirin genommen und sich ins Bett gelegt hatte.

»Gehen wir?«, fragte Luisa und sah Elle auffordernd an. »Sonst kommen wir noch zu spät, und das kann Signora Adolini überhaupt nicht leiden. Sie regt sich dann immer so sehr auf, dass sich ihr grauer Haarknoten öffnet und in Strähnen übers ganze Gesicht hängt. Mia sagt dann immer, sie sieht aus wie eine Hexe.«

Elle bückte sich zu Ernestina hinab, die nur knapp einen Kopf größer war als das Kind, und umarmte sie herzlich. Nicht zu heftig und nicht zu lange, denn dann würde Luisa womöglich wieder Verdacht schöpfen.

»Passt gut auf euch auf«, flüsterte die alte Kinderfrau mit brüchiger Stimme. »Der Allmächtige und all seine Heiligen mögen euch beschützen.«

»Du weißt, was zu tun ist«, raunte Elle ihr zu. »Kein Wort zu niemandem, hörst du?«

»Bei meiner Seele«, schwor die Alte und legte wie zum Beweis ihre Hand aufs Herz.

Elle, in ein schwarzes Kaschmircape gehüllt, setzte ihre dunkle Chanel-Sonnenbrille auf, bevor sie mit Tasche und Tochter endgültig nach draußen verschwand. Bis zur gepanzerten Limousine, einer anthrazitfarbenen Mercedes S-Klasse, waren es vom überdachten Empfang der Villa nur wenige Meter, und doch spürte Elle die eisige Kälte, die sie umgab, deutlicher, als erwartet. Es war Mitte Januar und der Frost hatte das Umland von Florenz mit ungewöhnlicher Härte im Griff.

Alberto stieß weiße Atemwölkchen aus, während er diensteifrig zum Fond eilte, um ihr die Tür aufzuhalten. Als er sich nach vorn beugte, war die Glock 19 zu sehen, die er immer im Gürtelholster bei sich trug, wenn er Elle oder ihre Tochter begleitete. Er hatte schon als Fahrer und Leibwächter ihres Vaters gedient und war mit knapp über sechzig nicht mehr der Jüngste. Trotzdem beherrschte er sein Handwerk immer noch so gut wie seine jüngeren Kollegen, auch wenn man es ihm auf Anhieb nicht ansehen konnte. Aber das Wichtigste war, dass sie ihm wie Ernestina bedingungslos ihr Leben und das ihres Kindes anvertrauen konnte.

»Kommt Luca nicht mit?«, fragte Luisa, während sie darauf bestand, sich selbst im Kindersitz anschnallen zu dürfen. »Oder ist der auch krank?«

Ihr unschuldiger Blick traf Elle mitten ins Herz. Dem jungen Bodyguard, von dem Elle sicher war, dass er nicht lange fackeln würde zu schießen, wenn es darauf ankam, war Luisa sichtlich zugetan. »Er hat heute keine Zeit, Schätzchen«, informierte sie die Kleine hastig und registrierte beiläufig die übrigen unauffällig gekleideten jungen Männer, die sich im Park oder in der Nähe des Haupttores zum Anwesen ähnlich geschmeidig bewegten wie schwarze Panther auf der Jagd. Wachmänner, die Alberto höchstpersönlich für sie rekrutiert hatte, weil er meinte, nach dem plötzlichen Tod ihres Vaters im vergangenen Frühjahr sei dies dringend geboten. Die Männer, die er dafür ausgesucht hatte, gehörten ausnahmslos zur Famiglia. Dem Clan der Leonardos, dem Elles Vater jahrzehntelang vorgestanden hatte.

»Ich will sein Erbe nicht antreten«, hatte Elle nach seiner Beisetzung im Brustton der Überzeugung vor gut einem Dutzend Getreuer verkündet. »Weder sein geistiges noch sein materielles. Es tut mir leid.«

»Du kannst nicht einfach aufhören«, hatte Alberto sie stellvertretend für alle anderen beschworen. »Schließlich geht es um deine Existenz.«

»Ich habe mit meinen drei Restaurants genug zu tun. Meine Küche genießt bei den Feinschmeckern in der Toskana allerhöchstes Ansehen, und ich verdiene damit genug Geld, um die Betriebe am Laufen zu halten und mir und Luisa ein halbwegs vernünftiges Auskommen garantieren zu können. Warum also in aller Welt sollte ich da weitermachen, wo mein Vater aufgehört hat?«

»Du hast mich falsch verstanden«, widersprach ihr Alberto. »Es geht dabei nicht um dein Geld, es geht um dein Leben«, prophezeite er ihr eiskalt. »Und um das deiner Tochter, die, sobald sie achtzehn ist, mit einem Schlag das Imperium deines Vaters erben wird, ob sie will oder nicht. Ohne den Schutz der Famiglia haben Silvio und sein Vater ein leichtes Spiel, Don Salvatores Erbe zu übernehmen, indem sie dich töten und das Sorgerecht für das Kind an sich reißen.«

Seitdem lebte Elle in schleichender Angst, obwohl sie sich für dieses Gefühl regelrecht hasste. Hatte früher ihr mächtiger Vater seine schützende Hand über sie und das Kind gehalten, war sie nun von einem Tag auf den anderen auf sich selbst gestellt. Herrin über einen zerstrittenen Haufen heimatlos gewordener Mafiasöldner und Besitzerin diverser Firmenkonsortien, deren Hintermänner so finstere Seelen besaßen, dass selbst Elle sich vor ihrem harmlos erscheinenden Lächeln fürchtete.

In Gedanken versunken registrierte sie, wie der Wagen am automatisch geöffneten Tor hinaus auf die Umgehungsstraße des Lago di Bilancino einbog.

Bis zur nächsten Weggabelung würde Luisa nicht bemerken, dass der Weg nicht zur Vorschule, sondern genau in die andere Richtung führte.

Alberto sagte kein Wort und schaltete auch nicht wie üblich das Radio ein. Seine Hände krallten sich ungewöhnlich fest um das Lenkrad, und sein Blick hing lauernd auf dem Rückspiegel, um zu überprüfen, ob ihnen jemand folgte. Als sie die Brücke über den See überquerten, sah Elle, dass dessen Oberfläche mit Eis bedeckt war. Nicht ungewöhnlich zu dieser Jahreszeit, aber ungewöhnlich für Florenz und Umgebung.

Luisa war mit ihrer Schultasche beschäftigt und bemerkte zunächst nicht, dass Alberto weiter Richtung Süden fuhr, wo er sie zum Flugplatz von Florenz bringen würde. Um zehn ging ihre Maschine nach London. Nach gut fünf Minuten fiel Luisa auf, dass sie an der Abfahrt zur Vorschule vorbeigefahren waren.

»Wo bringt Alberto uns hin?«, fragte sie und schaute verwirrt aus dem Fenster. »Wird Signora Adolini nicht furchtbar wütend sein, wenn wir uns nicht bei ihr abgemeldet haben?«

»Ich habe uns entschuldigt«, log Elle weiter und seufzte entnervt, als Luisa von neuem ansetzte. »Aber warum hast du mir davon nichts erzählt?«

»Weil ich es spontan entschieden habe, Schätzchen, und nun frag nicht so viel und lass dich überraschen. Du wirst sehen, wir werden viel Spaß haben.«

Für einen Moment schien Luisas Neugier befriedigt, und Elle fing Albertos besorgten Blick im Spiegel auf.

Er hatte ihr dazu geraten, das Kind im Ausland in Sicherheit zu bringen. Nicht nur, weil er um Elles Sicherheit fürchtete, sondern auch um die von Luisa.

»Einer meiner Männer, Gianni, hat es mir gesteckt«, hatte er ihr vor wenigen Tagen eröffnet. »Er hat es aus erster Hand. Silvio und sein vermaledeiter Vater planen tatsächlich ein Attentat auf dich. Es ist, wie ich sagte. Sie wollen dich aus dem Weg räumen, um an das Vermögen der Kleinen heranzukommen.«

»O mein Gott!« Mehr war Elle dazu nicht eingefallen. »Und jetzt?«, fragte sie und konnte nicht verhindern, dass ihre Stimme einen schrillen Klang bekam. »Was soll ich deiner Meinung nach tun?«

»Die Jungs zusammenrufen und für einen Kampf rüsten«, hatte Alberto ihr mitleidslos geraten.

»Und was ist mit Luisa?« Elle war beinahe hysterisch geworden. »Soll ich sie etwa als menschlichen Schutzschild benutzen?«

»Das Beste wäre, sie möglichst weit fortzubringen«, hatte Alberto geantwortet. »Irgendwohin, wo Silvio sie niemals vermuten würde. Dann bekommt sie von dem ganzen Schlamassel wenigstens nichts mit.«

Mit seinem gut gemeinten Rat brachte Alberto das Problem auf den Punkt. Schon bei der Geburt des Mädchens hatte sie sich geschworen, sie aus den alten, verknöcherten Mafiastrukturen ihrer Familie herauszuhalten. Die Kleine sollte unbeschwert aufwachsen und nicht wie sie selbst, die bereits mit acht Jahren zu ahnen begonnen hatte, dass in ihrem Leben etwas ganz und gar anders lief als bei anderen Kindern. Irgendjemand hatte auf offener Straße ihrem Leibwächter mitten in die Stirn geschossen und noch im Sterben hatte der Mann ihre Hand gehalten.

Schaudernd schüttelte Elle die Vorstellung von sich ab, dass Luisa so etwas zustoßen könnte. Aber was wäre, wenn Silvios Leute nicht einmal davor zurückschrecken würden, sie in Gegenwart des Kindes zu töten, sobald sich ihnen die Möglichkeit dazu bot. Alberto hielt das durchaus für möglich und bescherte ihr mit solchen Horrorvisionen fortlaufend Albträume.

Angestachelt von entsprechend finsteren Vorahnungen, fuhr er einen regelrechten Zickzackkurs zum Flughafen, um mögliche Verfolger zu entdecken, doch alles schien unauffällig. Bevor er den Wagen aus der Garage geholt hatte, war er sogar unters Auto gekrochen und hatte den Motor und die Radkappen inspiziert, um mögliche Sender zu finden. Danach hatte er den Wagen noch einmal komplett gescannt, um sicherzugehen, dass ihm nichts entgangen war.

Am Flughafen angekommen, parkte er nur kurz und ließ den Motor laufen, während er Elle und dem Kind aus dem Wagen half.

»Pass nur gut auf dich und die kleine Signora auf«, sagte er knapp und Elle entging die Sorge nicht, die sich in seinen braunen Augen widerspiegelte.

»Ruf mich unter der üblichen Nummer kurz an, wenn du wieder abgeholt werden willst, und ich werde hier sein.«

»Ist gut, Alberto. Vielen Dank, und das Gleiche gilt auch für dich. Hab ein wachsames Auge auf die Jungs und auch auf Ernestina, solange ich weg bin.«

»Was machen wir hier?«, fragte Luisa, während sie dem Chauffeur irritiert hinterherschaute.

»Wir fliegen in Urlaub«, log Elle abermals und zog das Kind zum sich automatisch öffnenden Eingangsportal. »Nur wir beide, das hast du dir doch immer gewünscht.«

»Nach Afrika?« Luisa sah sie mit ihren großen Augen an, die eine Begeisterung zeigten, die keinerlei Widerspruch duldete. Irgendwann, nach einem Zoobesuch, hatte sie sich in den Kopf gesetzt, nach Afrika reisen zu wollen, und Elle hatte unvorsichtigerweise versprochen, ihr diesen Wunsch sobald wie möglich zu erfüllen.

»Ja, nach Afrika«, wiederholte Elle mit Nachdruck in der Stimme, nur um ihre Ruhe zu haben.

Zügig ging sie mit der Kleinen durch die Empfangshalle des Flughafens und checkte ein. Ohne Gepäck dauerte es nicht so lange. Trotzdem beobachtete sie kritisch ihre Umgebung. Mafiaschergen sahen in der Regel nicht anders aus als gewöhnliche Männer. Wer immer noch glaubte, sie an Hakennasen, Narbengesichtern oder nachlässiger Kleidung erkennen zu können, hatte sich gründlich getäuscht. Es waren gewöhnlich die netten Jungs von nebenan, denen niemand auch nur die kleinste Bösartigkeit zutrauen würde, die anderen Leuten, ohne mit der Wimper zu zucken, das Gehirn aus dem Schädel schossen. Oder jene, die mit größter Selbstverständlichkeit einen Businessanzug trugen, mit dem Unterschied, dass ihre Rockschöße nicht von einem Mobiltelefon ausgebeult wurden, sondern von einer schallgedämpften Pistole.

»Und was ist mit Schnuddel?«, fragte Luisa erschrocken, nachdem sie die Passkontrolle durchlaufen hatten.

»An den habe ich natürlich auch gedacht«, triumphierte Elle und zauberte mit einem überlegenen Lächeln das abgegriffene Plüschhäschen hervor.

Allein sein Anblick schien das Kind zufrieden zu stimmen, denn sie wollte ihn gar nicht an sich nehmen, sondern bestand darauf, ihn wieder in die Tasche zu stopfen, damit er sich für die lange Reise ausruhen konnte. Luisa nahm es allem Anschein nach als selbstverständlich hin, dass sie spontan verreisten.

Dementsprechend erleichtert atmete Elle auf, als sie mit ihrer gutgelaunten Tochter den Duty-free-Shop erreichte. »Willst du etwas Süßes oder etwas zum Spielen?«, fragte sie ihre Tochter, nur um sie bis zum Flug abzulenken.

»Kaufst du mir die Barbie mit dem silbernen Kleid?«, fragte Luisa begeistert und hatte das Püppchen schon in der Hand, noch bevor Elle etwas dagegen einwenden konnte.

»Ja, klar«, entfuhr es ihr schwach. »Willst du den Mann auch dazu?«

»Nein, Barbie braucht keinen Mann«, bestimmte die Kleine entschlossen. »Aber vielleicht eine Freundin?« Luisa lächelte Elle erwartungsvoll an, in dem sicheren Gespür, dass sie nicht nein sagen würde. »Und noch ein paar weitere Kleider, damit sie untereinander tauschen können.«

»Okay, wie du meinst.« Während Elle mit Bargeld bezahlte, dachte sie darüber nach, dass sie jetzt am liebsten auch eine Freundin gehabt hätte, die ihr beistehen würde bei dem, was noch folgen würde. Aber sie wollte nicht undankbar sein. Sie hatte ja Janet, mit der sie im Internat in Davos nicht nur gemeinsam die Schulbank gedrückt, sondern auch sämtliche Geheimnisse geteilt hatte. Obwohl sie seit gut zehn Jahren keinen Kontakt mehr gehabt hatten, war sie sofort bereit gewesen, Elle zu helfen, als sie sich vor ein paar Tagen von einer Telefonzelle aus bei ihr gemeldet hatte. Während Elle noch darüber nachdachte, dass sie Janet nicht die ganze Wahrheit gesagt hatte, fixierte ihr Blick unaufhörlich den Bildschirm, auf dem die Abflugdaten nach London gemeldet wurden.

Als ihr Flug endlich aufgerufen wurde, war Luisa noch ganz in ihr Spiel vertieft. Entsprechend quengelig folgte sie Elle zum Gate. »Warum hast du mir denn nicht früher von dieser Reise erzählt? Dann hätte ich es meiner Freundin Mia sagen können.«

»Ich wollte nicht, dass du das tust«, erklärte Elle ihr spontan. »Mia wäre vielleicht traurig darüber gewesen, dass sie nicht mitkommen kann.«

Das leuchtete Luisa allem Anschein nach ein und sie nickte verständig.

»Aber du kannst ihr ja später erzählen, wo du gewesen bist, wenn du nach Hause zurückkommst.«

Elle war nicht sicher, wann das sein würde. Jedenfalls nicht, bevor sie die Gefahr, die von Silvio und seinem Vater ausging, gebannt haben würde. Das Kind zu verstecken ergab einen Sinn, sich selbst zu verstecken war zwecklos. Sie hatte die Verantwortung für ihre Angestellten und mehrere Restaurants zu tragen. Wenige Tage nach ihrer Rückkehr in Italien hatte sie einen Termin in Mailand vereinbart, bei Dr. Emilio Caesare, dem Anwalt ihres verstorbenen Vaters. Er sollte Silvio und seinem Vater einen Deal vorschlagen. Wenn sie Elle und Luisa in Frieden ließen, würden sie ihnen eine nicht unerhebliche Summe in Aussicht stellen, die sie für das entgangene Erbe des Kindes entschädigen sollte. Dafür sollten sie auf alle weiteren Ansprüche ein für alle Mal verzichten. Sollte ihr, Elle, jedoch etwas zustoßen, würde das Vermögen in eine Treuhandgesellschaft fließen, die das Geld für Luisa verwaltete, bis sie achtzehn war. Beim Tod des Kindes, was Gott verhüten mochte, würde das Geld in eine wohltätige Stiftung fließen. Obwohl sie schon ahnte, dass es schwierig werden würde, ihren Exmann und seinen Vater von einem solchen Handel zu überzeugen, knüpfte sie all ihre Hoffnungen daran. Andernfalls konnte es ungemütlich werden. Gewöhnlich hielten sich die Clans gegenseitig in Schach, aber der Leonardo-Clan hatte seinen Leitwolf verloren und Elle war nicht stark genug, ihn zu ersetzen. Trotzdem musste sie sich etwas einfallen lassen, um sich und das Kind vor Schlimmerem zu bewahren.

Dass sie Luisa nicht ewig in Schottland lassen konnte, war klar. Selbst wenn Janet allein lebte und bereit war, die Kleine auf unbestimmte Zeit bei sich aufzunehmen. Sie wollte sogar eine Hauslehrerin engagieren, damit Luisa in der Vorschule nicht allzu viel verpasste.

Der Flug war unspektakulär. Elle hatte erste Klasse gebucht, damit sie ihre Mitreisenden besser überblicken und sofort reagieren konnte, wenn ihr etwas verdächtig erschien. Luisa erfreute sich derweil der besonderen Aufmerksamkeit der Stewardessen. Eine von ihnen spielte für einen Moment mit ihr und den Puppen, eine andere brachte ihr Malsachen. Elle versuchte sich die Anspannung nicht anmerken zu lassen. Einmal wurde sie von einem Mann mittleren Alters angesprochen, und im ersten Moment war sie erschrocken, weil er Silvio ein wenig ähnlich sah. Aber dann stellte sich heraus, dass ihr Halstuch zu Boden gefallen war und er es im Vorbeigehen aufgehoben hatte.

Nach der Landung in London Heathrow führte sie Luisa so schnell wie möglich durch die Passkontrolle und dann zum Bahnhof. Dort stiegen sie in den Flying Scotsman, der sie in viereinhalb Stunden nach Edinburgh bringen würde.

Luisa hatte bisher wenig gesagt, weil sie noch immer mit ihren neuen Puppen beschäftigt war. Als eine ältere Dame das Abteil betrat, in das sich Elle mit ihr zurückgezogen hatte, schaute sie auf und blickte nach draußen, in einen trüben Tag. Während der Zug sich in Bewegung setzte und aus dem Bahnhof fuhr, musterte sie andere Züge und unzählige Schienenstränge.

»Ist das Afrika?« Luisa schaute mit ernsten Augen auf. »Hier gibt es ja gar keine Giraffen, und Elefanten habe ich auch noch keine gesehen?«

»Die haben sich wahrscheinlich versteckt«, versuchte Elle die Kleine zu vertrösten.

»Wo denn?« Luisa runzelte die Stirn, als sie an einem Gewirr von Wohntürmen und Geschäftshäusern vorbeifuhren. »Da ist doch gar kein Wald, wo sich die Tiere verstecken könnten.«

»Bist du eine kleine Italienerin?«, fragte die weißhaarige Lady, die nun neben Luisa Platz genommen hatte, in gebrochenem Italienisch.

»Si«, antwortete Luisa altklug und musterte mit ihren klaren, blauen Augen die Frau im beigen Kostüm.

»Ich habe mal eine Weile in Rom gewohnt«, wusste die ältere Dame zu berichten, während ihr Blick wohlwollend auf Luisas blond gelocktem Schopf lag. »Mein Mann hat dort bei der britischen Botschaft gearbeitet. Eine schöne Zeit war das. Und wo kommen Sie genau her?« Nun lag ihr erwartungsfroher Blick auf Elle, die keine Lust an einer Unterhaltung mit der Fremden verspürte.

»Mailand«, sagte sie knapp und widmete sich demonstrativ einem Journal, das sie bereits vorher in der Hand gehabt hatte.

»Das stimmt doch gar nicht«, protestierte Luisa lautstark, »wir wohnen in Colle Barucci in einer Villa, direkt am See.«

»Luisa!« Elle schaute ihre Tochter ärgerlich an. »Sei nicht so vorlaut. Die Dame interessiert sich nicht für Einzelheiten.«

»Warum will sie es dann überhaupt wissen?«, plapperte Luisa fröhlich weiter.

Glücklicherweise war das Italienisch der alten Frau dann doch nicht so gut, dass sie dem Schlagabtausch zwischen Mutter und Tochter mühelos folgen konnte. Oder sie hielt sich aus Höflichkeit zurück. Jedenfalls war sie kurze Zeit später eingenickt, und auch Luisa waren die Augen zugefallen.

Elle hätte sich liebend gerne beim Schaffner einen Kaffee bestellt, doch sie verzichtete darauf, weil sie die beiden nicht wecken wollte. Ab Newcastle war sie mit Luisa wieder allein im Abteil, und als sie am Abend Edinburgh erreichten, nahm sie ein Zimmer im Old Waverley Hotel. Ein gemütliches, unauffälliges Haus nicht weit vom Bahnhof entfernt, von wo aus sie am nächsten Tag mit dem Zug weiter in die Highlands fahren würden. In einem Kaufhaus direkt nebenan erwarb Elle für ihre Tochter Unterwäsche, wetterfeste Kleidung und Schuhe zum Wechseln, dazu einen rosafarbenen Koffer.

Luisa machte das Einkaufen Spaß, zumal sie sich aussuchen durfte, was ihr gefiel. Am nächsten Tag nahmen sie in aller Frühe den ersten Zug, der sie in gemütlichem Tempo durch die raue Schönheit der schottischen Glens und Lochs bis in die Highlands führte. Für einen Moment ließ das atemberaubende Panorama Elle den trostlosen Hintergrund dieser Reise vergessen, selbst als es zu regnen anfing.

Als sie gegen Nachmittag Inverness erreichten, dämmerte es bereits, und es hatte leise zu schneien begonnen. Elle war froh, als sie gleich ein Taxi fand, das sie ohne Umschweife zum Anwesen von Janet MacDonald brachte, einem alten Herrenhaus inmitten einer dichtbewachsenen Parkanlage. Das mehrstöckige Gebäude aus grauem Granit erinnerte mit seinen Zinnen, Erkern und Türmchen an ein düsteres Märchenschloss.

Als das Taxi in der mit Kies ausgestreuten Einfahrt des Anwesens haltmachte, konnte Elle sich bei dessen Anblick des unsicheren Gefühls nicht erwehren, ob dies vielleicht nicht der richtige Ort für ein kleines Mädchen war, das in den nächsten Wochen mit Sicherheit schmerzlich seine vertraute Umgebung vermisste.

Luisa, die es aufgegeben hatte, nach Elefanten und Giraffen Ausschau zu halten, schien das wenig zu beeindrucken.

Umso mehr war sie entzückt, als im Eingang des Hauses das Licht anging und aus der hellerleuchteten Tür ein kleines Wollknäuel laut bellend die fremden Ankömmlinge begrüßte.

»Sir Walther!«, rief eine energische Frauenstimme den kleinen Kläffer zur Räson. »Komm sofort hierher!« Doch der weiße West-Highland-Terrier gab sich ebenso unbeeindruckt wie Luisa zuvor und kläffte munter weiter. Freudig erregt, mit wedelndem Stummelschwänzchen sprang er an Luisa hoch und begrüßte sie schnuppernd. Luisa war nicht weniger begeistert und ging sogleich in die Knie, um das Hündchen ausgiebig zu kraulen.

»Wenn das nicht Liebe auf den ersten Blick ist«, bemerkte Janet mit einem herzhaften Lachen.

Sie nannte sich freischaffende Künstlerin und so sah sie auch aus. Das rote, quirlige Haar mit einem Stirnband gebändigt, begrüßte sie Elle und ihre Tochter in Latzhose, Malkittel und Filzpantoffeln, was so gar nicht zum hochherrschaftlichen Ambiente des Hauses passen wollte.

»Sie ist ja gar nicht schwarz?«, wunderte sich Luisa, als Janet sie mit einem herzlichen »Buonasera!« in fließendem Italienisch begrüßte, das im Internat in Davos zu ihren Pflichtsprachen gehört hatte.

»Schwarz?«, platzte Janet mit einem breiten Lachen heraus und umarmte ihren Besuch herzlich. »Hab ich da was verpasst?«

»Mami hat gesagt, wir fahren nach Afrika! Da sind alle Leute schwarz, das hat uns Signora Adolini erzählt.«

»Allem Anschein nach seid ihr versehentlich in Schottland gelandet«, amüsierte sich Janet. »Die meisten von uns sind so weiß wie ein Schneemann, und nicht wenige haben rote Haare«, erläuterte sie dem Kind lachend. »Aber ich hoffe, wir haben hier genauso viel zu bieten wie in Afrika, auch wenn es bei uns nicht ganz so warm ist.«

Elle musste schmunzeln, weil Luisa protestierend die Arme verschränkte und die Unterlippe vorschob. Das tat sie immer, wenn ihr etwas nicht passte.

»Über das raue Wetter trösten wir uns gewöhnlich mit heißem Kakao und frisch gebackenen Plätzchen hinweg«, fügte Janet mit einem Grinsen hinzu. »Oder selbstgebackene Scones mit Butter, Sahne und Himbeermarmelade. Hm, was sagst du dazu? Wollt ihr nicht langsam mal reinkommen. Bevor wir am Ende noch hier draußen festfrieren.«

Luisa nickte gnädig.

Doch zunächst einmal zeigte Janet ihnen das Haus. Ein mittelalterlich anmutender Bau aus dem 16. Jahrhundert. Wobei ihre Vorfahren sich alle Mühe gegeben hatten, dem Haus eine gemütliche Note zu geben. Alles war in hellen Farben verputzt und die Böden waren mit dicken Teppichen ausgelegt. Die vielen Räume waren ausnahmslos mit gepolsterten Möbeln bestückt und mit hübschen Stehlampen, die überall ein warmes Licht verströmten. In der Eingangshalle befand sich ein mannshoher Kamin, in dem ein knisterndes Feuerchen loderte. Janets Eltern hatten hier gelebt, bis sie vor Jahren bei einem Flugzeugabsturz ums Leben gekommen waren und ihrer einzigen Tochter ein stattliches Vermögen hinterlassen hatten, sodass sie nach Beendigung ihres Kunstgeschichtsstudiums keiner wie auch immer gearteten Beschäftigung nachgehen musste. Somit verfügte sie über reichlich Freizeit, die sie – wie sie bei ihrem Rundgang berichtete – in ihre eigene Malerei und die Herstellung fantasievoller Skulpturen investierte. Überall im Haus stieß man auf selbstgetöpferte Kobolde, Feen, Elfen und Zwerge, dazu

Drachen und Einhörner. Luisa schien ganz fasziniert von all den seltsamen Kreaturen und Elle hoffte inständig, dass sie sich nicht doch ängstigte, sobald ihre Mutter nicht mehr an ihrer Seite war.

Während Luisa wenig später ausgiebig mit Sir Walther spielte, indem sie ihn einen Plastikknochen apportieren ließ, nahm Elle zusammen mit Janet eine zweite Tasse Tee im Diningroom und senkte vorsorglich ihre Stimme, bevor sie bei ihrer Freundin zu weiteren Erklärungen ansetzte.

»Ich bin dir äußerst dankbar, Janet, dass du bereit bist, mir in dieser schwierigen Lage zu helfen. Silvio ist ein unberechenbarer Mann, ebenso wie sein Vater. Die beiden könnten es durchaus fertigbringen, Luisa irgendwohin zu entführen, um mich zu erpressen, damit ich ihm das Sorgerecht überlasse. Deshalb bin ich gezwungen zu handeln.«

»Und was willst du nun tun?«, fragte Janet besorgt. »Ich meine, wir leben in modernen Zeiten. Denkst du wirklich, die beiden werden es auf Dauer nicht schaffen, Luisa zu finden? Und was ist mit dir? Wie ich dich einschätze, wirst du die Trennung von deiner Tochter nicht lange durchhalten können.«

»Es ist ja nur für kurze Zeit«, gab Elle beinahe entschuldigend zurück. »Sobald ich wieder in Florenz bin, werde ich unseren Familienanwalt in Mailand kontaktieren und zusammen mit ihm weitere juristische Möglichkeiten durchgehen, um Silvio und seinem hinterhältigen Vater einen Handel vorzuschlagen. Vielleicht kann ich sie mit der Zahlung einer höheren Summe überzeugen, uns zukünftig in Ruhe zu lassen.« Sie seufzte erschöpft und strich sich das Haar aus der Stirn. »Ich meine, irgendwie muss man die beiden doch zur Vernunft bringen können.«

»Er ist wahrscheinlich nicht der einzige Vater, der wegen des Sorgerechts einen Rosenkrieg anzettelt«, gab Janet mit gerunzelter Stirn zu bedenken.

Rosenkrieg, was für ein harmloses Wort, dachte Elle und vermied es, ihrer Freundin in die Augen zu schauen. In Wahrheit war es ein Mafiakrieg, aber das wollte sie Janet nicht sagen, denn sonst hätte sie garantiert nicht ihr Einverständnis zu der Sache gegeben. Elle spürte, wie sich ihr schlechtes Gewissen gegenüber ihrer Freundin meldete. Vielleicht war es falsch, sie in eine solch gefährliche Geschichte hineinzuziehen.

»Wenn es dir zu viel ist oder du es mit der Angst zu tun bekommst, suche ich nach anderen Möglichkeiten«, bot sie Janet freimütig an. »Ich meine, ich kann verstehen, wenn du mit einem Psychopathen wie Silvio nichts zu tun haben willst. Nicht umsonst gleichen die meisten Frauenhäuser einem Hochsicherheitstrakt.«

Janet schüttelte entschlossen den Kopf. »Nein«, erwiderte sie fest. »Du benötigst meine Hilfe und ich bin stolz darauf, dass du mir mit deiner Tochter das Wertvollste anvertraust, das du besitzt. Dein Exmann wird schon nicht hier auftauchen. Du und ich, wir haben uns mindestens zehn Jahre nicht mehr gesehen. Er kennt mich nicht, weiß nichts von unserer Freundschaft. Woher also sollte er auch nur ahnen, dass Luisa bei mir ist?«

Er könnte es herausbekommen, hätte Elle am liebsten erwidert. Nicht nur, weil er ein geborener Psychopath, sondern weil er ein Pate ist. Jemand, der, ohne mit der Wimper zu zucken, zu unlauteren Mitteln greift. Doch was blieb ihr anderes übrig, als es darauf ankommen zu lassen? Genaugenommen hatte sie keinerlei Möglichkeiten, wohin auch immer mit Luisa zu fliehen, es sei denn, sie wollte ihrer Heimat auf ewig den Rücken kehren. Doch dazu war sie nicht bereit. Noch nicht. Zusammen mit ihrem Anwalt und notfalls mit der italienischen Justiz musste es ihr gelingen, Leute wie die Falconi in ihre Schranken zu weisen.

»Danke«, sagte sie nur und seufzte erleichtert. »Es ist ja nicht für ewig.« Ihr Blick richtete sich auf Luisa, die mit Sir Walther ein Herz und eine Seele zu sein schien.

»Schau mal, Mami«, rief sie ihr zu, als sie bemerkte, dass Elle sie mit einem Lächeln beobachtete. »Ist er nicht süß?« Sir Walther sprang ihr mit einem Satz auf den Schoß und begann ihr das Gesicht abzuschlecken. Luisa kreischte, erst vor Schreck und dann vor Vergnügen.

»Sir Walther!«, schalt ihn Janet und brachte ihn dazu, dass er innehielt und sie mit seinen braunen Hundeaugen schuldbewusst anschaute. »Nicht jeder mag deine Küsse.«

»Ich schon«, widersprach Luisa und umarmte das possierliche Tierchen. »Ich würde ihn am liebsten mit zu uns nach Hause nehmen.«

Bei dem Gedanken, dass die Kleine ihr Zuhause so bald nicht wiedersehen würde, zerriss es Elle beinahe das Herz. Zumal sie in den nächsten Wochen kaum eine Möglichkeit haben würde, zu ihrem Kind Kontakt aufzunehmen, wenn man von einem Prepaid-Mobiltelefon einmal absah, das sie sich eigens zu diesem Zweck zugelegt hatte.

Sie zückte einen Zettel und schrieb Janet die dazugehörige Nummer auf.

»Für Notfälle«, sagte sie leise und schob ihrer Freundin den Zettel zu.

»Meine Nummer hast du ja«, sagte Janet mit gekräuselter Stirn.

»Ja«, bestätigte Elle ein wenig atemlos. »Wir können leider keine E-Mails austauschen, und du darfst Luisa auch nicht auf unser Festnetz anrufen lassen«, bekräftigte sie noch einmal. »Nur über dieses Handy.« Sie kniff die Lippen zusammen.

»Denkst du ernsthaft, dein Ex könnte dein Telefon abhören?« Janet sah sie ungläubig an.

»Er ist ein Verrückter«, erinnerte sie Elle. »Solche Männer sind zu allem fähig, wenn sie sich erst einmal etwas in den Kopf gesetzt haben.«

»Ja, da hast du wohl recht«, bestätigte Janet mit einem nachdenklichen Nicken. »Ich glaube, jetzt weiß ich wieder, warum ich niemals geheiratet habe.«

Der Abschied von Luisa war für Elle noch bedrückender als der plötzliche Herztod ihres Vaters. Sie war nicht nur ihre einzige Tochter, sie war auch das Einzige, was ihr an Familie geblieben war. Ihre Mutter war bereits früh verstorben, als Elle noch ein kleines Mädchen war. Sie konnte sich kaum an sie erinnern. Ihr Vater hatte nicht mehr geheiratet, sich aber einige Mätressen gehalten, wie er die jungen, lebenshungrigen Frauen immer bezeichnet hatte, die es in Wahrheit nicht auf ihn, sondern auf sein Geld abgesehen hatten. Ob aus diesen eher losen Verbindungen Kinder hervorgegangen waren, wusste sie nicht. Über schmutzige Angelegenheiten jedweder Art pflegte er nicht mit ihr zu sprechen. Sie war für ihn eine Heilige, wie er gerne betont hatte. So wie es zuvor ihre Mutter für ihn gewesen war.

Umso ungläubiger hatte er reagiert, als sie sich nach ihrem Kunststudium von heute auf morgen mit einem Mann wie Silvio Falconi verlobt hatte. Sie hatte ihn in Florenz kennengelernt, bei einer Kunstausstellung zu Ehren von Sandro Botticelli und Leonardo da Vinci. Die Falconi hatten die Ausstellung als Kunstmäzene finanziell großzügig unterstützt, und schon damals hätte sie ahnen können, dass das Geld ihrer Betonfirmen nicht die einzige Einnahmequelle der Familie war.

Elles Vater, Salvatore Leonardo, hatte wohl sofort gewusst, wen er vor sich hatte, als er – völlig überrascht – Silvio in seiner Villa begrüßte.

Kaum dass ihr neuer Freund gegangen war, hatte er versucht, seine einzige Tochter vor den Falconi zu warnen. Doch Elle hatte alle Bedenken ihres Vaters in den Wind geschlagen, zumal der glutäugige Silvio seinen ganzen Charme in die Waagschale geworfen hatte und ihr Vater, damals noch ohne ihr Wissen, den ehernen Gesetzen der Mafia gefolgt war, indem er mit seinen Befürchtungen nicht ins Detail gegangen war.

Im Nachhinein verwünschte Elle ihre Sturheit gegenüber ihrem Vater und den Tag, an dem sie Silvio allen Unkenrufen zum Trotz in der Kathedrale Santa Maria del Fiore in Florenz das Jawort gegeben hatte. Doch nun war es zu spät. Aber selbst wenn eine Umkehr des Schicksals möglich gewesen wäre, auf Luisa hätte sie nicht mehr verzichten wollen.

Umso schwerer fiel ihr der Abschied.

»Du wirst eine Weile bei Tante Janet bleiben müssen«, versuchte Elle dem Kind zu erklären, nachdem sie Luisa zwei Tage Gelegenheit gegeben hatte, sich an das Haus und vor allem an Janet zu gewöhnen. Die beiden verstanden sich prächtig und allein das war ausschlaggebend, damit Elle überhaupt ihren Weg zurück nach Florenz antreten konnte.

»Sie ist aber nicht meine Tante«, argumentierte Luisa hartnäckig, »und ich will nicht, dass du ohne mich abreist!« In den Augen des Mädchens stand die nackte Panik geschrieben, und Elle glaubte, keine Luft mehr zu bekommen, als sie sich vor Luisa hinkniete, um sie noch einmal fest in den Arm zu nehmen. »Es ist doch nur für eine kurze Zeit«, versuchte sie das Mädchen zu beruhigen. »Und außerdem können wir jeden Tag telefonieren. Du hast dich doch bereits mit Sir Walther angefreundet. Er wäre bestimmt ganz traurig, wenn du sofort wieder abreisen würdest.«

»Aber du hast gesagt, wir fahren nach Afrika, und da gibt es viel mehr

Tiere, nicht nur Sir Walther.« Luisa machte sich wutschnaubend von ihr frei, und in ihrem kleinen Gesichtchen stand die geballte Empörung, die sie bei Elles offensichtlichem Verrat empfand.

»Ich könnte die fehlenden Elefanten und Giraffen vielleicht mit zwei niedlichen Shetlandponys wiedergutmachen«, fiel Janet segensreich ein. »Was meinst du? Würde dir das gefallen.«

»Ponys?« Luisas kleiner Schmollmund blieb offen stehen. »Wo?«

»Sie stehen bei unserem Nachbarn im Stall.« Janet strich sich eine rote Locke aus dem Gesicht. »Gar nicht so weit weg von hier. Du könntest sie jeden Tag besuchen, und soweit ich von Hank, meinem Hausmeister, weiß, darfst du sie auch reiten.«

»Ja!«, jubelte Luisa und Elle stieß einen Seufzer der Erleichterung aus. Sie kannte Luisa gut genug, um zu wissen, dass diese Art der Begeisterung zumindest bis über den Abschied hinaus anhalten würde.

Elle hatte bereits gepackt und Janet hatte ein Taxi bestellt. Sie warf ihrer Freundin einen bedeutungsvollen Blick zu, als Luisa nicht aufhörte zu quengeln, weil sie die Ponys besuchen wollte.

»Mami möchte dir noch einen Kuss geben, Süße, bevor sie fährt.« Einen Moment lang sah es so aus, als ob Luisa protestieren würde, doch dann besann sie sich und fiel ihr kurz und offenbar schmerzlos um den Hals.

Elle wurde das Herz schwer, und zugleich war sie froh, dass die Kleine anscheinend so sehr von der Idee beseelt war, auf den Ponys reiten zu dürfen, dass sie ihrer Mutter eine tränenreiche Abschiedsszene ersparte. So war es Elle, die eisern ihre Tränen zurückhalten musste, als sie das Mädchen zum Abschied innig umarmte.

Danach sprang die Kleine sofort fröhlich auf und erinnerte Janet an ihr Versprechen.

»Gleich, Liebes.« Janet streichelte ihr über die blonden Locken. »Geh doch schon mal in die Scheune und suche ein paar Mohrrüben aus der Kiste, die wir den Ponys mitbringen können.«

»Du bist die perfekte Ersatzmutter«, attestierte ihr Elle erleichtert, als Luisa außer Reichweite war.

Während der Taxifahrer in der Hofeinfahrt geduldig mit laufendem Motor wartete, gab Elle ihrer Freundin letzte Anweisungen.

»Und denk dran, wenn mit Luisa etwas nicht in Ordnung sein sollte oder sie krank wird, ruf mich bitte ausschließlich unter dieser Mobiltelefonnummer an«, bat sie Janet noch einmal inbrünstig.

»Pass auf dich auf«, riet ihr Janet mit besorgtem Gesicht. »Und melde dich, sobald du gut zu Hause angekommen bist.«

»Das werde ich«, versprach Elle und schulterte ihr weniges Gepäck. »Wie gesagt, es wird nicht für lange sein. Wenn mein Anwalt die Sache nächste Woche geklärt hat, hole ich die Kleine wieder ab.«

Janets Mimik ließ gewisse Zweifel erahnen, die sie jedoch allem Anschein nach nicht in Worte fassen wollte.

»Danke für alles«, flüsterte Elle zum Abschied mit heiserer Stimme und beeilte sich, in ihr Taxi einzusteigen, bevor sie doch noch in Tränen ausbrach.

Sie schluckte hart und zwang sich, nicht zurückzuschauen, als der Wagen anfuhr und kurz darauf auf die Straße nach Inverness abbog.

KAPITEL 2

Zwischenwelt

Januar 2014 – Florenz

»Bevor sie stirbt, müssen wir in Erfahrung bringen, wo sie meine Tochter hingebracht hat!« Die Stimme, die Elle Falconi endgültig aus einem beängstigenden Nichts befreite, klang wütend, verzweifelt und war mit einer kaum wahrnehmbaren Spur von Hass unterlegt. Aber das Schlimmste war, sie kam ihr bekannt vor. Silvio?

Elle riss ungläubig die Augen auf. Die plötzliche, glasklare Sicht auf das, was sie umgab, war nicht eben beruhigender als der nachtschwarze Zustand davor. Dicht vor sich, nur eine Nasenlänge entfernt, blickte sie in das durchaus attraktive Gesicht ihres Exgatten, den sie als schön hätte bezeichnen können, wenn seine Seele nicht so hässlich gewesen wäre. Einer viel zu späten Eingebung hatte sie es zu verdanken, dass sie von diesem unberechenbaren Despoten seit gut einem Jahr geschieden war. Silvio war ein waschechter Psychopath. Ein gutaussehender Typ, der sich nach außen als Engel gab, aber in Wahrheit das Herz eines Dämons besaß. Das Schlimme an Psychopathen war, dass sie sich meist nicht auf den ersten Blick zu erkennen gaben, sondern mitunter erst Monate später, nachdem sie ihre Netze aus honigsüßer Liebenswürdigkeit und totbringendem Vertrauen gesponnen hatten. Silvio hatte es sogar noch ein bisschen länger geschafft. Mehr als drei Jahre hatte es nach ihrer Traumhochzeit gedauert, bis sie eines Tages durch Zufall dahintergekommen war, dass er in Wahrheit ein brutaler Menschenhändler und Geldwäscher war und sie mit seinen eigenen Huren hinterging. Nachdem sie die Scheidung eingereicht hatte, zeigte er erst die wahre Fratze seiner geballten Niederträchtigkeit. Er beschimpfte und beleidigte sie öffentlich, drohte ihr am Telefon, lauerte ihr auf und schwor, ihr das Kind wegzunehmen. Zufällig gab es Zeugen für diese Vorfälle, und so entschied das Familiengericht in Florenz, dass er sich ihr und Luisa fortan nicht weiter als auf zehn Meter nähern durfte.

Also warum, verdammt noch mal, war er hier, und wer hatte ihn ohne Vorbehalte zu ihr gelassen? In panischer Not suchte ihr Blick in dem fremden, weiß gekachelten Zimmer nach einer Erklärung. Als ihr Augenmerk zu allem Überfluss unvermittelt auf Don Luigi traf, ihren Exschwiegervater, schien die Katastrophe perfekt. Mit polierter Glatze und Doppelkinn, das über den blütenweißen Hemdkragen quoll, stand er wie eine feiste alte Kröte in seinem viel zu engen Nadelstreifenanzug neben seinem erstaunlich athletischen Sohn. Missmutig glotzte er einen untersetzten Endvierziger im weißen Kittel an, dessen tiefliegende Augen auf skurrile Art und Weise Abbitte zu leisten schienen. »Es tut mir leid«, erklärte er mit einer unmännlich klingenden Fistelstimme. »Ich kann leider nicht vorhersagen, ob beziehungsweise wann Ihre Schwiegertochter das Bewusstsein zurückerlangen wird.« Schwiegertochter? Was redete der Kerl? Wusste er nicht, dass sie und Silvio längst geschiedene Leute waren?

Der Mann hatte eine kreisrunde Tonsur wie ein Mönch und trug ein Stethoskop um den Hals. Auf einem kleinen Plastikschild, das an der Brusttasche seines weißen Kittels heftete, war sein Name zu lesen: Dr. Giorgio Lauda. Leitender Chefarzt der Clinica Gabriele d'Annunzio.

Elle zählte zwei und zwei zusammen, doch aufgehen wollte diese relativ einfache Rechnung trotzdem nicht. Allem Anschein nach befand sie sich in einer renommierten Privatklinik in der Nähe von Florenz. Doch wie war sie hierhergekommen?

Fieberhaft versuchte sie sich zu erinnern, und ihr nächster Gedanke war bei Luisa, die sie doch erst gestern in Schottland zurückgelassen hatte. Himmelherrgott, was war seitdem geschehen?

»Wer außer ihr sollte uns sagen können, wo meine Enkelin zu finden ist?« Don Luigi schien mehr als ungehalten. Er war außer sich vor Wut, was Elle an seiner bebenden Stimme erkennen konnte. »Begreifen Sie denn nicht, dass die Zeit drängt? Es handelt sich um ein fünfjähriges Mädchen. Was ist, wenn sie irgendwo dort draußen herumirrt?«

Sein Blick traf einen weiteren Unbekannten, der neben dem Arzt stand und in Elles Richtung schaute, jedoch ohne ihr besondere Aufmerksamkeit zu schenken. Es war, als ob der Mann mit den dunkelblauen Augen durch sie hindurchsehen würde. Er war noch keine dreißig und hatte kurzgeschorenes, schwarzes Haar. Sein Gesicht war attraktiv und passte gut zu seiner sportlichen Figur, die von einer engsitzenden Designerjeans, einem dunklen Rollkragenpulli und einem graublauen Wolljackett in Szene gesetzt wurde. Er hatte sich als Commissario Michele Panetta von der Staatspolizei vorgestellt. Mit angespanntem Interesse verfolgte er das Gespräch zwischen Don Luigi und dem Arzt im weißen Kittel. Elle entging nicht, dass die gut entwickelte Kiefermuskulatur des Commissario ständige Mahlbewegungen vollzog. Dabei wechselte sein analytischer Blick immer wieder zwischen den anwesenden Männern. Es war deutlich zu spüren, dass er Silvio und seinem Vater misstraute. Recht so, dachte Elle und fühlte sich sogleich zu ihm hingezogen. Dieser Typ würde ihr sicher erklären können, was hier vorgefallen war.

»Das Kind war definitiv nicht im Wagen, als wir den gepanzerten Mercedes aus dem See gezogen haben«, bestätigte er.

»Wie können Sie da so sicher sein?«, fragte Don Luigi aufgebracht.

»Weil die Zentralverriegelung des Wagens noch immer verschlossen war und die Rückscheibe bis auf die beiden Löcher, die nachweislich von Hartkerngeschossen der Marke Swiss P Armour Piercing stammen, unseren Untersuchungen nach unversehrt war, bis sie durch den steigenden Wasserdruck erst eine ganze Weile später geborsten ist«, antwortete er ihrem Exschwiegervater. »Wenn das Kind im Wagen gewesen wäre, hätten wir seinen Leichnam auf dem Rücksitz finden müssen. Außerdem haben wir die Angestellten im Haus ihrer ehemaligen Schwiegertochter befragt. Leider ist das Kindermädchen seit gestern spurlos verschwunden, doch die übrigen Bediensteten sagten aus, Signora Falconi hätte ihre Tochter niemals ohne Kindersitz in den Wagen gesetzt. Auch die Chauffeure, die von der Familie beschäftigt wurden, hatten dahingehend eine strikte Anweisung. Gabrielle Falconi scheint, was die Sicherheit des Kindes betrifft, regelrecht hysterisch zu sein. Also warum sollte sie ausgerechnet vorgestern darauf verzichtet haben?«

Moment, Moment, dachte Elle. Wieso redete der Typ, als ob sie gar nicht anwesend wäre. Und was hieß hier: Kindermädchen verschwunden? Scheibe zerborsten?

»Vielleicht war das Kindermädchen ja auch im Wagen und hat die Kleine aus dem Sitz befreit«, fiel ihm Silvio ins Wort. »Was ist, wenn sie versucht hat, zusammen mit meiner Tochter an die Oberfläche zu schwimmen, und beide dabei ertrunken sind?«

»Ich sagte doch, das Fahrzeug war verschlossen, als wir es gehoben haben«, ereiferte sich der junge Mann mit ungeduldigem Blick. »Außerdem haben unsere Polizeitaucher den gesamten Unglücksort im Umkreis von fünfhundert Metern mit modernstem technischem Gerät abgesucht. Wenn Signora Falconis Tochter und das Kindermädchen mit im Wagen gewesen wären, hätten wir ihre Leichen finden müssen. So haben wir nur den bedauernswerten Chauffeur geborgen.«

»Aber meine Exfrau konnte sich doch auch aus dem Wagen befreien, sonst wäre sie ja nicht hier!«

»Keine Ahnung, wie sie da rausgekommen ist«, erwiderte Silvios Gegenüber mit einem Schulterzucken. »Das Wrack des Mercedes lag in beinahe dreißig Meter Tiefe und die Oberfläche des Sees war zu diesem Zeitpunkt teilweise mit Eis bedeckt. Normalerweise schafft das kein Mensch. Bei vier Grad Wassertemperatur hätte sie selbst als gute Schwimmerin auf ihrem Weg an die Oberfläche einen Kälteschock bekommen.«

»Möglicherweise ist die niedrige Temperatur des Sees der Grund, warum ihre Hirnzellen nicht abgestorben sind«, warf nun der offensichtliche Chefarzt ein.

Elle versuchte vergeblich, dem Disput der Männer zu folgen. Irgendetwas Merkwürdiges ging hier vor. Dabei galt ihre Sorge allein Luisa, die bei dieser Sache unmöglich eine Rolle spielen konnte, befand sie sich doch sicher und gut versorgt auf einem alten Herrensitz im Norden von Schottland. Doch davon durfte weder Silvio noch Luigi etwas erfahren.

Schleichend kehrte die Erinnerung zurück. Sie hatte das Kind in Sicherheit gebracht, weil Alberto ihr einen Hinweis gegeben hatte, dass Silvio womöglich plante, sie umbringen zu lassen, weil er das alleinige Sorgerecht für das Kind haben wollte. Alberto hatte sie bei ihrer Rückkehr aus Schottland am Flughafen abgeholt – und dann? Plötzlich erinnerte sie sich dunkel. Sie war auf dem Weg vom Flughafen nach Hause gewesen. Alberto hatte den Wagen gesteuert, und dann, als er auf die Brücke über den Lago di Bilancino zusteuerte, hatte es einen unheimlichen Knall gegeben. Nein, nicht einen, sondern mindestens zwei. Dann war der Mercedes ins Schleudern geraten und mit ihr und Alberto im zugefrorenen See gelandet. Doch je mehr sie darüber nachdachte, desto weniger begriff sie, wie sie selbst hierhergekommen war und warum die Anwesenden ausnahmslos keine Notiz von ihr nahmen.

»Darf ich daran erinnern, dass Signora Falconi starke Erfrierungen aufwies, als sie eingeliefert wurde?«, schaltete sich der Dottore ein. »Und dass sie Wasser in der Lunge hatte, als sie vom Fahrer eines vorbeifahrenden LKWs am Ufer des Sees wiederbelebt wurde. Ein Beweis dafür, dass sie längere Zeit unter Wasser verbracht haben muss. Zum großen Glück Ihrer Exfrau war der Mann ein ausgebildeter Rettungssanitäter und konnte ihren Zustand so lange stabil halten, bis der Notarzt eingetroffen ist.«

See! Eis! Rettung! Langsam dämmerte es Elle. Alberto war tot, erschossen, und die plötzliche Trauer um den Chauffeur, der nicht nur ihr engster Vertrauter, sondern auch der beste Freund ihres Vaters gewesen war, nahm ihr den Atem. Gott, was war geschehen und was hatten Silvio und sein Vater mit der Sache zu tun?

Verdammt, schoss es ihr in den Sinn. Sie hatten tatsächlich versucht, sie umzubringen! Genau wie Alberto es vorhergesagt hatte. Doch warum waren sie hier und gaben sich so besorgt um sie?

»Bleibt die Frage, wo das Kindermädchen und meine Tochter sich aufhalten und wie es Gabrielle gelingen konnte, aus einer solchen Tiefe und bei solchen Temperaturen an die Oberfläche eines nahezu zugefrorenen Sees zu gelangen«, fügte Silvio beinahe anerkennend hinzu, dabei blickte er mit seinen hellblauen Augen fragend in die Runde, als ob er kein Wässerchen trüben könnte.

Ja! Das hätte Elle auch zu gerne gewusst. Gleichzeitig wurde ihr klar, dass Silvio nicht das Geringste mit ihrer Unversehrtheit zu tun hatte und dass ihm allem Anschein nach auch nicht besonders viel daran lag. Doch sie wollte sich nicht in das Gespräch einmischen. Dann hätte sie ihm vermutlich noch Rede und Antwort stehen müssen. Kurios genug, dass er sie nicht direkt ansprach, sondern so tat, als wäre sie gar nicht da.

Sie war also in diesem See gelandet, und irgendwer hatte sie gerettet und an die Oberfläche gebracht. Schwach erinnerte sie sich an den Mann, der von außen an das Fenster geklopft hatte. Ein dunkelhaariger, glutäugiger Schönling mit glattrasiertem Gesicht, dessen verwegen wirkende Züge von im Wasser schwebenden, schwarzen Locken umrahmt gewesen waren. Vollkommen absurd, dachte Elle im Nachhinein. So etwas war gar nicht möglich. Niemand wäre spontan und vor allem splitternackt in einen dreißig Meter tiefen, eisigen See getaucht, nur um sie aus einem gepanzerten Autowrack zu retten. Selbst wenn es sich dabei um einen noch so guten Rettungsschwimmer gehandelt hätte. Der Mann hätte wissen müssen, dass er dabei nicht nur ihr Leben, sondern auch sein eigenes aufs Spiel gesetzt hätte.

Doch wie auch immer es geschehen konnte, war sie danach in ein Krankenhaus eingeliefert worden. Und wahrscheinlich hatte man Silvio benachrichtigt, weil sie sonst keine leiblichen Verwandten besaß, die bereit waren, für sie die Verantwortung zu übernehmen. Vielleicht hatte irgendjemand bei ihr zu Hause angerufen und sich dort informiert. Aber würden ihre Angestellten bei einem Unfall die Behörden an Silvio Falconi verweisen? Wohl kaum. Schließlich wussten die meisten, dass sie mit ihrem Exmann auf Kriegsfuß stand. Ihre Scheidung war im letzten Jahr wochenlang Thema der lokalen Klatschpresse gewesen. Doch warum hatte Ernestina nicht entsprechend reagiert? Vielleicht hatte sie ein paar Besorgungen gemacht, und die Putzfrau war am Apparat gewesen und hatte in ihrer Not bei der Frage nach Luisas Verbleib auf den Kindesvater verwiesen. Immerhin wäre es eine Erklärung, für den Fall, dass Ernestina tatsächlich nicht auffindbar gewesen war. Das alte Kindermädchen war neben Alberto die Einzige, die über Luisas tatsächlichen Verbleib Bescheid wusste. Elle hatte ihr ein paar Tage freigegeben. Was der Grund für ihr angebliches Verschwinden sein könnte. Vielleicht war sie zu ihrer Schwester nach Pisa gefahren und hatte sich nicht abgemeldet. Obwohl Alberto, der zugleich ihr Ehemann war, bei ihrer Rückkehr aus Schottland nichts dergleichen erzählt hatte.

»Vielleicht hat sie sich irgendwie selbständig aus dem Wrack befreien können und sich nach oben treiben lassen«, gab der Arzt zu bedenken. »Alles spricht dafür. Ihr Zustand ist schließlich sehr kritisch. Aber wenn Sie mich fragen, so sollten wir das nicht unbedingt in Gegenwart der Patientin diskutieren. Manchmal sind Komapatienten durchaus in der Lage, Gespräche zu verfolgen, auch wenn sie nach außen hin recht leblos wirken.«

Komapatienten? Elle hoffte, sich verhört zu haben. Offenbar glaubten alle Anwesenden, sie wäre ohnmächtig und würde nichts mitbekommen. Dabei fühlte sie sich so lebendig wie jeder andere hier, aber vielleicht war es besser, sich totzustellen, mit starrem Blick geradeaus, denn sie hatte überhaupt keine Lust, sich mit Don Luigi oder Silvio zu unterhalten, schon gar nicht über den Verbleib von Luisa.

»Heißt das, Sie glauben, sie kommt bald wieder zu sich und kann uns den Aufenthaltsort des Kindes nennen?« Don Luigi sah den Arzt scharf an.

»Das ist durchaus möglich«, bestätigte der Dottore hoffnungsvoll. »Auch wenn ihre Hirnströme derzeit eher auf eine längerfristige Bewusstlosigkeit hindeuten. Aber bei einer solchen Diagnose wäre es fahrlässig, sich auf zuverlässige Vorhersagen zu berufen.«

Hirnströme? Elle konzentrierte sich auf ihren Kopf und gelangte zu der Überzeugung, dass ihre Hirnströme geradezu Purzelbäume schlugen. Wenn sie sich tatsächlich in einem Krankenhaus befand und nicht etwa in einem schizoiden Traum, ausgelöst durch einen anaphylaktischen Schock, der ihr immer drohte, wenn sie versehentlich Kaviar aß, konnte das nur bedeuten, dass die Messgeräte des Hospitals nicht stimmten. In Italien gar keine Seltenheit, obwohl sie sich offenbar in einer Privatklinik aufhielt, wo so etwas eigentlich eine Ausnahme darstellen sollte.

Hatte sie in den letzten zwei Tagen Kaviar gegessen? Nein. Schottischen Haggis, den ihr Mrs White, Janets Köchin, wärmstens empfohlen hatte. Aber darin befanden sich nur Innereien vom Schaf, die man besser gar nicht erst aussprechen sollte, wie die ältere Frau ihr vorsorglich geraten hatte, geschweige denn darüber nachdenken. Von einer Kaviarfüllung war jedenfalls nicht die Rede gewesen.

Don Luigi wechselte einen raschen, verschlagenen Blick mit seinem Sohn, bevor er sich erneut dem Chefarzt zuwandte. »Sie werden uns also umgehend informieren, wenn sie ansprechbar ist?«

»Selbstverständlich, Signore Falconi«, bestätigte ihm der Dottore diensteifrig. »Da sie ein berechtigtes Interesse am Verbleib Ihrer Enkelin haben und offenbar keinerlei andere Vereinbarungen getroffen wurden, wie ihr Anwalt uns versicherte, übernimmt Ihr Sohn ab sofort die Vormundschaft für die Patientin.«

»Ich fühle mich noch immer für Gabrielle verantwortlich«, säuselte Silvio. »Auch wenn wir geschieden sind, so verbindet uns doch die gemeinsame Liebe zu unserem gemeinsamen Kind.«

Vormundschaft? Elle glaubte, sich abermals verhört zu haben. Das wäre ja noch schöner. Und was die gemeinsame Liebe zu was auch immer betraf, so hatte Silvio offenbar zu viel Kokain geschnupft, das schon zu Zeiten ihrer Ehe sein ständiger Begleiter gewesen war und für die ein oder andere unschöne Streitigkeit gesorgt hatte. Am liebsten wäre sie aufgesprungen und hätte ihn geohrfeigt. Aber das hätte die Sache nicht besser gemacht. Bis auf die Tatsache, dass sie offenbar in einem Krankenbett lag, fühlte sie sich blendend. Doch das musste Silvio nicht wissen. Sie würde aufstehen und ihre Sachen packen, sobald die ehrwürdigen Herren in ihrer zur Schau gestellten Selbstgefälligkeit das Zimmer verlassen hatten, und dann würde sie umgehend von hier verschwinden und ihren Anwalt kontaktieren, damit er den wahren Geschehnissen auf den Grund ging.

»Und auch für meine Tochter werde ich alles tun, was in meiner Macht steht, falls es der Polizei gelingen sollte, sie zu finden«, fügte ihr Exmann mit kalter Stimme hinzu. »Nicht wahr, Commissario Panetta?«

Der junge Mann im sportlichen Jackett und mit der modischen Kurzhaarfrisur, die Elle an einen amerikanischen GI im Zweiten Weltkrieg erinnerte, nickte beiläufig. »Wir tun unser Bestes, Signore Falconi.

Meine Leute haben umgehend eine Fahndung nach der Hausangestellten und Ihrer kleinen Tochter herausgegeben. Soweit wir wissen, hat Ihre Exfrau die kleine Luisa am Donnerstag außerplanmäßig von der Vorschule abgeholt. Am nächsten Tag wurde sie von der vermissten Hausangestellten krankgemeldet.«

»Da stimmt doch was nicht«, fügte Don Luigi wenig hilfreich hinzu.

»Dass hier was nicht stimmt, sehen wir alleine schon an den Einschusslöchern im Wagen«, erwiderte der Commissario leicht genervt. »Auf Gabrielle Falconi wurde ein gezielter Mordanschlag verübt. Und solange wir nicht wissen, wer dahintersteckt, ist jeder in Gefahr und zugleich verdächtig, der zur Familie gehört. Der Chauffeur kann leider nicht mehr aussagen.«

Okay, dachte Elle, der Typ gehörte zur Polizei und war offenbar auf ihrer Seite. Umso besser. Hoffentlich wurde ihm bald klar, dass Silvio und Don Luigi hinter der Sache steckten und garantiert niemand sonst.

Als ob er Elles Einwand verstanden hätte, warf er einen Blick in ihre Richtung und senkte den Kopf.

»Könnte es sein«, schob er, ohne eine Miene zu verziehen, hinterher, »dass Ihre Firma schon einmal in Konflikt mit dem organisierten Verbrechen geraten ist und das Attentat auf Ihre Exschwiegertochter ein Racheakt war?«

Elle sah das fassungslose Gesicht Don Luigis, der sogleich rot anlief vor Zorn.

»Was fällt Ihnen ein?«, erwiderte der Alte mit einem verächtlichen Unterton in der Stimme. »Denken Sie etwa, wir zahlen Schutzgeld? Da sollten Sie lieber mal das Umfeld meiner Schwiegertochter näher beleuchten. Oder das ihres verstorbenen Vaters, dessen Geschäfte stets einen üblen Beigeschmack hatten!«

Wie bitte?, wollte sich Elle empören und wunderte sich bereits, weil niemand etwas auf Don Luigis unverschämte Äußerung erwiderte.

Egal. Ihr Temperament ging mit ihr durch. Tarnung oder nicht, immerhin war jemand von der örtlichen Polizei anwesend, somit würden die beiden Falconis es nicht wagen, sie anzugehen, wenn sie ihrem Unmut Luft machte. »Du Schwein«, entfuhr es ihr laut. »Was fällt dir ein, so über mich und meine Familie zu reden? Ihr wolltet mich umbringen. Aber es ist euch nicht gelungen. Seht her!« Ohne zu überlegen, sprang sie von ihrem Bett und stürmte auf ihn zu, um ihn zu attackieren, doch er machte eine unbewusste, ausweichende Bewegung und sie ging einfach durch ihn hindurch. Einen Moment lang wurde sie von einem äußerst unangenehmen Gefühl ergriffen, ähnlich, wie wenn man das Gleichgewicht verlor und in einen Abgrund stürzte, doch dann konnte sie sich wieder fangen und drehte sich fassungslos zu Don Luigi und seinen Begleitern um.

Von einer ungemeinen Panik ergriffen, näherte sich Elle dem Bett, an dem die Männer mit ratlosen Gesichtern auf die immer noch dort liegende Person blickten.

»Wie groß sind die Chancen, dass sie wieder zu sich kommt?«, fragte Silvio kühl.

»Wie ich schon sagte«, erwiderte der Arzt mit betont leiser Stimme, »das kann sehr schnell gehen, manchmal kann es aber auch Jahre dauern. Beten Sie zu Gott, dass sie Glück hat und nicht in ein dauerhaftes Wachkoma fällt. Dann müssten wir sie in ein Pflegeheim verlegen, das auf solche Fälle spezialisiert ist.«

Ich träume, fuhr es ihr abermals durch den Kopf. Es kann gar nicht anders sein. Hier musste ein riesiger Irrtum vorliegen. Sie lebte, sie atmete, und die Frau, die man vor ihr liegend an eine Beatmungsmaschine angeschlossen hatte und deren Arme mit diversen Infusionen verkabelt waren, sah ihr lediglich verblüffend ähnlich.

Zugegeben, bleich und mit geschlossenen Augen, aber sie hatte das gleiche blonde, schulterlange Haar mit einem Stich ins Rötliche. Dazu dieselben, schmalen Hände mit dem blassrosa Nagellack von Chanel, den sie erst gestern aufgetragen hatte. Außerdem hatte sie drei kleine Muttermale zwischen dem rechten Daumen und dem Zeigefinger, die keinen Zweifel daran ließen, dass die Frau ein genetischer Doppelgänger von ihr sein musste. Aber im Gegensatz zur ihr, die noch den gleichen schwarzen Anzug trug und den figurbetonten, anthrazitfarbenen Rollkragenpulli, hatte man die Frau auf dem Bett in ein schmuckloses weißes Nachthemd gesteckt.

Verdammt. Hatte sie nicht noch Minuten zuvor selbst in diesem Bett gelegen? Elle schluckte und bemerkte erst jetzt, dass diese Regung in ihrer Wahrnehmung nicht den üblichen Nachhall erzeugte. Überhaupt fühlte sie sich eigenartig leicht, obwohl sie sich nicht unbedingt als zierlich bezeichnen konnte. 59 Kilo auf 1,68 Meter. Für eine Laufstegkarriere als Model, von der sie als junges Mädchen immer geträumt hatte, entschieden zu klein und entschieden zu schwer – aber im wirklichen Leben, gekoppelt mit einer kurvenreichen Figur, durchaus akzeptabel.

Nachdenklich hob sie ihre Arme wie früher beim Ballettunterricht und machte eine drehende Bewegung, auf einem Bein, wie eine Pirouette bei »Schwanensee«, was ihr perfekt gelang. Unmöglich. Im Unterricht hatte sie bei dieser Stelle immer das Gleichgewicht verloren. Nun gelang ihr eine formvollendete Drehung. Irgendjemand klatschte Beifall. Doch weder der Arzt noch der Commissario noch Silvio und Don Luigi hatten von ihr Notiz genommen.

Zweifelnd schaute sie sich um und registrierte auf dem Fenstersims einen durchaus attraktiven Endzwanziger in einem dunklen Businessanzug, wahrscheinlich von Ermenegildo Zegna, wie es sich für einen echten Florentiner gehörte. Schon auf den ersten Blick erkannte sie, dass der Kerl zu schön war, um echt zu sein. Sein feuriger Blick aus bleigrauen Augen, umrahmt von dichten, schwarzen Wimpern, schien nicht von dieser Welt zu sein. Dazu kam ein markantes, kühn geschnittenes Gesicht mit einer langen, geraden Nase und einem sinnlichen Mund, wie man es gewöhnlich nur auf den internationalen Modeschauen in Mailand sah. Seine leicht gewellten, lackschwarzen Haare reichten ihm bis über die breiten Schultern und unterstrichen seine männliche Attraktivität eindrucksvoll. Die muskulösen Arme lässig überkreuzt, grinste er sie unverhohlen an und entblößte dabei eine Reihe makellos weißer Zähne. Genau genommen war sie noch nie einem besser aussehenden Mann begegnet. Selbst Silvio verblasste in seiner Gegenwart.

Sie ist einfach atemberaubend, dachte Damian, *und wahrscheinlich wird sie es auf ewig bleiben, ganz gleich, wie oft sie ihr Dasein als Mensch noch einmal von vorn beginnt.* Äußerlich hatte sie sich ein wenig verändert, wenn man von der modernen Businesskleidung mal absah, die mitnichten mit einer opulenten Robe aus dem 15. Jahrhundert zu vergleichen war. Ihre Brüste erschienen ihm unter der geschäftsmäßigen Hemdbluse etwas weniger drall, und auch ihr Hintern war nicht mehr ganz so füllig wie vor fünfhundert Jahren, aber mindestens so knackig und rund. Dafür schienen ihre Beine ein wenig länger zu sein, was ihrer Schönheit beileibe keinen Abbruch tat. Sie hatte noch immer diese wahnsinnig großen, wahnsinnig lindgrünen Augen und einen schön geschwungenen Mund, der einem Mann die reinste Sünde versprach. Ihr rotblondes Haar war zwar nicht mehr ganz so lang und so lockig, aber die neue Frisur stand ihr wirklich gut. Dadurch wirkte sie irgendwie erwachsener als damals und auf eine interessante Art verrucht und geheimnisvoll. Er konnte kaum glauben, dass sie es wirklich war. Doch obwohl es in seinem Herzen gewöhnlich so schwarz aussah wie in finsterster Nacht, versicherte es ihm zuverlässig, dass er die richtige Seele vor sich hatte. Sie war es, und die Tatsache, dass er sie entgegen aller Hoffnungen wiedergefunden hatte, erfüllte ihn mit einem Gefühl, das er seit gut fünfhundert Jahren nicht mehr empfunden hatte. Reine, pure Liebe. Etwas, das im Dasein eines Dämons normalerweise nicht vorgesehen war und ihn ohne weiteres den letzten Rest seiner ohnehin schon kümmerlichen Existenz kosten konnte, wenn er nicht im wahrsten Sinne des Wortes höllisch aufpasste. Aber was bedeutete das schon, wenn man in der weiten Unendlichkeit des Universums wider Erwarten auf die Liebe seines Lebens traf? Eine verloren geglaubte Seele, für die er einst Herz und Verstand gegeben und deren furchtbaren Tod er für die Ewigkeit zu verantworten hatte. Er betrachtete sie mit einem innigen, warmen Gefühl, für das er notfalls noch einmal auf grausamste Weise gestorben wäre. Sie wiedergefunden zu haben, ein winziges Sandkorn in einem Ozean voller Sandkörner, musste mehr sein als nur Zufall. Es war göttliche Bestimmung, eine zweite Chance, die ihm die höchste Macht des Alls zuerkannt hatte. Ganz gleich was der Fürst der Finsternis davon hielt. Es musste so sein, da war er ganz sicher. Obwohl er kein Mensch mehr war, sondern ein Wesen des niederen Äthers, besaß er noch immer die volle Bandbreite menschlicher Gefühle, die er für die Erledigung seiner Aufgaben benötigte. Wobei er in der Regel nur die negativen für sich nutzte. Doch nun war auch das Glück unerwartet mit von der Partie und riss ihn in einen Strudel widersprüchlicher Strömungen, die ihn ganz schwindlig werden ließen. Aufgrund ihres komatösen Zustandes und des daraus resultierenden, niedrigen Energielevels befand sie sich außerhalb ihres Körpers. Das bedeutete, sie war nicht tot, aber auch nicht wirklich lebendig. Und das hieß, im Gegensatz zu einem gesunden Menschen, der sich in seiner leiblichen Gestalt befand, konnte sie ihn sehen. Ob sie ihn wiedererkannte, wenn er sich ihr näherte? Und ob sie ihm glaubte, wenn er ihr die ganze Wahrheit erzählte? Wahrscheinlich nicht. Erfahrungsgemäß reagierten menschliche Seelen außerhalb ihres Körpers zunächst mit Unglauben und Panik. Sie waren auf eine solche Situation nicht vorbereitet und fühlten sich entgegen aller Vernunft noch mit ihrem Leib verbunden. Was zur Folge hatte, dass sie die Veränderung, die mit ihnen vorgegangen war, meist nicht bemerkten. Es dauerte eine Weile, bis sie begriffen, dass sie draußen waren. Er hatte diese Erfahrung selbst machen müssen, nachdem man ihn gehängt und aufgeschlitzt hatte.

Nicht schön, aber man gewöhnte sich daran. Auch wenn ihm ein Dasein als Mensch weitaus angenehmer erschien. Aber er war ja auch in der Hölle gelandet oder an jenem Ort, den die Menschen mit Recht als solche bezeichneten. Vielleicht war es besser, wenn man stattdessen in eine nächsthöhere Sphäre geriet und ins Paradies einkehren durfte.

Doch das konnte er nur vermuten. Normalerweise hatte es einen Sinn, dass die materielle Welt und die sieben restlichen Sphären streng voneinander getrennt waren. Wer würde schon dem universellen Plan folgen und die für ihn bestimmten Prüfungen auf sich nehmen, wenn er die Bühne vorzeitig durch einen Notausgang verlassen durfte? Den meisten war ja noch nicht einmal klar, dass sie sich mit ihrem irdischen Dasein überhaupt in einer Art Prüfung befanden. Umso verwirrter waren sie, wenn sie sozusagen aus Versehen unvermittelt aus dieser selbst gewählten Kulisse herausfielen und ihnen niemand erklärte, warum dies geschah. Was meistens der Fall war, wenn man wie Elle nach einem Unfall künstlich am Leben erhalten wurde, also sozusagen im Nirwana stecken blieb. Einer Art fehlprogrammierter Zwischenwelt, was bei den verantwortlichen Wächtern des Lichts als größter anzunehmender Unfall galt. Es kam nicht oft vor, dass so etwas passierte, aber das Schlimmste daran war, dass sich von den jeweiligen Wächtern des Universums, ganz gleich ob sie zu Licht oder Schatten zählten, meistens niemand zuständig fühlte. Die Wächter des Lichts kümmerten sich in der Regel nur, wenn die Seele bereits als Zugang ins Paradies gemeldet war. Die Vertreter der Finsternis hatten meist überhaupt kein Interesse, weil die Hölle ohnehin wegen

Überfüllung hätte geschlossen werden müssen. Für die betroffenen Seelen war es am schlimmsten, wenn sie die Qualen der Ungewissheit und Einsamkeit ganz allein auf sich nehmen mussten, weil sowohl die Lebenden als auch die Toten sie ignorierten. Und genau in diesem Zustand befand sich nun Gabrielle Falconi, die Damian einst als Gabrielle de' Vincenco kennen- und lieben gelernt hatte. Wieder mal ein Beweis für ihn, wie unvollkommen das Universum war. Aber noch viel schlimmer war, dass er die Schuld an ihrem bedauernswerten Zustand trug. Dabei hatte er schon einmal ihr Leben versaut. Und nun würde er es noch einmal tun und das ihrer Tochter dazu, wenn ihm nicht einfiel, wie er die Geschichte wieder geraderücken konnte.

Was hatte er sich eigentlich dabei gedacht, als er sie aus dem Wrack gefischt hatte, in der wilden Hoffnung, sie könne die sein, für die er sie hielt? Die instinktive Erkenntnis, seine Elle wiedergefunden zu haben, als sich ihre Seele im Todeskampf von ihrem Körper zu lösen begann, hatte ihn aller Vorsicht beraubt. Nachdem er sicher sein konnte, dass es sich um seine verstorbene Frau handelte, hatte ihn nichts mehr zurückgehalten.

Er wollte sie sehen, bei ihr sein, jeden verdammten Tag lang, den sie weiterzuleben hätte, falls sie es schaffte, zurück in ihren Körper zu gelangen. Wenn er sie hätte sterben lassen, so, wie es vorgesehen gewesen war, hätte er sie vermutlich niemals mehr wiedergefunden. Vielleicht wäre sie ja auch gar nicht mehr in die hiesige Welt zurückgekehrt. Dieses Risiko hatte er nicht eingehen wollen. Mit dem bekannten Ergebnis, dass nun gar nichts mehr stimmte.

Trotz seiner Unzulänglichkeiten hatten seine Auftraggeber ihn mit besonderen Fähigkeiten ausgestattet, die weit über die menschlichen hinausgingen und ihm hoffentlich dabei helfen würden, wenigstens einen Zugang zu ihr zu finden.

Damian war in der Lage, Gabrielles Gedanken zu lesen, nicht nur als Mensch, sondern auch solange sie körperlos war, und er wunderte sich, warum sie ihn erst jetzt bemerkte. Wobei ihr eigentlich längst hätte auffallen müssen, dass sich ihre Seele von ihrem Körper gelöst hatte.

»Augenblick mal«, sagte Elle mehr zu sich selbst und unterzog den Kerl auf dem Fensterbrett einer eingehenden Betrachtung. Aus den Tiefen ihrer Erinnerung kam ihr der Typ irgendwie bekannt vor. Klar doch, das musste der Wahnsinnige sein, der ihr diese undefinierbaren Zeichen durchs Wagenfenster gegeben hatte. Am Grunde des Sees! Von außen, wohlgemerkt! Dann war er vielleicht der Rettungsschwimmer, von dem der Dottore gesprochen hatte? Und jetzt besuchte er sie hier im Krankenhaus.

Komisch, bis eben hatte sie ihn überhaupt nicht bemerkt und keiner der Männer im Raum hatte ihn in ihre laufenden Gespräche mit einbezogen. Wobei er doch eigentlich einen Orden verdient hätte.

»Sind Sie …«, begann sie ein wenig ratlos. »Können Sie mich sehen?«, fragte sie vorsichtshalber mit gekräuselter Stirn.

Er klatschte lässig in die Hände und grinste sie an. »Schön, dass du's bemerkt hast, Elle.«

»Wie bitte? Woher kennen Sie meinen Namen?« Was fiel dem Typ ein, sie einfach zu duzen?

»Wir werden Sie und den Commissario sofort informieren, sobald sich auch nur die leiseste Veränderung einstellt«, fiel der Arzt ihnen ins Wort, meinte damit aber nicht Gabrielle oder ihren neu hinzugewonnenen Gesprächspartner, sondern Don Luigi, der den Beifall des Mannes auf der Fensterbank ebenso wenig registriert zu haben schien wie seine Anwesenheit.

»Wir werden rund um die Uhr zwei unserer Polizisten vor der Tür des Intensivzimmers postieren«, versprach der Commissario mit einem linkischen Lächeln. »Und sobald wir etwas über den Verbleib Ihrer Tochter herausbekommen«, fuhr er in seinen Erläuterungen an Silvio gerichtet fort, »setzen wir uns natürlich umgehend mit Ihnen in Verbindung. Bis dahin läuft die Fahndung nach dem Mädchen auf Hochtouren.«

»Unser Anwaltsbüro in Pisa wird alles Notwendige in die Wege leiten, um Sie nach Kräften zu unterstützen«, versicherte Don Luigi und setzte dabei das Grinsen eines gefräßigen Krokodils auf, das Elle bereits bei ihrer ersten Begegnung unangenehm aufgefallen war.

»Können die anderen Sie auch sehen?« Elles fragender Blick galt dem Mann auf der Fensterbank.

Der schüttelte den Kopf und Elle setzte eine verständnislose Miene auf.

»Was soll das bedeuten?«

»Für die sind wir unsichtbar.« Seine Stimme drückte Bedauern aus. Damit nahm er ihr mit einem Schlag jegliche Sicherheit, die sie noch Sekundenbruchteile zuvor als so wohltuend empfunden hatte.

»Unsichtbar«, wiederholte sie tonlos und warf dem Kerl auf der Fensterbank einen Blick zu, der irgendwo zwischen Verzweiflung und Wahnsinn lag. Fassungslos wandte sie sich wieder dem Geschehen vor dem Krankenbett zu.

Nachdem Silvio den Commissario verabschiedet hatte, kroch er der leblosen Frau, die dummerweise genauso aussah wie sie selbst, regelrecht ins Gesicht, ganz so, als ob er sich ihres komatösen Zustandes noch einmal versichern musste. *Sag, du verdammte Hure, wo hast du Luisa versteckt? Dachtest du ernsthaft, dass du sie vor mir in Sicherheit bringen könntest? Wir werden sie auch ohne deine Hilfe finden und dann bist du so tot wie das Bett, in dem du liegst, und ich werde die Vormundschaft über ihr Erbe antreten!*

»Dieser Hund!«, entfuhr es Elle unvermittelt. »Er will tatsächlich meinen Tod? Dachte ich es mir doch! Schämt er sich gar nicht, so offen zu sagen, was er denkt?«

»Er redet nicht laut. Du kannst seine Gedanken hören«, belehrte sie der Kerl vom Fenster mit einer beängstigenden Selbstverständlichkeit in seiner melodiösen Stimme, »die anderen können es nicht.«

»Ich hätte es wissen müssen«, sagte Elle mehr zu sich selbst und hinterfragte nicht einmal ihre neue, unglaubliche Gabe, sondern vielmehr die Tatsache, dass Silvio es tatsächlich auf ihr Leben abgesehen hatte.

»Tja, Elle«, beschied der Kerl am Fenster, »mit Männern hattest du, soweit ich es beurteilen kann, noch nie Glück.«

»Was erlauben Sie sich?« Sie glotzte den Fensterbanktypen an, als ob sie ihn für verrückt hielt.

»Was erlauben Sie sich? Ich wüsste nicht, dass wir uns je vorgestellt worden wären?«

»Oh, tut mir leid«, bekannte er und sprang mit einem eleganten Schwung von der Fensterbank, direkt vor ihre Füße. Erst jetzt sah sie, dass er um einiges größer war als sie selbst und wie in ihrer Erinnerung an die Szene im See eine ziemlich athletisch gebaute Figur besaß. Mit seinen unvergleichlich grauen Augen blinzelte er sie schelmisch an. Danach vollführte er in seinem perfekt sitzenden Designeranzug eine alberne höfische Verbeugung. »Damian de' Castello, stets zu Diensten, Signora Gabrielle.«

»Diesen Namen habe ich noch nie gehört«, giftete Elle zurück. »Und was soll diese alberne Vorstellung? Wir sind hier doch nicht im Theater.«

»Schade, ich hatte gehofft, du könntest dich an mich erinnern und daran, dass dies die Umgangsformen sind, die wir einst gepflegt haben«, behauptete er mit einem bedauernden Lächeln.

»Ich wüsste beim besten Willen nicht, wann ich je einen Mann gekannt hätte, der sich so seltsam benimmt«, schoss Elle ungehalten zurück.

»Glaub mir, Schätzchen, auch wenn dich dein universelles Gedächtnis augenscheinlich im Stich lässt, der Typ da«, er deutete auf Silvio, »mit der gelackten Kurzhaarfrisur und den Gletscheraugen ist nicht der Erste, bei dem du danebengegriffen hast.«

»Das geht Sie überhaupt nichts an!«, ereiferte sie sich und vergaß dabei ganz und gar, dass sie nicht allein im Zimmer waren. Doch die anderen Männer schienen an ihrer Konversation ohnehin nicht interessiert.

»Ich nenne es mal ausgesprochenes Pech, dass du dein Schicksal nicht besser im Blick hast«, fügte ihre neue Bekanntschaft mit einem weiteren Augenzwinkern hinzu. »Ich habe mir sagen lassen, dass man beim Start ins nächste Leben gefragt wird, wie man sein künftiges Dasein gestalten möchte. Kaum zu glauben, dass du dir mit Silvio Falconi einen ähnlichen Schwachkopf ausgesucht hast wie zuvor mit Giovanni de' Vincenco.«

Elle wäre am liebsten davongelaufen. Was redete der Kerl nur für einen Blödsinn? Doch dann kam ihr ein furchtbarer Gedanke. Vielleicht war dies gar kein gewöhnliches Krankenhaus, sondern eine psychiatrische Klinik. Silvio und sein Vater hatten sie unter Drogen gesetzt und hier einliefern lassen, um an Luisa zu kommen, und Damian de' Castello gehörte wie sie selbst zu den Patienten. Wahrscheinlich hieß er auch gar nicht so, sondern hatte sich in seinem Wahn einen anderen Namen gegeben?

Irritiert schaute sie sich um. »Ist das hier eine Irrenanstalt? Sagen Sie mir bitte die Wahrheit! Hat man mich etwa mit Tabletten vollgepumpt und ich habe Halluzinationen? Falls das so sein sollte, will ich sofort meinen Anwalt sprechen. Sein Name ist Dr. Emilio Caesare. Warten Sie, seine Mailänder Telefonnummer kenne ich auswendig. Sie drehte sich um und stürzte auf den Mann im weißen Kittel zu. Bei dem Versuch, ihn am Arm zu fassen, damit er sie nicht länger ignorierte, griff sie ins Leere.

»Wach auf, Elle! Wach auf!«, befahl sie sich in nackter Panik. »Sie haben dich mit Tabletten vollgepumpt. Es kann nicht mehr lange dauern und der Arzt und der Commissario werden bemerken, dass hier etwas nicht stimmt. Dann wirst du unverzüglich von diesem Albtraum erlöst sein.«

Wie in Trance beobachtete sie Silvio, der nun einfach durch sie hindurchmarschierte, um sich von Dottore Lauda zu verabschieden.

Elle spürte, wie ihr die Realität vollkommen entglitt. Ganz gleich, wo sie sich befand, ganz gleich, welcher skurrile Film sich in ihrem Hirn abspulte, sie fühlte sich im Vollbesitz ihrer geistigen Kräfte, weil sie wusste, dass dies alles Trugbilder sein mussten. Und wie um sich zu vergewissern, stieß sie entgegen ihrer zurückhaltenden Natur einen markerschütternden Schrei aus. Doch Silvio drehte sich nicht einmal zu ihr um, und auch sonst reagierte keiner der Anwesenden. Bis auf den langhaarigen Kerl vom Fenster, der nur unweit von ihr entfernt stand und sie mitleidig anlächelte. Wie ein trotziges Kind ließ sie sich zu Boden fallen und begann bitterlich zu weinen.

»Ich möchte dich ja nicht enttäuschen«, begann ihr vermeintlicher Mitpatient mit einfühlsamer Miene und hockte sich neben sie, um ihr tröstend eine Hand auf die Schulter zu legen. »Aber es wäre besser, wenn du dich wenigstens vorübergehend an diesen Zustand gewöhnen könntest. Ich fürchte, so rasch wird sich nichts daran ändern.«

Elle warf den Kopf in den Nacken und stierte ihn aus verweinten Augen an. »Was ist hier los?«, schrie sie, so laut sie konnte. »Bin ich tot? Oder bin ich vollkommen verrückt? Oder beides?«

»Nichts von allem«, versuchte er sie mit seiner dunklen Stimme zu beruhigen. »Dein Körper besitzt nicht genug Energie, als dass du einfach in ihn zurückkehren könntest. Wenn er sich von seinem Schock erholt hat und es ihm besser geht, kannst du versuchen, wieder hineinzuschlüpfen.« Mit einem müden Grinsen deutete er auf Silvio und Luigi.

»Falls diese beiden netten Herrn und ihre willfährigen Handlanger dir die nötige Zeit dafür lassen.»

»Das ist alles nicht wahr«, stammelte Elle in dem verzweifelten Verlangen, auf der Stelle von diesem scheußlichen Zustand erlöst zu werden. »Sie sind nicht wahr!«, schrie sie ihrem fürsorglich dreinschauenden Gegenüber entgegen. Rastlos sprang sie auf und rannte durchs Zimmer, ohne Rücksicht darauf, ob sie einen Körper besaß oder nicht. »Wahrscheinlich habe ich wie üblich zu wenig geschlafen«, beruhigte sie sich, dann wandte sie sich zu ihrem Begleiter um und starrte ihn wutentbrannt an, »und befinde mich gerade in einem nicht enden wollenden Albtraum. Aber auch das geht vorbei«, redete sie sich hastig ein. »Spätestens morgen früh, wenn ich aufwache, wird das alles vergessen sein, und Sie sind Geschichte.«

Plötzlich bemerkte sie am anderen Ende des Zimmers dunkle Schatten, die wie giftige Pilze aus dem Boden schossen und sich mehr und mehr zu zwei düster aussehenden Männergestalten verdichteten. Der Kerl vom Fenster stellte sich, ohne dass sie ihn darum gebeten hätte, schützend vor sie. Ungläubig beobachtete Elle, wie die Schatten von Silvios und Luigis Körpern regelrecht Besitz ergriffen und in einer fließenden Bewegung eins mit ihnen wurden. Gemeinsam machten sie sich auf, das Krankenzimmer zu verlassen.

»Warum hast du nicht vorher sichergestellt, wo Gabrielle die Kleine gelassen hat«, zischte Luigi seinem Sohn beim Rausgehen leise genug zu, dass es außer Elle offenbar nur Silvio verstehen konnte. »Dann müssten wir uns jetzt nicht mit dem reglosen Kadaver ihrer Mutter herumschlagen. Was ist, wenn sie zwischenzeitlich wach wird und gegenüber dem Commissario eine Aussage macht? Vielleicht kann sie sich denken, wer hinter dem Anschlag steckt, und plaudert ihm gegenüber fröhlich drauflos. Hast du eine Ahnung, was es mich gekostet hat, die Staatsanwaltschaft zu bestechen, damit sie den Gerichtsbefehl verschwinden lassen, der es dir verbietet, mit deiner Exfrau und dem Kind Kontakt aufzunehmen?«

Elle war ihnen sprachlos gefolgt. Wenn das alles ein Traum war, so war es der realistischste, grausamste Albtraum, den sie je hatte, und doch vermochte sie es nicht, sich von den Geschehnissen zu lösen.

»Ich war sicher, dass Luisa sich in der Obhut ihres Kindermädchens befinden würde«, rechtfertigte sich Silvio ebenso leise, nachdem er mit seinem Vater draußen auf dem Flur angekommen war. Zwischen dem hektisch umhereilenden Krankenhauspersonal konnte er davon ausgehen, dass sie niemand belauschte. »Antonio hat mir offenbar die falschen Informationen geliefert. Er war überzeugt davon, dass sich Luisa im Haus aufgehalten hat. Angeblich hat das Kindermädchen sie in der Vorschule krankgemeldet.«

»Na wunderbar«, zischte sein Vater mit zusammengebissenen Zähnen. »Und was wäre gewesen, wenn sie auch im Wagen gesessen hätte? Dann wäre das Erbe der Leonardos ungebremst in den Schoß der katholischen Kirche gefallen. Die hat der gute Salvatore nämlich als Nächstes in die Erbschaftsnachfolge nach Tochter und Enkelin geschrieben. Es ist doch erstaunlich, wie viele Mafiosi auf ihre alten Tage plötzlich eine reuige Ader entwickeln und glauben, mit einer großzügigen karitativen Spende sogar das Jüngste Gericht bestechen zu können«, stieß Luigi verächtlich hervor. »Wobei sie gerne vergessen, dass das Blut, der Schweiß und die Tränen, die daran kleben, mitnichten von ihnen selbst vergossen wurden.« Er lachte gehässig, was seinen Sohn wenig zu beeindrucken schien. Silvio wirkte plötzlich nachdenklich.

»Luisa kann nichts dafür, dass sie den falschen Großvater hatte«, erwiderte er schroff und ließ offen, ob er Don Salvatore oder Don Luigi meinte. »Antonio wird mir dafür büßen«, knurrte er finster. »Ich werde Vittorio beauftragen, ihm eine Lektion zu erteilen, die er so schnell nicht vergessen wird.«

»Was ist mit dem Kindermädchen?«, murmelte sein Vater beiläufig.

»Ihr Verhör hat nichts gebracht«, entgegnete Silvio ebenso leise, wobei er sich auffällig nach dem Commissario umschaute, der noch einen Moment bei dem hünenhaften Leibwächter in Polizeiuniform stehengeblieben war, um mit ihm ein paar Worte zu wechseln. Bis dato hatte der Mann in stoischer Gleichgültigkeit und bis an die Zähne bewaffnet auf einem unbequemen Stuhl vor dem Krankenzimmer ausgeharrt, was er wohl auch weiterhin tun würde.

»Hat Vittorio die alte Kinderfrau wenigstens sauber verschwinden lassen?«

»Selbstverständlich«, antwortete Don Luigi. »Er hat sie in einem Krematorium zusammen mit einer anderen Leiche verbrennen lassen.

Schließlich gehört der Laden zu unserer Firma, und sein Cousin, der in unserem Auftrag die Geschäfte führt, steht bis zum Hals in unserer Schuld. Er hat die Angelegenheit unauffällig und für kleines Geld erledigt. Auf diese Weise wird die Asche der Alten auf immer und ewig unauffindbar bleiben. Eine wesentlich elegantere Methode, wie ich finde, als seine Widersacher zu verscharren oder in Beton einzugießen. So etwas macht man heutzutage nicht mehr.«

Elle hatte jedes Wort mitangehört, und obwohl sie augenscheinlich körperlos war, empfand sie im Nachhinein grenzenloses Entsetzen, dessen Intensität sie nicht zu fassen vermochte. Dass Alberto tatsächlich kaltblütig ermordet aus dem Wrack ihres Wagens geborgen worden war, vom Grund eines eisigen Sees, war an Grauenhaftigkeit kaum zu überbieten gewesen, aber dass man Ernestina auf Silvios Befehl hin umgebracht und in einem Krematorium deren Asche hatte verschwinden lassen, überstieg ihre Vorstellungskraft.

Nachdem der Commissario unter einer kurzen Verabschiedung schließlich gegangen war, vergewisserte sich Don Luigi, dass er nicht beobachtet wurde, und schlenderte auf den Mann zu. Plötzlich tauchte vom Flur her eine weitere schattenhafte Gestalt auf, die sich des Leibwächters bemächtigte, indem sie unbemerkt in dessen Körper schlüpfte.

»Können wir kurz ein paar vertrauliche Worte wechseln?«, fragte Don Luigi, der davon ebenfalls nichts bemerkt hatte, den Wachpolizisten scheinheilig.

Der Mann blickte ihn misstrauisch an, doch als Luigi neben ihm in die Hocke ging, wechselte seine Mimik zu erwartungsvollem Erstaunen.

»Hören Sie«, begann Luigi mit einem schleimigen Lächeln, »mein Sohn und ich wollen wirklich sichergehen, dass Signora Falconi nichts Unvorhergesehenes zustößt, wenigstens bis wir meine Enkelin in Sicherheit wissen. Ihr Attentäter läuft schließlich noch immer frei da draußen herum. Nicht, dass ich Ihnen und unserem geschätzten Staatsapparat nicht angemessen vertrauen würde«, bemerkte er mit einer jovialen Geste, »aber es gibt augenscheinlich üble Kräfte, die es auf die Familien Leonardo und Falconi abgesehen haben.« Beiläufig zückte er einen Fünfhunderteuroschein und steckte ihn dem Mann in die Tasche seiner Uniformjacke. »Deshalb möchte ich gerne als Erster wissen, was hier läuft. Das ist für Sie, damit Sie zunächst mich und dann erst Ihren Boss informieren, falls sich der Zustand meiner Schwiegertochter unvermittelt ändern sollte.« Mit einem dreisten Grinsen zückte er einen weiteren Fünfhunderter und steckte ihn zu dem anderen Schein. »Ich verlass mich auf Sie.« Er zwinkerte ihn aufmunternd an und fügte dem Geld eine Visitenkarte hinzu, die seine Mobiltelefonnummer enthielt. »Es reicht vollkommen, wenn Sie Ihren Chef im Falle des Falles zehn Minuten später anrufen als mich.«

»Ich weiß nicht«, widersprach der vielleicht fünfundvierzigjährige Polizist. »Ich darf das eigentlich nicht annehmen.«

»Haben Sie Kinder?«, fragte Don Luigi und setzte dabei die mildtätige Miene eines über jeden Zweifel erhabenen Priesters auf. Mit sichtlicher Zufriedenheit registrierte er, wie der Mann nickte.

»Zwei Söhne. Sie gehen noch zur Schule.«

»Na, dann sehen Sie es als kleine Zuwendung für die Jungs an. Vielleicht wünschen sie sich ja schon länger ein Mobiltelefon oder einen Laptop. Sie tun ja nichts, was gegen das Gesetz verstößt. Ich meine, es ist nur ein Anruf. Nicht mehr.«

Der Mann schien noch immer nicht ganz überzeugt, behielt aber das Geld, und damit hatte Luigi ihn am Haken.

»Er hat ihn bestochen?« Elles Stimme gipfelte in schierer Empörung, wobei sie fast vergaß, in welch seltsamem Zustand sie sich befand. Aufgebracht schaute sie ihren charismatischen Begleiter an, der ihr augenscheinlich nicht von der Seite wich. »Wieso tut er das? Was will er von dem Mann?«

»Also, wenn das nicht sonnenklar ist.« Der Kerl mit den grauen Augen legte den Kopf schief und warf ihr einen verständnislosen Blick zu. »Der alte Aasgeier will als Erster den Aufenthaltsort deiner Tochter erfahren, falls du plötzlich wach wirst und zu plaudern beginnst. Spätestens wenn er diese Information hat, wird er zuverlässig dafür sorgen, dass du nicht mehr in deinen Körper zurückkehren kannst, und zwar noch bevor die Polizei Wind von der Sache bekommt.«

Ungläubig schaute sie zu ihrem neuen Vertrauten auf, dessen düsterer Blick diese Bezeichnung nicht im Geringsten rechtfertigte.

Ihre Not schien ihn nicht zu beeindrucken. Irgendwie gleichgültig schaute er Don Luigi und seinem Sohn hinterher, als sie lässig wie zwei Geschäftsmänner, die soeben einen erfolgreichen Deal abgeschlossen hatten, zum Aufzug schlenderten. Die Köpfe voll mit kruden, furchterregenden Gedanken, die Elle wie mit einem Sender ausgestattet empfing und deren Bilder sie problemlos Hieronymus Boschs Endzeitvisionen zuordnen konnte.

Von zwei dunklen Schatten verfolgt, verschwanden die beiden Männer nach einer Weile aus ihrem Blickfeld.

»Wir sollten gehen«, schlug ihr selbsternannter Beschützer vor, als plötzlich zwei neue Schatten aus dem Boden wuchsen und sich offenbar für sie beide zu interessieren schienen. »Bevor es noch ungemütlicher wird.« Ehe Elle dagegen protestieren konnte, hatte er sie beim Handgelenk gepackt und zog sie gegen ihren Willen weg von diesem Ort, diesem Bett und von ihrer sterblichen Hülle, in einen grauen, alles umfassenden Nebel.

KAPITEL 3

Alte Rechnungen

Januar 2014 – Florenz

Der Schrei blieb in Elles Kehle stecken, dazu fehlte ihr der Atem. Mit einem Gefühl, als ob sie im Waggon einer Achterbahn säße, die in einen tausend Meter tiefen Abgrund stürzte und ihr die Luft aus den Lungen presste, wurde sie von dem Fremden mitgerissen, und das Einzige, was ihr in ihrer Bodenlosigkeit Halt gab, war der Druck seiner kräftigen, aber wahrscheinlich imaginären Hand. *Das ist alles nicht wahr*, hämmerte es in ihren Gedanken. Sie schlief. Sie träumte. Sie war wach. Sie war verrückt. Oder. Sie war tot. Und dies war tatsächlich das Jenseits.

»Heilige Mutter Gottes Maria, die du bist gebenedeit unter den Frauen …« Seit Jahren hatte sie nicht mehr gebetet, wenn man vom obligatorischen Nachtgebet einmal absah, das sie Abend für Abend mit Luisa aufsagte, und das nur, weil sie es selbst so von ihrer Mutter gelernt hatte. Nicht etwa, weil sie an Gott glaubte oder an irgendetwas anderes Metaphysisches. Doch was tun Menschen nicht alles, wenn sie ohne

Vorwarnung aus ihrem gewohnten Leben katapultiert werden, offenbar vom Tode bedroht?

Damian de' Castello spürte Gabrielles abgrundtiefe Angst beinahe körperlich, obwohl auch er keinen Körper im eigentlichen Sinne besaß. Zu gerne hätte er sie berührt, sie in den Arm genommen, wie früher, als sie noch ein Paar waren und glücklich miteinander lebten, aber schon allein der Versuch, das wusste er, hätte alles nur noch schlimmer gemacht.

Er wusste nur zu gut, wie sie sich fühlte. Er hatte das selbst alles schon einmal erlebt. Ungefragt aus seinem Körper gerissen zu werden war für einen materialisierten Menschen, dessen Erinnerung an das Jenseits bei Eintritt in ein neues Leben automatisch gelöscht wurde, äußerst beängstigend. Die Überraschung, der Unglaube und die entsetzliche Angst, wenn man seine physische Gestalt plötzlich von außen sah, kalt, tot oder, wie Elle, als lebende Leiche, würde er niemals vergessen.

Zunächst einmal galt es, sie davon zu überzeugen, dass sie ihre momentane Realität als die einzig wahre erkannte. Angestrengt überlegte er, wohin er sie bringen könnte, damit sie sich ein wenig beruhigte. An irgendeinen Ort, wo er in aller Ernsthaftigkeit mit ihr reden könnte. Einen Ort, an dem sie bereit wäre, ihm zuzuhören, ihm zu vertrauen.

Es gab da ein paar fantastische, nichtssagende Sphären. Die sogenannten Wartesäle zur mentalen Reinigung gepeinigter Seelen. Virtuelle Kulissen mit langweiligen Harmonieszenen, in denen sich die Anwärter für das Licht von emotionalem Ballast befreiten. Dorthin führten die Wächter des Lichts die Verstorbenen, wenn sie noch zu viel Schmerz und Leid aus ihrem vorherigen Leben mit sich herumtrugen. Doch aus irgendeinem Grund wurde von diesem Angebot wenig Gebrauch gemacht. Wahrscheinlich weil die überwiegende Zahl der Kandidaten, die ins Licht gingen, ein eher unspektakuläres Leben und einen noch unspektakuläreren Tod gehabt hatten, der eine solche Prozedur nicht notwendig machte. Damian war der Zugang zu den Wartesälen eigentlich verwehrt, aber er hatte herausgefunden, wie man die Alarmsysteme der Wächter des Lichts umging, und so zog es ihn ab und an dorthin, wenn er genug hatte von Mördern, Räubern, Betrügern und Terroristen oder gewissenlosen Zuhältern, die wehrlose Mädchen zu Sklavinnen machten und sie an irgendwelche perversen Arschlöcher verkauften. Oder wenn ihm seine Mitstreiter auf den Geist gingen, der gesammelte Abschaum der ehemals physischen Welt, denen es im wahrsten Sinne des Wortes ein höllisches Vergnügen bereitete, irdische Idioten zu jenen Untaten zu verführen, die sie selbst in die Hölle gebracht hatten. Der künstlich erzeugte Kitsch, der einem in den Wartesälen entgegensprang und von den Wärtern des Lichts durchaus so beabsichtigt war, schien in seinen Augen tatsächlich die beste Medizin gegen all das Elend und die unerträglichen Abgründe zu sein, mit denen er sich sozusagen von Berufs wegen herumschlagen musste. Blieb zu hoffen, dass sich auch Elle davon beeindrucken ließ. Er durfte sich nur nicht mit ihr dort erwischen lassen. Die Wächter des Lichts, in deren Herrschaftsbereich die Wartesäle fielen, sahen es ganz und gar nicht gerne, wenn sich Dämonen darin aufhielten. Ein Platzverweis war noch das Angenehmste, was einem blühte. Schlimmer wäre in jedem Fall eine Einkerkerung in den »Kubus des ewigen Nichts«, dem eine Verhandlung vor dem Jüngsten Gericht vorausging, dem alles unterstand, was das Universum umfasste. Wer von dort aus in die Verbannung geschickt wurde, hatte keine Chance, jemals in den Kreislauf von Licht und Schatten zu gelangen. Auf ewig verschlungen von einem niederenergetischen Loch, in dem weder Licht noch Schatten existierten, durfte man allenfalls noch in seinen Erinnerungen schwelgen, aber auch die verblassten mit den Jahren, hatte er sich sagen lassen (obwohl noch nie jemand von dort zurückgekehrt war).

Elle zwinkerte ungläubig. So rasch, wie der Kerl sie aus diesem vermeintlichen Krankenzimmer entführt und durch diesen grauen Nebel gezerrt hatte, so abrupt stoppte er mit ihr auf einer grünen Wiese, unter blauem Himmel, an einem Ort, der ihr seltsam surreal erschien und den sie noch nie zuvor gesehen hatte. Oder doch? Teletubby-Land war ihr erster klarer Gedanke, den sie nach einer Flut von Panik erregenden Eindrücken fassen konnte. Hier sah es tatsächlich so aus wie in Luisas früherer Lieblingssendung, in der bunte Fantasiefiguren auf einem frisch gemähten Rasen ihre Kapriolen drehten und echte Kaninchen zwischen unechten Blumen unter gleißenden Sonnenstrahlen umherhoppelten.

Auch wenn von Entwarnung keine Rede sein konnte, so fasste sie doch den Mut, ihren Begleiter, der sie in diese fremde Welt entführt hatte und nun neben ihr stehengeblieben war, von der Seite her zu betrachten. Eigentlich passte er so gar nicht hierher und im Gegensatz zu dieser merkwürdigen Umgebung sah er verdammt real aus. Sein markantes Gesicht war mit einem leichten Bartschatten belegt, der so dunkel wirkte wie der Blick seiner diabolischen grauen Augen. Darin lag der Ausdruck eines lauernden Raubtiers, der durch die angespannte Haltung seines athletischen Körpers verstärkt wurde. Sein weicher Mund, breit, mit leicht nach oben geschwungenen Winkeln, wirkte weit weniger grimmig als sein Blick und kündete von einem Hauch Ironie, die in einem zuversichtlichen Lächeln gipfelte, als er spürte, wie sie ihn angaffte.

»Das ist leider das Beste, was ich dir momentan bieten kann«, sagte er und zuckte entschuldigend mit den Schultern. »Sobald du dich ein wenig an deinen Zustand gewöhnt hast, gehen wir auf Reisen, das verspreche ich dir.«

Elle rätselte noch immer, wer dieser Typ war und was er eigentlich darstellte. Mit seinem dunklen Businessanzug und einem schwarzen Hemd hätte er alles sein können. Angefangen vom Priester, über Bankangestellter bis hin zum Mafioso, wobei Letzteres ihr am wahrscheinlichsten erschien. Aber ganz gleich, was oder wer er auch war, er passte ebenso wenig in diese künstlich bunte Kulisse wie sie selbst.

»Verdammt! Ich will sofort wissen, in was für einem schizoiden Wahn ich mich hier befinde!« Elle hatte keine Mühe, ihre guten Manieren zu vergessen, glaubte sie doch noch, Teil eines bizarren Traums zu sein, aus dem es augenscheinlich kein Entrinnen gab. Aber irgendetwas (wahrscheinlich ihr Verstand, falls dieser überhaupt noch existierte) in ihr weigerte sich, den darin vorkommenden Gestalten und Geschehnissen eine auch nur annähernd realistische Bedeutung beizumessen.

»Hör zu«, erwiderte der Fremde, während sein Blick nervös die Umgebung scannte. »Das alles mag dir ein wenig seltsam vorkommen, aber es ist besser, wenn du mir vertraust und mich machen lässt. Wir kriegen das wieder hin, ich verspreche es dir. Du musst mir nur ein wenig Zeit lassen.«

Sie schaute zu ihm auf, zweifelnd und wütend zugleich. »Machen Sie es sich nicht ein wenig einfach, wenn Sie wie selbstverständlich davon ausgehen, ich wüsste, was hier gerade geschieht? Das Mindeste, was ich verlange, ist eine vernünftige Erklärung für all das.« Mit einer ausschweifenden Bewegung deutete sie auf ihre skurrile Umgebung, die mit ihrem endlos erscheinenden, sonnenüberfluteten Horizont einem übergroßen Fernsehstudio glich. Gepaart mit der wahnwitzigen Hoffnung, dass diese merkwürdige Kulisse wie eine Seifenblase zerplatzte und sich in eine realistische Umgebung verwandelte, wünschte sie sich nichts sehnlicher, als aufzuwachen. Im besten Fall in ihrem Bett, in dem sie aller Wahrscheinlichkeit nach eingeschlafen war.

Doch anstatt zu antworten, wurde ihr Begleiter nur noch unruhiger und schickte sich an, sie erneut am Handgelenk zu fassen, um sie mit sich fortzuziehen.

Elle stemmte instinktiv ihre Fersen in den schachbrettartigen Rasen und weigerte sich standhaft, auch nur einen Schritt zu tun, als es plötzlich unglaublich hell wurde und sich direkt vor ihr ein gleißend leuchtendes Tor öffnete. Sofort wurde sie von einer wunderbaren Wärme eingelullt, die so angenehm war, dass sie alles um sich herum vergaß.

»Das hat uns gerade noch gefehlt«, knurrte der Kerl an ihrer Seite und zerrte sie unsanft zurück.

Elle glaubte ihren Augen nicht zu trauen, als sie die rötlich gelockte Gestalt mit der Lilie erblickte, die so unvermittelt vor ihr kniete, als ob sie ihr einen Heiratsantrag machen wollte. Sie kannte den Typen. Von einem mehr als fünfhundert Jahre alten Gemälde. Sandro Botticellis Verkündigung. Es hing in den Uffizien in Florenz.

»Gabriel«, zischte ihr Nebenan reichlich verärgert. »Hast du dich etwa verlaufen?«

»Das könnte ich wohl eher von dir behaupten«, zischte der andere mit einem gefährlich leisen Unterton in der Stimme, die ebenso gut zu einer Frau gehören konnte.

»Gabriel?« Elle glotzte die rotgelockte androgyne Erscheinung mit aufgerissenen Augen an. »Tatsächlich? Der Erzengel?«

Kaum zu glauben, aber ein weiterer Beweis dafür, dass sie entweder verrückt geworden war oder wahrhaftig träumte. War es nicht so, dass sich das Gehirn Traumfiguren aus dem täglich Erlebten zusammensuchte? Ja natürlich, beruhigte sie sich. Botticellis Gemälde kannte in

Italien jedes Kind, und sie selbst hatte Kunst studiert. Also kein Wunder, wenn ihr Unterbewusstsein eine solche Figur in ihre Träume einbaute.

»Ich bin gekommen, um dich heimzuführen«, verkündete ihr der Engel mit hochnäsiger Miene und reichte ihr seine feingliedrige Hand.

»Mich? Heimführen? Wohin denn?« Elle sah sich irritiert um, weil sie sicher war, dass der vermeintliche Heilsbringer eine andere Person im Visier hatte. Als sich das Licht mit einem Mal tausendfach verstärkte, spürte sie einen unwiderstehlichen Sog, der von ihm ausging und das Verlangen, auf der Stelle in diese unglaubliche Helligkeit eintauchen zu wollen. Die Wärme, die Liebe, die Leichtigkeit, die sie plötzlich empfand, war millionenfach berauschender als jeder Champagnerschwips. Alles um sie herum versank in einem Meer wohltuender Gleichgültigkeit. Luisa, Janet und erst recht der dunkelhaarige Kerl an ihrer Seite, dessen stählerne Faust ihr Handgelenk umklammerte, als ob er mit ihr verschmelzen wollte, wurden vollkommen bedeutungslos.

»Diesmal kriegst du sie nicht!«, knurrte es neben ihr. Mit einer unfassbaren Gewalt wurde sie aus diesem watteweichen Paradies zurückgerissen.

»Sie gehört uns, mit Geist und Seele«, schrie das Engelsgesicht ihnen aufgebracht hinterher. Verfolgt von dessen vernichtender Miene, landete sie zusammen mit ihrem dunkelhaarigen Gefährten augenblicklich in einer düsteren Umgebung voll eisiger Kälte.

Der Aufprall war heftig. »Das wird dich deine zweite Chance kosten …!«, verhallte die Stimme des Engels hinter ihnen.

Als Elle wieder halbwegs zu sich kam, erblickte sie neben ihrem Begleiter eine finstere Ruinenwelt, die weitaus besser zu seinem grimmigen Gesichtsausdruck passte, zumal es hier zu allem Übel in Strömen regnete. Unvermittelt war sie auf seiner breiten, muskulösen Brust gelandet und fand sich nun auf dem Boden sitzend in seinen Armen wieder. Eine Situation intimer Peinlichkeit entstand, als sie einen Schlag zu lange in seine intensiven Augen schaute. Ihre Lippen waren nur einen Hauch voneinander entfernt, und einen irrwitzigen Moment lang gewann sie den Eindruck, als ob die Luft zwischen ihnen knisterte und er versucht war, sie zu küssen.

»Was soll das?«, schrie sie ihn an und riss sich hastig los, was sie nach hinten taumeln und mit dem Hintern zuerst in der nächstbesten Pfütze landen ließ. »Warum haben Sie mich nicht dort gelassen?«

Selbst erschrocken von ihrer kompromisslosen Bereitschaft, diesem ominösen Engel zu folgen, blitzte sie ihren selbsternannten Retter an, in dem dringenden Bedürfnis, ihn auf der Stelle zu erwürgen.

Dieser rappelte sich keuchend auf die Beine, auch er musste sich erst einmal orientieren, so, wie es aussah. Hastig half er ihr auf die Füße und zog sie in den Schutz eines verfallenen Gebäudes. Wenigstens suchte der Kerl, der allem Anschein nach mühelos über ihren Aufenthalt bestimmte, einen Unterstand. Eine uralte, kaum überdachte Ruine, umringt von kahlen Bäumen und einer düsteren, felsigen Landschaft als Hintergrundkulisse, die jedem Gruselschocker zur Ehre gereicht hätte. Für Elle ein weiteres Indiz dafür, dass sie sich fernab jedweder Realität befand und dies nur ein Traum sein konnte.

Ohne um Erlaubnis zu fragen, legte er seine schützenden Arme um ihre Schultern. Elle glaubte seine Wärme zu spüren, seine harten Muskeln unter dem knitterfreien Designeranzug und damit seine offensichtliche Kraft, der sie nicht besonders viel entgegenzusetzen hatte, obwohl er wie sie auch offenbar kein Wesen aus Fleisch und Blut war.

Aufgewühlt betrachtete sie sein ernstes Gesicht und die gerade Nase, mit der er ein missbilligendes Schnauben ausstieß.

»Ich hätte dieser hinterlistigen Schlange von einem Engel nicht trauen dürfen«, schimpfte er. »Um Haaresbreite hätte er dich ins Licht gelockt. Dann hätte ich nichts mehr für dich tun können.«

»Was soll das heißen?«, blaffte sie ihn an.

»Aus dem Licht ist noch niemand zurückgekehrt«, erklärte er lapidar. »Es sei denn, es wurde ein Neustart bestimmt, so wie bei dir, aber dann kannst du dich an nichts mehr erinnern, was in deinem vorherigen Leben passiert ist. Du fängst nochmal ganz von vorne an. Du wirst geboren, bekommst die ersten Zähne, trägst Windeln, und für die nächsten achtzehn Jahre bist du, wenn es schlecht läuft, an unfähige Menschen gekettet, die behaupten, es gut mit dir zu meinen, dir in Wahrheit aber nur ihren einfältigen Willen aufzwingen. Ganz zu schweigen davon, dass du zumeist den gleichen dümmlichen Seelen wiederbegegnest, mit denen du das letzte Leben verbracht hast. Was du aber dank deiner fehlenden Erinnerung kaum wahrnehmen wirst.«

Sie schloss die Augen und atmete tief durch. Ihr war schon ganz schwindelig von diesem Schwachsinn! Ich will wach werden, dachte sie. Nur wach werden. Dieser Albtraum muss sofort aufhören!

»Du bist wach, verdammt noch mal!« Er brüllte so heftig, dass sie vor Schreck zusammenzuckte. Er konnte also Gedanken lesen – oder hatte sie versehentlich laut gedacht?

»Und ob du es wahrhaben willst oder nicht«, fuhr er nicht weniger wütend fort, »soeben ist dir ein Wächter des Lichts in Gestalt des Erzengels Gabriel erschienen. Der schleimigsten Sorte von Engel, die das sogenannte Himmelreich zu bieten hat. Er taucht nur auf, wenn es etwas für ihn zu holen gibt. Er ist die letzte Instanz, bevor dein irdisches Leben definitiv zu Ende ist. Wer ihm folgt, kann nicht zurück. Aber anstatt die Betroffenen darüber aufzuklären, lullt er sie ein mit seinem unwiderstehlichen Licht und nimmt ihnen damit das letzte Fünkchen Verstand. Auf dass sie bereitwillig alles zurücklassen, was ihnen je etwas bedeutet hat!«

In einem Anfall hysterischen Spotts fuhr sie zu ihm herum. »Was kann ich dafür, dass du offensichtlich ein Problem mit dem Typen hast? Oder denkst du vielleicht, ich hätte ihn mir herbeigewünscht?«

»Du kapierst es nicht! Er verführt unbedarfte Seelen wie dich, ins Licht zu gehen, obwohl sie auf Erden durchaus noch eine Chance haben. Ihm ist es ganz egal, was mit den Hinterbliebenen geschieht. Wenn du mit ihm gegangen wärst, wäre deine Tochter ihrem Vater auf Gedeih und Verderb ausgeliefert gewesen!«

»Nein, nein, nein!«, protestierte Elle und hielt sich in schierer Verzweiflung den Kopf. »Dieser Gabriel ist nichts weiter als eine Halluzination. Ein ziemlich übler Streich meines Unterbewusstseins, indem es nicht nur diesen Engel, sondern gleich auch die Kulisse der ewigen Verdammnis erschafft. Ich kenne diesen Gabriel nämlich. Er ist mir schon mal in den Uffizien begegnet. Schließlich habe ich während eines Studienpraktikums ein Essay über seine Rolle in der Kunst des 15. Jahrhunderts verfasst.«

»Du kennst den Kerl?«, fragte ihr Begleiter erstaunt und zog argwöhnisch eine seiner dunklen Brauen hoch. »Und was ist mit mir? Wenn du dich an diesen Schleimpfropfen erinnern kannst, müsste es dir doch auch möglich sein, dich an mich zu erinnern?«, fragte er hoffnungsvoll.

Doch sie runzelte nur missmutig die Stirn, in der erschreckenden Erkenntnis, dass ihre Rechnung mit den bereits bekannten Gesichtern nicht aufzugehen schien.

»Denk nach!«, forderte er barsch. »Ist denn da wirklich gar nichts mehr?«

»Erinnern an was?«, fragte sie verwirrt.

»An die Zeit vor deinem jetzigen Leben, an unsere Zeit, was sonst?«, herrschte er sie an.

Elle war endgültig dabei, die Geduld zu verlieren. Empört sah sie zu ihm auf. »Hören Sie, ich bin nicht tot und ich war es auch nicht. Ich schlafe nur gerade schlecht, und das, was hier passiert, ist allenfalls eine missglückte REM-Phase. Will heißen: Sie sind Teil meines Albtraums und dieser vermeintliche Engel ebenso. Sie sind beide gar nicht vorhanden!« Ihre Stimme gipfelte in einem wahnsinnig anmutenden Lachen.

»Ich fass es nicht«, murmelte ihr Begleiter mit unheilschwangerer Stimme. »Du hast wirklich nicht die geringste Ahnung, in was für einer verzwickten Lage du steckst. Selbst wenn ich mich wiederholen muss: Dein noch vorhandener Körper liegt im Koma, mehr tot als lebendig. Der Grund, warum deine Seele sich hier draußen befindet. Dabei hast du eine durchaus komfortable Überlebenschance von dreißig Prozent. Du könntest es also durchaus schaffen, zurückzukehren, wenn du bereit bist zu kämpfen. Du hast eine kleine Tochter, die, wenn du stirbst, ohne dich ganz allein in dieser Welt von Schakalen zurückbleibt. Das kann aber nur geschehen, wenn du diesem idiotischen Engel folgst. Und er wird wiederkommen, das verspreche ich dir! Diese Kerle sind wie Schmeißfliegen, die dem Geruch der Verwesung folgen.«

Luisa ... O Gott, sie war der wichtigste Grund, warum sie endlich wach werden musste!

»Obwohl ich Ihnen, was Luisa betrifft, durchaus recht gebe, will ich von diesem Engel-Dämonen-Gequatsche nichts mehr hören. Ich wäre sowieso nicht mit ihm gegangen, weil er gar nicht existiert.«

»Du warst verdammt kurz davor, ihm nachzugeben«, sagte er fest.

Damian, der ihre Gedanken lesen konnte, war nahe daran, sich seine imaginären Haare zu raufen.

»Zur Hölle«, fluchte er, »wie kann ich dir nur klarmachen, dass das hier deine einzige, wahre Wirklichkeit ist?«

Elle schaute ihn mit ihren betörend grünen Augen an, die ihn so schmerzlich an die Frau seiner Träume erinnerten, und für einen Moment hatte es den Anschein, als ob sie ihm tatsächlich ihre ganze Aufmerksamkeit schenkte.

»Vielleicht wäre ich mit einer schlüssigen Erklärung zufrieden«, lenkte sie überraschend ein. »Eine nachvollziehbare Auflistung der logischen Zusammenhänge. Obwohl ich mir fast sicher bin, dass Sie das nicht leisten können.« Aufgebracht schaute sie sich um. »Mit einer solchen Gruselkulisse bin ich jedenfalls nicht zu überzeugen.«

»Glaubst du tatsächlich, die Wahrheit wäre weniger grausam?« Er sah sie zweifelnd an. Der Gedanke, dass sie sich an schlechtem Wetter, altem Gemäuer, verdorrten Bäumen und einem hunderte Jahre alten Friedhof störte – eine Manifestation seiner momentanen Gemütslage –, ließ ihn zweifeln, ob er ihr die wahrhaftigen Hintergründe ihrer Misere zumuten durfte.

»Verstehen Sie mich nicht falsch«, begann sie von neuem. »Solange mein Verstand nicht begreift, was hier geschieht, fällt es mir schwer, die Umstände zu akzeptieren.«

»Satan in der Unterwelt«, ereiferte sich Damian und schlug die Hände über dem Kopf zusammen. »Du besitzt noch die gleiche Sturheit wie vor fünfhundert Jahren. Merkst du eigentlich gar nicht, was du da redest?« Er stolzierte vor ihr her und äffte sie mit einigen affektierten Gesten nach: »Mein Verstand begreift nicht, was hier gerade geschieht!« Abrupt drehte er sich zu ihr um. »Bestell deinem Verstand einen schönen Gruß, er hat gerade Urlaub und soll sich freuen, dass die Intuition seine Vertretung übernommen hat. Ab sofort läuft das Spiel nach anderen Regeln. Dort, wo wir uns befinden, sind die Gesetze der vermeintlichen Realität außer Kraft gesetzt. Hier herrschen andere Bedingungen. Dies ist die Zwischenwelt. Du bist nicht mehr in der ersten Welt und auch noch nicht in der zweiten. Du sitzt zwischen den Stühlen, und ich bin bei dir und fühle mich verpflichtet, dir Beistand zu leisten.« Er würde den Teufel tun und zugeben, dass er selbst schuld an ihrer Misere war. Im Gegenteil, er genoss jeden Augenblick ihrer Gegenwart, auch wenn sie nicht so reagierte, wie er es sich gewünscht hätte. Aber das war er gewöhnt, sie hatte schon immer ein widerspenstiges Naturell gehabt, einer der vielen Gründe, warum er sie so sehr geliebt hatte.

»Und darüber soll ich mich freuen?« Elle sah ihn mit aufgerissenen Augen an. »Was bilden Sie sich eigentlich ein?« Verärgert warf sie ihre langen, blonden Haare zurück. Ihr hübscher Schmollmund erinnerte ihn an die frühere Gabrielle, mit der nicht zu spaßen gewesen war, wenn sie wütend wurde.

»Finden Sie etwa nicht, ich hätte wenigstens eine vernünftige Erklärung verdient? Wenn Sie mir hier schon so unglaubliche Dinge auftischen!«

Einen Moment lang überlegte Damian, wie er ihr beikommen konnte. »Nun gut«, begann er zögernd. »Einen Versuch ist es wert. Aber sag hinterher nicht, ich hätte dich nicht gewarnt …«

Früher oder später musste er ihr ohnehin reinen Wein einschenken, was die gesamte Geschichte betraf, spätestens, wenn es darum ging, seine dämonischen Mitstreiter zu überlisten, damit Elle überhaupt eine Chance hatte, unbeschadet in ihren Körper zurückzukehren.

»So, wie du dich aufführst, bin ich nicht sicher, ob du die ganze Wahrheit vertragen kannst«, murmelte er und kam ihr dabei so nahe, dass seine Nasenspitze fast die ihre berührte.

»Was auch immer Sie mir damit sagen wollen.« Sie sah ihm tief in die Augen. »Schlimmer als im Moment kann es ja wohl kaum werden.«

»Ich bin mir nicht sicher«, raunte er und richtete sich auf, was ihm die Möglichkeit gab, auf sie hinabzuschauen, und ihm zumindest vorübergehend ein Gefühl der Überlegenheit vermittelte.

Bevor Elle sich versah, befand sie sich zusammen mit ihrem Begleiter schon wieder an einem anderen Ort. Sie standen auf einer Böschung oberhalb jener Brücke, die über einen schmalen Ausläufer des Lago di Bilancino führte. Im Osten zeugte eine zarte Morgenröte von der aufgehenden Sonne, die über die weißen Hügel streichelte und sie in einen hübschen Rosé-Ton tauchte. Sträucher und verdorrte Grasbüschel waren mit Raureif überzogen, und die Oberfläche des unter ihnen liegenden Sees war mit Eis bedeckt. Als sie unvermittelt neben sich eine Bewegung registrierte, schrak sie zurück und sah einen weiteren Fremden, in einem weißen Overall, der auf dem gefrorenen Boden niederkniete und sich an einer Art Reisetasche zu schaffen machte.

Fassungslos beobachtete sie, wie er der Tasche ein Scharfschützengewehr mit aufmontiertem Zielfernrohr entnahm und die abgeklappte Schulterstütze in die richtige Position brachte.

Obwohl sie direkt neben ihm stand, schien er sie nicht zu bemerken. Er trug dünne Lederhandschuhe und eine graue Wollmütze. Seine glatten Gesichtszüge waren noch jung und absolut regungslos, als er das Gewehr mit einem Patronenmagazin bestückte und lautlos repetierte. Souverän klappte er den zweibeinigen Gewehrständer auf und legte sich bäuchlings auf der leeren Tasche nieder. Im Liegen zielte er auf die Schnellstraße. Seine Nervosität zeigte sich einzig durch einen Kaugummi, den er sich beiläufig in den Mund geschoben hatte und auf dem er nun stoisch herumkaute. Auf der Straße war kaum Verkehr. Beinahe gelangweilt streifte er ein Headset mit Kopfhörer und Mikrofon über.

Elle war viel zu gebannt, um zu hinterfragen, was er da tat.

»Eins, zwei, drei … Test.« Seine Stimme, mit der er offenbar Kontakt zu jemandem am anderen Ende des Funkgerätes herstellte, war so gelassen, als ob er sich einen Kaffee bestellen würde. »Hast du den Wagen schon aufgenommen?«, fragte er sein imaginäres Gegenüber per Funk. »Okay, in zwei Minuten müssten sie die Brücke passieren. Dunkler Mercedes. Gepanzert. Nein, ich werde sie nicht verpassen. So viele kommen hier nicht vorbei.«

»Was tut er da?«, flüsterte sie abwesend, in der Gewissheit, dass sie nicht allein war, selbst wenn der Kerl mit dem Gewehr tat, als ob sie gar nicht da wäre.

»Er hat den Auftrag, dich zu töten«, beantwortete ihr dämonisch anmutender Begleiter, der offenbar dicht hinter ihr stand. Seine Stimme war emotionslos, als ob es die normalste Sache der Welt wäre, seinem Mörder dabei zuzuschauen, wie er einen ins Jenseits schickte. Nur zögernd begriff sie, dass die vor ihr ausgebreitete Kulisse kein Trugbild war, sondern ihr eigenes Erleben widerspiegelte, das ihr mehr und mehr ins Bewusstsein sickerte. Mit einem Mal sah sie alles wieder vor sich. Die schneeglatte Straße, das Eis auf dem See und die fahle Wintersonne, die durch den Frühnebel brach, in die sie auf der Fahrt vom Flughafen nach Hause nachdenklich geblinzelt hatte. Alberto auf dem Fahrersitz, der sich darin erging, ihr Ratschläge zu erteilen, wie sie sich in der Sache mit Silvio verhalten sollte. Von ferne war ein heranfahrender Wagen zu hören.

Elle erschrak bis ins Mark, als ein harter Knall die Stille zerbrach und dann noch einer. Ihr Herz hämmerte in der Brust, obwohl sie nicht sicher war, ob sie überhaupt noch eines besaß. Die schwere Limousine, die nun unten auf der Straße ins Schlingern geriet, taumelte wie ein Betrunkener, schoss quer über die Straße, neigte sich dabei zur Seite und krachte durch die Leitplanke und eine Sicherheitsabsperrung. Dann stürzte sie wie in Zeitlupe hinunter in den zugefrorenen See, wo sie mit ihrer Masse kopfüber die Eisdecke durchschlug und aufrecht wie eine Boje mit der Nase zuerst im schwarzen Wasser versank.

Einen Moment lang war es geradezu unheimlich still. »Vollzug!«, meldete der Kerl mit dem Gewehr gemäß der Präzision eines Henkers, der seine heikle Aufgabe zur Zufriedenheit aller erfüllt hat.

Bestürzt beobachtete Elle, wie er routiniert seine Sachen zusammenpackte und schließlich samt seiner Tasche in aller Seelenruhe davonmarschierte, als sei nichts geschehen. Dabei wurde er von einem Schatten verfolgt, der sich aus seiner Silhouette gelöst hatte und ihrem Begleiter verblüffend ähnlich sah und der mit ihm über den Hügel hinter den Bäumen verschwand.

Elles Blick ging wie magnetisiert zurück zu jener Stelle, wo der Wagen im See verschwunden war und nur noch ein gezacktes Loch in der Eisdecke davon zeugte, dass dort überhaupt etwas versunken war.

Doch dann sah sie etwas, das ihre Aufmerksamkeit noch weitaus mehr fesselte. Ein nackter Mann, mit schwarzen, schulterlangen Haaren, der, nass wie ein begossener Pudel, eine ebenso klatschnasse Gestalt ans Ufer trug und sie beinahe zärtlich auf den schneebedeckten Boden legte.

Dann blickte der Mann auf und fixierte einen Lastwagen, der soeben an der Stelle vorbeifahren wollte. Auf einen Fingerzeig des Mannes stoppte der Wagen, als ob er einen magischen Befehl erhalten hätte, und hielt mit laufendem Motor auf dem Seitenstreifen. Der Fahrer stieg aus, schaute hinunter zum See, stutzte kurz, sprang über die Leitplanke und rannte den Hügel hinab zum Ufer. Der nackte Kerl war längst verschwunden, noch bevor der andere hätte an ihm vorbeilaufen können. Dort, wo er vorher gestanden hatte, zückte der LKW-Fahrer nun sein

Mobiltelefon und redete kurze Zeit später hektisch hinein, während er sich zu der reglosen Frauengestalt hinunterbeugte, die völlig durchnässt zu seinen Füßen lag, und prüfte, ob sie noch Puls hatte. Danach begann er mit perfekt einstudierten Wiederbelebungsmaßnahmen.

Langsam, ganz langsam drehte sich Elle zu ihrem Begleiter um und schaute ihm direkt in die grauen Augen.

»Sie waren das. Der unbekleidete Mann, dort unten am Grunde des Sees.«

Er nickte.

»Wie?«, brachte sie mühsam hervor. »Wie um Himmels willen haben Sie das gemacht?«

»Manchmal kann Verzweiflung ungeahnte Kräfte freisetzen.« Er senkte bescheiden den Blick. »Normalerweise ist es mir strengstens verboten, mich zu materialisieren, und ich besitze nicht genügend Energiereserven, um es für einen längeren Zeitraum zu tun. Aber in diesem Fall hat es gereicht, um dich aus dem Wrack zu holen und wenigstens halbwegs wiederzubeleben, auch wenn du nicht mehr zu dir gekommen bist. Immerhin zeigte dein Körper noch ausreichende Vitalfunktionen, ich wusste also, du konntest es schaffen, bis der Notarzt eintreffen würde. Ich hatte keine Ahnung, dass du anschließend in ein tiefes Koma fallen würdest. Und selbst wenn, hätte ich dich trotzdem nicht dort unten gelassen.«

»Das kann niemand überleben«, flüsterte Elle. »Dreißig Meter tief tauchen, in einen zugefrorenen See, und einen Menschen aus einem Wagen herausholen, der mit einem Sicherheitscode verschlossen ist. Nein.« Sie schüttelte den Kopf. »Wir wären beide tot.«

»Wir sind es«, sagte er trocken. »Das heißt, ich bin es. Du noch nicht.«

Elle spürte erneut Panik in sich aufsteigen, während sie hinter sich die Sirene eines Krankenwagens und eines Polizeiautos hörte, die mit quietschenden Reifen am Straßenrand parkten. »Sagen Sie mir, dass das alles nicht wahr ist. Bitte.« Sie wollte weinen, schreien, doch aus irgendeinem unerfindlichen Grunde blieb ihr die Angst förmlich im Halse stecken.

»Es tut mir leid«, murmelte er und schaute an ihr vorbei. »Es ist, wie es ist, und wir können im Moment nichts daran ändern.«

Hinter Elle klappten Autotüren. Der Notarzt war ausgestiegen, als sie sich umdrehte. Gemeinsam mit zwei Sanitätern übernahm er die Wiederbelebung ihres Körpers, indem er einen Defibrillator zum Einsatz brachte und die Männer sie sofort mit Sauerstoff versorgten.

»Und warum können wir das alles sehen?« Immer noch zweifelnd, suchte Elle den Blick ihres Begleiters. »Ich meine, es müsste doch nun schon eine Weile her sein, dass das passiert ist, und nun beobachten wir uns sozusagen selbst, wie ist das möglich?«

»Dort, wo wir sind, spielt Zeit keine Rolle«, erklärte er ihr. »Es ist beinahe wie in einem Film. Alles, was ein Mensch, ein Tier, eine Pflanze oder von mir aus auch eine Amöbe erlebt, wird in einem kollektiven, universellen Speicher gesichert. Nichts geht verloren. Wenn man den Schlüssel dazu besitzt, kann man es sich hinterher einfach noch mal anschauen.«

»Wie muss ich mir das vorstellen?«, fragte sie, durchaus bereit, auf seine Erläuterungen einzugehen, aber immer noch skeptisch. »Ist es wie im Internet? Frei nach dem Motto: »Das Netz vergisst nichts?«

Er grinste schwach. »Gegen diesen Speicher ist das Internet vergleichsweise harmlos. Stell dir vor, alles, was du je gedacht, getan, gesagt, gesehen oder gar gegessen hast, wird in einer Art Suchmaschine gespeichert, von der du nicht weißt, dass sie jede verdammte Sekunde deines Lebens in sich aufsaugt. Und eines Tages, wenn die Show vorbei ist, kommen die Herrscher des Lichts und konfrontieren dich mit jeder verdammten Sekunde deines irdischen Daseins, indem sie die gesamte Aufzeichnung rückwärts abspulen lassen. Deiner guten Taten – aber auch deine Sünden. Und damit bist du – verzeih mir den Ausdruck – ziemlich am Arsch. Das sogenannte Jüngste Gericht kann dir beim Eintritt in die Ewigkeit jede einzelne Nanosekunde – nicht nur deines jetzigen Lebens, sondern all deiner Leben zu jeder Zeit vorspielen. Und um die ganze Sache so aktuell wie möglich zu gestalten, wird bei jedem Tod, den du hinter dich bringst, noch rasch ein Update gemacht, damit auch ja nichts verlorengeht. Lebensfilm, sagen jene Menschen dazu, die dem Tod dann doch wieder von der Schippe gesprungen sind und bei denen das Update durch eine fehlgeleitete Energieverschiebung des seelischen Astralkörpers vorschnell ausgelöst wurde.«

Innerlich aufgewühlt wandte sich Elle wieder den Geschehnissen am See zu. »Mit Ihrem pseudowissenschaftlichen Gerede machen Sie mir nur noch mehr Angst, als ich ohnehin schon habe.«

Die Polizisten sperrten die Fahrbahn an jener Stelle, wo der Wagen in die Tiefe gestürzt war, und baten per Funk offenbar um Verstärkung.

In dieser Zeit bemühten sich Sanitäter und Arzt vergeblich, ihre bewusstlose Patientin ins Leben zurückzuholen. Schließlich wurde sie nach einer halben Ewigkeit abtransportiert.

Nachdem der Krankenwagen mit blinkenden Lichtern in Richtung Florenz davongebraust war, stand Elle immer noch wie erstarrt da und fragte sich, wie es möglich sein konnte, dass sie die ganze furchtbare Katastrophe soeben von außen erlebt hatte, gerade so, als habe sie überhaupt nichts damit zu tun gehabt.

Viel schlimmer war jedoch die Gewissheit, dass sich der vermeintliche Traum inzwischen gefährlich nah an die ebenso vermeintliche Realität schmiegte und eins mit ihr zu werden drohte.

»Was ist mit meiner Tochter?«, begann sie stockend, wobei sie sich die Frage stellte, was geschehen würde, wenn sie dem merkwürdigen Fremden glaubte. »Wird sie ihre Mutter je lebend wiedersehen?« Sie stand nun dicht vor ihm. »Sagen Sie es mir«, wisperte sie erstickt. »Ich kann jetzt nicht sterben, sie hat doch niemanden außer mir. Wenn ihr Vater sie findet, ist sie verloren.«

»Von nichts anderem rede ich die ganze Zeit«, sagte er und sah sie lange und durchdringend an. »Gut zu wissen, dass du es langsam verstehst. Ich tue alles, was mir möglich ist, aber ich kann nicht versprechen, ob es reichen wird, um dir und ihr zu helfen.«

Elle spürte, wie ihr die Knie weich wurden, obwohl sie doch, wenn sie ihrem neuen Begleiter glaubte, anscheinend gar keine mehr besaß. Sie musste sich setzen.

Das Seltsame an ihrer Situation war, dass sie alles noch spürte. Ihr Herz, ihr Hirn, ihren Magen, der sich zuschnürte wie in einem zu eng gewordenen Korsett und ihr eine solche Übelkeit bescherte, dass sie meinte, sich übergeben zu müssen. Eigenartigerweise empfand sie nichts von der Kälte, die sie unzweifelhaft umgab, obwohl sie doch nur ihren schwarzen Hosenanzug trug.

Wortlos starrte sie in den harmlos erscheinenden Wintermorgen. Ihr attraktiver Mitstreiter setzte sich wortlos neben sie, ob aus Solidarität oder weil ihm nichts Besseres einfiel, wusste sie nicht.

Nach einer Ewigkeit hob sie an und zögerte einen Moment, bevor sie ihm die entscheidenden Fragen stellte.

»Also, nehmen wir an, es stimmt, was Sie sagen. Warum haben Sie mich aus diesem Wrack herausgeholt?« Sie sah ihn durchdringend an. »Wo Sie doch, wenn man dem Erzengel Glauben schenken darf, allem Anschein nach nicht zu den Guten gehören.«

»Das ist eine lange Geschichte«, erwiderte er leise mit seiner weichen, dunklen Stimme, aus der sämtliche Ironie gewichen war, die er zu Beginn ihrer Begegnung an den Tag gelegt hatte. »Ich bin mir nicht sicher, ob du mir glauben wirst, wo du doch nicht einmal das akzeptierst, was du siehst.«

Elle schaute auf und sah in diese unglaublichen Augen, deren Ausstrahlung ihr mit einem Mal so intensiv erschien, dass sie eine Gänsehaut bekam. Der Kerl konnte nicht wirklich sein, und er bereitete ihr eine höllische Angst, und doch war er der Einzige, der ihr geblieben war, um all das hier zu erklären.

»Was ist danach geschehen, nachdem Sie mich aus dem Wrack geborgen haben? Und was ist mit meiner Tochter Luisa? Geht es ihr gut? Ich muss es wissen!« Er musste die tiefe Verzweiflung spüren, die sie bei der Vorstellung empfand, dass Luisa von diesem Albtraum ebenso betroffen sein könnte wie sie selbst.

»Dem Kind geht es gut …« Die Art, wie er es sagte, ließ sie vermuten, dass es neben Luisa ein anderes Problem gab, bei dem er nicht wusste, ob er ihr reinen Wein einschenken sollte.

»Was …?« Krampfhaft versuchte sie, keine weitere Panik aufkommen zu lassen. »Du verschweigst mir doch etwas.« Sie hatte es aufgegeben, ihn mit einer förmlichen Anrede auf Abstand zu halten. Wenn das alles zutraf, was er ihr so hartnäckig beizubringen versuchte, war er vielleicht so etwas wie der Teufel persönlich. Also bestand wahrhaftig kein Grund, ihn mit besonderem Respekt zu behandeln. Er hatte ohnehin keine guten Manieren. Seinem Blick nach zu urteilen, wusste er schon wieder, was sie dachte. Ihm konnte sie leider nicht in den Kopf gucken, obwohl er ihr doch gesagt hatte, sie könne Gedanken hören. Aber vielleicht traf das nur auf noch lebende Menschen und nicht auf Dämonen zu.

»Ich überlege gerade, wie ich dir die ganze Misere am besten beibringen kann.« Er hob beschwichtigend die Hände. »Ohne dass du mich gleich wieder dorthin zurück wünschst, wo ich hergekommen bin.«

»Wenn ich wüsste, wo genau du hergekommen bist, wäre ich schon mal einen gewaltigen Schritt weiter!«, schleuderte sie ihm aufgebracht entgegen und ließ es zu, dass er sie auf die Füße zog. »Ich will alles wissen, hörst du? Alles! Wie war noch gleich dein Name?«

»Sag einfach Damian. Das reicht, um mich zu rufen.«

»Damian«, wiederholte sie und sah ihn forschend an. »Bedeutet das ›nomen est omen‹? Hat der Name was mit Dämonen zu tun?« Wahrscheinlich lag sie richtig, wenn sie ihn gedanklich ins Reich der Unterwelt verdammte. Wie sonst war es zu erklären, dass er Engel hasste und Menschen dazu verführte, auf andere Menschen zu schießen?

Er schüttelte den Kopf. »Mein Name hat nichts mit meiner Berufung zu tun. Er bedeutet mächtiger Mann. Obwohl sich meine Macht im Moment leider ziemlich in Grenzen hält. Darüber hinaus war meine Mutter eine gläubige Christin.« Er drehte sich weg und beäugte aufmerksam die Umgebung. »Sie hatte immer eine Heidenangst, dass ihr Sohn eines Tages in der Hölle landet«, murmelte er mehr zu sich selbst.

»Wahrscheinlich hatte sie allen Grund dazu, oder?« Rein äußerlich hätte sie ihm alles Mögliche zugetraut. Und gewiss war er weit davon entfernt, ein Engel zu sein. Mit seinem düsteren, diabolischen Aussehen passte er ihrer Vorstellung nach hervorragend in die Unterwelt. Sein taxierender Blick hatte bisweilen etwas von dem arroganten, blendend aussehenden Mistkerl, der sie in einer Mailänder Diskothek mit Drogen vollgepumpt und anschließend vergewaltigt hatte. Selbst Silvio, der bei all seinen Fehlern ein perfekter Frauenheld gewesen war, hatte niemals über eine so präsente, animalische Anziehungskraft verfügt.

Der Blick seiner unergründlichen Augen nagelte sie regelrecht fest. »Du liegst vollkommen richtig.« Schon wieder hatte er ihre Gedanken gelesen. »Ich gehöre zu den dunklen Kräften. Gabriel würde glatt behaupten, Typen wie mich müsse man ausrotten wie Ratten und Pest. Dabei vergisst er gerne, dass er ohne uns gar keine Existenzberechtigung hätte.«

Bevor Elle eine spöttische Bemerkung loswerden konnte, befanden sie sich unvermittelt in einem alten Lagerschuppen. Dort drin war es düster und so kalt, dass die drei übrigen Menschen, die sich darin aufhielten, bei jedem Wort weiße Atemwölkchen erzeugten. Elle brauchte einen Moment, um sich zwischen einem Wust von Gerümpel und Werkzeug zu orientieren. Allem Anschein nach handelte es sich um eine heruntergekommene Autowerkstatt. Mittendrin stand ein Stuhl. Und auf dem Stuhl saß … O mein Gott, dachte Elle, das durfte nicht wahr sein!

KAPITEL 4

Bittere Wahrheiten

Januar 2014

»Nein!«, schrie Elle so laut, dass die beiden Männer, die ganz in Schwarz gekleidet vor dem Stuhl standen, sie ganz sicher hören mussten.

Doch sie reagierten nicht, ebenso wie die ältere Frau, die nur mit einer dunklen Bluse und einem schwarzen, knöchellangen Rock bekleidet an den Stuhl gefesselt saß und mit angstverzerrtem Gesicht zu Boden stierte. Ernestina. Kein Zweifel, es handelte sich um Luisas Kinderfrau, die am ganzen Körper zitterte, was mit Sicherheit nicht nur der Kälte geschuldet war.

»Dein Mann ist bereits tot, und wenn du uns nicht augenblicklich verrätst, wo die Schlampe das Kind versteckt hat, werden wir auch dich töten.« Einer von den Kerlen fuchtelte wild mit einer Pistole herum. Ernestina weinte stumm. »Dafür sollt ihr in der Hölle schmoren, das schwöre ich euch«, nuschelte sie trotzig. »Und Silvio und seinem räudigen Vater könnt ihr ausrichten, dass er sich an mir die Zähne ausbeißen wird. Wenn es stimmt, dass Gabrielle nicht mehr wach wird, bin ich die Letzte, die diesem Aasgeier verrät, wo er die Kleine finden kann. Er soll sich nicht allzu sehr in Sicherheit wähnen. Die Polizei wird früher oder später hinter seine Machenschaften kommen, und dann seid ihr alle geliefert.«

Einer der Männer schlug der alten Frau ins Gesicht, so heftig, dass ihre Lippe zu bluten begann.

»Lass das, Manfredo«, wies ihn der zweite zurecht. »Sie könnte deine Großmutter sein.«

Der andere lachte schallend. »Wenn sie genauso zäh ist, sollten wir ihr lieber gleich eine Kugel in den Kopf jagen, denn dann ist sie die Zeit nicht wert, die wir mit ihr verplempern.«

»Hör zu, altes Mädchen«, begann der zweite, fülligere Kerl von vorn, wobei er sich anscheinend um eine sanftere Vorgehensweise bemühte.

»Wo ist die Kleine? Du brauchst es uns nur zu sagen, und wir lassen dich laufen. Ein einziges Wort, und du bist frei.«

»Das glaubt ihr doch selbst nicht, oder sind eure Großmütter so einfältige Weiber?« Ernestina kniff die Lippen zusammen und schaute weiter zu Boden, während wütende Tränen über ihr faltiges Gesicht rannen.

»So tu doch was! Verdammt!«, schrie Elle ihren Begleiter an. Er musste sie retten. Schließlich besaß er übersinnliche Kräfte. »Sie bringen sie um, wenn niemand einschreitet!« Elle verlor vollkommen die Nerven und packte ihn, ohne lange nachzudenken, am Kragen seines Anzugs. Im Gegensatz zu den Männern im Krankenhaus, durch die sie hindurchgegangen war, schien er zumindest in ihrer Gegenwart physisch vorhanden zu sein. Doch der Kerl starrte sie nur ungerührt an und bewegte sich keinen Zentimeter.

»Ich kann nichts tun«, sagte er, und nun klang es doch beinahe wie eine Entschuldigung. »Erstens befinden wir uns in einer vergangenen Zeitebene, da müssten wir schon selbst Teil des Geschehens sein, um noch etwas beeinflussen zu können, und zweitens sind die Typen von Dämonen besessen, denen ich mich nicht widersetzen darf. Ansonsten bekämen wir mächtig Ärger, weil deren Anführer auf uns aufmerksam würde.«

Elle dachte nicht daran, sich mit dieser Auskunft zufriedenzugeben. Sie schleuderte herum zu den beiden Kerlen vor dem Stuhl und schrie: »Lasst sie in Ruhe!« Doch ein weiterer Versuch, dazwischenzugehen, um Ernestina zu helfen, scheiterte daran, dass die Szenerie kurzfristig vor ihr verschwamm, als ob sie in einen Spiegel aus Wasser gegriffen hätte. Danach klärte sich das Bild jedoch sofort wieder. Es hatte also keinen Zweck. Es war nicht möglich, sich in das Geschehen einzumischen.

Der vermeintlich sanftere Peiniger zückte nun eine bereits fertig aufgezogene Injektion aus seiner Jackentasche und riss Ernestina mit einem Ruck die Bluse herunter, sodass sie mit abgesprungenen Knöpfen halbnackt nur noch in BH und Hemd vor ihm saß. Elle starrte auf ihre weiße, faltige Haut und hätte am liebsten laut geschrien, doch das nützte nichts, wie sie schon einmal erfahren hatte.

»Wenn du nicht freiwillig quatschst, müssen wir eben andere Saiten aufziehen«, drohte er. Ohne Erbarmen legte er den Arm der alten Frau frei und überstreckte ihn. Ernestina versuchte vergeblich, sich ihm zu entziehen, was zur Folge hatte, dass sein Kumpan ihm unaufgefordert zu Hilfe eilte, um ihr den Oberarm mit einem schwarzen Gummiband abzubinden.

Die alte Frau schrie sich die Seele aus dem Leib, als der Ältere von beiden, die Nadel tief in ihr Fleisch stieß und die Flüssigkeit in der Kanüle mit einem Stoß in ihre Adern jagte.

»So, Mütterchen«, grunzte er zufrieden. »Nun werden wir ja sehen, was du uns verschweigst. Also, wo ist die kleine Luisa?«

Ernestina stöhnte nur und verdrehte die Augen.

»Los, du alte Hexe, mach schon, ich hab nicht ewig Zeit.«

Mit ohnmächtiger Wut beobachtete Elle, dass Ernestina keinen Laut von sich gab, bis auf ein leises Röcheln, das schließlich in ein abgehacktes Schnaufen überging. Doch dann war sie plötzlich still.

»Knall sie ab, Manfredo«, befahl der vermeintlich Sanftere seinem jungen, hageren Mitstreiter nach einer Weile unerträglichen Wartens. Seine Stimme war eisiger als das Wetter. »Sie wird nichts sagen, und wenn wir ihr die Fußnägel einzeln abziehen.«

Elle spürte, wie sich jede Faser ihres imaginären Körpers vor Schmerz zusammenzog, als der jüngere Mann mit gezogener Pistole auf Ernestina zuging, sie am Schopf ihrer wirren, grauen Locken packte und ihr den Kopf in den Nacken zog, wobei er ihr fast zeitgleich die Mündung seiner Glock an die Schläfe drückte.

Der Moment, in dem sie darauf wartete, dass er abdrückte, erschien Elle wie eine Dehnung der Ewigkeit.

Doch der erwartete Schuss blieb aus. »Sie ist schon tot, Vittorio«, bemerkte er trocken. Der andere Kerl schnellte nach vorne und überprüfte mit zwei Fingern am Hals ihren Puls. »Scheiße«, sagte er nur und ließ seine Hand noch einen Augenblick auf der Stelle, wo er ein Lebenszeichen vermutete. »Du hast recht, die blöde Kuh hat tatsächlich das Zeitliche gesegnet.«

»Das wird Don Luigi nicht erfreuen«, erwiderte der Jüngere zweifelnd.

»Und wenn schon«, antwortete Vittorio mit einem Seufzer. »Was können wir denn dafür, wenn die Alte seinen Wahrheitscocktail nicht verträgt. Schließlich war es seine Idee. Oder die seines Sohnes.«

»Und wo sollen wir jetzt mit ihr hin?«, fragte der Jüngere sichtlich entnervt. »Im Zeitalter der DNA-Spuren ist es nicht mehr so einfach, eine Leiche zu beseitigen, wie noch vor ein paar Jahren. An ihrer Kleidung haftet unser genetischer Fingerabdruck.«

»Sie sollte die Geschichte ohnehin nicht überleben«, gab sein älterer Begleiter ohne einen Funken Reue zurück. »Ich habe vorgesorgt. Wir bringen ihre Leiche nach Pisa. Dort ist mein Cousin praktischerweise Chef eines Krematoriums, das erst jüngst mit einem großzügigen Kredit von Don Luigi erbaut wurde. Der einzige Zweck dieser Spende war, dass wir dort zukünftig unsere Leichen ohne Probleme verschwinden lassen können.« Er grinste anzüglich, während sich Elle beim Anblick der schlaff in den Fesseln hängenden Ernestina der Magen umdrehte.

Als die beiden Männer zu zweit darangingen, die alte Frau loszubinden und an Händen und Füßen gepackt nach draußen zu schaffen, folgten ihnen zwei dunkle, nur schemenhaft als Menschen zu erkennende Schatten, die sich zuvor aus ihren Körpern gelöst hatten und ihrer Umgebung keinerlei Aufmerksamkeit schenkten. Entsetzt wandte Elle sich ab. Konnte man im Traum überhaupt weinen? Ja, man konnte. So hemmungslos und laut, wie es im wahren Leben kaum möglich war. So sehr, dass man am nächsten Morgen mit einem gewaltigen Kloß im Hals wach wurde und einem das Schlucken schwerfiel.

»Es tut mir leid«, sagte eine dunkle Stimme, und Elle schreckte regelrecht hoch, als sie die sanfte Berührung einer großen Hand spürte. Beinahe hätte sie vergessen, dass sie in dieser Odyssee, die offenbar niemals enden wollte, nicht allein war. Wie ein warmer Hauch berührte Damian ihre Wange.

»Lass das! Ich tröste mich damit, dass das alles nicht wahr sein kann«, ätzte sie verbissen zurück.

Ihr Begleiter gab einen entnervten Seufzer von sich.

»Wie weit muss ich gehen«, fragte er gereizt, »um dir zu beweisen, dass das hier keine Traumnovelle ist, sondern blutiger Ernst?«

»Wenn überhaupt, ist es eine Horrorvision«, wisperte sie fassungslos und ging durch die Tür nach draußen, obwohl sie es, nach allem, was ihr widerfahren war, wahrscheinlich auch durch die Wände geschafft hätte.

Vor dem Schuppen angekommen, bestätigte sich ihre Vermutung, dass sie sich auf einem Schrottplatz befand. Natürlich war sie nicht so naiv zu glauben, dass sich hinter all diesen Bildern nicht auch ein Hauch von Wahrheit verbarg. Schließlich war sie als Tochter eines Mannes herangewachsen, von dem es hieß, er sei der Patron einer einflussreichen Famiglia gewesen. Eines Mafiaclans, den Insider niemals als solchen bezeichnen würden. Ähnlich wie Silvio und sein Vater, die in ihrer Famiglia eine bedeutende Rolle spielten, die strengster Geheimhaltung unterlag. Es war einer der Gründe gewesen, warum Elle sich hatte scheiden lassen. Zu spät hatte sie erkannt, dass ihr Mann und seine Familie ebenso in das organisierte Verbrechen verstrickt waren wie ihr eigener Vater.

Mit sich ringend, was sie von all den schrecklichen Fantasien halten sollte, die sich so gnadenlos in ihren Albtraum gestohlen hatten, beobachtete sie resigniert, wie die beiden Männer, immer noch verfolgt von den dunklen Schatten, die sterblichen Überreste der alten Frau in den Kofferraum eines weißen Lieferwagens hievten. Er trug die Aufschrift einer Elektroinstallationsfirma und war mit allerlei Werkzeug beladen. Den leblosen Körper, den sie auf ein paar Kabelrollen gelagert hatten, ließen sie unter einer ölverschmierten, grauen Filzdecke verschwinden, damit dem zufälligen Beobachter nicht sogleich die Tote ins Auge stach. Manfredo, der Jüngere von beiden, verstaute Ernestinas weiße Hand, die unter der Decke hervorgerutscht war, wieder dorthin, wo sie hingehörte, und warf die Heckklappe zu. Vittorio hatte unterdessen den Wagen angelassen. Nachdem Manfredo hinzugestiegen war, fuhren beide mit quietschenden Reifen davon und ihre schemenhaften Begleiter offenbar mit ihnen. Damian gab einen kaum hörbaren Seufzer der Erleichterung von sich.

»Gabrielle?« Die ältere weibliche Stimme, die Elle überraschend von der Seite her ansprach, war ihr bestens bekannt. Erschrocken fuhr sie herum und schaute in das blasse Gesicht von Ernestina, der immer noch Blut an den Lippen klebte und die nun mit offener Bluse und darunter hervorblitzender Unterwäsche vor ihr stand.

»Heilige Maria Mutter Gottes«, entfuhr es Elle. Instinktiv bekreuzigte sie sich, etwas, das sie zuletzt als Kind getan hatte.

»Was machen wir hier?«, fragte die alte Kinderfrau, offenbar genauso verwirrt wie sie selbst. »Und wer ist dieser Mann an deiner Seite?« Plötzlich war der Kerl im dunklen Anzug neben ihr.

»Sie ist tot!«, stellte Elle bestürzt fest. »Und sie kann mich trotzdem sehen? Und ich sie auch? Wie ist das möglich?« Völlig entgeistert pendelte ihr Blick zwischen ihrem dämonisch anmutenden Begleiter und Ernestina hin und her, die nicht weniger verwirrt zu sein schien als sie selbst. »Sagtest du nicht, wir befinden uns in einer anderen Ebene und wir könnten keinen Kontakt zu ihr haben?«

»Im Gegensatz zu vorher ist sie nun tot«, stellte er nüchtern klar. »Zeit und Raum spielen für sie keine Rolle mehr.«

»Wer ist tot?« Ernestina schaute Damian völlig entgeistert an.

»Es tut mir leid, dir das sagen zu müssen«, wandte er sich an die alte Frau, die vom Weinen noch ganz verquollene Augen hatte, dabei legte er ihr schützend einen Arm um die Schulter. »Du musstest deinen Körper verlassen. Er ist verloren, aber die gute Nachricht ist, deine Seele ist noch existent«, schob er wie zur Beruhigung hinterher.

»Bedeutet das, Gabrielle ist auch tot?« Sie warf Elle einen bestürzten Blick zu. Merkwürdigerweise hinterfragte sie Damians Behauptung nicht im Geringsten. Vielleicht lag es daran, vermutete Elle, dass Ernestina seit jeher für übernatürliche Erklärungen zugänglich gewesen war.

»Elles Seele besitzt im Gegensatz zu dir noch einen Körper«, klärte er Ernestina auf. »Das bedeutet, sie hat eine reelle Chance, in die materielle Welt zurückzukehren. Dagegen wirst du uns leider nicht mehr lange Gesellschaft leisten können. Der Himmel wartet bereits auf dich.«

»Elle?«, rief Ernestina leicht panisch. »Was will er mir damit sagen?«

»O mein Gott«, stöhnte Elle aufgebracht. »Woher soll ich denn das wissen? Das alles hier ist nur ein Traum und wir sollten beide nicht hier sein.«

Im gleichen Moment erhob sich ein gleißendes Licht, ähnlich jener Erleuchtung, die ihr bereits im Teletubby-Land erschienen war.

»Lass mich raten«, meinte sie zynisch an ihren Begleiter im Anzug gewandt. »Erzengel Gabriel ist im Anmarsch und sucht seine Schäfchen.« Beiläufig bedachte sie die verblüfft dreinschauende Ernestina mit einem Schulterzucken. »Du musst wissen, Ernestina, ich hatte bereits das Vergnügen. Dieser vermeintliche Himmelsbote sieht tatsächlich aus wie Botticellis androgyner Engel in den Uffizien. Sogar die Lilie passt. Kaum zu glauben, woher ein junger Maler von damals das wissen sollte.« Beinahe amüsiert zwinkerte sie Luisas Kinderfrau zu. Doch es war nicht Gabriel, der sich aus einem Meer an Lichtpunkten in Elles Traumwelt materialisierte. Es war Alberto, der mit seinem halb weggeschossenen Schädel so furchterregend aussah, dass nicht nur Gabrielle erschrak. Auch Ernestina schien einen Moment zu zögern, bevor sie in dem grausam zugerichteten Fahrer ihren Mann erkannte, mit dem sie seit Jahren verheiratet war.

»Verdammt«, zischte Damian ungehalten. »Sie hätten ihn doch wenigstens ein bisschen zurechtmachen können. Ich versteh das nicht, warum sie die Leute so rumlaufen lassen, obwohl sie doch, soweit mir bekannt ist, nach ihrem Eintritt ins Paradies ohnehin ein Update erhalten, was ihren Astralkörper betrifft.«

Elle warf Damian einen verständnislosen Blick zu und konzentrierte sich dann wieder auf Ernestina, die das alles genauso wenig zu begreifen schien wie sie selbst.

»Heilige Maria, was ist mit dir geschehen?« Beinahe empört inspizierte Ernestina Albertos klaffende Kopfverletzung, die allem Anschein nach durch das Hochgeschwindigkeitsgeschoss verursacht worden war, wie Elle sich dunkel erinnerte.

»Guck mich nicht so an, Ernestina«, sagte er schroff. »Es sieht nicht berauschend aus, ich weiß, aber ich bin gekommen, um dich mit mir nach Hause zu holen. Ich hatte noch keine Zeit, mich für dich schön zu machen, verzeih.«

»Wenn diese Kerle dich umgebracht haben«, fragte Ernestina irritiert, »warum lebst du dann?«

»Das hat keine Bedeutung«, befand Alberto beinahe gleichgültig. »Dort, wo wir hingehen, ist es wunderbar hell und warm und du kannst aussehen, wie du willst. Jeden Tag anders.« Sprach's und nahm seine Frau mit einem seltenen Lächeln bei der Hand, um mit ihr – ohne weitere Erklärung – eingehüllt in einer Flut von Licht zu verschwinden.

»Wo sind sie hin?« Elle wusste nicht, ob sie angesichts dieser absurden Entwicklung lachen oder weinen sollte.

»Ich schätze mal, sie befinden sich nun im nächsthöheren Äther.« Damian erzählte diese kruden Geschichten mit einer Selbstverständlichkeit, die sie wütend machte.

»So wie du das sagt, hört es sich an, als ob die beiden eben mal nach Mallorca geflogen wären.«

»Na ja …«, sagte er zögernd. »Vielleicht kann man es damit vergleichen, aber ich sagte dir ja, ich war noch nicht im Paradies, deshalb will ich dir nichts Falsches erzählen.«

»Okay«, beschloss sie voller Resignation. Sie saß im verkehrten Film und hatte nicht die geringste Ahnung, wie sie aus dieser Nummer wieder herauskommen sollte. Vielleicht ließ es sich leichter ertragen, wenn sie so tat, als ob das Erlebte die normalste Sache der Welt wäre.

»Das wird nicht klappen«, mischte sich Damian mit einem schrägen Grinsen ein. »Du kannst dich nicht selbst überlisten. Die Wahrheit ist nun mal die Wahrheit.«

Es ärgerte sie, dass er immer wusste, was sie dachte. Zumal es nicht umgekehrt funktionierte. Und wenn sie versuchte, sich zu konzentrieren?

Ihr Blick heftete sich an seine eindringlichen, grauen Augen, die sie mehr und mehr beeindruckten, weil sich in ihrem Ausdruck Gutes und Böses auf merkwürdige Weise vereinte. Sein kantiges Kinn ließ im Übrigen keinen Zweifel daran aufkommen, dass er zu jenen Männern gehörte, die in Diskussionen mit Frauen gerne die Oberhand behielten. Eigentlich war er gar nicht ihr Typ. Er sah viel zu kriegerisch aus. Nicht der feingliedrige Ästhet, zu denen Silvio sich zählen durfte. Er war eher das, was sie sich unter einem Söldner vorstellte. Zu groß, zu muskulös und mit Sicherheit zu grob im Umgang mit Frauen, um ein formvollendeter Gentleman zu sein. Aber je länger sie ihn betrachtete, umso mehr entstand ihr der Eindruck, dass seiner düsteren Ausstrahlung etwas Verletzliches anhaftete, dessen Ursprung sie zu gerne ergründet hätte. Auch wenn ihr vieles in ihrem seltsamen Traum bekannt vorkam, so war sie fast sicher, noch nie in ihrem Leben von einem solchen Mann geträumt zu haben, obwohl es unter den Bodyguards ihres Vater einige attraktive Männer gegeben hatte, die ihm ähnlich sahen. Aber diese Typen hatten sie nie interessiert. Sie waren ihr zu grob und zu einfältig vorgekommen. Außerdem hatte ihr Vater stets dafür gesorgt, dass sie zu ihr auf Abstand blieben. Seiner Überzeugung entsprechend, hatte er als zukünftigen Schwiegersohn nur schöngeistige Männer im Auge gehabt, die mindestens einen Magister vorweisen konnten. Vielleicht hatte er sie damit vor Mördern und Totschlägern bewahren wollen. Doch dann war Silvio gekommen und hatte alle hochtrabenden Pläne ihres Vaters durchkreuzt, indem er beides in sich vereinte. Seit ihrer Scheidung hatten es einige Männer von Silvios Kaliber bei ihr versucht, aber sie hatte von undurchsichtigen Kandidaten, die Himmel und Hölle in sich vereinten, die Nase gestrichen voll. Allein deshalb war es verwunderlich, warum sich nun ausgerechnet ein Kerl wie ihr neuer Begleiter in ihre Horrorfantasien einschleichen konnte. Vermutlich war er eine Mischung aus den verschiedenen Sorten von blendend aussehenden Ungeheuern, die sich ihr Unterbewusstsein aus einer Flut von schlechten Erfahrungen zu einer einzigen Katastrophe zusammengebastelt hatte. Lediglich, dass er sie aus diesem eisigen See gerettet hatte, wollte nicht passen.

»Du hast recht«, bemerkte er spröde. »Ich bin deiner nicht würdig. Das war ich schon damals nicht. Aber ich habe gehofft, wenn ich dich eines Tages wiederfinde, würdest du dich an mich erinnern und mir verzeihen.«

»Du musst dich irren«, widersprach sie. »Ich wüsste nicht, dass wir uns jemals begegnet sind. Oder besser gesagt, einen Kerl wie dich würde ich garantiert nicht vergessen.«

»Vielleicht sollte ich dankbar sein«, entgegnete er mit hörbarer Resignation in der Stimme. »Dass du dich nicht mehr erinnerst. Wahrscheinlich wärst du ziemlich schockiert.« Er wich ihrem prüfenden Blick aus.

»Wie soll ich das verstehen?«, hakte sie misstrauisch nach.

»Ich werde es dir erzählen, sobald die Zeit dafür reif ist. Eins kann ich jedoch vorausschicken. Ich stand deinem Exmann, was Verschlagenheit und Brutalität betrifft, in Nichts nach«, fügte er mit gesenktem Blick hinzu.

»Auch wenn du um einiges verwegener aussiehst als Silvio, vermag ich mir kaum vorzustellen, dass du ihm Konkurrenz machen könntest. Schon gar nicht, wenn zutrifft, was hier soeben passiert ist.« Voller Abscheu ließ sie ihren Blick über den menschenleeren Schrottplatz schweifen.

»Doch«, bekannte er reuig. »Glaub mir, es hat Gründe, warum ich dir nicht ins Licht folgen durfte. Es gibt Taten, für die es keine Vergebung gibt.«

»Falls ich wirklich schon einmal so furchtbare Dinge mit dir erlebt hätte«, konterte sie provokant, »müsste ich mich doch erst recht an dich erinnern. Stattdessen wusste ich noch nicht einmal deinen Namen.«

»Ich deinen schon, Gabrielle«, flüsterte er mit einem verträumten Lächeln auf den Lippen. »Schon damals nannte ich dich Elle. Eine wundersame Fügung, dass du den gleichen Namen gewählt hast. Ich mochte ihn sofort, als wir uns vor langer Zeit zum ersten Mal begegnet sind. Es tut unglaublich gut, ihn wieder aussprechen zu dürfen.«

»Hör zu, Damian«, sagte sie halb im Scherz, wobei es ihr tatsächlich schwerfiel, seinen sehnsuchtsvollen, grauen Augen zu widerstehen. »Wer oder was du auch immer sein magst, das Letzte, woran ich im Moment interessiert bin, ist eine romantische Affäre mit einem imaginären Bewohner der Unterwelt, wenn du verstehst, was ich meine?«

Einen Moment lang fürchtete sie, ihr Unterbewusstsein wäre vielleicht so ausgehungert nach einem erotischen Abenteuer, dass es diesen vor animalischer Erotik strotzenden Kerl aus einer gewissen Not heraus konstruiert hatte. Doch dann verwarf sie den Gedanken wieder. So verrückt konnte sie doch nicht sein, oder?

»Auch wenn ich im Moment ziemlich durcheinander bin«, versicherte sie ihm abwehrend. »Mein Maß an Horrorvisionen ist nun wirklich voll genug. Also, wenn du mich davon überzeugen willst, dass hier gerade das wahre Leben spielt, lass dir etwas Besseres einfallen als eine romantische Liaison, wie man sie aus jedem Heftchenroman kennt.«

Mit einem Mal sah er beleidigt aus. »Was habe ich erwartet«, murmelte er mehr zu sich selbst. »Wahrscheinlich war es eine törichte Idee, anzunehmen, dass du instinktiv spürst, was zwischen uns war, und mir alleine deshalb Glauben schenken würdest.« Betont gleichgültig zuckte er mit den Schultern und nahm Elle unaufgefordert bei der Hand. Nur wenig später war sie mit ihm an einem Zeitungskiosk im Herzen von Barberino di Mugello gelandet. Mit einem fast arroganten Nicken deutete er auf die erste Schlagzeile des örtlichen Klatschblattes. »*Attentat auf Gabrielle Falconi und ihren Fahrer*«, stand dort in großen Lettern. *Bisher ungeklärter Anschlag auf die bekannte Besitzerin diverser Nobelrestaurants hält die Region in Atem*, lautete der Untertext. Dann folgte ein kurzer Bericht der Geschehnisse: *Am späten Nachmittag des Dreikönigstags wurde der Wagen der dreißigjährigen Tochter des verstorbenen Multimillionärs Salvatore Leonardo – gemäß der Rekonstruktion des Tathergangs durch die Polizei – auf der Brücke über den Lago di Bilancino mit großkalibriger, panzerbrechender Munition beschossen. In der Folge des Aufpralls kam der Wagen ins Schlingern und stürzte mit hoher Geschwindigkeit in den zugefrorenen See. Wie durch ein Wunder konnte Gabrielle Falconi gerettet werden, weil sie allem Anschein nach beim Sturz des Wagens in das eiskalte Wasser aus dem Fenster geschleudert wurde. Ein zufällig vorbeifahrender Lastwagenfahrer fand sie wenig später reglos und völlig durchnässt am Ufer liegend. Ihm und den eintreffenden Rettungskräften ist es zu verdanken, dass Signora Falconi zumindest wiederbelebt werden konnte. Den Helfern gelang es jedoch nicht, sie zu Bewusstsein zu bringen. Seither befindet sie sich unter strengster Polizeibewachung auf der Intensivstation eines Hospitals in Florenz, dessen Namen die Behörden nicht preisgeben wollten. Ihr Fahrer hatte nicht so viel Glück und konnte nur noch tot aus dem Wrack geborgen werden. Indessen sind ihre kleine Tochter Luisa und deren Kinderfrau seit dem Vorfall spurlos verschwunden. Es kann jedoch als erwiesen angesehen werden, dass sie sich während des Unglücks nicht im selben Fahrzeug befanden. Zurzeit laufen die Ermittlungen der Polizei in Florenz auf Hochtouren, doch bisher gibt es keine heiße Spur. Deshalb bittet die Polizei um Hinweise aus der Bevölkerung, die selbstverständlich vertraulich behandelt werden.*

Elle spürte erneut, wie die Welt sich plötzlich um sie herum drehte und jeglichen Zweifel mit sich riss. Wenn tatsächlich stimmte, was Damian behauptete, musste es irgendwo einen Anfang für ihren Zustand geben, und wenn es einen Anfang gab, war auch ein Ende in Sicht. Die Schlagzeilen hatten ihre Wirkung nicht verfehlt. Von Panik ergriffen, begann ihr Herz von neuem zu rasen. Obwohl es, wenn sie Damian Glauben schenkte, eigentlich nicht existierte. Jedenfalls nicht in ihrem imaginären Körper, sondern irgendwo in Florenz auf einer Intensivstation pochte. Allein bei dem Gedanken wurde ihr so übel, dass sie glaubte, sich übergeben zu müssen. Noch so ein Phänomen, obwohl sie doch gar keinen physischen Körper besaß. Und doch war ihre gesamte Situation inzwischen viel zu real, um sie länger als wirren Traum ignorieren zu können.

Verdammt. Warum vertraute man einer Zeitung, in der die Geschehnisse schwarz auf weiß geschrieben standen, mehr als dem eigenen Verstand? »Wenn das stimmt, was da steht …«, flüsterte sie, überwältigt von einem Kampf zwischen rationalem Denken und intuitiver Eingebung, »was ist dann mit … mein Kind … was ist mit Luisa?«

Rascher, als Elle vermutet hätte, wechselte die Kulisse und sie stand am helllichten Tag inmitten eines verregneten Parks. Umgeben von Nebelschwaden, uralten Mammutbäumen und großblätterigen Farnen, von deren dunkelgrünen Blättern das Wasser abperlte, realisierte sie, dass es sich um den Park von Highland Grove handeln musste. Jenen Ort in Schottland, an dem sie Luisa in Janets Obhut gegeben hatte. Spätestens als sie glucksendes Kinderlachen hörte und auf dem Weg zwischen den Sträuchern ein blond gelocktes Mädchen entdeckte, das mit roten Gummistiefeln und einer rosafarbenen Regenjacke bekleidet voller Begeisterung von einer Pfütze zur nächsten hüpfte, schwante ihr Böses.

Das Lachen rührte von niemand anderem als ihrer kleinen Tochter, die kichernd Janets altem Gärtner folgte, der mit ihr nicht weniger gut gelaunt in Richtung Nachbarhof davonmarschierte. Allem Anschein nach, um dort die Ponys zu besuchen.

»Das halte ich nicht aus«, stieß Elle schwer atmend hervor und bedachte Damian mit einem anklagenden Blick. »Warum tust du mir das an?«

»Weil ich dich noch einmal daran erinnern will, dass du eine Tochter hast, die ohne Mutter dasteht, wenn du nicht tust, was ich sage!«, bemerkte er nüchtern.

Das Bedürfnis, Luisa hinterherzulaufen und sie zu umarmen, nahm überhand. Doch als Elle unvermittelt den Weg des Mädchens kreuzte und das Kind einfach durch sie hindurchlief, war es um ihre Fassung geschehen. Schluchzend ließ sie ihren Tränen freien Lauf und sank regelrecht in sich zusammen. Völlig aufgelöst kauerte sie schließlich mitten auf dem Weg und starrte ihrer Tochter hinterher, wie sie mit dem Gärtner im Pferdestall des Nachbarn verschwand.

»Ich tue es nicht, um dich zu quälen«, sagte Damian leise und ging neben ihr in die Hocke. »Ich will dir zeigen, dass es etwas gibt, um das es sich zu kämpfen lohnt. Du musst leben wollen, wenn du dem Sog des Lichts widerstehen willst. Und du musst leben wollen, wenn du dir deinen Körper zurückerobern willst, bevor Silvio und sein vermaledeiter Vater die Maschinen abschalten lassen.«

»Aber was ist, wenn ich noch Monate in diesem Zustand verbringe. Was wird, wenn Janet mich anzurufen versucht oder zufällig aus der Zeitung erfährt, was mit mir geschehen ist? Ganz zu schweigen davon, was geschieht, wenn Silvio vorher herausfindet, wo ich Luisa versteckt habe!«

»Du hast recht«, sinnierte er. »Wir müssen deine Freundin irgendwie warnen.« Er schaute sie an, durchdringend und ernst. Dann reichte er ihr seine Hand und half ihr auf die Füße. Einen Moment lang beschlich sie das Gefühl, dass er sie an sich ziehen wollte, um sie zu trösten. Doch das tat er nicht und sie war sich auch nicht sicher, ob sie das gewollt hätte. Selbst wenn er die einzige Person war, die ihr in ihrem seltsamen Zustand geblieben war. Sie misstraute ihm nach wie vor, und das war wahrscheinlich auch gut so.

»Außerdem gibt es noch ein anderes Problem«, resümierte er mit einem gewissen Bedauern in der Stimme. »Abbadon, der Fürst der Finsternis, Herrscher der Schatten. Mein Boss sozusagen. Wenn er herausfindet, dass ich dir zur Seite stehe, bin ich im wahrsten Sinne des Wortes geliefert. Was ich hier gerade tue, steht im absoluten Widerspruch zu den universellen Gesetzen.«

»Herrgott nochmal«, stieß Elle genervt hervor. »Das hört sich an wie in einem schlechten Horrorfilm!« Elle hatte immer noch Mühe, diesen esoterisch klingenden Hokuspokus zu akzeptieren. »Schlimm genug, dass dieser Zustand ein Frontalangriff auf meinen Verstand ist. Auf alles, was ich jemals für möglich und nicht möglich gehalten habe. Nun kommst du mir auch noch mit irgendwelchen Obermonstern daher!«

»Wir hatten doch ausgemacht, dass du mir vertraust«, beschwerte er sich. »Natürlich ist die Angelegenheit in Wahrheit weitaus komplexer«, fuhr er aufgebracht fort. »Aber willst du wirklich, dass ich dir mit einem Schlag das gesamte Universum erkläre? Abgesehen davon, dass ich selbst nicht zur Gänze eingeweiht bin.«

»Also gut«, beschloss sie mit einem Seufzer. »Ich habe einen Engel gesehen und merkwürdig unsympathisch aussehende Schattenwesen. Also warum sollte es in meiner wunderbaren neuen Welt nicht auch einen Teufel samt seiner gruseligen Mannschaft geben? Jene Fraktion, der du allem Anschein nach angehörst.« Sie stieß ein irres Lachen aus, wurde aber sofort wieder ernst. »Wie ist das eigentlich?«, fragte sie von ehrlicher Neugier ergriffen. »Wird man als Teufel geboren oder muss man sich für einen solchen Job bewerben? Oder gibt es vielleicht so eine Art Headhunter, der gezielt nach den finstersten Kandidaten Ausschau hält? Denjenigen, die schon mit einem Pferdefuß zur Welt kommen und denen die Hörner praktischerweise von ganz alleine wachsen?« Ihr abschätziger Blick fiel auf seine Füße. Neben einem fünftausend Euro teuren Anzug von Ermenegildo Zegna trug er handgenähte italienische Designerschuhe. Von einem Pferdefuß war noch nicht einmal etwas zu erahnen.

Er folgte beinahe amüsiert ihrem Blick und schüttelte verständnislos den Kopf. »Nichts von all dem. Allerdings bedarf es, wie allgemein vermutet, größerer Dummheiten, um in den Genuss der Hölle zu kommen«, antwortete er voller Ironie.

Sie warf ihm einen fragwürdigen Blick zu und hob eine Braue. »Und was hast du verbrochen, um diesen Job zu ergattern? Lass mich raten! Du warst wahrscheinlich ein Terrorist und hast ein paar korrupte Politiker auf dem Gewissen.«

»Abgesehen davon, dass das Wort Terrorist in der damaligen Zeit nicht geläufig war«, entgegnete er ruhig, »hast du beinahe ins Schwarze getroffen. Heute würde man sagen, ich war ein Auftragskiller mit politischem Hintergrund.«

»Ein Auftragskiller?« Sie starrte ihn mit aufgerissenen Augen an. »Das ist ja spannend. Und was bedeutet ›damalige Zeit‹? Sag nur, du bist schon tausend Jahre in diesem Geschäft?«

»Nicht tausend. Fünfhundert kommt der Sache schon näher«, bekannte er mit nüchternem Blick. »Genau genommen war ich Auftragsmörder im Dienste der Pazzi. Das Attentat auf Lorenzo de' Medici und seinen Bruder, falls du dich erinnerst.«

»Die Pazzi-Verschwörung!« Elle lachte schrill. Natürlich wusste sie, was damals im Frühjahr 1478 geschehen war. Jeder halbwegs gebildete Florentiner wusste darüber Bescheid. Erst recht, wenn man wie Elle Kunstgeschichte studiert hatte. Schließlich war der Mord an Giuliano de' Medici ein fester Bestandteil der italienischen Historie. »Ich fass es nicht«, stieß sie hervor und betrachtete ihr Gegenüber nun noch etwas genauer. Ja – mit seiner schwarzen Mähne und den aristokratischen Gesichtszügen passte er wunderbar in die beginnende Renaissance. »Das wird ja immer schöner!« Kopfschüttelnd versuchte sie sich ihren Begleiter in Strumpfhosen und Federhut, mit dem Schwert in der Hand, vorzustellen. »Und weil du es nicht lassen kannst, stiftest du nun andere Kerle an, in deine Fußstapfen zu treten – oder wie soll ich deinen Auftritt am See verstehen?«

»Es gehört zu meiner Buße, so etwas zu tun.«

»Buße nennt sich das? Wenn man, anstatt zu bereuen, fröhlich weiter sündigt? Worin besteht denn da die Buße?« Sie stemmte die Hände in die Taille und warf den Kopf zurück.

»Indem ich den Schmerz der Opfer und auch den der Täter hautnah miterleben muss. Wieder und wieder, bis ich meine Strafe abgearbeitet habe. Genau genommen bin ich ständig auf der Jagd nach anfälligen Seelen und bestärke sie in ihrer Absicht, Böses zu tun. Danach geht alles wie von selbst. Mein Bewusstsein ist mit dem der Täter und der Opfer verbunden. Ich spüre den Hass, die Lust, aber auch den Schmerz der Gepeinigten und ihre Angst bis ins Detail. So lange, bis es vorbei ist. Währenddessen lädt sich mein Sühnekonto auf. Wenn es eines Tages voll ist, darf ich vielleicht zurück und als Mensch von vorn beginnen.«

»Heißt das im Klartext, du hättest mich eigentlich ertrinken lassen sollen und hast mich stattdessen gerettet?« Sie schaute ihn begriffsstutzig an. »Und damit hast du mir zuliebe auf einen Teil meiner Schmerzen verzichtet?«

»So könnte man es nennen«, bekannte er rau.

»In Gottes Namen, warum?«

»Ich sagte doch, uns beide verbindet mehr, als du dir vielleicht vorstellen kannst. Ich habe es in dem Augenblick erkannt, als ich mich mit deiner Seele verbunden habe.«

»Und was genau sollte das sein?«

»Das ist eine längere Geschichte und ich bin nicht sicher, ob du sie in deinem momentanen Zustand hören willst.«

»Das heißt also, wir kennen uns irgendwoher?«

»Sagte ich das nicht?«

Kaum zu glauben, aber nach allem, was bisher geschehen war, wurde sie plötzlich neugierig. »Woher? War ich etwa schon mal in der Hölle?«

»Nein, um Himmels willen, im Gegensatz zu mir, hast du immer schon zu den Guten gehört.«

»Verdammt«, fluchte sie. »Jetzt lass dir doch nicht alles aus der Nase ziehen! Willst du damit sagen, du warst schon einmal ein Mensch und nun bist du ein Dämon?«

»Es sind immer ehemalige Menschen, die im Auftrag der Schatten agieren. Abtrünnige Seelen, wie ich, die Gut und Böse im universellen Gleichgewicht halten.«

»Komisch, irgendwie hab ich mir Typen wie dich immer anders vorgestellt. Hässlicher, um nicht zu sagen gruselig.«

Als ihre Blicke sich trafen, lächelte er schwach. »Abgesehen davon, dass Hörner ziemlich selten vorkommen, ist unser Erscheinungsbild so vielfältig wie die Fantasie unserer Opfer. Oder glaubst du ernsthaft, man müsste einen Pferdefuß haben, um zu den Bösen zu gehören?«

»Nein, ganz gewiss nicht«, gab Elle lakonisch zurück und dachte an ihren Exmann, der mit seinen dunklen Locken und den blauen Augen aussah wie ein Fleisch gewordener Engel.

»Genauso unsinnig ist die Vorstellung, dass Engel von Natur aus Flügel besitzen oder aussehen wie auf Botticellis Gemälde«, fuhr ihr höllischer Begleiter dozierend fort. »Das sind Projektionsflächen für Menschen, denen die universelle Wahrheit nach ihrer menschlichen Geburt, wie vorgesehen, entfallen ist. Es gehört zu den universellen Gesetzen, dass sie sich beim Wiedereintritt in die materielle Ebene an nichts mehr erinnern können, was vorher geschehen ist. Es würde ihre ureigenen Entscheidungen beeinflussen. Was bedeutet, sie sind auf die Symbole ihrer Vorfahren angewiesen, wenn sie nach Handlungsanweisungen für die Gegenwart suchen. Für alles andere fehlt ihnen der Bezug.«

»Und warum habe ich diesen Gabriel als Verkörperung eines gemalten Engels gesehen?« Elle hatte Mühe, seinen Ausführungen zu folgen. »Ich bin doch nun auch kein richtiger Mensch mehr?«

»Aber du bist noch nicht tot«, stellte er klar. »Solange du dich nicht vollständig von deinem Körper gelöst hast, lebst du zumindest zum Teil noch unter menschlichen Voraussetzungen. Obwohl du in deinem Zustand ein paar Fähigkeiten hinzugewonnen hast. Du kannst dich mit mir austauschen, ohne einen physischen Körper zu besitzen, und die Anwesenheit sogenannter übernatürlicher Kräfte spüren. Wenn sie stark genug sind, kannst du sie sogar als bildliche Manifestationen deines eigenen Empfindens sehen. Sei es als Engel, als Dämonen oder was auch immer.«

»Um ehrlich zu sein, ist mir das im Moment alles ein bisschen zu hoch«, bekannte Elle resigniert. »Viel wichtiger ist mir, wie es mit Luisa weitergeht. Ich muss sie unbedingt vor meinem Ex und seinem verrückten Vater schützen. Außerdem muss ich Janet vor den beiden warnen, aber ich habe keine Stimme, mit der ich das tun könnte. Also was schlägst du vor?«, fragte sie und schaute ihm provokativ in die Augen.

»Ich könnte versuchen mich zu materialisieren, allerdings nur kurz, weil mich das einiges an kosmischer Energie kostet und die Gefahr einer Entdeckung durch finstere Kräfte birgt«, erklärte er. »Die Frage ist außerdem, ob deine Freundin mir Glauben schenken würde, wenn ich plötzlich vor ihr stünde. Eher wird sie mich für einen Einbrecher halten oder für einen Spitzel deines Exehemannes, der es auf das Kind abgesehen hat.«

»Hm … wahrscheinlich hast du recht.«

Elle nickte gedankenversunken. »Aber was können wir sonst noch tun?«

»Ich könnte sie anrufen und mich als dich ausgeben«, schlug Damian vor.

»Wie willst du das denn machen? Außerdem hast du gar kein Mobiltelefon.« Zweifelnd sah sie ihn an, wobei sie sich vergeblich vorzustellen versuchte, wie er mit seinem männlich herben Bariton ihre viel hellere Tonlage imitierte.

»Das gesamte Universum basiert auf Frequenzen. Ich könnte mich kurzfristig mit einer Mobiltelefonfrequenz verbinden und meine Stimme verstellen.« Er schaute sie herausfordernd an. »Ich kann's zumindest versuchen. Also, wie lautet ihre Nummer?«

»Und womit willst du anrufen? Mit dem Finger wie ET?«

Er grinste schwach und hielt im nächsten Moment das neuste Modell eines äußerst erfolgreichen, amerikanischen Mobiltelefonherstellers in der Hand. »Janets Nummer, weißt du sie auswendig?«

Elle nickte verblüfft. Für ihn gab es anscheinend nichts, was unmöglich war. Bevor sie auch nur ansatzweise die Zahlenkombination in Gedanken rekonstruiert hatte, tippte er bereits lautlos eine Nummer auf das Display. »Wie gut, dass dein Gedächtnis schneller funktioniert als dein Verstand und ich darin lesen kann wie in einem offenen Buch«, murmelte er und führte das Telefon mit einem überlegenen Grinsen ans Ohr.

Während Elle noch über die offensichtliche Tatsache nachgrübelte, dass Datenschutz nicht zu seinen herausragenden Eigenschaften zählte, hob am anderen Ende jemand ab.

»Janet, bist du's?«, fragte er und Elle verfolgte entgeistert, wie lebensecht er ihre Stimme imitierte, was ihr verdeutlichte, welche unglaublichen Fähigkeiten er besaß.

»Ich bin's, Elle.« Mit einem Zwinkern sorgte er dafür, dass sie auch etwas hören konnte.

»Oh, Elle«, sagte die aufgeregte Stimme am anderen Ende der Leitung.

»Wie schön, von dir zu hören! Geht's dir gut? Konntest du im Gespräch mit deinem Anwalt schon etwas erreichen?«

»Hör zu, es gibt ein Problem«, antwortete er. »Ich hatte auf dem Weg vom Flughafen nach Hause einen Autounfall und liege im Krankenhaus.«

»Um Gottes willen … ist es schlimm?«

»Nein, Janet, reg dich nicht auf. Kein Grund zur Sorge. Mir ist die Frontscheibe geplatzt, und ich bin in einem Graben gelandet. Die Ärzte sagen, ich habe nur ein paar Prellungen und darf in Kürze nach Hause. Allerdings ist nicht sicher, ob Silvio hinter der Sache steckt, weil jemand auf das Fahrzeug geschossen hat.«

»O du meine Güte!« Die Stimme ihrer Freundin klang panisch. »Und was sagt die Polizei dazu? Die kümmert sich doch um den Fall, oder etwa nicht?«

»Selbstverständlich. Sie haben sofort die Ermittlungen aufgenommen. Keine Ahnung, ob überhaupt etwas dabei herauskommt. Es könnte genauso gut irgendein Spinner gewesen sein.«

»Elle, du machst mir Angst. Hast du wenigstens jemanden, der auf dich aufpasst?«

Damian setzte ein dämonisches Grinsen auf. »Ich habe einen professionellen Bodyguard engagiert. Also besteht kein Grund, sich weiter darüber aufzuregen. Ich habe bereits mit meinem Anwalt gesprochen, und der hat das Hospital und auch die Polizei darum gebeten, mit der Angelegenheit so diskret wie möglich umzugehen. Man kann Silvio und seinem Vater bisher nichts nachweisen, aber ich möchte auf Nummer sicher gehen. Bitte lass Luisa nicht aus den Augen und gib keinerlei Auskunft am Telefon, bis ich sie wieder abholen kann.«

»Das hört sich ja furchtbar an!« Janet blieb hörbar der Atem weg.

»Ja, ich weiß, Janet, damit hatte ich auch nicht gerechnet. Deshalb rufe ich auch an. Kann Luisa noch etwas länger bei dir bleiben? Ich meine, wenigstens bis sich die Wogen geglättet haben und die Polizei herausgefunden hat, wer hinter diesem Anschlag steckt.«

»Selbstverständlich, Elle«, verfolgte sie die atemlose Stimme ihrer Freundin. »Trotzdem mache ich mir große Sorgen, weniger um das Kind als um dich. Was ist, wenn dein Mann tatsächlich dahintersteckt und nicht lockerlässt? Was ist, wenn er es noch einmal versucht? Ich meine, er scheint ja ziemlich skrupellos zu sein und die richtigen Leute zu kennen. Ich denke …«

»Du denkst, er hat Verbindungen zur Mafia?«, vollendete Damian mit Elles nervöser Stimme den Satz.

»Ich wollte es nicht sagen«, rechtfertigte sich Janet, »aber ja – wenn du es selbst erwähnst, genauso hört es sich an.«

»Ich fürchte, dem kann ich nicht widersprechen«, gab Damian mit einem theatralischen Seufzer zurück, der Elle vor Verblüffung den Mund offen stehen ließ. »Ich habe da auch einen schrecklichen Verdacht, und das nicht erst seit gestern. Um ehrlich zu sein, war dieser Verdacht der Hauptgrund, warum ich die Scheidung eingereicht habe. Es tut mir furchtbar leid, wenn ich dich da in etwas hineingezogen habe, von dem ich selbst nicht ahnte, welche Ausmaße es annehmen würde.«

Damian gab ihrer Stimme einen weinerlichen Unterton, der ganz und gar nicht ihrer Natur entsprach. Elle blitzte ihn wütend an.

»Sch…«, hörte man aus dem Telefon. »Elle, Liebes, mach dir bloß keine Sorgen. Du musst jetzt erst mal zur Ruhe kommen und wieder gesund werden. Ganz gleich, was noch geschieht, Luisa ist bei mir in Sicherheit und ich werde auf sie achtgeben, solange es nötig ist. Das ganze Gelände ist kameraüberwacht, und meinen Angestellten entgeht so gut wie nichts. Auch im Dorf würde es auffallen, wenn plötzlich Fremde auftauchten. Außerdem könnte ich mit Luisa einen längeren Ausflug zur Isle of Skye unternehmen. Dort besitze ich ein kleines, abgelegenes Cottage, das kaum jemand kennt, direkt am Meer. Man kann kilometerweit sehen, wer die Straße hinauf- und hinabfährt. Das Telefon hat eine direkte Verbindung zur nächsten Polizeistation. Meine Nachbarn sind ziemlich wachsam. Ihnen entgeht nichts. Vielleicht bringe ich Luisa sicherheitshalber erst mal dorthin. Sie hat sich schon gut an mich gewöhnt und fragt längst nicht so oft nach dir, wie du vielleicht befürchtet hast. Du kannst mich trotzdem jederzeit erreichen. Hast du was zu schreiben da? Mobiltelefone haben dort keinen Empfang. Moment, ich gebe dir meine Festnetznummer. Hast du was zu schreiben da?«

»Ja, schieß los.«

Janet buchstabierte die Nummer, ohne dass Damian irgendwelche Aufzeichnungen gemacht hätte. Aber Elle war trotzdem sicher, dass er sie sich gemerkt hatte.

»Du bist ein Engel«, flötete er an Elles Stelle ins Telefon und setzte dazu ein süßliches Lächeln auf. »Ich melde mich auf jeden Fall, sobald ich mehr weiß. Bis dahin möchte ich dich bitten, mich nicht anzurufen. Ich schalte das Telefon ab, gleich nachdem ich aufgelegt habe. Ich habe Sorge, dass Silvio uns andernfalls auf die Spur kommen könnte. Ach, es ist furchtbar«, fügte er niedergeschlagen hinzu. »Allein Luisas Vater ist schuld daran, wenn ich total paranoid werde.«

»Na ja, bei allem, was du so erzählst«, gab Janet hörbar nervös zu bedenken, »ist eine gewisse Vorsicht durchaus angebracht. Ich meine, wenn man allgemein hört, zu was rachsüchtige Ehemänner in aller

Welt offenbar fähig sind. Umsonst gibt es nicht so viele Frauenhäuser.«

»Ja, du hast recht«, gab Elles Stimme zurück. »Wir sollten auf der Hut sein. Also pass gut auf dich und Luisa auf. Versprichst du mir das?«

»Selbstverständlich. Soll ich Luisa irgendetwas von dir ausrichten?«

Damian schaute Elle eindringlich an und lächelte für einen Dämon erstaunlich sanft.

»Gib ihr einen Kuss von mir und sag, dass ich sie über alles liebe und bald wieder bei ihr bin.«

KAPITEL 5

Falsche Versprechungen

Januar 2014

»Wow!« Elle nickte erstaunt. »Warst du in deinem früheren Leben Stimmenimitator oder so was?«

»Nein«, entgegnete er und verzichtete dankenswerterweise auf eine weitere Zaubernummer, indem er das Gerät einfach in seiner Jackentasche verschwinden und nicht etwa in Rauch aufgehen ließ.

»Die Fähigkeit, Gestalt oder die Stimme eines anderen Menschen anzunehmen und sie in die materielle Welt zu transferieren, gehört nicht unbedingt zur dämonischen Grundausstattung. Es ist gegen die kosmische Regel und kostet Unmengen an Energie, über die selbst ich nur begrenzt verfüge.«

»Heißt das, du könntest dich notfalls auch in mich verwandeln?« Ihr Blick wanderte sehnsüchtig den hellen Kiesweg hinab zu den Stallungen des Nachbargehöfts, dort, wo Luisa mit dem Gärtner verschwunden war. Sie verspürte eine solche Sehnsucht nach ihrer Tochter, dass es kaum auszuhalten war.

»Vergiss es«, sagte er nur und schüttelte den Kopf. »Abgesehen davon, dass mir nach dem langen Telefonat die Kraft dafür fehlt. Deiner Tochter vorzumachen, ich wäre du, ist keine gute Idee. Schon gar nicht, wenn sie allein ist und sich über dein plötzliches Auftauchen wundert.

Sie würde garantiert bemerken, dass mit dir etwas nicht stimmt. Kinder haben für geringste Veränderungen im Verhalten einer ihnen vertrauten Person ein feines Gespür. Außerdem wüsste ich nicht, was ich ihr sagen sollte. Dass du nicht bleiben kannst und auf ungeklärte Weise wieder verschwindest? Hinzu kommt, dass sie deiner Freundin von dieser Begegnung erzählen wird. Janet würde denken, das Kind fantasiert, und versuchen, ihr das Gesehene auszureden. Damit verwirrst du die Kleine nur und machst sie am Ende noch unglücklich.«

Elle musste einsehen, dass er in allen Punkten recht hatte. Und noch etwas anderes wurde ihr klar. Er war nicht nur ein Dämon mit einer überraschenden Portion Mitgefühl. Auf seine Art war er ein gnadenloser Realist, sogar mehr als sie selbst. Und damit bewies er ihr ein weiteres Mal, dass sie nicht träumte, sondern sich allem Anschein nach tatsächlich in einer, wenn auch bizarren, Wirklichkeit befand.

»Ich frage mich«, gab sie zerknirscht zu, »wie es möglich ist, dass du meine Tochter offenbar besser kennst als ich. Hattest du Kinder? Früher, meine ich, bevor du deinen zweifelhaften Geschäften nachgegangen bist.«

Sie sah, wie er schluckte und seine Miene einen seltsam melancholischen Ausdruck annahm.

»Beinah«, murmelte er kaum hörbar und ließ sich nicht weiter aus. Beim Anblick seiner traurigen Augen hätte Elle die Frage am liebsten zurückgezogen und war froh, als er nicht weiter darauf einging.

»Wenn man als Dämon unterwegs ist«, fuhr er um einiges gefasster fort, »wird man automatisch zum Menschenkenner, schon alleine weil man in jeden Kopf hineinschauen kann.«

Irritiert von dem Gedanken, dass sie nichts vor ihm geheim halten konnte, wandte sie sich ab und ging ein Stück den Weg hinab in eine andere Richtung des Parks, während die Sonne warm durch die Regenwolken brach und die Farben der Umgebung viel kräftiger zeichnete als noch zuvor.

Er folgte ihr, lautlos, was ihr erst jetzt auffiel. Obwohl sie offenbar festen Boden unter den Füßen hatten, knirschte der Kies nicht, während sie darüberliefen.

»Wie kann ausgerechnet ein Dämon sich so gut in ein Kind hineinversetzen und im gleichen Atemzug zulassen, dass gerade Kinder oft so schreckliche Verbrechen erleben müssen? Ich meine, es klingt nicht sehr glaubwürdig, wenn du gleichzeitig behauptest, all das selbst miterleben zu müssen.«

»Willst du damit sagen«, entgegnete er leise, »ich wüsste nicht, wie sehr sie leiden? Bei Kindern ist es am grausamsten. Ich spüre nicht nur den Schmerz eines jeden einzelnen, dessen Schicksal ich negativ beeinflusse. Besonders schlimm ist die Fassungslosigkeit, die ich mit jedem Molekül ihres Seins erfahre, wenn etwas Grausames mit ihnen geschieht. Ihr Vertrauen in die Welt ist noch ziemlich grenzenlos, und wenn es verletzt wird, ist es, als ob man ihnen die Seele aus dem Leib reißt.«

Elle war schockiert, und doch versuchte sie, Spuren der Reue in seinen Augen zu finden.

»Ich sagte es doch. Es gehört zu meiner Buße, all das bis ins Detail zu ertragen. Ich weiß genau, was in den Tätern vorgeht. Wonach sie sich sehnen, wo sie angreifbar sind. Ich weiß, wie man sie verführt, wo ihre Schwächen liegen und wann der günstigste Moment ist, zuzuschlagen, in sie einzudringen und sie Dinge tun zu lassen, woran sie zuvor nicht einmal in ihren schrecklichsten Albträumen gedacht hätten.«

»Was für Dinge?«, fragte Elle alarmiert. »Wie weit gehst du, um deine Erfahrungen zu sammeln, wie du es nennst?«

»Bis zum Horizont jeglicher menschlichen Vorstellungskraft«, erklärte er ausweichend. »Ohne in die Einzelheiten gehen zu wollen. Es sind Dinge, die das blütenweiße Bild deiner reinen Seele nicht beschmutzen sollten«, antwortete er vorsichtig.

»Mein Vorstellungsvermögen ist längst nicht so sauber, wie du denkst. Was du eigentlich wissen solltest, wenn du meine Gedanken lesen kannst.« Sie ahnte dunkel, was sich hinter seinen Andeutungen verbarg und dass er ihr mit seiner Zurückhaltung nicht zu nahe treten wollte. Schließlich hatte sie ihre eigenen Erfahrungen mit den Schattenseiten der menschlichen Seele verdrängt, gerade weil es so widerwärtig war.

»Ich weiß«, bestätigte er sie tonlos. »Aber ich glaubte auch, in deinen Gedanken zu lesen, dass du davon nichts wissen willst …«

Vergeblich versuchte sie seinen hypnotisierend wirkenden, grauen Augen zu widerstehen, doch es gelang ihr nicht. Darauf poppten vor Elles geistigem Auge eine Reihe von Bildern auf, die sie offenbar nur an den Rand seiner Hölle führen sollten. Ereignisfetzen aus ihrer eigenen Vergangenheit. Geschehnisse, die sie so tief in sich vergraben hatte, dass sie noch nicht einmal davon träumte, obwohl sie in ihrem Unterbewusstsein lauerten, wie sprungbereite Raubtiere auf ihre Beute. Dinge, von denen ihr Vater immer behauptet hatte, sie wären zufällig geschehen, und deren Hintergründe nie vollständig aufgeklärt worden waren.

Wie losgerissene Schiffe im Sturm schleuderten sie nun durch ihr Hirn auf einer Welle der Gewissheit, dass nichts zufällig geschah. Alles, was man tat, hatte eine direkte Wirkung auf die Umgebung. Um das zu wissen, musste man nicht an Gott und Vergeltung glauben.

Eine Flut von Geräuschen drang in ihr Bewusstsein, wie zersplitterte Funksignale aus einem uralten Radio. Mit der Wucht eines Vorschlaghammers kehrten die Erinnerungen zu ihr zurück. Elle war gerade mal acht. Klein, blond und schmächtig lief sie, in ein rosafarbenes Designermäntelchen gekleidet, neben ihrem finster dreinblickenden Aufpasser her, der keine Rücksicht darauf nahm, dass ihre teuren Lackschuhe kaum Halt auf dem feuchten Pflaster fanden. Sie spürte noch die warme, zupackende Hand Gianlucas, nachdem sie gegen elf Uhr vormittags die Zahnarztpraxis verlassen hatten, in der Elle von der Sekretärin ihres Vaters zu einem Kontrolltermin angemeldet worden war. Sie hatte länger warten müssen, als vereinbart, und nun waren sie und ihr Bodyguard spät dran. Bevor Alberto, ihr Fahrer, sie wieder nach Hause brachte, wollte sie sich noch mit ihrem Vater im Grand Hotel et di Milan auf eine Tasse Kakao treffen. Direkt danach musste er sich zur Aufsichtsratssitzung einer großen Bank verabschieden, bei der er der Vorstandsvorsitzende war. Gianluca war schon die ganze Zeit über so nervös gewesen und hatte sich ständig umgeschaut, während er mit ihr durch die Straßen und schließlich über den mit Ständen und Menschen vollgestopften Marktplatz hetzte. Er machte wie üblich ein grimmiges Gesicht, die stechenden, braunen Augen hinter einer nachtschwarzen Sonnenbrille verborgen, und schien sich für nichts zu interessieren, was an den zahlreichen Buden feilgeboten wurde. Im Gegensatz zu Elle, die neben ihm herhüpfte und sich wie ein selbstvergessenes Hündchen benahm, das an allem schnüffeln wollte, was ihm auch nur annähernd interessant erschien. Abrupt war sie vor einem Stand mit bunten Plastikpuppen stehen geblieben, nicht bereit, auch nur noch einen Schritt weiterzugehen. Gianluca wurde daraufhin ungeduldig und herrschte sie an, endlich mitzukommen, was sie irritierte, weil er einen außerordentlich harten Ton anschlug.

Als dann der Schuss fiel, hatte sie zunächst nichts bemerkt. Erst als Gianlucas Hand ihr entglitt und er im Gewühl von unzähligen Leuten plötzlich zur Seite kippte, ahnte sie, dass etwas nicht stimmte. Aus zahllosen Kehlen drangen Schreie des puren Entsetzens, und dort, wo Gianluca mit einem deutlich sichtbar blutenden Loch in der Stirn mitten auf der Straße lag, wichen die Menschen beiseite, wie ein Fettfilm, in den ein Tropfen Spülmittel hineinfällt.

Dann tauchten wie aus dem Nichts zwei maskierte Männer auf und stürmten zunächst auf Gianluca zu, um noch einmal auf ihn zu schießen, wobei sie unter den zischenden Lauten ihrer schallgedämpften Pistolen seine gesamte Brust zerfetzten, als ob dieses eine Mal noch nicht genug gewesen wäre. Elle wurde von den panischen Massen regelrecht weggerissen. Als kleines Kind verlor sie sich im Gewühl trampelnder Beine, bis irgendeine fremde Frau mit vollen Einkaufstüten sich ihrer erbarmte, indem sie die Taschen einfach fallen ließ und Elle mit sich fortzog, bevor sie von den Flüchtenden zertrampelt werden konnte.

Elle war so verdattert, dass sie noch nicht einmal weinte, als die Frau in sicherem Abstand zur brodelnden Menge schließlich stehenblieb und sie nach ihren Eltern fragte. Offenbar hatte sie nicht mitbekommen, dass Elle zu Gianluca gehörte. Stammelnd erklärte sie der Frau, sie wolle ihren Vater im Grand Hotel treffen. Nachdem die Frau vergeblich versucht hatte, sie einem herbeieilenden Carabiniere zu überlassen, blieb ihr nichts anderes übrig, als Elle selbst bis zum Grand Hotel zu begleiten. Als die Frau ihm erzählt hatte, was soeben geschehen war, entlohnte er sie fürstlich und erwähnte mit keinem Wort Gianluca. Erst nachdem die Fremde gegangen war, fragte er Elle in erstaunlich ruhigem Ton, wie sie in die Obhut der Frau gelangt war. Elle stammelte daraufhin etwas von Gianluca, der von bösen Männern überfallen worden sei und blutüberströmt auf dem Pflaster gelegen habe.

Plötzlich sah sie ihren Vater wieder vor sich, einen stattlichen Mann, dessen dunkles, kurzgeschnittenes Haar an den Schläfen bereits zu ergrauen begann. Normalerweise war er immer leicht gebräunt, zumal sie erst wenige Tage zuvor aus einem gemeinsamen Skiurlaub in Davos zurückgekehrt waren. Doch in diesem Moment wurde er leichenblass und wirkte so fahrig und hilflos, wie sie ihn noch nie gesehen hatte. Alberto, der selten von seiner Seite wich, nahm sich ihrer an, und ihr Vater führte ein paar hastige Telefonate, bevor er dafür sorgte, dass Elle – begleitet von zwei hünenhaften Sicherheitsleuten – in sein Stadthaus gebracht wurde und zunächst keinen Schritt mehr nach draußen tun durfte, bis die Polizei die Täter gefasst hatte.

Aber der Film war noch nicht zu Ende. Die nächste Einstellung zeigte die Perspektive von zwei finster dreinblickenden Gestalten, die in einem schwarzen Kombi mit getönten Scheiben einstiegen, nachdem sie Gianluca erschossen hatten, und davonbrausten. Dann wechselte die Szene zu einem abgelegenen, alten Fabrikgebäude, wo die Gehilfen ihres Vaters die beiden nach einer anschließenden Verfolgung gestellt hatten, obwohl die Fahndung der Polizei allem Anschein nach ergebnislos verlaufen war. Nackt und an den Füßen gefesselt, hingen die beiden Attentäter blutüberströmt mit dem Kopf nach unten an einem verrosteten Stahlträger. Kaum verständlich winselten sie gegenüber Benedetto, einem Bodyguard ihres Vaters, den Elle an seiner dicken Nase und dem kahlgeschorenen Kopf zu erkennen glaubte, um ihr Leben. Neben ihm verharrte sein Handlanger Arturo mit finsterer Miene und überkreuzten Armen. Elle kannte den schlaksigen jungen Mann seit Kindertagen. Sie hatte ihn gern gemocht, weil er ihr öfters heimlich Bonbons zusteckte. Einen Moment lang dachte Elle, sich übergeben zu müssen, als Benedetto auf die beiden Opfer zutrat und sie mit einer raschen Bewegung seines rasiermesserscharfen Dolches ihrer Hoden beraubte. Während die beiden Männer qualvolle Schreie ausstießen, drohte er damit, auch noch den Rest ihrer Männlichkeit abzurasieren, wenn sie ihm nicht auf der Stelle die Auftraggeber dieses feigen Anschlags nennen würden. Vor Schmerz und Entsetzen um Atem ringend, gestanden die beiden, auf Geheiß eines gewissen Don Rudolfo gehandelt zu haben, der Elle entführen lassen wollte, damit ihr Vater bei einer wichtigen Geschäftsverhandlung unter zwei großen Familien kein Veto einlegte.

Auch wenn Elle nur die Hälfte verstand, ging es wohl darum, verschiedene Einzugsbereiche des organisierten Drogenhandels neu aufzuteilen. Benedetto hatte regungslos zugehört. Doch nun befahl er Arturo, die beiden Gefangenen zu erschießen. Der junge Mann mit den sanften Augen hob seine Pistole mit der unerschrockenen Kaltblütigkeit eines Profikillers und richtete die wehrlosen Männer mit zwei gezielten Kopfschüssen regelrecht hin.

Elle, die bei jedem Schuss zusammengezuckt war, wusste nicht, was sie mehr entsetzte. Die Erkenntnis, dass ihr Vater ein eiskalter Verbrecher war, dessen Reichtum unter anderem auf dem Elend und Tod unzähliger Drogenabhängiger fußte, oder die Gewissheit, dass er selbst vor grausamen Morden nicht zurückgeschreckt war, um sein satanisches Imperium gegen die teuflische Konkurrenz zu verteidigen.

»O mein Gott«, flüsterte sie mit tränenerstickter Stimme. »Ich wusste, dass er kein guter Mensch war, aber das …« Sie schwieg betreten.

»Die Sache hatte Folgen«, murmelte Damian düster. »Und nicht nur du musstest dafür büßen.«

Bevor sie sich von ihrem Schock erholen konnte, startete ihr offenbar ferngesteuertes Kopfkino erneut und führte sie in eine Mailänder Nobeldiskothek, in der ein Cousin mütterlicherseits seinen achtzehnten Geburtstag feierte. Elle war damals erst sechzehn gewesen und ziemlich unbedarft, was den Umgang mit Jungs betraf. Eigentlich war sie in diesem Alter noch nicht wirklich an ihnen interessiert gewesen und bereits auf einem Schweizer Mädcheninternat angemeldet. Trotzdem hatte auf dieser verfluchten Party plötzlich ein unbekannter, blendend aussehender Kerl ihre Aufmerksamkeit erregt. Groß, breitschultrig, schlank trug er einen perfekt sitzenden Designeranzug. Mit den schwarzen, modisch geschnittenen Haaren, den unwiderstehlich braunen Augen und einem Mund, so verführerisch wie ein frisch gebackener Schokoladenkuchen, sah er zum Anbeißen aus. In seinen geschmeidigen Bewegungen agil wie ein Panther und erheblich älter als sie selbst, hatte er unvermittelt vor ihr gestanden und sie wie selbstverständlich zur Tanzfläche geführt. Dabei war er ihr im Gewimmel der überwiegend jüngeren Gäste so nahe gekommen, dass sich sein Schritt ziemlich unanständig an ihrer Hüfte rieb. Jäh hatte sie die Hitze gespürt, die zwischen ihnen entstand, und die plötzliche Feuchtigkeit zwischen ihren Schenkeln, die unter seinem verzehrenden Blick zum ersten Mal ihr Seidenhöschen benetzte. Alles in ihr drängte danach, mit ihm allein zu sein. Nur wenig später, als ob er ihre Gedanken erraten hätte, führte er sie, unbeobachtet von ihren Cousins, die viel zu sehr mit ein paar langbeinigen Schönheiten beschäftigt waren, in ein düsteres Hinterzimmer der Diskothek. Als die Tür zufiel und alles in einer dunklen Kühle versank, verspürte sie noch einen gewissen Stolz, weil sich ein so attraktiver Mann für das langweilige, picklige Pummelchen interessierte, als das sie sich damals empfunden hatte. Doch bevor er sie, wie erhofft, küsste, offerierte er ihr eine Reihe von Pillen in seiner hohlen Hand, als ob es sich um winzige bunte Ostereier handelte. »Komm, Kleines, fahr mit mir in den siebten Himmel ein«, raunte er dunkel und nahm ein paar der Pillen in den Mund.

»Ich weiß nicht«, stammelte sie. Ohne zu fragen, küsste er sie und schob ihr die Pillen mitsamt seiner Zungenspitze tief in den Mund.

»Runterschlucken, Süße«, flüsterte er an ihren Lippen, nachdem er sich aus ihr zurückgezogen hatte. »Und ich verspreche dir, du wirst dich wunderbar fühlen.« Von irgendwoher hatte er eine offene Sektflasche organisiert und hielt ihr die Öffnung trinkbereit an die Lippen

Auf sein Versprechen hin schluckte sie in ihrer grenzenlosen Naivität gleich mehrere Tabletten auf einmal. Noch während dieses diabolische Zeug ihre Sinne vernebelte, packte der Kerl sie mit brutaler Entschlossenheit und rang sie auf den weichen Teppich nieder. Während sie auf dem Rücken lag, hatte er plötzlich Plastikfesseln in der Hand und fixierte damit blitzschnell ihre Handgelenke an einem Heizungsrohr.

Hilflos ausgeliefert, musste sie zulassen, dass er ihr das Höschen unter dem knappen Mini herunterriss und ihr in den Mund stopfte. Sie versuchte zu schreien, doch es war zu spät. Schwach erinnerte sie sich an ihr Entsetzen, als er sich seines Gürtels und seiner Hose entledigte und sie anschließend brutal entjungferte. Der Schmerz war grenzenlos, aber nicht mit dem zu vergleichen, was danach geschah, als er sie in eine passende Position umdrehte und nochmal anal vergewaltigte.

»Du kleine, versaute Leonardoschlampe«, keuchte er unentwegt. »Ich würde mir wünschen, dein Arschloch von einem Vater könnte dich so sehen.«

All das war wie in einen düstern Nebel gehüllt und zog wie ein unwirklicher, grausamer Albtraum an ihr vorbei.

Irgendwann stand ihr Peiniger auf und ging einfach weg. Elle ließ er völlig nackt und immer noch angebunden zurück. Bauch und Beine mit Sperma und Blut besudelt, hatte sie Mühe, nicht zu ersticken, weil ihr vom Weinen die Nase zugeschwollen war, und im Mund steckte noch immer ihr Höschen. Als ein Spezialeinsatzkommando der Polizei sie schließlich in eben jenem Hinterzimmer fand, war sie ohnmächtig und konnte sich an nichts mehr erinnern, was nachher geschehen war. Erst im Krankenhaus, als sie aus ihrem Designerdrogenrausch erwacht war, erfuhr sie von dem Massaker, das der Fremde offenbar nach ihrer Vergewaltigung unter den Partygästen angerichtet hatte. Dabei hatte er fünf Menschen erschossen, darunter den Gastgeber, bevor er mit unbekanntem Ziel entkommen war. Seitdem besaß Elle keinen einzigen Cousin mehr, und das Verhältnis zur Familie ihrer verstorbenen Mutter war abrupt abgebrochen. Als ob sich die Seiten eines versiegelten Buches öffneten, wurde Elle schlagartig klar, dass der Mord an den Jungs und auch ihre Vergewaltigung nichts anderes als ein Racheakt jenes verfeindeten Clans gewesen waren, dessen Männer vor Jahren im Auftrag ihres Vaters auf dem Fabrikgelände ermordet worden waren. Wieder einmal war die Warnung an ihren Vater gerichtet gewesen, der – wie sie erst nach seinem Tod erfahren hatte – Millionen in einen international operierenden Callgirl-Ring investiert hatte, um seine Geschäftspartner besser aushorchen zu können, und damit in das Revier eines verfeindeten Gegners eingedrungen war.

Offenbar spürte Damian ihren Widerstand. Denn er stoppte die grässlichen Bilder, die ihr nur noch einmal vor Augen führten, wie gefährlich ihr Leben schon damals gewesen war. Natürlich waren auch ihr nach dem Vorfall Gerüchte zu Ohren gekommen, es habe sich bei der Tragödie um eine interne Auseinandersetzung verfeindeter Mafiaclans gehandelt. Sämtliche Zeitungen hatten über das Blutbad berichtet. Aber es gab auch Augenzeugen, die gesehen haben wollten, wie der Mann Elle den Hof gemacht hatte. Und wie einer ihrer Cousins sie zufällig im Hinterzimmer entdeckt hatte, kurz nachdem der Fremde durch die Tür hinausgeschlüpft war. Zu Recht hatten die jungen Männer versucht den Kerl aufzuhalten, weil sie ihn verdächtigten, Elle das angetan zu haben. Dabei gab es wiederum Zeugen, die gesehen haben wollten, wie es zwischen den Kontrahenten zu einem heftigen Streit gekommen war, in dessen Folge einer ihrer Cousins eine Waffe gezogen hatte. Ihr Peiniger war allem Anschein schneller gewesen und hatte nicht nur ihn, sondern anschließend dessen Brüder erschossen, die ihm zu Hilfe eilen wollten. Deshalb hatten manche Gazetten von einem Eifersuchtsdrama gesprochen, was natürlich nicht den Tatsachen entsprach.

»Sag nur, du hattest etwas mit der Sache zu tun?«, wisperte sie und warf Damian voller Abscheu einen fragenden Blick zu.

»Nein«, widersprach er. »Erstens kann selbst ich nicht überall sein. Und zweitens gibt es ausreichend dämonische Kräfte, die sich um eine solche Aufgabe regelrecht reißen.«

Angewidert starrte sie ihn an. »Weil sie das Leid anderer Menschen spüren müssen, um selbst wieder ein Mensch werden zu dürfen«, zitierte sie tonlos.

»Wir halten damit die emotionale Energie des Universums im Gleichgewicht«, begann er vergleichsweise harmlos. »Und das nicht nur einmal am Tag, sondern milliardenfach. Es ist ein Spiel, dessen universellen Regeln wir alle unterworfen sind. Selbst Gott, oder wie auch immer du das Licht nennst, könnte es nicht ändern.«

»Sei still!«, befahl Elle schroff. »Ich will so einen Unsinn nicht hören.« Sie sah ihn an, als ob er ein besonders widerwärtiges Insekt wäre.

Er ersparte ihr eine Antwort und ging eine Weile schweigend neben ihr her.

»Also war es keine Vision in der Vision, als ich deinen Schatten habe davongehen sehen, nachdem einer deiner Klienten, wie du es nennst, auf meinen Wagen geschossen hat.« Es war ihr nicht möglich, die Verachtung in ihrer Stimme zu unterdrücken. »Hab ich recht?«

»Ja.« Seine sinnlichen Lippen verformten sich zu einer schmalen Linie, und er schien nicht gewillt, ihrem Blick zu begegnen.

»Wie kann ich dir vertrauen, wenn du so grausame Dinge tust und gleichzeitig vorgibst, dir Gedanken um mein Seelenheil und das meiner Tochter zu machen?«

Weil sie auch meine Tochter sein könnte, hätte er am liebsten gesagt, doch dafür war die Zeit noch nicht reif. Bevor er diesen Schritt wagte, musste er Elle davon überzeugen, wie gut sie sich einst gekannt hatten. Lange bevor er in die Hölle hinabgestiegen war, hatten sie sich unendlich geliebt. Nicht nur körperlich, sondern auch seelisch. Doch dann hatte er sie auf grausame Weise verloren. Was mehr oder weniger seinen eigenen Abgründen geschuldet war. Er hatte sie auf dem Gewissen. Und nicht nur sie, auch ihr gemeinsames Kind. Jeden einzigen verdammten Tag, den er in dieser zeitlosen Ewigkeit verbracht hatte, musste er an die beiden denken. Gefangen in seinen Erinnerungen, die ihn immer aufs Neue quälten.

»Die Welt ist nicht so einfach gestrickt, wie du glaubst«, versuchte er einzulenken. »Manchmal tun wir Dinge, die unvermeidbar erscheinen, und doch haben sie einen Sinn.«

»Erzähl mir nicht, solche Grausamkeiten wären notwendig, um die Welt vor dem Bösen zu retten. Ist es nicht eher so, dass diese Machenschaften die Menschheit erst recht in den Abgrund treiben?«

»Wenn alle nur Gutes tun würden, wäre es nicht mehr sichtbar«, versuchte er zu argumentieren. »Erst in der Polarität entsteht das Licht. Die Seelen in dieser Sphäre benötigen den Schatten, um das Licht erkennen zu können.«

»Und deshalb mordest und hurst du lustig rum, indem du von irgendwelchen abgedrehten Typen Besitz ergreifst, die auf welche Weise auch immer ihre Bereitschaft signalisieren, der Hölle zu Willen zu sein?« Sie sah ihn fassungslos an.

»Nicht ich hure und morde«, verbesserte er sie. »Diese Menschen ziehen dämonische Kräfte an, indem sie mit Gedanken, Worten und Werken dafür sorgen, dass sich ihr Energielevel auf niedrigem Niveau befindet. Und dann komme ich und schlüpfe in sie hinein. Sie rufen unbewusst nach mir, und ich sorge lediglich dafür, dass ihre niederfrequenten seelischen Schwingungen in die richtigen Bahnen gelenkt werden. Nicht mehr und nicht weniger.«

Ich rechtfertige mich, dachte er von sich selbst erstaunt. Bis zu jenem Moment, in dem er Elles Seele wiedererkannt hatte und sie zuordnen konnte, war es ihm ziemlich gleichgültig gewesen, welche Konsequenzen sein Handeln nach sich zog. Schließlich gehörte es zu seinen Aufgaben. Er war ein Aasfresser unter Paradiesvögeln, wie die Wächter des Lichts seinesgleichen gerne bezeichneten. Doch die Erkenntnis, dass es Elles Seele war, die er faktisch ins Jenseits befördern sollte, hatte ihn auf der Stelle zum Abtrünnigen werden lassen. Den Lichtkörper jener Frau so nah vor sich zu sehen, die ihm einmal so unendlich viel bedeutet hatte und es immer noch tat, ließ ihn auf eine äußerst gefährliche Weise leichtsinnig werden. Der Gedanke, auf ewig mit ihr vereint sein zu können, wenn er ein anderes, segensreiches Leben geführt hätte, schmerzte ihn nun noch einmal mehr als jede Buße. In einem Anfall von wildem Trotz hatte er beschlossen, dem Universum ein Schnippchen zu schlagen und sie einfach bei sich zu behalten, anstatt ihre Seele dorthin gehen zu lassen, wo sie hingehörte. »Glaubst du tatsächlich, dass du so viel besser bist als ich?«, fragte er wohl wissend, dass er sie provozierte.

»Selbstverständlich«, protestierte sie aufgebracht. »Ich habe allenfalls verbotenen Schokoladenpudding genascht oder meinen Vater angelogen, wenn ich nicht, wie von ihm erwartet, voller Andacht die Sonntagsmesse verfolgt habe. Das ist wohl kaum ein Vergleich zu Kinderprostitution, Drogendeal und Auftragsmord, oder irre ich mich da etwa?«

Damian brach, ohne es zu wollen, in schallendes Gelächter aus. »Du machst mir Spaß«, entgegnete er amüsiert. »Dein ganzes Leben war von den scheußlichsten Untaten bestimmt. Du hast, ohne es zu hinterfragen, im goldenen Käfig gelebt, während dein Vater die schrecklichsten Verbrechen angeordnet hat, um dir deinen Luxus zu finanzieren. Freilich ohne dich einzuweihen. Aber ändert das etwas daran, dass du dich nie dafür interessiert hast, womit er sein Geld verdient?«

»Warum sagst du so etwas Widerwärtiges?« Ihren Blicken nach zu urteilen, hätte sie ihn am liebsten umgebracht, nur gut, dass das nicht möglich war.

»Warum?« Er war überrascht, dass sie vorgab, unwissend gewesen zu sein, obwohl sie etwas anderes dachte. »Du belügst dich selbst, wenn du denkst, du trägst keinerlei Verantwortung, nur weil du an den Verbrechen deines Vaters nicht beteiligt warst. Du hast es geahnt und geschwiegen, und das weißt du auch.«

Elle fühlte sich mehr als unbehaglich. Jahre der stetigen Verdrängung, mühsam unterdrückte, grausame Bilder brachen in ihr auf wie die Kruste eines Vulkans und ergossen sich wie heiße Lava in ihr ohnehin malträtiertes Gewissen. Sie hatte von den Machenschaften ihres Vaters gewusst.

»Du hast recht«, wisperte sie. »Spätestens nachdem ich Silvio geheiratet hatte und hinter sein wahres Ich gekommen war, stürzten alle mühsam errichteten Mauern ein, und die Erkenntnis, dass mein Vater kaum besser war als dieses Scheusal von Ehemann, hat mir den Rest gegeben. Trotzdem bin ich zu meinem Vater zurückgekehrt, um bei ihm Schutz zu suchen, nachdem ich Luisa in einer Nacht-und-Nebel-Aktion aus ihrem Bettchen gezerrt hatte und Silvio regelrecht davongerannt bin. Um wenigstens halbwegs mit mir ins Reine zu kommen, habe ich das Erbe meines Vaters noch zu seinen Lebzeiten ausgeschlagen. Und er hat daraufhin sein gesamtes Vermögen Luisa vermacht, welches das Mädchen erst mit Vollendung des achtzehnten Lebensjahres ausschlagen – oder – annehmen kann. Welchen Judasdienst er seiner Enkelin damit erwiesen hatte, zeigte sich nun«, bekannte sie bitter. »Komme ich dafür nun vors Jüngste Gericht?«

»Nein«, sagte er und lächelte. »Das ist es doch gerade, was wir verhindern wollen.«

»Was hätte ich deiner Meinung nach machen sollen?«, fragte sie unbeeindruckt. »Mich von ihm lossagen? Ich habe ihn geliebt, weil er mein Vater war.« Sie zuckte hilflos mit den Schultern. »Wer will schon wissen, dass der eigene Vater in Wahrheit Darth Vader ist und auf einem düsteren Kriegsstern wohnt? Nur ein einziges Mal habe ich seine finsteren Dienste bewusst in Anspruch genommen. Nachdem ich Silvio verlassen hatte, blieb mir nichts anderes übrig, weil er und Don Luigi mir nicht minder gefährlich werden konnten, als mein Vater ihnen. Ich musste Luisa schützen. Der Gedanke, dass sie ähnliche Erfahrungen machen könnte wie ich selbst, hat mich beinahe um den Verstand gebracht. Hast du eine Ahnung … ach ja«, seufzte sie und schaute ihm direkt in die Augen, »ich vergaß, du weißt ja genauestens über mein Schicksal Bescheid.« Aufgebracht sah sie ihn an. »Es ist grausam, in der ständigen Angst leben zu müssen, von irgendeinem feindlichen Familienclan ins Jenseits befördert zu werden wie von einer Spinne, die am Rand ihres feingesponnenen Netzes auf unvorsichtige Beute lauert. Das alles wollte ich Luisa ersparen.«

»Und doch ist es anders gekommen«, resümierte er tonlos.

»Nachdem mein Vater verstorben war, habe ich gespürt, wie die Hyänen dort draußen ihre Krallen wetzen«, erklärte sie nüchtern. »Von Tag zu Tag wurde es ungemütlicher. Ich konnte förmlich riechen, wie sie auf den passenden Augenblick gewartet haben, um mich zu vernichten und das Kind an sich zu reißen. Was ihnen nun beinahe gelungen ist.« Verdrossen senkte sie die Lider.

»Das wird nicht geschehen«, beschwor er sie mit einer gehörigen Portion Zuversicht im Blick. »Doch dafür ist es nötig, dass du mir vertraust.«

Jetzt war sie es, die ein fatalistisches Lachen ausstieß. »Einem Dämon, von dem ich noch nicht einmal weiß, ob er lediglich meiner kranken Fantasie entspringt?« Sie schaute auf und lächelte müde. »Mein Gott, ist das alles schräg! Ich fühle mich wie unter Drogen, besonders seitdem mir dieser merkwürdige Erzengel erschienen ist.«

»Ganz gleich, was du von mir denkst. Ich werde nicht zulassen, dass die Wächter des Lichts dich holen«, versprach er ihr fest. »Selbst wenn ich dich dafür in die schlimmste Hölle entführen muss.«

»Und du glaubst wirklich, das wäre eine akzeptable Alternative?« Sie gab sich keine Mühe, den Sarkasmus in ihrer Stimme zu unterdrücken. »Nach allem, was du mir erzählt hast, ist es nicht deine Aufgabe, mich vor irgendwelchen Lichtwächtern zu schützen. Dein Part war, dafür zu sorgen, dass der Kerl mit dem Scharfschützengewehr mich zuverlässig ins Jenseits schickt. Bekommst du keinen Ärger, wenn du nicht tust, was deine Auftraggeber von dir verlangen?«

»Mach dir darüber keine Gedanken«, erklärte er so neutral wie möglich.

Natürlich würde Abbadon, den man auch als den Fürsten der Dämonen bezeichnete, ihn grausam bestrafen, sobald er von der Sache erfuhr. Doch das würde er zu verhindern wissen. Dummerweise operierte er nicht alleine. Es gab genug Dämonen, die ihm und seiner illegalen Begleiterin nur allzu gerne einen Strich durch die Rechnung machen würden, allein schon, um ihre eigenen Bedingungen für einen Aufstieg zurück in die höheren Sphären zu verbessern.

»Wie viele gibt es eigentlich von euch?« Elle schaute ihn fragend an, vielleicht weil sie gespürt hatte, was in ihm vorging.

»Ganze Legionen«, sagte er ausweichend und dachte daran, dass mit Sicherheit bereits andere Schattenwesen dabei waren, Silvio Falconi und dessen Vater zu helfen, Luisa zu finden.

»Das wundert mich nicht, bei allem, was um uns herum an furchtbaren Dingen passiert«, kommentierte Elle sein lapidares Bekenntnis. »Könnte es sein, dass es immer mehr werden?« Eine leichte Ironie lag in ihrem Blick.

»Nicht unbedingt«, erwiderte er ausweichend.

»Was heißt das genau?«

»In Wahrheit ist die Bereitschaft der Menschen, sich den Schatten zuzuwenden, immer gleichbleibend. Sie steigt proportional mit der Zahl der Erdbewohner. Dabei bleibt die jeweilige Quote von Gut und Böse bei fünfzig Prozent, weil sich dunkle und helle Energie im Universum die Waage halten müssen. Wobei eine universelle Kraft stets für den Ausgleich sorgt. Jeder hat eine Wahl. Auch du selbst konntest dich vor deiner menschlichen Geburt entscheiden, auf welcher Seite du stehen willst. Allerdings gibt es eine Menge Unwägbarkeiten, die dich während deines irdischen Lebens auf die eine oder andere Seite ziehen können. Und wenn du den Einflüssen des Bösen nicht widerstehst, landest du im schlimmsten Fall dort, wo ich nun bin. Wenn es einigermaßen gut läuft, bekommst du eine zweite Chance und darfst noch mal von vorne beginnen. Wenn es blendend läuft, darfst du im Licht bleiben und in die nächst höhere Ebene aufsteigen.«

»O mein Gott«, stöhnte Elle. »Das alles hört sich vollkommen abgefahren an. Wieso vergisst man das alles, wenn man wiedergeboren wird?«

»In Wahrheit ist alles noch da«, sagte er und tippte sich auf die Stirn. »Es schlummert in deinem Unterbewusstsein. Aber du musst dich aus freien Stücken entscheiden, es besser zu machen als beim letzten Mal. Denn nur dann ist es einem erlaubt, in die nächstbessere Sphäre aufzusteigen.«

Er legte den Kopf schief und schenkte ihr einen tiefgründigen Blick. »Es ist ein Prozess, Elle. Wie der Weg einer Larve zum Schmetterling. Manche schaffen es, bis in die höchste Stufe. Manche nicht.«

Elle beschied, sich auf seine Erklärungen einzulassen. »Von wie vielen Welten sprechen wir?«

»Vierzehn« sagte er und zog sie zu einer Bank, von wo aus sie gemeinsam die Mittagssonne genießen konnten. »Sieben nach oben und sieben nach unten. Und um deiner Frage zuvorzukommen«, er lächelte säuerlich, »du befindest dich im ersten Stock und ich im ersten Kellergeschoss. Wir sind also gar nicht so weit auseinander, und doch liegt ein ganzes Universum dazwischen. Aber so wenig, wie du aufsteigen möchtest, um deine Tochter nicht zu verlieren, habe ich kein Interesse daran, herauszufinden, wie es noch weiter unten aussieht.«

»Und was treibt dich an, mir zu helfen?«, fragte sie nun um einiges sanfter.

»Wenn ich mir etwas wünschen dürfte, dann wäre es, eine zweite Chance zu bekommen«, sagte er rau, »um die Fehler meiner Vergangenheit wiedergutmachen zu können.«

Plötzlich verdunkelte sich der Himmel, als ob sich Wolken vor die Sonne geschoben hätten, doch das war nicht der Fall.

Die Beeinträchtigung des Lichts ging von einer Gestalt aus, die sich, ohne zu fragen, neben Elle niedergelassen hatte. Ein junger Kerl mit dunklen, glatten Haaren und einem überirdisch schönen Gesicht, dem ein paar klare, helle Augen eine besondere Intensität verliehen. Er trug mittelalterlich anmutende Kleidung, bunt, mit eng anliegenden, zweifarbigen Strümpfen in Rot und Blau, fast wie ein Hofnarr. Trotz dieser amüsanten Aufmachung ging etwas Düsteres von ihm aus, etwas, dem Elle lieber keinen Namen geben wollte.

»Du hast dir also tatsächlich ihre Seele geschnappt«, sagte er zu Damian und schaute Elle von der Seite her an, als ob sie sein Eigentum wäre. »Ich konnte es kaum glauben, als ich es gehört habe.«

»Von wem hast du was gehört?«, fragte Damian aggressiv.

»Spielt das eine Rolle? Du weißt doch, wie schlecht man in unseren Kreisen etwas geheim halten kann. Also an deiner Stelle wäre ich auf der Hut.«

»Wer ist der Kerl?« Elle schaute den unvermittelten Besucher irritiert an. »Und was redet er da?«

»Du darfst ihn getrost ignorieren«, zischte Damian und blitzte den unverhofften Neuankömmling feindselig an.

»So wenig wie du dich an mich erinnerst, wirst du dich an ihn erinnern können, cara mia«, bemerkte der andere monoton. »Ihr wart euch einmal sehr vertraut. Mein Name ist Laurentio.« Er hob eine Braue. »Na? Dämmert es vielleicht doch? Ich war bei deiner Vermählung anwesend. Ist aber schon ne' ganze Weile her.«

»Meine Vermählung?«, schnappte Elle und dachte an Silvio, der sie unter großem lokalem Presserummel in Florenz zum Altar geführt hatte. »An einen Typen wie dich könnte ich mich garantiert erinnern. Allein dein Aufzug. Kann mir nicht vorstellen, dass Silvios Leibwächter dich so in die Kirche gelassen hätten.«

»Soll ich das als Kompliment auffassen?« Der andere lachte blasiert.

»Eher nicht«, konterte Elle und warf ihm einen schrägen Blick zu.

Damian schien amüsiert, und doch lachte er nicht, wahrscheinlich gehörte der Typ zu seiner Höllenbande.

»Laurentio, verdammt, was hast du hier verloren?«

Sein Gegenüber grinste lässig. »Du willst sagen, wenn *ich* dich finde, kann dich jeder finden? Da könntest du recht haben. Hier zu bleiben halte ich jedenfalls für keine gute Idee. Abbadon wird euch aufspüren und dann gnade euch Gott, falls es ihn denn gibt«, hauchte er heiser in Elles Richtung. Sein stechender Blick machte ihr Angst. »Hat er dir schon erzählt, woher ihr euch kennt?«

»Nein«, beeilte Damian sich zu sagen. »Und ich denke nicht, dass sie das hören will.«

Laurentio musterte Elle mit unverhohlener Neugier. »Sie fragt sich gerade, was du ihr verschweigst.« Wieder grinste er. »Wie süß! Es hat sich also nichts geändert zwischen euch beiden. Du bist immer noch der verlogene Charmeur, und sie fragt sich, wen sie in Wahrheit vor sich hat.«

»Nein, tut sie nicht.« Damian warf ihm einen warnenden Blick zu.

»Wir wurden zusammen gerichtet«, erläuterte ihr Laurentio beiläufig, wobei ihm das letzte Wort wie Honig von den Lippen tropfte.

»Wahrscheinlich ist es besser so, dass du dich nicht mehr erinnerst. Dich hat man zu Tode vergewaltigt und uns Kerlen haben sie bei lebendigem Leib den Wanst aufgeschnitten und uns ausbluten lassen, wie Schlachtvieh. Und ja, es hat höllisch wehgetan. Besonders, als sie die Hunde auf unser heraushängendes Gedärm gehetzt haben.«

»Jetzt übertreib nicht so maßlos«, herrschte ihn Damian an. »Das mit den Hunden haben wir gar nicht mehr mitbekommen, da waren wir längst tot.«

Elle schlug die Hände vors Gesicht. »Lieber Gott, wenn es dich gibt, stopp diesen Wahnsinn und weck mich endlich auf«, wisperte sie.

»Vielleicht interessiert es dich«, fuhr der ungebetene Besucher gnadenlos fort, »dass dein Schicksal und das deiner Tochter längst besiegelt ist.«

»Das reicht!« Damian nahm die schattenhafte Gestalt des Fremden im Nu in eine Art Würgegriff, wobei er dessen finstere Ausstrahlung zu absorbieren schien, weil die Gestalt des jungen Mannes immer mehr verblasste.

»Ist ja gut«, stöhnte Laurentio und verzog sein Gesicht zu einer schmerzverzerrten Grimasse. »Lade dich nur mit dunkler Energie auf, und füge mir unerträgliche Schmerzen zu. Es wird mir ein Vergnügen sein, deiner anschließenden Buße beiwohnen zu dürfen.«

Damian ließ ihn abrupt los. »Verzieh dich, Bruder, bevor ich mich vollends vergesse.«

Laurentio wich sichtlich geschwächt zurück. »Dein Widerstand wird dir nichts nützen. Abbadon wird euch finden, und dann wird er dich richten und dein Schätzchen wird ins Licht gehen, samt ihrer Kleinen, ob es dir nun passt oder nicht.«

Mit seinen letzten Worten löste sich seine kaum noch sichtbare Gestalt in nichts auf.

Elle wusste nicht, wie sie auf eine solche offensichtliche Provokation reagieren sollte. Der Kerl musste ein Irrer sein.

»Was meint er mit ›samt ihrer Kleinen‹?« Auch wenn sie den Fremden kaum verstanden hatte, beschlich Elle ein ungutes Gefühl, dass alles nur noch schlimmer werden konnte.

»Er ist ein Verrückter, dem man keinen Glauben schenken darf«, gab Damian tonlos zurück.

»Irgendwie fand ich ihn beängstigend düster.« Ihr Blick fiel auf Damian, der eine schmallippige Miene aufsetzte, die ihre Angst, nur noch steigerte.

»So sag doch was«, bettelte Elle. Die merkwürdigen Andeutungen des Mannes, die seltsamen Erläuterungen Damians über Himmel und Hölle, die Ungewissheit ihrer eigenen Zukunft und das daraus resultierende Schicksal Luisas steigerten ihre Angst, wahnsinnig zu werden oder es bereits zu sein, ins Unermessliche.

»Er redet Scheiße«, murmelte ihr dämonischer Begleiter. »Du darfst seinen Worten keine Bedeutung beimessen.«

»Keine Bedeutung beimessen?« Sie schrie fast. »Machst du Witze? Nichts anderes versuche ich die ganze Zeit! Und du lässt nichts aus, um mich vom Gegenteil zu überzeugen.« Verzweifelt schaute sie an sich herab.« »Ich will jetzt endlich wissen, was hier wirklich läuft!«

Damian versuchte die Bilder zu verdrängen, die Laurentio ihm während ihres Kampfes unbemerkt über Elle und ihr drohendes Schicksal hatte zukommen lassen. Verstörende, brutale Szenen, die Luisa und Elles Freundin Janet leblos am Boden liegend in ihrem eigenen Blut zeigten. Gestorben im Kugelhagel der Jäger Silvio Falconis, die ihren Auftrag, die Kleine zu erwischen, nur allzu wörtlich nahmen. Bei dem Versuch, sie zu entführen, sahen sie sich nichtsahnend mit der Schrotflinte ihrer Aufpasserin konfrontiert und schossen, ihren niederen Instinkten folgend, einfach zurück.

Laurentio hatte ihm versichert, dass die Zukunft laut Abbadon längst geschrieben war. Damian würde das Mädchen und seine Mutter nicht retten können, selbst wenn Elle aus dem Koma wieder erwachte. Seine Widersacher wären ihm immer um eine Länge voraus.

Einen Moment lang war er zu schockiert, um reagieren zu können. Doch dann kam ihm jene Idee wieder in den Sinn, die er schon bei ihrer Begegnung unten im See gehabt hatte. Er war sich durchaus bewusst darüber, dass ihn diese Überlegung nur noch tiefer in die Hölle führen würde, falls die Sache schiefging. Was wäre, wenn er Elles Seele in eine fünfhundert Jahre zurückliegende Vergangenheit zurückführen würde. Dorthin, wo sie einst gemeinsam glücklich gewesen waren. Zeit spielte in ihrem Zustand keine Rolle, und das Prinzip der materiellen Anziehung von Körper und Seele, sofern sie die gleichen energetischen Schwingungen aufwiesen, funktionierte überall. Er würde versuchen, ihre Seele in ihren früheren Körper zu transferieren, und auch er selbst würde als Dämon mühelos von seinem damaligen Körper Besitz ergreifen können. Wenn das zu einem Zeitpunkt geschah, an dem sie beide noch lebten, konnte er die Weichen vielleicht neu stellen und die Geschichte zu ihrem gemeinsamen Vorteil verändern. Niemand würde sie dort vermuten, und somit wären sie nicht nur vor Abbadons Verfolgung geschützt, sondern auch vor der des Erzengels. Und selbst Luisa hätte in diesem Leben eine zweite Chance, weil ihre Seele als ihre gemeinsame Tochter erst noch geboren würde. Und bei Gott und allen Heiligen, diesmal würde er sein kleines Mädchen und dessen Mutter besser beschützen. Je länger er darüber nachdachte, umso sicherer wurde er, dass es keinen anderen Ausweg gab. Ein Blick auf Elle reichte vollkommen aus, und er wusste, er würde alles dafür geben, um sie und die Kleine zu retten und um noch einmal mit den beiden von vorne zu beginnen. Jenes Leben zu führen, das ihnen versprochen gewesen war, und die Tochter zu haben, die ihnen damals auf so grausame Weise genommen wurde. Doch dafür musste er Elle zunächst überzeugen, ihm vorbehaltlos zu folgen.

»Laurentio hat recht«, sagte er nur. »Wir müssen hier weg. Irgendwohin, wo uns garantiert niemand findet.«

»Ich gehe hier nicht weg«, protestierte sie, als er vorgab, mit ihr einen sichereren Ort als diesen aufsuchen zu wollen. Wobei er mit Absicht nicht ins Detail ging, um sie nicht noch mehr zu verschrecken. »Ich will bei meiner Tochter bleiben.«

»Ich kann verstehen, dass dich das alles ziemlich durcheinanderbringt und du gerne in Luisas Nähe sein möchtest«, erklärte er, wobei er genau wusste, wie sie sich fühlte. »Doch wenn wir hierbleiben, werden meine dämonischen Kollegen uns früher oder später finden. Und das kann ich nicht zulassen. Nicht nur, weil das mein Ende wäre, auch weil sie sich mühelos mit Silvios dunkler Energie verbinden und ihn hierherlocken werden. Und das willst du doch ganz sicher nicht.« Er setzte seinen treusten Blick auf, der bei der früheren Gabrielle immer gewirkt hatte und den er auch nach fünfhundert Jahren noch mühelos beherrschte. Auch diesmal verfehlte er seine Wirkung nicht. Er las die Unruhe in ihren Gedanken. Obwohl er sich dafür hasste, ihr keine bessere Alternative bieten zu können, war sein Vorgehen immer noch besser, als sie mit dem bevorstehenden Tod ihres Kindes zu konfrontieren. Wenn alles nach Plan lief, würden sie eines Tages wieder eine Familie sein. Mit allem, was dazugehörte, und diesmal würde er ganz sicher dafür sorgen, dass es besser lief.

»Und wo willst du mit mir hin?«, rief sie aufgebracht. »Etwa in die nächste Fantasykulisse?«

»Vertrau mir«, bat er sie mit sanfter Stimme.

»Nein und nochmal nein!«, protestierte sie in wilder Entschlossenheit.

»Ihr wird nichts geschehen, dass verspreche ich dir«, beschwor er sie fast.

Plötzlich wurde es gleißend hell, und auch Damian schrak regelrecht zurück. Eine übergroße, menschlich anmutende Gestalt baute sich vor ihnen auf. Von sphärischen Klängen begleitet, streckte sie beinahe sehnsuchtsvoll ihre Hände nach Elle aus.

Gabriel. Verdammt, was hatte dieser verfluchte Engel schon wieder hier zu suchen? Seine Anwesenheit war fast noch bedrohlicher als die der Dämonen. Damian hätte ihn am liebsten zu einem imaginären Kampf herausgefordert. Gut gegen Böse. Auch das kam durchaus schon mal vor, wenn Licht und Schatten im Streit um eine Seele aufeinanderprallten. Man sollte nie die Kraft eines Engels unterschätzen, betonte Abbadon stets bei der Belehrung der Neuankömmlinge. Lichtenergie besaß die Fähigkeit, einen Schatten zu eliminieren. Ihn zu vernichten. Nur durfte das nicht im Groll geschehen, weil der Schatten dadurch gestärkt wurde. Aber diese Engelbande war berüchtigt dafür, ihre Angelegenheiten mit brutaler Liebenswürdigkeit zu erledigen.

»Komm mit mir nach Hause«, bat die Gestalt Elle seltsam verklärt. »Wir warten auf dich …«

Damian empfand die Wärme und Liebe, die von diesem albern aussehenden, rothaarigen Engel ausging, wie einen zähen Tropfen Honig, der alles in ihm verklebte. Gleichzeitig alarmierte ihn Elles plötzliche Gier, sich schon wieder vorbehaltlos in die Arme dieses Trottels zu werfen und alles, was sie vorher besprochen hatten, mit einem Schlag zu vergessen.

»Mist!«, zischte Damian und packte sie wieder einmal so fest am Arm, dass sie aufschrie. Ehe sie sich's versah, hatten sie den Ort gewechselt, und eine gefühlte Nanosekunde später standen sie an Luisas Bett. Ohne Gabriel, der sich offenbar samt seinem Heiligenschein in Luft aufgelöst hatte.

»Muss ich dir nach diesem Auftritt tatsächlich noch einmal vor Augen führen, warum mein Vorschlag zu gehen der einzig richtige ist?« Damian funkelte sie verärgert an.

Janet war mit Luisa ins Haus gegangen und hatte sie zu einem Mittagsschlaf überredet. Wie üblich bestand die Kleine darauf, zum Einschlafen etwas vorgelesen zu bekommen. Ausgerechnet eine Engelsgeschichte, aus einem Buch, dass ihr Janet nachträglich zu Weihnachten geschenkt hatte.

Elle schluckte hart. Lieber Gott, lass mich wach werden und alles vorüber sein, betete sie stumm.

»Es wäre viel schöner, wenn meine Mami jetzt hier wäre und mich sehen könnte«, plapperte Luisa munter, während Janet vom Erzengel erzählte, der Maria die Ankunft des Jesuskindes verkündet hatte.«

Elle unterdrückte krampfhaft ihre Tränen. Was wäre, wenn Damian die Wahrheit sprach und dies kein schizoider Traum war? Wenn sie dem Licht nicht widerstehen konnte und tatsächlich starb? Würde Janet dann sagen, deine Mami schaut dir aus dem Himmel herab zu? Ein furchtbarer Gedanke, den sie nicht zu Ende denken wollte. Zumal Janet ihren Trost ganz ähnlich formulierte: »Deine Mami denkt bestimmt ganz fest an dich, wo immer sie auch ist.«

Ja, das tut sie, hätte Elle am liebsten geschrien, aber Luisa konnte sie nicht hören.

Zögernd näherte sie sich ihrem Kind, strich ihm sanft über das seidige, blonde Haar und küsste es auf die Stirn. Als ob Luisa ihre zarte Geste gespürt hätte, sah sie zu ihr auf und lächelte. Aber es war wohl eher Janet, der sie zulächelte, die am Bett saß und anhob, mit ihrer Erzählung fortzufahren.

Mit einem gewaltigen Kloß in der Kehle beugte sich Elle zu ihrer Tochter hinab und gab ihr zum Abschied noch einen Kuss auf die Wange. Wie gerne hätte sie den Duft ihres Haares gerochen und sie in den Arm genommen, um sie warm und weich an sich zu drücken und niemals wieder loszulassen. Als sie aufschaute, begegnete sie Damians dunklem unergründlichem Blick, und sie erkannte die Veränderung darin. Seine ansonsten kalten grauen Augen erschienen ihr plötzlich weich und sehnsuchtsvoll. Ein Dämon, der Mitgefühl zeigte, für ein Kind, das er noch nicht einmal kannte. Wirklich sonderbar!

»Lass uns gehen«, sagte er rau und nahm sie sanft bei der Hand. Elle beschied, dass sie ohnehin keine andere Möglichkeit hatte, als sich ihm anzuvertrauen.

Im nächsten Moment befanden sie sich in Florenz. Auf der Intensivstation der Privatklinik Gabriele d'Annunzio. Gabrielles Körper lag noch immer an ein Krankenhausbett gefesselt. Das Beatmungsgerät gab leise, rasselnde Töne von sich. Zwei Schläuche führten zu Elles Nase und zu ihrem Mund. Eine Magensonde versorgte sie offenbar mit Flüssigkeit und verschiedenen Nährlösungen. Eine Windel und ein Blasenkatheter sorgten dafür, dass kein Unglück geschah.

Elle sah zweifelnd auf die schlafende Frau herab, die ihr mit einem Mal vollkommen fremd erschien. Schon glaubte sie erste Anzeichen von körperlichem Verfall zu erkennen. Lagen ihre Augen nicht schon tiefer in den Höhlen als zuvor? War ihr Kinn nicht schon spitzer geworden? Offenbar hatte sie abgenommen, obwohl erst drei Tage seit dem Anschlag vergangen waren. »Was geschieht, wenn ich dem Licht nicht widerstehen kann?« Zaghaft schaute sie zu Damian auf, der dicht neben ihr stand. »Komme ich dann in den Himmel, oder so was? Und falls ja, was wird mit Luisa? Werde ich sie eines Tages wiedersehen?«

»Abgesehen davon, dass ich alles dafür tun werde, eine solche Entwicklung zu verhindern«, beruhigte er sie, »wäre es sicher keine gute Idee, Gabriel zu folgen. Und solange du dich mit deiner Seele in dieser Zwischenwelt befindest, können sie deinen Körper nicht sterben lassen.«

»Und was sollen wir stattdessen tun?«

»Wir könnten versuchen, unser Schicksal zu verändern.«

»Unser Schicksal? Wie soll ich das verstehen?«

»Nun ja.« Zögernd schaute er sich um, als ob er sicherstellen wollte, nicht belauscht zu werden. »Ich habe da eine Idee ...« Er hielt inne und fixierte sie mit seinem intensiven Blick. Auffordernd hielt er ihr seine rechte Hand hin. »Du musst es nur von ganzem Herzen wollen.«

»Was bleibt mir anderes übrig«, murmelte sie. »Solange Luisa in Sicherheit ist, stimme ich allem zu, was meine, oder sollte ich besser sagen unsere, Lage verbessert.«

»Das wird sie, ich verspreche es dir.«

Ein vages Versprechen, dachte Damian, zumal Elle, wenn es ihm gelingen sollte, seinen Plan in die Tat umzusetzen, ihr Kind in diesem Leben nicht mehr wiedersehen würde. Aber Elle würde ohnehin niemals davon erfahren. Damit seine Rechnung aufging, musste er sie ihr jetziges Leben vergessen lassen. Als seine Hand die ihre ergriff, war er plötzlich sicher, das Richtige zu tun. Nicht sicher war er, ob es funktionieren würde. Ein Wechsel in eine andere Zeit war ihm als Dämon durchaus möglich. Allerdings war es nicht vorgesehen, von außen aktiv in vergangene Erlebniswelten einzugreifen. Doch das würde sich ändern, wenn er, dort angekommen, in seinen eigenen Körper schlüpfte und dadurch wieder aktiv am Geschehen teilnehmen konnte.

Als er sich Elles leblosen Körpers bemächtigt hatte und mit ihr an die Oberfläche dieses eisigen Sees geschwommen war, hatte er darüber nachgedacht, wie es wäre, wenn er in die Vergangenheit zurückkehren und als Dämon mit seiner eigenen Seele verschmelzen und seinen damaligen Körper manipulieren würde. Das war durchaus möglich, nur hatte es bisher noch niemand versucht. Falls es funktionierte, und davon ging er aus, würde er Elles Seele genauso gut dorthin mitnehmen können. Beim Aufeinandertreffen mit ihrem dortigen »Ich« würde ihre jetzige Seele mit der damaligen verschmelzen, indem sie aufgrund der gleichen energetischen Signatur unweigerlich in die dortige körperliche Hülle hineingezogen würde. Elles jetziger Seelenzustand würde sich dadurch mit dem der früheren Elle zu einem einzigen Charakter verbinden und sich an die dortigen Gegebenheiten anpassen. Damit ihre unterschiedlichen Erinnerungen nicht kollidierten, musste er Elles gegenwärtiges Gedächtnis löschen, was ohnehin vonnöten war, damit sie sich nicht an ihre Tochter Luisa erinnerte. Ansonsten wäre sie wohl nicht bereit gewesen, bei seinem grandiosen Einfall mitzuspielen. Doch das alles musste er tun, bevor er selbst in seinen früheren menschlichen Körper schlüpfte, weil er danach höchstwahrscheinlich nicht länger über dämonische Kräfte verfügte. Trotz der Einschränkung klopfte Damian sich für diesen Geistesblitz gedanklich selbst auf die Schulter. Keine Frage, dass ein solcher Coup zu den schlimmsten Verfehlungen eines Schattenwesens zählte und die grässlichsten Höllenqualen nach sich ziehen würde, falls Abbadon ihn erwischte. Aber was hatte er schon zu verlieren? Er wollte mit Elle zusammenleben, und ein anderer Weg stand ihm nicht offen.

Konkret wollte er Elles Seele zu jenem Tag zurückführen, der schicksalhaft für sie beide gewesen war. Der 26. Dezember 1476. Der Tag des heiligen Stephano und gleichzeitig der Todestag des Herzogs von Mailand. Dort musste er sie in einer Punktlandung in ihren früheren Körper transferieren, damit die Dinge sich so entwickelten, wie sie für seinen Plan nützlich waren. Selbst wenn es für Elle zunächst ein bisschen unangenehm werden würde, war es notwendig, so früh in die Geschichte einzusteigen, damit sie sich anschließend vorbehaltlos in ihn, Damian, verliebte. Damals war sie noch die Frau eines anderen gewesen und lebte als Cousine der weltberühmten Simonetta Vespucci ein behütetes, aber nicht unbedingt glückliches Leben. Doch das sollte sich bald ändern. Es würde ihn zwar einiges an Kraft kosten, das Schicksal im wahrsten Sinne des Wortes selbst in die Hand zu nehmen – aber er konnte es tun. Wenn alles nach Plan verlief, würde Elle ihm schon bald aufs Neue vertrauen und seine Frau werden wollen. Bald darauf wäre sie guter Hoffnung, und Luisas Seele würde als ihr gemeinsames Kind einfach fünfhundert Jahre früher geboren werden. Vielleicht konnte er dadurch nicht nur sein eigenes Leben, sondern gleich den gesamten Verlauf der Geschichte verändern. Fest gewillt, dem Universum ein Schnippchen zu schlagen, würde selbst Lorenzo dé Medici diesmal nicht so ungeschoren davonkommen.

Als er unvermittelt die Hand auf Elles Stirn legte und ihre Lider zu flattern begannen, durchflutete ihn eine nie gekannte Freude. Aber auch die abgrundtiefe Furcht. Falls er versagte, wären sie beide auf ewig verloren.

KAPITEL 6

Schattenwelt

Dezember 1476 – Mailand

Elle fühlte sich für einen Moment völlig desorientiert und schaute sich geradezu panisch um. War sie ohnmächtig geworden? Ihr schwindelte, und irgendwie war sie verwirrt. Krampfhaft versuchte sie sich daran zu erinnern, wo sie war und, was ihr noch viel schlimmer erschien, wie ihr eigener Name lautete. Ihr Herz raste vor Angst. Wie immer, wenn sie plötzlich aus einem Albtraum erwachte. Doch so, wie es aussah, hatte sie gar nicht geschlafen, sondern stand mitten im Zimmer.

Ihr überraschter Blick fiel in den mannshohen Spiegel, aus dem sie eine makellos schöne, junge Frau mit hüftlangen, rötlich blonden Locken aus großen, lindgrünen Augen anstarrte. Gabrielle. Nun fiel es ihr wieder ein, dem Himmel sei Dank. Ihr Name lautete Gabrielle de' Vincenco. Sie war dreiundzwanzig und mit einem recht vermögenden Edelmann verheiratet, in dessen Mailänder Palazzo sie sich augenscheinlich gerade befand. Irritiert betastete sie ihre hochstehenden, festen Brüste, die sie nur zögernd als Bestandteil ihres Ebenbildes anerkannte. Aus welchen Gründen auch immer erschienen sie ihr plötzlich um einiges zu üppig. Vor allem die aufragenden Knospen, die sich deutlich unter dem durchscheinenden, wadenlangen Seidennachthemd abzeichneten, waren irgendwie ungewohnt. Auch Hüften und Oberschenkel kamen ihr ein wenig zu rundlich vor. Ihre Haut hingegen war makellos weiß, als ob sie noch nie einen Funken Sonne gesehen hätte. Großer Gott, was ging mit ihr vor? Der Versuch, in ihrer Erinnerung zu kramen, scheiterte kläglich und verursachte ihr lediglich einen neuen Anfall von Schwindel.

Während sie immer noch verwundert ihre kurzgeschnittenen, manikürten Fingernägel betrachtete, verlangte ein plötzliches, grunzendes Schnaufen ihre Aufmerksamkeit. Erschrocken richtete sie ihren Blick auf das andere Ende des geräumigen Zimmers, wo ein breites Ebenholzbett mit vier Pfosten stand, das von einem dunkelroten Samtbaldachin überschattet wurde. Darin hockte ein älterer Mann, dessen nackte Kehrseite sich im Glanz der hereinbrechenden Morgensonne zwischen einem Wust von weißen Seidenkissen rhythmisch vor und zurück bewegte. Elle starrte leicht ungläubig auf den bleichen Allerwertesten und das strähnige weiße Haar, das dem Alten bis über die Schultern herabhing. Das konnte Giovanni sein, ihr Ehemann, ein alterndes Ungeheuer, das glatt ihr Großvater hätte sein können. Vor ihm kauerte eine nackte, junge Frau, die ihm bereitwillig ihr dralles Gesäß entgegenstreckte. Obwohl Elle den Impuls verspürte, allein aus Anstand den Blick abzuwenden, faszinierte sie Giovannis ungehörige Treiben auf seltsame Weise. Dabei störte es ihn offenbar nicht, von seiner eigenen Frau beobachtet zu werden. Ein Zustand, den sie eigentlich kennen sollte, und doch kam ihr das Ganze plötzlich unfassbar vor. Wie magisch angezogen, näherte sich Elle den beiden Gestalten, die nun unzweifelhaft auf das Heftigste miteinander kopulierten. Wieder und wieder stieß das rot geschwollene Glied des Alten in die vor Feuchtigkeit glänzende Spalte der jungen Frau, die mit einem abgehackten Wimmern ihrer scheinbar unbändigen Lust Ausdruck verlieh. Ihr Liebhaber beugte sich derweil nach vorn und knetete die vollen, im Takt seiner Stöße wippenden Brüste auf eine recht barbarische Weise, indem er sie mit seinen gichtigen Fingern ungestüm molk.

Beinahe widerwillig erinnerte sie sich daran, warum sie ein solches Verhalten überhaupt tolerierte. Ihr Gemahl war ziemlich vermögend und recht spendabel, wenn es um seine um einiges jüngere Ehefrau und sein Ansehen in der toskanischen Gesellschaft ging. Der entscheidende Grund, warum sie bereits recht jung mit ihm verheiratet worden war. Ihre Eltern waren früh verstorben, woraufhin sich ihre Tante, die Schwester ihrer Mutter, ihrer angenommen hatte. Elle forschte in Gedanken mühsam nach dem Namen der Frau, der sie ihre missliche Lage zu verdanken hatte. Liebe Güte, warum war es auf einmal so schwierig, sich zu erinnern? Hektisch ging sie das Alphabet durch. Plötzlich war es, als ob sich eine Schleuse öffnete, und eine Kaskade von Menschen und Begebenheiten überfluteten ihr geistiges Auge, die allesamt in ihrem Leben eine wichtige Rolle gespielt hatten. Cattocchia Spinola de Candia zum Beispiel war nicht nur ihre Tante, sondern auch die Mutter ihrer Cousine Simonetta Vespucci gewesen, die mit Marco Vespucci verheiratet worden war und kurz vor ihrem allzu frühen Tod Sandro Botticelli Modell gestanden hatte. Vor knapp einem halben Jahr war sie der Schwindsucht erlegen, wobei ihr Tod bis heute jede Menge Rätsel aufgab.

Tante Cattocchia hatte sehr um ihre einzige Tochter geweint und war bald danach dem Trübsinn verfallen. Zusammen mit ihrem Mann hatte sie Jahre zuvor die Vormundschaft für Gabrielle übernommen und sie im Alter von siebzehn Jahren nach kurzer Verlobungszeit mit dem steinreichen, aber leider uralten Giovanni de' Vincenco verheiratet. Da ihre leiblichen Verwandten Elle kaum etwas hinterlassen hatten, mussten Onkel und Tante jemanden für sie finden, der auf eine horrende Mitgift verzichtete, die in florentinischen Adelskreisen normalerweise zur Selbstverständlichkeit gehörte, um finanziell und gesellschaftlich abgesichert zu sein.

Elles Blick wanderte wieder zu Giovanni und holte sie auf der Stelle in die Gegenwart zurück. So wie er sich gebärdete, sah es aus, als ob er jeden Moment einen Herzanfall riskierte, nur um seine Manneskraft unter Beweis zu stellen. Im Grunde genommen wäre es für sie von Vorteil, wenn sich seine verdorbene Seele auf diese Weise davonmachen würde. Dann hatte sie wenigstens Ruhe vor ihm. Kinder hatten sie keine, und so wie es aussah, wäre sie dann eine vermögende Frau, die sich ihren nächsten Ehemann selbst aussuchen konnte.

Sie bekreuzigte sich hastig ob ihrer sündhaften Gedanken und wandte sich wieder dem hemmungslos stöhnenden Pärchen zu. Donatella, wie das Hausmädchen hieß, übernahm schon seit geraumer Zeit Elles eheliche Pflichten. Selbstverständlich für Geld, das Giovanni der Frau als Lohn für diesen Liebesdienst zahlte. Elle hingegen war sicher, dass sich die Dienerin, deren braunes Haar unter der Haube hervorquoll, bei dem Gedanken geehrt fühlte, Don Giovannis Hure spielen zu dürfen.

Ihre frenetischen Schreie wurden zusehends lauter, als der Alte daranging, sie noch härter zu stoßen und er ihr ab und an mit der flachen Hand ziemlich unbarmherzig auf den Hintern schlug. Auch sein Grunzen steigerte sich noch, während die Bewegungen der beiden immer heftiger wurden und an Geschwindigkeit zunahmen, bis die Hüften des Alten in einem raschen Rhythmus gegen die Hinterbacken der jungen Magd klatschten, so lange, bis er sich unter lautem Röcheln in ihr entlud.

Elle hingegen verspürte das dringende Bedürfnis, sich zurückzuziehen, weil ihr die ganze Geschichte absurd erschien. Doch wohin? Schon wieder schwindelte ihr. Ratlos sah sie sich um und erblickte die kleine Tür zu einem Nebenraum, der als ihr privates Refugium in ihre Erinnerung trat und dessen Abgeschiedenheit Don Giovanni offenbar respektierte.

Der Alte brach derweil schwitzend und schwer atmend über seiner Gefährtin zusammen. Die Frau kicherte verschämt, als er sich mit einem schmatzenden Geräusch aus ihr zurückzog. Ungeniert warf sie sich auf den Rücken und spreizte ihre üppigen Schenkel zu einer auffordernden Geste, es nochmal von vorn zu beginnen, doch ihr Gegenüber schüttelte schnaubend den Kopf und stieß ein paar wirre Flüche aus.

»Willst du mich umbringen, Donatella?«

Elle waberte unterdessen eine unappetitliche Mischung aus schwerem Parfüm, ranzigem Schweiß und männlichem Samen entgegen, die ihr unangenehm in die Nase stach.

Ohne Vorwarnung schaute der Alte auf und sah ihr direkt in die Augen.

»Oh, mein schönes, junges Weib gibt uns die Ehre«, bemerkte er spöttisch und verschlang sie mit hungrigen Blicken. »Möchtest du uns vielleicht Gesellschaft leisten, meine Teure?«, säuselte er. »Du könntest dich ein wenig mit Donatella vergnügen, während ich wieder zu Atem komme.«

Widerwillig gab sie sich der Vorstellung hin, dass der Alte gewiss seinen Spaß daran hätte, wenn sie sich splitternackt mit seiner Gespielin im Bett herumsuhlte, während er ihnen dabei zusehen durfte. Elle spürte Übelkeit in sich aufsteigen und versperrte sich weiteren Gedankenspiralen. Der Alte sah sie immer noch unverwandt an. »Wenn du es für mich tust, verspreche ich dir ein neues Kleid oder die Granatohrringe, die dir so gut gefallen haben.« Mit einem breiten Grinsen entblößte er sein lückenhaftes Gebiss.

Elle dachte nicht mal im Traum daran, seiner unanständigen Aufforderung zu folgen. Im Gegenteil, bei seinem Anblick musste sie hartnäckig schlucken, weil sie sich ansonsten sofort übergeben hätte. Erst recht, als ihr Augenmerk versehentlich auf seinen erschlafften Penis fiel, der sich in sein Nest aus feuchten, grauen Locken zurückgezogen hatte.

Das Bedürfnis, einfach die Flucht zu ergreifen, wurde mit einem Mal übermächtig. Was ihre anfängliche Verwirrung nur noch steigerte. Irgendwie kam ihr das alles so vertraut und gleichzeitig abgrundtief fremd vor. Aus der Tiefe ihrer Seele spürte sie, dass sie nicht hierhergehörte. Doch sosehr sie auch in ihrer Erinnerung forschte, fiel ihr kein Ort ein, an dem sie sonst hätte sein sollen. Wenigstens versicherte ihr eine innere Stimme, dass Don Giovanni sie schon lange nicht mehr zum Beischlaf zwang. Ihm war lediglich wichtig, dass sie gelegentlich an seiner Seite, in prachtvolle Gewänder gehüllt, die Ehre seines Hauses vertrat und ihm dabei zumindest nach außen hin Gehorsam schuldete. Außerdem war seine Eifersucht nicht zu unterschätzen. »Gabrielle, ich zwinge dich zu nichts«, hallte es in ihr nach. »Aber wenn ich herausfinden sollte, dass du einen Liebhaber hast, lasse ich euch beide auf der Stelle töten!«

Bisher hatte sie noch keinen Mann getroffen, den sie gerne als Liebhaber gehabt hätte, obwohl es ihrer zurückkehrenden Erinnerung nach genügend Bewerber gab, die ihr versteckt den Hof machten. Aber Don Giovanni achtete streng darauf, dass sie mit keinem Mann allein war oder zu lange sprach. Zu Einladungen ging er meistens ohne sie, es sei denn, es handelte sich um gesellschaftliche Zusammenkünfte, bei denen sie als seine Frau repräsentieren musste.

Flüchtig streifte ihr Blick die mannshohen Kunstwerke an Decken und Wänden, die übersät waren mit romantischen Bildern von dahinschmachtenden Männern und Frauen. Botticelli, Masaccio, Uccello.

Dabei kehrten ihre Erinnerungen mehr und mehr zurück. Ihr Ehemann besaß nicht nur ein stattliches Vermögen, sondern auch einiges an Kunstverstand. Und neben dieser Stadtvilla in Mailand, die Giovannis Familie bereits vor zweihundert Jahren hatte erbauen lassen, gehörte ihm ein ansehnlicher Palazzo in Florenz, wo sie die meiste Zeit des Jahres lebten. Die Weihnachtstage und den Jahreswechsel jedoch verbrachten sie traditionell in Mailand. Allerdings kehrten sie noch vor dem Heiligedreikönigstag nach Florenz zurück, weil sie wie üblich bei Lorenzo de' Medici zu einem Bankett geladen waren. Einem dieser seltenen Feste, bei dem Don Giovanni Wert auf ihre Begleitung legte.

»Gabrielle, ich hab dich etwas gefragt!« Giovanni sah sie herausfordernd an.

Anstatt ihm zu antworten, zog sie es vor, ein paar Schritte zurückzuweichen, und stieß versehentlich an eine lange Kommode aus Zedernholz, auf der sich eine kostbare Karaffe mit rotem Wein, dazu passende Gläser und unzählige Schüsseln mit kandiertem Obst, Nüssen, Gebäck und sonstigen Köstlichkeiten türmten, die wie ein kunstvolles Stillleben arrangiert waren.

»Ich möchte mich gerne zurückziehen«, stotterte sie.

»Und ich möchte, dass du uns Gesellschaft leistest«, widersprach er ihr.

Der Alte glotzte sie, anscheinend noch immer von seinen schmutzigen Fantasien beseelt, unverwandt an und grinste abwartend. Inzwischen war auch seine Gefährtin auf sie aufmerksam geworden. Sie warf ihr ein paar innige Blicke zu, so als ob sie es gar nicht erwarten könnte, Elle an ihren verschwitzten Busen zu drücken. In Wahrheit hätte sie Elle wohl lieber die Pest an den Hals gewünscht, weil sie ihr als rechtmäßige Ehefrau dieses Scheusals im Wege stand.

»Es wäre schön, wenn du endlich deine Schüchternheit aufgeben würdest«, spöttelte der Alte, wobei sein glühender Blick weiter auf Elle ruhte, was seinem nimmermüden Begehren, sie in sein Bett zu locken, eine unangenehme Intensität verlieh. »Vielleicht sollten wir sie einfach ans Bett fesseln, um ihr zu beweisen, was sie versäumt.«

Donatella kicherte über den derben Scherz ihres Patrons, der sich nun aufrichtete und Elle mit einem entschlossenen Wink zu sich zitierte.

»Gabrielle, was stehst du denn da so verloren rum?«, versuchte er es nun um einiges sanfter, was Elle jedoch weitaus gefährlicher erschien, zumal er sich von seinem Bett erhoben hatte und auf sie zuging. »Hast du schlecht geträumt? Du solltest dich zu uns gesellen und dich mit uns amüsieren, anstatt eine Miene aufzusetzen, als hättest du ein Gespenst gesehen.«

Elle hätte am liebsten geantwortet, dass es keiner Gespenster bedurfte, solange sie einen solchen Ehemann besaß, doch eine innere Stimme riet ihr, besser zu schweigen, als ihn vor dem Hauspersonal der Lächerlichkeit preiszugeben. Er würde ihr nichts tun, hoffte sie zumindest. Aber er hatte etwas dagegen, wenn sie seine Befehle missachtete, besonders wenn Dritte zugegen waren. Seine dralle Gespielin setzte unterdessen ein unechtes Lächeln auf. Von dem offensichtlichen Gedanken beherrscht, dass sie ihren Patron auf keinen Fall verärgern wollte, rutschte sie auf der Matratze demonstrativ zur Seite, um Elle den ihr gebührenden Platz zu überlassen. »Warum so zögerlich«, säuselte sie. »Ihr könnt Euch glücklich schätzen, Donna Gabrielle, einen so großzügigen Gemahl Euer Eigen zu nennen.«

In ihrem Geiste tauschte Elle das Wort Gemahl gegen Galan aus, was sie beinahe zum Lachen gebracht hätte.

»Er ist der beste Herr«, flötete seine Gespielin mit gekünstelter Inbrunst, »der mir je zwischen die Schenkel gekommen ist. Seine Kraft reicht mühelos für dutzende Frauen.«

Elle schaute zweifelnd zu dem Alten auf, der nun ganz in ihrer Nähe stand und sich allem Anschein nach von solchen Unwahrheiten geschmeichelt fühlte. Obwohl ihm die Anstrengung des Beischlafs immer noch anzusehen war, strotzte er nur so vor Selbstbewusstsein, während sein erschlafftes Gemächt unbekümmert zwischen seinen strammen Schenkeln baumelte. Einladend streckte er Elle seine Hände entgegen, in der ungetrübten Überzeugung, dass sie ihm unmöglich länger widerstehen konnte. »Komm her, mein Täubchen, zier dich nicht«, nuschelte er sichtlich erheitert und griff überraschend flink nach ihrem Handgelenk. »Du kannst gehen, Donatella«, befahl er seiner Bettgefährtin hart, während er Elle eisern festhielt. Sie versuchte sich ihm zu entziehen, doch es gelang ihr nicht. Die plötzlich auflodernde Gier in seinen Augen versetzte sie in Panik.

Mit erstaunlicher Kraft zog er sie zu sich heran, während Donatella ihrer Herrin mit einem enttäuschten Seufzer das Feld überließ. Elle versteifte sich merklich, als der Alte sie erbarmungslos mit sich zog. Seine junge Gespielin sprang derweil mit schwingenden Brüsten vom Bett und sammelte hastig ein paar umherliegende Kleidungsstücke auf, die sie sich ebenso hastig überzog. Sichtbar unwillig langte sie nach einem Feudel und einem halbvollen Eimer mit Wasser, der in einer Zimmerecke gestanden hatte, und verließ mit einem lasziven Augenaufschlag barfuß den Ort des Geschehens. Die Tür fiel hinter ihr ins Schloss und Elles verwirrter Blick pendelte zurück zu Giovanni, der in ihr wohl den vollkommenen Ersatz gefunden zu haben glaubte. Panik keimte in ihr auf, als er sie packte und auf die schweißgetränkte Matratze stieß. Er würde doch wohl nicht tatsächlich auf die Idee kommen, sie mit Gewalt zu nehmen? Das hatte er seit gut einem Jahr nicht mehr getan. Genau genommen seit sie ihm damit gedroht hatte, seine Manneskraft von einer Hexe verfluchen zu lassen.

In Elle sträubte sich alles, als er mit seinen Fingern, an denen immer noch der säuerliche Geruch ihrer Vorgängerin haftete, nach ihren Brüsten grapschte. Dabei wurde ihr schwindlig, und das Gefühl, sich in einem schlechten Traum zu befinden, verstärkte sich wieder.

Wie betäubt ließ sie es geschehen, dass er ihren Busen durch den dünnen Stoff massierte. In seinen leicht trüben Augen stellte sich unverkennbar eine für ihn sicherlich ungesunde Geilheit ein, die sich auch darin zeigte, dass sein zuvor erschlafftes Glied nun sichtbar zu neuem Leben erwachte. Elle wollte aufspringen, doch er hielt sie mit unverminderter Härte fest. »Na, na«, murmelte er beschwichtigend. »Du wirst dich mir doch nicht widersetzen? Nun, wo du schon einmal hier bist. Ich bin dein vor Gott angetrauter Ehemann, vergiss das nicht. Ich habe das Recht, dich zu nehmen, wo und wann es mir beliebt.«

Hatte er das? Elle durchforstete ihre verwirrten Hirnwindungen und kam zu dem Schluss, dass sie – so unwahrscheinlich es ihr auch erschien – diesem verabscheuungswürdigen Kerl einen entsprechenden Schwur geleistet hatte, der zuvor sogar vertraglich besiegelt worden war.

»Ich fühle mich nicht wohl«, stammelte sie in ihrer Not. »Ich habe Kopfschmerzen.« Sie musste sich nicht anstrengen, eine entsprechende Miene aufzusetzen. Wobei sie weiterhin vergeblich versuchte, sich ihm zu entwinden. Wie konnte er nur so stark sein? Eigentlich sah er ziemlich gebrechlich aus, doch er war immer noch flink mit dem Schwert und ein begnadeter Reiter. Schneller, als es ihr lieb sein konnte, lag sie unter ihm, ihre Handgelenke unter seinem eisernen Griff wie festgenagelt in die Kissen gedrückt, seinen schlechten Atem auf ihrem Gesicht und sein Knie zwischen ihren Schenkeln, die er nun schmerzhaft auseinanderdrückte.

»Meine kleine widerspenstige Raubkatze«, nuschelte er und leckte sich sabbernd über die schmalen Lippen. »Wie willst du mir denn jemals einen Erben schenken, wenn du mir nicht willig bist?«

Um Himmels willen, der Alte wollte sie doch nicht etwa schwängern? Gottlob war ihm das bisher nicht gelungen, und wenn das Schicksal ihr weiter gewogen blieb, würde es ihm wohl auch in Zukunft nicht vergönnt sein. Keine der Frauen, mit denen er regelmäßig verkehrte, konnte ihm zweifelsfrei ihren Nachwuchs zuschreiben. Manche waren zwar schwanger geworden, aber keines dieser Kinder hatte Don Giovanni je ähnlich gesehen. Und irgendeinen Balg als seinen Bastard anzunehmen, solange die Mutter nicht zweifelsfrei dessen Herkunft bezeugen konnte, kam selbst für ihn nicht in Frage. Dass er langsam nervös wurde, was seine Erbfolge betraf, konnte Elle durchaus verstehen. Mit seinen fünfundsechzig Jahren war er schließlich nicht mehr der Jüngste. Und ein erfolgreicher Kaufmann aus Florenz, der beste Verbindungen zu Galeazzo Maria Sforza, dem Herzog von Mailand, und den Medici pflegte, sollte zumindest einen männlichen Erben sein Eigen nennen, besser noch eine ganze Mannschaft.

Gerade als er sein zweites Bein anhob, um sich gänzlich zwischen ihren Schenkeln zu positionieren, ließ Elle instinktiv ihr Knie hochschnellen und verpasste ihm einen äußerst schmerzhaften Stoß in den Hoden. Völlig überrumpelt schnappte Don Giovanni nach Luft und rollte sich fluchend zur Seite. Elle nutzte die Gelegenheit, sprang fluchtartig vom Bett und verschanzte sich hinter einem Tischchen, auf dem ein silberner, achtarmiger Kerzenleuchter stand, den sie dem Alten angriffslustig entgegenstreckte. »Kommt mir ja nicht zu nahe!«, warnte sie ihren keuchenden Gemahl. Nicht sicher, ob sie fähig sein würde, ihn zu erschlagen, falls er ihre Warnung nicht ernst genug nahm, schlug ihr das Herz bis zum Hals. Trotzdem hob sie den Leuchter noch ein wenig höher, obwohl ihr der Arm bereits schmerzte.

»Du kleine Dreckshure«, zischte Don Giovanni boshaft, »ich sollte dich auf der Stelle von meinen Söldnern nackt auf die Streckbank ketten lassen und ihnen erlauben, dich nach Herzenslust zu schänden. Ganz gleich, wie sehr du um Gnade wimmerst!«

Erschrocken ließ Elle den Leuchter sinken und machte einen Schritt in Richtung der zweiten Ausgangstür. Einen Moment lang fragte sie sich ängstlich, ob er zu einer solchen Tat fähig wäre. Sie kam zu dem Schluss, dass er häufiger solche Boshaftigkeiten von sich gab, aber noch nie etwas Vergleichbares gewagt hatte.

Wie um ihre Annahme zu bekräftigen, fügte er schnaubend hinzu: »Und bei Gott, ich werde es tun, wenn du so etwas noch einmal machst!«

Unvermittelt tauchte hinter ihm ein dunkler Schatten auf, der Elle erst recht das Blut in den Adern gefrieren ließ.

»Heilige Mutter Gottes«, flüsterte sie. »Was ist denn das?« Mit vor Furcht geweiteten Augen wich sie zurück. Aus einem grauen Nebel heraus schälte sich eine griesgrämig dreinblickende männliche Gestalt, die ohne ein Wort von Don Giovannis Körper Besitz ergriff, indem sie eins mit ihm wurde.

»Recht so«, spöttelte Giovanni, der von seinem ungebetenen Gast nichts zu bemerken schien. »Ein bisschen Respekt vor dem eigenen Ehemann kann nicht schaden.«

Elle überlegte fieberhaft, ob es sich bei der schauerlichen Gestalt um einen Dämon handeln konnte, der direkt aus der Hölle kam. Söhne des Teufels, von denen dieser Tage so oft die Rede war. Nicht wenige Kirchenmänner behaupteten, dass die gesamte Toskana von ihnen bevölkert sei. Aber warum konnte ausgerechnet sie, Elle, diese verdammten Seelen plötzlich sehen? Vor lauter Angst vergaß sie beinahe zu atmen. Zu ihrem Entsetzen gesellte sich die Erkenntnis, so etwas irgendwo schon einmal gesehen zu haben. Doch wo und wann? Ihr Herzschlag galoppierte vor Angst regelrecht davon. War sie neuerdings etwa mit dem Teufel im Bunde, oder war sie gerade dabei, den Verstand zu verlieren? War das der Grund, warum sie sich so seltsam fühlte? Don Giovanni war ihr furchtsamer Blick offenbar nicht entgangen.

»Ja, trag dein Entsetzen nur offen zur Schau!«, rief er ihr mit einem hämischen Grinsen zu, offenbar unbeeindruckt von ihrer momentanen Gefühlslage. »Du musst dich nicht wundern, wenn ich mir dutzende von Mätressen halte. Eine Frau, die sich aufführt wie eine Furie, sobald ich sie besteigen will, und mir trotz meiner Anstrengungen keinen Erben gebiert, ist so nutzlos wie eine Eiterbeule.« Nun fuhr der Schatten wieder aus ihm heraus.

»Herr im Himmel«, flüsterte sie fassungslos. Ihr Gemahl war verflucht. Anders konnte es nicht sein. Vielleicht war das der Grund, warum er bis heute noch nicht einmal einen Bastard gezeugt hatte. Ob sie ihm sagen sollte, dass er besessen war? Sie verzog das Gesicht zu einer zweifelnden Grimasse. Doch dann entschied sie sich, lieber den Mund zu halten. Was wäre, wenn er sie öffentlich als Hexe bezichtigte? Schließlich hatte sie ihn schon des Öfteren lauthals verflucht. Es war leicht möglich, dass man wegen einer solchen Verwünschung auf dem Scheiterhaufen landete, erst recht, wenn sich der Fluch erfüllte.

Immer noch angsterfüllt versuchte sie rückwärts gehend in ihre Kemenate zu gelangen. Sie wollte nur weg von hier.

»Ja, in Gottes Namen«, rief ihr Giovanni missmutig zu. »Mach, dass du verschwindest, bevor ich mich tatsächlich vergesse!« Elle folgte seiner Aufforderung, ohne zu antworten, und eilte mit gesenktem Kopf zur Tür, während Don Giovanni es offenbar aufgegeben hatte, sie zu bedrängen. Stattdessen krakeelte er lautstark nach seinem alternden Leibdiener, der sofort mit der gebotenen Eifrigkeit erschien und ihm dienstbeflissen in die Kleider half.

»Du solltest sehen, dass du vorankommst«, rief er Elle hinterher, »wir müssen um zehn in der Basilika sein, der Herzog erwartet uns.«

Blitzartig erinnerte sich Elle, dass der Herzog von Mailand sie am heutigen Tag zu einer feierlichen Messe zu Ehren des heiligen Stephanos und zu einem anschließenden Mittagessen in seinen Palazzo eingeladen hatte. Dabei galt es nicht nur die schönsten Kleider anzulegen, vor allem musste man pünktlich sein. Deshalb rief Don Giovanni nun nicht minder lautstark nach weiblicher Unterstützung, und wenig später stand Lucrezia Paolini im Zimmer, von der Elle instinktiv wusste, dass sie nicht nur ihre Leibdienerin war, sondern ebenfalls als eine von Don Giovannis Mätressen fungierte. Ähnlich wie Donatella, mit dem Unterschied, dass sie um einiges hübscher und vornehmer war als die unflätige Hausmagd. Soweit Elle wusste, leistete sie Don Giovanni stets besondere Dienste, indem sie ihn ausschließlich mit dem Mund befriedigte.

Dabei macht sich Elle keine Illusionen darüber, dass er sie als Leibdienerin seiner Gemahlin überhaupt nur aus diesem einen Grund eingestellt hatte. Lucrezia hatte kaum Chancen, sich seinem fragwürdigen Ansinnen zu widersetzen, kam sie doch, ähnlich wie Elle, trotz ihrer majestätisch erscheinenden Anmut aus bitterarmen Verhältnissen und benötigte das Geld ebenso sehr wie ihre Herrin. Sicher ein Grund, warum Elle ihr keine Vorwürfe machte. Außerdem half sie ihr damit wie alle anderen Dienerinnen, Don Giovanni von sich fernzuhalten. Lucrezia hingegen gab sich alle Mühe, aus der Masse der Dienerinnen herauszustechen. Sie kleidete sich angemessen und versuchte, sich möglichst vornehm zu geben.

In eine enganliegende, bodenlange, dunkelgrüne Samtrobe gewandet, unter der sie ein durchscheinendes lindgrünes Seidenkleid trug, rauschte sie mit hoch erhobenem Kopf ungerührt an Giovanni vorbei. Sie war eine blendende Schauspielerin, wie Elle befand, die das, was hier soeben geschehen war, konsequent ignorierte. Ihr blondes, zu einer Krone geflochtenes Haar war von einem durchscheinenden, grünen Schleier bedeckt, der bis über ihre Schultern flutete. Ihr blasses Gesicht war ebenmäßig und schmal, mit leicht schräg stehenden, blauen Augen und einem üppigen Mund, der Giovanni offenbar dazu bewogen hatte, ihr entsprechende Dienste abzuverlangen. Elle hatte die beiden einmal heimlich beim Liebesspiel beobachtet. Seitdem zollte sie Lucrezia aufrichtige Bewunderung, dass sie all das ertrug. Und nun kam es ihr plötzlich völlig abwegig vor, dass sie nicht längst gegen das unflätige Benehmen ihres Gemahls protestiert hatte. Hatte sie selbst je an einen anderen Mann gedacht, geschweige denn mit ihm geschlafen? Ohne Vorwarnung tauchte ein gutaussehendes männliches Gesicht in ihrer Erinnerung auf. Sein blendendes Äußeres traf sie wie ein Armbrustpfeil. Er war mittelgroß und schlank. Er besaß ein paar eng zusammenstehende, strahlendblaue Augen, umrahmt von dichten, schwarzen Wimpern, dazu kurzgeschnittenes, schwarzes Haar. Im Unterschied zu Don Giovanni war er merkwürdig gekleidet, besaß aber einen ähnlich schlechten Charakter wie ihr jetziger Ehemann, weshalb sie ihn verlassen hatte. Doch genauso schnell, wie die Vision gekommen war, verblasste sie wieder, bis nichts mehr davon übrigblieb außer eine gewisse Unsicherheit, ob sie das alles im wachen Zustand geträumt hatte. Angespannt hielt sie inne. Forschte in ihren Gedanken. Aber da war nichts mehr. Ein Déjà-vu, das ebenso schnell verschwand, wie es erschien.

Lucrezia lächelte huldvoll und machte zur Begrüßung einen Knicks. Nachdem der Alte schnaubend und ohne sich etwas anmerken zu lassen, nach draußen gestürmt war, führte sie Elle wortlos in ihre Kemenate. Dort heizte sie, immer noch stumm, zunächst die erkaltete Feuerstelle ein, obwohl dies eigentlich gar nicht ihre Aufgabe war, und beobachtete für eine Weile, wie die Flammen immer heftiger tanzten, bis sie eine wohlige Wärme entfalteten. Danach öffnete sie kommentarlos ein paar Truhen und brachte diverse Kleidungsstücke zum Vorschein, die sie sorgfältig über einem Gestell ausbreitete, das unweit entfernt stand.

Elle vermochte sich nicht aus ihrer Anspannung zu lösen, was auch Lucrezia nicht entgangen zu sein schien.

»Ihr solltet ein Bad nehmen, Herrin«, befand sie mit einem Augenzwinkern, »das wird nicht nur Euren Leib, sondern auch Eure Gedanken reinigen.«

Elle stutzte einen Moment. »Hast du schon immer Herrin zu mir gesagt?«

»Selbstverständlich, was ist so merkwürdig daran?«

»Alles«, murmelte Elle. »Es erscheint mir nicht passend.«

»Was ist geschehen?« Lucrezia sah sie mit einem nachdenklichen Zug um den Mund an. »Ihr seht so aufgebracht aus, fast ängstlich.«

»Nichts, Lucrezia, nichts«, flüsterte sie abwesend.

»Irgendetwas beschäftigt Euch doch. Ich kann es geradezu spüren.« Im Blick der Dienerin war echte Sorge zu erkennen. Offenbar war sie aufrichtig an Elles Wohlergehen interessiert, auch wenn sie nicht so vertraut miteinander waren.

»Sag, Lucrezia, warum duzen wir uns eigentlich nicht?« Elle schaute ihre Dienerin herausfordernd an. »Wir kennen uns nun schon eine ganze Weile, und du kümmerst dich immer so nett um mich. Warum behandeln wir uns nicht wie Freundinnen?«

Lucrezia hielt inne und warf ihr einen erstaunten Blick zu. »Was meint Ihr damit, Madonna?«

»Wenn man sich so nah ist, sollte man sich beim Vornamen nennen. Sag einfach Elle zu mir.«

»Das …« Lucrezia stutzte. »… verstößt gegen die gesellschaftlichen Regeln.«

»Zum Teufel mit den Regeln«, schoss es aus Elle heraus. »Ab heute weht hier ein anderer Wind. Im Übrigen möchte ich nicht mehr, dass du dich Don Giovanni hingibst. Und das nicht etwa, weil ich eifersüchtig wäre. Vielmehr finde ich sein feudales Benehmen unmöglich. Wenn er Frauen haben will, soll er in ein Hurenhaus gehen und dort anständig für deren Dienste bezahlen und nicht meine arme Leibdienerin für unzüchtige Gefälligkeiten missbrauchen.«

»Herrin?« Lucrezia errötete sichtlich und wich ihrem fordernden Blick aus. »Ihr wisst es also?«

»Wie sollte mir so etwas entgehen?«, antwortete sie forsch. »Schließlich geschieht es direkt nebenan.«

»Könnt Ihr mir je verzeihen?« In Lucrezias Blick lag unverhohlene Bestürzung. »Ihr werdet mich doch nicht wegschicken deshalb?«

»Bist du von Sinnen?«, herrschte Elle ihre Dienerin an. »Nicht du müsstest gehen, sondern Don Giovanni! Er ist schließlich der nimmersatte Hund, der dir und den anderen Frauen keine Wahl lässt.«

»Herrin? Seid mir nicht böse, aber ihr seid so verändert. Ist alles in Ordnung? Geht es Euch gut?«

»Mir ging es nie besser«, betonte Elle im Brustton der Überzeugung, obwohl sie nicht ganz sicher war, ob es stimmte. »Aber über Nacht scheint irgendeine Wandlung in mir vorgegangen zu sein.« Sie bedachte ihre Dienerin, die ihr Erstaunen kaum zu unterdrücken vermochte, mit einem durchdringenden Blick. »Darf ich dir etwas anvertrauen, Lucrezia?«

»Wenn es eine Erleichterung für Euch wäre, Herrin!«

»Sag nicht Herrin zu mir«, zeterte Elle aufgebracht. »Du sollst mich beim Namen nennen. Denn ab sofort benötige ich nicht nur eine Freundin, sondern vor allem eine Verbündete.«

»Eine Verbündete? Wobei?«

»Ich fürchte, Don Giovanni ist von Dämonen besessen!«

»Heilige Maria und Josef!« Lucrezia bekreuzigte sich theatralisch. »Wie kommt Ihr denn darauf?«

»Wie kommst *du* denn darauf«, verbesserte Elle sie und überlegte einen Moment, inwieweit sie Lucrezia in ihre merkwürdige Beobachtung einweihen sollte.

»Ich weiß nicht, aber ich glaube soeben gesehen zu haben, wie ein grässliches Schattenwesen in seinen Leib und wieder herausgefahren ist. Möglicherweise ist er besessen!«

»Heilige Mutter, steh uns bei!«, flüsterte Lucrezia bang. »Sei Ihr Euch … äh … bist du dir sicher?«

»Nein, natürlich nicht«, gestand Elle ein wenig kleinlaut. »Aber nachdem der Dämon in ihn gefahren ist, geriet Giovanni regelrecht außer sich.«

»Denkt Ihr … äh … du wirklich, dass es ein Dämon war?« Lucrezia sah sie mit weitaufgerissenen Augen an. »Vielleicht war es nur ein Gespenst? Wie kommt es, dass *du* es sehen kannst und die anderen nicht?«

»Keine Ahnung«, sinnierte Elle, erleichtert darüber, sich Lucrezia vorurteilsfrei anvertrauen zu können. »Ist dir schon mal ein Dämon begegnet?«

»Gott bewahre, nein!« Ihre Dienerin bekreuzigte sich abermals hektisch. »Aber Pater Gillio behauptet immer, sie sollen überall um uns herumschwirren, um uns in Versuchung zu führen. Vielleicht kann man Don Giovanni den Dämon ja austreiben«, überlegte Lucrezia laut.

»Wie denn?« Elle sah sie begriffsstutzig an.

»Wir könnten alle Frauen des Hauses zusammenrufen und ihn gemeinsam überwältigen. Dann fesseln wir ihn und stecken ihn in einen Zuber mit Weihwasser. Dazu entzünden wir Kerzen und eine jede nimmt ein Kruzifix in die Hand und betet lautstark das Ave-Maria. Was denkst du?«

Elle warf ihr einen zweifelnden Blick zu. »Und du glaubst, das ließe er sich so einfach gefallen? Von den Dämonen ganz zu schweigen. Denkst du ernsthaft, sie wären von unserem Aufstand beeindruckt?«

»Keine Ahnung.« Lucrezia schaute sie aus ihren unschuldig blauen Augen groß an. »Bist du denn sicher, dass es welche waren?«

»Nein, ich bin mir ja noch nicht einmal sicher, ob das alles nur Hirngespinste sind«, lenkte Elle ein. »Vielleicht bin ich heute Nacht aus dem Bett gefallen und hab mir den Kopf gestoßen. Seit heute Morgen kommt mir irgendwie alles merkwürdig vor. Als ob ich neu geboren wäre. Wobei mir das Benehmen von Don Giovanni schon länger nicht gefällt! Wir müssen uns wehren, Lucrezia!«

Ihre Dienerin errötete erneut. »Er ist mein Herr, was sollte ich tun?«

Ihn zum Teufel jagen, dorthin, wo er allem Anschein nach hingehört, dachte sich Elle, selbst erstaunt, woher sie plötzlich den Mut nahm, gegen ihn anzugehen.

»Glaubst du ernsthaft, Donna Gabrielle, ich wüsste nicht, was hier vor sich geht?« Lucrezia zuckte entschuldigend mit den Schultern. »Don Giovanni will mit Gewalt einen Erben haben, den du ihm offensichtlich nicht schenken kannst, weil er nicht zeugungsfähig ist. Denn sonst wärst du ja längst guter Hoffnung. Vielleicht ist er deshalb aus lauter Verzweiflung einen Pakt mit dem …«, sie verfiel in einen unnatürlichen Flüsterton, »… mit dem Teufel eingegangen?« Auf Lucrezias Unterarm bildete sich eine gut sichtbare Gänsehaut. »Wir sollten für ihn beten, anstatt ihn zu verachten. Auf dass Gott der Herr Erbarmen mit ihm haben möge und ihn zur Einsicht führe auf den rechten Weg. Kruzifixe und eine Horde aufgebrachter Weiber könnten ihn vielleicht zur Vernunft bringen.« Lucrezia betätigte ein Seil in der Nähe der Tür, mit dem sie weitere Diener herbeirief. »Aber egal, was geschieht«, fügte sie mit einem scheuen Lächeln hinzu, »irgendwie sitzen wir alle im selben Boot.«

»Mit dem Unterschied, dass ich mit diesem besessenen Scheusal auf

Gedeih und Verderb verheiratet bin«, bemerkte Elle leicht spöttisch und streckte ihr versöhnlich die Hand entgegen. »Du hast wenigstens die Chance, dir noch einen passablen Ehemann zu suchen, der dich liebt und dich respektiert. Ich hingegen muss nach anderen Lösungen suchen. So kann es jedenfalls nicht weitergehen.«

Lucrezia schaute sie zweifelnd an, nicht sicher, ob sie einschlagen sollte.

»Aber du willst ihn doch nicht vergiften lassen, oder?«, wisperte sie.

Elle hob überrascht eine Braue. »Denkst du, so was wäre möglich?«

Für einen Moment war Lucrezia wohl zu überrascht, um zu antworten. Doch dann schnappte sie hörbar nach Luft und räusperte sich:

»Gift gibt es an jeder Straßenecke unter dem Ladentisch zu kaufen«, wisperte sie. »Ich finde Don Giovanni ja auch grässlich, aber sollen wir deshalb zu Mörderinnen werden?«

»Nein, besser nicht.« Elle stieß einen lang gezogenen Seufzer aus. »Es muss einen anderen Weg geben, ihn loszuwerden. Vielleicht entscheide ich mich, den Schleier zu nehmen und ins Kloster zu gehen. Dann kann sich Giovanni eine andere Dumme suchen.«

»Und du glaubst, dir würde ein Leben im Kloster gefallen?« Lucrezia sah sie verwundert an.

»Wahrscheinlich nicht.« Elle nagte zweifelnd an ihrer Lippe. »Den ganzen Tag beten …«

»Und außerdem hättest du wohl ein Problem damit, gehorsam zu sein.« Lucrezia setzte ein breites Lächeln auf, das ihre perlmuttfarbenen Zähne entblößte.

Für einen Moment war Elle ganz gefangen von ihren widersprüchlichen Überlegungen und löste sich erst daraus, als es an der Tür klopfte und wenig später ein paar dunkelhäutige Sklaven eintraten, in farbenfrohe Pumphosen gekleidet und mit einem Turban auf dem Kopf, die sie fragend anschauten. Sklaven? Ohne zu wissen warum, schockierte Elle die Tatsache, dass sie Sklaven hielten. Aber jetzt war nicht der Moment, ihnen die Freiheit zu schenken. Zumal sie nicht wusste, ob sie überhaupt die Befugnis dazu hatte.

Lucrezia schien diesen Umstand vollkommen normal zu finden. Mit befehlsgewohnter Stimme wies sie die dunkelhäutigen Männer an, ein Kupferschaff herbeizuholen und es mit heißem Wasser zu füllen.

Dann machte sie sich erneut an der Kommode zu schaffen und legte ein paar große Handtücher raus. Wenig später schleppten die vor Anstrengung ächzenden Männer eine monströse Sitzbadewanne in das kleine Zimmer und stellten sie ab. Drei andere brachten Holzeimer mit dampfendem Wasser.

Nachdenklich starrte Elle auf das sich stetig füllende Kupferschaff.

Irgendetwas daran erschien ihr merkwürdig.

»Sag, haben wir das immer so gemacht?«

»Ja.« Lucrezia schaute erstaunt auf. »Wie denn sonst?«

»Ich dachte, das Wasser käme aus Leitungen.« Vor Elles geistigem Auge erschien ein metallisch glänzendes Rohr, das aus der Wand ragte und aus dem heißes und kaltes Wasser floss, wenn man einen silbernen Hebel betätigte.

»Hier im Haus?« Lucrezia sah sie mit großen Augen an.

»Wie kommst du denn darauf?«

»Weiß nicht«, antwortete Elle, wobei sie immer mehr an sich selbst zweifelte. »Mir war so, als hätte ich Rohrleitungen gesehen, die durch das Mauerwerk von draußen bis ins Haus führen.«

Lucrezia schüttelte lächelnd den Kopf. »Obwohl das gar keine schlechte Idee wäre, aber ich wüsste nicht, welches Haus über eine solche Einrichtung verfügte.«

Elle war verwirrt. Irgendetwas stimmte nicht mit ihr. Dummerweise konnte sie ihren abwegigen Gedanken und Gefühlen keinen Ursprung zuordnen. Inzwischen hatten die Diener mitten im Zimmer ein dampfendes Bad hergerichtet. Lucrezia fügte dem Wasser mittels einiger Fläschchen ein paar duftende Essenzen hinzu. Nachdem die Sklaven gegangen waren, bedeutete sie Elle, in die Wanne zu steigen. »Kannst du netterweise die Tür abschließen, während ich im Wasser sitze?« Das Letzte, was sie wollte, war, von Don Giovanni und seinem Dämon im Badezuber überrascht zu werden.

Lucrezia warf ihr einen besorgten Blick zu, bevor sie gehorsam sämtliche Türen verriegelte. »Das haben wir noch nie gemacht«, bemerkte sie unsicher. »Don Giovanni kommt ohnehin so schnell nicht wieder«, erläuterte sie Elle mit einer beschwichtigenden Geste, während sie wie selbstverständlich mit der anderen Hand die Wassertemperatur prüfte. »Soweit ich weiß, bespricht er gerade mit den Wachen, welchen Weg wir am besten nachher zur Kirche nehmen. Die Hauptstraßen sind bereits alle verstopft. Ich schätze, er wird erst kurz vor der Abfahrt hier auftauchen, um zu sehen, ob wir fertig sind. Soll ich dir beim Ausziehen helfen?«

Elle schüttelte den Kopf. »Das mache ich selbst.«

Lucrezia kräuselte die Stirn. »Wenn deine merkwürdige Wandlung bedeutet, dass du von nun an alles selbst machen willst, wirst du mich am Ende noch entlassen.«

»Unsinn«, beruhigte sie Elle, zog sich das Nachthemd aus und schaute ihre Dienerin ungeniert an. »Ohne dich käme ich mir ziemlich hilflos vor.«

»Danke.« Lucrezia nickte begeistert. »Du bist so freundlich zu mir.«

Elle lächelte zustimmend. »Ich denke, das beruht auf Gegenseitigkeit.« Mit einer Zehe voran stieg sie vorsichtig in das nach Jasminöl duftende Wasser. »Heiß!«, protestierte sie und sog die Luft durch die Zähne.

»Es ist genauso, wie du es gerne hast«, sagte Lucrezia beinahe beleidigt.

Trotz dieser Versicherung setzte Elle zunächst nur einen Fuß in den Zuber und dann erst das ganze Bein. Lucrezia, die sie kritisch beäugte, hatte recht, die Temperatur des Wassers war wie üblich, doch Elle hatte mit einem Mal die angenehme, wenn auch absurde Vorstellung, viel lieber in einem lauwarmen, rauschenden Regen stehen zu wollen, um sich zu waschen. Allerdings kam es ihr nicht in den Sinn, ihre Dienerin mit weiteren Absonderlichkeiten zu quälen, also ließ sie sich behutsam ins wärmende Nass gleiten.

»Alles zu deiner Zufriedenheit?« Lucrezia, die hinter ihr auf einem Schemel saß und ihr unaufgefordert den Rücken schrubbte, schaute fragend auf sie herab. »Mein Gefühl sagt mir, dass dir noch etwas auf dem Herzen liegt.«

»Wie alt bist du eigentlich?« Elle fand ihre Frage zwar etwas zu direkt, aber sie lenkte ihre Unterhaltung wunderbar auf ein anderes Thema.

»Vierundzwanzig, warum?«

»Weil mich interessieren würde, warum eine so hübsche Frau wie du noch keinen Ehemann hat?«

Lucrezia reagierte verlegen. »Ich stehe tagaus, tagein in deinen Diensten«, entgegnete sie. »Wie sollte ich da jemanden finden, der mich zur Frau nimmt, zumal ich nichts besitze und nicht mehr jungfräulich bin?«

»Wer schert sich in diesen Tagen schon um Jungfräulichkeit«, erwiderte Elle spontan, ohne zu wissen, weshalb sie sich dessen so sicher war. »Sag mir nicht, dass es in Mailand oder Florenz keine Männer gäbe, die sich für dich interessieren würden. Immerhin wimmelt es überall von gutaussehenden Hausdienern und stattlichen Wachleuten.«

»Nun ja«, begann Lucrezia bedächtig, »Da sollte eine Frau lieber vorsichtig sein. Meine Cousine Emilia verdingt sich als Kindermädchen bei den Pazzi und schwärmte mir bei unserer letzten Begegnung dauernd von einer neuen Söldnertruppe vor, die Jacopo de' Pazzi erst kürzlich aufgestellt hat. Sie nennen sich die Wölfe und genießen allem Anschein nach ein hohes Ansehen bei ihrem Patron. Er hat sie unter das Kommando seines Neffen Francesco gestellt. Besonders deren Anführer scheint die jungen Frauen des Hauses zu begeistern. Zweihundert Mann stehen unter seinem Kommando. Angeblich ist er ein ziemlich verwegener Kerl mit schwarzglänzendem, schulterlangem Haar und den grauen Augen eines Wolfes. Ich habe sie zur Vorsicht gemahnt. Sie ist noch ein halbes Kind, musst du wissen, und hat keine Ahnung davon, wie hemmungslos solche Wölfe ein Lamm reißen.«

Elle horchte überrascht auf. »Ich kannte auch einmal einen Mann, auf den diese Beschreibung zutrifft. Obwohl er kein Söldner war. Weißt du zufällig seinen Namen?«

»Damian de' Castello, ein verarmter Adliger aus der Nähe von Fiesole.«

»De' Castello?« Elle hielt inne und schaute überrascht zu ihrer Dienerin auf. »Der Name sagt mir was!«

Lucrezia schaute sie neugierig an. »Und woher kennst du ihn?«

Elle runzelte die Stirn, weil schon wieder diese verwirrenden Bilder vor ihrem geistigen Auge erschienen. Erstaunlicherweise tauchten plötzlich zwei Männer in ihrer Erinnerung auf. Ein junger, schwarzhaariger Bursche mit einem athletischen Körper und einem sympathischen Lächeln, der ihr auf rührende Weise den Hof machte. Und ein düster drein blickender, äußerst attraktiver Mann Ende zwanzig, völlig nackt, mit pitschnassem Haar.

Während das Abbild des älteren Mannes zusehends verblasste, wurde das Antlitz des jungen Kerls mit dem einnehmenden Lächeln immer deutlicher. Elle schüttelte ungläubig den Kopf, doch dann beschloss sie, diese seltsamen Eingebungen fortan zu ignorieren.

»Ich habe ihn auf der Vermählungsfeier meiner Cousine Simonetta getroffen. Das war kurz vor meiner eigenen Hochzeit mit Don Giovanni. Wenn es der gleiche Mann ist, von dem du sprichst, ist er in der Tat ein ansehnlicher Bursche. Ein bisschen zu selbstverliebt vielleicht, aber ansonsten charmant. Damals studierte er Rechtswissenschaften in Rom. Keine Ahnung, warum er mit seinen Aussichten die Karriere eines Söldners vorgezogen hat.«

»Vielleicht gibt es Gründe, von denen wir nicht einmal etwas ahnen«, orakelte Lucrezia unheilschwanger. »Es heißt auch, Francesco de' Pazzi versammelt ausschließlich verlorene Seelen in seiner Leibgarde, weil sie den Teufel nicht mehr fürchten müssen. Man munkelt, er sei selbst mit Dämonen im Bunde, wusstest du das?«

»Nein. Nie was von gehört«, antwortete Elle zögernd. »Aber das will nichts heißen. Die Pazzi sind in unserem Haus höchst selten ein Thema.

Wenn ich mich recht entsinne, meidet Don Giovanni deren Familienmitglieder und konzentriert sich mit seinen Geschäften ausschließlich auf die Medici. Schon allein, weil Lorenzo de' Medici und sein Bruder die Pazzi, warum auch immer, nicht leiden können. Ich weiß nur, dass ihnen im Auftrag des Heiligen Vaters jedes Jahr die Ehre zuteilwird, das Osterfeuer zu entzünden. Hört sich nicht gerade dämonisch an – oder? Hast du eine Ahnung, warum ein solches Gerücht überhaupt Nahrung findet?«

Lucrezia stieß einen kurzen Seufzer aus und schöpfte mit der hohlen Hand mehrmals Wasser aus dem Zuber, um den Schaum aus Elles Haaren zu spülen. »Pazzino de' Pazzi, ein Vorfahr der heutigen Pazzi, hat sich als Kreuzritter bei der Erstürmung Jerusalems hervorgetan. Im Jahre 1099 hat er beim entscheidenden Angriff auf die Stadt mit seinen zweitausend Gefolgsleuten angeblich wie im Rausch Tausende Heiden erschlagen. Daher der Name Pazzi, was, wie du weißt, so viel wie ›Irre‹ bedeutet. Wahrscheinlich, weil sie sich wie die Verrückten in den

Kampf gestürzt haben. Als Dank für ihren Eroberungswillen hat der damalige Papst der Familie die drei Heiligen Feuersteine aus dem Grab Jesu überlassen, um sie nach Florenz mitnehmen zu dürfen. Ich dachte, das wüsstest du?«

»Mag sein«, gab Elle wenig interessiert zurück und spielte gedankenverloren mit einer übriggebliebenen Schaumkrone.

»Es heißt aber auch«, fuhr Lucrezia verschwörerisch fort, »dass Pazzino in Jerusalem mit dem grausamen Tod so vieler Menschen eine dämonische Schuld auf sich geladen hat, die seine Nachkommen eines Tages auf ewig in die Verdammnis schicken wird.«

»Ich frage mich, wie die Leute auf so etwas kommen?«

»Was Francesco angeht«, fuhr Lucrezia mit einem spöttischen Lächeln fort, »so heißt es, er habe das Naturell seines Vorgängers geerbt. Er ist wohl recht jähzornig, wie Emilia mir erzählte. Alle fürchten sich vor ihm. Hinter vorgehaltener Hand wird gemunkelt, er gehe über Leichen, wenn er die Interessen der Familie verteidigt, außerdem ist er ein Freund des ausschweifenden Lebens. Auf dem Landsitz seines Onkels soll er regelmäßig sündhafte Orgien veranstalten, vergleichbar mit denen eines altrömischen Kaisers.«

»Herrgott, woher weißt du das alles?«

»Ich halte mich öfters bei den Dienstboten auf«, erklärte Lucrezia mit unschuldigem Blick, »da erfährt man so manches, worüber in besseren Kreisen wohlweislich geschwiegen wird.«

Elle ließ in gespieltem Entsetzen eine feuchte Locke fahren, die sie sich kurz zuvor um den Finger gewickelt hatte, und sah Lucrezia vielsagend an. »Jetzt wird mir so einiges klar.«

»Was meinst du damit?«

»Warum dich diese Männer interessieren.«

»Sie interessieren nicht mich, sondern meine Cousine!« Lucrezia war bemüht, nicht allzu ertappt zu wirken.

»Ach ja? Und warum sprichst du dann so ehrfurchtsvoll über sie?« Elle grinste breit. »Gib zu, dass du solche Geschichten reizvoll findest.«

»Mir reichen die Abenteuer in diesem Hause.« Lucrezia verzog das Gesicht zu einer beleidigten Miene.

»Vielleicht begegnen wir Francesco und seinen Wölfen ja auf dem Bankett der Medici«, fügte Elle immer noch lächelnd hinzu. »Falls meine Fähigkeiten, Dämonen zu sehen, bis dahin nicht nachgelassen haben, kann ich dir sagen, ob deine Vermutung der Wahrheit entspricht.«

»Ich bin sicher, dass die Pazzi dort sein werden«, sinnierte Lucrezia laut. »Die Medici sind berüchtigt dafür, stets auch ihre Widersacher einzuladen, allein um mit ihrem beeindruckenden Luxus ein Zeichen ihrer Macht zu setzen.«

»Bleibt abzuwarten, ob Don Giovanni sein Versprechen wahrmacht und mich überhaupt dorthin mitnimmt«, gab Elle zu bedenken. »Nachdem ich sein Gemächt auf so üble Weise malträtiert habe, ist er bestimmt wütend auf mich.«

»Was hast du getan?«

Elle setzte eine fatalistische Miene auf. »Ihm mein Knie in sein Gemächt gerammt, als er nicht von mir ablassen wollte.«

»Oh, du meine Güte! Und? Hat er dich nicht geschlagen?«

»Nein, er war erst einmal mit sich selbst beschäftigt und ich konnte fliehen. Manchmal hat es auch seine Vorteile, wenn der eigene Ehemann ein Greis ist. Aber das alles wäre wahrscheinlich nicht passiert, wenn er jung und strahlend wäre.« Sie schnaubte verdrossen.

Lucrezia sah sie mitleidig an. »Man munkelt, Giuliano de' Medici ist auf der Suche nach einer neuen Mätresse. Vielleicht macht er dir ja den Hof. Jetzt, wo Simonetta tot ist und du ihr so ähnlich siehst.«

»Das fehlte mir gerade noch«, schoss es aus Elle heraus, der ihre Ähnlichkeit mit Botticellis berühmter Muse eher lästig erschien.

»Don Giovanni würde außer sich sein, wenn er davon erfahren sollte.«

Lucrezia machte eine wegwerfende Handbewegung. »Die Medici genießen, was solche Geschichten angeht, eine Sonderstellung. Don Giovanni würde sicherlich großzügig darüber hinwegsehen, wenn du mit Giuliano ein Verhältnis hättest. Schließlich kann es ungeahnte Vorteile bringen, wenn die eigene Frau die Mätresse eines solch mächtigen Mannes ist.«

»Oder den Tod«, mutmaßte Elle, ohne lange darüber nachzudenken. »Was wäre, wenn Giuliano mich für sich haben wollte und Don Giovanni umbringen lässt?«

»Giuliano de' Medici würde so etwas niemals tun. Er ist ein echter

Ehrenmann«, erklärte Lucrezia überzeugt. »Im Gegensatz zu seinem Bruder, der bekanntermaßen nicht zimperlich ist.«

»Ein Ehrenmann, der sich an verheirateten Frauen vergreift«, entfuhr es Elle mit einem abfälligen Grinsen. »Und dafür nicht nur sein, sondern auch das Leben seiner Mätresse riskiert.«

»Was soll das bedeuten?« Lucrezia sah sie mit einem Mal besorgt an.

»Ich bin mir sicher, dass Simonetta Vespucci als heimliche Geliebte Giulianos keines natürlichen Todes gestorben ist«, resümierte Elle über jeden Zweifel erhaben. »Es hieß zwar, sie habe die Schwindsucht gehabt, aber meine Cousine hat sich nie in heruntergekommenen Gegenden aufgehalten, wo die Krankheit am meisten grassiert. Und ob Giuliano tatsächlich der Ehrenmann ist, für den du ihn hältst, wage ich zu bezweifeln«, bekräftigte sie ihren Unmut. »Obwohl Simonetta mit Marco Vespucci verheiratet war, hat er sich an sie herangemacht.«

»Hieß es nicht, Simonettas Mann war eher seinem eigenen Geschlecht zugetan als seiner schönen Frau?« Während der Kopfmassage, die sie Elle zugutekommen ließ, hielt Lucrezia inne und blinzelte irritiert.

»Und wenn schon«, antwortete Elle stur. »Giulianos Bruder Lorenzo hat das alles überhaupt nicht gefallen. Ich bin mir fast sicher, dass sich die arme Simonetta mit der ganzen Sache einen mächtigen Feind eingehandelt hat.«

»Aber bestimmt nicht Giuliano«, beschied Lucrezia abwehrend. »Wenn er einer Frau verfallen ist, kann er gar nicht anders, als sie anzubeten. Jedenfalls käme er nicht auf die Idee, sie umzubringen.«

Lucrezia presste die Nässe aus Elles Haaren und träufelte anschließend etwas Öl aus einer Glasflasche auf ihre Hände und knetete es in die langen, feuchten Strähnen ein.

»Vielleich wäre Giuliano ja was für dich?«, erwiderte Elle mit einem Augenzwinkern. »Wie wäre es, wenn du mich als meine Kammerzofe zum Bankett begleitest? Es wäre eine gute Gelegenheit, sich den attraktivsten Junggesellen von Florenz noch einmal aus der Nähe anzuschauen«, fügte sie scherzend hinzu.

Lucrezia errötete ein wenig, während sie einen Kamm vom Tisch nahm und Elles rotblondes Haar in handliche Strähnen teilte. »Und was wäre, wenn du dort diesen Damian de' Castello triffst?«

»Abgesehen davon, dass Söldner normalerweise nicht zu solchen Banketten geladen sind, was wäre so schrecklich daran?«

Elle war auf einmal selbst neugierig auf diesen Mann, der in ihrer Erinnerung irgendetwas zum Klingen brachte.

»Bedeutet das etwa, du bist am Ende doch auf der Suche nach einem Liebhaber?« Lucrezia hob fragend eine ihrer sorgsam gezupften Brauen.

»Wer weiß? Vielleicht macht mir ja sogar Francesco de' Pazzi persönlich den Hof?« Elle übte sich an einem schockierten Blick, den sie mit einem anschließenden Grinsen relativierte. »Ist es nicht ein interessanter Gedanke, einmal einer Orgie beizuwohnen, und sei es nur als heimliche Zuschauerin. Schließlich habe ich nicht die leiseste Vorstellung davon, was dort vor sich geht. Giovanni dürfte natürlich nichts davon erfahren, wenn du verstehst, was ich meine.«

»Ich weiß nicht ...« Lucrezia sah sie zweifelnd an. »Die Florentiner sind äußerst geschwätzig. Falls du tatsächlich vorhast, auf Abwegen zu wandeln, rate ich dir zu äußerster Diskretion.«

»Solange ich mich auf deine Diskretion verlassen kann, mache ich mir keine Sorgen«, versicherte Elle ihr mit einem Augenzwinkern. »Und die besagten Männer zeichnen sich höchstwahrscheinlich durch äußerste Verschwiegenheit aus.«

KAPITEL 7

Dämonentanz

Dezember/Januar 1476/1477 – Mailand/Florenz

Lucrezia half Elle nach dem Bad, nackt, wie sie war, ganz selbstverständlich beim Abtrocknen und steckte sie anschließend in einen bodenlangen Hausmantel aus feinstem, dunkelblauem Brokat. Danach bugsierte sie ihre Herrin auf einen Stuhl vor dem offenen Kamin, wo sie unverzüglich damit begann, ihr das Haar unter der aufsteigenden Hitze des Feuers zu trocknen, indem sie Strähne für Strähne mit einer weichen Bürste wieder und wieder kämmte. Elle gelang es derweil, etwas mehr über das Privatleben ihrer Dienerin zu erfahren. Obwohl sie bereits seit zwei Jahre in ihrem Haushalt lebte, war es ihr, als ob sie sich erst heute zum ersten Mal begegnet wären. Lucrezia interessierte es offenbar nicht besonders, mit wem sie ins Bett ging, oder – wie sie es vornehmer ausdrückte – mit wem sie das Lager teilte. Lediglich zwei Kriterien spielten bei der Auswahl ihrer Liebschaften eine Rolle: Entweder der Kerl war attraktiv oder er besaß ein ansehnliches Vermögen, das ihr helfen konnte, ihren eigenen Lebensstil zu verbessern. Im besten Falle beides.

Mehr beiläufig ließ sich Elle von ihrer Dienerin in ein Hemd aus weißem, hauchdünnem Linnen helfen, dann in ein Unterkleid aus kirschrotem Damast, und darüber streifte sie ein ärmelloses Überkleid aus dunkelrotem Samt. Zufrieden, ja beinahe staunend sah Elle an sich herab, wobei sie ihre Begeisterung über die feinen, kostbaren Stoffe nur mühsam zurückhalten konnte. »Trage ich immer so teure Kleider?«

Lucrezia, die ein paar Schnüre auf der Rückseite des Kleides bändigte, blickte erstaunt auf.

»Sag nur, dir ist noch nie aufgefallen, wie kostbar deine Gewänder sind?«

Elle senkte beschämt den Kopf. Was war nur in sie gefahren. Jeder Schritt, den sie tat, jedes Wort, das sie sagte, hinterfragte sie innerlich wie die nächste Seite eines noch ungelesenen Buches. Es war, als ob zwei Seelen in ihrer Brust säßen. Bei dem Gedanken, dass sie möglicherweise genauso besessen sein könnte wie Don Giovanni, schoss ihr das Blut heiß durch die Adern.

Und obwohl sie gerne mit jemandem darüber gesprochen hätte, wagte sie es nicht, Lucrezia noch tiefer in ihre Ängste einzuweihen. Wusste sie doch, was mit Menschen geschah, die den Verstand verloren. Entweder sperrte man sie bei Wasser und Brot in einen finsteren Kerker – oder man verbrannte sie öffentlich, wenn man zu der Überzeugung gelangte, sie wären vom Teufel besessen.

Lucrezia tat so, als ob sie nichts gehört hätte, und machte sich weiter an Elles Kleidern zu schaffen, indem sie das purpurrote Überkleid mit dünnen, goldenen Lederbändern unter der Brust und auf Höhe der Taille verschnürte und damit in Form brachte. Elles abschweifender Blick fiel auf die Enden der Schnüre, die mit bunten, in Silber gefassten Edelsteinen verziert waren. Beinahe zaghaft tastete sie mit den Fingerspitzen über das filigrane Muster des Stoffs.

Lucrezia türmte ihr unbeeindruckt das inzwischen getrocknete Haar zu einer kunstvollen Steckfrisur auf, indem sie zum Teil geflochtene, zum Teil einfach lose zusammengebundene Strähnen unter Zuhilfenahme kostbarer Bänder miteinander verknüpfte.

Nachdem Elle vollständig frisiert und angekleidet war, entriegelte Lucrezia die Türen und läutete nach den Dienern, damit sie das Kupferschaff samt Wasser entfernten. Elle wollte aufstehen, um sich im Nebenzimmer im Spiegel zu betrachten, doch Lucrezia hielt sie zurück, weil sie mit ihrem Kunstwerk noch nicht ganz fertig war. Geschickt bestäubte sie Augen, Wangen und Mund mit einem hellen, terrakottafarbenen Puder. Zum Schluss bestand sie noch auf einem dunkelbraunen Lidstrich, den sie aus einer Mischung aus braunem Pulver und ein wenig Wasser anrührte und dann mit einem feineren Pinsel vom äußeren Rand des Lids bis zum inneren Nasenflügel führte. Elle, die das alles vollkommen fasziniert über sich ergehen ließ, unterdrückte einen plötzlich aufkommenden Niesreiz, indem sie sich auf die Zunge biss, weil die ganze Mühe ansonsten vergebens gewesen wäre. Staunend durfte sie sich anschließend im Nebenzimmer in dem prunkvollen Standspiegel bewundern.

»Du bist wirklich gut«, lobte sie Lucrezia und lächelte schwach. »Besser wäre allerdings gewesen, du hättest mir heute eine Warze und Pockennarben ins Gesicht gemalt. Kein Wunder, wenn Don Giovanni mir wie ein läufiger Hund hinterherhechelt.«

Als ob man ihn herbeigerufen hätte, flog die Tür auf und Giovanni de Vincenco stand im Rahmen, was Elle nervös zusammenzucken ließ. Sie hatte Angst, ihn anzuschauen. Die Sache mit dem Dämon ging ihr nicht aus dem Kopf. Auch Lucrezia musterte ihren Herrn mit verstohlenen Blicken, als ob sie ihn auf Anzeichen einer möglichen Besessenheit untersuchen wollte. Doch so, wie er dastand, gestiefelt und gespornt, vermittelte er durchaus den Eindruck, Herr seiner selbst zu sein.

Beim Betrachten der abenteuerlichen Kombination aus einem ausladenden Oberteil, gefertigt aus schwarzblauem Brokat, dessen Rockschöße kaum seine Oberschenkel bedeckten, und einer enganliegenden gelbblauen, längs gestreiften Strumpfhose in den Farben der Vincencos, die seine schlanken, muskulösen Beine auf eine obszöne Weise zur Geltung brachte, gelang es Elle nur mit Mühe, einen Lachanfall zu unterdrücken. Obwohl der hochherrschaftliche Aufzug sicher mal wieder ein Vermögen gekostet hatte. Dazu trug er farblich passende dunkelblaue Reitstiefel aus weichem Wildleder, die bis zu den Knien reichten und einen breiten Umschlag besaßen, den man bis zu den Oberschenkeln aufkrempeln konnte. Ein bodenlanger, schwarzer Mantel, dessen Säume und Ärmelabschlüsse mit schimmernder Goldlitze und dem Fell irgendeiner Wildkatze verbrämt waren, komplettierte das prunkvolle Bild.

Das weiße Haupthaar wallte schulterlang unter einer Kappe aus schwarzem Samt hervor, die er verwegen schräg sitzend auf seinem Schopf platziert hatte.

Elle wusste selbst nicht, warum ihr das alles so albern vorkam, aber sie musste unwillkürlich grinsen, als der Alte derart aufgeputzt mit finsterer Miene vor ihr stand. Was sie jedoch sofort einstellte, als sie seinen gereizten Blick bemerkte.

»Ist sie fertig?« Seine unfreundliche Nachfrage richtete sich an Lucrezia, ganz so, als ob Elle gar nicht anwesend wäre. »Sehr wohl, Don Giovanni«, antwortete ihre Dienerin unterwürfig. »Nur noch die Schuhe und der Mantel und dann sind wir abfahrbereit.«

Don Giovanni seufzte entnervt und zog eine Braue hoch. »Ich erwarte euch in fünf Minuten unten im Hof, ansonsten schicke ich Rudolfo rauf, damit er sie nach unten schafft, so wie sie ist! Und du wirst zur Strafe den ganzen Weg zur Kirche laufen. Haben wir uns verstanden?«

»Wie Ihr wünscht, Don Giovanni«, wisperte Lucrezia und verbeugte sich dienstbeflissen.

Schweigend hatte Elle den Auftritt ihres ungehobelten Ehemannes verfolgt und reagierte mit einem verständnislosen Kopfschütteln, nachdem er wie ein Zerberus mit wehendem Mantel davongerauscht war. »Er benimmt sich wie die Axt im Walde.«

Lucrezia kicherte. »Ein netter Vergleich.«

»Erst hurt er stundenlang herum«, schimpfte Elle, »will sogar noch, dass ich in sein Bett steige, und dann hat er es plötzlich so eilig, als ob etwas anbrennen würde.«

»Er macht sich nur Sorgen um seine Ehre«, gab Lucrezia zu bedenken. »Der Herzog von Mailand verzeiht es schließlich nicht, wenn man zu spät zur Andacht erscheint. Wenn die Glocke elf schlägt, müssen wir auf dem Vorplatz der Basilika einfahren, ansonsten ist uns der Einlass verwehrt, schon vergessen? Was Don Giovanni überhaupt nicht gefallen dürfte. Immerhin ist er auf das Wohlwollen des Herzogs angewiesen.«

»Wohlwollen des Herzogs«, hallte es in Elle wider, während sie beiläufig in die handschuhweichen Stiefel schlüpfte, die ihr Lucrezia auf Knien hockend entgegenstreckte.

Liebe Güte, wieso hatte sie immer noch das Gefühl, im falschen Theater zu sitzen? Sie atmete tief ein und dann wieder aus, bevor sie gehorsam den langen Kapuzenmantel anzog, der, farblich passend zu ihrer übrigen Kleidung, ebenfalls mit kostbaren Pelzen verbrämt war. Abschließend legte ihr Lucrezia ein paar schwere tropfenförmige Perlenohrringe an, die sie einer mit rotem Samt ausgeschlagenen Schatulle entnahm. Dazu ein Collier aus gleichförmigen Perlen und Rubinen, in pures Gold gefasst, beides ließ Elle stoisch über sich ergehen.

Danach zerrte Lucrezia sie aus dem Zimmer und eilte mit ihr im Laufschritt über drei Stockwerke eine eindrucksvolle Marmortreppe hinab, die durch das riesenhaft anmutende Gebäude führte, wie ein breiter Strom. Vorbei an langen, hellen Fluren mit überlebensgroßen Gemälden an Wänden und Decken. Am Fuße des Treppenhauses angekommen, öffneten ihnen zwei mit Hellebarden bewaffnete Wachmänner das aus Bronze gegossene Hauptportal in einen kalten, grauen Morgen. Der Innenhof, dessen Begrenzung durch einen Säulengang mit geschwungenen Arkaden gekennzeichnet war, erinnerte sie an ein Kloster. Und tatsächlich, am südlichen Ende grenzte eine kleine Kapelle an, die zum Anwesen gehörte. Elle kam das alles bekannt und gleichzeitig fremd vor. Es war zum Davonlaufen. In der Nähe des breiten Rundtores, das hinaus zu einer gepflasterten Straße führte, stand abfahrbereit eine hölzerne Kutsche, die mit ihrer einfallslosen Kastenform und dem runden Dach eher einem Gefängniswagen glich. Zwei schwarze, kräftige Stuten mit welliger Mähne zogen das plumpe Gefährt, dem man – um seine Erscheinung ein wenig aufzuhübschen – an den Eckpfeilern des Dachs vier gelb-blaue Straußenfedern hinzugefügt hatte.

Auf dem Kutschbock saßen zwei hagere Wagenlenker in schwarzblauer Livree, und hinter der Kutsche hatten sich sechs uniformierte Reiter auf schwarzen Hengsten versammelt. Eine wehrhafte Eskorte mit eisernem Brustharnisch und dazu passenden, glänzenden Helmen, die unterhalb der bärtigen, grimmig dreinblickenden Gesichter mit einem Kinnriemen befestigt waren. Die Männer wurden eindeutig von Don Giovanni befehligt, der sie mit einem gewissen Stolz im Blick nicht aus den Augen ließ. Über seiner geckenhaften Aufmachung hatte er in der Zwischenzeit noch ein nietenbeschlagenes Lederwams und einen üppigen Pelzumhang angelegt. Dazu trug er einen Schwertgurt und nietenbeschlagene Lederhandschuhe.

Lucrezia schob Elle, die einen Moment fasziniert innegehalten hatte, weil sie sich an dem martialisch anmutenden Spektakel kaum sattsehen konnte, mit unverminderter Hast in die Kutsche hinein. Kaum dass sie sich auf die mit roten Samtkissen gepolsterten Lederbänke niedergelassen hatten, schlug von außen jemand geräuschvoll die Türe zu. Schon setzte sich das Gefährt unter lautem Rattern in Bewegung. Ein Blick aus dem mit einem Samtvorhang verschlossenen Fenster bestätigte Elle, dass der Himmel sich weiter verdüsterte. Es roch nach Schnee und eisiger Kälte, was sie veranlasste, ihre Hände noch tiefer in den dunklen Nerzmuff zu schieben, den Lucrezia ihr als abschließenden Akt ihrer dienstlichen Fürsorge, an einer silbernen Kordel befestigt um den Hals gehängt hatte. Angetan betrachtete sie die vorbeiziehenden Villen in Mailands Nobelviertel und die Ziergärten mit den kahlen, perfekt geschnittenen Hecken und Bäumchen, wobei sie sich fortlaufend fragte, ob es hier schon immer so ausgesehen hatte. Zahllose Reiter und Trauben von Menschen in langen Gewändern und mit abenteuerlichen Hutkreationen säumten ihren Weg. Aber auch Bettler in abgerissenen Lumpen, viele davon barfuß mit rotgefrorenen Füßen, von denen manche notdürftig mit Lappen umwickelt waren. Zwei Reiter aus Giovannis Truppe scherten aus und scheuchten die armen, gebeutelten Menschen unter lautem Zurufen und mithilfe drohend erhobener Schwerter aus dem Weg. Obwohl Elle deren Leid mit einem Mal unerträglich fand, konnte sie nicht wegsehen, zumal es ihr Gefühl der Unwirklichkeit noch verstärkte.

»Mach den Vorhang zu, sonst holst du dir noch den Tod«, riet ihr

Lucrezia, die sich von Elles merkwürdiger Neugier offenbar gestört fühlte.

Elle tat ihr den Gefallen und gab sich danach schweigend dem Holpern des Wagens hin. Der Gedanke, dass irgendetwas Seltsames mit ihr geschehen sein musste, ließ sie weitaus mehr frösteln als der kalte Dezemberwind. Stumm begann sie zu beten, dass sich der Nebel bald lichtete und sie wieder ganz die Alte war.

Als sie nach etwa zwanzig Minuten vor der Kirche vorfuhren, wurden sie von laut rufenden Menschen umringt, und als jemand den Wagenverschlag aufriss, sah Elle nicht nur eine der ältesten Kirchen Mailands, sondern auch eine recht große Anzahl von äußerst einfach gekleideten Schaulustigen. Sie wurden von schwarz uniformierten Soldaten mit Knüppeln und Piken auf Abstand gehalten, um die zögerlich eintreffende Prominenz nicht zu behindern. Neben der prunkvollen Aufmachung der Ankommenden stach Elle plötzlich etwas anderes ins Auge, das sie augenblicklich in Panik versetzte. Der gesamte Hof war überschattet von schemenhaften, dämonischen Gestalten, die sie zu ihrem Entsetzen nur allzu deutlich wahrnehmen konnte. Unheimliche Kreaturen mit menschlich anmutenden Gesichtern, die manchmal konturenlos, aber auch seltsam schön und mitunter fratzenhaft ihre ahnungslosen Wirte wie schlingernde Wirbelwinde umkreisten.

Elle zwinkerte unwillkürlich, um die Erscheinungen von sich abzuschütteln, aber es gelang ihr nicht. Um Fassung ringend, beobachtete sie, wie einige der Dämonen fließend in vier junge Männer hineinschlüpften, die nicht weniger aufwendig gekleidet waren als Don Giovanni und die übrigen Würdenträger. Aber diese nach außen hin harmlos aussehenden jungen Kerle waren nicht die Einzigen, die dämonische Kräfte auf sich vereinten. Beinahe jeder ihrer vermögenden Mitstreiter hatte einen undefinierbaren Schatten auf seinen Schultern sitzen, ähnlich einem schwatzenden Raben, der ihm unablässig Boshaftigkeiten ins Ohr krächzte.

»Was ist mit dir, Donna Gabrielle?« Lucrezia warf ihr einen leicht beunruhigten Blick zu. »Du siehst plötzlich so bleich aus! Ist dir nicht wohl? Du wirst doch nicht umfallen?«

»Nein, es ist nichts, Lucrezia«, beruhigte sie ihre Dienerin mit bebender Stimme. Allem Anschein nach machte sich Lucrezia ernsthafte

Sorgen, sie könne einen Ohnmachtsanfall bekommen und damit Don Giovannis Repräsentationspläne empfindlich durcheinanderbringen.

Elle versuchte derweil, sich zu sammeln. Irgendetwas Schreckliches war hier im Gange. Irgendwas, dem sie noch keine Bedeutung geben konnte, aber dass es eine gab, stand außer Zweifel. Zu allem Übel wurde sie das Gefühl nicht los, das alles schon einmal erlebt zu haben. Panisch sah sie sich um, doch niemand außer ihr schien Verdacht zu schöpfen und niemand sonst war offenbar in der Lage, die durchaus anwesenden Dämonen zu bemerken. Die meisten Kirchengänger waren ohnehin mit sich selbst oder ihren nächsten Nachbarn beschäftigt. Der Neid, den manche Frauen gegenüber ihren Mitstreiterinnen hegten, hatte sich regelrecht in deren verhärmte Gesichter gebrannt. Die Männer, insofern sie nicht in geschäftliche oder politische Debatten mit ihresgleichen verwickelt waren, interessierten sich vor allem für die ganz jungen, unschuldig aussehenden Frauen, deren grazile Körper sie mit gierigen Blicken verschlangen. Die wenigen älteren Kerle, zu denen auch Don Giovanni zählte, waren zumeist damit beschäftigt, ihren gesellschaftlichen Rang abzugleichen, indem sie penibel vermerkten, wer wen zuerst grüßte und ob dieser oder jener ihnen die nötige Ehrerbietung entgegenbrachte. Aber ausnahmslos alle hielten nervös Ausschau nach dem Herzog, der – obwohl längst erwartet – noch nicht zu sehen war. Lediglich seine Mätressen waren bereits alle versammelt. Elle glaubte sie an den stark geschminkten Gesichtern erkennen zu können, zu denen ihr unerwartet die passenden Namen einfielen. Selbst die Favoritinnen des Herzogs erkannte sie wieder, und ihr entging nicht, wie sie sich gegenseitig misstrauisch beäugten, womöglich von der Frage getrieben, wer die hübscheren Brüste besaß und wann die jeweils andere zuletzt das Bett des Herzogs geteilt hatte.

Geliebt wurde er – zumindest deutete die gefühlskalte Mimik seiner Mätressen darauf hin – von keiner Einzigen. Elle versuchte die hasserfüllten Blicke zu ignorieren, die, für sie spürbar, von den meisten Umstehenden ausgingen. Sie war immer schon ein empfindsamer Mensch gewesen, doch seit dem Morgen schienen ihre Sinne noch geschärfter zu sein.

Don Giovanni, der offensichtlich noch immer mit seiner gesellschaftlichen Anerkennung beschäftigt war, zitierte sie und Lucrezia mit einer herrischen Geste zu sich, damit sie auf der linken Seite des Kirchenportals Aufstellung nahmen, um direkt nach den Mätressen des Herzogs einen angemessenen Platz in der Basilika zu ergattern. In seiner naiven Bemühtheit, vor den übrigen Kaufleuten Mailands möglichst gut dazustehen, und sei es nur, was den Sitzplatz seiner jungen Ehefrau in der Kirche betraf, tat er Elle beinahe leid. Wäre da nicht die verstörende Erkenntnis gewesen, dass auch er von Dämonen heimgesucht wurde, was immer das auch zu bedeuten hatte. Doch im Moment war zumindest bei ihm davon nichts zu sehen, und Don Giovanni wirkte einigermaßen entspannt, wenn man von seinem Sitzplatzproblem einmal absah.

Lucrezia drängte sie unterdessen zu den übrigen kostbar herausgeputzten Frauen hin, die, links vom Hauptportal, in einem viel kleineren Nebeneingang verschwanden, als ob sie der Reihe nach von ihm verschluckt würden. Dicht aneinandergedrängt erreichten sie das Innere der hohen, weit verzweigten Basilika und gelangten unter Giovannis wachsamen Blicken, die er ihnen von der anderen Seite des Mittelgangs zuwarf, in einen über und über mit brennenden Kerzen illuminierten Nebengang. Von dort gingen sie ohne weiteres Gedränge zu den Sitzbänken der hochwohlgeborenen Damen. Es roch nach Bienenwachs, Weihrauch und abgebranntem Tannenholz, und wie es den Anschein hatte, bereitete es den Dämonen nicht die geringste Mühe, ihren Wirten bis tief in die heiligen Hallen zu folgen. Keine Spur davon, dass sie das Kruzifix scheuten oder das Aspergill, jenen Wedel, mit dem die Hilfspriester im Vorbeigehen reichlich Weihwasser auf den Häuptern der Gläubigen verteilten. Wie lästige Mückenschwärme wirbelten die düsteren Schatten über den Köpfen all jener, die allem Anschein nach die übelsten Absichten hegten. Giovanni verfolgte derweil jede Bewegung von Elle und ihrer Mitstreiterin mit kritischer Miene, während er sich mit seinen Wachen nach rechts orientierte, auf jene Seite, wo die Männer Platz finden sollten. Lucrezia, die nichts von den Dämonen zu bemerken schien, zupfte Elle unterdessen, von ihren Nachbarinnen unbemerkt, am Ärmel. »Hast du Lucrezia Landriano gesehen?«, zischte sie verächtlich, nachdem sie eine Reihe von juwelenbehängten Schönheiten hinter sich gelassen hatten, die bereits auf den für sie reservierten Bänken saßen.

»Dass ich ausgerechnet den gleichen Namen trage wie diese falsche Schlange, ist ein wahres Unglück«, wetterte Lucrezia unentwegt weiter. »Sie hat ihre Tochter Caterina dabei. Ob der Ärmsten klar ist, dass sie spätestens an ihrem vierzehnten Geburtstag zu Girolamo Riario della Rovere ins Bett steigen muss? Die Kleine kann einem wirklich leidtun. Selbst wenn er der Neffe des Papstes ist, so ist er doch zwanzig Jahre älter als sie und hat unzählige Mätressen. Das einzig Gute ist, dass er für sein Alter noch ganz passabel aussehen soll.«

Elle schaute überrascht auf und ließ ihren Blick über die unzähligen aufreizend gekleideten Damen schweifen. »Meinst du etwa Caterina Sforza?«, rief sie, ohne zu überlegen. »Wo?«

»Nicht so laut!«, zischte Lucrezia. »Was sollen die Leute von uns denken? Dass wir uns für die Mätressen des Herzogs und deren Bastarde interessieren?«

»Wer klatscht denn hier unaufhörlich über die anwesenden Frauen?« Elle gab sich keine Mühe, ein Grinsen zu unterdrücken. Wobei sie angesichts solcher Banalitäten im Vergleich zur Anwesenheit von tanzenden Dämonen achtgeben musste, darüber hinaus nicht in irres Gelächter zu verfallen.

Spätestens seit sie die Kirche betreten hatten, interessierte sich Lucrezia für nichts anderes mehr als für die Frauen, die sie umgaben. Dabei fand Elle die Männer und ihre finsteren Absichten um einiges interessanter.

»Nicht seine Mätressen sind das Problem«, murmelte sie mehr zu sich selbst und schaute sich nach den ganz offensichtlich von finsteren Mächten beseelten jungen Männern um, die nervös in der Mitte des Kirchenschiffs irgendetwas entgegenfieberten. Inzwischen hatten die Dämonen vollkommen von ihnen Besitz ergriffen, was Elle daran zu erkennen glaubte, dass ihr gesamter Körper von einer dunklen Aura überschattet war. Elle war es, als ob sie ihr, von ihren Wirten unbemerkt, mit ihren messerscharfen Zähnen frech ins Gesicht grinsten, frei nach dem Motto: Selbst wenn du uns sehen kannst, bist du machtlos und wirst uns nicht zurückhalten können.

Der Herzog hatte sich offenbar verspätet, jedenfalls war er an jener Loge ganz vorn in der Kirche, die ihm und seiner Familie vorbehalten war, noch nicht eingetroffen. Seine zahlreichen Huren, wie Lucrezia sie hämisch bezeichnete, ließen nervös ihre Blicke schweifen. Ein Raunen ging durch die Menge, als sein markantes Konterfei nach einer gefühlten Ewigkeit schließlich endlich am Eingang erschien.

Zu seinem eigenen Glück hatte er nicht diese scheußliche Hakennase, die sein Vater besessen hatte und die ihm auf manchen Porträts angedichtet wurde. Mit seinem hellbraunen, halblangen Haar und dem kantigen Gesicht sah er sogar ziemlich gut aus, wenn auch nicht so blendend wie sein Bruder Ludovico, der ihm in gebührendem Abstand folgte und mit seinen dunklen, schulterlangen Haaren, den vor Temperament glühenden, schwarzen Augen und den klaren, strengen Gesichtszügen die Aufmerksamkeit sämtlicher Frauen auf sich zog.

Die Blicke des Herzogs huschten unterdessen kalt und berechnend über die anwesenden Gläubigen. Trotz seiner prunkvollen Kleidung und seines attraktiven Äußeren ließen sein eisiger Blick und die herabgezogenen Mundwinkel auf eine innere Grausamkeit schließen, die Elle eine weitere Gänsehaut bescherte. Entsprechend seiner Gesinnung wurde er von einem gewaltigen Dämon beschattet, der ihm wie ein dahinschlurfendes Kettengespenst folgte und ihn, ohne dass er es bemerkte, in seinen Bewegungen beeinträchtigte.

»Wenn ich Sforza nur sehe, schüttelt es mich«, wisperte ihr Lucrezia ins Ohr und sprach damit aus, was Elle empfand. »Wenn wir uns nicht in einer Kirche befänden, würde ich behaupten, er sei ebenfalls vom Teufel besessen.«

Ist er auch, lag es Elle auf der Zunge. Doch sie hielt sich lieber zurück. Von irgendwoher kam ihr plötzlich die Eingebung, dass dieser Mann bereits Tausende von Menschenleben auf dem Gewissen hatte. Und auch wenn er nicht alle, an deren Tod er eine Mitschuld trug, persönlich gerichtet hatte, so zeichnete er doch für die Vernichtung ganzer Familien verantwortlich. Die meisten von ihnen hatten auf seinen Befehl hin ein grausames Ende genommen, und diejenigen, die mit dem Leben davongekommen waren, hatte er versklavt oder dem Elend überlassen.

Gefolgt vom Bischof von Como, wie Lucrezia hilfreich hinzufügte, einem feisten Kerl in roter Robe, trat er zur Mitte der Kirche hin, wo sich ihm unvermittelt jene drei jungen Burschen in den Weg stellten, deren Dämonen sich augenscheinlich bereits die Hände rieben. Elle fragte sich, wie wohl der Dämon des Herzogs auf seine Gegner reagieren würde, doch die schemenhafte Schattengestalt mit den großen Augenhöhlen zog sich überraschend zurück, als ihm die zähnefletschende Boshaftigkeit seiner erheblich vitaler wirkenden Mitstreiter entgegenschlug. Geradezu unterwürfig verkroch sich der Schatten des Herzogs hinter dessen Rücken, als einer der jungen Männer vor ihm auf die Knie sank. Elle gab einen erstickten Laut von sich, als sie erkannte, was der offenbar stärkere Dämon seinem noch jungen Wirt befahl. Sie war versucht vorzustürmen, um den heimtückischen Anschlag auf das Leben des Herzogs zu verhindern, doch Lucrezia hielt sie überraschend zurück.

»Donna Gabrielle!«, krächzte sie aufgebracht, von der offensichtlichen Angst erfüllt, ihre Herrin könne etwas ganz und gar Unvernünftiges tun. »Dort dürfen wir nicht hin!«

Im selben Moment schoss der junge Kerl, gelenkt von seinem Schatten, der seine gesamte Gestalt im Klammergriff hielt, nach oben und stieß dem Herzog gleichzeitig von unten etwas Spitzes in den Unterleib. Erst als er den Gegenstand reflexartig wieder herauszog, sah Elle, dass es ein langer Dolch war, den er gleich darauf erneut in die Brust des Herzogs rammte, der bereits auf einen komfortablen Winkel zu ihm herabgesunken war. Während die Menge nur zögernd begriff, was da gerade vor sich ging, stießen auch die beiden anderen jungen Männer mit ihren Schwertern zu, als ob es sich nicht um einen Menschen, sondern um eine Strohpuppe handeln würde.

Gefolgt von einem Vierten, der geschickt um den Herzog herumsprang und ihm wie ein Torero sein Schwert zwischen die Schulterblätter rammte, was dem Herrscher von Mailand endgültig das Lebenslicht ausblies. Blut spritzte in reinsten Fontänen, und sofort breitete sich eine dunkelrote Lache unter dem getöteten Galeazzo Maria Sforza aus.

Augenblicklich brach die umstehende Menge in Panik aus. Schreie und wild durcheinandergehende Rufe hallten zu Hunderten von den hohen Kirchenmauern zurück und vervielfachten den ungezügelten Aufruhr.

Elle beobachtete voller Grauen, wie der Herzog »Io sono morto« flüsterte. »Ich bin tot.« Nur einen Herzschlag später bemerkte sie ganz aufgelöst, wie sich ein zweiter, völlig gleich aussehender Herzog, blass wie ein Geist, aus dem toten Körper erhob. Einen Moment lang wollte sie schreien und schaute sich hektisch um, ob noch andere die gleiche Beobachtung machten. Doch als sie sah, dass außer ihr niemand den Geist des Herzogs zu bemerken schien, verstummte sie schlagartig. Der tote Herzog schaute sich, neben seinem eigenen Leichnam stehend, verwirrt nach allen Seiten um, bis sein panischer Blick auf Elle traf, die ihm direkt in die Augen starrte. Instinktiv schien er zu wissen, dass sie ihn als Einzige sehen konnte. Sein Mund klappte auf, als wolle er ihr etwas zurufen. Doch bevor sie ihm irgendetwas erklären konnte, lösten sich die Dämonen aus den Leibern seiner Widersacher und umkreisten ihn wie Aasgeier ihre Beute. Seine schemenhafte Gestalt löste sich wie ein Schwarm von Millionen Mücken vollkommen in ihnen auf und verschwand mit ihnen wie eine schwarze Gewitterwolke durch das Kirchenportal ins Freie. Elle war einer Ohnmacht nahe, doch sie durfte nicht umfallen, denn dann würde sie gnadenlos von den nach draußen stürmenden Menschen zertrampelt. Die Panik der übrigen Kirchenbesucher steigerte sich ins Unberechenbare. Wie ungestüme Wellen schossen sie über den Leichnam des Herzogs hinweg. Einer der Attentäter rannte unterdessen auf Elle zu, die im Schutz einer gewaltigen Steinsäule stehen geblieben war, und glotzte sie an, als schien er sie zu kennen. Erst jetzt realisierte sie, dass es sich um einen von Don Giovannis Neffen handelte. Giovanni Andrea Lampugnani lautete sein voller Name. Doch was tat er hier? Irgendwie wollten die Geschehnisse und ihre Erinnerungen an den sanftmütigen jungen Mann für Elle nicht zusammenpassen. Noch bevor er sie erreichte, stolperte er über sein Gewand und schlug der Länge nach hin. Einer von Sforzas Wachleuten reagierte, wenn auch viel zu spät, und stieß ihm, gelenkt von einem weiteren Dämon, mit voller Wucht sein Schwert ins Kreuz. Knochen knackten, und das Blut spritzte Elle bis vor die Füße. Mit einem Aufstöhnen sackte der junge Kerl zusammen und war binnen Sekunden blutüberströmt. Der Wachmann packte brutal in sein langes Haar und riss den Kopf in die Höhe, vermutlich um herauszufinden, wer ihn geschickt hatte, doch die blauen Augen des Unseligen brachen im gleichen Moment und stierten gebrochen ins Leere. Fassungslos beobachtete Elle, wie sich seine Seele ebenfalls aus dem Körper löste und, ohne sie eines Blickes zu würdigen, durch die drängenden Menschen hindurch orientierungslos zum Kirchenportal hinauseilte.

Noch ehe Elle reagieren konnte, hatte Lucrezia sie bereits am Ärmel ihres Mantels gepackt und zog sie zum Seitenausgang, wo sie in einen vorwärtsdrängenden Strom von Flüchtenden gerieten. Eingeklemmt zwischen schiebenden Leibern, die nun nicht mehr nach Männern, Frauen und Kindern geordnet waren, wurden sie regelrecht nach draußen auf den mit weißem Kies bestreuten Vorplatz gespült. Elle rang gierig nach Atem, als sie unvermittelt in der Nähe von Don Giovanni landeten, der leichenbleich seinen Bewachern ein paar harsche Befehle zubellte. Es dauerte eine Weile, bis die Massen sich wieder beruhigt hatten und ein einigermaßen geordnetes Miteinander möglich war. Während sich die Mätressen des Herzogs unter der strengen Bewachung einiger Söldner zu Fuß zum nahegelegenen Sitz der Sforzas begaben, wurden Elle und Lucrezia von groben Händen gepackt und zurück in ihre Kutsche verfrachtet. Giovannis Beschützer sorgten dafür, dass die Türen zuverlässig geschlossen wurden.

»Fahrt nach Hause und verschanzt euch dort in euren Gemächern«, befahl Giovanni dumpf durch den zurückgeschobenen Samtvorhang, wobei Elle seine aufkommende Panik spürte.

»Wartet dort, bis ich zurückkehre«, blaffte er sie an, »oder bis ich euch einen Boten schicke. Niemandem, außer den Küchendienern, ist es erlaubt, den Palazzo zu verlassen, bis ich etwas anderes anordne oder selbst nach Hause zurückkehre!«

Sie konnte sich denken, warum er so hektisch reagierte. Er kannte den getöteten Mörder persönlich. Es handelte sich um den Sohn einer Cousine mütterlicherseits, dessen Pate er war. Die plötzliche Furcht, für die Tat mitverantwortlich gemacht zu werden, beherrschte ihn mit der Gewalt eines Erdbebens. Es ging um nicht weniger als um die Frage, wie er der Familie des Herzogs beweisen konnte, nichts vom Vorhaben seines jungen Verwandten gewusst zu haben. Irgendwie schwante Elle, dass es durchaus üblich war, bei einem Verdacht die gesamte Familie in Sippenhaft zu nehmen beziehungsweise zu verbannen, zu enteignen und was es sonst noch an gemeinen Strafaktionen gab, um seine Widersacher mit Stumpf und Stiel auszurotten. Mitunter kam es vor, dass sämtliche männlichen Familienmitglieder am Galgen endeten, wenn sie ihre Unschuld nicht beweisen konnten. Wenn es Giovanni nicht gelang, die Herzogin und den Bruder des Getöteten von seiner Unschuld zu überzeugen, wäre er nicht nur gesellschaftlich erledigt.

Doch davon sagte er kein Wort. Wofür ihn Elle aufrichtig bewunderte. Aber sie sah es an seinen zitternden Händen und den bebenden Lippen, wie sehr ihm die Sache zu schaffen machte. So sehr, dass er sogar darauf verzichtete, sich von ihr zu verabschieden.

»Was für ein Unglück!«, jammerte Lucrezia mit Tränen in den Augen.

»Ich kann es immer noch nicht fassen«, versicherte ihr Elle und dachte daran, dass sie offenbar tatsächlich Dämonen sehen konnte und dazu noch die Seelen von Toten, die nach ihrem Ableben als Geister umherwanderten. Doch eine innere Stimme riet ihr, Lucrezia keinesfalls davon zu erzählen. Womöglich bekäme ihre Dienerin es noch mehr mit der Angst zu tun und behauptete öffentlich, ihre Herrin sei vom Teufel besessen.

»Sag nur, du hast den jungen Giovanni Andrea in der Kirche nicht erkannt«, sagte Lucrezia, nachdem die Kutsche sich langsam in Bewegung gesetzt hatte. »Ich hätte ihm niemals zugetraut, dass er unseren Herzog ermordet und sogar noch als Erster auf ihn losgeht. In einer Kirche! Hast du gesehen, wer die anderen waren?«

Elle schüttelte den Kopf. »Es ging alles viel zu schnell.«

»Ich glaube, ich habe Giovanni Andreas Diener Franzone erkannt«, fügte Lucrezia, immer noch unter Schock stehend, hinzu. »Ausgerechnet der immer höfliche, zurückhaltende Franzone hat sich wie ein wildes Tier gebärdet. Und Andrea? Er hat eine so schöne Frau und mehrere Kinder. Wie konnte er ihnen nur so etwas antun?« Lucrezia war vollkommen erschüttert. »Es sah jedenfalls ganz so aus, als ob Giovanni Andrea dich auch erkannt hätte, warum sonst hätte er ausgerechnet in deine Richtung laufen sollen?«, wiederholte sie sich.

Elle, die ihr gegenübersaß, wusste nicht, was sie darauf erwidern sollte. Ihr fragender Blick starrte ins Leere. »Ich habe keine Ahnung, wie ein Mensch zu so etwas fähig sein kann.«

»Vielleicht aus Eifersucht«, sinnierte Lucrezia leise. »Man munkelt, seine Frau habe seit einiger Zeit regelmäßig das Bett mit dem Herzog geteilt. Vielleicht war das der Grund, warum er Sforza mit dem Dolch angegriffen hat. Nichts ist gefährlicher als ein eifersüchtiger Ehemann. Außerdem habe ich mitbekommen, wie er sich einmal bei Don Giovanni über den Bischof von Como und auch über den Herzog beschwert hat. Gab es da nicht vor einer Weile irgendwelche Gebietsstreitigkeiten mit den Lampugnanis, bei denen der Herzog sich geweigert hat zu schlichten?«

»Mag sein«, murmelte Elle und fragte sich, ob sie Sforzas Tod hätte verhindern können, wenn sie die Absicht der Dämonen oder Giovannis Neffen rechtzeitig erkannt und sich an die Streitigkeiten mit dem Herzog erinnert hätte.

Zugleich stellte sie sich die Frage, ob man sie, falls es ihr nicht gelungen wäre, im Nachhinein womöglich für eine Mittäterin gehalten hätte, anstatt ihr einen Orden zu verleihen.

»Wenn du mich fragst«, resümierte Lucrezia, »hat es der Herzog im Grunde nicht anders verdient. Jeder weiß doch, dass er sich unbedarfte Mädchen vom Lande kaufte und sie mit seinen Höflingen teilte. Auch hat er unschuldigen Männern die Hände abhacken lassen, wenn er glaubte, dass sie es ohne seine Erlaubnis mit seinen Mätressen getrieben haben. Er hat vom Beginn seiner Macht an unzählige Sünden auf seine verlorene Seele geladen.«

Im Nachhinein war Elle erschüttert über die Brutalität, mit der das Attentat vonstattengegangen war, aber noch mehr schockierte sie, wie schnell Lucrezia ihre Fassung zurückgewann.

»Und was tun wir jetzt?«, fragte Elle mit einem Blick aus dem Fenster.

»Wir fahren zurück zum Palazzo, und Don Giovanni wird noch eine Weile bei den Sforzas bleiben, um der Familie Trost zu spenden und ihnen zu versichern, wie sehr er das Verbrechen seines Neffen verabscheut.«

»Ich verstehe wirklich nicht«, begann Elle mit nachdenklicher Miene, »warum der Herzog nicht damit gerechnet hat, dass ihn jemand umbringen will. Ich meine, ein Mann wie er hat doch sicher Hunderte Feinde. Er hätte doch wenigstens einen Harnisch tragen können.«

»Wohl kaum«, spöttelte Lucrezia. »Der Herzog von Mailand würde niemals zugeben, dass er sich fürchtet. Außerdem hat er seine Leibwachen.«

»Die kläglich versagt haben«, gab Elle ohne Schadenfreude zurück.

»Man wird sie in die Verbannung schicken, da bin ich mir sicher«, konstatierte Lucrezia trocken.

Die Kutsche hatte unterdessen an Fahrt aufgenommen, während es zu schneien begonnen hatte.

»Hattest du eine Vorahnung, den Tod des Herzogs betreffend?«, fragte Lucrezia so unvermittelt, dass Elle erschrak.

»Nein, wie kommst du darauf?«

Lucrezias Lider verengten sich unwillkürlich. »Mir war so, als wolltest du den Herzog warnen, noch bevor er angegriffen wurde.«

»Ich habe nur einen Hustenanfall unterdrückt.«

»Dann muss ich mich wohl getäuscht haben«, erwiderte Lucrezia mit einem seltsamen Blick.

Als sie zum Palazzo Vincenco zurückkehrten, hatte sich Sforzas gewaltsamer Tod bereits wie ein Lauffeuer herumgesprochen. Elle zog sich mit Lucrezia unverzüglich in ihre Gemächer zurück. Von den Ereignissen völlig erschöpft, ließ Elle sich auf ihr Bett fallen, während Lucrezia nach einer Magd rief, die Feuerholz bringen sollte.

Mit Blick auf ihre Herrin, die einen gedankenverlorenen Seufzer ausstieß, beauftragte sie eine andere Magd, warme Milch und etwas Gebäck zu servieren. Elle hatte das Gefühl, neben sich zu stehen, und lehnte dankend ab, als die Magd sich fürsorglich erkundigte, ob sie weitere Speisen wünsche.

Lucrezia forderte sie ein wenig gnadenlos auf, sich in ein bequemeres Gewand helfen zu lassen, und knöpfte ihr das Kleid auf, als ob sie eine Puppe wäre, die sie nach Belieben aus- und anziehen konnte. Willenlos ließ Elle sie gewähren und schlüpfte mit ihrer Hilfe in ein helles Hauskleid und einen dunkelblauen Überrock.

»Du solltest dich etwas ausruhen, Herrin«, empfahl ihr Lucrezia, die allem Anschein nach nie müde wurde.

»Hast du eine Ahnung, wann Giovanni zurückerwartet wird?«, fragte Elle mit einem unguten Gefühl.

»Wenn ich das wüsste, würde ich mein Geld als Hellseherin auf dem Jahrmarkt verdienen«, bekannte Lucrezia achselzuckend. »Nach einer solchen Tat kann alles Mögliche geschehen. Das ist eine äußerst schwierige Angelegenheit.«

»Nach dem Tod des Herzogs werden wir nun also nicht mehr nach Florenz fahren?«, fragte Elle vorsichtig, weil sie mehr denn je hoffte, diesen Albtraum schnellstmöglich hinter sich lassen zu können.

»Eher das Gegenteil dürfte der Fall sein«, erwiderte Lucrezia mit einem verschwörerischen Blick. »Solange das Verbrechen nicht aufgeklärt ist, sollten wir so schnell wie möglich die Stadt verlassen. Zum einen, um nicht selbst Opfer einer Intrige zu werden, zum anderen, weil die politische Lage nach dem Tod des Herzogs naturgemäß heikel bleibt. Sforzas Sohn ist noch zu klein, um zu regieren, und sein Bruder ist äußerst machthungrig. Ich schätze, dass Don Giovanni uns so schnell wie möglich in den Palazzo Vincenco nach Florenz schicken wird, damit wir in Sicherheit sind.«

Diese Aussage beruhigte Elle ein wenig. Wenn das tatsächlich zutreffen sollte, schien dem in die Jahre gekommenen Don Giovanni offenbar mehr an seinem Harem zu liegen, als sie vermutet hatte.

»Ich will dich ja nicht beunruhigen, aber bei näherer Betrachtung hat dein Gemahl den Kopf ziemlich tief in der Schlinge«, gab Lucrezia zu bedenken. »Bleibt fraglich, ob es ihm gelingen wird, die Familie des Herzogs von seiner Unschuld an der Geschichte zu überzeugen. Oder ob er sich durch seine Beteuerungen nur noch tiefer reinreitet. Eine verwandtschaftliche Beziehung zum Attentäter eines Herzogs ist weiß Gott keine Kleinigkeit.«

»Glaubst du wirklich, die Familie des Herzogs könnte annehmen, Don Giovanni sei an dieser Verschwörung beteiligt gewesen?« Elle hoffte inbrünstig, dass es nicht so war, auch wenn sie ihn als durchtriebenen Gesellen kennengelernt hatte. »Ich halte ja nicht viel von ihm, aber so eine Tat würde ich ihm nicht zutrauen«, bekräftigte sie gegenüber Lucrezia, war sich aber zugleich nicht sicher, woher sie diese Gewissheit nahm.

Zwei Tage lang ließ Don Giovanni nichts von sich hören, was nicht nur unter den Bediensteten für zunehmende Unruhe sorgte. Auch Elle machte sich mehr und mehr Sorgen. Am dritten Tag seiner Abwesenheit traf sie eine Entscheidung. Sie spürte die berechtigte Angst der gut dreißig Angestellten, dass ihrem Herrn etwas zugestoßen sein könnte, beinahe körperlich. Nicht dass die Bediensteten plötzlich Sympathie für Don Giovanni verspürt hätten, sie hatten vielmehr Angst, ihre Anstellung zu verlieren. Als sie, von Lucrezia angekleidet wie eine Fürstin, im Speisesaal zum Frühstück erschien, ließ sie die Bediensteten zusammenrufen, um mit ihnen zu beraten, wie es weitergehen sollte. Manche spekulierten, mit einem schrägen Seitenblick auf Elle, wohl schon darauf, dass sie sich baldmöglichst einen neuen Gemahl suchen würde, der das Haus und das Gesinde übernehmen konnte.

»Kann man irgendwas über Don Giovannis Schicksal herausfinden?«, fragte Elle, die den Spekulationen ihrer Dienerschaft ein Ende setzen wollte.

»Du solltest einen Boten zum Palazzo des Herzogs schicken«, riet ihr Lucrezia. »Wir wissen ja, dass er mit der Familie des Herzogs sprechen wollte. Somit wird man im Palast wissen, was mit ihm geschehen ist. Oder wann er zum letzten Mal dort gesehen wurde.«

»In der Stadt ist unterdessen der Teufel los«, wusste ein Stalldiener zu berichten. »Ein paar Straßenjungen haben gestern die Leiche des getöteten Giovanni Andrea durch die Gassen geschleift und dessen sterbliche Überreste übel zugerichtet. Später hat die Stadtmiliz den zertrümmerten Leib zerstückelt und zur Abschreckung irgendwelcher Nachahmungstäter an die Mauern und Wälle der Stadt genagelt. Auch heißt es, man habe mehrere Wohnsitze der Familie geplündert.«

»Die Wachmannschaften, die Don Giovanni begleitet haben, sind auch noch nicht zurück«, berichtete einer der hauseigenen Söldner.

»Möglicherweise wurde unser Herr zusammen mit ihnen rekrutiert, um an Vergeltungsmaßnahmen teilzunehmen. Nur so könnte er unter Beweis stellen, dass er nicht mitschuldig ist.«

»Vielleicht ist Don Giovanni tatsächlich noch auf der Jagd nach den übrigen Mördern und findet keine Zeit, einen Boten zu entsenden«, mutmaßte Donatella hoffnungsvoll, die ihren Putzfeudel so aufrecht in der Hand hielt, als ob er eine Lanze wäre. Während das Gesinde sich in weiteren wilden Spekulationen erging, nutzte Elle die Abwesenheit ihres Gemahls, um mithilfe von Lucrezia einen alten Diener auszusuchen, der seinem Herrn zumindest so treu ergeben war, dass er den Mut besaß, zum Palast des Herzogs zu gehen, um nach dem Verbleib seines Patrons zu fragen.

»Willst du das wirklich riskieren?«, fragte Lucrezia leise, um die übrigen Diener nicht zu verunsichern. »Immerhin ist es schon vorgekommen, dass die Boten für die Sünden ihres Herrn gleich an Ort und Stelle hingerichtet wurden.«

Der grauhaarige Mann schien dieses Risiko auf sich nehmen zu wollen. Seine stoische Miene offenbarte Elle, dass er nicht ganz uneigennützig darauf hoffte, sein Mut werde belohnt werden, sobald sein Herr wieder auftauchte. In der Zwischenzeit inspizierte Elle den Palazzo Vincenco mit dem Ziel, sich einen Überblick über Don Giovannis Vermögen zu verschaffen, über dessen genauen Umfang er sie bisher im Unklaren gelassen hatte. Vielleicht wurde es notwendig, Lösegeld zu bezahlen, obwohl sie dieses Scheusal von einem Ehemann lieber dort gelassen hätte, wo auch immer er sich gerade befand. Geblendet von unermesslichen Schätzen in Kisten und Truhen und weiteren Vermögenswerten, die als Bankguthaben in ledergebundenen Büchern verzeichnet waren, vergaß sie beinah den Boten.

Als der nach wenigen Stunden vom Schloss des Herzogs zurückkehrte, wusste er nichts Gutes zu berichten.

»Don Giovanni wurde in Ketten gelegt«, rief er aufgeregt, während Elle ihn, gefolgt von Lucrezia, in einen kleinen Versammlungsraum führte, in dem man den Bediensteten üblicherweise die häuslichen Anweisungen erteilte. Lucrezia ließ in Elles Auftrag die übrigen Bediensteten zusammenrufen, damit der alte Mann ihnen allen Bericht erstattete.

»Des Herzogs Bruder Ludovico hat unserem Patron eine Mitwisserschaft am Attentat an Galeazzo Maria Sforza unterstellt, weil er mit dem Haupttäter eng verwandt ist. Außerdem stand er nahe genug beim Herzog, um die Absichten seines Großneffen erkennen und einschreiten zu können. Da er das versäumt hat, wird ihm eine zusätzliche Mitschuld unterstellt.« Während Elle verhältnismäßig ruhig reagierte, stieß Lucrezia einen spitzen Schrei des Entsetzens aus. Mit einem Mal redeten alle durcheinander, und die Panik in den Reihen der Dienerschaft nahm so ungeahnte Ausmaße an, dass Elle für einen Moment die Nerven verlor und »Ruhe!« in den Saal brüllte, woraufhin eine sofortige Stille eintrat.

»Was hat das zu bedeuten?«, fragte sie, obwohl sie sich bereits denken konnte, dass – falls ihr unseliger Ehemann zum Tode verurteilt würde –

dies für keinen von ihnen Vorteile mit sich bringen konnte. Am allerwenigsten für sie selbst.

»Das bedeutet, du und dein Mann werdet alles verlieren, was ihr besitzt«, flüsterte Lucrezia außer sich vor Sorge. »Oder besser gesagt: *Wir* werden alles verlieren«, fügte sie mit einem Blick auf die übrigen Bediensteten beschwörend hinzu. »Und es bedeutet, du musst unverzüglich einen Advokaten zu Rate ziehen, der dir wenigstens die Mitgift rettet.«

Mitgift? Elle überlegte fieberhaft, ob sie überhaupt eine Mitgift besaß. Ihrer Erinnerung nach hatten Tante und Onkel Geld dafür erhalten, dass sie ihre blutjunge Nichte Gabrielle an diesen alten Galan verschachert hatten. Da war also nichts zu holen. Umso mehr kam es nun darauf an, Don Giovanni nicht seinem Schicksal zu überlassen.

»Sollten wir nicht zunächst einmal herausfinden, was genau man Don Giovanni vorwirft?« Elle schaute Lucrezia fragend an. »Am sinnvollsten wäre es, wenn ich mit ihm persönlich sprechen könnte. Ich meine, er muss doch am besten wissen, was wir für ihn tun können.«

»Wir? In den Kerker?« Lucrezia warf ihr einen Blick zu, als habe sie vollkommen den Verstand verloren. »Dort wird gefoltert und gemordet, und das unentwegt! Was ist, wenn sie uns dabehalten?«

Elle konnte sich denken, was sie dort erwarten würde. Jedoch ungeachtet all des Blutes und schmerzhaft in die Länge gezogener Gliedmaßen sowie jeglicher Art von Auspeitschungen, Verbrennungen und was es sonst noch an unangenehmen Zwangsmaßnahmen gab, beschloss sie, dass es keinen Sinn machte, weiterhin im Dunkeln zu tappen, was Don Giovannis zukünftiges Schicksal betraf.

Bevor sie zur Tat schritten, hatte Lucrezia ihre Herrin hastig in ein üppiges schwarzes Trauerkleid aus sorgsam gefaltetem Seidenplissee und schwarzem Samt gesteckt, das ihr bis über die schwarzen Stiefel reichte.

Elle erinnerte sich dunkel, dass sie es im letzten Jahr anlässlich der Beerdigung ihrer Cousine getragen hatte, als sie, von zwei verunsichert dreinblickenden Wachen flankiert und gefolgt von Lucrezia, in die schwerfällige Kutsche stieg.

Sforzas Familie ließ sich entschuldigen, als Elle im Namen des Hauses Vincenco um das Recht bat, ihren inhaftierten Gemahl sprechen zu dürfen. Der erste Sekretär des Herzogs unterschrieb stattdessen leicht unwillig die Papiere für diesen Besuch. Nur weil er offenbar mal wieder von Elles Ähnlichkeit mit ihrer verstorbenen Cousine fasziniert war, überwand er sich, ihr einen Passierschein auszustellen und einen seiner Wachmänner zu beauftragen, sie zu Don Giovannis Zelle zu begleiten. Dessen Chancen, diesen durchaus beabsichtigten Justizirrtum zu überleben, waren so gut wie aussichtslos, dachte sich Elle angesichts all des Elends, das in den weitläufigen Katakomben des Kerkers herrschte. Auch wenn sie mit Don Giovanni gewiss nicht gerne verheiratet war, verspürte sie bei seinem erbarmungswürdigen Anblick tiefes Mitleid. Lucrezia, die draußen bei der Kutsche zurückgeblieben war, hatte ihr in weiser Voraussicht ein Riechtüchlein mitgegeben, das sie sich nun dankbar vor die Nase hielt.

Giovanni ahnte wohl, wie es um ihn stand, als er an die Gitterstäbe seines trostlosen Gefängnisses trat und sie mit verquollenen Augen anstarrte. Seinem abgerissenen Aussehen nach war er nicht nur mit Schlägen und Tritten gefoltert worden. Man hatte ihm allem Anschein nach die Nase gebrochen, und neben den Backenzähnen hatte auch ein vorher noch ganz ansehnlicher Schneidezahn im Oberkiefer dran glauben müssen. Auch hatte man ihn wohl auf eine Streckbank gelegt, denn seine Armgelenke wirkten seltsam verdreht und ausgerenkt, so dass der bis vor kurzem für sein Alter noch ganz agile Mann sich nun wie ein wahrhaftiger Greis bewegte und noch nicht einmal in der Lage war, die Gitterstäbe zu umfassen.

»Gabrielle«, nuschelte er kaum verständlich. »Du hättest nicht herkommen sollen. Das ist kein Ort für meine junge Frau, und ich hätte nicht gewollt, dass du mich so siehst.«

Wie unglaublich, dachte sie. Selbst wenn er in Wahrheit ein verhurter alter Mistkerl war, erinnerte er sich ausgerechnet in höchster Not an die Qualitäten eines Gentlemans, was ihn zwar nicht unbedingt sympathischer, aber noch bemitleidenswerter machte. Wobei ihm klar sein musste, dass sie die Einzige war, die noch etwas für ihn tun konnte. Außer ein paar älteren, angeheirateten Cousins, die selbst in der Bredouille steckten (darunter Andrea Giovannis Vater), besaß er keinerlei Verwandte, denen er vertrauen konnte, und auch seine Geschäftspartner waren allem Anschein nach nicht daran interessiert, auf diese Weise ins Visier der Herzogsfamilie zu geraten.

»Ich bin gekommen, um Euch irgendwie aus der Patsche zu helfen«, erklärte ihm Elle so neutral wie möglich. »Was kann ich tun, um Euch hier herauszuholen?«

»Du warst ja immer schon ein bisschen naiv«, krächzte er leise. »Aber für so einfältig habe ich dich nun doch nicht gehalten. Was willst du denn tun?«

»Ich frage Euch noch mal«, wiederholte Elle stur. »Kann ich irgendwie helfen?«

»Du liebst mich anscheinend doch ein bisschen«, nuschelte er und versuchte sich an einem schwachen Lächeln.

»Es geht nicht nur um Euch«, widersprach ihm Elle. »Es geht unter anderem auch um unsere Bediensteten, deren Existenzen von Eurem Wohlergehen abhängig sind.«

»Ach, daher weht der Wind«, entgegnete er sichtlich enttäuscht. »Ihr habt alle Angst um euren eigenen Hintern, falls sie mich meucheln. Aber lasst euch das gesagt sein, mich hier herauszuholen wird kein leichtes Unterfangen sein. Die Familie des Herzogs sucht Sündenböcke«, fügte er dumpf hinzu. »Nichts weiter. Neben den bereits gefassten und auf grausamste Weise hingerichteten Attentätern sucht man weitere Täter, um sie zu verurteilen und damit auf der Stelle zu enteignen. Dummerweise verfüge ich über ein wahrhaft stattliches Vermögen, das mir in dieser Situation im wahrsten Sinne des Wortes das Genick brechen kann, weil Ludovico wohl beabsichtigt, mich zu hängen. Vielleicht erweist man mir sogar die Ehre, mich zu köpfen – aber beides läuft auf das Gleiche hinaus. Ich werde tot sein, und du und unsere Dienerschaft seid erledigt.«

»Nichts ist unmöglich. Mit Gottes Hilfe finden wir einen Weg. Habt Ihr bereits mit einem Advokaten sprechen können?« Elle bemühte sich um ein ermutigendes Lächeln. Optimismus war noch immer die beste Waffe in aussichtslosen Situationen.

»Was redest du da?«, fuhr er sie an. »Mich kann niemand mehr retten – der Einzige, der es könnte, sitzt in Florenz und weiß nichts von meinem Unglück.«

»Und der wäre?« Elle konnte sich denken, wen er meinte. Die zurzeit mächtigste Familie in der Toskana, die Medici. Sie herrschten mit ihrer kaufmännischen Macht über den Stadtstaat Florenz und über das dazugehörige Parlament, die Signoria. Mit den dort geknüpften Allianzen und der entsprechenden Macht wäre es vielleicht möglich, Don Giovanni beim Bruder des Herzogs freizukaufen.

»Es wird mich eine schöne Summe kosten«, flüsterte Don Giovanni resigniert. »Aber du hast recht. Lieber verliere ich die Hälfte meines Vermögens an Lorenzo und seine Advokaten und behalte mein Leben, als dass sich der Bruder des Herzogs und seine Familie mein gesamtes Hab und Gut unter den Nagel reißen und mich wie einen räudigen Hund am Galgen baumeln lassen.«

»Was kann ich also tun?«, wiederholte sich Elle, die bereits eine Ahnung hatte, wie ihre Mission aussehen könnte.

»Also gut«, fuhr er zerknirscht fort. »Zunächst wirst du einen Advokaten aufsuchen müssen.« Er sprach leise, bemüht, die Wachen nicht mithören zu lassen. »Don Mattheo, er ist der Beste, den Mailand in einer solchen Angelegenheit zu bieten hat. Er ist ein erklärter Gegner adliger Willkür, besitzt aber das nötige Einfühlungsvermögen und kennt die Gesetze wie kein anderer, um mir mit List und diplomatischem Geschick vielleicht einen Aufschub bis zur Vollstreckung des Urteils zu verschaffen. Außerdem wird er dich mit den notwendigen Papieren und Passierscheinen versorgen, die du auf deiner anschließenden Reise nach Florenz zur Durchquerung der verschiedenen Herzogtümer benötigst.« Seine Stimme wurde eine Spur lauter. »Wenn du weiter im Luxus leben willst«, zischte Giovanni mit einem verschwörerischen Unterton in der Stimme, »solltest du zusammen mit deiner Dienerin schleunigst Schutz im Hause von Lorenzo il Magnifico suchen – und ihn notfalls unter Einsatz deiner körperlichen Reize dazu bringen, sich für mich und mein Vermögen einzusetzen. Immerhin war sein Bruder der Geliebte deiner verstorbenen Cousine, und Lorenzo ist kein Kostverächter, wie ich sicher weiß. Sag ihm, dass ich eine Kaution im Wert von zweitausend Fiorini benötige. Und dass ich es ihm zehnfach zurückzahlen werde, wenn er sich für mich bei der Familie des Herzogs einsetzt.«

Elle nickte leicht beunruhigt über diese unerwartete Entwicklung, weil sie nicht wusste, wie sie reagieren würde, wenn Lorenzo de' Medici sie wie eine Hure in sein Bett einlud, um Don Giovannis Leben zu retten.

Giovanni spürte anscheinend ihr Zögern. »Wenn es dir nicht gelingt«, orakelte er düster, »il Magnifico notfalls mit deinem Arsch und deinen Titten davon zu überzeugen, dass er mich hier herausholen muss, bist du ebenfalls erledigt.« Eindringlich starrte er ihr in die Augen. »Sie werden dich jagen und einsperren. Und dann landest du günstigstenfalls in einem Hurenhaus und wenn es schlecht läuft am Galgen. Hast du mich verstanden?«

KAPITEL 8

Falsche Freunde

Januar 1477 – Florenz

»Sie werden ihn töten«, schluchzte Lucrezia, als sie den Kerker verlassen hatten. Einen Moment lang fragte sich Elle, warum diese Frau so um Don Giovanni trauerte.

»Jetzt beruhige dich doch.« Elle legte ihr einen Arm um die Schulter, als sie hinaus auf den Vorplatz des Castellos traten. »Noch ist nicht aller Tage Abend.« Genauer betrachtet, war es noch nicht einmal Mittag, und doch sah es für Don Giovanni ziemlich finster aus. Dabei hätte Elle zu gerne gewusst, ob Lorenzo de' Medici wahrhaftig eine gute Adresse war, wenn es darum ging, ihrem Gemahl den Kopf aus der Schlinge zu ziehen. Bei einem flüchtigen Blick in den wolkenverhangenen Himmel streifte ihr Augenmerk die oberen Etagen des Palastes. Mehr zufällig sah sie, wie eine der ehemaligen Mätressen des ermordeten Herzogs am offenen Fenster stand und sich wie ertappt hinter eine schwere grüne Samtgardine zurückzog.

»Ich verstehe nicht, Donna Gabrielle«, stieß Lucrezia mit weinerlicher Stimme hervor, »dass du so ruhig bleiben kannst! Wenn kein Wunder geschieht, sind wir alle verloren.«

Elle sah Lucrezia herausfordernd an. »Glaubst du etwa auch, Lorenzo de' Medici ist scharf auf mich, wenn ich ihm meinen Körper anbiete?«

»Wie bitte?« Lucrezia sah sie entgeistert an. »Tu mir einen Gefallen,

Donna Gabrielle, verlier jetzt bitte nicht den Verstand! Ich habe gesagt, dass Giuliano de' Medici vielleicht eine neue Mätresse sucht. Von Lorenzo war nie die Rede. Und überhaupt, wie sollte uns das helfen?«

»Don Giovanni ist durchaus der Meinung, dass es helfen könnte. Indem ich bei Lorenzo de' Medici meine Reize ausspiele und ihn davon überzeuge, dass er beim Bruder des Herzogs ein gutes Wort für ihn einlegt. Selbstverständlich soll Lorenzo ihm darüber hinaus das nötige Geld vorstrecken, um ihn aus der Kerkerhaft zu befreien.« Elle warf ihrer Dienerin einen lakonischen Blick zu. »Nun schau mich nicht so entsetzt an. Mein eigener Gemahl hat vorgeschlagen, ich solle mich dem mächtigsten Mann von Florenz getrost hingeben, falls er für seine Dienste etwas in der Art verlangt.«

»Heilige Mutter Gottes«, stieß Lucrezia ungläubig hervor. »Gibt es denn keine andere Möglichkeit, Don Giovanni vor einem solch grausamen Schicksal zu bewahren?«

»Vielleicht«, murmelte Elle in sich hinein. »Er sagte auch, ich solle zuvor einen allseits anerkannten Advokaten aufsuchen.«

Lucrezia schluchzte immer noch, als sie in die Kutsche stiegen.

Elle gab dem Kutscher den Befehl, sie zu der genannten Adresse des Advokaten zu bringen. Der Mann schien den Weg zu kennen. Jedenfalls nickte er nur und stellte keine weiteren Fragen. Der Advokat residierte laut Don Giovanni in der Nähe des Mailänder Hauptmarktes.

Don Mattheo, ein weißhaariger, älterer Mann, stellte sich ihnen mit einer höflichen Verbeugung vor, nachdem sie zusammen mit Lucrezia an der Tür von seinem Diener empfangen worden war, der sie in den ersten Stock des Palazzos gebracht hatte. Don Mattheo war die ganze, schmutzige Angelegenheit bereits bekannt, und er stellte nicht besonders viele Fragen. Entsprechend rasch erfasste er den Ernst der Lage, kaum dass Elle ihm ihre Probleme geschildert hatte.

»Es gab bereits mehrere Verhaftungswellen innerhalb der vermeintlichen Anhängerschaft der Verschwörer und die üblichen Plünderungen in deren Häusern durch das Militär, die solchen Aktionen gewöhnlich folgen«, erklärte er emotionslos. »Ihr könnt von Glück sagen, Donna Gabrielle, wenn Euer Palazzo noch nicht betroffen ist. Falls möglich, solltet Ihr die Wachen um Euer Anwesen verstärken, damit zumindest die Spreu vom Weizen getrennt wird, wenn sich jemand unerlaubt Einlass verschaffen will. Gegen die Truppen des Herzogs mit den entsprechenden Befehlen können Eure Männer natürlich nichts ausrichten, aber wenigstens bleibt so das Gesindel draußen. Wobei Ihr Glück habt, wenn Eure Söldner nicht mir nichts, dir nichts zu einem anderen Herrn überlaufen.«

Elle stieß einen tiefen Seufzer aus. »Daran habe ich noch gar nicht gedacht.«

»Euer Gemahl hat in jedem Fall die richtige Entscheidung getroffen«, befand Don Mattheo nüchtern, »indem er Euch umgehend zurück nach Florenz schickt. Ich werde Euch dafür mit den notwendigen Papieren ausstatten, für den Fall, dass man Euer Hab und Gut inzwischen bereits konfisziert hat.«

Don Mattheo gab seinem Schreiber zu verstehen, dass er verschiedene Reisedokumente für die Frauen aufsetzen sollte, die er, stets blanko unterschrieben, gegen gutes Geld bei der Kanzlei des Herzogs einkaufte. Dass Sforza nun tot war, änderte nichts an der Tatsache, dass er die Papiere noch zu Lebzeiten durch ein Siegel legitimiert hatte. Das Datum ließ sich mühelos rückwirkend eintragen.

»Denkt Ihr, Ihr könnt einen Aufschub für die Hinrichtung Don Giovannis erreichen, bis ich bei Lorenzo de' Medici vorgesprochen und ihn um Vermittlung gebeten habe?«, fragte Elle, weniger besorgt um sich selbst als vielmehr um ihren bedauernswerten Ehemann, dessen Tod sie nicht wegen Untätigkeit auf ihr Gewissen laden wollte.

»Ich werde es versuchen«, bekräftigte der Advokat. »Doch er ist nicht der Einzige, der zum Tode verurteilt wurde. Vielleicht wollen die Anhänger Ludovicos mit der Hinrichtung der vermeintlichen Unterstützer der Attentäter ein Exempel statuieren, auch um selbst gut dazustehen und sich von jeglichem Zweifel an ihrer Unschuld reinzuwaschen. Denn wer weiß schon, ob nicht ein Mittelsmann Ludovicos bei der Ermordung des Herzogs seine Finger im Spiel hatte? Das Kain-und-Abel-Problem schien mir bei ihm und seinem unseligen Bruder besonders ausgeprägt gewesen zu sein. Wenn Ihr mich fragt, handelt es sich um eine politisch knifflige Angelegenheit. Euer Gemahl tut wohl daran, sich Hilfe bei den Medici zu holen. Ich bin sicher, dass Lorenzo de' Medici ihm die gewünschte Summe zur Verfügung stellen kann, und bis dahin beantragen wir einen Vollstreckungsaufschub. Was mich betrifft, so werde ich alles in meiner Macht Stehende tun, um den Bruder des getöteten Herzogs und damit den Scharfrichter davon abzuhalten, Don Giovanni zu hängen. Wobei ich noch Hoffnung habe. Ludovico kann sich normalerweise nicht die Blöße geben, ihn ungefragt töten zu lassen, wenn er vorher einer Kaution zugestimmt hat.«

Elle nickte beflissen, wobei sie in Don Mattheos strengem Blick zu lesen glaubte, dass man die Chancen für Don Giovannis endgültige Rettung nicht allzu hoch einschätzen durfte, selbst wenn sie die geforderte Summe würde herbeischaffen können.

»Habt Ihr genug Geld, um die Reise nach Florenz anzutreten?«, fragte der Advokat Elle mit besorgter Miene.

Einen Moment lang war sie zu verwirrt, um zu antworten. Über Geld hatte sie sich weder Gedanken gemacht, noch hatte Don Giovanni davon gesprochen, wenn man von den zweitausend Fiorini Kaution, die er benötigte, einmal absah.

Zum Glück nickte Lucrezia, wenn auch etwas verstört. »Im Haustresor müssten noch fünfhundert Fiorini liegen«, sagte sie mit belegter Stimme. »Ich weiß das, weil ich dabei war, als der Verwalter zuletzt die Kassette geöffnet hat, um dem Koch das Haushaltsgeld auszuzahlen. Wenn wir dem Personal zweihundert Fiorini belassen, damit sie die Löhne zahlen und sich während unserer Abwesenheit etwas zu essen kaufen können, müsste es reichen, um mit ein paar Wachen unbehelligt nach Florenz zu gelangen. Bleibt zu hoffen, dass Ludovico nicht die Signoria gegen Don Giovanni aufbringt und seine dortigen Güter auch beschlagnahmen lässt.«

Elle begann zu ahnen, dass die Schwierigkeiten eben erst begonnen hatten. Trotz allem versuchte sie, die Dinge auf sich zukommen zu lassen.

Zurück im Palazzo nahm die Katastrophe ihren weiteren Lauf. Inzwischen waren die Söldner des Herzogs tatsächlich angerückt und hatten das ganze Haus auf den Kopf gestellt. »Ihr könnt von Glück sagen, dass Ihr nicht daheim wart, Herrin«, kam ihr Donatella mit rotgeweinten Augen entgegengelaufen. »Sie haben alles mitgehen lassen, was nicht niet- und nagelfest war. Fassungslos sah Elle sich um, während sie mit Lucrezia die unteren Räumlichkeiten des Palazzo Vincenco inspizierte. Überall lagen zerschlagenes Geschirr und umgestürzte Möbel herum.

Es fehlten eine ganze Reihe Bilder an den Wänden. Vorhänge waren heruntergerissen worden, und nach Aussage des Kochs hatten die Männer beinahe den gesamten Bestand der Speisekammer mitgehen lassen.

»Wovon sollen wir leben?« Der kleine dickliche Mann sah sie verzweifelt an. Elle blickte sich nach Lucrezia um, die auf wackligen Beinen über die Trümmer hinwegstieg.

»Was ist mit dem Geld?« Elle hoffte inbrünstig, dass der Herr des Hauses so schlau gewesen war, besagte Geldkassette irgendwo zu verstecken.

Lucrezia schien nicht lange nachdenken zu müssen.

»Es befindet sich in einem Geheimfach in der Bibliothek«, beteuerte sie mit treuherzigem Blick.

»Was du alles weißt!« Elle war erstaunt darüber, dass Lucrezia über die Gepflogenheiten Don Giovannis offenbar mehr wusste als sie selbst.

Filippo, Giovannis erster Sekretär, ein magerer, älterer Herr mit silbernem Bart, führte sie grinsend zu einer Ebenholzverschalung an der Wand und öffnete mit einem versteckten Hebel das besagte Geheimfach. Ohne Worte entnahm er mehrere weiße Säckchen, randvoll mit Goldstücken. »Wollt Ihr alles mitnehmen?« Elle ahnte, dass er insgeheim hoffte, sie würde nein sagen. Die Personallöhne für diesen Monat waren noch nicht ausgezahlt, und da nicht zu erwarten war, dass Don Giovanni bald zurückkehrte, und selbst wenn er nun ein nahezu mittelloser Mann war, hing für die meisten in diesem Hause ihr weiteres Schicksal von ihrer Antwort ab.

»Natürlich nicht«, sagte Elle und nahm nur eines der Säckchen an sich. »Nehmt den Rest, um unsere Leute zu versorgen. Der Advokat meinte, das Gebäude könne beschlagnahmt werden. Also sagt den Dienern und Sklaven, sie sollen sich davonmachen und alles mitnehmen, was sie gebrauchen können. Sollte Don Giovanni tatsächlich bald wieder freikommen, spielt der verlorene Haushalt sicher die unwichtigste Rolle.«

»Ihr seid eine Heilige, Donna Gabrielle«, entfuhr es dem Mann, und er verbeugte sich so tief, dass Elle mühelos auf seine beginnende Glatze blicken konnte. Als er sich wieder erhob, schaute er sie fragend an.

»Und wo wollt Ihr nun hin?«

»Nach Florenz«, gab Elle wie selbstverständlich zur Antwort. »Don Giovanni möchte, dass Lucrezia und ich die Familie Medici um Hilfe bitten.«

Filippo schien nicht sonderlich überzeugt von dieser Rettungsmaßnahme, wie sie seinem zweifelnden Blick entnehmen konnte. Doch er zog es vor zu schweigen. Stattdessen übergab er ihr ein weiteres Säckchen mit Gold. »Ihr solltet Euch ein paar der verbliebenen Wachen als Schutztruppe für Eure Reise einkaufen. Ohne gesicherten Sold werden sie Euch garantiert davonlaufen. Und vor allem solltet Ihr keine Kutsche nehmen. Zu Pferd gelangt Ihr erheblich schneller nach Süden, zumal zu dieser Jahreszeit.«

Nun war es an Elle, ihn zweifelnd anzuschauen.

»Ich weiß, es ist kalt, und so ein Ritt ist für eine Frau eigentlich zu anstrengend. Aber wenn Ihr die Stadt mit einer Kutsche verlasst, werden Euch die Schergen Ludovicos mühelos einholen können und Euch auch noch das letzte bisschen Besitz abnehmen. Deshalb seid schlau. Die Pferde haben sie noch nicht konfisziert, aber auch das kann nicht mehr allzu lange dauern. Wenn Ihr Don Giovanni vor dem Galgen retten wollt, dann müsst Ihr schnellstens handeln.«

Während Lucrezia ihr ein Reisekleid herauslegte, dachte Elle darüber nach, wann sie das letzte Mal geritten war. Glücklicherweise war es noch nicht allzu lange her, weil Giovanni Wert darauf gelegt hatte, dass sie regelmäßig Unterricht nahm. Schließlich gehörte die Reitkunst für eine reiche Patrizierin zum guten Ton, wie Musizieren und Gedichteschreiben.

Dass sie sich trotzdem in Acht nehmen musste, ahnte Elle, als sie die beiden schwarzen Andalusierhengste sah, die nervös tänzelnd zusammen mit den beiden Wachmännern im Stall auf sie warteten. Normalerweise wurden die prächtigen Tiere von Giovannis Söldnern geritten und machten wie ihre wortkargen Besitzer nicht unbedingt einen freundlichen Eindruck.

Von Giovannis Männern waren ihr, wie von Filippo prophezeit, nur Rudolfo und Antonio geblieben. Beide schon älter, so um die fünfzig vielleicht, und nicht mehr besonders erpicht darauf, in jeden sich bietenden Kampf zu ziehen. Der Rest ihrer Kameraden hatte sich nach Auszahlung des Solds aus dem Staub gemacht. Ohne Murren hatten sie sich bereiterklärt, Elle und Lucrezia nach Florenz zu begleiten, aber, wie erwartet, nur gegen bare Münze.

In schwarze Reithosen und dicke, wattierte Jacken gekleidet, empfingen sie Lucrezia und Elle selbstbewusst in den Stallungen. Mit einem eisernen Harnisch geschützt, waren sie mit Schwert und Schild, Langbogen und Armbrust bis an die Zähne bewaffnet und wirkten dabei noch martialischer in ihrer Erscheinung, als ihre Größe und ihre breiten Schultern es ohnehin schon versprachen. Unter ihren tief ins Gesicht gezogenen Hüten funkelten ein paar helle Augen aus wettergegerbten Gesichtern, die uneingeschränkte Wachsamkeit suggerierten. Elle beobachtete aufmerksam, ob sich hinter ihrem gleichgültigen Wesen nicht vielleicht ein Dämon verbarg, den sie auf den ersten Blick und im Halbdunkel der Pferdeboxen nicht bemerkt hatte. Inzwischen war sie auf alles gefasst und fest gewillt, ihre unvermittelte Gabe in Zukunft für sich zu nutzen. Doch die beiden schienen keine bösartigen Hintergedanken zu haben. Souverän bereiteten sie sich selbst und ihre beiden Hengste für den Abmarsch vor.

»Wir würden gerne einen Posten bei Don Giovannis Hauswachen in Florenz übernehmen«, bestätigte ihr Rudolfo, »bis der Patron wieder in die Freiheit entlassen wird.«

Sein zweifelnder Blick bewies Elle, dass auch Rudolfo offenbar nicht wirklich an Don Giovannis Rettung glaubte.

»Ich bin mir sicher, er wird Euch Eure Treue vergelten«, versprach Elle, obwohl sie nicht wusste, ob ihr Gemahl es je schaffen würde, aus diesem Dreckloch lebend herauszukommen.

»Darf ich Euch in den Sattel helfen, Madonna?« Auffordernd hielt Rudolfo ihr seine Hände entgegen, die in dicken Rindslederhandschuhen steckten.

Elle nickte dankbar und zog sich ihren pelzbesetzten Kapuzenumhang enger um die Schultern. Dann überließ sie ihren Fuß dem alternden Söldner und ließ sich mit Schwung in den Sattel des Andalusiers heben.

Schnaubend tänzelten die beiden eleganten Hengste hin und her. Der andere Söldner hatte Lucrezia in den Sattel geholfen.

In Anbetracht dessen, dass es sich nicht um einen Spazierritt handelte, übergab der Koch jedem Mitreisenden einen Rucksack mit Brot,

Käse und Wein, den er in mit Holzkorken verschließbare Lederbälge gefüllt hatte. Dazu kamen Bündel mit Kleidern und Decken, falls sie keine geeignete Herberge für die Nacht finden würden. Als sie sich durch das große Hoftor aufmachten, hatten die Glocken der Basilika bereits zur neunten Stunde geläutet, was nichts anderes bedeutete, als dass es noch verhältnismäßig früh am Nachmittag war. Es hatte aufgehört zu schneien, und hier und da brach die Sonne durch den wolkenverhangenen Himmel. Dennoch war es immer noch lausig kalt und niemand wusste genau, welche Wege frei waren und ob sie, von wem auch immer, verfolgt würden. Zunächst ging es, nachdem sie mit leichter Anspannung bei den Stadtwachen ihre Papiere gezeigt hatten, ohne viel Aufsehen zum südlichen Stadttor hinaus. Danach zogen die beiden Söldner das Tempo merklich an und führten sie in halsbrecherischem Galopp Richtung Modena. Die ganze Zeit über schlug ihnen der Wind mit eisiger Schärfe ins Gesicht.

Bei Einbruch der Dunkelheit führte Rudolfo seine kleine Truppe zu einer Poststation, die seiner Einschätzung nach drei Reitstunden südlich von Mailand lag.

»Hoffentlich ist es hier sauber«, stöhnte Lucrezia, als sie das Gasthaus betraten und die Wirtin ihnen nur eine einzige Kammer mit einem schmalen Bett zur Verfügung stellen konnte. Während Elle noch überlegte, ob sie losen sollten, wer darin übernachten durfte, erklärten die beiden Söldner, ohnehin im Stall bei den Tieren schlafen zu wollen. Nach einem deftigen ligurischen Fischeintopf, in dem so ziemlich alles herumschwamm, was seinen Häschern nicht schnell genug hatte entkommen können, bereitete Lucrezia ihrer Herrin standesgemäß das Bett. Auch wenn Elle sich damit tröstete, dass das etwaige Ungeziefer es nicht auf sie persönlich abgesehen hatte, sondern schlichtweg vom Hunger getrieben wurde, überließ sie Lucrezia freiwillig die Federkissen. »Ich kann auch auf dem Boden schlafen«, meinte sie großzügig. Spätestens als Lucrezia von Flohbissen gequält wurde, sprang sie ebenfalls aus dem Bett und leistete ihr leise fluchend Gesellschaft.

»Falls du meinst, hier unten wären wir sicher, muss ich dich leider enttäuschen. In einer solch heruntergekommenen Herberge kann man sich gewiss keinen Mäusefänger leisten.«

»Ich kann sowieso nicht schlafen.« Elle schnaubte verdrossen und zog sich einen weiteren Mantel über, weil es auf den Strohmatten lausig kalt war. Lucrezia kuschelte sich bereitwillig an sie und war wenig später eingeschlafen, wie sie an ihrem leisen Schnarchen zu hören glaubte.

Elle lag noch eine Weile wach und verfiel dann in einen unruhigen Schlaf. Sie träumte von Don Giovanni, der röchelnd am Galgen hing, und von ein paar finster dreinblickenden, seltsam gekleideten Männern, die sie zu einem brennenden Scheiterhaufen zerrten. Während sie mit nackten Füßen den züngelnden Flammen entgegensah, lief ein blond gelocktes, kleines Mädchen quer über den Hinrichtungsplatz und streckte ihr heulend die Arme entgegen. »Mami! Mami«, brüllte die Kleine. »Luisa!«, schrie Elle voller Panik zurück und brach gleichzeitig so heftig in Tränen aus, dass das Feuer davon verlosch.

Mit einem schmerzhaften Kloß im Hals fuhr sie hoch und blickte sich hektisch um. Doch da war niemand. Nur Dunkelheit und Lucrezias regelmäßige Atemzüge.

Die ganze restliche Nacht tat sie kein Auge mehr zu. Das kleine Mädchen ging ihr nicht aus dem Kopf. Doch sie wagte es nicht, Lucrezia davon zu erzählen, um herauszufinden, wie die Kleine in ihren Traum geraten sein konnte. Ihre Dienerin hielt sie ohnehin schon für verrückt.

Ungewaschen und von Ungeziefer geplagt, erreichten sie vier Tage später Florenz, was gewissermaßen einem Meisterstück entsprach. Die beiden Wachmänner, die sie entgegen allen Widrigkeiten bis hierher treu und ergeben begleitet hatten, beschäftigten derweil andere Sorgen.

»Hoffentlich machen die Stadtwachen keine Schwierigkeiten«, murmelte Rudolfo mehr zu sich selbst, als sie, von Norden kommend, auf einer Anhöhe die Senke überblickten.

»Was ist mit dir, Donna Gabrielle?« Lucrezia, die offenbar froh war, endlich nach Hause zu kommen und ein Bad nehmen zu können, warf ihr einen verwirrten Blick zu. Offenbar war ihr Elles abwesender, leicht irrsinniger Ausdruck in den Augen aufgefallen. Elle wusste ja selbst nicht, wie ihr geschah. Vielleicht lag es ja an den schrecklichen Umständen, dass sie plötzlich glaubte, nie prachtvollere Farben gesehen, nie scheußlichere Gerüche gerochen und noch nie so viele tote Menschen und Tiere gesehen zu haben, die achtlos am Straßenrand vor sich hin moderten und um deren sterbliche Überreste sich allenfalls die Raben und Raubvögel kümmerten.

Im klaren Winterlicht begaffte sie sprachlos die eindrucksvolle Silhouette von Florenz und die alles überragende Kathedrale Santa Maria del Fiore nebst Turm und der riesigen Kuppel, die neu und frisch wie die Hälfte eines zu groß geratenen Ostereis über der Basilika thronte. Dahinter erhob sich, kaum weniger imposant, der Palazzo Vecchio mit dem über neunzig Meter hohen »Arnolfo-Turm«, dessen kompletter Besteigung sich Elle aufgrund ihrer Höhenangst bisher hartnäckig verweigert hatte.

»Geht's dir nicht gut?«, fragte Lucrezia in der üblichen Besorgnis um ihr Wohlergehen.

»Vielleicht bin ich einfach nur froh, zu Hause zu sein«, antwortete Elle mit einem verträumten Blick auf das wunderbare Florenz, über dessen Hügeln jenseits des Arno die Sonne unterging. Nahezu 50 000 Menschen lebten hier, und die Kloake, die sie bisweilen in den Straßengräben hinterließen, war eher ein Grund zum Weglaufen als zum Frohlocken. Und doch war es für Elle die aufregendste Stadt der Welt. Hier lebten die Schönen und Reichen, und nirgendwo sonst entstanden prachtvollere Kunstwerke und imposantere Bauten. Und über allem herrschte Lorenzo de' Medici als inoffizieller Machthaber dieses einflussreichen Stadtstaates. Offiziell stellte die Signoria, die gleichnamige Regierung mit ihrem Rat der Einhundert, die Oberhäupter von Florenz. Aber auch diese Männer entstammten ausschließlich den reichsten Familien der Stadt, und ihre Wahl hatte so gut wie nichts mit der allenthalben vielgelobten Demokratie zu tun. Die überwiegende Anzahl der Wahlmänner war auf das Wohlwollen der Medici und ihrer Banken und Handelsverbindungen angewiesen. Selbst die Pazzi, bei denen Damian de' Castello allem Anschein nach nun seinen Dienst verrichtete, lebten in einer gewissen Abhängigkeit von den Medici, auch wenn sie ähnlich vermögend waren. Aus dem wenigen, was Elle manchmal an Gesprächsfetzen bei Don Giovannis Geschäftstreffen erfahren hatte, wusste sie, dass der regelmäßige Wechsel in der Regierung nur eine Farce sein konnte. Die zu besetzenden Posten machten jene, die in dieser Stadt etwas zu sagen hatten, in der Regel unter sich aus. Wie im Rausch folgte sie Lucrezia und den beiden Söldnern, wobei sich ihr Tempo inzwischen merklich verlangsamt hatte, weil sie nicht wussten, was sie bei Ankunft in der Stadt erwartete. Beinahe zögernd tauchten sie an der nördlichen Porta a Faenza in die abendlichen Schatten von Florenz ein. Zur Freude aller hatten die Wachen am Stadttor nicht viel Aufsehen gemacht, als Rudolfo ihnen ihre Papiere vorgezeigt hatte. »Die Nachricht vom Tod des Herzogs ist garantiert schon bis in die Stadt vorgedrungen«, knurrte er düster, als sie in die sandigen, festgetretenen Straßen einbogen, »aber offensichtlich hat man noch keine Konsequenzen daraus gezogen.«

Am nächsten Tag würden die Feierlichkeiten anlässlich des Dreikönigstags beginnen. Schon jetzt schienen die Vorbereitungen zur Huldigung der drei Heiligen und dem damit verbundenen Tauffest des Herrn Jesu in vollem Gange. Überall waren die Leute damit beschäftigt, die unzähligen kleinen Läden mit bunten Wimpeln zu schmücken. Mit Abscheu starrte Elle auf ein paar humpelnde, in Lumpen gekleidete Bettler, die sie sogleich in eine weit weniger schöne Wirklichkeit zurückholten. »Gebt uns ein paar Almosen, Donna, habt Erbarmen mit den Ausgestoßenen dieser Stadt!« Fordernd streckten sie ihr die Hände entgegen. Elle hätte ihnen gerne etwas gegeben, aber dann fiel ihr ein, dass Rudolfo das Geld für sie verwahrte. Als sie sich zu ihm umdrehte, sah sie, dass Antonio mit erhobenem Schwert herangeprescht kam. »Seht, dass ihr abhaut, sonst mache ich euch Beine! Gesindel!«, schimpfte er boshaft. Die drei zuckten zurück und machten sich erstaunlich schnell davon, keine Spur mehr von Humpeln. Elle erinnerte sich dumpf, dass Giovanni sie vor solchen Gestalten immer gewarnt hatte. Längst nicht alle, die bedürftig erscheinen, sind es auch«, waren stets seine Worte.

Der Gestank im Innern der Stadt hielt sich, wie an hohen Feiertagen üblich, in Grenzen. Offenbar waren Ladenbesitzer und Betreiber diverser Gaststätten daran interessiert, zumindest den Platz vor ihren Geschäften sauber zu halten, um vor allem die auswärtige Kundschaft anzulocken, und da sich in dieser Gegend eine Taverne an die andere reihte, war das Ergebnis entsprechend.

Nicht nur Lorenzo de' Medici hatte die Honoratioren der Stadt und seine Handelspartner am Dreikönigstag traditionell zu einem Bankett eingeladen. Auch in den Gaststuben herrschte Hochbetrieb, weil viele Handelsreisende den Feiertag nutzten, um in Florenz ihre Geschäfte zu machen.

In den letzten Tagen hatte Lucrezia des Abends in den Herbergen, in denen sie mehr schlecht als recht die Nächte verbracht hatten, unentwegt von den Banketten der reichen Kaufleute geschwärmt, die meist zu kirchlichen Festtagen veranstaltet wurden. Elle hatte derweil versucht, sich genauer an Don Giovannis Verhältnis zu seinem mächtigen Fürsprecher zu erinnern, und musste dabei feststellen, dass ihre Kenntnisse über die zurzeit mächtigste Herrscherfamilie der Toskana sich eher auf Klatschgeschichten bezogen als auf handfeste politische Fakten.

So wusste sie, dass Lorenzo de' Medici erst letztes Jahr wieder Vater geworden war und die Beziehung zu seiner Frau Clarice Orsini eher von nachhaltiger Fruchtbarkeit geprägt war als von inniger Liebe. Dass sein jüngerer Bruder Giuliano nicht eben ein Kind von Traurigkeit war, war ohnehin so ziemlich jedem bekannt, der in der Stadt lebte. Demnach war es ein offenes Geheimnis, dass Giuliano seine Trauer um Simonettas Tod inzwischen überwunden hatte und von unzähligen neuen Mätressen umschwärmt wurde. Florenz war kein Ort dauerhaften Trübsinns. Trotz der winterlichen Kälte waren die Straßen und Gassen mit Händlern und Gauklern überfüllt, die mit ihrer bunten Kleidung und kleinen Kunststücken eine jahrmarktähnliche Stimmung verbreiteten. Zugleich war Elle erschrocken über die Vielzahl der schattenhaften Dämonen, die Florenz und damit ihre Bewohner zu beherrschen schienen. Zähnefletschend huschten sie unbemerkt von den übrigen Reitern an ihr vorbei und hefteten sich an die Fersen von ein paar finster aussehenden Gestalten, die in einer lärmenden Spelunke verschwanden.

Im Vorbeireiten an einer dunklen Gasse spürte Elle regelrecht, wie sich das Böse Zugang zu einem gewichtigen Kerl verschaffte, der einen wimmernden Jungen im Würgegriff hielt.

Elle zögerte nicht lange und lenkte ihren Hengst in die enge Gasse hinein, wo sie unvermittelt auf das ungleiche Paar stieß.

»Lasst gefälligst das Kind in Ruhe!«, schrie sie den Mann aufgebracht an. Während der Junge nach Atem ringend und mit gehetztem Blick seine herabgelassene Hose raffte und schleunigst das Weite suchte, stand sein Peiniger halbnackt und mit halbsteifem Glied wie vom Donner gerührt vor ihr und stieß einen fürchterlichen Fluch aus. Sein Dämon wuchs derweil zu einer beachtlichen Größe über ihn hinaus und fletschte Elle gegenüber seine scharfkantigen Zähne.

»Das werdet ihr mir noch büßen«, zischte ihr unbekanntes Gegenüber und spuckte vor ihr aus.

Rudolfo hatte sein Schwert gezückt und bellte dem Mann ein paar Unfreundlichkeiten zu. Dann packte er Elles Hengst am Zügel und zog sie mit sich fort. »Tut das nie wieder!«, knurrte er unmissverständlich, als sie zum Hauptweg zurückkehrten. »Was macht Ihr, wenn der Mann ein Sekretär der Signoria ist? In Eurer momentanen Lage könnt Ihr es Euch nicht leisten, Euch mit höhergestellten Beamten des Rates anzulegen.«

»Ich habe nicht nach Eurer Meinung gefragt«, konterte Elle scharf. »Er hätte den Jungen vermutlich getötet«, rechtfertigte sie sich mit überschlagender Stimme.

»Er hätte ihn allenfalls von hinten gefickt, und das bringt so einen Bengel nicht um!« Rudolfo schaute sie verständnislos an.

»Nein, er hätte ihn umgebracht. Er hat ihn gewürgt. Ich habe es gesehen«, erwiderte Elle ärgerlich. »Außerdem ist er noch ein Kind. Wie kann dieser Mann ihm so etwas antun?«

»Ich weiß nicht, woher Euer plötzlicher Gerechtigkeitssinn rührt, Donna Gabrielle«, spöttelte Rudolfo, »aber dass junge Bettler ihren Hintern an vermögende Freier verkaufen, dürfte Euch nicht neu sein und ist nichts, worüber Ihr Euch aufregen müsst. Genau genommen habt Ihr im Moment weitaus größere Sorgen, wenn ich mich nicht täusche.« Er hob eine Braue, und Elle war versucht, etwas Gegenteiliges zu erwidern. Aber wahrscheinlich hatte er recht. Wenn sie Don Giovannis Auftrag erledigen wollte, war es nicht von Vorteil, sich neue, unbekannte Feinde zu schaffen.

Schweigend erreichten sie wenig später den Palazzo Vincenco. Ein dreistöckiger Prachtbau, der zwar nicht mit der Behausung der Medici oder Pazzi mithalten konnte, aber auch nicht gerade ärmlich wirkte. Im Halbdunkel erkannte Elle den kleinen Ziergarten, der an das Haus angrenzte und durch seine hohen Zypressen auffiel, die wie riesige Speerspitzen hinter einer kunstvoll beschnittenen Buchsbaumhecke emporragten.

»Endlich, da wären wir.« Lucrezia entwich ein Seufzer der Erleichterung, nachdem Rudolfo einen jungen Wachmann dazu aufgefordert hatte, ein kunstvoll verziertes Holztor zu öffnen. Gemächlich ritten sie mit ihren Pferden in einen Hinterhof, der von einem länglichen Gebäude mit einem flachen Ziegeldach eingefriedet war. Rudolfo und sein Kamerad halfen ihnen unaufgefordert aus dem Sattel und führten die Pferde in die Stallungen. Derweil nahm Lucrezia Elle bei der Hand und zog sie ins Haus. »Nichts wie raus aus den stinkenden Kleidern! Ein warmes Bad und Marias Makkaroni mit Käse und meine Welt ist für den Moment wieder in Ordnung«, schwärmte sie. An der offen stehenden Tür erwartete sie bereits eine dralle, ältere Frau in einem schlechtsitzenden braunschwarzen Kleid und einer weißen Haube auf dem Kopf, die ihr gesamtes Haar bedeckte. Maria, die vielgelobte Köchin, schenkte ihnen ein kurzes Lächeln, bevor sie wieder ernst wurde. Sorgenfalten kündeten davon, dass sie zumindest etwas von den bestehenden Problemen ahnte.

Die Frau knickste hastig vor Elle und beugte ihr Haupt. »Seid gegrüßt, Herrin, schön, Euch bei guter Gesundheit zu sehen«, sagte sie und versuchte sich an einem unterwürfigen Lächeln. »Ich habe Euch bereits gestern Abend erwartet. Wurde Don Giovanni wegen wichtiger Geschäfte in Mailand zurückgehalten?«

»Äh …« Elle sah sich hilflos nach Lucrezia um, die so tat, als habe sie die Frage überhört. »Dazu möchte ich später vor der gesamten Dienerschaft etwas sagen«, erklärte sie gepresst. »Doch vorher sollten wir uns ein wenig frisch machen.« In Anbetracht der Lage, dass Elle nicht wusste, was in den nächsten Stunden auf sie zukommen würde, plagte sie nicht nur ein drängendes Bedürfnis. Sie musste sich außerdem so rasch wie möglich den Dreck von der Haut schrubben und sich das Haar waschen, damit sie beim Bankett der Medici nicht wie eine stinkende Bettlerin erschien.

»Ja doch, Ihr müsst meine Neugier entschuldigen. Kommt doch erst einmal herein«, beeilte sich Maria zu sagen, wobei ihr abschätziger Blick auf Lucrezia lag. Offenbar mochte sie die Leibdienerin nicht.

»Ihr wollt doch nach dem langen Ritt sicher etwas essen. Ich habe eine Hühnersuppe mit grünen Erbsen auf dem Feuer und zum Nachtisch gibt es eine Salbeitorte«, säuselte die Köchin.

»Entschuldigt mich bitte einen Moment.« Elle marschierte zielstrebig an der Haushälterin vorbei, durch einen langen schmalen Gang zum Ende des Flurs, dorthin, wo Don Giovanni ihrer Erinnerung nach eine der vier Toiletten im Haus hatte einrichten lassen. In dem kleinen abgeschiedenen Raum, der sogar über eine Sitzgelegenheit verfügte und über ein Körbchen mit zerrissenen Lumpen, die der Hygiene dienten, überlegte sie, was wohl noch alles auf sie zukommen könnte.

Beim Anblick von Maria war sie sich wieder ihrer plötzlichen Verantwortung bewusst geworden, die sie mit dem Versprechen, Don Giovanni zu helfen, auf sich genommen hatte. Nachdem sie ihre Kleider geordnet hatte, wusch sie sich die Hände in der Küche, wo sie neben einer emsig in einem großen Eisentopf rührenden Maria auch eine Schüssel mit Wasser und ein Stück Seife nebst Leinentuch vorfand.

Zwei junge Mädchen, die sie erst jetzt zu sehen bekam, gingen der älteren Hausmagd zur Hand. Die Küche war ziemlich geräumig und verfügte neben einem gewaltigen Kamin, in dem ein stetiges Feuer prasselte, über einen langen, polierten Eichenholztisch mit dazu passenden Bänken. Darüber baumelten an einem schmiedeeisernen Reifen geräucherte Schinken und Würste.

»Ich bin gleich so weit, Herrin«, rief die Köchin. »Den Tisch für die Dienerschaft haben die Mädchen bereits gedeckt.«

Sie war es nicht gewohnt, dass ihr die Herrschaft bis in die Küche folgte. »Lucrezia ist schon nach oben gegangen. Wenn die Glocke sechs schlägt, stehen im kleinen Salon Eure Speisen bereit.«

»Don Giovanni sitzt im Kerker des Herzogs«, erklärte ihr Elle, ohne auf ihre Ankündigung einzugehen. Die Angestellten hatten es ihrer Meinung nach verdient, so schnell wie möglich zu erfahren, was auf sie zukommen konnte, falls der Arm Ludovicos tatsächlich bis nach Florenz reichen sollte.

»Heilige Jungfrau, steh uns bei!« Marie hätte beinahe ihren schweren, gusseisernen Suppenlöffel fallen lassen. »Wie konnte das denn geschehen?«

In kurzen Worten beschrieb Elle, was genau sich ereignet hatte.

»Und was wird nun aus uns?« Die Alte sah sie aus ängstlichen, kleinen Mausaugen an. »Ich meine, was ist, wenn der Herzog auch dieses Haus für sich einnehmen lässt? Ganz abgesehen davon, dass Don Giovannis Leben in Gefahr ist.«

»Wir haben morgen Abend eine Einladung zu den Medici«, versuchte Elle sie zu beruhigen. »Don Giovanni hat mir aufgetragen, Lorenzo de'

Medici in seinem Namen um Hilfe zu bitten. Und nichts anderes werde ich dort tun.«

»Aber Ihr könnt doch nicht ganz allein dorthingehen?«, fügte die Alte in ihrer übertriebenen mütterlichen Sorge an. »Ich meine …«

»Ich nehme Lucrezia mit«, versuchte Elle ihre Haushälterin zu beruhigen.

»Lucrezia …?« Sie sprach es nicht aus, aber anscheinend war Lucrezia ihrer Meinung nach nicht die rechte Begleitung.

»Die Häuser der Patrizier sind wahre Sündenbabel«, gab sie Elle ziemlich eindeutig zu verstehen. »Ihr solltet nicht ohne männliche Begleitung dorthingehen.«

»Und wen sollte ich deiner Meinung nach mitnehmen? Rudolfo?«

»Ohne Wache solltet Ihr ohnehin nicht ausreiten, wenn Don Giovanni nicht zugegen ist.«

Elle war nicht sicher, ob sie das Richtige tat, wenn sie allzu sehr auf die Ratschläge ihrer Haushälterin einging. »Keine Sorge, Maria, Lucrezia und ich werden das Kind schon schaukeln.«

»Maria ist ein altes Klatschweib, Donna Gabrielle«, warnte wenig später Lucrezia sie, nachdem die alte Magd nur für sie beide in einem vornehm eingerichteten Speisezimmer bei Kerzenschein die Suppe in chinesischen Porzellanschüsseln serviert hatte. »Sie mischt sich gerne in Dinge ein, die sie nichts angehen.«

Elle ging nicht sogleich auf die Bemerkung ihrer Dienerin ein und betrachtete nachdenklich den silbernen Löffel, bevor sie ihn in die wohlriechende Suppe eintauchte, in der neben hellen Stücken gekochter Hühnerbrust reichlich grüne Erbsen schwammen, die man im Sommer getrocknet und nun in die Brühe gegeben hatte. Vorsichtig kostete sie davon und schloss genießerisch die Augen. Der Geschmack dieser Suppe war so unvergleichlich gut, dass sie Maria am liebsten um den Hals gefallen wäre. Doch im gleichen Augenblick beschlich sie ein ungutes Gefühl und beinahe ein schlechtes Gewissen, dass sie in ihrer Situation überhaupt Appetit entwickeln konnte. Unvermittelt kehrten ihre Gedanken zu Don Giovanni und ihrer bevorstehenden Mission zurück.

»Was ist nun mit der Einladung der Medici?« Lucrezia, die Elle auf der anderen Seite des Tisches gegenübersaß, schaute sie, halb verdeckt von bunten Seidenblumengestecken und mehrarmigen Kerzenleuchtern, fragend an, während sie im Gegensatz zu Elle eher lustlos ihre Suppe löffelte.

»Was soll damit sein? Du wirst mich wie abgemacht zu dem morgigen Bankett begleiten.«

»Du meinst, ich soll wirklich mitgehen?« Lucrezia hielt inne und sah sie ungläubig an.

»Ich will auf keinen Fall allein dorthin«, stellte Elle unmissverständlich klar. »Außerdem verfügen wir über zwei Einladungskarten, und da Giovanni verhindert ist, wirst du ihn vertreten.«

»Ich bin nur eine Zofe«, gab Lucrezia unnötigerweise zu bedenken.

»Dann sagen wir eben, du bist meine Anstandsdame, weil mein Gemahl nicht dabei sein kann«, beschloss Elle kurzerhand und nahm noch etwas von der köstlichen Suppe.

»Abgesehen davon, dass ich zu aufgeregt sein werde, um mir alles, was dort geschieht, merken zu können, bist du die Einzige, der ich in dieser Sache vertraue und die weiß, worum es geht. Egal, was geschieht, ich benötige eine verlässliche Zeugin, die am Ende Lorenzo de' Medicis Zu- oder Absagen entsprechend bestätigen kann.«

»Das ist eine große Ehre, Donna Gabrielle«, gab Lucrezia sichtlich geschmeichelt zurück. »Und ja, falls Lorenzo de' Medici dir zu nahe tritt, schütte ich ihm versehentlich ein Glas Punsch über den Rock. Dann kannst du mir die Schuld geben, dass er nicht zum Ziel gekommen ist und ihn auf später vertrösten.« Sie grinste verschlagen. »Schließlich liegt mir nicht nur etwas daran, dass dein Gemahl sein Vermögen und seine gesellschaftliche Stellung behält, auch meine Herrin sollte möglichst ungeschoren aus der Sache herauskommen.«

»Wunderbar. Und wie geht es nun weiter?« Elle schaute Lucrezia fragend an.

»Ich werde uns für morgen unsere hübschesten Kleider raussuchen und mit der entsprechenden Frisur und Toilette dafür sorgen, dass es ein unvergesslicher Abend wird.«

KAPITEL 9

Il Magnifico

Januar 1477 – Florenz

Der Morgen am Tag der Heiligen Drei Könige war trübe und kalt und ließ nichts davon spüren, dass in Florenz das Fest der Feste bevorstand. Elle hatte in ihrem frisch bezogenen Himmelbett mehr recht als schlecht geschlafen. Unter einem kunstvoll bestickten Baldachin war ihr erster Gedanke, ob sie einen Traum im Traum gehabt hatte, während sich in ihrer Erinnerung Bilder von einem vereisten See mischten, in den sie hineingestürzt war und beinahe ertrunken wäre. Ein zähnefletschender Dämon hatte sie schließlich gerettet und einfach an Land abgelegt. Als sie aufstehen und davonlaufen wollte, stellte sich ihr Don Giovanni mit blutig gefolterten Gliedmaßen in den Weg. Zusammen mit dem toten Herzog von Mailand, der ihr anklagende Blicke zuwarf, stellte er ein unüberwindbares Hindernis dar.

Vergeblich bemühte sich Elle, diesem Albtraum im Nachhinein einen Sinn zu geben. Irgendwer hatte ihr mal gesagt, dass Träume die Zukunft bedeuten. Falls das stimmte, sah ihr Schicksal nicht besonders rosig aus.

Umso erschrockener reagierte sie, als es unvermittelt an der breiten Flügeltür klopfte und wenig später eine junge Frau in einfachen braunweißen Kleidern und einer weißen Haube hereinhuschte.

»Guten Morgen, Herrin«, wisperte sie ein wenig zaghaft, offenbar nicht sicher, ob sie eintreten durfte. »Ist es recht?«, fragte sie scheu.

Elle musste sich erst einmal in dem üppig ausgestatteten Zimmer orientieren, bevor sie die Frage der Frau mit einem Nicken bestätigte.

Erst jetzt bemerkte sie, dass ihr vom Reiten der Hintern wehtat und ihr der Schädel brummte, als ob sie getrunken hätte. Immer noch leicht verstört, beobachtete sie, wie die Dienerin etwas auf einem Tischchen abstellte und die schweren Samtvorhänge aufzog. Draußen schien die Sonne, und als sie für einen kurzen Moment das bunte Glasfester öffnete, drang die kühle Morgenluft ins Zimmer. Ohne ein Wort befeuerte die junge Frau den Kamin und stellte ihr anschließend einen gewärmten Krug mit Milch und einen Becher ans Bett.

»Danke«, sagte Elle und starrte auf die Milch, mit dem unbestimmten Gefühl, dass da etwas fehlte. Aber ihr fiel beim besten Willen nicht ein, was es war.

Kurz darauf rauschte Lucrezia weit weniger respektvoll in einem lachsroten Kleid herein, das blonde Haar kunstvoll zu einem Wust medusenähnlicher Schlangen aufgesteckt, und setzte sich mit einer Liste von Aufgaben, die im Laufe des Tages noch zu erledigen waren, neben sie auf die weiche Matratze.

»Gut geschlafen?«, fragte sie mehr beiläufig, während sie das Papier in ihrer Hand so eifrig studierte, als sei es ihr vollkommen unbekannt.

»Als Erstes nimmst du ein Bad und ich wasche dir die Haare«, bestimmte sie in ihrer manchmal etwas unnachgiebigen Art. Elle, die ohnehin zu verwirrt war, um zu protestieren, hörte nur mit halbem Ohr zu, in der Hoffnung, dass sich der merkwürdige Nebel in ihrem Hirn endlich verzog.

»Die Kirche und die Prozession werden wir uns sparen«, fuhr Lucrezia mit unduldsamer Miene fort. »Weil wir schon spät dran sind und du ansonsten mit feuchtem Haar nach draußen müsstest, und das Letzte, was wir im Moment gebrauchen können, ist, dass du dich erkältest und dir den Tod holst.«

Elle setzte sich auf und rang sich ein müdes Lächeln ab.

»Stimmt was nicht?« Lucrezia wandte sich irritiert um, in der offensichtlichen Befürchtung, dass ihr vielleicht etwas entgangen sein könnte.

»Nein. Alles in Ordnung. Ich frag mich nur gerade, ob es noch einen Unterschied macht, wann und wie ich mir den Tod hole.« Elle setzte eine fatalistische Miene auf. »Glaubst du, es gibt ein Weiterleben nach dem Tod?«, fragte sie unvermittelt. »Selbst wenn man weder in den Himmel noch in die Hölle kommt?«

Sie dachte an den Herzog und Giovannis Neffen Andrea. Obwohl sie gestorben waren, lebten sie offenbar weiter, wenn auch nur noch als unsichtbare Seelen in einer anderen Welt. Elle hätte Lucrezia am liebsten davon erzählt und gleichzeitig gerne gewusst, wohin sie entschwunden waren, aber wie hätte sie ihrer Dienerin das alles erklären sollen?

Lucrezia hielt inne und sah sie mit großen Augen an. »Wer nicht im Himmel landet und auch nicht in der Hölle, der kommt ins Fegefeuer.

Das weiß doch jedes Kind. Sag nur, du hast in der Klosterschule nicht aufgepasst?« Damit schien das Thema für sie erledigt.

»Ich habe Rosalia angewiesen, das smaragdgrüne Kleid herauszulegen«, fuhr sie ungerührt fort. Vorher wird sie es mit duftenden Essenzen auffrischen und bügeln. Dazu trägst du den smaragdgrünen Kopfschmuck, ein passendes Collier und die Ohrringe, die dir Don Giovanni zur Vermählung geschenkt hat. Der Magd habe ich aufgetragen, deine dunkelblauen Lederstiefel zu putzen, die Giovanni für dich in Mailand gekauft hat. Darunter wirst du eierschalfarbene Seidenstümpfe und eine gleichfarbige Korsage tragen. Wir wollen ja nichts dem Zufall überlassen, falls Lorenzo de' Medici doch ein näheres Interesse an dir bekunden sollte. Nicht wahr?«

Der Satz hing im Raum wie ein Donnerschlag. »Heißt das, du glaubst, er will mit mir schlafen?«

»Nicht schlafen«, korrigierte Lucrezia sie in nüchternem Ton. »Es könnte doch durchaus sein, dass er dich, wo auch immer, auf der Stelle besteigen will, und sei es in einer Besenkammer. Don Giovanni hat doch selbst gesagt, dass ihm für seine Befreiung aus dem Kerker jedes Mittel recht ist.«

Elle hatte Mühe, nicht in Panik zu geraten. »Auf was habe ich mich da nur eingelassen? Mich ausgerechnet für Don Giovannis Freilassung zur Hure zu machen, erscheint mir im Nachhinein so fern wie das andere Ende der Welt.«

»Was willst du denn?« Lucrezia sah sie verständnislos an. »Es wäre schlimmer, wenn du dich deshalb mit einem stinkenden Bettler einlassen müsstest. Immerhin ist Lorenzo der ranghöchste Patron der Region. Er näselt zwar ein bisschen und geht etwas krumm, aber er ist bekannt für sein gepflegtes Äußeres und ist um einiges jünger als Don Giovanni.«

»Ich hab gehört, er stinkt aus dem Mund wie ein Jauchefass.« Elle lächelte säuerlich.

»Ach deshalb lutscht er ständig Salbeipastillen?« Lucrezia grinste verhalten. »Na immerhin unternimmt er etwas dagegen, dann ist es doch halb so schlimm.«

»Tu dir keinen Zwang an, dich an meiner Stelle zu opfern, wenn es darauf ankommt.«

»Wobei ich mir nicht sicher bin, ob il Magnifico sich mit einer einfachen Dienerin zufriedengibt«, widersprach ihr Lucrezia mit einem langgezogenen Seufzer. »Außerdem heißt es, er bevorzugt eher dralle, dunkelhaarige Weiber.«

»Das würde ja bedeuten, er liebt seine Frau.« Elle blickte verwundert auf. »Was durchaus sein könnte. Immerhin meine ich mich zu erinnern, dass seine Ehe mit Donna Clarice sehr fruchtbar ist.«

»Trotzdem zwitschern es sogar die Vögel in den Bäumen«, widersprach Lucrezia, »dass er jede Menge Mätressen hat, die immer dann einspringen, wenn seine Frau gerade unpässlich ist.«

»Sagtest du nicht auch, er leide wie sein Vater an der Gicht?«, gab Elle zu bedenken. »Vielleicht geht er deshalb so krumm.«

»Ja, der arme Piero«, stimmte Lucrezia mit einem bedauernden Lächeln ein. »Er war trotz seines Reichtums ein armer Mann. Meine Mutter erzählte uns immer, dass er von seiner schlechten Gesundheit geradezu gegeißelt war. Seiner Frau habe ich meinen Namen zu verdanken. Meine Mutter hat diese Familie geradezu vergöttert und alles in sich aufgesogen, was sie vom Hofe der Medici in Erfahrung bringen konnte. Wenn sie wüsste, dass ich mit dir dort einen Ball besuche, würde sie sich vor Freude im Grabe umdrehen. Ich hoffe, sie schaut mir vom Himmel aus dabei zu.«

»Hoffentlich bekommt sie nichts zu sehen, was ihre Begeisterung für die Medici schmälert. Ich für meinen Teil wünschte mir, wir hätten die Sache schon hinter uns.«

Elle fühlte sich plötzlich schrecklich allein und verloren. Was das seltsame Gefühl, nicht hierherzugehören, nur noch verstärkte. Außer Don Giovanni hatte sie niemanden mehr, der zu ihr gehörte. Wenn man von Lucrezia und der übrigen Dienerschaft einmal absah. Wo also sollte sie hingehen, falls es ihr nicht gelingen würde, den Alten zu retten?

Während die prachtvolle Prozession der »Compagnia de' Magi« – der Bruderschaft der Heiligen Drei Könige –, die von den Medici großzügig unterstützt wurde –, auf der Via Larga bereits ihren Lauf genommen hatte, zog eine fröhlich lärmende Meute mit Rasseln und Klappern durch die Straßen an den Fenstern des Palazzos vorbei. Sie machten damit auf die nachfolgenden Vergnügungen aufmerksam, denen sich das gemeine

Volk erst nach der heiligen Messe hingeben durfte, die danach im Baptisterium stattfand und nur ausgesuchten Förderern der Stadt zugänglich war.

Elle verbrachte den restlichen Vormittag indes mit einem umfangreichen Schönheitsprogramm, das Lucrezia ihr ohne Gnade auferlegt hatte. Es begann mit einem heißen Bad und endete kurz vor Sonnenuntergang, nachdem ihre kunstvoll aufgesteckte Frisur und der porzellanfarbene Teint ihres Gesichts jedweder Kritik standhalten konnten.

Draußen dämmerte es bereits, als ihre Dienerin ihr nach dem Einkleiden den angekündigten Schmuck anlegte und noch einmal überprüfte, ob auch sämtliche Haken und Ösen geschlossen waren.

»Du siehst wundervoll aus«, bestätigte Lucrezia ihr Erscheinungsbild, als sich Elle vor einem mannshohen Spiegel drehte und wendete. Etwas ungläubig strich sie sich den bauschigen, knöchellangen Rock glatt und fuhr mit den Handflächen über das enganliegende Dekolleté, das ihre Brüste noch um einiges üppiger erscheinen ließ. Der dunkelgrüne Samt schmeichelte ihrem rötlich blonden Haar und den hellen Augen, die, beeinflusst durch die Farbe des Kleides, etwas grünlicher erschienen, als sie in Wirklichkeit waren. Dazu die helle Haut, die Lucrezia mit Reispuder bestäubt hatte, und die rötlich angehauchten Wangen und Lippen, die, mit einem Hauch von Mandelöl betupft, den Eindruck eines mit Tau benetzten Rosenblattes vermittelten. In den Turm von aufgesteckten Locken und Zöpfen hatte Lucrezia ein kostbares Diadem in Form eines Stirnreifs platziert, mit einem nach unten hängenden, geschliffenen Smaragd in Tropfenform, der Elle bis zum Beginn der Nasenwurzel reichte.

Elle versuchte, einen Blick darauf zu werfen, was jedoch zu einem unschönen Schielen führte und Lucrezia trotz aller Anspannung zum Lachen brachte. »Das solltest du auf dem Fest tunlichst bleibenlassen, zumal, wenn du Lorenzo vorgestellt wirst.«

Zu guter Letzt legte sie ihr ein Collier aus Gold, Silber und unzähligen kleinen Smaragden um den Hals, an dessen Ende ein ähnlich geschliffener Smaragdtropfen zwischen der angedeuteten Falte ihrer hochgebundenen Brüste lag. Während Lucrezia letzte Hand anlegte, indem sie Elles Busen schamlos nach oben schob, bis der Ansatz der rosigen

Aureolen zu sehen war, schob Elle ihre Brüste wieder hinunter, sobald Lucrezia vor dem Spiegel mit sich selbst beschäftigt war.

Das Erscheinungsbild ihrer Dienerin war kaum weniger aufreizend. Ganz in lachsfarbene Seide gehüllt, hatte sie ihre wesentlich dralleren Brüste unter der engen Schnürung des Mieders so weit nach oben drapiert, bis die rosigen Knospen mühelos unter dem hauchdünnen Leinenhemd zu erkennen waren, das darunter hervorschaute. Dazu trug sie die Perlen, die Giovanni Elle zum letzten Weihnachtsfest geschenkt hatte.

»Denkst du, dein Mann wird nicht ärgerlich, wenn er erfährt, dass ich deinen Schmuck trage?«, fragte Lucrezia ein wenig verunsichert.

»Erstens sieht er dich nicht«, zerstreute Elle ihre Bedenken mit einem beiläufigen Lächeln. »Und zweitens geht's um sein Leben, da ist ja wohl jedes Mittel recht. Im Übrigen kannst du den Tand gerne behalten. Schließlich hast du dich Don Giovanni weitaus öfter hingegeben als ich und dir Gold und Edelsteine damit redlich verdient.«

Ein wenig unbeholfen stakste Elle anschließend in den Innenhof des Palazzos, wo die Kutsche bereits auf sie wartete. Rudolfo, der sie zusammen mit Antonio als Bewachung zum Fest begleitete, hielt ihnen die Tür auf, die er hinter ihnen schloss, sobald sie Platz genommen hatten. Nachdem er und sein Kamerad auf ihren Rappen aufgesessen waren, gab er dem Kutscher das Zeichen zur Abfahrt. Mit der ihr üblichen Neugier schob Elle die Samtgardine ein Stück zur Seite und sah im Vorbeifahren, dass die Spelunken der Stadt buchstäblich aus allen Nähten platzten. Auf der Straße torkelten unzählige alkoholisierte Gestalten herum.

Dazu gesellten sich leichtbekleidete Huren, die es sich trotz der Kälte nicht nehmen ließen, ihren Freiern sämtliche Reize zu präsentieren. Irritiert beobachtete Elle, wie die Frauen mitten auf der Straße ihre Röcke hoben und ihre interessierten Kunden dazu ermutigten, ihnen zwischen die Schenkel und an die Brüste zu greifen, um deren Beschaffenheit zu prüfen. Hysterisches Lachen und die undeutlichen Ausrufe der Betrunkenen drangen zu ihnen in den Wagen hinein. Hinzu kamen Trommeln und Lautenspiel, die aus fast jeder Taverne drangen.

Rudolfo ritt mit gezogenem Schwert an der Kutsche vorbei und brüllte einige lautstarke Befehle, um ein paar unaufmerksame Passanten zu verscheuchen, die ihnen im Weg standen.

Vor dem Palazzo Medici angekommen, übernahmen die Stadtwachen diese Aufgabe und kontrollierten die Passierscheine der ankommenden Gäste, die sie dazu berechtigten, mit der Kutsche oder mit ihren Pferden bis in den Innenhof des hell erleuchteten Palazzo Medici vorzudringen. Überall hatte man lodernde Feuerkörbe aufgestellt und in den dafür vorgesehenen eisernen Halterungen an den Mauern brennende Fackeln entzündet. Der Geruch von verbranntem Holz mischte sich mit dem von Pferdeäpfeln und dem Stallgeruch der Pferde, von denen viele in Anbetracht des ungewohnten Aufeinandertreffens mit so vielen fremden Artgenossen nervös tänzelten und unentwegt wieherten. Die Medici hatten offenbar genügend Stallknechte abgestellt, die den Verkehr regelten und sich um die Tiere der ankommenden Gäste kümmerten. Andere Gehilfen in bunten Pagenkostümen wiesen den wartenden Kutschen einen Platz zu. Rudolfo schickte ihre Kutsche zurück zum Palazzo Vincenco, nachdem sie ausgestiegen waren. Schließlich lag das Anwesen nur knapp einen Kilometer entfernt. Zugleich beauftragte er den Kutscher, um Mitternacht hierher zurückzukehren. Er und Antonio wollten so lange, bis Elle und ihre Dienerin das Fest verlassen würden, in einem eigens dafür eingerichteten Aufenthaltsraum der Wachmannschaften auf sie warten.

»Hast du eine Ahnung, wie viele Leute zu diesem Fest geladen sind?«, fragte Elle, während sie am Arm von Lucrezia von den nachdrängenden Gästen in die große Halle geschoben wurde, die mit ihren kostbaren Wandmalereien im Glanz unzähliger Kerzen und Fackeln erstrahlte. Livrierte Diener empfingen sie an der breiten Aufgangstreppe und kontrollierten nochmals die Einladung. Jeder einzelne Gast bekam einen jungen Pagen zugewiesen, der ihn bis in die geräumige Festhalle im ersten Stock führte. Auch im Innern des Hauses war alles hell erleuchtet mit Hunderten von Kerzen, die in eisernen Rundleuchtern von den hohen Decken erstrahlten. Das weiche Licht schmeichelte den Frauen und Männern und machte sie, obwohl die meisten jung und schön waren, noch um einiges ansehnlicher als bei Tag. Ein wenig beunruhigt betrachtete Elle die Kleider ihrer prunkvoll ausgestatteten Mitstreiterinnen, deren mit Perlen und Juwelen besetzte, aufwendige Flechtfrisuren und die darin eingeflochtenen Samtreifen, Schleifen und Schmuckbänder kaum zu überbieten waren. Dabei überlegte sie, ob ihre Aufmachung mit all den vornehmen Roben mithalten konnte. Im Nachhinein war sie froh, dass Lucrezia so viel Sorgfalt auf ihr Haar verwendet hatte. Während sie die Stufen hinaufschritten, fiel ihr Blick auf ein paar Männer, die vor ihnen gingen und deren muskulöse Beine, von halblangen Röcken verdeckt, in engen, buntgestreiften Strumpfhosen steckten. Die meisten von ihnen trugen ihr halblanges Haar unter bunten Hüten und Kappen, die sie jedoch beim Betreten des Ballsaals abnahmen. Vor lauter Aufregung registrierte Elle überhaupt nicht, dass sie ziemlich rasch selbst in den Mittelpunkt des Geschehens rückte.

»Sieht man mir etwa an, was mit Don Giovanni geschehen ist?«

»Es ist wohl eher die Erinnerung an Simonetta Vespucci, die du ausgerechnet hier durch dein Äußeres hervorrufst«, flüsterte ihr Lucrezia zu und zog sie in den Ballsaal, hin zu einem Tisch, an dem den eintreffenden Gästen ein nach Zimt und Kardamom duftender Fruchtpunsch serviert wurde. Wortlos bediente sich Lucrezia an den in mehreren Reihen aufgestellten Kristallkelchen, die Diener bereits vorsorglich mit Punsch versehen hatten, und drückte Elle einen davon in die Hand. Wie selbstverständlich dirigierte sie ihre immer noch leicht verstörte Herrin in eine unauffällige Ecke des Saales hinter eine Säule, von wo aus sie sich einen guten Überblick über das ungewohnte Treiben verschaffen konnten.

Als kurz darauf Lorenzo de' Medici unter dem Trommelwirbel eines Spielmannszuges mitsamt seiner vielköpfigen Familie Einzug hielt, war die Aufmerksamkeit aller zunächst einmal auf den Gastgeber und seine Gemahlin gerichtet, die, in üppiges Goldlamé gewandet, über und über mit dem dazu passenden Schmuck behangen war. Ihr braunes Haar trug die junge Frau streng nach hinten gekämmt und zu einem dicken Zopf gebunden, dessen Schmucksteine mit den Juwelen an Hals und Ohren im Kerzenlicht um die Wette funkelten. Lorenzo hingegen machte nicht den Eindruck, als ob ihn allein die Schönheit seiner Frau in gute Laune versetzte. Mehr griesgrämig schaute er in die Runde, wobei er jedoch großen Wert auf eine möglichst gestreckte Haltung legte, damit sein unvergleichliches Selbstbewusstsein zur Geltung kam, dem er schließlich seinen Beinamen »Der Löwe von Florenz« zu verdanken hatte. Mit der gleichen zur Schau gestellten Selbstzufriedenheit scharte er seine Kinder um sich.

Zwei kleine Töchter, Lucrezia und Maddalena, die vielleicht gerade mal sieben und drei Jahre alt waren, sowie Piero, seinen fünfjährigen Sohn, der, wenn er das Kindesalter überlebte und kein weiterer Knabe geboren wurde, Lorenzos Nachfolge antreten würde. Als Elles Blick auf die kleine Maddalena fiel, die ähnlich prunkvoll aufgeputzt war wie ihre Mutter und sich scheu an deren Hand klammerte, verspürte sie einen plötzlichen Stich im Herzen. Unvermittelt tauchte wieder das Bild des kleinen, blonden Mädchens vor ihrem geistigen Auge auf, von dem sie schon einmal geträumt hatte. Einen Moment lang fragte sie sich, warum dieses Kind aus dem Traum ein so starkes Gefühl in ihr hinterlassen hatte. Vielleicht lag es daran, dass sie sich insgeheim nach einem eigenen Kind sehnte, obwohl es bisher keinen Mann gegeben hatte, den sie sich als Vater dafür vorstellen wollte. Hinter Lorenzo de' Medici tauchten nun verschiedene Verwandte auf, darunter dessen Bruder Giuliano.

»Der Kerl ist wirklich ein Bild von einem Mann«, flüsterte Lucrezia in schierer Begeisterung. »Sieh ihn dir nur an, Elle. Hochgewachsen und muskelbepackt verkörpert er mit seinen kantigen Gesichtszügen und den nussbraunen, halblangen Haaren das, was jeder Bildhauer einen griechischen Gott nennen würde und damit das klare Gegenteil seines sauertöpfisch dreinblickenden Bruders. Du kannst es deiner Cousine nicht verübeln, dass sie sich in ihn verliebt hat.«

»Vergiss nicht«, murmelte Elle, »dafür hat sie mit ihrem Leben bezahlt.«

Lucrezia vermochte ihren Blick kaum von ihm zu lösen und befand sich damit in guter Gesellschaft, denn Dutzende von anderen jungen Frauen hefteten ihre Blicke auf den jungen Medici.

Nachdem die Musik mit einem weiteren Trommelwirbel geendet hatte, der noch einmal die Aufmerksamkeit aller sammelte, hielt Lorenzo trotz seines Näselns, das allem Anschein nach von seiner verkrümmten Nase herrührte, eine erstaunlich stimmgewaltige Rede – zu Ehren seiner Familie, der Stadt und Johannes des Täufers, dem Schutzheiligen von Florenz, dem am heutigen Tauffest Jesu ebenso Ehre gebührte wie den Heiligen Drei Königen. Dann wünschte er allen Gästen einen amüsanten Abend und lud im gleichen Atemzug zu Speisen, Wein und Tanz ein.

Als die Spielleute von einem kleinen Podest zum Tanz anstimmten, löste sich der Medici-Clan auf und verstreute sich unter die geladenen Gäste.

Während Lorenzos Frau ein paar Kinderfrauen Anweisung gab, die Kleinen des Hauses Medici mit allerlei Leckereien zu verköstigen, wandte sie selbst sich einigen anderen Frauen zu.

»Siehst du die Frau, mit der sich Donna Clarice gerade unterhält?«, zischte Lucrezia mit einem gehässigen Unterton in der Stimme. »Das ist Bianca de' Medici, Lorenzos Schwester. Ich hätte sie beinahe nicht wiedererkannt. Sie ist kaum über dreißig und sieht schon aus wie eine unförmige Kuh. Das liegt wahrscheinlich daran, dass sie ihrem Mann als dauerträchtige Zuchtstute dient.«

»Ihn scheint ihre Figur nicht zu stören«, witzelte Elle. Lucrezia rümpfte ihr kleines Näschen und wandte ihre Aufmerksamkeit einem Pulk laut debattierender Patrizier zu. »Immerhin scheinen ihm die vielen Schwangerschaften besser bekommen zu sein«, bemerkte sie spöttisch und deutete auf einen gutaussehenden, schwarzhaarigen Kerl von Mitte dreißig. »Kennst du Guglielmo de' Pazzi?«

Elle schüttelte den Kopf. »Nur dem Namen nach, ich sagte doch, mit den Pazzi will Don Giovanni nichts zu tun haben.«

»Er ist ein Neffe von Jacopo de' Pazzi«, fuhr Lucrezia ungerührt fort und deutete auf einen kleinen, dicklichen Patron, der bereits älter und grauhaarig war und den Gesprächen der übrigen Männer aufmerksam folgte. »Seine Neffen sehen alle so gut aus. Besonders der feurige Francesco. Er scheint aber nicht hier zu sein«, überlegte Lucrezia leise weiter. »Schade, und von seinen Söldnern ist auch nichts zu sehen.« Beinah enttäuscht zuckte sie mit den Schultern.

»Wahrscheinlich müssen sie unten im Aufenthaltsraum auf die Rückkehr ihrer Herrschaften warten wie Rudolfo und Antonio«, gab Elle ihr beiläufig zu verstehen und dachte unwillkürlich an Damian de' Castello. Ob er sich an sie erinnern würde, wenn sie sich hier zufällig trafen? Suchend sah sie sich um, ob er vielleicht doch irgendwo zu sehen wäre.

»Siehst du den leicht ergrauten Mittvierziger dort hinten bei Lorenzo de' Medici?« Lucrezia hatte offenbar schon wieder jemanden im Visier, der ihre Aufmerksamkeit fesselte. Beide Männer hatten ein Glas Wein in der Hand und palaverten mit ein paar Kirchenoberen. »Das ist Rinaldo Orsini, der Erzbischof von Florenz. Erkennst du ihn nicht?«

»Ja doch, aber was soll ich mit ihm. Oder denkst du, er könnte bei den Sforzas auch ein gutes Wort für Don Giovanni einlegen?«

»Keine Ahnung, aber je mehr einflussreiche Männer du für seine Sache gewinnen kannst, umso eher steigt die Chance, ihn freizubekommen.«

Bei näherer Betrachtung der honorigen Herren schrak Elle jäh zurück. Nicht wenigen saß plötzlich ein lauernder Dämon im Nacken. Auch Lorenzo wurde nun beständig von einem solchen Schatten verfolgt, der jedoch im Vergleich zu manch anderen zähnefletschenden Begleitern eine beachtliche Größe einnahm.

Hastig sah sich Elle um, doch sie schien die Einzige zu sein, die eine solche Beobachtung machte. Mit dem Gefühl, von allen guten Geistern verlassen zu sein, begann sie leise zu beten. Schließlich ergab sie sich in ihr Schicksal und verfolgte aufs Neue Lorenzo de' Medici mit verhaltenem Blick, wie er sich trotz seines finsteren Begleiters ohne Frage im Glanze der offensichtlichen Bewunderung seiner Gäste sonnte.

»Was meinst du?«, flüsterte Lucrezia ihr zu, die sich an einem knusprigen Eiergebäck gütlich tat und hin und wieder mit abgespreiztem kleinem Finger von ihrem Fruchtpunsch nippte. »Willst du einfach zu Lorenzo de' Medici hingehen oder einen Augenblick abwarten, bis er allein ist?«

»Ich glaube kaum«, murmelte Elle mit Blick auf den Dämon, »dass ich ihn an einem Abend wie diesem irgendwann einmal allein antreffen werde – dummerweise wäre es äußerst unpassend, ein solches Anliegen wie das von Don Giovanni vor Zeugen vorzutragen.«

»Und wie willst du es dann anstellen?« Lucrezia sah sie verständnislos an. »Du kannst ja schlecht sämtliche Kerle aus dem Saal schicken.«

Die Musik hatte wieder zu spielen begonnen, und bevor Elle antworten konnte, vernahm sie eine dunkle, wohlklingende Stimme hinter sich. »Donna Gabrielle, würdet Ihr mir das Vergnügen bereiten und mir den nächsten Tanz schenken?«

Elle vergaß beinah zu atmen, als sie unvermittelt in das erwartungsfrohe Gesicht von Giuliano de' Medici starrte.

»Gerne.« Vollkommen verdattert ließ sie sich unter den neugierigen Blicken der übrigen Gäste von ihm zur Tanzfläche führen.

Lucrezia zwinkerte ihr ermutigend zu in der Gewissheit, dass sie von ihrem Platz aus die Stellung hielt.

Die Gäste spendeten frenetischen Beifall, als sich die mehr als zwanzig Männer und Frauen in zwei Reihen gegenüber aufstellten und die Musik kurz darauf mit dem Auftritt einer rhythmisch gezupften Fidel ein furios klingendes Stück zu spielen begann, das unter dem kolossalen Einsatz eines Trommelwirbels in einen temperamentvollen Klatschreigen überging, der seinen eigenen Gesetzen folgte.

Elle stellte erstaunt fest, dass ihre Füße augenscheinlich eher als ihr Hirn wussten, was genau zu tun war. Mühelos folgte sie den gekonnten Tanzschritten ihres attraktiven Gegenübers. Immer wieder berührten sich ihre Hände und Hüften, und in der Mitte des Reigens, wenn sie sich nahe genug waren, legte Giuliano seinen Arm um ihre Taille und wirbelte sie so sehr herum, dass sie von ganz allein eine schwungvolle Drehung vollzog und fast wie von selbst wieder auf der gegenüberliegenden Seite landete, wo das Ganze von vorn losging.

Im Gegensatz zu ihr war er überhaupt nicht außer Atem und forderte noch einen weiteren Tanz von ihr, den sie ihm gerne gewährte. Natürlich nicht ganz uneigennützig, ahnte sie doch, dass ihr blendend aussehender Tanzpartner ihr möglicherweise den Weg zu seinem vielbeschäftigten Bruder ebnen konnte.

Als sie nach dem zweiten Tanz Erschöpfung vorschob, war ihm die Enttäuschung anzusehen. »Ich hoffe, Ihr nehmt es mir nicht übel«, bekannte er und sah sie forschend an. »Aber Ihr erinnert mich zunehmend an Eure Cousine Simonetta. Ich finde, Ihr werdet ihr immer ähnlicher. Das letzte Mal sind wir uns bei deren Beerdigung begegnet. Erinnert Ihr Euch noch?«

»Ja, ich glaube schon.« In gespielter Schüchternheit senkte sie den Blick.

Er geleitete sie zu einem der Tische, an denen er ihr einen Punsch organisierte. »Verzeiht meine Neugier, aber wo ist Euer Gemahl? Ich habe ihn noch gar nicht gesehen.« Suchend schaute er sich um.

»Er …« Elle stockte, ein wenig unsicher, ob sie schon jetzt die Karten auf den Tisch legen und Giuliano verraten sollte, dass er im Kerker saß und um sein Leben fürchtete. Oder sollte sie damit warten, bis sie die Möglichkeit hatte, mit Lorenzo de' Medici zu sprechen?

»Nun ja«, stellte Elle zögernd klar. »Don Giovanni ist leider momentan verhindert, deshalb bin ich ohne ihn der großzügigen Einladung Eures Bruders gefolgt.«

»Das ist aber schade«, entgegnete er und setzte ein wölfisches Grinsen auf. »Dann muss ich wohl Ersatz schaffen, damit Ihr Euch heute Abend nicht langweilt.« Er rückte ein ganzes Stück näher, und Elle konnte sich denken, worauf sein Interesse hinauslief.

»Nein, tut mir leid«, wehrte sie vorsichtig ab. »Eigentlich ist mir gar nicht zum Feiern. Don Giovanni befindet sich leider in arger Bedrängnis. Das ist auch der Grund, warum ich unbedingt Euren Bruder sprechen muss. Nur er kann noch helfen.«

»Oh!« Giuliano hob eine Braue, sichtlich bemüht, nicht allzu enttäuscht zu wirken. »Sagt, was ist geschehen?« In seinem Blick war nur noch ehrliche Anteilnahme, was Elle ermutigte, mit ihren Ausführungen fortzufahren.

Hastig nahm sie einen Schluck Punsch, bevor sie Giuliano die ganze schreckliche Geschichte erzählte. »Wisst Ihr«, endete sie mit einem Seufzer, »es ist so: Ich könnte nicht behaupten, Don Giovanni wäre mein Traummann. Wir wurden von Simonettas Eltern verheiratet, das heißt, ich konnte ihn mir nicht aussuchen. Aber trotzdem finde ich nicht, dass er einen solchen Tod verdient hat, zumal ich von seiner Unschuld überzeugt bin.«

Giuliano war sichtlich beeindruckt von der plötzlichen Wendung der Ereignisse. »Ein Bote überbrachte uns vorgestern die Nachricht vom Tod des Herzogs«, wusste er zu berichten. »Wir sind immer noch sehr bestürzt, zumal der Herzog von Mailand zu unseren wichtigsten Verbündeten zählte. Mein Bruder war sogar versucht, das Fest zu Ehren Johannes des Täufers und der Heiligen Drei Könige abzusagen. Doch ich habe ihm davon abgeraten. Man weiß ja nie, welche ungeahnten Ereignisse ein solcher Umsturzversuch nach sich zieht. Und es wäre sicher nicht klug, ausgerechnet wegen einer solchen Geschichte den eigenen Schutzheiligen durch Missachtung herauszufordern, findet Ihr nicht?«

»Absolut!«, bestätigte Elle, die ihm keinesfalls widersprechen wollte, damit er sich trotz dieser unseligen Entwicklung auf ihre Seite schlug und bei seinem Bruder zugunsten Giovannis Partei ergriff.

»Ihr wart also dabei, als das Attentat geschehen ist?«, fragte er nochmals zur Sicherheit.

Elle nickte und versuchte ihrem Blick etwas mehr Dramatik zu verleihen. »Natürlich hat niemand damit gerechnet«, versicherte sie. »Es war grauenhaft!« Demonstrativ schlug sie die Augen nieder und seufzte abermals. »Allein deshalb bin ich mir absolut sicher, dass Don Giovanni nichts mit der Sache zu tun hat. Er war genauso bestürzt wie wir alle. Die Leute können ihm ja vieles nachsagen, aber er liebte den Herzog und seine Familie. Zudem hätte er mich niemals in eine solche Gefahr gebracht.«

»Ihr seid eine tapfere Frau«, raunte Giuliano mit verhangenem Blick und nahm ihre Hand, die er ganz beiläufig, aber äußerst leidenschaftlich küsste. Elle verspürte einen leichten Schwindel, während seine weichen Lippen noch immer auf ihrem Handrücken weilten. Zumal, als er sie von untenherauf anschaute und sie in seinen dunklen Augen erkannte, dass ihre unerwarteten Bekenntnisse sein Interesse an ihr nur noch gesteigert hatten.

»Es ehrt Euch außerordentlich, wenn Ihr Euch so sehr für Euren Gemahl einsetzt«, raunte er heiser, »vor allem, weil er ein alter Greis ist und Ihr gegen Euren Willen mit ihm verheiratet worden seid. Simonetta hat es mir einmal erzählt, als sie noch lebte. Ein solches Vorgehen verdient meinen höchsten Respekt.«

»Ich danke Euch für Eure schmeichelnden Worte«, erwiderte sie ein wenig verdutzt. »Wäre es Euch vielleicht möglich, mir eine rasche Audienz bei Eurem Bruder zu verschaffen? Ich möchte ihn bitten, dass er sich gegenüber der Familie des verstorbenen Herzogs für die Freilassung meines Gemahls einsetzt.«

»Sicher«, flüsterte Giuliano, dessen Lippen den ihren so nahe waren, dass er sie mühelos hätte küssen können. »Und was würde Euch als Gegenleistung dafür einfallen?«, fragte er scheinheilig.

Elle wich unmerklich zurück und brachte ihn somit dazu, dass er Haltung annahm. »Sobald die Urkunde zur Freilassung meines Gemahls unterschrieben ist, stehe ich Euch als Mätresse zur Verfügung, so lange und so oft Ihr es wünscht.«

Ein rascher Seitenblick zu Lorenzo versicherte ihr, dass Giuliano bei weitem das kleinere Übel war, wenn es darum ging, sich wegen Don Giovannis Leben zu prostituieren. Dabei fragte sie sich, was Lucrezia zu ihrem cleveren Schachzug sagen würde. Doch die stand wie gehabt an ihrem Platz und beobachtete sie aus der Ferne.

Giuliano, der die ganze Zeit ihre Hand gehalten hatte, machte ein Gesicht, als ob ihn der Blitz getroffen hätte. Mit einem so schnellen Sieg hatte er offenbar nicht gerechnet. Und für einen Moment befürchtete Elle schon, allein deshalb würde er das Interesse an ihr verlieren, doch der Glanz in seinen Augen hatte noch zugenommen. »Worauf warten wir?«

Ehe sie sich's versah, zog er sie quer durch den Saal, so dass Lucrezia, die sich bisher im Hintergrund gehalten hatte, Mühe hatte zu folgen.

Kurz bevor Giuliano vor seinem Bruder haltmachte, der noch immer in Gespräche mit gleichrangigen Würdenträgern vertieft war, drehte er sich zu Lucrezia um und blickte ihr scharf in die Augen. »Ihr dürft Euch zurückziehen, bis Eure Herrin Euch rufen lässt.«

»Sehr wohl«, stammelte Lucrezia und warf Elle einen hilflosen Blick zu.

»Um ein Gespräch mit meinem Bruder zu führen, benötigen wir keine Anstandsdame«, stellte er mit einem linkisch anmutenden Grinsen klar.

Himmel, was hat er vor?, dachte Elle. Er würde sie doch nicht etwa mit seinem Bruder teilen wollen, womöglich in der nächstbesten Besenkammer, wie Lucrezia im Vorfeld geunkt hatte.

»Du kannst beim Büfett auf mich warten«, bestimmte Elle kurzerhand und zwinkerte ihrer Dienerin vertraulich zu. Lucrezia zog sich mit einer steifen Verbeugung zurück, die ihren Unwillen nur allzu deutlich machte. Vielleicht ahnte sie, welchen Preis Elle für diesen Vorstoß zu zahlen hatte, doch darüber wollte sie sich lieber erst gar keine Gedanken machen. Sie war kurz davor, nicht nur Giovanni, sondern auch ihre eigene Existenz und die ihrer Diener zu retten. Wobei sie nicht geglaubt hatte, dass es so einfach sein würde, beim Oberhaupt der Medici Gehör zu finden. Ermutigt von dieser Feststellung, beobachtete sie, wie Giuliano seinen Bruder Lorenzo am Arm seiner scharlachroten Robe fasste und ihn mit einem sanften Rütteln auf sich aufmerksam machte.

Als Lorenzo sich eher träge zu ihm herumdrehte, traf sein Blick auf Elle. Seine fast schwarzen Augen schienen augenblicklich wie erstarrt, und auch die Männer in seiner Gesellschaft waren schlagartig verstummt.

Lorenzo war zudem eine ganze Nuance bleicher geworden, und Giuliano, dem dies auch nicht entgangen sein konnte, ergriff hastig das Wort: »Darf ich vorstellen, das ist Gabrielle de' Vincenco. Vielleicht kannst du dich noch an sie erinnern. Ihr Gemahl ist der ehrenwerte Don Giovanni de' Vincenco. Sie ist eine Cousine von Simonetta, daher die Ähnlichkeit.«

Lorenzo de' Medici rang sichtbar nach Worten. Natürlich erinnerte er sich, dass konnte sie an seinen Augen ablesen, aber er schien darüber längst nicht so erfreut zu sein wie sein Bruder. Seine momentane Sprachlosigkeit ermunterte Giuliano dazu, ihr eigentliches Anliegen vorzubringen: »Sie benötigt dringend deine Unterstützung. Hast du mal einen Augenblick Zeit, damit wir irgendwo ungestört miteinander sprechen können?«

Lorenzo versteifte sich und lächelte säuerlich. »Du sieht doch, dass ich in wichtige Debatten vertieft bin«, zischte er ungehalten. »Wenn du sie besteigen willst, geh mit ihr nach oben und tu, was du nicht lassen kannst. Meinen Segen hast du.«

»Lorenzo, ich bitte dich«, erwiderte Giuliano sichtbar entrüstet. »Wo bleibt deine vielgerühmte Höflichkeit?«

Der Ältere verdrehte die Augen, zumal seine Gesprächspartner ihm ungeduldige Blicke zuwarfen und sich mehr und mehr für den Grund der Unterbrechung zu interessieren schienen.

Schließlich gab er widerwillig nach, wobei er Elle keines Blickes würdigte. Mit einem Nicken entschuldigte er sich bei den übrigen Männern und versicherte ihnen, dass er gleich zurückkäme.

Elle beschlich das ungute Gefühl, nicht nur den falschen Zeitpunkt erwischt zu haben, sondern generell die falsche Person zu sein, die Lorenzo beeindrucken konnte.

»Also gut«, sagte er mit einem Schnauben, nachdem er mit ihr und Giuliano ein Stück abseits der Massen zum Stehen gekommen war. »Worum geht's?«

»Nicht hier«, raunte Giuliano. »Lass uns nach nebenan gehen.«

Während Lorenzo unter den kritischen Blicken seiner Ehefrau, die das ganze Szenario mit ein paar anderen Frauen aus der Ferne beobachtet hatte, zu einer Seitentür ging, die aus dem Ballsaal hinaus in einen üppig bemalten Flur führte, fasste sein Bruder Elle, die noch zögerte, am Arm und schob sie mehr oder weniger energisch hinterher. Nachdem sie zu dritt in einer Art Arbeitszimmer angekommen waren, schloss er die Tür hinter sich und setzte von neuem an.

Lorenzo hob unterdessen die Hand. »Schweig«, befahl er seinem konsternierten Bruder, dem das Benehmen des Älteren zunehmend gegen den Strich zu gehen schien. »Ich weiß, wer sie ist, und ich weiß, zu wem sie gehört, und ich weiß, dass sie garantiert nicht die Richtige für dich ist.«

»Verzeiht«, fiel ihm Elle todesmutig ins Wort. »Es geht hier nicht um die Liebe Eures Bruders gegenüber meiner Cousine. Sie ist tot, und ich werde einen Teufel tun, sie ihm zu ersetzen, zumal ich verheiratet bin. Vielmehr geht es um meinen Gemahl, Don Giovanni, der im Kerker des ermordeten Herzogs von Mailand sitzt. Ihm wird vorgeworfen, er sei an der Verschwörung gegen den Herzog beteiligt gewesen. Völlig zu Unrecht, wie er sagt und was ich bezeugen kann. Er hofft nun inbrünstig auf Euch und seine bisher immer guten Beziehungen zum Hause Medici. Um es kurz zu machen: Ich möchte Euch in seinem Namen darum bitten, für seine Unschuld zu bürgen! Er wird es euch tausendfach vergelten.«

Für einen Moment schien Lorenzo de' Medici zu verdutzt, um auf ihre Bitte eingehen zu können. Doch dann sah Elle den mächtigen Dämon, der zähnefletschend hinter seinem Rücken auftauchte und hämisch grinste. Womit sich ihre Hoffnung, Don Giovanni aus den Klauen Ludovicos ausgerechnet mithilfe eines Medici retten zu können, augenblicklich in Luft auflöste. Ganz im Gegenteil. Lorenzo de' Medici kalkulierte offenbar blitzschnell, welche Vorteile er aus der Tatsache ziehen konnte, einen weiteren, vermögenden Konkurrenten aus dem Feld schlagen zu können, der durch Dummheit oder Verschlagenheit – je nachdem, wie man es ihm auslegen wollte – bei einem mächtigen Verbündeten in Ungnade gefallen war.

Sein eindeutiges Urteil konnte Elle an seinem überheblichen Blick ablesen. Er würde sich auf die Seite der herzoglichen Familie stellen und sich seine Loyalität damit bezahlen lassen, dass er zumindest Don

Giovannis Vermögen in Florenz für sich vereinnahmen durfte. Wie konnte Giovanni nur so naiv gewesen sein, ausgerechnet auf die Unterstützung der Medici zu hoffen.

»Es tut mir furchtbar leid, meine Liebe«, begann er mit seiner näselnden Stimme. »Aber in diesem Fall, fürchte ich, sind mir die Hände gebunden.« Dabei gestikulierte er äußerst unpassend mit seinen Fingern vor ihrer Nase herum. »Wie Ihr vielleicht wisst, fühle ich mich dem Hause der Sforzas überaus verbunden, und der Tod unseres geliebten Herzogs war für uns alle ein schwerer Schlag. Umso weniger könnt Ihr erwarten, in Anbetracht all der ungelösten Rätsel um das Attentat und seine Hintermänner, dass ich vorurteilsfrei für Euren Gemahl Partei ergreife. Stellt Euch nur vor, was wäre, wenn seine Mitschuld am Ende doch noch bewiesen würde! Wie stünde ich da?«

»Er ist vollkommen unschuldig«, beschwor ihn Elle aufs Neue. »Ich weiß es bei der Seele meiner Mutter.«

»Und woher wollt Ihr das wissen? Ihr seid nur ein junges Weib, das, wie ich fürchte, gerade dabei ist, meinem Bruder den Kopf zu verdrehen.« Sein scharfer Blick traf Giuliano, der Elle bei jedem Wort an den Lippen klebte und nun – offenbar von der Wahrheit getroffen – seinem Unmut mit einem Laut des Protests Ausdruck verlieh.

»Das kannst du nicht machen, Lorenzo! Sie ist ebenso erledigt wie ihr Gemahl, wenn Ludovico dabei bleibt und Giovanni de' Vincenco hinrichten lässt!«

»Ich kenne Don Giovanni gut genug«, versuchte Elle es noch einmal. »Er würde so etwas niemals tun!«

»Keine Frau weiß, was im Kopf ihres Ehemannes vorgeht«, behauptete Lorenzo kühn und dachte dabei wahrscheinlich an sich selbst.

»Wenn Ihr Euch da mal nicht täuscht«, widersprach ihm Elle vehement. »Ich weiß genau, was in Euch vorgeht. Und dafür muss ich noch nicht einmal hellsehen können.«

»Oho«, spöttelte Lorenzo von oben herab. »Da bin ich aber neugierig!«

»Ihr denkt gar nicht daran, ihm zu helfen. Aber nicht, weil Ihr um Euren Ruf fürchtet, sondern weil ihr Eure eigenen Interessen verfolgt«, entfuhr es Elle unüberlegt. »Zum einen, weil dies eine einfache wie geniale Möglichkeit für Euch ist, das Vermögen der Vincencos für Euch beschlagnahmen zu lassen, und zum anderen, weil Ihr mich wegen meiner Ähnlichkeit mit Simonetta verachtet. Es weckt unschöne Erinnerungen in Euch und die Furcht, dass die Wahrheit über ihren Tod eines Tages vielleicht doch noch ans Licht kommen könnte. Aber da müsst Ihr Euch keine Sorgen machen. Solange Ihr tut, was ich von Euch verlange, werde ich schweigen wie meine Cousine im Grab.«

Wie sie es fertigbrachte, nach so einem wahnwitzigen Vorstoß noch ein katzenhaftes Lächeln aufzusetzen, war selbst ihr nicht ganz klar.

Lorenzo de' Medici hingegen schien tatsächlich beeindruckt. Nicht weniger sein Bruder, der nun wiederum Lorenzo fragend anschaute.

»Was meint sie damit, die Wahrheit über Simonettas Tod könne ans Licht kommen?«

Lorenzo schob seine Verblüffung energisch zur Seite. »Ihr seid eine Hexe …«, flüsterte er mit näselnder Stimme, was dem ganzen Auftritt etwas Kurioses, ja sogar Lächerliches verlieh. »Vielleicht sogar etwas viel Schlimmeres …«

»Das müsst Ihr gerade sagen!«, höhnte sie. »Ihr habt da nämlich einen ziemlich fetten Dämon auf Euren Schultern sitzen, der Eure Seele zu solch schlimmen Taten verführt, was Euch früher oder später direkt in die Hölle führen wird«, spie sie zurück. »Ihr könnt ihn nicht sehen, aber ich kann es. Und ich muss schon sagen, ich würde mich fürchten, wenn ich wüsste, dass mir ein solch gewaltiger Gehilfe des Teufels im Nacken sitzt!«

»Das ist ja ungeheuerlich«, wehrte Lorenzo ihre Behauptung angewidert ab. »Ihr habt genau einen Herzschlag lang Zeit«, raunte er mit funkelnden Augen, »Euch von hier zu entfernen, ansonsten lasse ich die Stadtwachen rufen, damit man Euch unverzüglich in einen Kerker sperrt, weil ich Euch samt Eurer Zofe der Hexerei beschuldige.«

Spätestens mit den letzten beiden Worten dieses Scheusals war Elle klar: Sie hatte einen nicht wiedergutzumachenden Fehler begangen. Atemlos beobachtete sie Lorenzos davongaloppierenden Puls, der sich gut sichtbar an seiner dicken Halsschlagader zeigte. Wegen ihres vorlauten Mundwerks würde Don Giovanni nun sterben müssen. Und wenn es ganz schlecht lief, nicht nur er. Beweise dafür, dass Lorenzos Drohung ernst gemeint war, benötigte sie nicht. Lorenzos Dämon gab einen zischenden Laut von sich, und Elle sah noch, wie er eins mit dem derzeitigen Oberhaupt der Medici wurde, das nicht bemerkte, wie das Böse ganz und gar von ihm Besitz ergriff. Für Elle höchste Zeit, sich ohne Gruß zu verabschieden. Da nützte es auch nichts, dass der gute Giuliano, der sich um sein nächtliches Abenteuer betrogen sah, ihr hinterherspurtete wie ein Fackelläufer, um ihr mit einer hilflosen Geste die Tür aufzuhalten.

»Es tut mir leid …«, stammelte er sichtlich verwirrt. »Lorenzo meint es sicher nicht so …«

»Anscheinend kennt Ihr Euren Bruder tatsächlich nicht«, stellte sie mitleidig fest und sah ihm resigniert in die Augen. »Er ist ein abscheuliches Ungeheuer. Keine Ahnung, warum Ihr so ganz anders geraten seid.«

Giuliano wirkte plötzlich ernsthaft beunruhigt. »Glaubt Ihr wirklich, mein Bruder trüge eine Mitschuld an Simonettas Tod?«

Einen Moment lang sah Elle ihm tief in die Augen. »Ich bin mir sicher, dass er selbst Eure Geschicke zu lenken versucht«, antwortete sie diplomatisch. »Und da kam ihm der Tod meiner Cousine gerade recht.«

Giuliano, der darauf nichts zu erwidern wusste, ließ sie wortlos ziehen.

Mit rasendem Herzen beeilte sie sich, nun in den Ballsaal zu gelangen, wo Lucrezia ungeduldig am Büfett auf sie wartete.

»Wie ist es gelaufen?«, fragte ihre Dienerin hoffnungsvoll, wobei ihr Blick zu Giuliano wechselte, der in einigem Abstand und mit offenem Mund stehengeblieben war, unschlüssig, ob er Elle folgen sollte.

»Ich hab's verdorben«, stieß Elle mit einem Seufzer hervor und zog Lucrezia zur Garderobe, wo sie bei Kerzenschein ihre Mäntel entgegennahmen. »Lass uns so schnell wie möglich von hier verschwinden. Wir müssen die Bediensteten im Palazzo warnen und uns selbst so rasch wie möglich in Sicherheit bringen.«

»Heilige Mutter Gottes, was ist geschehen?«, stammelte Lucrezia mit aufgerissenen Augen, während sie Elle in den umständlich weiten Umhang half.

»Es sieht alles danach aus, als ob Lorenzo de' Medici schon morgen das Vermögen von Don Giovanni beschlagnahmen ließe, und da gehört das Haus und alles, was sich darin befindet, nun mal dazu.«

Dass er sie beide zudem auf den Scheiterhaufen zu bringen gedachte, behielt Elle lieber für sich.

»Und da kann man nichts gegen tun?« Ihre großen, blauen Augen nahmen einen naiven Ausdruck an. »Warum hast du dich Lorenzo nicht als Mätresse angeboten?«, fragte sie verständnislos.

»Himmel, du kannst Fragen stellen!«, fluchte sie. »Weil er mich nicht will! Im Gegenteil, er hat mich als Hexe bezeichnet und mir damit gedroht hat, uns beide wegen Hexerei anklagen und einkerkern zu lassen«, brach es aus Elle hervor. Sie ersparte Lucrezia weitere Einzelheiten, als ihnen in der Nähe des Aufenthaltsraumes für die Wachmannschaften unvermittelt drei betrunkene Söldner entgegentorkelten, die sich offenbar für sie interessierten. Elle wehrte sie ohne Angst ab. Was konnte ihnen jetzt noch passieren? Schlimmer konnte es ja nicht kommen. Die Männer riefen ihnen lediglich ein paar unflätige Sprüche hinterher.

»Uns?«, fragte Lucrezia blöde, wobei sie das Verhalten der Soldaten konsequent ignorierte. »Was habe ich denn damit zu tun?«

»Mitgefangen, mitgehangen«, erklärte Elle ungerührt. »Heißt es nicht so?«

Entschlossen setzte sie ihre Ellbogen ein, um sich durch einen Pulk von angsteinflößenden, finster dreinblickenden Kerlen einen Weg zu bahnen. Manche pöbelten zurück, weil sie sich, an leere Weinfässer gelehnt, beim Würfelspiel gestört sahen. Als sie bemerkten, dass der Störenfried eine gutaussehende Frau war, hagelte es anzügliche Pfiffe und obszöne Bemerkungen.

»Wo sind denn eigentlich unsere starken Begleiter?« Elle hielt ihren Blick auf der Suche nach Rudolfo und Antonio stur über die krakeelende Menge hinaus gerichtet. Doch die beiden waren weit und breit nicht zu sehen. Nachdem sie all ihren Mut zusammengenommen und einen der halbwegs nüchternen Söldner angesprochen hatte, erfuhr sie, dass ihre Wachen offenbar schon vor einiger Zeit die Runde der wartenden Soldaten verlassen hatten. »Seht doch mal in den Stallungen nach, ob die Pferde noch da sind«, riet ihr der uniformierte Mann sichtlich verwundert.

»Ich gehe«, erklärte Elle gegenüber Lucrezia. »Du bleibst hier und wartest, ob sie nicht vielleicht doch noch auftauchen.«

»Ich kann die beiden nirgends finden«, rief Elle ihrer Dienerin bei ihrer Rückkehr in die Halle zu. Wobei Lucrezia offenbar alle Mühe hatte, sich der Avancen weiterer betrunkener Söldner zu erwehren, die auf dem Weg nach draußen waren.

»Ich habe überall nach ihnen gesucht.« Elle zog Lucrezia von drei anzüglich grinsenden Kerlen weg.

»Einer von denen sagte mir, die beiden seien vor längerer Zeit gegangen.«

»Im Stall waren sie nicht, und auch ihre Pferde habe ich nicht entdecken können.«

»Vielleicht sind sie nach Hause geritten und wollten später mit der Kutsche zurückkehren, um uns abzuholen«, überlegte Lucrezia laut.

»Verdammt«, entfuhr es Elle, die fieberhaft überlegte, was nun zu tun war. »Wir können nicht hierbleiben und auf sie warten.«

»Und was machen wir dann?«, fragte Lucrezia, der man ansehen konnte, dass sie diese stickige Halle und die betrunkenen Kerle nicht länger ertrug.

»Also gut«, beschloss sie frustriert. »Dann gehen wir eben ohne männliche Begleitung nach Hause.«

Der Palazzo Vincenco war schließlich nicht so weit entfernt, dass man nicht auch hätte zu Fuß gehen können.

Mit einem Mal fing es heftig zu regnen an. »Ist das normal?«, schimpfte Elle. »So viel Pech kann man ja gar nicht haben.«

»Ich halte es nicht für ratsam, zu Fuß zu gehen!«, monierte Lucrezia, während Elle sie auf die Straße zog. »Wenn die Fackeln verlöschen, ist es stockdunkel auf den Straßen, und nach dem Fest laufen dort jede Menge Betrunkene und anderes Gesindel herum – ich habe keine Lust, von einem Taugenichts überfallen zu werden.«

Vergeblich sah Elle sich nach einer Mietkutsche um. Die komplette Via Larga war von den Söldnern gesperrt. Falls es irgendwo Sänften oder Kutschen gab, so mussten diese zunächst einmal den freien Platz erreichen. Doch Elle kannte sich in Florenz gut genug aus, um zu wissen, dass sie genauso gut über die Via dei Servi, eine Parallelstraße, in den Süden der Stadt gelangen konnten, dorthin, wo die Villen des alteingesessenen Adels standen, zu denen auch der Palazzo Vincenco gehörte.

Elle bemerkte, wie Lucrezia sich versteifte. »Ich erinnere dich daran, dass uns il Magnifico nicht nur rausgeworfen hat. Er will uns vernichten! Wenn uns nicht schnellstens etwas einfällt, landen wir womöglich noch im Bargello.«

Lucrezias Angst, in den Folterkammern der Stadt zu enden, war offenbar größer als die, überfallen zu werden. »Heilige Maria, Mutter Gottes«, jammerte sie und schaute sich unentwegt zum offenen Hauptportal des Palazzo Medici um, an dessen Bronzetoren im Schein der lodernden Fackeln weitere Söldner herumlungerten und ihnen liebeshungrige Blicke zuwarfen.

»Komm«, drängte Elle und zog die Kapuze ihres Umhangs tiefer in die Stirn. »Wir müssen es versuchen. Allein schon, um Maria und die anderen Diener rechtzeitig zu warnen.«

KAPITEL 10

Dunkler Pakt

Januar 1477 – Florenz

Schon nach wenigen Metern, als sie die Gärten des Palazzo Medici hinter sich gelassen hatten, spürte Elle, dass sie verfolgt wurden. Wobei sie nicht wusste, ob die Kerle es auf ihren Schmuck abgesehen hatten oder auf die ungeschützte Ehre einer unvorsichtigen Frau. Viel schlimmer war jedoch die Vorstellung, es könnten Schergen Lorenzo de' Medicis sein, die ihr persönlich auf den Fersen waren und sie im Auftrag ihres Patrons einkerkern lassen wollten. Spätestens jetzt wurde ihr klar, dass sie sich in allerhöchster Gefahr befanden. Ihr Herz raste beinah so stark wie beim Tod des Herzogs.

Wenigstens hatte es zu regnen aufgehört, doch ihre Kleidung war feucht, und ihr war kalt.

Elle beschleunigte ihre Schritte und steuerte in die Mitte der Straße, die nicht gepflastert, sondern lediglich mit Kies und Sand ausgestreut war.

»Was ist?«, fragte Lucrezia angstvoll. Offenbar hatte sie noch nicht bemerkt, dass sie verfolgt wurden. »Warum gehst du so schnell?«

»Weil es hier ziemlich düster ist«, flüsterte Elle hastig, »und weil ich mich von den Gestalten, die uns auf den Fersen sind, nicht in irgendein Gebüsch ziehen lassen will.«

»Gestalten?« Lucrezia blieb wie angewurzelt stehen und horchte in die Nacht. »Sag nur, jemand ist hinter uns her.« Die Schritte der Männer waren nun deutlich zu vernehmen und hatten an Tempo sogar noch zugelegt. Für Elle bestand kein Zweifel mehr, dass sie gut daran taten, ihnen möglichst rasch zu entkommen.

»Los!«, zischte sie Lucrezia zu. »Wir haben es nicht mehr weit bis nach Hause. Raff deine Röcke und lauf, so schnell du kannst!«

Eine Welle der Angst erfasste sie aufs Neue, als Lucrezia sie losließ und sich ihres schweren Kapuzenmantels entledigte. Mit gerafften Röcken rannte sie über die unebene Straße voraus. Elle folgte ihr und fragte sich zugleich, wie weit die Verfolger wohl noch entfernt waren.

Hinter ihnen hackten die Sohlen schwerer Stiefel über die Straße, der Rhythmus war ungleich, also waren es, wie vermutet, mindestens zwei Männer, die es auf sie abgesehen hatten. Atemlos sah sie sich um, ob irgendwo noch ein Feuerkorb brannte oder jemand zu sehen war, der ihnen hätte helfen können. Doch da waren nur ein paar streunende Katzen, die fauchend das Weite suchten.

Eine Weile konnten sie das Tempo durchhalten. Doch gegen ein paar durchtrainierte Söldner, die es gewohnt waren, weite Strecken zu Fuß zurückzulegen, hatten sie keine Chance.

»Ich kann nicht mehr!«, keuchte Lucrezia, nachdem sie eine Weile gerannt waren, und blieb für einen Moment stehen.

»Red nicht, renn!«, befahl ihr Elle erbarmungslos, der selbst ganz schlecht war vor Anstrengung. Längst spürte sie die Kälte der dämonischen Schatten ihrer Verfolger, die ihr wie ein eisiger Hauch über den Nacken strich.

Einem Wolf gleich, der ein Kaninchen schnappt, stürzte sich aus der Dunkelheit einer der Männer auf Lucrezia, die daraufhin mit einem hellen Aufschrei der Länge nach auf den Boden schlug. Elle hörte noch die gurgelnden Geräusche neben sich, während der Kerl im fahlen Mondlicht mit ihrer Dienerin rang und sie mit der flachen Hand ins Gesicht schlug.

Aus Angst, dass ihr das Gleiche passieren könnte, schlug Elle einen regelrechten Haken. Doch immer mehr wuchs in ihr die Gewissheit, dass sie es unmöglich schaffen konnte, ihren Verfolger abzuschütteln.

Spätestens als sie die Nähe eines weiteren Mannes nicht nur spüren, sondern sogar riechen konnte, weil sein Schweißgeruch und sein alkoholgeschwängerter Atem zu ihr herüberschwappten, fuhr sie herum und bohrte ihm mit einer reflexartigen Bewegung den Ellbogen in die Magengrube. Zu ihrer Überraschung klappte der Kerl mit einem Stöhnen zusammen und krümmte sich am Boden. Elle, die nicht wusste, woher sie die Kenntnis und den Mut dazu nahm, wartete nicht lange und trat ihm mit der gleichen Wucht in den Unterleib, auch wenn sie dessen Position im Dunkeln nur vage erahnen konnte. Noch einmal stöhnte der Mann auf, und sie hörte, wie er sich offenbar übergab. Sie war schon als Kind nie zimperlich gewesen, wenn es darum gegangen war, sich gegen die Grobheiten irgendwelcher Nachbarsjungen zu verteidigen, vielleicht war das der Grund, warum sie so geschickt reagierte.

Blitzschnell sondierte sie die Lage. Offenbar waren die Männer nur zu zweit gewesen. Der andere Kerl hatte Lucrezia allem Anschein nach von der Straße weg in ein Gebüsch verschleppt. Vorsichtig folgte sie den beiden. Glücklicherweise war dem zweiten Söldner noch nicht aufgefallen, dass sein Kamerad halb ohnmächtig auf der Straße lag. Panisch suchte Elle die Umgebung ab, ob nicht irgendwo ein Knüppel lag, den sie dem Kerl über den Schädel ziehen konnte, doch es war zu finster, um am Boden irgendetwas Brauchbares erkennen zu können. Hinzu kam, dass sie dem anderen Mann unbedingt zuvorkommen musste, bevor er Lucrezia vergewaltigte und sie womöglich tötete. Er hatte gewiss einen Dolch an seinem Gürtel.

Plötzlich kam ihr eine Eingebung. Hastig rannte sie auf die Straße zurück, wo ihr Angreifer, so hoffte sie, noch am Boden lag. Falls sie es schaffte, ihm seine Waffen zu entreißen, war sie fest entschlossen, ihn zu töten und den anderen auch, ganz gleich, ob sie danach in der Hölle schmoren würde.

Doch als sie zu der Stelle gelangte, wo sie ihren Widersacher zurückgelassen hatte, war er verschwunden. Sie konnte ihn nicht sehen, aber seine Anwesenheit regelrecht spüren. Er verharrte ganz dicht in ihrer Nähe. Im letzten Moment duckte sie sich, als er ohne Vorwarnung zustach und sie verfehlte. Elle schrie unwillkürlich auf und versuchte, ihm zu entkommen. »Du verdammtes Luder!«, zischte er. »Wenn ich dich erwische, schneid ich dir die Kehle durch!«

Kein Zweifel, er hatte ein Messer in der Hand, wie sie im spärlichen Licht des Mondes erkennen konnte. In ihrer Not rannte sie einfach drauflos, bis sie eine dürftige Lichtquelle bemerkte, die ihr wie ein Zeichen der Hoffnung aus einem Geflecht dunkler Mauern entgegenleuchtete. »Hilfe!«, schrie sie so laut, wie es ihre Lungen zuließen. Immer noch in dem Bewusstsein, dass sie von einem messerschwingenden Ungeheuer verfolgt wurde. Während er immer näher kam, nahm sie noch einmal allen Atem, den sie erhaschen konnte, zusammen und schrie: »Hilfe!«

Sie rechnete nicht damit, dass jemand reagierte, nachdem niemand auf die Idee kam, spontan Türen und Fenster zu öffnen, geschweige denn auf die Straße trat. Schon spürte sie, wie das Messer auf ihren Nacken herabsauste, und stolperte, bevor sie das Haus mit der Lichtquelle erreichte. Im gleichen Moment sprang die Tür auf und jemand streckte ihr eine Fackel entgegen.

»Hilfe!«, schrie Elle, die zu Boden gestürzt war, mit letzter Kraft.

»Hey!«, rief eine schneidende Männerstimme, und bevor sie realisierte, was weiter geschah, machte der Mann im Schein der Fackel einen gewaltigen Satz und verwickelte ihren Verfolger in einen gnadenlosen Schwertkampf. Elle robbte unter den ächzenden Kämpfern davon und brachte sich kauernd am Rand der hölzernen Veranda in Sicherheit. Inzwischen waren weitere Männer herangekommen und mischten sich in das Geschehen ein. Rasch begriff Elle, dass es sich bei ihren Rettern um geübte Söldner handeln musste, ähnlich jenen, die sie in der Wartehalle der Medici gesehen hatte. Ihre Kampfkraft war ebenso exzellent wie ihre Waffen und eisenbeschlagenen Harnische. An der Tür des Hauses, aus dem sie gekommen waren, standen ein paar leichtbekleidete Mädchen, die laut kreischend ihr Entsetzen zum Ausdruck brachten. Schon erschien ein dicker Glatzkopf mit einer fleckigen Schürze um den Bauch, der etwas in den Händen hielt, das wie ein großer Knüppel aussah. Elle rappelte sich hastig auf und stolperte in Richtung des Dicken, der die Mädchen inzwischen ins Haus gescheucht hatte. Behäbig wie ein Bär versuchte er Elle am Arm zu erwischen und ebenfalls in die Stube zu ziehen, doch sie entwand sich geschickt und fuhr sogleich herum, um zu sehen, was dort draußen vor der Veranda geschah. »Auf der anderen Straßenseite im Garten ist noch meine Dienerin«, keuchte sie panisch. »Ein zweiter Mann hat sie ins Gebüsch gezogen!« Inzwischen machte sie sich ernsthafte Sorgen um Lucrezia. In der Finsternis war nicht zu sehen, was ihr Peiniger mit ihr angestellt hatte. Ihr eigener Verfolger war noch immer in einen brutalen Kampf mit fünf bestens bewaffneten Männern verwickelt. Stahl auf Stahl klirrte, als ob jemand mit einem Hammer auf einen Amboss geschlagen hätte. Der Kampf war unheimlich hart, und als ihr Verfolger endlich zu Boden ging und zwei weitere erbarmungslos auf ihn einstachen, erfasste Elle trotz aller Grausamkeit so etwas wie Erleichterung. Ausgestreckt und blutüberströmt lag ihr Peiniger im Dreck und rührte sich nicht mehr. Währenddessen löste sich seine Seele vom Körper und starrte sie aus leblosen Augen an. »Deine Freundin ist tot«, spie er ihr lautlos entgegen.

Elle schüttelte sich ob dieser Erscheinung und rief sich ins Gedächtnis, dass der Kerl nun eine Art Geist war und ihr nichts mehr antun konnte. »Da ist noch ein zweiter Mann«, rief sie ihren Rettern abermals zu und deutete in die Nacht, zu jener Stelle, wo sie Lucrezia und ihren Peiniger vermutete. »Er hat meine Dienerin verschleppt!«

Vier ihrer Retter rannten auf Geheiß eines Fünften mit gezückten Schwertern in die Nacht.

Ihr offensichtlicher Befehlshaber stieß ihren toten Verfolger noch einmal mit der Stiefelspitze an, um zu prüfen, ob er wirklich erledigt war.

Aber der grobschlächtige Mann, der ebenfalls die dunkle Uniform eines Söldners trug, glotzte sie nun noch aus gebrochenen Augen an. Ein ganzes Stück hinter ihm glaubte sie zu erkennen, wie sein Geist, oder vielleicht war es ja doch seine Seele, von einem dunklen Schatten verschluckt wurde. Beinahe gleichzeitig fasste eine Hand nach ihrer Schulter. In Panik fuhr sie herum. Es dauerte einen Moment, bis sie im spärlichen Licht den unrasierten Mann mit den intensiv leuchtenden, grauen Augen erkannte. Sein schulterlanges, lackschwarzes Haar und das markante männliche Gesicht ließen keinen Zweifel. Im ersten Moment war sie verwirrt. Er war etwas älter als bei ihrer ersten Begegnung, und doch bestätigten ihr die Lachfältchen und der ausdrucksvolle

Mund, dass es sich tatsächlich um Damian de' Castello handelte. Was für ein unglaublicher Zufall. Lucrezia hatte ihn erst vor wenigen Tagen erwähnt und damit in ihre Erinnerung zurückgebracht. Seitdem hatte sie immer wieder an ihn denken müssen. Und nun war er hier. »Damian?«, flüsterte sie wie in Trance. Er nickte verblüfft und lächelte. »O mein Gott! Damian! Du bist es wirklich!«

Obwohl alles nach Plan funktioniert hatte, fürchtete Damian im ersten Moment, dass bei seinem Vorhaben, Elles Seele unbemerkt in den Körper der vorherigen Gabrielle zu versetzen, etwas grundlegend schiefgegangen war. Wobei seine Hauptsorge dem Wort *unbemerkt* galt. Was war, wenn sie sich an ihn und ihre Zukunft erinnerte? *Unterschätze nie die Liebe einer Mutter, denn sie hat eine gewaltige Kraft,* hatte seine eigene Mutter ihm stets zu bedenken gegeben. Sollte Elle sich also an ihr Leben in der Zukunft und vor allem an ihre Tochter Luisa erinnern, so würde sie alles tun, um wieder dorthinzugelangen.

»Was meinst du damit, ich bin es wirklich?«, fragte er unsicher und starrte auf ihren herzförmigen Mund, während ihre großen lindgrünen Augen ihn prüfend fixierten. Beinahe hatte er vergessen, wie schön sie in Wirklichkeit war. Wie ihre Cousine Simonetta hatte sie ein paar vereinzelte Sommersprossen im Gesicht, weshalb ihre Augen noch intensiver leuchteten.

»Damian. Du bist doch Damian de' Castello. Der Mann, den ich auf Simonettas Vermählungsfeier kennengelernt habe. Oder irre ich mich etwa?«

»Nein … nein … du irrst dich nicht«, stammelte er wie ein Schuljunge, froh darüber, dass ihre Erinnerungen an ihn offenbar aus dem Diesseits stammten. Ihr Gedächtnis aus dem 15. Jahrhundert schien das der Elle aus der Zukunft allem Anschein nach zuverlässig zu überlagern.

Damian stellte sich vor, wie es sein würde, wenn sie endlich wieder seine Frau wäre und er sie erst geschwängert hätte. Diesmal würde er alles dafür tun, dass sie und das Kind am Leben blieben.

»Jetzt wird alles gut«, wisperte sie und sprach unwillkürlich aus, was er dachte. »Ich bin so froh, dass du derjenige bist, der mich gerettet hat.«

Plötzlich hielt sie inne und schaute an ihm vorbei. »Lucrezia! Deine

Freunde müssen sie aus den Klauen dieses Mistkerls retten!«, rief sie aufgebracht und war beinah schon wieder auf der Straße, um ihr zu Hilfe zu eilen.

Damian, der Elle wie gewohnt um mehr als Haupteslänge überragte, hielt sie auf, indem er sie ungefragt um die Taille packte und an sich zog. »Keine Sorge«, murmelte er, ganz gebannt von ihrem irritierten Blick. »Meine Kameraden überlassen nichts dem Zufall, sie werden ihn stellen, das verspreche ich dir. Und auch deiner Freundin wird nichts Schlimmes geschehen.«

Dann ließ er sie los, als ob er sich an ihr verbrannt hätte. Er durfte nicht zu schnell vorpreschen, wenn er ihr Vertrauen auf eine natürliche Weise gewinnen wollte.

»Was macht dich so sicher?«, fragte sie ängstlich.

»Ich weiß einfach, dass ich mich auf meine Männer verlassen kann.«

Er konnte diese Aussage mit einiger Sicherheit vertreten, da er ja wusste, was als Nächstes passieren würde und warum sie überhaupt hier war. Wobei er nicht mit letzter Gewissheit sagen konnte, wie sehr die kommenden Geschehnisse mit zunehmenden Änderungen von denen der vorherigen Vergangenheit abweichen würden.

Ihr Blick ruhte auf seiner Kleidung. Schwarze Lederhose, schwarze Stiefel, braune Samtjacke, auf deren Schulter das Wappen der Pazzi prangte. Zwei aufgestickte, einander abgewandte, goldene Delphine auf blauem Grund, von fünf goldenen Kreuzen umringt.

»Also hatte Lucrezia recht«, bemerkte sie leise. »Du bist tatsächlich einer der berüchtigten Söldner der Pazzi-Familie.« Ihr Blick wanderte über seinen nietenbeschlagenen Lederharnisch, über dem er im Augenblick sogar ein Kettenhemd trug. »Du siehst umwerfend aus«, konstatierte sie nüchtern. Mit einem solchen Kompliment hatte er absolut nicht gerechnet.

»Wolltest du nicht immer Advokat werden?«, fragte sie ihn verwundert.

»Ja«, gestand er verdattert. »Aber ich hab's mir anders überlegt. Ich kämpfe lieber mit dem Schwert als mit Worten. Man erreicht seine Ziele schneller und wirkungsvoller.«

Zu seiner Verwunderung antwortete sie nicht, sondern sah ihn nur durchdringend an. Sie zitterte am ganzen Körper.

»Wir sollten reingehen.« Wieder legte er ungefragt seinen Arm um ihre Taille und führte sie ins Haus.

Mein Gott, war das schön, ihre Nähe zu spüren, den Duft ihres Parfüms zu riechen und die Vorstellung, wie es sein würde, mit ihr das Lager zu teilen. *Du wirst dafür bitter bezahlen*, sagte ihm eine innere Stimme. *Ich habe bereits bitter dafür bezahlt,* antwortete er ohne Reue.

Elle zitterte immer noch, als er sie in die geheizte Schankstube brachte. Hastig sah sie sich um. Ein Hurenhaus, gar keine Frage.

»Ist dir kalt?« Damian wartete nicht auf eine Antwort, sondern rief nach einer wärmenden Decke, die ihm kurz darauf eines der leichtbekleideten Mädchen mit einem argwöhnischen Blick reichte. Neugierig beäugten sie und die anderen Elle, die sich ihrerseits kaum zurückhalten konnte, auf deren spärliche Bekleidung zu starren. Die Ausschnitte ihrer durchscheinenden Überkleider waren so tief, dass man ihre nackten Brüste nicht nur erahnen, sondern bei der kleinsten Bewegung deutlich erkennen konnte. Die üppigen Haare zu kunstvollen Gebilden aufgetürmt, die Gesichter grell geschminkt, war es keine Frage, welcher Beschäftigung diese jungen Frauen nachgingen.

»D… d… danke«, stotterte Elle, nachdem Damian ihr die Decke fürsorglich um die Schultern gelegt hatte. »Aber ich zittere nicht wegen der Kälte. Ich glaube, das ist die Aufregung. Der Abend war einfach ein bisschen zu viel für mich.«

Der Wirt, der gut genährt hinter einem der hölzernen Tresen stand, versah Elle indes mit einem Blick, als ob er einen Geist vor sich hätte. Ihre Frisur hatte sich zu einer rotblonden Mähne aufgelöst, die ihr völlig wirr über die Schultern bis zu den Hüften fiel. Hastig ordnete sie ihre Haare und schlang sie zu einem Knoten. Damian sah sie merkwürdig an. »Dein Haar«, sagte er leise, während sein Blick auf ihren rotblonden Locken ruhte. »Ich glaube, ich hatte vergessen, wie wunderschön es ist.«

»Du erinnerst dich an mein Haar?« Ungläubig schaute sie auf. Dabei stellte sie fest, dass ihr Kleid auf Höhe der Achseln gerissen war und nicht nur Damian einen ziemlich sündigen Einblick auf den Ansatz ihrer Brüste gewährte. Doch der Wirt glotzte ihr immerzu ins Gesicht. Hastig fuhr sie sich über Mund, Nase und Stirn und kontrollierte, ob sie vielleicht blutete. Aber es schien alles in Ordnung zu sein.

»Ist das nicht …?« Der Wirt glotzte nun Damian völlig verdattert an, der sie, ohne zu zögern, auf eine hölzerne Bank dirigierte und dazu aufforderte, sich hinzusetzen. »Ich dachte, sie sei tot!«

»Ist sie auch«, entfuhr es Elle mit einem entnervten Seufzer. Der Mann hielt sie ebenfalls für Simonetta Vespucci. »Ich bin ihre Cousine.«

Im Schein einiger Kerzen fiel ihr auf, dass sie die Männer zuvor offenbar beim Würfelspiel gestört hatte. Ein Gedanke, der sie beruhigte. Aus irgendeinem unerfindlichen Grund wollte sie sich ihren gutaussehenden Retter nicht zwischen den Schenkeln einer Hure vorstellen. Obwohl es wahrscheinlich naiv war, zu denken, er wäre ein Unschuldslamm, hatte sie ihn doch als solches in Erinnerung, zumindest als sie sich das erste Mal über den Weg gelaufen waren.

Damian schob unterdessen die Würfel und eine Schiefertafel zur Seite, um Platz zu machen. Außerdem standen noch fünf halbvolle Gläser und ein Krug auf dem Tisch. In einem war noch ein Rest Rotwein. Elle war versucht danach zu greifen und ihn in einem Schluck hinunterzustürzen. Doch dann dachte sie an Lucrezia, die noch da draußen war, und ließ es bleiben. Damian schien zu wissen, was ihr fehlte.

»Giacomo, bring der Dame einen Vino Cotto. Sie sieht aus, als ob sie einen Beruhigungstrunk vertragen könnte.«

Gekochter Wein. Elles Köchin liebte es, dieses Gebräu mit allerlei Gewürzen zuzubereiten. Es war durch das lange Einkochen unglaublich süß und enthielt kaum Alkohol.

»Ich glaube, ich hätte jetzt lieber einen Grappa«, bemerkte Elle mit der gebotenen Zurückhaltung.

»Tu, was die Dame sagt«, empfahl ihm Damian in einem Befehlston, der Elle überraschte.

Der Wirt reagierte prompt und brachte ihr einen vollen Krug davon und ein Glas. Dann verbeugte er sich und murmelte: »Zu Euren Diensten, Madonna.«

Allem Anschein nach begegnete er Damian und seinen Kameraden mit einem höllischen Respekt. Elle glaubte es auch an der Art zu erkennen, wie seine Augen nervös hin und her huschten. Sie bedankte sich höflich und nahm einen vorsichtigen Schluck. Obwohl der Grappa ihren Durst nicht stillte, beruhigte er ungemein.

Der Wirt starrte sie immer noch an, während sie Schluck für Schluck an ihrem Glas nippte. Offenbar glaubte er ihr nicht, was ihre Identität betraf. »Soll ich einen Eid leisten, dass ich nicht Simonetta bin?«, flüsterte sie Damian mit erhobener Braue zu. Er reagierte mit einem schelmischen Grinsen und zeigte dabei seine immer noch makellosen Zähne, die eine ausgesprochen helle Farbe und eine regelmäßige, eckige Form aufwiesen. Überhaupt war er ein unverschämt gutaussehender Kerl, was ihr bereits damals, bei ihrem ersten Zusammentreffen, aufgefallen war. Wie hatte sie das nur verdrängen können? Aber wahrscheinlich hatte ihr diese Gabe das Leben gerettet. Mit Damian in ihrer Vorstellung und Giovanni an ihrer Seite, hätte sie sich ja gleich den Torre del Arnolfo hinunterstürzen können.

»Los, sag ihm noch einmal, dass ich nicht die bin, für die er mich hält«, befahl sie ihm mit einem Augenzwinkern.

Ohne lange darüber nachzudenken, nahm sie den Krug und schenkte sich nach. Der Schnaps betäubte auf wundersame Weise ihre Angst. Ähnlich wie Damian, der wie ein Fels in der Brandung neben ihr saß und sie unentwegt anschaute. Was mochte er nur von ihr denken? »Tut mir leid«, entschuldigte sie sich. »Aber das ist so ein Tag, an dem ich mich am liebsten betrinken würde. Dabei liegt Lucrezia irgendwo da draußen und braucht meine Hilfe.« Als sie aufspringen wollte, um sich zu vergewissern, ob ihre Dienerin inzwischen gefunden worden war, hielt Damian sie mit eiserner Faust zurück.

»Warte, bis meine Kameraden zurückkommen. Es ist zu gefährlich für dich, allein nach draußen zu gehen.« Zum wiederholten Mal spürte sie, wie unglaublich stark er war. Sein männlich-herber Duft tat ein Übriges. Er benutzte irgendein unvergleichlich gutes Parfüm, das nach Moschus und Ambra duftete und das sie am allerwenigsten an einem Söldner vermutet hätte. Nicht zum ersten Mal fragte sie sich, wie alt er wohl inzwischen war. An seinen geschmeidigen Bewegungen gemessen, war er noch keine dreißig. Er hatte ein paar Fältchen um die Augen und auf der Stirn, aber dennoch schätzte sie ihn allenfalls auf fünfundzwanzig.

»Du solltest sitzen bleiben und dich ausruhen, Gabrielle«, empfahl er ihr förmlich. »Meine Kameraden werden alles in ihrer Macht Stehende tun, um deine Freundin zu finden. Und soweit ich es beurteilen kann – verzeih mir meine offene Rede –, hat man dich offenbar auf den Kopf geschlagen und es geht dir noch nicht gut genug, um dich erneuter Gefahr oder dem Anblick einer vergewaltigten Frau auszusetzen.«

»Ich weiß selbst, was für mich am besten ist«, widersprach sie ihm, leicht verärgert darüber, dass er sie behandelte wie eine Mimose.

Bevor er noch einmal widersprechen konnte, sprang die Tür auf, und einer seiner Begleiter, ein großer unrasierter Kerl mit blonden, kurzgeschnittenen Haaren, trug Lucrezia herein. Ihr rotes Haar hing strähnig an ihr herunter, und ihr Gesicht war von blauschwarzen Flecken bedeckt. Lippe und Nase waren blutverschmiert, außerdem hatte man ihr die Kleider zerrissen, aber Hauptsache, sie lebte noch.

Schon waren die halbnackten Huren zur Stelle und begafften sie wie einen seltenen Vogel, dabei schwatzten sie aufgeregt durcheinander. Mit Blick auf den Wirt rief eine auffallend schöne Dunkelhaarige mit drallen Brüsten und heller Haut: »Ihr könnt die Frau auf mein Zimmer bringen und dort in mein Bett legen, so lange, bis es ihr besser geht. Ich kann heute Nacht bei Petronella schlafen.«

»Giacomo«, forderte Damian den orientierungslos dreinschauenden Wirt auf. »Jacarandas Vorschlag ist sehr entgegenkommend. Ich wäre dir dankbar, wenn du zustimmen würdest. Wenigstens so lange, bis die junge Frau wieder zu sich gekommen ist.«

Elle war trotz Damians gegenteiliger Anweisung aufgesprungen, um Lucrezias Zustand näher in Augenschein zu nehmen. Sie war ohnmächtig, aber sie atmete. Tapfer trug der blonde Recke, der noch größer war als Damian, sie weiterhin auf seinen Armen, während er geduldig die Anweisung des Wirtes abwartete und ansonsten mit regloser Miene vor sich hin starrte.

»Wo sind die anderen beiden?«, fragte Damian seine Kameraden, wobei ihm die Unruhe anzumerken war. »Gulliveri und Laurentio kümmern sich um die Leichen«, antwortete ein kräftiger Kerl mit olivfarbenem Teint und kurzgeschorenen, schwarzen Haaren. Er trug wie die übrigen Männer eine Pazzi-Uniform und war bis an die Zähne bewaffnet. Auch er starrte Elle mit seinen vergleichsweise hellen Augen neugierig an. »Man muss die toten Kerle ja nicht unbedingt auf der Straße liegen lassen«, fügte er hilfreich hinzu und grinste.

Elle wollte sich nicht vorstellen, was genau er damit meinte. Ihre Sorge galt in erster Linie Lucrezia. Sie sah ziemlich übel zugerichtet aus. Wobei die äußeren Wunden wahrscheinlich rasch heilen würden. Ganz im Gegensatz zu dem seelischen Schock, der mit Sicherheit nicht so rasch vergehen würde. Von ferne hörte sie, dass der Wirt auf Jacarandas Angebot, ihr Zimmer für die Frauen zu räumen, einging. Elle, die Damian am liebsten weitere Fragen gestellt hätte, schaute auf, um ihre neue Gastgeberin noch einmal näher in Augenschein zu nehmen. Sie war zierlich und ziemlich vollbusig, und ihre blutroten Lippen, die sie allem Anschein nach mit Läuseblut gefärbt hatte, sendeten jedem halbwegs empfänglichen Mann eindeutige Signale. Sie lächelte künstlich, und Elle hätte schwören können, dass sie Damian äußerst kokett zuzwinkerte.

»Darf ich vorstellen«, begann Damian mit leicht zögernder Stimme und deutete auf die jungen Frauen. »Das sind Jacaranda, Petronella, Marcella und Domenica.« Dann nickte er dem Wirt zu. »Giacomo Rossi, unseren fabelhaften Hausherrn, nicht zu vergessen.«

Der Dicke verbeugte sich artig, während die Mädchen verhalten zu kichern begannen. »Und das hier sind meine Kameraden«, fügte Damian mit einem Lächeln hinzu, wobei er mit dem blonden Hünen begann: »Frederico Tedesco, auch ›Tedeschi‹ genannt. Er stammt aus den deutschen Landen.« Der junge Mann, der ohne jede Ermüdungserscheinung Lucrezia in den Armen hielt, nickte ihr freundlich zu. »Und dieser hier«, Damian deutete auf einen schwarzhaarigen, bulligen Kerl mit dunkler Hautfarbe und kurzgeschorenem Haupthaar, »ist Luca Allegro, auch ›Moro‹ genannt. Und wir warten noch«, er blickte demonstrativ zur offenen Haustür, von wo aus ein kalter Wind in die Stube hineinfegte, »auf Gulliveri Lamberti, genannt ›la pecora‹, weil sein Haar dichter Wolle gleicht, und auf Laurentio di Baux oder ›Patrizio‹, wie er von manchen genannt wird. Aber jetzt wollen wir deine Freundin erst mal zur Ruhe betten, damit sie sich von dem Schock erholen kann.«

»Hier entlang«, sagte der Wirt, der demonstrativ die Führung übernommen hatte, und deutete auf einen langen Flur, der hinter dem Schanktisch offenbar zu verschiedenen Zimmern führte.

Tedeschi, wie Damian ihn nannte, zögerte nicht und trug Lucrezia in den Flur hinein, wobei er sich ducken musste, um nicht mit dem Kopf gegen den niedrigen Türrahmen zu stoßen.

Elle wollte ihm folgen, doch Damian hielt sie zurück. »Ich hoffe, Ihr habt nichts dagegen, wenn wir erst einmal mit Euch hierbleiben, um die Lage zu sondieren. Wir beide müssen uns unterhalten. Wisst Ihr, warum Euch die Schergen Lorenzo de' Medicis zur Strecke bringen wollten?«

Elle spürte, wie sie fröstelte. »Weshalb bist du dir so sicher, dass es Söldner der Medici waren?«

»Glaub mir, ich kenne meine Gegner«, antwortete er rasch.

Elle gab sich fürs Erste mit seiner Antwort zufrieden. Auch weil sie endlich nach Lucrezia sehen wollte. Währenddessen überlegte sie fieberhaft, wie weit Lorenzo de' Medici gehen würde, um sie zu vernichten, und ob es ratsam wäre, Damian mit in diese Geschichte hineinzuziehen.

Während er sie in die hinteren Räumlichkeiten geleitete, rätselte sie, wie es nun weitergehen sollte. Sie besaß weder Geld noch eine Perspektive. Genau genommen konnte sie sich einen Strick nehmen, um der ganzen Geschichte so rasch wie möglich ein Ende zu bereiten. Doch so leicht wollte sie sich nicht unterkriegen lassen.

Als sie die Kammer des Freudenmädchens erreichten, schlug ihnen der süßliche Duft von zuviel Jasmin entgegen. Das Zimmer war einfach möbliert, aber nicht karg. Eine kleine Kommode mit einem Waschgeschirr, ein Tisch, auf dem eine halbvolle Karaffe Wein und mehrere benutzte Gläser standen. In der Mitte thronte ein ziemlich monströses Bett mit vier geschnitzten Pfosten, das den halben Raum einnahm und mit einem dunkelroten Baldachin und einer gleichfarbigen Samtmatratze aufwarten konnte, auf der sich unzählige Kissen tummelten. Dort hinein hatte man Lucrezia gelegt, die nun aussah wie eine malträtierte Prinzessin, umrahmt von vier äußerst real wirkenden, halbnackten Botticelli-Engeln.

»Soll ich einen Medikus rufen lassen?«, fragte Damian. Sein forschender Blick lag auf Elle, die sich hinabgebeugt hatte, um Lucrezias Verletzungen im Schein einer Kerze näher zu begutachten. Das gesamte Gesicht der jungen Frau war geschwollen. Auch aus der Nase sickerte Blut.

»Nein, ich glaube nicht. Abgesehen davon, dass ich nicht wüsste, wie ich ihn bezahlen sollte.«

»Lass das meine Sorge sein«, versicherte ihr Damian leise.

»Nein, nein … besser nicht«, befand Elle. »Du sagtest doch selbst, wir sollten uns hier verstecken, solange wir nicht wissen, wer hinter dem Anschlag steckt. Bringt mir Wasser und Tücher«, sagte Elle, mit Blick auf Jacaranda, »damit ich ihr das Blut abwaschen kann.«

Ihr entging nicht, wie das Mädchen seinem Herbergswirt einen fragenden Blick zuwarf. »Geh schon und hol die Sachen, die sie benötigt«, sagte der, »das geht auf meine Rechnung.« Offenbar kostete hier sogar das Wasser Geld, und die Mädchen mussten für alles bezahlen. Elle, die außer ein paar Münzen und ihrem Schmuck keinerlei finanzielle Mittel besaß, fasste sich an ihr Collier, das gut und gerne das Jahresgehalt eines florentinischen Notars wert war, wie ihr der Advokat in Mailand versichert hatte.

»Ich komme für alles auf«, sagte sie entschlossen, nicht wissend, ob das kostbare Geschmeide so einfach verkäuflich war und sie in nächster Zeit überhaupt noch irgendetwas besitzen würde.

Schon spürte sie Damians warme Hand wieder auf ihrer Schulter. »Mach dir keine Sorgen, Elle, ich regele das schon.«

»Ich danke dir«, erwiderte sie und wunderte sich darüber, dass er ihr so bereitwillig entgegenkam. Ja, sie sogar bei ihrer Namensabkürzung nannte, was sie ihm vor Jahren erlaubt hatte, als sie sich einander vorgestellt hatten.

Lucrezia lag vollkommen apathisch im Bett. Elle zog ihr die Stiefel aus und deckte sie mit einer bereits in die Jahre gekommenen, roten Wolldecke bis zur Kinnspitze zu. Was die Vergewaltigung anging, war der Kerl anscheinend nicht zum Zuge gekommen, jedenfalls behauptete das Tedeschi, der wohl noch kurz mit ihr gesprochen hatte, bevor sie in Ohnmacht gefallen war.

»Ich kannte die Männer, die Euch töten wollten.« Tedeschi nickte zu Elle hin. »Sie gehörten zu den Söldnern von Lorenzo de' Medici und waren dort für die Drecksarbeit zuständig. Aber sie können Euch nun nichts mehr tun, wir haben sie nicht weit von hier gut verscharrt. Dort findet sie garantiert niemand.«

»Was du nicht sagst!« Elle wunderte sich, wie freimütig die Männer darüber sprachen, dass sie die beiden getötet hatten. Anscheinend war es für Damian und seine Kameraden keine große Sache, einen Menschen auf offener Straße zu erstechen. In den klaren Augen der Männer war jedenfalls nichts von Schuld und Reue zu erkennen, und auch ihre Dämonen hielten sich auffällig zurück.

Ob sie sich Damian offenbaren sollte, dass sie in der Lage war, Dämonen und die Seelen gerade gestorbener Menschen zu sehen? Falls überhaupt, dann bestimmt nicht vor Zeugen.

Inzwischen hatte Jacaranda das gewünschte Wasser in einem Holzeimer und Handtücher gebracht. Elle machte sich sogleich daran, Lucrezia das Gesicht zu waschen und kalte Kompressen aufzulegen.

Während sie Lucrezia vorsichtig die Beulen und wunden Stellen abtupfte, kam sie dem Freudenmädchen nahe genug, um zu ahnen, dass die Frau sich fragte, was sie wohl mit Damian verband. Ein Blick reichte aus, um zu wissen, dass Jacaranda ein Verhältnis mit ihm hatte. Er war einen Moment lang hinausgegangen, offenbar um mit seinen Kameraden über den Tod der beiden Männer zu reden.

»Er ist ein alter Bekannter«, kam sie Jacarandas Frage zuvor. »Also keine Angst. Zumal ich verheiratet bin.«

»Warum sollte ich mir Sorgen machen?«, rief Jacaranda offenbar wenig erfreut, von ihr durchschaut worden zu sein.

»Weil du ihn liebst und vielleicht denkst, ich könnte ihn dir wegnehmen?« Elle hob eine Braue und sah sie durchdringend an.

»Und selbst wenn es so wäre, hat das in diesem Haus sowieso keine Bedeutung. Damian und seine Kameraden sind Söldner der Pazzi. Francesco de' Pazzi, dem sie unterstehen, ist unter anderem Besitzer dieser Taverne. Das heißt, er und seine Söldner vögeln umsonst. Wann sie wollen und sooft sie wollen. Also, wenn er mich will, kann er mich jederzeit haben, ganz gleich, ob er nebenbei noch andere Frauen besteigt.«

Elle hatte Mühe, ihr Entsetzen zu unterdrücken. Die Vorstellung, dass Damian diese Frauen zu seinem Vergnügen missbrauchte, wann immer es ihm beliebte, gefiel ihr gar nicht. Was Jacaranda nicht entgangen zu sein schien. Ein schmutziges Lächeln flog über ihr schönes Gesicht. »Schockiert Euch das?«

»In gewisser Weise«, bekannte sie ehrlich. »Im Grunde geht es mich gar nichts an«, gab sie unumwunden zu, »aber wenn wir schon so offen reden … eigentlich hätte ich damit gerechnet, dass ein Mann wie Damian dich aus diesem Elend befreit und dir irgendwann die Ehe anträgt.«

»Er wird gewiss nicht heiraten, und schon gar keine Hure«, behauptete Jacaranda mit einem Hauch Bitterkeit in der Stimme. »Er ist ein Söldner und taugt schon allein deshalb nicht zum Ehemann. Außerdem schulde ich meinem Hurenwirt noch einen Haufen Geld, was mein Ehemann übernehmen müsste, falls er mich zum Altar führen wollte.«

»Und ich dachte mir, er ist ein Ehrenmann?« Elle sah sie ungläubig an. Falls Damian diese Frau nur benutzte, war er mit Sicherheit nicht der Richtige, um bei ihm Zuflucht zu suchen, dachte sie.

»Keine Sorge, Schätzchen, er hat mir bereits angeboten, mich hier rauszuholen. Doch ich habe es ausgeschlagen.«

»Ausgeschlagen?«, fragte Elle überrascht. »Warum?«

»Weil er im Gegenzug dafür verlangt hat, dass ich ein anständiges Leben führe. Was bedeutet, dass ich mein Geld als Näherin oder Wäscherin verdienen soll. So viel ist mir kein Mann der Welt wert, dass ich mich tagaus, tagein für ihn langweile.«

Elle lag auf der Zunge, wie töricht sie diese Ansicht fand, doch sie zog es vor zu schweigen.

»Ihr könnt ihn gerne haben«, befand Jacaranda herablassend. »Als Liebhaber eignet er sich hervorragend. Er ist sehr ausdauernd und weiß, wie man eine Frau zum Höhepunkt bringt.«

»Ich bin verheiratet«, antwortete Elle brüskiert. »Das sagte ich doch.«

Zugleich hatte Jacaranda in ihr ein Feuer entzündet und, was Damian betraf, ihre ungezügelte Neugier geweckt.

»Vielleicht ist das für Euch ein Grund zu verzichten.« Jacaranda lächelte süffisant. »Aber ihn wird es nicht abhalten, Euch den Hof zu machen.«

»Was willst du damit sagen?« Elle war überrascht.

»Er sieht Euch an, als ob Ihr Euch schon Ewigkeiten kennen würdet, und das mit einer Hingabe, die Euch Angst machen sollte.«

Als sie aufschaute, bemerkte Elle, dass Damian zurückgekehrt war. Peinlich berührt senkte sie den Blick, doch er ließ sich nicht anmerken, ob er Jacarandas Äußerungen gehört hatte.

Hinter ihm erschien der Wirt. »Wie geht es den Weibern?«, fragte er plump.

Damian hielt ihn am Ärmel fest. »Bring den Damen etwas zu essen und zu trinken, Giacomo. Du kannst es bei mir anschreiben.«

Elle schüttelte den Kopf. »Das ist sehr freundlich von dir, aber nicht nötig. Ich hab keinen Hunger, und Lucrezia muss erst einmal zu sich kommen. Etwas zu trinken reicht völlig.« Damian nickte zustimmend. »Also gut, Giacomo, du hast gehört, was die Donna wünscht.«

Sie hoffte, dass der Wirt nicht nur Wein im Angebot hatte. Wobei ihre Hoffnung zerstört wurde, als sie wenig später den ersten Schluck nahm und feststellen musste, dass das süße Gebräu lediglich mit Wasser verdünnt worden war.

Damian beobachtete sie derweil, dann wandte er sich an ihre Nachbarin. »Jacaranda, lass die Donna und mich bitte allein!« Damian versuchte sich an einem höflichen Nicken, das seinem harschen Befehl wohl die Schärfe nehmen sollte. Wobei Elle überzeugt davon war, dass er auch anders konnte, falls sie nicht sofort tat, was er verlangte.

»Wie der Herr wünschen«, antwortete Jacaranda und ging mit einem anzüglichen Lächeln nach draußen.

»Was ist geschehen, bevor die Männer euch gefolgt sind?«, fragte Damian mit Blick auf Elles Dienerin, die selbst nach der Gesichtswäsche immer noch ein Bild des Jammers bot.

Natürlich wusste Damian, dass Elle zum Bankett der Medici geladen worden war und warum. Er kannte die Geschichte bis ins Detail. Aber er durfte sich nicht darauf verlassen, dass tatsächlich alles genauso lief wie beim letzten Mal. Elle war nicht die gleiche Gabrielle wie damals. Ihre Seele hatte inzwischen eine gewaltige Wandlung erfahren, und deren Erinnerungsvermögen an zukünftige Ereignisse wurde lediglich durch Damians dämonische Fähigkeiten unterdrückt. Doch er spürte förmlich, wie sich Reste davon zu verselbständigen drohten. Elle kam ihm weitaus selbstbewusster vor, und auch ihre Begegnung in der Herberge war nicht vollkommen gleich verlaufen.

Dabei hatte er alles darangesetzt, um ihr einen nachvollziehbaren, glaubhaften Einstieg zu ermöglichen. Er hätte ihr die Sache mit Giovanni de' Vincenco und dem toten Herzog natürlich ersparen können.

Aber ihm war es wichtig erschienen, dass sie sich an diese Begebenheit so plastisch wie möglich erinnerte und nicht aus zweiter Hand, indem sie lediglich aus der Erinnerung ihrer Vorgängerin schöpfte. Wobei es natürlich sehr hilfreich war, dass sie die körperlich abgespeicherten Erinnerungen der alten Gabrielle de' Vincenco jederzeit abrufen konnte. Was anscheinend einwandfrei funktionierte, denn ansonsten hätte sie sich nicht an eine frühere Begegnung mit ihm erinnert.

Und auch Giovanni de' Vincenco schien in Elles Erinnerung durchaus präsent. Die unselige Geschichte mit ihrem Ehemann sollte schließlich dazu führen, dass sie auf ihn, Damian, angewiesen war und sich in ihrer Not dazu entschied, ihn zu heiraten. Also lief alles nach Plan. Irgendwann später würde sie sich schon in ihn verlieben. Das hoffte er zumindest. Dann musste er nur noch dafür sorgen, dass sie beide lange genug lebten, um ihre romantische Liebe so lange wie möglich genießen zu können.

»Wir waren zu einem Bankett der Medici geladen und mussten das Fest vorzeitig verlassen«, erklärte ihm Elle mit einem schwachen Lächeln. »Aber vielleicht sollte ich erst mal von vorn beginnen«, fügte sie resigniert hinzu.

Und dann erzählte sie ihm die ganze, bekannte Vorgeschichte – mit Giovanni de' Vincenco und seinem idiotischen Neffen, der bei der Ermordung des Herzogs alles falsch gemacht hatte, was man als Attentäter falsch machen konnte. Anstatt Profis zu engagieren, hatten Giovanni Andrea Lampugnani und seine neunmalklugen Helfershelfer sich einzig auf ihre niederen Instinkte verlassen, wie Damian ziemlich genau wusste, und damit eine Horde hungriger Dämonen angelockt, die sich mit Freuden an dem anschließenden Blutbad gelabt hatten.

»Und was ist passiert, nachdem dein Gemahl in den Kerker gekommen ist und dich zu Lorenzo de' Medici geschickt hat?«

»Lorenzo war nicht bereit, Giovanni zu retten. Noch nicht einmal die geforderten zweitausend Goldfiorini Kaution wollte er zahlen. Im Gegenteil, er will ihn tot sehen, und dann beabsichtigt er, unser Vermögen in Florenz von der Signoria beschlagnahmen zu lassen. Dreimal darfst du raten, wer dann den Löwenanteil für sich behält. Natürlich stehe ich als Ehefrau den Medici bei dieser Sache im Weg.«

»Das hat er gesagt?«

»Nein«, erwiderte sie. »Ich habe es ihm gesagt, nachdem er sich herauszureden versuchte und ich …«, sie schwieg abrupt, und Damian versuchte, in ihren Gedanken zu lesen, was geschehen war. Doch aus welchen Gründen auch immer funktionierte es nicht. Wahrscheinlich schirmte sein menschlicher Körper diese Fähigkeit ab.

»Ich habe einen Dämon gesehen«, gestand sie ihm kühn. »Einen hässlichen, großen Kerl mit den scharfen Zähnen eines Wolfes. Er saß auf Lorenzos Schultern. Und dann ist er in ihn hineingefahren. Und da wusste ich, Lorenzo würde sich niemals für Giovannis Leben einsetzen.«

»Verstehe«, erwiderte Damian tonlos. Zur Hölle! Irgendetwas war bei der Transformation von Elles Seele in ihren früheren Körper schiefgegangen. In ihrem körperlosen Zustand war sie durchaus in der Lage gewesen überirdische Wesen zu sehen. Aber spätestens mit Eintritt in ihren derzeitigen Leib hätte damit Schluss sein müssen.

»Ich habe inzwischen schon viele Dämonen gesehen«, bekräftigte sie ihre Aussage mit einem ängstlichen Unterton in der Stimme. »Beim Tod des Herzogs war der ganze Dom voll von ihnen. Sie stören sich kein bisschen an heiligem Boden, es ist ihnen anscheinend völlig gleichgültig.«

»Ach wirklich?«, bemerkte er abwesend. Weihwasser und Kruzifixe hatten ihm und seinen höllischen Kollegen noch nie etwas anhaben können. Beides war von Menschen gemacht und somit vollkommen unschädlich.

»Du glaubst mir nicht, oder?«, fragte sie zweifelnd.

»Doch, doch«, beeilte er sich zu sagen und bedachte sie mit einem halbherzigen Lächeln.

»Du denkst doch nicht etwa auch, dass ich mit den Mächten der Finsternis im Bunde stehe?« Flehend sah sie ihn an. »Lorenzo de' Medici hält mich jetzt wohl für eine Hexe. Er hat geschworen, mich auf den Scheiterhaufen zu bringen. Vielleicht hat er mir deshalb seine Schergen auf den Hals gehetzt?«

»Was?« Alarmiert schaute er sie an. »Wie kommt Lorenzo de' Medici auf so einen Unsinn?«

»Ich habe ihm gesagt, dass er einen Dämon auf der Schulter sitzen hat«, fuhr sie leidenschaftlich fort. »Sonst hätte er mir doch nicht geglaubt, wenn ich ihm auf den Kopf zusage, dass er mit dem Teufel im Bunde steht.«

»Großer Gott!«, stieß Damian entsetzt hervor. »*Das* hast du alles zu ihm gesagt?« Er schaute sie verständnislos an. »Und da wunderst du dich, dass er dir seine Auftragsmörder hinterherschickt?«

»Aber wenn es doch die Wahrheit ist«, rief sie verzweifelt und ohne Rücksicht auf Lucrezia, die langsam zu sich kam.

»Oh Elle!« Damian schüttelte energisch den Kopf. »So naiv kann man doch gar nicht sein.«

Dass sie plötzlich Dämonen sah, war eine Sache, dass sie ihren Mund nicht halten konnte, eine andere.

»Aber da ist noch etwas, das ich dir sagen muss.« Ihre Stimme klang zaghaft.

»Was?« Damian hoffte inbrünstig, dass sie nicht noch weitere Fähigkeiten entwickelt hatte, die seine Pläne durchkreuzten.

»Ich kann die Seelen toter Menschen sehen. Nicht von allen, so glaube ich, aber von denen, die eines gewaltsamen Todes gestorben sind. Ich kann sehen, wie sie ohne Körper davonstürmen oder wie sie von einem schwarzen Abgrund verschluckt werden. Es ist furchtbar, und ich kann nichts dagegen tun.«

Damian verfluchte sich innerlich ob seiner Fehler, die ihm bei Elles Umwandlung offenbar unterlaufen waren.

»Es tut mir leid«, sagte er und erntete sogleich Elles unverständlichen Blick.

»Es muss dir nicht leidtun«, widersprach sie seinem Einwand, »du kannst ja nichts dafür.«

»Wer weiß«, murmelte er in sich hinein. Dann hob er von neuem an und schaute ihr dabei so tief in die Augen, dass ihm selbst ganz schwindlig wurde. »Das mit den Dämonen sollten wir in jedem Fall für uns behalten. Schlimm genug, dass du Lorenzo de' Medici etwas davon erzählt hast. Wobei ich vermute«, lenkte er ein, »es sind weniger die Dämonen, die ihn aufgescheucht haben, als vielmehr die Idee, dass du ihm bei seinen Plänen leibhaftig im Wege stehen könntest.«

»Und was ist mit den Toten?« Sie sah ihn aus großen, runden Augen an. »Ich habe solche Angst. Vor den Dämonen, den Toten und vor Lorenzo de' Medici.«

»Das musst du nicht«, beruhigte er sie.

»Jetzt hast du ja mich. Ich werde dich vor allem beschützen«, behauptete er im Brustton der Überzeugung und richtete sich trotz seiner Größe, mit der er sie ohnehin um mehr als Haupteslänge überragte, noch weiter auf. »Soll ich dir etwas verraten?«

»Was?«

»Du bist nicht allein mit deinen Fähigkeiten. Ich kann auch Dämonen sehen, und ein paar tote Seelen sind mir auch schon über den Weg gelaufen. Aber soweit ich es beurteilen kann, sind sie völlig harmlos.« Er zwinkerte ihr aufmunternd zu.

»Ehrlich?« Sie starrte ihn ungläubig an. »Oder erzählst du mir das alles nur, um mich zu beruhigen?«

»Wo denkst du hin?«, rief er mit treuem Blick. »Ich habe die Gabe von meiner Großmutter geerbt. Und sie hat sie von ihrer Mutter. Eine lästige Geschichte, aber nicht besonders gefährlich. Wenn du den Erscheinungen keine Beachtung schenkst, gewöhnst du dich irgendwann daran.«

»Oh, Damian!« Elle war versucht, ihm vor lauter Dankbarkeit um den Hals zu fallen. Die Art, wie er mit der Sache umging, machte ihr Mut und nahm ihr gleichzeitig die Angst, verrückt zu werden. »Hast du auch schon einen Engel gesehen?«

»Nein«, log er. »Entweder können die mich nicht leiden, oder sie haben nicht so viel Ausgang wie ihre dämonischen Kollegen«, feixte er.

Elle lächelte breit. »Ich bin so froh, dass ich mit dir darüber sprechen kann. Ich hatte schon Sorge, ich sei komplett übergeschnappt.«

»Wobei du niemandem sonst davon erzählen solltest«, beschwor er sie. »Du hast Glück, mit mir an den Richtigen geraten zu sein. Leute, die nichts Vergleichbares erlebt haben, ängstigen sich so leicht.« Er zwinkerte ihr verschwörerisch zu.

Elle nickte beflissen. »Ja, natürlich. Du kannst dich auf mich verlassen.«

»Sehr gut«, lobte er sie. »Weißt du, wir müssen die Sache pragmatisch angehen«, sinnierte er weiter. »Bevor wir uns um die Dämonen kümmern, sollten wir uns mit den Menschen beschäftigen, die dir dein Vermögen streitig machen wollen.«

»Du hast ganz schön viel Mut«, bekannte sie atemlos, »das muss ich dir lassen. Danke, dass du so ehrlich bist und mir so hilfreich zur Seite stehst.«

Er grinste gefällig. »Es gehört nicht sehr viel Mut dazu, eine schöne Frau aus den Klauen des Bösen zu retten. Einem Ritter wie mir sollte das eine Selbstverständlichkeit sein.«

»Und was ist mit Don Giovanni?«, wandte Elle aufgeregt ein. »Heißt das, er muss auf grausame Weise sterben, wenn niemand für ihn bei Ludovico Sforza Partei ergreift?«

Damian schwieg für einen Moment und kniff seine Lippen zusammen. Auf seiner Stirn zeichnete sich derweil zwischen seinen exakt geschwungenen, dunklen Brauen eine Steilfalte ab.

»Das kann ich dir leider nicht vorhersagen.« Er senkte den Blick und schaute dann wieder auf, wobei er ihr direkt in die Augen sah. »Ich kenne Lorenzo de' Medici gut genug, um zu wissen, dass deine Vermutung der Wahrheit entspricht. Es macht ihm nichts aus, Menschen zu seinen Gunsten enteignen zu lassen und mit einem Schlag ganze Familien auszurotten. Ich bin das beste Beispiel dafür. Mein Vater war, wie du dich vielleicht noch erinnern kannst, ein vermögender Ritter und Kaufmann, der den Stadtvätern von Florenz stets pünktlich seine Steuern entrichtet hat. Die Medici haben ihn vor ein paar Jahren mit Wissen und Wollen in den Ruin getrieben, um seiner Pfründe habhaft zu werden. Zuerst haben sie ihm jährlich die Steuern so weit erhöht, bis wir kaum noch genug Geld zum Überleben hatten. Als mein Vater sich erlaubte, gegen die nächste Erhöhung zu protestieren, haben sie ihm Betrug bei den Abrechnungen unterstellt und ihn nach einem kurzen, ungerechten Prozess ausgerechnet am Ostersonntag auf dem Platz vor der Signoria gehängt.« Seine Stimme versagte für einen Moment, und er senkte den Blick, damit sie seine Empörung nicht sah. Dann räusperte er sich. »Ich hatte ein Studium der Rechtswissenschaften in Bologna begonnen und musste nach Hause zurückkehren, weil man meiner Mutter drohte, ihr sogar das Gesindehaus zu nehmen, in das man sie inzwischen verbannt hatte. Seitdem ist sie nicht mehr vor die Tür gegangen, und meine Schwestern müssen bei den benachbarten Bauern niedrigste Arbeiten verrichten, um zu überleben. Ich helfe, so gut ich kann, aber es reicht nicht, um jenes Leben zu führen, das wir einst hatten. Mit meinem Sold, den ich von Jacopo de' Pazzi erhalte, zahle ich bei den Banken die Schulden meiner Mutter ab, die sie ihr nach seinem Tod aufgehalst haben. Für den Rest der Familie bleibt da kaum etwas übrig. Von der Schande, die meine Schwestern erdulden müssen, weil sie wegen der fehlenden Mitgift und der Verbannung keinen passenden Ehemann finden, ganz zu schweigen.« Seine Miene und auch seine Stimme ließen keinen Zweifel über die Verbitterung, die er nach wie vor empfand.

»Das tut mir so leid für dich und deine Familie«, versicherte sie ihm. »Ich hätte nie vermutet, dass Lorenzo de' Medici ein solch grausamer Schuft ist.«

»Was dachtest du denn?«, fragte er spöttisch. »Sag nur, du hast ihn für einen Heiligen gehalten wie so viele unbedarfte Lämmer in dieser Stadt, die ihm folgen, als ob er der Messias persönlich wäre. Glaub ja nicht, dass du bei den Medici Barmherzigkeit findest, sie sind so hart wie der Marmor, den sie in ihren Palästen verbauen.«

»Na wunderbar! Wieso hat Giovanni mir nur nichts davon gesagt?« Elle legte die Hände in den Schoß und ließ sich seufzend in den Stuhl sinken.

In zwei Schritten war Damian bei ihr und ergriff ihre Hand. »Kein Grund, mutlos zu werden«, versicherte er ihr und ergriff mitfühlend ihre Hand. »Du hast jetzt mich.« Er lächelte schräg. »Der liebe Gott hat dich sozusagen vor meine Füße geworfen und mich dazu auserkoren, dein Schutzengel zu sein. Deshalb werde ich die Angelegenheit nun in die Hand nehmen.«

KAPITEL 11

Im Zeichen der Pazzi

Januar 1477 – Florenz

»Ich gehe noch heute Nacht mit zwei meiner Kameraden zu eurem Palazzo und sondiere die Lage«, versprach Damian ihr mit energischer Stimme.

Obwohl Elle keine Ahnung hatte, was dabei herauskommen sollte, war sie dankbar, dass sich überhaupt jemand um sie und ihre verzweifelte Situation kümmerte.

»Können wir nicht jetzt schon dorthingehen, um nachzuschauen?«, fragte sie bittend. »Ich fürchte, unsere Dienerschaft macht sich entsetzliche Sorgen, wenn wir nicht wie verabredet zurückkehren.«

»Von *wir* kann sowieso keine Rede sein«, bestimmte er beinahe schroff. »Du gehst nirgendwohin, solange wir nicht wissen, was Lorenzo de' Medici seinen Höllenhunden befohlen hat. Das Ganze ist eine äußerst undurchsichtige Angelegenheit. Mich würde zum Beispiel interessieren, wo deine Wachen abgeblieben sind«, befand ihr selbsternannter Beschützer selbstbewusst. »Falls sie sich einfach davongemacht haben, kann ich dir als Condottiere einer Söldnertruppe versichern, dass dieses Verhalten einer Fahnenflucht gleichzusetzen ist, was eine drakonische Strafe nach sich zieht, und das wissen die Männer in der Regel auch. Von uns waren auch Wachmannschaften vor Ort, die einigen Familienmitgliedern der Pazzi sicheres Geleit zum Bankett gegeben haben. Glaub ja nicht, sie würden es wagen, ohne ihre Herrschaften davonzureiten.«

Elle schnaubte verdrossen. »Abgesehen davon, dass die beiden mir auch nicht helfen können – wer sollte sie denn bestrafen? Don Giovanni sitzt im Kerker, schon vergessen? Gut die Hälfte seiner Söldnertruppe hat sich bereits in Mailand aus dem Staub gemacht. Wahrscheinlich haben sich Rudolfo und Antonio gedacht, es sei besser, zu verschwinden, als offiziell einem Herrn zu dienen, der verdächtigt wird, Mitglied einer Verschwörung zu sein. Immerhin müssen sie damit rechnen, dass man ihren früheren Auftraggeber mit dem Tode bestraft. Die Leute sind schließlich nicht blöd.«

»Da magst du recht haben«, räumte Damian ein. »Aber das ist noch lange kein Grund, zwei junge Frauen schutzlos sich selbst zu überlassen.« Er straffte sich und überprüfte beiläufig den Sitz seines Schwertgurtes. Elles Blick fiel auf eine weitere Waffe, die gleich daneben befestigt war. Auch er trug einen dieser martialischen Dolche, mit einer mehr als zwanzig Zentimeter langen Klinge und einem mit Ornamenten verzierten Eisenknauf am Griffende, der ohne weiteres als Totschläger dienen konnte.

»Ich komme mit«, beschied sie energisch, in einem Ton, der keinerlei Widerspruch duldete. »Ich kenne das Haus, und die Diener kennen mich.«

»Das halte ich für keine gute Idee«, widersprach er und schüttelte seine schwarz glänzende Mähne. »Niemand weiß, ob Lorenzo nicht weitere Söldner zu eurem Haus geschickt hat. Ich sagte doch, ich kenne ihn gut genug, um zu wissen, was für ein durchtriebener Hund er ist. Spätestens wenn seine Schergen nicht zurückkehren, um Vollzug zu melden, wird er alarmiert sein und nach ihnen suchen lassen.«

»Was ist, wenn er erfährt, dass sie von dir und deinen Leuten getötet wurden?« Sie sah ihn zweifelnd an. »Und was ist, wenn du und deine Leute deshalb des Mordes beschuldigt werden? Ich meine, es gibt ja genug Zeugen, wenn ich nur an den Wirt und die Mädchen denke.«

Damian schüttelte den Kopf und grinste verwegen. »Abgesehen davon, dass dieses Gasthaus zum Besitz der Pazzi gehört und der Wirt und die Mädchen den Teufel tun werden, über die Geschehnisse des heutigen Abends zu reden, würde Lorenzo es nicht wagen, die Söldner seines schärfsten Konkurrenten des Mordes an seinen eigenen Auftragsmördern zu bezichtigen. Allein schon um eine offizielle Fehde zu vermeiden, die nicht nur jede Menge lästige Fragen aufwerfen, sondern auch seinen guten Ruf gefährden könnte. Deshalb halte ich es auch für besser, wenn du hierbleibst und mit deiner Zofe wartest, bis ich zurückkehre. Ich habe vor, dich und deine Dienerin unter den Schutz der Pazzi zu stellen, sobald sich die Gelegenheit dazu bietet. Ohne einen mächtigen Schutzherrn seid ihr nichts weiter als Freiwild. Aber bis ich Messer Jacopo davon überzeugen kann, für euch die Verantwortung zu übernehmen, sollte niemand wissen, wo ihr euch aufhaltet.«

»Aber ich habe gar kein Geld, um ihn für seine Güte zu bezahlen«, führte Elle unsicher ins Feld.

»Das musst du auch nicht«, beschwichtigte Damian sie. »Wenn es gut läuft, wird Jacopo de' Pazzi sich glücklich schätzen, dich vor den Klauen dieses Abschaums retten zu können. Bis dahin müssen wir herausfinden, wie weit Lorenzo de' Medici zu gehen bereit ist, um an euer Vermögen zu gelangen. Zu deinem Schutz lasse ich dir Tedeschi und Moro hier. Sie werden auf dich und Lucrezia aufpassen, bis ich hierher zurückgekehrt bin.«

»Das ist sehr großzügig von dir, aber es geht trotzdem nicht. Wenn du schon dort hineingehst, hätte ich wenigstens gerne meinen Schmuck. Und etwas Bargeld müsste auch noch dort sein. Allerdings vermag ich mir kaum vorzustellen, dass unsere Diener einen wild aussehenden Kerl wie dich ins Haus spazieren lassen, um meine Schätze in Sicherheit zu bringen. Sie werden denken, du seist ein Dieb. Außerdem hast du keinen Schlüssel für die Schatulle. Wenn überhaupt, sollte ich lieber selbst gehen.«

Irritiert bemerkte sie das amüsierte Zucken in Damians Mundwinkel. »Um mich zu rasieren und zuvor noch ein Bad zu nehmen, fehlt uns leider die Zeit.«

Dann wurde er plötzlich ernst, und sein Blick taxierte offenbar das Smaragdcollier und den passenden Kopfschmuck, den sie trug, und versuchte einzuschätzen, wie viel das Geschmeide wert war.

»Du hast recht, es wäre wirklich dumm, wenn du deinen persönlichen Schmuck den Schergen der Signoria überließest. Aber noch dümmer wäre es, wenn du dich persönlich von ihnen erwischen lassen würdest.

»Der Schmuck, den ich trage, ist 350 Fiorini wert.« Mit einem flüchtigen Blick deutete sie auf ihr freizügiges Dekolleté. »Zu Hause habe ich noch viel mehr davon. Wenn wir ihn irgendwo einlösen würden, könnten Lucrezia und ich eine Weile davon leben.«

Er warf ihr einen skeptischen Blick zu. »Lass es mich allein versuchen, Elle. Ich werde dich nicht enttäuschen, ich schwöre es dir.«

Sie dachte an die eisenbeschlagene Kiste, die mit einem monströsen Schloss gesichert war, und fragte sich, wie er es ohne Schlüssel aufbekommen sollte.

»Du musst mir noch sagen, wo deine Schätze genau aufbewahrt werden.« In seiner Stimme lag nicht der geringste Zweifel, dass sein Plan gelingen würde.

»Im zweiten Stock in Giovannis Bibliothek«, erinnerte sie sich laut. »In einer doppelten Holzwand, links neben dem Bücherregal, bewahrt er alles auf, was ihm lieb und teuer ist. Dort befindet sich hinter einer Samtschabracke ein Hebel, damit öffnet sich ein geheimes Fach. Dahinter verbirgt sich eine eisenbeschlagene Kiste, die mit einem Schloss versehen ist. Den Schlüssel dazu bewahrt der alte Angelo, Giovannis Leibdiener, auf.«

»Kein Problem«, beschied er souverän. »Um das Öffnen der Kiste bemühen wir uns später. Dazu bedarf es weder der Anwesenheit dieses Leibdieners noch deiner.«

Punkt. Elle fühlte sich zu müde und ausgelaugt, um etwas dagegenzusetzen. Der Kerl war mindestens sechs Fuß groß und stark wie ein Ochse.

»Heißt das etwa, du willst mich so lange in diesem Hurenzimmer einsperren?« Sie verzog, ohne es zu wollen, beleidigt den Mund.

»Warum nicht?« Er lachte anzüglich. »Du kannst dich doch in der Zwischenzeit ein wenig ausruhen. Ich bin noch vor Mitternacht wieder bei dir.«

»Ist das ein Versprechen oder eine Drohung?«, fragte sie.

»Nenn es, wie du willst.« Er grinste breit. »Ich habe noch bis morgen Abend Ausgang. Zeit genug, damit wir uns besser kennenlernen können.«

Noch bevor sie ihm die Frage stellen konnte, was er damit meinte, war er bereits bei der Tür. Dort drehte er sich noch einmal um. »Um Geld musst du dir keine Sorgen machen. Giacomo wird für das Zimmer und die Bewirtung ohnehin keine weiteren Forderungen stellen. Und wenn ich dich und deine Dienerin erst im Palazzo Pazzi untergebracht habe, spielt Geld sowieso keine Rolle mehr.«

Schon war er verschwunden und ließ Elle in dieser kalten, zugigen Kammer sitzen. Sie verharrte noch einen Moment in ihrem Stuhl und starrte ihm hinterher. Der Kerl brachte ihr Herz zum Rasen, und sein Anblick verleitete sie spontan zu unkeuschen Gedanken. Dazu seine heldenhafte Unterstützung und die unerschütterliche Fürsorge, die er ihr gegenüber an den Tag legte. Obwohl sie sich eigentlich glücklich schätzen durfte, in ihrer Not einen solchen Mann wie Damian de' Castello an ihrer Seite zu haben, gefiel ihr die Sache nicht. Irgendetwas Seltsames ging hier vor, dem sie keinen Namen geben konnte, und Damian, da war sie sicher, hatte den Schlüssel dazu.

Damian atmete tief durch, nachdem er die Kammer verlassen hatte. Elle vor sich zu sehen, schön wie die aufgehende Sonne und von prallem Leben erfüllt, ließ ihn erzittern. Einen Moment hielt er den Atem an. Von allen Sünden, die er je in seinem Leben begangen hatte, war dies die größte, und gnade ihm Gott, wenn dessen Lenker des Universums dahinterkamen und ihn zusammen mit Elle in dieser Epoche aufspürten. Innerlich bebend vor Aufregung rief er sich zur Ordnung, als er in die Schankstube zurückkehrte, wo Jacaranda mit einem abwägenden Blick auf ihn wartete. Tedeschi, der am Ausschank stand und sich mit den Mädchen unterhielt, wandte sich zu ihm um und sah ihn neugierig an.

»Ihr beide wart aber schnell fertig«, sagte er und grinste schmutzig.

»Es ist nicht das, was du denkst«, erwiderte Damian abwehrend. »Wir hatten etwas Grundsätzliches zu klären.« Er packte seinen deutschen Kameraden am Arm und führte ihn zu einem der Tische, wo sie ungestört miteinander reden konnten. »Ihr Mann sitzt in Mailand im Kerker«, erläuterte er flüsternd, »und Lorenzo de' Medici reibt sich offenbar die Hände, um ihren Besitz zu konfiszieren. Dass er sie dafür am liebsten ins Jenseits schicken würde, hat er heute Abend eindrucksvoll bewiesen. Du und Moro bleibt hier und gebt auf die beiden Frauen acht, bis ich zurückkehre. Ich schnappe mir Laurentio und Gulliveri und schleiche mit ihnen zum Palazzo Vincenco, um dort mal nach dem Rechten zu sehen.«

»Wird gemacht«, sagte Tedeschi und nahm Haltung an. Die Männer waren allesamt nicht nur seine Kameraden, sondern auch seine Freunde. Trotzdem respektierten sie ihn ohne Frage als ihren Anführer. Damian war nicht nur für ihre strategische Einsatzplanung zuständig. Er kümmerte sich als Hauptmann der Truppe auch um den ganzen Papierkram. Schließlich hatte er nicht umsonst eine Weile Rechtswissenschaften studiert.

Während er nach draußen auf die Veranda ging, wo Laurentio und Gulliveri die Umgebung im Blick behielten und bereits auf weitere Anweisungen warteten, wurde er von seinen Erinnerungen regelrecht überflutet, die ihm jäh seine Verantwortung ins Bewusstsein zurückriefen, die er mit dieser Aktion übernommen hatte. Wenn er nicht noch einmal mit Elle im Blutrausch der Medici-Söldner enden wollte, musste er jeden Schritt, den er tat, sorgfältig planen.

»Gulliveri hatte die glorreiche Idee, die Leichen der beiden Hundesöhne zum angelegten Friedhof hinter der Basilika Santa Maria del Carmine zu bringen«, holte ihn Laurentio mit einem breiten Grinsen aus seinen Gedanken zurück. »Ist ja passenderweise gleich nebenan. Dort sind wir mehr zufällig auf ein frisch ausgehobenes Grab gestoßen. Wir haben die beiden kurzerhand hineingeworfen und ein paar Schaufeln Erde darüber verteilt, fertig.«

»Gut gemacht«, lobte Damian und nickte beiden Männern anerkennend zu. Gulliveri, der im Gegensatz zum feingliedrigen, hochgewachsenen Laurentio ein gedrungener, rotwangiger Bursche war, fuhr sich vor Aufregung mit den Fingern durch sein dunkelrotes Kraushaar. An seinem Hals zeigten sich rötliche Flecken, die nun langsam verblassten. Doch das würde für ihn noch nicht das Ende des heutigen Abenteuers bedeuten.

»Ihr müsst mich rasch zum Palazzo Vincenco begleiten.« Damian erklärte den beiden kurz, was Gabrielles Ehemann zuvor zugestoßen war und warum die Frauen allem Anschein nach von Lorenzos Auftragsmördern verfolgt wurden. Wie erwartet, stellten die beiden Söldner keine weiteren Fragen, sondern nickten nur gehorsam.

Gemeinsam und ohne eine verräterische Fackel machten sie sich zu Fuß auf den Weg. Aufgrund seiner Erfahrungen aus seinem letzten Leben besaß Damian bereits eine Strategie, wie sie dort unbemerkt eindringen konnten, die er den Männern leise erläuterte. Doch das schützte ihn nicht vor Überraschungen und schon gar nicht vor Fehlern. Während sie durch die Dunkelheit schlichen, dachte er über Elle und ihre gemeinsame Zukunft nach. Kaum zu fassen, dass es ihm tatsächlich gelungen war, sie ihre Tochter vergessen zu lassen. Allem Anschein nach konnte sie sich an nichts mehr aus der Zukunft erinnern. Ein bisschen schlecht kam er sich schon vor. Aber falls es ihm gelingen sollte, die Geschichte zu verändern, würde Luisas Seele in dieser Zeit geboren werden, und es war fraglich, inwiefern sich auch ihr weiteres, universelles Schicksal verändern würde, aber das spielte im Moment nun wirklich keine Rolle. Wenn alles nach Plan lief, würde er das gesamte Universum aus den Angeln heben, ohne dass es jemand bemerkte. Dann wollte er mindestens zehn Kinder mit Elle haben, wenn nicht zwanzig. Der Gedanke, sie vielleicht schon bald Abend für Abend in seinem Bett auf die raffinierteste Weise verführen zu dürfen, ließ ihn ganz kribblig werden. Ein lange vermisstes Gefühl der Intimität, das er in vollen Zügen genießen würde. Alles würde wieder so sein wie früher. Nur noch viel schöner. Er seufzte leise. Außer ihm wusste niemand, was hier soeben geschah. Dabei machte er sich keine Illusionen, was die Gefahr der Entdeckung betraf. Nicht umsonst wurde Florenz dieser Tage Stadt der Dämonen genannt. Hier wimmelte es nur so von dunklen Energien. Er gehörte ja selbst dazu. Doch solange er sich in seinem eigenen Körper versteckte, würde ihn niemand finden. Und sollte es ihm diesmal gelingen, zur Vernichtung der Medici beizutragen, würden seine dämonischen Kollegen derart beschäftigt sein, dass sie garantiert nicht auf ihn achtgaben. Wenn die Medici erst vernichtet und der Papst und die Familie der Pazzi an der Macht waren, würde er sich mit Elle in ein geräumiges Landhaus zurückziehen, das Platz für ihre große Familie bot und in dem auch seine Mutter und seine Schwestern Schutz finden würden.

Als sie sich dem Palazzo Vincenco näherten, küsste er in Gedanken gerade Elles sündigen Mund. Unvermittelt fiel ihm ein, dass es da ja noch ein kleines Hindernis gab. Ihren Ehemann, Giovanni de' Vincenco. Aber auch dieses Problem würde sich auf die altbekannte Weise lösen lassen.

Elle benötigte ihre ganze Kraft, um von diesem Stuhl aufzustehen. Der Gedanke, nicht zu wissen, was weiter geschehen sollte, raubte ihr jegliche Kraft. Trotzdem brachte sie es fertig, sich um Lucrezia zu kümmern, die inzwischen mit einem leisen Stöhnen erwacht war. Hastig überlegte sie, was zu tun war, und rief nach dem Wirt.

Offenbar litt ihre Freundin unter starken Schmerzen, die man am besten mit etwas Mohnsaft bekämpfte, was ihr zudem einen gesunden Schlaf bescheren würde. Als niemand ihr Rufen erhörte, ging sie selbst nach draußen, um nach der benötigten Medizin zu fragen. Am Ende des langen Flures standen Tedeschi und Moro Wache, und an ihren versteinerten Gesichtern glaubte sie erkennen zu können, wie ernst die beiden Söldner ihre Mission nahmen. Auf halbem Weg kam ihr Jacaranda entgegen und lächelte katzenhaft.

»Kann ich dir helfen?«

»Meine Dienerin benötigt etwas Laudanum und ein paar kühlende Umschläge.«

»Nichts leichter als das«, sagte Jacaranda und rief nach Petronella, die ihr kurz darauf schmunzelnd ein kleines Fläschchen überreichte. »Das nutzen wir normalerweise, um allzu emsigen Freiern den Wind aus den Segeln zu nehmen. Oder sie erst recht in Stimmung zu versetzen, je nachdem, wie sie sich gebärden.«

»Danke«, sagte Elle nur und machte sich nicht die Mühe, über die übrigen Nutzungsmöglichkeiten des braunen Elixiers nachzudenken. Hauptsache, es half Lucrezia, die Nachwirkungen dieses Albtraums zu überstehen.

Als Lucrezia in einem weiteren lichten Moment die Augen aufschlug, flößte Elle ihr den bitteren Saft ein. Mit einem matten Lächeln schaute sie zu Elle auf, die neben ihr auf der Matratze saß und sich zu ihr hinunterbeugte. »Was ist passiert?«, fragte sie mit brüchiger Stimme.

»Wir sind überfallen worden. Erinnerst du dich nicht mehr?« Stockend erzählte sie ihr die ganze Geschichte, oder zumindest, was sie selbst davon mitbekommen hatte.

»Doch, ich erinnere mich dunkel«, bestätigte Lucrezia ihre Ausführungen, »dass wir irgendjemandem davongelaufen sind, doch dann wurde es plötzlich dunkel.«

»Umso besser, dass du den Rest nicht mitbekommen hast.« Elle tupfte ihr ein wenig verkrustetes Blut von der Stirn.

»Hat er …«, sie stockte, »… mich vergewaltigt?«

»Nein«, versicherte ihr Elle. »Die Männer, die dich gerettet haben, konnten es gerade noch so verhindern.«

»Dann kann ich wohl froh sein, dass sie dazwischengekommen sind und der Kerl mich nicht getötet hat, oder? Und ich muss dir dankbar sein, dass du Hilfe holen konntest. Du hast mein Leben gerettet.«

»Keine Ursache«, sagte Elle leise und schluckte, weil sie plötzlich Tränen in sich aufsteigen spürte. Sicher der Schock, der erst jetzt zutage kam, nachdem die Geschichte vorbei war.

»Wo sind wir?«, fragte Lucrezia unvermittelt. »Und wer sind die Männer, denen wir unsere Rettung zu verdanken haben?«

Elle wusste nicht, ob sie Lucrezia mit der Wahrheit beunruhigen würde und wie sie darauf reagierte, zumal Jacaranda in der Tür stand, um frisches Wasser zu bringen, und sie aus großen Augen fixierte.

»Du wirst es nicht glauben«, begann Elle vorsichtig mit einem Seitenblick auf die Hure. »Ausgerechnet Damian de' Castello hat uns gerettet.

Jener Mann, von dem wir noch in Mailand gesprochen haben. Du hattest recht, er ist nun ein Söldner der Pazzi. Deren Familie gehört diese Herberge. Aber vielleicht sollte unsere Gastgeberin dir erzählen, wo wir sind und was es mit diesem Haus auf sich hat.«

Jacaranda schaute irritiert auf. Bei Kerzenschein war ihr nicht anzusehen, was sie dachte, aber Elle wollte sie nicht als etwas darstellen, das ihr vielleicht nicht gerecht geworden wäre. Also überließ sie ihr das Wort, um jegliche Peinlichkeiten zu vermeiden.

»Ihr seid in einem Freudenhaus gelandet«, gab Jacaranda unumwunden zu. »Doch keine Sorge, dies ist keine billige Absteige, sondern ein gut geführtes Haus, das den Pazzi Pacht schuldet und von deren Söldnern Schutz erfährt.«

Dafür dürfen Damian und seine Kameraden es mit den hiesigen Huren umsonst treiben, lag es Elle auf der Zunge. Doch sie zügelte sich.

»Damian de' Castello und seine Söldner?« Lucrezia, die Jacarandas Ausführungen mit halbem Ohr verfolgt hatte, riss trotz ihrer Schmerzen erstaunt die Augen auf. »Was für ein unglaublicher Zufall! Wenn das Emilia wüsste!«

»Ich glaube nicht, dass sie es erfahren sollte«, schob Elle mit einem warnenden Blick hinterher.

»Was verwundert Euch so sehr daran?«, fragte Jacaranda erstaunt. »Ich kenne kein einziges Freudenhaus in Florenz, das nicht ohne den Schutz seines Patrons auskäme, ganz gleich, ob er Medici, Pazzi oder Pitti heißt.«

»Ich wundere mich nicht über die Herberge«, beeilte sich Lucrezia zu sagen. »Vielmehr darüber, wer unsere Retter sind. Meine Cousine hütet die Kinder im Hause der Pazzi. Sie erzählt mir manchmal, mit wem sie es dort zu tun hat. Sie schien sehr angetan von deren neuer Söldnertruppe.«

Jacaranda grinste herablassend. »Nur die dummen Frauen schwärmen für solche Kerle. In Wahrheit haben sie nichts an sich, was es zu begehren gäbe. Es sei denn, du bist gerne mit dem Teufel im Bunde.«

»Ist das wahr …?«, Lucrezia hob kaum merklich den Kopf an und starrte zur halbgeöffneten Tür, wo Tedeschi mit seinen breiten Schultern den Eingang versperrte. »Ich habe gehört«, flüsterte sie zischend, »dass diese Männer ziemlich gefährlich sein sollen. Und auch sonst …«

Ohne den Satz zu vollenden, sank sie in die dicken Daunenkissen zurück.

»Ihr meint, dass sie über eine besonders hervorragende Manneskraft verfügen?«, fragte Jacaranda eine Spur zu laut und lächelte anzüglich. »Ja, das kann ich durchaus bestätigen. Falls Ihr daran denkt, Euch einen von ihnen ins Bett zu holen, macht Euch auf Überraschungen gefasst.«

»Das hat uns nicht zu interessieren«, mischte Elle sich ein. »Und außerdem hat Damian befohlen, dass wir über den Vorfall striktes Schweigen bewahren müssen. Alle. Aber das wird er sicher noch einmal verkünden, nachdem er zurückgekommen ist.« Sie warf Jacaranda einen durchdringenden Blick zu, den diese mit einem müden Lächeln erwiderte.

Elle wollte weder wissen noch sich vorstellen, was Damian mit Jacaranda trieb, wenn er möglicherweise mehrmals im Monat hierherkam, um sich zu amüsieren. Ja, sie musste es sich eingestehen, ob sie wollte oder nicht: Sie war eifersüchtig. Damian de' Castello war ein ungewöhnlich attraktiver Mann, der sie auf geradezu gefährliche Weise faszinierte. Er war höflich, galant und dabei herrlich unverschämt. Eine verhängnisvolle Mischung, zumal sie nie zuvor jemandem ihr Herz geschenkt hatte, der sie nur annähernd so sehr interessiert hätte. Und nun schlug es wie ein Schmiedehammer, selbst wenn sie nur an ihn dachte.

Damian schlich sich derweil mit seinen Kameraden an den hoch in die Dunkelheit aufragenden Palazzo Vincenco heran. Schon von weitem war das Palavern einiger Männer zu hören, die zu Pferd und mit Fackeln den kleinen Innenhof besetzt hatten.

»Mist«, flüsterte Damian seinen beiden Kameraden zu. »Die Soldaten der Signoria waren schneller als wir. Sie haben das Gebäude bereits umstellt.« Er hatte sich wohl einen Moment zu lange mit Elle aufgehalten. Denn inzwischen waren erheblich mehr Stadtwachen angerückt als beim letzten Mal, als er diese Szene erlebt hatte.

Geduckt schlichen sie durch den Garten, auf der Suche nach einer Stelle, wo sie das Gemäuer hochklettern und sich einen Zugang zum Haus verschaffen konnten. Doch auch hier war der entsprechende Ort bereits von Söldnern der Signoria besetzt.

Langsam wurde Damian unruhig. Denn um Elle zu beeindrucken, musste er nicht nur deren Geld und deren Schmuck ergattern. Diesmal wollte er gleich auf Nummer sicher gehen und ihr die Vermählungsurkunden präsentieren, in denen stand, dass sie im Falle einer Annullierung ihrer Ehe Anspruch auf eine nicht unerhebliche Mitgift hatte. Damit würde er die Dinge gleich von Beginn an in die richtige Richtung lenken.

»Was sollen wir tun?«, fragte Gulliveri leise. »Da ist nirgendwo eine Stelle, an der wir unbeobachtet emporklettern können.«

»Dann müssen wir sie uns eben schaffen«, beschied Laurentio gefährlich leise. Damian wusste, was er damit meinte. Sie mussten einen der Bewacher töten oder mehrere. Lautlos. Und schon entdeckte er den Dämon in Laurentios Nacken. Er selbst benötigte keinen Dämon, der ihn leitete, er war sich Dämon genug. Allerdings hatte er nicht bedacht, dass seine Fähigkeiten in seinem menschlichen Körper nur noch stark eingeschränkt funktionierten. Das war der Preis, wenn man als Dämon in einen menschlichen Leib schlüpfte.

Man konnte ihn zwar gedanklich manipulieren, er war aber körperlich nur noch so stark wie der dazugehörige Mensch selbst. In dem Bewusstsein, dies berücksichtigen zu müssen, schlich er mit seinen ahnungslosen Kameraden zu einem Hintereingang, der von zwei Schergen der Signoria strengstens bewacht wurde.

Es waren breitschultrige, bullige Typen mit finsterem Blick. Einer von ihnen besaß eine Hellebarde mit haarscharfer Pike, ein anderer stand ihm mit gezücktem Schwert und einer Fackel in der Hand zur Seite. Beide hielten den Blick nervös in die Umgebung gerichtet. Laurentio stieß ein kaum hörbares Knurren aus, als er im Schatten einer Zypresse nach seinem Dolch griff und ihn in Richtung der beiden Bewacher schleuderte. Der Kerl mit dem Schwert und der Fackel fiel sofort tödlich getroffen zu Boden, wobei ihm das Messer in der Stirn stecken blieb. Der Zweite fiel kurz darauf, nachdem Damian seinen Dolch von rückwärts kommend in dessen Hals gerammt hatte. Zusammen mit seinen Kameraden machte er sich daran, deren Leichen hinter einen Busch zu zerren. Dabei bemerkten sie nicht, wie aus der Dunkelheit heraus völlig überraschend ein dritter Söldner auftauchte und geistesgegenwärtig mit seiner Lanze auf Damian einstach. Die scharfe Klinge glitt an Damians Lederharnisch entlang und schlitzte ihm sauber die Kehle auf. Blut spritzte und mehr als ein schwaches Aufstöhnen und gurgelndes Geräusch brachte er nicht mehr zustande. Während sich seine Kameraden noch mit dem Angreifer beschäftigten, spürte Damian, wie er aus seiner sterblichen Hülle herausglitt. Von oben sah er sich selbst und wie seine Kameraden im schwachen Schein der am Boden liegenden Fackel seinen Gegner mit ein paar gezielten Streichen ins Jenseits beförderten.

Für Damian lief die ganze Szene wie im Zeitraffer ab. Außerhalb seines geschundenen Leibes beobachtete er fassungslos, wie die Seele seines Widersachers dessen Körper entschlüpfte und ihn ungläubig anstarrte.

»Wer bist du«, fragte ihn der andere vollkommen verstört, »dass du wie der Messias von den Toten wiederauferstehen kannst?«

»Idiot!«, zischte Damian ihm ärgerlich zu und deutete auf dessen am Boden liegenden Leichnam. »Frag dich doch selbst, wie das geht!«

Als der Tote erkannte, dass er ab sofort ohne seinen Leib auskommen musste, geriet er in Panik. Erst recht, als ein dunkler Schatten neben ihm auftauchte, um ihn in Empfang zu nehmen. Für einen Moment hielt der Schatten inne und sah Damian aus schwarzen Höhlenaugen an.

»Was machst du hier, Dämon?«, rollte er knurrend, »Du hast hier nichts mehr zu suchen!«

»Schon gut, schon gut.« Damian hob kapitulierend die Hände.

»Wo ist die Seele, der dieser Körper gehört?«, wollte der Schatten mit Blick auf Damians leblose Gestalt wissen, an der sich Gulliveri und Laurentio inzwischen verzweifelt zu schaffen machten.

»Damian!« Gulliveri kniete auf der Stelle neben ihm nieder, um seine Verletzungen zu untersuchen. »Heilige Maria Mutter Gottes«, rief er verhalten, »lass es nicht wahr sein. Damian, komm zu dir, du darfst nicht sterben! Nicht jetzt und schon gar nicht wegen einer solchen Dummheit!«

»Entwischt«, belog Damian den Gehilfen der Unterwelt.

»Schon wieder einer, der glaubt, uns entkommen zu können. Aber wir kriegen sie alle«, spöttelte der Schatten. »Nicht wahr, mein Freund?«, raunte er der sprachlosen Seele des toten Soldaten zu und verschlang sie in einer einzigen Bewegung mit weit aufgerissenem Maul. Dann waren beide fort.

Damian beeilte sich, in seinen leblosen Körper zurückzugelangen. Die Befürchtung, dass es schon zu spät sein könnte, um sein eigenes Fleisch und Blut wiederzubeleben, hatte ihn fest im Griff. Fließend und von seinen Kameraden unbemerkt, schlüpfte er in seinen geschundenen Leib und empfand sogleich wieder die furchtbaren Schmerzen, die von seinen tödlichen Wunden herrührten. Als Dämon war er durchaus in der Lage, einen sterbenden Körper wiederzubeleben. Nichts anderes hatte er bei Elle getan. Was jedoch nicht hieß, dass er ihn gänzlich gesunden lassen konnte, falls er zu spät kam. Während er seine ganze ihm zur Verfügung stehende kosmische Energie aktivierte, um die aufgerissenen Adern und Gefäße zu schließen und die darüberliegende Haut wieder zusammenwachsen zu lassen, hielt er den Atem an. Gulliveri schreckte ängstlich zurück, als er die Veränderungen unter Damians blutüberströmter Haut bemerkte.

»Jesus, steh mir bei!«, presste er ängstlich hervor, und an Laurentio gerichtet, der nicht weniger erschrocken war, meinte er: »Das ist Hexerei!«

»Wenn es Hexerei ist, musst du ihn abstechen!«, riet ihm Laurentio voller Panik. »Vielleicht ist sein Leichnam von einer dunklen Macht beseelt!«

Schon hatte Gulliveri seinen Dolch gezückt, um Damian einen letzten Todesstoß zu verpassen, damit er sich am Ende nicht in einen Untoten verwandelte, da richtete er sich keuchend auf.

»Wer will mich hier zur Leiche machen?«, rief er mit schmerzverzerrtem Gesicht. »Das war doch nur ein Kratzer, mehr nicht!« Schwer atmend setzte er sich auf.

Gulliveri sprang verblüfft zurück und Laurentio beäugte Damian mit misstrauischem Blick.

»Bei allen Heiligen«, spie er, wie vom Donner gerührt. »Wir dachten, du seist tot! Stehst du mit dem Teufel im Bunde, oder was ist mit dir los?«

Damian versuchte sich an einem entspannten Grinsen. »Du weißt doch, Laurentio, was man sich über Francesco de' Pazzi und seine Leibwache erzählt. Wir sind alle von Dämonen besessen. Warum sollte man das ab und an nicht für sich nutzen?« Dann sprang er auf, als ob nie etwas geschehen wäre. »Nun macht nicht so ein Gesicht«, rief er seinen Kameraden zu. »Versteht ihr keinen Spaß? Ich hab verdammtes Glück gehabt, das ist alles!« Nur sein blutbesudelter Lederharnisch deutete darauf hin, dass er dem Tod im wahrsten Sinne des Wortes von der Schaufel gesprungen war. Während er die Kommentare seiner irritierten Mitstreiter nicht abwartete, sondern ihnen riet, ihm über eine geheime Treppe ins Innere des Hauses zu folgen, dachte er darüber nach, wie brenzlig diese Begegnung gewesen war und dass sie in seinem vorherigen Leben so nicht vorgekommen war. Somit hatte er die Geschehnisse bereits verändert. Und wenn das möglich war, konnte er auch Elles und sein eigenes Schicksal verändern. Zuversicht keimte in ihm auf, aber auch die Erkenntnis, dass, sollte er noch einmal sterben, er nicht automatisch in den Himmel zu Elle gelangte. Selbst wenn Elle eines Tages ins Licht gehen würde, würde er ein Dämon bleiben, wenn sein Körper gestorben war. Somit lohnte es sich durchaus, diesmal aufs Ganze zu gehen und den Pazzi mit all seinem Wissen zum Sieg über die Medici zu verhelfen. Doch bis dahin musste er Elle erst einmal ganz und gar für sich gewinnen und sie zu seiner Frau machen. Die Vorstellung, sie schon bald in seinen Armen zu halten, entschädigte ihn für alles Schlechte, das ihm je widerfahren war und gewiss noch widerfahren würde.

Elles jähes Herzklopfen flackerte erneut auf, als Damian geschätzte zwei Stunden später wieder vor ihr stand. Jacaranda schien sich nicht weniger über seine wohlbehaltene Rückkehr zu freuen, aber im Gegensatz zu Elle beachtete er sie kaum.

»Um Himmels willen, Damian!«, rief sie unvermittelt. »Was ist denn mit deiner Uniform geschehen? Bist du verletzt?«

Erst jetzt fiel auch Elle auf, dass sein Harnisch durchlöchert war und die Kleidung darunter zerrissen und blutbesudelt. Damian jedoch vermittelte einen geradezu fröhlichen Eindruck. »Keine Sorge, meine Damen«, beschwichtigte er sie mit einem umwerfenden Lächeln. »Nur ein kleiner Disput, bei dem mein Gegner den Kürzeren gezogen hat. Nicht der Rede wert. Demjenigen, der meine Kleider so zugerichtet hat, geht es wesentlich schlechter.« Mit einer raschen Bewegung strich er sein glänzend schwarzes Haar zurück und zwinkerte Elle vertraulich zu.

»Komm«, sagte er nur und deutete ihr mit einem Nicken an, dass sie ihm nach nebenan in die Kammer folgen sollte.

Jacaranda, die von Damian sanft zur Seite geschoben wurde, hätte Elle – der Miene nach zu urteilen – wohl am liebsten erdolcht.

Als sie durch den Flur gingen, überlegte Elle, was genau im Palazzo Vincenco geschehen sein könnte. Ihr Gewissen meldete sich und sie machte sich Vorwürfe, dass sie Damian nicht zurückgehalten hatte, ihr Hab und Gut zu retten. Seine Kameraden hatten sich indessen in der Schankstube versammelt und debattierten verhalten über die Geschehnisse. Allem Anschein nach war bei der Erstürmung des Palazzo Vincenco etwas vorgefallen, das weiterer Aufklärung bedurfte. Damians kurzer Ausflug war mit Sicherheit kein Spaziergang gewesen. Und so, wie es aussah, hatte es Tote gegeben. Immerhin war Damian und seinen Kameraden die Flucht geglückt.

Elle verspürte leichte Aufregung, als sie Damian in das verwaiste Zimmer der Hure folgte, wo Lucrezia sich nach dem Mohnsaft im Tiefschlaf von ihren Verletzungen erholte.

Kaum dass sie den spärlich beleuchteten Raum betreten hatten, hielt er ihr zwei prall gefüllte Lederbeutel entgegen.

Elle sah ihn verwundert an. Zögernd nahm sie die Beutel entgegen.

»Dein Schmuck und fünfhundert Fiorini in Münzen«, erklärte er ihr lapidar, »aus der Eisentruhe deines geliebten Gemahls.«

»Was genau ist geschehen?«, wollte sie wissen und war geneigt, seinen aufgeschlitzten Harnisch zu berühren. »Du hast dein Leben aufs Spiel gesetzt, um mein Geld zu retten, hab ich recht?«

Er nahm ihre Hand und drückte sie ungefragt an seine breite Brust.

»Es ehrt mich, dass du dir solche Sorgen um mich machst«, gab er mit belegter Stimme zu. »Aber es ist nichts geschehen, was dich beunruhigen müsste.« Er senkte demonstrativ den Blick. Nur um kurz danach aufzuschauen und sie mit seinen beeindruckend intensiven Augen ihrer restlichen Souveränität zu berauben. »Ich habe dir noch etwas anderes mitgebracht, was dein Herz höherschlagen lassen müsste als ein paar Münzen und etwas Schmuck.«

Er zog ein paar zusammengefaltete Urkunden hervor, die er offenbar in großer Eile in seinen Gürtel gesteckt hatte.

»Was ist das?«, fragte sie erstaunt.

»Das ist ein Pergament, das dein Recht auf eine angemessene Mitgift bescheinigt, falls Giovanni de' Vincenco etwas zustößt oder etwas geschieht, das Eure Ehe zunichtemacht. Zum Beispiel, wenn er seiner Pflicht, dir einen Erben zu schenken, nicht folgen kann, weil er zeugungsunfähig ist oder – wie im vorliegenden Fall – im Kerker sitzt und zum Tode verurteilt ist. Ich fand es unter der von dir beschriebenen Kiste.«

»Wo kommt das her?« Elle konnte kaum fassen, was er getan hatte. »Und wieso sind dir die Papiere überhaupt aufgefallen? Ich wusste ja selbst nur vage, dass ich so etwas besitze.«

»Das alles lag an dem von dir beschriebenen Aufenthaltsort!«, erklärte ihr Damian ruhig.

Dunkel erinnerte sie sich an die von ihrem Onkel geforderten und von Don Giovanni unterschriebenen Eheverträge. »Danke«, flüsterte sie. Mit zitternden Fingern griff sie nach den Urkunden, doch anstatt ihr die Papiere zu übergeben, zog Damian sie zurück und steckte sie wieder dorthin, wo er sie hergeholt hatte. »Ich werde dafür sorgen, dass die Schreiben nicht in falsche Hände geraten.«

»Was ist geschehen?« Sie konnte ihre Furcht kaum unterdrücken. »Was ist mit dem Haus und mit meiner Dienerschaft?«

»Lorenzo de' Medici hat allem Anschein nach gründlich und vor allem schnell dafür gesorgt, dass Euer Palazzo vor gut einer Stunde von Steuereintreibern der Signoria besetzt wurde.« Sein düsterer Blick ließ nichts Gutes vermuten.

»Wenn das so ist«, erwiderte sie erschrocken, »wie bist du dann in die Villa hineingekommen?«

»Das spielt doch jetzt keine Rolle mehr«, kam er weiteren Fragen zuvor.

»Deinen Dienern ist nichts geschehen. Die Stadtwachen haben alles besetzt und die verbliebenen Bediensteten und Wachleute in die Freiheit entlassen. Was mit Rudolfo und Antonio passiert ist, vermag ich nicht zu sagen. Vielleicht hat Lorenzo ihnen Schmiergeld gezahlt, damit sie dich und Lucrezia im Stich lassen.«

»Um das restliche Personal solltest du dir keine Sorgen machen. Sie alle werden eine neue Anstellung finden. In Florenz gibt es genug Familien, die ständig nach neuer Dienerschaft suchen. Vielmehr müssen wir uns nun um dich kümmern. Gleich morgen früh werde ich bei Messer Jacopo vorsprechen, damit er dich unter den Schutz seiner Familie stellt.«

»Was ist mit Lucrezia?«

»Wenn die Pazzi dich aufnehmen, werden sie auch deine Dienerin aufnehmen«, gab er sich zuversichtlich.

»Und was soll bis dahin geschehen?« Elle schaute ratlos auf die beiden Lederbeutel, die sie noch immer in den Händen hielt. »Ich meine, das Schicksal von Don Giovanni ist weiterhin ungewiss, und ich habe keinerlei Verwandte, bei denen ich unterkommen könnte. Meine eigenen Eltern sind tot, und auch sonst gibt es inzwischen niemanden mehr, der mir helfen könnte. Ich wüsste nicht, wo wir hingehen sollten.«

»Du und deine Dienerin werdet hier die Nacht verbringen. Ich habe schon mit Giacomo gesprochen. Er wird euch Unterschlupf bieten, bis ich eine Lösung gefunden habe. Die Männer und ich werden in der Schankstube übernachten und dafür sorgen, dass du und deine Dienerin ruhig schlafen könnt. Morgen früh gehe ich als Erstes zu den Pazzi und kläre unser weiteres Vorgehen. Ist ja nur zwei Gassen von hier entfernt.«

Er schien sich ernsthafte Sorgen um sie zu machen, was Elle merkwürdig fand, wo er doch nichts von ihr erwarten konnte. Schließlich war sie noch immer verheiratet. Wobei … allein sein Anblick brachte sie auf abwegige Gedanken. Die tiefgründigen Augen, der sinnliche Mund, die breiten Schultern. Ganz zu schweigen von seinen schmalen Hüften und dem muskulösen Po, der sich unter seinen engen Hosen abzeichnete. Unbemerkt glitt ihr Augenmerk zu seinem Schritt. Wie er wohl nackt aussah? Eine frivole Vorstellung, die sie schon seit ewigen Zeiten nicht mehr beim Anblick eines Mannes gehabt hatte und für die sie sich sogleich ein Bußgebet auferlegte. Es schickte sich nicht, über die körperlichen Qualitäten eines solchen Mannes auch nur nachzudenken. Geschweige denn, darauf zu spekulieren, wie es wäre, wenn er diese bei ihr selbst anwenden würde. Dennoch tat sie es.

»Danke«, sagte sie schlicht und senkte den Blick, damit er die Sehnsucht darin nicht erriet. Anstatt sie zu küssen, wie sie es sich heimlich gewünscht hatte, nahm er Haltung an und nickte förmlich, als sie kurz zu ihm aufschaute. Als er wenig später die Kammer verließ, um seinen

Leuten weitere Anweisungen zu geben, stieß sie einen langgezogenen Seufzer aus. »Heilige Jungfrau, in was bin ich da nur hineingeraten?«, murmelte sie.

Als Damian mit dem ersten Hahnenschrei erwachte, hatte er beinahe kein Auge zugetan. Mit der dämonischen Energie, die seine Adern durchflutete, war er zwar nicht gezwungen zu schlafen, aber er tat es trotzdem, weil er mit seinem menschlichen Körper nicht so hohläugig und scheußlich aussehen wollte, wie die Menschen es womöglich von einem Dämon erwarteten.

Mit einem verhaltenen Gähnen erhob er sich von seiner harten Holzbank und streckte die Glieder. Zugleich beglückwünschte er sich für seinen gestrigen Einfall, sogleich nach den passenden Urkunden zu suchen. Wobei ihm die Erkenntnisse aus seinem vorherigen Dasein praktischerweise zu Hilfe gekommen waren. Anstatt, wie zuvor, herumzurätseln, wie man Elle schnellstmöglich aus ihrer miserablen Ehe erlösen konnte, hatte er mit den Urkunden bereits den Grundstein dazu gelegt, ohne dass auch nur jemand etwas davon ahnte. Ein Blick in die dämmrige Stube versicherte ihm, dass Tedeschi und Moro noch schnarchten, obwohl es draußen allmählich hell wurde. Laurentio und Gulliveri hatte er nach dem Einsatz im Palazzo Vincenco zum Palazzo Pazzi geschickt. Wobei er zwei Fliegen mit einer Klappe schlug. Zum einen sollten sie ihn und seine Begleiterinnen in aller Frühe bei Jacopo de' Pazzi ankündigen, zum anderen wollte er nicht, dass sie ihm womöglich in Gegenwart von Elle und den übrigen Kameraden wegen seiner vermeintlichen Wunderheilung am Abend zuvor lästige Fragen stellten. Natürlich war es ihnen unheimlich vorgekommen, dass seine schwere Halswunde so plötzlich verheilt war. Aber er benötigte Zeit, um sich eine plausiblere Erklärung dafür zurechtzulegen. Blieb zu hoffen, dass sie niemandem sonst etwas davon erzählten.

Schon gar nicht Messer Jacopo, dem sie in Damians Auftrag über die Geschehnisse des Vorabends Bericht erstatten sollten. Wobei es naiv gewesen wäre, zu glauben, dass sie seine unverhoffte Wiederauferstehung einfach so auf sich beruhen lassen würden.

Unvermittelt blickte er in den verführerischen Ausschnitt von Jacaranda. Wie üblich stand sie leicht bekleidet vor ihm und servierte ihm wie selbstverständlich einen warmen Haferbrei und einen Becher mit Ziegenmilch. Beides stellte sie auf den Tisch, ohne Damian dabei aus den Augen zu lassen.

Damian wusste natürlich, was in ihr vorging. Sie war höllisch eifersüchtig auf Elle und sichtbar verletzt, obwohl sie in Wahrheit nie an ihm als Ehemann interessiert gewesen war.

Jacaranda gehörte zu jenen Huren, die einem Mann pure Höllenqualen der Lust bereiten konnten. Ein Umstand, der sie nicht nur für Damian interessant gemacht hatte. Auch Francesco de' Pazzi heuerte sie regelmäßig für seine Orgien an. Er zahlte ihr ein vergleichsweise fürstliches Salär, damit sie seine honorigen Gäste aushorchte. Aber aus welchen Gründen auch immer gab sie allein Damian den Vorzug, wenn es um die Befriedigung ihrer eigenen Wünsche ging. Sie wurde nicht müde zu betonen, über welche außerordentlichen Qualitäten er als Liebhaber verfügte. Doch damit würde nun Schluss sein. Er wollte keine Hure mehr, die sich für ausreichende Münze mit jedem noch so intriganten Speichellecker der Signoria vergnügte. Es war genau wie damals: Er wollte Elle und sonst keine.

Trotz seiner guten Vorsätze zog er Jacaranda zu sich auf den Schoß, weil er ihr auf seine Weise verdeutlichen wollte, dass sie den Mund zu halten hatte, was Elles Aufenthalt in dieser Taverne betraf. Ein Fehler. Denn auf der Stelle schmiegte sie sich mit ihren halbnackten Brüsten an ihn und ließ ihre Hand zwischen seine Schenkel wandern, die in einer viel zu engen Lederhose steckten. Ihre flinken Finger krallten sich in jene Stelle, wo sie sein bestes Stück vermutete, und sogleich begann sie, es geschickt zu massieren.

»Lass das, cara mia!«, wehrte er sie halbherzig ab und schaute ihr gleichzeitig tief in die Augen. Sie erregte ihn, gar keine Frage, aber im Moment wünschte er sich nichts sehnlicher, als dass es Elles Hand gewesen wäre, die sein Blut in Wallung brachte.

»Ich möchte, dass du die beiden Frauen vorsichtig weckst und ihnen sagst, sie sollen sich zur Abreise fertigmachen«, befahl er ihr, ohne weiter auf ihre Annäherungsversuche einzugehen. »Wie der Herr wünschen.« Jacaranda gab einen schnaubenden Laut von sich. Dann sprang sie auf und war schon verschwunden.

Elle schaute schlaftrunken zwischen Decken und Kissen auf, als Jacaranda ohne Ankündigung in ihrer Kammer erschien und sie vor ihrem Bett stehend in schnippischem Tonfall dazu aufforderte, möglichst rasch aufzustehen. »Damian schickt mich«, fügte sie pikiert hinzu. »Das Frühessen ist fertig. Er sagt, Ihr sollt aufstehen und Euch zur Abreise fertigmachen. Ich bringe Euch noch frisches Wasser zum Waschen.«

Nachdem Jacaranda wieder auf den kleinen Flur entschwunden war, hatte sie die Tür einen Spalt offen stehen lassen. Im Nu war das stickige, kleine Zimmer mit dem Duft von gebratenen Eiern mit Speck und frischem Brot erfüllt. Auch wenn Elle glaubte, keinerlei Appetit zu verspüren, vertrat ihr Magen eine andere Meinung und knurrte unüberhörbar. Doch zunächst musste sie noch den Abort aufsuchen und sich waschen.

»Wo gehen wir hin?«, fragte Lucrezia verstört, als sie sah, dass Elle sich abmühte, in ihre Röcke zu steigen, und sich danach umständlich das Mieder schnürte.

»Damian und seine Söldner bringen uns zum Palazzo Pazzi«, erläuterte sie ihr. »Unser Held und zwei seiner Männer haben noch in der Nacht unter Einsatz ihres Lebens meinen Schmuck und etwas Geld aus unserem Palazzo geholt. Dabei kam heraus, dass die Regierung von Florenz bereits das Haus besetzt und Giovannis gesamten Besitz beschlagnahmt hatte.«

Lucrezia stöhnte auf und schlug die Hände vors Gesicht. »Heilige Mutter Gottes!«, nuschelte sie und schaute Elle mit Panik in den Augen an. »Und was soll nun aus uns werden?«

»Damian hat versprochen uns zu helfen, und frag mich nicht, warum, ich vertraue ihm.«

KAPITEL 12

Verhängnisvolle Verlobung

Januar 1477 – Florenz

Nach einem üppigen Frühessen, das Giacomo und seine Huren wie offenbar üblich in der Schankstube serviert hatten, wurden Elle und Lucrezia von Damian und seinen Männern nach draußen geleitet.

»Auch wenn die Sicht heute Morgen nicht gerade die beste ist«, bemerkte Damian mit Blick in die neblige Umgebung, bei der man auf fünfzehn Fuß alles nur noch schemenhaft erkennen konnte, »möchte ich euch Frauen raten, wenigstens euer Haupt mit einem Tuch zu verhüllen.« Mit einem Fingerschnippen sorgte er dafür, dass Jacaranda und ihre Mädchen ein paar dunkelblaue Schultertücher herbeibrachten, die Elle und Lucrezia dankbar entgegennahmen. »Damit euch auf dem Weg zu den Pazzi niemand erkennt«, fügte er erklärend hinzu.

Ganz Florenz lag unter einer dichten Nebeldecke, und von irgendwoher war neben einem stetigen Glockenläuten ein sonores Stimmengewirr zu hören, das immer wieder den gleichen Sprechrhythmus verlauten ließ. Dazu gesellten sich ein merkwürdiges Klatschen und ein Aufstöhnen aus mehreren Kehlen.

»Was ist das?«, fragte Elle Damian leise und war plötzlich froh, dass er nicht von ihrer Seite wich, als sie den Weg zu den Stallungen nahmen.

»Ich schätze, das ist die Geißelbruderschaft zu Ehren des heiligen Hieronymus«, bemerkte er mit hochgezogener Braue. »Sag nur, du hast sie noch nie gesehen? Nach hohen Feiertagen laufen sie neuerdings immer durch die Gassen und sammeln für die Armen, während sie sich den Rücken blutig schlagen.«

Elle verzog ihr Gesicht zu einer angewiderten Miene. »Ich habe davon gehört«, gab sie unsicher zurück, »aber gesehen habe ich die Brüder noch nie.« Niemand außer ihr schien sich für dieses merkwürdige Treiben zu interessieren. Obwohl ihre Begleiter kein weiteres Aufheben darum machte, kamen ihr die Geißelbrüder plötzlich mehr als merkwürdig vor und bestärkten in ihr das neuerdings immer wiederkehrende Gefühl, in einer falschen Welt geboren zu sein.

Damian half ihr wie selbstverständlich aufs Pferd und stieg hinter ihr in den Sattel. Seine Nähe irritierte sie noch mehr als alles andere, erst recht, als er seinen starken Arm um ihre Taille legte, als ob er dorthin gehörte.

Tedeschi tat das Gleiche mit Lucrezia, die ihr malträtiertes Gesicht unter Schmerzen verzog, als sie sich vor dem deutschen Söldner auf das Pferd setzte. Als die Gruppe der Selbstgeißelungsanhänger schließlich mit nackten, blutenden Oberkörpern hinter einer hellen Kalksteinmauer aus dem Nebel auftauchten, zuckte Elle regelrecht zusammen.

»Da!«, wisperte sie Damian außer sich vor Angst zu. »Da sind sie wieder. Die Dämonen.« Die Worte blieben ihr fast im Hals stecken. Eine ganze Heerschar schwarzer Schatten waberte über die halbnackten, blutenden Gestalten hinweg.

Auch die Pferde scheuten, offenbar beunruhigt vom Geruch des Blutes. »Ruhig, ruhig«, mahnte Damian und meinte offenbar seinen schwarzen Hengst. Doch ebenso sanft drückte er Elles Taille und beugte sich so nah über ihre linke Schulter, dass sein schwarzes Haar ihre Wange kitzelte.

»Du musst keine Angst haben«, flüsterte er ihr ins Ohr. »Sie können dir nichts tun, solange du keine bösartigen Gedanken hegst.«

»Woher willst du das wissen?«, fragte sie gehetzt.

»Ich sagte dir doch, dass ich meine Erfahrungen mit ihnen habe«, bekräftigte er seine Gabe mit verschwörerischer Stimme. »Vertrau mir, sie können dir nichts anhaben!«

Elle wusste im ersten Moment nicht, ob sie beunruhigt oder erleichtert sein sollte, weil Damian sich offenbar tatsächlich mit diesen teuflischen Erscheinungen auskannte, und entschied sich für Letzteres.

»Ich bin so froh, dass ich in dir einen wahrhaft Verbündeten gefunden habe«, bekannte sie atemlos. »Ansonsten hätte mich das alles längst in den Wahnsinn getrieben. Bereits seit Tagen plagt mich das Gefühl, dass mit mir etwas nicht stimmt. Ich denke zum Beispiel immerzu, ich hätte das alles schon einmal erlebt. Auch du kommst mir so vertraut vor. Gar nicht, als ob wie uns gestern erst wiedergetroffen hätten.«

»Das ist die Aufregung«, versuchte er sie zu beruhigen. »Du hast unglaublich viel durchgemacht in der letzten Zeit. Die Sache mit Giovanni und dem Herzog war schließlich kein Kinderspiel. Alles auf einmal zu verlieren, seine gesamte Existenz davontreiben zu sehen, kann einen ganz schön durcheinanderbringen. Glaub mir, ich weiß, wovon ich spreche.«

»Du bist so freundlich zu mir«, bekannte sie leise und drückte seine Hand. »Ich weiß gar nicht, wie ich das je wiedergutmachen kann.«

»Da wird mir schon was einfallen«, meinte er schmunzelnd.

Elle überging seine Bemerkung. »Ich weiß nicht, wie die Leute den Unsinn verbreiten können, Pazzi-Söldner seien leibhaftige Dämonen. Ich glaube, die haben noch keine echten gesehen.«

Einen Moment lang schien es, als ob er ihr eine Antwort schuldig blieb, während er mit ihr und seinem Gefolge an mehrstöckigen Häusern und Gärten vorbeiritt.

Doch dann räusperte er sich. »Wer behauptet denn so was?«

»Lucrezias Cousine hat etwas in der Art verlauten lassen.«

Elle stockte, nicht sicher, ob sie ein so dummes Gerede überhaupt zum Besten geben sollte. »Um es vorwegzunehmen, die Kleine ist ziemlich beeindruckt von dir und deiner Truppe.«

»Woher kennt sie uns denn?« Damian schien ehrlich erstaunt.

»Sie dient bei den Pazzi als Kindermädchen.«

Damian hob eine Braue und grinste verblüfft. »Kennst du ihren Namen?«

»Du wirst sie doch nicht bestrafen lassen, wenn ich ihn dir nenne, oder?«

»Sehe ich etwa so aus, als ob ich meine Verehrerinnen bestrafen würde?«, scherzte er.

»Na ja.« Elle lachte verlegen. »Wenn ich dich so ansehe, finde ich dich ganz schön furchteinflößend.«

»Aber nicht gegenüber Frauen.« Er grinste anzüglich. »Also wie lautet der Name unserer Bewunderin?«

»Emilia«, verriet ihm Elle kaum hörbar.

»Ach, die kleine Dralle mit den rotbraunen Haaren?« Wieder grinste er breit. »Sie hat es auf Gulliveri abgesehen. Der Arme kann sich vor ihren heißen Blicken kaum retten.«

»Lucrezia meinte, sie habe es auf dich abgesehen.«

»Auf mich?« Er hob kapitulierend die Arme. »Heilige Jungfrau, verschone mich. Sie ist ein Kind, gerade mal fünfzehn. Was sollte ich mit ihr anfangen?«

Mit wem fängst du denn etwas an?, lag ihr auf der Zunge. Doch sie verkniff sich eine solche Frage und dachte an Jacaranda, die sich in seiner Gegenwart alles andere als kindlich verhielt.

Kurz darauf bogen sie in die Borgo Di San Pier Maggiore ein, die zur Ecke der Pazzi führte, wie ein schlichter Holzwegweiser verriet. Der Name rührte wohl daher, dass hier nicht nur eine Pazzi-Villa stand, sondern gleich mehrere, auch von anderen Clanmitgliedern.

Vor dem stattlichsten der Gebäude, einem mächtigen, dreistöckigen Palazzo, der dem der Medici in nichts nachstand, machten sie halt. Die durch eine Säule geteilten, gotischen Fensterbögen hatte man mit bunten Bildern verglast. Sie zeigten dunkle Gefäße mit Flammen, die für das Heilige Feuer standen, welches die Kreuzritter der Pazzi einst anhand von Feuersteinreliquien aus dem Heiligen Land mitgebracht hatten und mit dem sie jedes Jahr das Osterfeuer in der Stadt entzündeten, wie Damian ihr beiläufig erklärte. Hinzu kamen orientalische Ampeln und Segelschiffe, die wohl für ein gewisses weltmännisches Flair standen, was den Handel und Wandel der Pazzi betraf. Mit unverkennbarem Stolz in der Stimme erinnerte Damian sie daran, dass selbst Dante in seiner »Göttlichen Komödie« Familienmitglieder der Pazzi erwähnt hatte. Kein Wunder, dass Lorenzo de' Medici die Familie als ernsthafte Konkurrenz betrachtete und um seine Vormachtstellung in der Stadt und der ländlichen Umgebung fürchtete.

Während Elle noch staunte, weil sie dem Gebäude bis zu diesem Tag nie größere Aufmerksamkeit geschenkt hatte, sprangen Damian und seine Kameraden von den Pferden ab und grüßten die beiden Wachen vor dem Tor, das in einen geräumigen Innenhof führte, mit einem Salut. Die Männer kannten sich offenbar gut. Jedenfalls stellte niemand irgendwelche Fragen, als sie gemeinsam das Tor passierten. Im Innern des Hofes führte ein Kiesweg zu einem zweiten, schmiedeeisernen Tor, hinter dem ein weitläufiger Garten lag. Sauber gestutzte Zierbäumchen und unzählige Beete mit allerlei niedrigen Sträuchern säumten die Wege. In der Mitte schwappte eine rhythmische Fontäne aus einem Springbrunnen empor. Wahrscheinlich eine Quelle, wie Elle vermutete.

Im Innenhof selbst wimmelte es von Bediensteten, von denen einer nun auf sie zueilte. Er trug ein blaues Wams in den Farben der Pazzi, mit goldenen Stickereien am Ärmelaufschlag, die das Wappen der Familie darstellten.

»Wen bringt Ihr uns denn da, Messer Damian?«, fragte er forsch und warf zunächst Elle einen neugierigen Blick zu und dann Lucrezia, die mit ihrem blau angeschwollenen Gesicht einen furchterregenden Eindruck vermittelte. Blitzschnell registrierte Elle, dass der Mann Damian mit »Messer« angesprochen hatte, was die adlige Herkunft ihres Begleiters bestätigte.

Als der Mann in der blauen Livree Lucrezias blutunterlaufene Augen und die zerrissenen Kleider sah, wich er zurück. »Um Gottes willen«, sagte er leise zu Damian. »Was ist denn mit den Damen geschehen?«

»Ich benötige eine sofortige Audienz bei Messer Jacopo«, antwortete Damian, ohne ihm eine Antwort zu geben. »Die Frauen wurden von gedungenen Schergen der Medici überfallen.«

»Kommt doch erst mal ins Warme«, beschied der Mann und nickte Damian zu.

Damian bedeutete Tedeschi, dass er Lucrezia vom Pferd helfen sollte. Er selbst gab Elle einen Wink, dass sie sich beim Absteigen von seinem stattlichen Hengst vertrauensvoll seinen starken Armen überlassen durfte. Während sie seiner Aufforderung folgte, fuhr sie erneut zurück, während sie glaubte, ein paar dämonische Schatten aus dem Haus herauseilen zu sehen, und ein weiterer saß auf der Schulter des Hausdieners.

»Glotzt nicht so blöd und macht euch an die Arbeit«, herrschte der untersetzte Kerl mit dem blauen Gewand ein paar dunkelhäutige Sklaven an. Er war hier wohl so etwas wie der Palastvorsteher oder eine Art erster Sekretär, der für alles, was innerhalb des Hauses geschah, zuständig war.

Damian, der ihren Blicken gefolgt war, zwinkerte ihr vertrauensvoll zu.

»Ignoriere sie einfach«, sagte er leise, »ich sagte doch, sie können dir nichts tun.«

Er hatte die Dämonen also auch gesehen, was Elle gewissermaßen beruhigte. Falls sie besessen war, dann war sie es wenigstens nicht allein. Ein Umstand, der ihr Damian noch näherbrachte, als ihr lieb sein konnte.

Mit hämmerndem Herzen folgte Elle ihm und seinem Begleiter ins Haus. Lucrezia, die mehr humpelte, als ging, hielt derweil ihre Hand. Auch sie sah sich staunend um, obwohl sie schon einmal hier gewesen sein musste, um ihre Cousine zu besuchen. Aber wahrscheinlich war sie nur bis ins Gesindehaus vorgedrungen.

Im lichten Marmorflur rannten ein paar prunkvoll gekleidete Kinder über persische Teppiche und spielten hinter den gewaltigen Säulen Verstecken. Allem Anschein nach handelte es sich um die jüngsten Zöglinge der Pazzi. Als sie Damian sahen, hielten sie inne und kicherten verlegen. Er grinste zurück und verbeugte sich, die Hand am Knauf seines Schwertes, vor den Mädchen, danach salutierte er kerzengerade vor den Jungs, was diese in einer unbeholfenen Geste ebenfalls strammstehen ließ. Anschließend rannten die Kleinen lachend nach draußen. Er schien gut mit Kindern umgehen zu können, oder zumindest mochte er sie, was Elles Vorbehalte gegen ihn weiter aufweichen ließ.

Angesichts der umwerfenden Pracht, die sie in der Eingangshalle empfing, fragte sie sich plötzlich, ob sie in ihren zerknitterten, schmutzigen Kleidern nicht aussah wie eine Landstreicherin. Überwältigt von den Wandmalereien und den marmornen Büsten diverser Vorfahren der Familie, die in kleinen Nischen den breiten Treppenaufgang in den ersten Stock flankierten, hatte sie Mühe, nicht über ihre eigenen Füße zu stolpern. Don Giovanni war selbst nicht arm gewesen, aber das hier sprengte den Rahmen. Zumal er immer behauptet hatte, die Pazzi könnten den Medici, ihren Besitz betreffend, das Wasser nicht reichen. Während Lucrezia aufgefordert wurde, in einem Dienstbotenzimmer auf ihre Herrin zu warten, schlug der erste Sekretär Elle vor, ihm zusammen mit Damian direkt zum Arbeitszimmer von Jacopo de' Pazzi zu folgen. Dessen Frau Maddalena und seine noch minderjährige Tochter Catherine waren zu Verwandtenbesuchen unterwegs, wie der Bedienstete gegenüber Damian beiläufig erwähnte. Trotzdem tummelte sich im Haupthaus der Pazzi eine stattliche Anzahl von weiteren Kindern jeglichen Alters, die offenbar Jacopos übriger Verwandtschaft gehörten, die allesamt einen Anspruch auf Unterkunft im Hause besaßen. Hinzu gesellten sich dutzende Diener, Zofen und eine unübersichtliche Anzahl von Sklaven, die diensteifrig durch die Gänge eilten, um ihrer Herrschaft das Leben so angenehm wie möglich zu gestalten.

Damian fasste Elle am Arm, aber nur kurz. »Warte einen Moment hier draußen«, wies er sie mit einem Augenzwinkern an. »Ich will Messer Jacopo die Gelegenheit geben, zunächst einmal darüber nachzudenken, bevor er dich befragt und eine Entscheidung trifft, ob er uns helfen kann. Er benötigt für seine Überlegungen immer ein wenig länger«, fügte er hinzu. »Er ist fast sechzig und damit weiß Gott nicht mehr der Jüngste.«

Während Damian hinter einer riesigen Flügeltür verschwand, die über und über mit goldenen Symbolen beschlagen war, nutzte Elle die Gelegenheit, nochmals die Umgebung zu inspizieren. Konzipiert und erbaut wurde das Haus unter der Leitung des großen Giuliano da Majano, wie am Eingang auf einer Marmortafel gestanden hatte. Majano gehörte zu den angesehensten Baumeistern der Toskana, so viel wusste sie wohl. Die plötzliche Vorstellung, dass das Haus spielend die nächsten Jahrhunderte überdauern würde, war mit einer verstörenden Vision verbunden, die mit lauten, merkwürdigen Geräuschen, seltsamen Gerüchen und Hunderten völlig andersartig gekleideten Menschen einherging.

Sie verschwand so schnell, wie sie gekommen war. Elle schrak regelrecht zurück, als Damian plötzlich vor ihr stand und ihr den Arm reichte, um sie Jacopo de' Pazzi vorzustellen.

»Was ist?«, erkundigte er sich, beinahe besorgt. »Du siehst ganz bleich aus.«

»Nichts«, beeilte sie sich zu sagen. Sie wagte es nicht, ihm auch noch von ihren Visionen zu erzählen. Die Dämonen und toten Seelen erschienen ihr schon heikel genug.

Jacopo de' Pazzis Arbeitszimmer war nicht weniger prunkvoll ausgestattet als das von Lorenzo de' Medici. Wobei es nicht so sehr mit beweglichen Kunstwerken überladen war, sondern eher mit Wandmalereien. Zwei riesige Bücherwände begrenzten den rückwärtigen Teil des Zimmers, und ein breiter Schreibtisch, auf dem sich unzählige Papiere stapelten, beherrschte den Vordergrund. Dazu ein Standpult, das wohl für einen Schreiber gedacht war. Jacopo de' Pazzi selbst sah noch um einiges älter aus, als Damians Bemerkung hatte vermuten lassen. Sein Haar war grau und kurzgeschoren, was seine natürliche Tonsur kaum zur Geltung brachte. Auch sein Gesicht war glattrasiert und die Haut leicht glänzend. Das Weiße in seinen dunklen Augen hatte einen gelblichen Schimmer. Vielleicht trank er zu viel schweren Wein, vermutete Elle. Seinem Reichtum gemäß trug er ein schwarzes Wams aus makellos gebürstetem Samt, den Saum mit braunem Nerz verbrämt. Dazu eine Strumpfhose aus feinster Seide, die seine vergleichsweise dürren Beine zwischen Rocksaum und den absatzlosen Halbschuhen aus schwarzem Leder in makellosem Weiß erstrahlen ließ. Am Knöchel war das Wappen der Pazzi aufgestickt. Zwei goldene Delphine auf blauem Grund, zwei Halbmonde, ein Zeichen für Großzügigkeit und Freiheit. Dazu fünf Kreuze, stellvertretend für die erfolgreiche Teilnahme des glorreichen Pazzino Pazzi an der Eroberung Jerusalems im Jahre 1099, wie Lucrezia ihr noch vor kurzem erklärt hatte. Mit einem angedeuteten Lächeln ergriff das Familienoberhaupt der Pazzi ihre Hand und hauchte einen Kuss auf deren Rücken.

»Da seid Ihr ja in eine üble Lage geraten, verehrteste Donna de' Vincenco!«, bemerkte er mit einem väterlich anmutenden Lächeln. »So setzt Euch doch erst einmal«, forderte er Elle auf und führte sie zu einer gepolsterten Sitzbank, wo er ihr nochmals mit einer jovialen Geste bedeutete, sie solle Platz nehmen.

Elle tat, wie ihr geheißen. Es lag ihr fern, einem Patriarchen offen zu widersprechen. Was das betraf, war er mit Sicherheit nicht anders als Don Giovanni und Lorenzo de' Medici.

Damian, der offenbar ähnlich beflissen war, ihn gnädig zu stimmen, rückte Jacopo diensteifrig einen gepolsterten Stuhl heran, wobei er selbst stehen blieb und Haltung annahm.

»Messer Damian hat mir das Problem bereits ausführlich geschildert«, begann das Oberhaupt der Pazzi unaufgeregt. »Und soweit ich es beurteilen kann, gibt es dafür nur eine Lösung.« Er holte tief Luft und sah ihr ernst in die Augen.

»Wir müssen Eure Ehe mit Don Giovanni vor Gott und der Kirche durch Papst Sixtus IV. annullieren lassen, und zwar sofort. Der nächste Schritt wäre, dass Ihr einen Ritter aus meinen eigenen Reihen heiratet. Ich schlage Messer Damian vor. Er ist jung, er ist stark, und er ist niemandem versprochen. Er besitzt zwar kein riesiges Vermögen, aber er stammt aus einem alten Adelsgeschlecht, das vollkommen unverdient durch die Missgunst der Medici seiner Existenz beraubt wurde.«

»Ich soll was?« Elle sah ihn verständnislos an.

»Ihn zum Ehemann nehmen«, erklärte Jacopo mit einem verschlagenen Lächeln. »Sagte ich das nicht?«

Verstört blickte Elle zu Damian hinüber, doch der senkte geflissentlich den Blick.

»Um es deutlich zu sagen«, fuhr Jacopo leicht ungeduldig fort. »Don Giovanni, Euer Gemahl, wird – wie ich gehört habe – der Mitschuld an der Ermordung des Herzogs von Mailand verdächtigt. Auch wenn er nicht direkt an der Tat beteiligt war, so könnte man ihn doch wegen Unterstützung einer Verschwörung verurteilen. Was bedeuten würde, dass alle, die mit ihm verwandt sind, nicht nur aus Mailand verbannt werden, sondern auch aus Florenz. Wie mir Messer Damian mitgeteilt hat, wurde noch gestern Abend Euer Palazzo durch Stadtsoldaten besetzt. Was nichts anderes besagt, als dass Euer gesamtes Vermögen auf Befehl des derzeitigen Gonfaloniere di Giustizia Jacopo Guicciardini im Auftrag der ›Otto di Guardia‹ konfisziert wurde. Das heißt, ihr steht kurz davor, alles zu verlieren. Wenn Ihr mit Don Giovanni verheiratet bleibt, wird man nicht nur Eure Mitgift einziehen, sondern Euch auch der Mitverantwortung für diese Tat bezichtigen. Falls es zu einem Prozess und einer damit verbundenen Verurteilung käme, wäre Euer Leben in Gefahr. Um dem vorzubeugen, müsstet Ihr umgehend die Stadt verlassen. Doch ohne Gut und Geld könntet Ihr da draußen in der Wildnis leicht Opfer räuberischer Banden werden. Als Frau würde man Euch schneller versklaven und an ein Hurenhaus verkaufen, als Euch lieb wäre.«

Sein Blick streifte anerkennend Elles wohlproportionierte Gestalt.

»Ihr seid eine schöne, angesehene Frau aus guter Familie. Es wäre doch mehr als schade, wenn Ihr ein so grauenvolles Ende finden würdet. Stattdessen könntet Ihr mit einem Mann wie Messer Damian eine neue Zukunft beginnen und ihm eine stattliche Anzahl wohlgenährter Kinder schenken. Mir ist zu Ohren gekommen, dass Don Giovanni nicht besonders zeugungskräftig war und Euch bisher keinen Erben geschenkt hat. Messer Damian würde Euch, was das betrifft, sicher nicht enttäuschen. Hab ich recht, Messer Damian?« Ungeniert nickte er Damian zu, der sich verlegen räusperte.

Elle überging diese Anspielung gekonnt, indem sie das Thema wechselte. »Abgesehen davon, dass ich nichts von einer Mitgift weiß«, entgegnete sie leicht verstört, »was wird denn aus Don Giovanni, wenn ich mich von ihm scheiden lasse? Ich meine, *er* sitzt schließlich in einem Kerker und ist vom Tode bedroht. Ich kann ihn doch nicht so einfach im Stich lassen!«

»Es ist sehr löblich von Euch, dass Ihr Euch als seine Ehefrau so für ihn einsetzt«, bekräftigte Jacopo ihren Einwand mit einem nervösen Blinzeln. »Aber das wird Euch bei Lorenzo de' Medicis düsteren Absichten kaum etwas helfen.«

»Was meint Ihr damit?«

»Nun«, fuhr Messer Jacopo ungeduldig fort. »Allem Anschein nach ist es doch unser verehrter ›il Magnifico‹ gewesen, der Eure Ermordung befohlen hat. Euer Gemahl hätte wissen können, dass Lorenzo nichts tut, was die Sforzas erzürnen könnte. Schon gar nicht würde er sich für einen vermeintlichen Verschwörer einsetzen. Dafür steckt er mit seiner Nase viel zu tief in Ludovicos Hintern.« Er grinste breit. »Und was Eure Zweifel hinsichtlich der Mitgift betrifft, so hat Messer Damian mir einen Stapel Urkunden vorgelegt, die er gestern Abend praktischerweise in Eurem Hause sichergestellt hat. Demnach stehen euch viertausend Goldfiorini als Mitgift aus Don Giovannis Vermögen zu, falls er seinen ehelichen Pflichten nicht nachkommt und dies zu einer Scheidung führt. Eine wahrhaft fürstliche Summe, die an das heranreicht, was die Frauen der Pazzi-Familie mit in die Ehe gebracht haben. Was wohl bedeutet, dass Don Giovanni sehr viel an einer Ehe mit Euch gelegen hat – ansonsten hätte er den Forderungen Eures Onkels wohl kaum zugestimmt. Da er es trotz seiner untrüglichen Zuneigung offensichtlich versäumt hat, Euch Kinder zu schenken, und dies angesichts seiner Kerkerhaft auch nicht nachholen kann, steht einer Annullierung der Ehe durch den Papst nun nichts mehr im Wege. Was bedeutet, dass Euch das Geld in jedem Fall zusteht, ganz gleich, welche Ansprüche der Herzog von Mailand, Lorenzo de' Medici oder die Signoria von Florenz an ihn stellt. Nur eine Voraussetzung muss erfüllt sein. Eure Ehe muss annulliert sein, bevor die Geschworenen der Signoria ein endgültiges Urteil gegen Euren Gemahl gesprochen haben. Da dies erfahrungsgemäß ein paar Wochen in Anspruch nehmen kann, haben wir etwas Zeit. Vorausgesetzt, niemand erfährt, wo Ihr Euch aufhaltet und welche Pläne wir hegen. Was die zweite Frage betrifft: Natürlich werde ich unser Bankhaus in Mailand unverzüglich anweisen, zweitausend Goldfiorini an Don Giovannis Anwalt zu zahlen, damit dieser versucht, das Todesurteil gegen Euren werten Gemahl in eine lebenslängliche Kerkerhaft abzumildern.«

»Ich bitte Euch darum«, beschwor Elle ihren neuen Gönner hoffnungsvoll, wobei sie sich selbst die Frage stellte, warum Don Giovanni bei ihrer Heirat der Auszahlung einer solch gigantischen Mitgiftsumme zugestimmt hatte, für den Fall, dass die Ehe annulliert werden würde. »Ich könnte Euch die fragliche Summe umgehend zurückzahlen, sobald ich das Geld erhalten habe«, fügte sie hinzu und hoffte, somit ihrem schlechten Gewissen gegenüber Don Giovanni Genüge zu tun, indem sie das Geld für ihn und nicht für sich selbst verwendete.

»Macht Euch darüber keine Gedanken«, beschied Jacopo milde. »Ihr müsst mir nichts zurückzahlen. Für mich ist das eine Kleinigkeit, und Ihr benötigt Euer Geld, um mit Messer Damian eine neue Zukunft aufzubauen. Was die Annullierung Eurer Ehe angeht, so habe ich beste Beziehungen zu Papst Sixtus IV. nach Rom. Und was die anschließende Eheschließung mit Messer Damian betrifft, so sollte sie möglichst rasch vonstattengehen, damit man Euch nicht doch noch am Ende einer Mitschuld an Don Giovannis Taten bezichtigen kann und wir das Euch zustehende Vermögen der Signoria so bald wie möglich zurückfordern können. Bis dahin biete ich Euch und Eurer Dienerin in meinem Hause Asyl. Selbstverständlich darf niemand von Eurem geheimen Unterschlupf erfahren. Ich werde Familie und Dienstboten eine harmlose Geschichte erzählen und sie über Eure wahre Herkunft im Unklaren lassen. Was wiederum nichts anderes bedeutet, als dass Ihr bis zur Lösung des Problems mein Haus nicht verlassen dürft. Nun, was haltet Ihr davon?«

Gar nichts, hätte Elle am liebsten gesagt. Sich in die Abhängigkeit eines weiteren, undurchsichtigen Patrons zu begeben, war garantiert keine wünschenswerte Lösung. Elle warf Damian einen schrägen Blick zu.

Was sein Aussehen und seinen Mut betraf, war er sicher keine schlechte

Alternative als Ehemann. Aber irgendwie ging ihr das alles zu schnell. Anscheinend war er an der Strategie des Pazzi-Führers nicht ganz unbeteiligt. Der fordernde Seitenblick Jacopo de' Pazzis versetzte sie augenblicklich in Panik. Die beiden Kerle würden ihr kaum eine Wahl lassen, so viel stand fest.

»Ich weiß nicht, ob ich so rasch noch einmal heiraten möchte«, beschied sie unsicher. »Es liegt außerhalb meiner Vorstellungskraft, einen Mann zu heiraten, den ich nur flüchtig kenne.«

»Mit Verlaub, Donna, in Eurem Alter und bei Eurer Schönheit bedarf es lediglich eines Kopfnickens, um einen stattlichen Bewerber fürs Bett auszuwählen, auch ohne ihn vorher ausgiebig kennenzulernen. Somit verstehe ich Eure Zurückhaltung nicht. Und was Messer Damian betrifft, er ist für mich wie ein eigener Sohn. Ich kann jederzeit für ihn bürgen. Außerdem hat er volles Verständnis für Eure heikle Lage, hat er doch ein ähnliches Schicksal erlitten wie Ihr. Er ist ein blendend aussehender Mann«, fügte er hinzu und zwinkerte Damian zu. »Dazu kampferfahren. Als oberster Befehlshaber meiner Truppen besitzt er eine angesehene Stellung und ein geregeltes Einkommen. Und was ihm an Vermögen fehlt, das gleicht er sicherlich mit seiner Manneskraft aus. Habe ich recht, Messer Damian? Nichts würde Euch mehr erfreuen, als eine solche Frau ins Paradies zu führen.« Nun war es Damian, der sich verschluckte und zu husten begann. Messer Jacopo grinste unterdessen wie ein Honigkuchenpferd.

Elle wagte es nicht, in Damians Richtung zu schauen. Ihr Schicksal hatte ein Tempo angenommen, das ihr ganz und gar nicht gefiel. Gestern noch die Gemahlin eines angesehenen Patriziers, heute die verfolgte Ehefrau eines todgeweihten Verschwörers und morgen die angetraute Hure eines Condottiere, der Dämonen sehen konnte wie sie selbst und dessen Absichten sie noch viel weniger einzuschätzen vermochte als ihre undurchsichtige Lage.

Jacopo de' Pazzi hingegen duldete augenscheinlich keinen Widerspruch, wie sie seiner bestimmten Miene entnehmen durfte. Etwas, was auch Damian klar sein musste. Schließlich war er auf seine Weise abhängig von diesem Mann und seinem Wohlwollen.

»Und was ist, wenn Messer Damian mich gar nicht will?«, versuchte sie es noch einmal, um sicherzugehen, nicht das Falsche zu tun.

»Blödsinn«, bestimmte Jacopo mit einer unwirschen Geste. »Natürlich will er Euch. Oder?«

»Gewiss, Patron«, antwortete Damian schneidig, nachdem er sich von seinem Hustenanfall erholt hatte.

»Nun tut doch nicht so förmlich, mein Sohn«, spöttelte Jacopo mit einem breiten Grinsen, das seine hinteren Zahnlücken entblößte. »Ich bin doch nicht blind und kann sehen, wie Ihr sie mit den Augen verschlingt!«

Damian erwiderte nichts, und Jacopo sah sich anscheinend gezwungen, die Vorzüge seiner Idee nochmals hervorzuheben. »Durch eine Heirat mit einem Ritter aus meiner Truppe wäret Ihr dauerhaft vor einer Verfolgung durch die Signoria von Florenz und damit durch Lorenzo de' Medici geschützt. Ich bin sicher, ein Mann wie Damian würde Euch jederzeit mit seinem Leben verteidigen, habe ich recht, Hauptmann?«

Aus dem Augenwinkel heraus sah Elle, wie Damian folgsam nickte. »Selbstverständlich, Patron, Euer Wunsch sei mir Befehl.«

Klang das nach Liebe? Wohl kaum. Aber warum tat er es dann? War es das Geld, das sie bei einer Heirat erhielt? Oder war es, weil er sie brennend begehrte? Oder war es der Gehorsam, den er seinem Patron schuldete, weil dieser Lorenzo de' Medici mal wieder eins auswischen wollte? Ganz gleich, was es war, sie würde es herausfinden, bevor er sie zum Altar führte. Denn eins wollte sie keinesfalls noch einmal erleben: sich in die Abhängigkeit eines Mannes zu begeben, der sie nur für seine eigenen Zwecke missbrauchte. Eher würde sie sich aus dem Staub machen und notfalls in ein Kloster eintreten.

»Ich werde gleich heute Mittag einen Reiter zum Papst schicken«, bekräftigte Jacopo de' Pazzi die besprochene Abmachung. »Vielleicht kann Euch mein Leibpriester, Stefano da Bagnone, schon am 28. Januar vermählen. Dann begeht mein Neffe Francesco auf unserem Landsitz in Montughi seinen 33. Geburtstag, den wir ja nicht so ausgiebig begießen können wie sonst, weil es sich um das Jahr handelt, in dem unser Herr Jesus gestorben ist. Niemand kann jedoch etwas dagegen haben, wenn wir zugleich Eure Hochzeit mit einem rauschenden Fest feiern. Und so Gott will, folgt in neun Monaten ein kleiner de' Castello, der eines Tages für unsere Familie unter der Flagge der Pazzi reitet.« Jacopo straffte sich und lächelte zufrieden.

Elle war reichlich geplättet von der Vorstellung, so unvermittelt an einen neuen Ehemann geraten zu sein. Dabei spürte sie Damians Blick auf sich ruhen, der ihr plötzlich alles andere als unschuldig erschien. Unvermittelt erschrak sie vor dem riesigen Dämon, der hinter Jacopos breiten Schultern lauerte, furchteinflößend, mit glühenden Augen und durch nichts zu beeinflussen.

Damian hatte den finsteren Gesellen natürlich auch bemerkt und die Furcht in Elles Augen gesehen. Das mit den Dämonen war wirklich eine verdammt blöde Nebenwirkung bei dieser Geschichte. Und im Moment hatte er keine Idee, wie er diese Fähigkeit bei Elle wieder abstellen konnte. Auch war er, warum auch immer, nicht mehr fähig, ihre Gedanken zu lesen. Ein doppelter Fehler im Zuge der Transformation, der so nicht hätte passieren dürfen. Immerhin war er froh, dass ihm der Coup überhaupt gelungen war. Und dass er bis hierhin von den Wächtern des Lichts und der Schatten unentdeckt geblieben war. Er war seinem Ziel, sie zur Frau zu nehmen, bereits zu nahe gekommen, um alles wieder rückgängig zu machen. Er würde Elle schon an sich gewöhnen, indem er sie leidenschaftlich liebte, sie auf Händen trug und sie davon überzeugte, dass ihnen sämtliche Dämonen dieser Welt nichts mehr anhaben konnten. »Du wirst mir sicher gleich sagen, was du von deinem Glück, mich heiraten zu sollen, hältst«, giftete sie ihn an, als er mit ihr hinaus auf den Flur trat. Ihr Ärger war kaum zu überhören. Jacopo de' Pazzi, der sie mit seinen Ideen vollkommen überrumpelt hatte, hatte ihr zum Abschied angekündigt, dass er nach einer Magd rufen lassen würde, die ihr und ihrer Zofe eines der zahlreichen Gästezimmer zuweisen sollte. Laut seiner Vorstellung sollte ihnen nach der Eheschließung eine gemeinsame Wohnung im hiesigen Palazzo zustehen, in der sie fortan zusammenleben würden. Damian hatte dies zwar erwartet, erachtete es aber dennoch für ziemlich großzügig.

Geflissentlich wich er ihrem prüfenden Blick aus. »Ich fühle mich geehrt, dass du nicht bei deinem Nein geblieben bist«, gestand er ihr leise.

»Sag nur, der alte Pazzi hat dir mit diesem Beschluss einen Gefallen getan?«, fragte sie irritiert. »Hast *du* ihm etwa diesen Floh ins Ohr gesetzt, während ich vor der Tür auf dich gewartet habe?« Elle sah ihn aus schmalen Lidern an. Damian war beinahe ein bisschen enttäuscht, weil sie ihm nicht jubelnd um den Hals fiel, sondern stattdessen, ungeachtet der neugierigen Zuschauer, eine Szene machte.

»Nicht direkt«, presste er beinahe verlegen hervor. »Ich dachte, es wäre das Beste für dich, weil die Beziehungen der Pazzi zu den Sforza nicht so schlecht sind, wie man vielleicht allgemein annehmen möchte. Der tote Herzog und damit seine Nachfolger schulden Jacopo und seinen Neffen eine Menge Geld. Durch die Annullierung deiner Ehe mit Giovanni und eine Ehe mit einem den Pazzi nahestehenden Ritter werden sie sich hüten, deine Mitschuld an der Verschwörung einzufordern. Und auch Lorenzo de' Medici könnte dir nichts mehr anhaben, wenn du mit einem Condottiere der Pazzi verheiratet wärst, weil er dann mit einer Blutrache rechnen müsste, falls er dir noch einmal seine Auftragsmörder auf den Hals hetzen würde.«

»Wie beruhigend«, erwiderte sie tonlos. »Und du denkst, damit wäre die Geschichte erledigt?«

»Ich hoffe es zumindest«, antwortete er mit treuem Blick.

Entschlossen sah sie ihm in die Augen. »Nun gut«, beschied sie säuerlich. »Ich werde bei diesem seltsamen Theater mitspielen, aber nur zum Schein. Bilde dir bloß nicht ein, dass ich mit dir in einem Bett schlafen werde, geschweige denn irgendetwas anderes mit dir veranstalte.«

»Wie Ihr wünscht, Donna Gabrielle«, gab er scheinbar ungerührt zurück und verbeugte sich leicht. Auch wenn er sich so emotionslos gab, rumorte die Enttäuschung über ihre ablehnende Haltung in seinem Innern. Irgendwie hatte er sich das alles einfacher vorgestellt und kam zu dem Schluss, dass die frühere Gabrielle weitaus leichter zu beeinflussen gewesen war als die neue Elle, die inzwischen ein Leben in der Zukunft hinter sich gebracht hatte, von dem sie jedoch nichts mehr wusste.

»Und noch etwas, Damian de' Castello«, fügte sie gefährlich leise hinzu. »Sollte ich herausfinden, dass du dies alles nur zu deinem eigenen Nutzen ins Rollen gebracht hast, werde ich dich umgehend verlassen.«

»Auch wenn ich nicht die geringste Ahnung habe, wovon du sprichst, meine Schöne«, entgegnete er mit einem tiefen Blick in ihre grünen Augen. »Es soll mir eine Warnung sein, dich niemals zu betrügen.«

Als sie sich förmlich voneinander verabschiedeten, war er versucht, sie zu küssen. Doch das hätte alles kaputtgemacht. Sie würde sich schon noch in ihn verlieben. Geduld war das Gebot der Stunde. Auch wenn er es kaum erwarten konnte, mehr zu verlangen.

»Ich werde heiraten«, verkündete Elle wenig später lapidar, als sie sich gemeinsam mit Lucrezia in einem geräumigen Gästezimmer wiederfand, das mit weiteren Bildern und Teppichen allererster Güte ohne Frage zu den gehobenen Gemächern des Palazzos zählte. Lucrezia hatte man eine weitaus bescheidenere Kammer direkt nebenan zugewiesen. Eine abschließbare Verbindungstür trennte sie von ihrer Herrschaft.

»Heiraten? Wen?« Lucrezia, die inzwischen vom hauseigenen Medikus mit verschiedenen Salben und kalten Kräuterkompressen verarztet worden war, starrte sie fassungslos an. »Aber du bist doch schon verheiratet«, wandte sie irritiert ein. »Mit Don Giovanni. Oder ist der etwa schon tot?«

»Nein. Zumindest war bisher nicht die Rede davon. Jacopo de' Pazzi will sogar zweitausend Goldfiorini für ihn bereitstellen, damit das Todesurteil in eine lebenslange Kerkerstrafe umgewandelt wird. Er ist jedoch der Ansicht, dass ich die Ehe mit Giovanni schleunigst annullieren lassen muss, weil man mich ansonsten wegen Mitwisserschaft an der Verschwörung gegen den Herzog enteignen und in die Verbannung schicken könnte.« Von der ihr zustehenden Mitgift sagte sie nichts, weil sie ein schlechtes Gewissen verspürte bei dem Gedanken, dass Lucrezia sie als geldgierig und skrupellos bezeichnen könnte.

»Das ist ein Argument, fürwahr.« Lucrezia setzte sich einigermaßen atemlos auf das breite, mit einer grünen Brokatdecke bezogene Himmelbett.

»Aber wie sollst du das vor dem Papst begründen? Ich meine, so einfach ist das doch sicher nicht?«

»Messer Jacopo meinte, das sei kein Problem, weil unsere Ehe bisher kinderlos geblieben ist.« Elle schnitt eine gleichgültige Grimasse.

»Und wen sollst du anstelle dessen heiraten? Einen seiner Neffen?«

Elle schüttelte den Kopf. »So weit geht die Barmherzigkeit anscheinend nicht, dass er mich gleich mit seiner Verwandtschaft verkuppelt.

Ich soll den Anführer seiner Söldnertruppen heiraten. Ich muss dir nicht erklären, wer das sein soll, oder?«

»Damian de' Castello!«, rief Lucrezia atemlos.

Elle nickte resigniert. »Ich weiß nicht, was ich davon halten soll.«

Lucrezia blieb für einen Moment der Mund offen stehen. »O mein Gott!«, rief sie schließlich vollkommen aus dem Häuschen. »Das ist ja wunderbar! Sag nur, er hat um deine Hand angehalten. Wie romantisch. Emilia wird aus allen Wolken fallen!«

»Kein Wort zu niemandem«, warnte Elle sie streng. »Das alles steht unter strikter Geheimhaltung. Und wenn du es genau wissen willst. Er hat nicht um meine Hand angehalten. Es ist eine reine Zweckehe. Er hat sich sozusagen geopfert.«

»Das ist aber schade«, nörgelte Lucrezia. »Hat er das so ausgedrückt? Das klingt ziemlich gemein, findest du nicht?«

»So direkt hat er es nicht gesagt«, verteidigte ihn Elle. »Aber von Liebe hat er auch nicht unbedingt gesprochen.«

»Das kommt vielleicht noch«, bemerkte Lucrezia hoffnungsvoll. »Welcher Mann redet schon von Liebe, wenn es ums Heiraten geht? Die meisten sehen das doch eher praktisch, nicht wahr?«

Elle verzog kaum merklich die Nase. »Ja, da magst du recht haben.«

»Messer Jacopo scheint es in jedem Fall ziemlich eilig zu haben, dass wir ein Paar werden. Er hat den Hochzeitstermin bereits auf den 28. Januar festgelegt, das ist in knapp drei Wochen. Wir sollen zusammen mit Francesco de' Pazzi und der gesamten Pazzi-Familie feiern, weil Jacopos Neffe dann seinen Geburtstag begeht. Außerdem hat er uns angeboten, weiterhin im Palazzo zu wohnen. Im Nachhinein kommt mir das komisch vor.«

»Wahrscheinlich nutzt er jede Gelegenheit, um Lorenzo de' Medici eins auszuwischen. Und Don Giovanni kann sich glücklich schätzen, dass Messer Jacopo das Geld investiert, um sein Leben zu retten.« Lucrezia sah sie zweifelnd an. »Wahrscheinlich sind die zweitausend Fiorini pure Verschwendung. Don Giovanni wird bestimmt an gebrochenem Herzen sterben, wenn er erfährt, dass du einen anderen heiratest!«

»Vielleicht erfährt er es ja gar nicht«, resümierte Elle nachdenklich. »Ich habe nicht vor, ihn noch einmal in diesem Rattenloch zu besuchen. Schon gar nicht, wenn ich mit einem anderen verheiratet bin.

Ich denke, ich habe meine Pflichten erfüllt. Schließlich habe ich brav befolgt, was er mir aufgetragen hat. Um Haaresbreite hätten wir beide dabei unser Leben verloren. Was sollte er auch mit mir anfangen? Im Kerker kann er mich sowieso nicht bei sich haben. Messer Jacopo hat mir versichert, dass er die geforderte Geldsumme bei Giovannis Mailänder Advokaten hinterlegen wird. Allerdings glaubt er nicht, dass die Sforza ihn dafür ziehen lassen werden. Allenfalls darf er seinen Kopf behalten und sein weiteres Dasein zwischen dicken Mauern fristen.«

»Damit hast du wahrlich alles in deiner Macht Stehende getan, Donna Gabrielle«, fügte sie pflichtschuldigst hinzu und schlug die Augen nieder. »Aber was ist mit mir? Wirst du mich nun entlassen?«

»Ohne dich würde ich mich in diesem Wolfsrudel wohl ziemlich alleingelassen fühlen. Es wäre schön, wenn du bleiben würdest. Aber wenn du gehen willst, könnte ich es auch verstehen. Von dem Geld, das wir noch haben, könnte ich dich genauso gut ausbezahlen. Du musst es selbst entscheiden. Vielleicht willst du dich auch lieber beim Haushaltsvorstand der Pazzi um eine neue Anstellung bewerben. Deine Cousine arbeitet doch schließlich auch hier.«

Lucrezia rang sich ein gerührtes Lächeln ab. »Das ist zu gütig«, stotterte sie. »Ich könnte Emilia fragen. Obwohl ich nicht denke, dass ich das will.«

Kaum war der Satz gefallen, da klopfte es an der Tür, und auf ein deutliches »Herein!« stand eine rothaarige junge Frau im Zimmer, deren pausbäckiges Gesicht mit Sommersprossen übersät war. Sie trug ein grünes, bauschiges Kleid bis zum Boden, das sie mit goldenen Schnüren auf Figur gebracht hatte. Dazu eine passende Haube aus grünem Samt, die ihre quirligen, bis auf die Hüften flutenden Locken zusammenhielt.

»Emilia!« Lucrezia streckte der jungen Frau erfreut die Arme entgegen. »Das ist meine Cousine, von der ich dir erzählt habe«, stellte sie Elle das Mädchen beiläufig vor. »Ich glaube, ihr hattet noch nicht das Vergnügen.«

»Ich habe gehört, dass ich euch hier finde«, rief Emilia fröhlich, nachdem sie leise die Tür hinter sich geschlossen hatte. Sie lispelte ziemlich deutlich, was wohl an einer breiten Zahnlücke zwischen den beiden vorderen Schneidezähnen lag. Ihr neugieriger Blick lag auf Elle, der sie mit einem angedeuteten Knicks die Ehre erwies, dann fiel sie Lucrezia ungehemmt um den Hals. »Wie schön, dich wiederzusehen! Ich habe schon von eurem Unglück gehört. Aber uns ist strengstens untersagt worden, mit wem auch immer darüber zu sprechen. Messer Jacopo hat uns ausrichten lassen, dass wir – wenn wir es doch täten – nicht nur unsere Arbeit, sondern auch unseren Kopf verlieren würden.«

»Oh mein Gott«, entfuhr es Elle, »ist er immer so eindeutig?«

»Na ja«, lenkte Emilia verständnisvoll ein. »Eure Anwesenheit scheint ihm ziemlich wichtig zu sein. Ebenso wichtig wie die damit verbundene Geheimhaltung. Was ist denn mit euch geschehen, dass er so besorgt ist?« Entsetzt inspizierte sie die Blutergüsse in Lucrezias Gesicht. »Meine Güte, wer hat dich denn so zugerichtet?«

»Irgendwelche Raufbolde«, kam Elle ihrer Dienerin zuvor, ohne näher auf die Einzelheiten einzugehen. »Sie haben uns gestern Nacht auf offener Straße überfallen. Messer Damian, der zufällig mit seinen Männern des Weges kam, hat sie in die Flucht geschlagen und uns damit die Ehre gerettet.«

Lucrezia nickte bestätigend. Dabei kannte sie den genauen Verlauf der Geschichte nicht, was bedeutete, sie wusste nichts von den Toten. Elle war mit Damian so verblieben, dass es hieß, er habe die Angreifer vertrieben.

»Messer Damian«, wiederholte das Mädchen und rollte bewundernd mit den Augen. »Oho! Einen windigeren Schutzengel hättet ihr euch wohl kaum aussuchen können. Manche munkeln, er sei der Sohn des Satans.«

»Kennst du ihn näher?«, fragte Elle, die auf einmal hellhörig geworden war.

Sofort wurde das Mädchen zurückhaltender.

»Tu dir keinen Zwang an«, forderte Elle sie unmissverständlich auf. »Sag, was du von ihm hältst.«

»Es gibt kein Mädchen in diesem Haus, das älter als dreizehn ist und nicht in ihn verschossen wäre«, gab sie ehrlich zu. »Sogar die Kleinsten haben ihn in ihr Herz geschlossen. Dabei dürfte selbst der einfältigsten Frau klar sein«, sie schaute in Elles Richtung und zuckte entschuldigend mit den Schultern, »dass er im Grunde keine gute Partie ist. Es heißt, er sei mit einer Hure liiert. Ein Mädchen von Stand kommt für ihn ohnehin nicht in Frage, weil er seit der Sache mit seinem Vater unter den adligen Familien als Heiratskandidat nicht akzeptabel ist. Zumal er als Söldner in der Leibgarde der Pazzi ohnehin einen zweifelhaften Ruf genießt. Den Männern wird eine gewisse Skrupellosigkeit nachgesagt«, verriet sie mit verschwörerischer Miene. »Was sie, wie ich finde, ziemlich interessant macht. Ich kenne unzählige Mädchen, die behaupten, das Bett mit ihnen geteilt zu haben. Was natürlich nicht bewiesen ist. Aber unter der Hand wird gemunkelt, dass Messer Francescos Männer regelmäßig an dessen Orgien teilnehmen.«

»Na, das kann ja heiter werden«, murmelte Elle, der plötzlich schwante, warum Messer Jacopo sie ausgerechnet Damian zur Frau geben wollte. Möglicherweise wollte er damit zwei Fliegen mit einer Klappe schlagen.

Nicht nur, weil er den Medici eins auswischen wollte. Womöglich wollte er Damian damit einen Gefallen tun, weil ihm ansonsten keine vergleichbar standesgemäße Frau zur Verfügung stand, die mit ihm eine Ehe eingehen würde. Sie warf Lucrezia, der wohl auch ein Licht aufgegangen war, einen zweifelnden Blick zu. Doch die sagte nichts weiter dazu, wusste sie doch, dass Elles schicksalhaftes Los, mit ihm den Bund der Ehe einzugehen, selbst gegenüber Emilia streng geheim bleiben musste.

Nachdem Emilia gegangen war, stieß Lucrezia einen Seufzer aus und legte Elle tröstend die Hand auf die Schulter. »Vielleicht überlebt der päpstliche Bote, der die Annullierung deiner Ehe beantragen soll, ja die Reise von Rom nach Florenz nicht. Stirbt am Sumpffieber oder wird von Räubern überfallen.«

»Und was sollte mir das bringen?« Elle warf ihrer Dienerin einen kapitulierenden Blick zu. »Dann werde ich von Ludovico Sforza und Lorenzo de' Medici verfolgt. Nein, Lucrezia«, fügte sie mit einem verzagten Lächeln hinzu und kniff für einen Moment die Lippen zusammen. »Ich bin in einer Sackgasse gelandet. Es gibt kein Zurück.«

KAPITEL 13

Ewiges Vertrauen

Januar 1477 – Florenz

Als Damian zu den Unterkünften der Söldner zurückmarschierte, erfüllte ihn trotz der Kälte und des verhangenen Himmels eine unerschütterliche Vorfreude, die sein Herz auf eigentümliche Weise anschwellen ließ. Wie schön es doch war, selbst wieder einen Körper zu besitzen, am menschlichen Leben teilhaben zu können und die Dinge nicht nur wie in einem Theater von außen betrachten zu müssen. Da es ihm wider Erwarten gelungen war, Gabrielles Seele in ihren früheren Körper zu transferieren, war es tatsächlich möglich geworden, die starren Zeitkomponenten der materiellen Daseinsebene ins Wanken zu bringen. Alles funktionierte bestens. Die zeitlichen Abläufe konnten verändert werden. Wobei er es nicht gewagt hatte, so weit zu gehen, seinen Vater vor dem Galgen zu retten. Die daraus resultierenden Konsequenzen waren ihm zu unübersichtlich erschienen und bargen keine Garantie, seine eigentlichen Pläne, mit Elle einen Neubeginn zu wagen, verwirklichen zu können. Der Gedanke, schon so bald ihren anschmiegsamen Leib an seinem zu spüren, erweckte auf der Stelle seine Liebe zu ihr, aber auch seine dämonischen Triebe, die er nur schwerlich zu unterdrücken vermochte und die um einiges stärker waren als die eines gewöhnlichen Menschen.

Mit einem Ruck öffnete er die Tür zu den Mannschaftsunterkünften und wäre beinahe mit Laurentio zusammengestoßen, dessen dämonisches Double irgendwo in der Unterwelt unterwegs war und der ihn daran erinnerte, warum er dieses Wagnis überhaupt eingegangen war.

Dem schmalgesichtigen Adligen mit dem dunkelblonden, aalglatten Haar, das ihm bis zur Schulter reichte, entging Damians breites Grinsen nicht. »Hat Messer Jacopo dir den Sold erhöht, oder warum reichen deine Mundwinkel plötzlich von einem Ohr zum anderen?«

»Nein«, wehrte er lachend ab und drängte seinen Kameraden zurück in die Kammer. »Ich werde heiraten. Ist das nicht wunderbar?«

»Was?« Laurentio starrte ihn mit seinen graublauen Augen an, als ob er ein Gespenst vor sich hätte, und kräuselte die Stirn. »Wen denn? Sag nur, du hast Jacaranda den langersehnten Antrag gemacht?«

»Blödsinn«, stieß Damian kopfschüttelnd hervor. »Jacaranda war noch nie ausschließlich an mir interessiert, das müsstest du doch mittlerweile wissen.« Wieder schüttelte er den Kopf, als könne er selbst noch nicht an sein Glück glauben. »Messer Jacopo will, dass ich Donna Gabrielle de' Vincenco heirate. Und er will, dass ich mit ihr im Palazzo wohne, in direkter Nachbarschaft zu seiner Familie. Ist natürlich alles noch streng geheim. Aber wenn alles klappt, wird uns Stefano da Bagnone schon Ende Januar trauen.«

Nun schauten auch Damians übrige Kameraden, Luca, Gulliveri und Frederico Tedesco, die in der Unterkunft an einem Tisch saßen und ihre Waffen putzten, interessiert auf.

Tedeschi warf ihm einen verdutzten Blick zu. »Habe ich mich verhört, oder was? Du willst die Frau von Giovanni de' Vincenco heiraten?«

»Ja! Was sagt ihr dazu? Ich habe mir gedacht, ihr könntet alle meine Trauzeugen sein.«

»Ja aber …«, stotterte Tedeschi. »Wie soll das gehen?« Er stockte abermals. »Soweit ich weiß, ist die Donna noch verheiratet und ihr Mann sitzt in Mailand im Kerker! Er lebt doch noch? Oder habe ich da etwas falsch verstanden?«

»Die Ehe wird durch Papst Sixtus annulliert«, antwortete Damian beinahe trotzig. »Die Frau braucht einen ganzen Mann, der sie beschützt, und keinen solchen eingebildeten uralten Greis, der zu blöd ist, seine Verwandtschaft im Zaum zu halten.«

»Woher kennst du ihn?«, fragte Laurentio verwundert. »Ich meine, hier in Florenz hat man Don Giovanni de' Vincenco und seine junge Frau ziemlich selten zu Gesicht bekommen. Die meiste Zeit war er auf Reisen und sie angeblich im Haus eingesperrt, wie ich mal gehört habe.«

»Ich kenne Gabrielle von früher«, sagte Damian fast beiläufig. »Sie wurde mir als Cousine von Simonetta bei deren Vermählung mit Marco Vespucci vorgestellt. Das war bevor mein Vater verhaftet wurde, als meine Familie noch das Ansehen der Signoria genoss. Ich hätte ihr gerne den Hof gemacht. Doch ihr Onkel stand bereits mit Don Giovanni in

Verhandlung, und nach der Hinrichtung meines Vaters war es mir ohnehin nicht mehr vergönnt, um ihre Hand anzuhalten.«

»Was für ein merkwürdiger Zufall, dass ausgerechnet du es warst, der sie gestern gerettet hat.« Laurentio richtete seinen Blick nach draußen, durch ein offenes Fenster hoch in den dritten Stock des Palazzos, wo die Familien der Pazzi untergebracht waren. »Seit diese Frau aufgetaucht ist, hast du dich völlig verändert. Was hat sie mit dir gemacht?«

»Was soll sie mit mir gemacht haben?«, erwiderte Damian ärgerlich.

»Vielleicht hat Lorenzo de' Medici recht und sie ist wirklich eine Hexe?«

»Hüte deine Zunge, Laurentio!«, mahnte ihn Damian angriffslustig. »Sonst ist unsere Freundschaft dahin.«

»So war es nicht gemeint«, entgegnete Laurentio rasch. »Beinahe schade, dass ihr euch nicht schon früher über den Weg gelaufen seid, oder? Du hättest längst ihr Liebhaber werden und den Alten ins Jenseits schicken können.«

Damian schaute auf und grinste. »Wer weiß, wofür es gut war. Ihr Mann war schon immer für seine Eifersucht bekannt. Und so, wie ich sie kenne, kann ich mir auch nicht vorstellen, dass sie da mitgespielt hätte. Außerdem ist sie inzwischen noch schöner geworden, und die Sterne stehen offenbar gerade günstig für einen Neuanfang.«

Noch am selben Nachmittag gab Damian seinen Kameraden den Auftrag, sich in der Stadt umzuhören, ob Lorenzo de' Medici und die »Otto«, der achtköpfige Wachausschuss der Regierung von Florenz, bereits ihre Spione und Geheimpolizisten hatten ausschwärmen lassen, um Gabrielle und ihre Dienerin dingfest zu machen. Im Grunde konnte er sich denken, dass es so war, aber er wollte sichergehen, dass er mit seinem Eingreifen die bestehenden Zeitabläufe nicht allzu sehr verändert hatte. Durch die Übertragung von Elles Seele in ihren früheren Körper hatte sich bereits einiges in den vorherigen Geschichtsabläufen verschoben, so dass Damian nun kein bloßer Beobachter mehr war wie zuvor, sondern auf das veränderte Geschehen eingehen musste. Bei genauer Betrachtung musste er im wahrsten Sinne des Wortes höllisch aufpassen, damit sich am Ende alles zum Guten wandte und er mit Elle nicht in eine noch viel größere Katastrophe hineinschlitterte.

Von diesem Gedanken beunruhigt, schnappte er sich in einem stinkenden Hinterhof, nahe des Mercato Vecchio, ein abgemagertes, junges Bürschchen, das als Stricher nicht nur hinter dem Geld her war, sondern auch einen beachtlichen Kundenstamm in den Reihen der privilegierten Florentiner besaß. Bei Peppino, wie der kleine Gauner sich nannte, hatte Damian gewöhnlich immer den Anfang gemacht, wenn er Neuigkeiten aus der Gosse wissen wollte. Erst danach streckte er seine Fühler bei den höhergestellten Geschäftsleuten und Stadtbeamten aus.

»Ich habe nur gehört, dass Giovanni de' Vincenco ein toter Mann ist und dass zwei seiner Söldner zu Lorenzo de' Medici übergelaufen sind«, erklärte der Junge, während er den rundlichen Solidus, den Damian ihm zugesteckt hatte, in seiner Hand wog, um dessen Silbergehalt zu prüfen.

»Das weiß ich selbst!« Damian machte ein enttäuschtes Gesicht. »Also gibt es sonst nichts Neues in der Stadt? Streng dein Gedächtnis an! Für das Geld müsstest du heute Nacht mindestens fünfmal deinen Arsch hinhalten. Da kann ich doch wohl etwas mehr Entgegenkommen erwarten.«

»Na ja«, meinte Peppino und sah sich hastig um, als ob er fürchtete, belauscht zu werden. »Einer meiner Kunden hat heute Morgen etwas Entsprechendes verlauten lassen.«

»Und wer war dieser Kunde?« Damian verstärkte seinen Griff auf dessen Oberarm und schüttelte ihn unsanft. »Mensch, Junge, lass dir doch nicht alles aus der Nase ziehen!«

»Einer von Lorenzo de' Medicis Leibdienern«, antwortete er zögernd und sah sich schon wieder um. »Er ist ein ziemlich weibisches Klatschmaul, dem so gut wie nichts entgeht. Bei dem Bankett gestern Abend zu Ehren der Heiligen Drei Könige ist wohl eine Frau erschienen, die wie Simonetta Vespucci ausgesehen haben soll. Er meinte sogar, dass es ihr Geist gewesen sein könnte, der von den Toten auferstanden ist.«

Damian schluckte hart bei dem Gedanken, wie nah der Leibdiener, ohne es zu wissen, damit der Wahrheit kam.

»Giuliano muss hin und weg gewesen sein, und Lorenzo hat sich sogar noch während der Feier mit ihr in seine Privatgemächer zurückgezogen. Seine Mutter soll gekocht haben vor Wut, weil sie ein solches Verhalten in Gegenwart seiner Frau und in Anwesenheit der übrigen Familie für ungeheuerlich hielt. Aber irgendetwas muss diese Frau ihm zugetragen haben, denn als er sein Arbeitszimmer verließ, war er so blass wie eine Leiche, erzählte der Diener. Nachdem sie gegangen war, hat Lorenzo unverzüglich nach seinen Kettenhunden verlangt. Die Frau und ihre Dienerin waren dann plötzlich wie vom Erdboden verschluckt. Und irgendwer brachte das Gerücht in die Runde, sie stehe mit dem Teufel im Bunde.«

Damians Herz klopfte hart, als er sich von Peppino löste, den er bis dahin am Ärmel festgehalten hatte.

»Wollt Ihr noch mehr wissen?«, fragte der Junge mit betont unschuldigem Blick. »Es heißt auch, Giuliano habe eine neue Geliebte, doch sie passe seiner Mutter nicht. Eine Kaufmannstochter aus Fiesole …«

»Danke, das reicht«, sagte Damian abwesend. »Solche Klatschgeschichten sind ja ganz nett, aber nicht das, was ich wissen wollte.«

»Was wolltet Ihr denn wissen, Messer?«, fragte Peppino neugierig.

»Nichts, was dich etwas angehen würde«, brummte er und drückte dem Jungen eine weitere Münze in die Hand. »Sollte ich herausfinden, dass du über unsere Kontakte kein Stillschweigen bewahrst, schneide ich dir eigenhändig die Zunge heraus, verstanden?«

»Solange du mir den Schwanz lässt, habe ich nichts dagegen«, bemerkte der Junge mit einem schmutzigen Grinsen.

»Man müsste dir wirklich das Maul stopfen.« Damian blitzte ihn warnend an.

»Tu dir keinen Zwang an, Soldat.« Der Junge leckte sich ungeniert über die Lippen, während seine Hand ungeniert zu Damians Schritt wanderte.

»Nur sollst du wissen, das kostet dich was.«

»Hau bloß ab«, riet ihm Damian und versetzte ihm einen rüden Stoß in die Rippen, wobei er jedoch lachte.

Nachdem Peppino in der hereinbrechenden Dämmerung verschwunden war, machte sich Damian auf den Weg zu seinen Kameraden. Laurentio und Tedeschi warteten am Ende der Gasse auf ihn. »Und, hast du was aus ihm rausbekommen können?«

»Lorenzo denkt offenbar, Gabrielle de Vincenco sei mit dem Teufel im Bunde. Und Don Giovannis Wachleute sind wie erwartet zu Lorenzos Truppen übergelaufen.«

»Wundert es dich, wenn er einen solchen Blödsinn verbreitet«, meinte Tedeschi.

Laurentio hob eine Braue. »Und was heißt das für dich und deine Braut?«, fragte er dumpf.

»Dass bis zur Hochzeit niemand erfahren darf, wo sie sich aufhält. Auch Jacopo und seine Familie müssen ihre Zunge im Zaum halten. Ebenso die Bediensteten. Ich werde das selbst in die Hand nehmen und jeden mit dem Tode bedrohen, der auch nur eine Silbe über seine Lippen kommen lässt.«

»Und was ist mit Jacaranda?« Tedeschi schaute ihn fragend an. »Willst du ihr von deinen Zukunftsplänen berichten? Ich meine, sie hat die Geschichte von gestern Abend zum Teil mitbekommen und wird sich ihre eigenen Gedanken machen. Sie ist ziemlich verschossen in dich, wenn ich ihr Verhalten bisher richtig gedeutet habe.«

»Jacaranda steht genauso auf meiner Liste«, beschied Damian mürrisch. »Und was das Schweigegebot betrifft, weiß sie, dass mit mir nicht zu spaßen ist.«

»Wir sollten Giacomo einen Besuch abstatten«, schlug Laurentio vor, der die Sorge in Tedeschis Überlegungen mit einem klaren Nicken bestätigte. »Und ihn und die Mädchen noch mal ins Gebet nehmen, damit sie sich an die Abmachung halten und niemandem etwas über den gestrigen Abend erzählen.«

»Ja«, knurrte Damian. »Das sollten wir.«

Laurentio und Tedeschi folgten Damian in das Hurenhaus, ohne noch weiter auf das Thema einzugehen. In der Taverne ging es derweil hoch her. Im Gegensatz zum Vortag lag Petronella rücklings und mit hochgeschlagenen Röcken jauchzend auf einem der Tische und ein stämmiger Freier ließ seinen blanken Hintern zwischen ihren weit gespreizten Schenkeln auf und ab tanzen.

Andere Männer standen grölend in einer Schlange und zahlten Giacomo bereitwillig den geforderten Hurenlohn, bevor sie als Nächstes randurften.

Damian war froh, dass Elle der Anblick dieses Sündenbabels erspart geblieben war. Aber bis gestern hatte Damian auch noch halbwegs vorhersehen können, was hier geschah.

Marcella und Domenica bedienten die Männer direkt auf den Bänken, indem sie mit gehobenen Röcken auf deren Oberschenkel saßen und deren harte Tatsachen so heftig ritten, dass ihre bloßen Brüste regelrecht hin und her schleuderten.

Während Tedeschi und El Moro das Schauspiel interessiert beobachteten, wahrscheinlich mit der Frage behaftet, ob sie sich einfach dazugesellen sollten, hielt Damian Ausschau nach Jacaranda. Er hatte ihr zum Abschied noch einmal klargemacht, dass sie über die gestrigen Geschehnisse Stillschweigen zu bewahren hatte, war aber nicht sicher, ob sie die Dringlichkeit hinter diesem Anliegen verstand.

»Wo ist Jacaranda«, versuchte er die unüberhörbare Geräuschkulisse aus Schreien, Stöhnen und schmutzigem Gelächter zu übertönen, als er zu Giacomo an den Ausschank trat.

»In ihrem Zimmer«, antwortete der Wirt erstaunt. »Wo sollte sie sonst sein. Sie macht sich gerade fertig fürs Geschäft. Es gab schon mehrere Freier, die nach ihr gefragt haben. Auch wenn du ein Condottiere der Pazzi bist, musst du dich leider hinten anstellen.«

Damian zog einen Beutel mit Münzen hervor und drückte sie Giacomo in die Hand. »Das ist für dein Schweigen wegen gestern Abend und dafür, dass ich heute bei Jacaranda als Erster randarf.« Er grinste verschlagen.

»Geht in Ordnung«, versprach der Wirt einigermaßen erstaunt. »Was war denn an gestern Abend so besonders, dass du mir so viel Geld dafür gibst?«

»Nichts«, raunte Damian, »das sagte ich doch.« Er zwinkerte Giacomo vielsagend zu. »Solltest du dich nicht daran halten, schneide ich dir eigenhändig bei lebendigem Leib die Eier ab und verfüttere sie an Messer Jacopos Schoßhündchen. Und den Rest von dir bekommen seine Kettenhunde in kleinen Stückchen serviert. Haben wir uns verstanden?«

»Jawohl, Herr«, bestätigte Giacomo mit furchtsamem Blick.

Damian verengte seine Lider. »Kannst du das auch deinen Huren klarmachen?«

»Selbstverständlich, Messer Damian. Wenn auch nur eine das Maul aufmacht, wird sie es zu spüren bekommen.«

»Ich hoffe, das wird nicht nötig sein«, brummte Damian und gab

Laurentio ein Zeichen, dass er für eine Weile nach hinten verschwinden würde.

Jacaranda schaute erstaunt von ihrem Spiegel auf, als plötzlich Damian vor ihr stand.

»Was für eine angenehme Überraschung«, säuselte sie mit einem katzenhaften Lächeln und zog sich lasziv das durchsichtige Hemd von der Schulter, um ihm ihre drallen nackten Brüste zu präsentieren. »Mit dir habe ich heute Abend am wenigsten gerechnet, zumal ich dachte, die reiche Donna hätte dich ganz und gar für sich reserviert. Hat sie dich etwa nicht rangelassen, oder warum bist du nun hier?« Jacaranda setzte ein bedauerndes Lächeln auf, was Damian zur Weißglut trieb. Im Nu war er bei ihr und zog sie auf die Füße.

»Pass auf, was du sagst!«, warnte er sie und packte sie fest bei den Schultern. Doch anstatt sich zu wehren, ließ Jacaranda ihr dünnes Gewand zu den Füßen gleiten und stand nun wie die leibhaftige Sünde vor ihm. Ihre Hände fuhren zu seinem Schritt und massierten seine schwellende Lust, die sich gut sichtbar unter der engen Lederhose abzeichnete.

»Ich mag es, wenn du so hart zu mir bist«, flötete sie und stellte sich auf die Zehenspitzen, um ihn zu küssen.

»Lass das!«, fuhr er sie ärgerlich an. Wobei er am meisten über sich selbst verärgert war. Ihren dämonischen Reizen, die sich in Form eines schlängelnden Schattens zeigten, der ihr nunmehr zwischen die Schenkel kroch, hatte er noch nie widerstehen können. Mit dem Unterschied, dass er die Dämonin, die sich dahinter verbarg, in seinem früheren Leben nicht wahrgenommen hatte. Doch nun lockte sie ihn unmissverständlich, und er hatte Mühe, sich nicht zu erkennen zu geben. Sie durfte nicht bemerken, wer in Wahrheit in diesem leicht verführbaren Körper steckte. Und im Moment war er wirklich geladen, nicht weil er Elle nicht liebte, sondern weil er sie zurzeit nicht haben konnte. Sich bei Jacaranda zu holen, was Elle ihm mit jeder Bewegung verhieß, war jedoch nicht besonders vernünftig.

»Komm schon«, lockte sie ihn mit lüsterner Stimme, »sie muss es doch gar nicht erfahren. Lass dich gehen, Messer. Ich lechze danach, von einem stattlichen Hengst wie dir bestiegen zu werden.«

Ihre Finger massierten ihn nun kräftiger, und Damian wuchs förmlich in ihrer Hand.

»Nein«, keuchte er und stieß sie aufs Bett, wo sie rücklings liegen blieb und unbeeindruckt ihre Schenkel spreizte, was ihm einen direkten Einblick in ihre feuchtglänzende Spalte erlaubte.

»Ich warte«, erwiderte Jacaranda mit einem diabolischen Lächeln, bei dem sie, ohne es zu ahnen, die Dämonin herauskehrte, die längst von ihr Besitz ergriffen hatte.

»Unter einer Bedingung«, stieß er schwer atmend hervor, obwohl er wusste, dass er dieser Versuchung besser nicht erliegen sollte.

»Und die wäre?« Ihre geschickten Finger streichelten aufreizend das eigene Fleisch. Damian war kaum fähig, einen klaren Gedanken zu fassen, zumal sich ihr hübsches Antlitz vor seinem geistigen Auge ständig in das zarte Gesicht Gabrielles verwandelte. »Dies wird das letzte Mal sein, dass ich bei dir liege.«

»Selbstverständlich, Messer Damian, Euer Wunsch sei mir Befehl!«

Jacaranda kniete sich vor ihm aufs Bett und streckte ihm ihre dralle Kehrseite entgegen. »Macht mir den Ziegenbock«, säuselte sie.

Wie fremdbestimmt öffnete er den Schwertgurt und dann den Gürtel seiner Hose. Hastig streifte er sie von den Hüften. Sein unübersehbares Glied stand derweil aufrecht wie eine Lanze, was Jacaranda einen Laut des Entzückens entlockte. Mit beiden Händen packte er ihre Hüften und brachte sie unwirsch in die richtige Position. »Du wolltest es nicht anders«, knurrte er voller Begierde und meinte vielmehr die Dämonin als Jacaranda selbst. Entsprechend rücksichtslos stieß er ohne jegliches Vorspiel in sie hinein und dehnte ihre innere Pforte, woraufhin sie einen schmerzerfüllten Laut von sich gab. Er spürte, wie sie keuchend nach Atem rang und ihr feuchtes Fleisch seinem Druck standhielt, wobei es sich seinem harten Schaft bereitwillig anpasste. Doch anstatt ihr und sich endlich die erwartete Befriedigung zu verschaffen, beugte er sich über sie, den Mund direkt an ihrem Ohr. »Ich sage dir nun etwas, aber nur einmal und dann nicht wieder.« Als ob es dessen bedurft hätte, verstärkte er einmal mehr den Druck seiner hart geschwollenen Kuppe in ihrem Innern, wie eine kampfbereite Lanze, die ohne Gnade fähig war, ihre Eingeweide zu durchbohren. »Und wenn du es noch ein einziges Mal wagen solltest, mich zu verlocken oder abfällig über Donna Gabrielle zu sprechen, geschweige denn über das, was hier gestern Abend geschehen ist, wird es nicht mein Schwanz sein, der dir dieses zweifelhafte Vergnügen bereitet, sondern mein Schwert.« Er spürte, wie sich die Dämonin bei dieser Ankündigung vor Lust verkrampfte und sich ihm bereitwillig hingab. Jacaranda schrie dagegen auf vor Schmerz und Enttäuschung. Er selbst hasste sich für das, was er nun tat.

Wie um sich selbst von dieser Anspannung zu befreien, begann er, sie ungeachtet ihrer Schreie zu stoßen, erbarmungslos und ausdauernd, bis er sich vor Anstrengung röchelnd in sie ergoss.

Als er von ihr abließ, war er nicht fähig, ihr ins Gesicht zu sehen. Nur aus einem Augenwinkel erahnte er, wie schockiert Jacaranda war, während sich die Dämonin aufs äußerste befriedigt aus ihr zurückzog.

»Und ich habe gedacht, dir läge etwas an mir«, entfuhr es Jacaranda tonlos. »Zum Dank dafür fickst du mich, als ob du mich foltern wolltest, und befiehlst mir im gleichen Atemzug, dich nie wieder zu berühren. Und als ob das noch nicht der Schande genug wäre, bedrohst du mich mit dem Tod, falls ich über diese …« Sie brachte den Satz nicht zu Ende, und Damian spürte, dass sie Angst vor ihm hatte.

»Es liegt in deiner Hand, ob ich meine Drohung wahrmachen muss.« Mit unbewegter Miene schnürte er sich eiligst den Hosenbund. Danach zog er sich sein Wams über die Hüften und gürtete souverän sein Schwert, während sich Jacaranda schutzsuchend unter ihrer Daunendecke verkroch.

»Du musst mich nicht töten«, flüsterte sie mit leerem Blick. »Du hast es soeben getan. Und was meine Verschwiegenheit betrifft – du und deine Donna, ihr seid mir im Übrigen viel zu unwichtig, als dass ich auch nur ein Wort über euch verlieren würde. Und nun geh. Ich will dich nie mehr wiedersehen!«

Als er mit seinen Kameraden zum Palazzo Pazzi zurückkehrte, brannte in Elles Kammer noch Licht. Einen Moment lang dachte er darüber nach, was er Jacaranda angetan hatte, und bereute seinen grausamen Fehltritt von ganzem Herzen. Oberflächlich betrachtet, war dieses Verhalten seiner dämonischen Natur geschuldet, die ihn mehr beherrschte, als er sich einzugestehen vermochte, und die er dringend in den Griff bekommen musste, weil sie ansonsten seine weiteren Pläne gefährdete. Wenn er von vorn beginnen wollte, durfte er nicht die gleichen Fehler begehen wie in seinem vorherigen Leben. Schon gar nicht durfte er in noch schlimmere Abgründe hinabsteigen. Wenigstens sprach seine Sehnsucht nach Elle eine deutliche Sprache. Es war nicht nur Lust, die ihn trieb. Allein bei dem Gedanken an sie begann sein menschliches Herz heftig zu schlagen. Am liebsten wäre er sofort zu ihr geeilt und hätte ihr gesagt, wie sehr er sie liebte. Doch abgesehen davon, dass sie das nur verstört hätte, war jetzt nicht die Zeit dafür, so etwas zu tun. Obwohl … Bevor er den Gedanken zu Ende bringen konnte, stand Tedeschi vor ihm und überbrachte ihm eine Liste, die ihm Jacopos Leibdiener soeben übergeben hatte.

»Was ist das?«, fragte Damian, der immer noch ganz gefangen war von der Vorstellung, Gabrielle einen unangekündigten Besuch abzustatten.

»Nicht hier«, raunte Tedeschi und bedeutete ihm, dass er ihm in die Unterkünfte folgen sollte.

Dort warteten bereits Gulliveri, Luca und Laurentio auf ihn. Sie hatten es sich bei einer Kerze und einem Fässchen Grappa an einem runden Tisch gemütlich gemacht, an dem sie gewöhnlich ihre Besprechungen abhielten. Ihren Blicken nach zu urteilen, wussten sie, was auf der Liste stand. Und dann dämmerte es auch Damian, der die besonders sündigen Abschnitte in seinem früheren Leben wohl konsequent zu verdrängen versucht hatte.

»Messer Jacopo hat mir die Auftragsliste für die nächsten vier Wochen gegeben«, erklärte Tedeschi ohne Umschweife und legte das dicht beschriebene Pergament auf den Tisch.

Bevor er weitere Ausführungen machte, besorgte er sich und Damian jeweils einen Stuhl und zwei Zinnbecher, die er von einem Bord nahm. Während sie sich setzten, schenkte Gulliveri ihnen willfährig ein.

»Drei Todeskandidaten und zwei harte Lektionen in Gehorsam hat Jacopo auf die Liste gesetzt. Einer davon soll etwas schärfer bestraft werden als üblich.«

»Was bedeutet das?«, fragte Damian, nur um sich noch einmal zu vergewissern, dass er die richtigen Erinnerungen an diesen Moment besaß.

»Das bedeutet, wir werden dem Guten nicht nur einen Finger abschneiden, sondern gleich die ganze rechte Hand. Er hat sich widerrechtlich an dem Vermögen unseres Patrons bereichert und keine mildere Strafe verdient.«

Damian war nahe daran, aufzubegehren, zumal er Mord und Totschlag mit dem ihm bevorstehenden Glück kaum mehr vereinbaren konnte. Doch irgendeine dunkle Macht hielt ihn zurück, dagegen zu protestieren. Wobei er sich fragte, ob es die gleiche dunkle Macht war, die ihn die Dämonin hatte besteigen lassen. Doch dann gelangte er zu der Überzeugung, dass, wenn er die Geschichte verändern wollte, die Zeit einfach noch nicht reif war, um sämtlichen Sünden zu entsagen, und stimmte dem planmäßigen Ablauf des Geschehens ohne Widerspruch zu.

Wobei ihn die schreckliche Erkenntnis ereilte, dass es ihm in seinem jetzigen Zustand wahrscheinlich leichter fallen würde, Unrecht zu tun, als in früherer Zeit, als er noch rein menschlich gewesen war. Vielleicht war er sogar abgebrühter als damals, wenn es darum ging, Elle nach einem Auftragsmord in die Augen zu schauen.

Als Laurentio, Luca und Gulliveri nach draußen gingen, um sich den Schmutz der Gosse von Händen und Gesicht zu waschen, blieb er mit Tedeschi allein zurück.

Unvermittelt sah ihm der Deutsche in die Augen. »Was ist los mit dir, Damian?«, fragte er geradeheraus. »Dich bedrückt doch etwas, das spüre ich.«

»Hast du schon mal über die Hölle nachgedacht, Tedeschi, bei all dem, was wir hier tun?«, brach es aus Damian hervor. »Ich meine, dass du nach deinem Tod vielleicht dort landen könntest, wenn du all diese Sünden begehst.«

»Was für Sünden meinst du denn?« Tedeschi sah ihn begriffsstutzig an. »Meinst du das mit den Huren bei Giacomo?« Er grinste unsicher.

»Mach dich nicht lächerlich, Tedeschi.« Damian schüttelte abwehrend den Kopf. »Ich meine die Morde. Oder glaubst du, dafür schenkt uns der liebe Gott einen Ehrenplatz im Himmel?«

»Was ist denn plötzlich los mit dir?«, fragte Tedeschi besorgt. »Ist es wegen Gabrielle de' Vincenco? Hast du Sorge, sie könne spitzbekommen, womit du dein Brot verdienst?«

»Die Frage ist nicht, was Elle über mich denkt«, wich Damian ihm aus und deutete mit dem Zeigefinger zur Decke. »Die Frage ist, was der da oben über uns denkt.«

»Was soll er schon denken?«, erwiderte Tedeschi. »Die Kerle, denen wir das Lebenslicht ausblasen, haben es allesamt verdient. Sie sind ausgemachte Schergen des Teufels. Darüber können auch ihre teuren Gewänder nicht hinwegtäuschen. Falls wir in die Hölle kommen, werden wir sie allesamt dort wiedersehen.«

»Sag nur, das macht dir nichts aus?«, erwiderte Damian spöttisch. Plötzlich war er von der Hoffnung getrieben, nicht nur Elle retten zu können, er entwickelte den Ehrgeiz, auch seine Kameraden vor weiteren Dummheiten zu bewahren. »Was wäre, wenn du eine Frau hättest, die du liebtest, Tedeschi, und mit der du eine Familie gründen wolltest. Würde es dich nicht stören, in der morgendlichen Dämmerung von einem Auftragsmord zurückzukehren und sie mit den gleichen Händen zärtlich zu berühren, mit denen du kurz zuvor eine Kehle zugedrückt hast?«

»Ich habe aber keine Frau«, gab Tedeschi hartnäckig zurück.

»Und wenn es doch eine gäbe, die du gerne hättest?«

»Wer sollte das sein?«

»Lucrezia vielleicht, Gabrielles blonde Dienerin. Sie gefällt dir doch, ich kann es an deinen Blicken erkennen.«

»Deshalb ist sie noch lange nicht meine Frau.« Tedeschi machte eine abwehrende Geste. »Wahrscheinlich würde sie mich gar nicht wollen, selbst wenn ich ihr den Hof machen sollte.«

»Und was wäre, wenn doch? Würdest du dann auch noch für Jacopo morden und foltern wollen?«

Tedeschi sah ihn einen Moment lang an und lachte verlegen. »Wie kommst du überhaupt darauf, dass sie mich will?«

»Die Art, wie sie dich angesehen und sich an dich geschmiegt hat, als sie hinter dir auf dem Pferd saß. Sie würde bestimmt nicht nein sagen.«

»Und wenn schon.« Tedeschi schnaubte entnervt. »Was würde sich denn dadurch für mich ändern?«

»Alles.« Damian stieß einen langgezogenen Seufzer aus. »Was wäre, wenn du Kinder mit ihr hättest? Sollen sie einen Mörder zum Vater haben? Oder lieber einen Mann mit einem ehrbaren Beruf, zu dem sie voller Achtung aufschauen können?«

»Was soll denn Lorenzo de' Medici sagen?« Tedeschi machte eine abwertende Handbewegung, als ob er eine Fliege verscheuchen würde. »Dieser Schuft hat Tausende Menschen auf dem Gewissen und setzt mit seiner Frau jedes Jahr ein Kind in die Welt und mit seinen Mätressen noch ein paar mehr dazu. Macht er sich etwas daraus, dass er ein Schlächter ist?«

»Er wird seine Familie ebenso wenig im Himmel wiedersehen, wie wir es tun werden«, sagte Damian leise.

»Vielleicht will er das auch gar nicht«, hob Tedeschi von neuem an. »Seine Frau interessiert ihn nicht sonderlich, sein Bruder ist ein einfältiger Trottel und seine Mutter ein Drachen, von der ich sicher bin, dass sie ihm in der Hölle Gesellschaft leisten wird.«

»Aber eins unterscheidet ihn von uns«, gab Damian zu bedenken und kroch regelrecht zu Tedeschi über den Tisch, während er seinem Freund und Kameraden tief in die Augen schaute. »Das Gleiche, was Jacopo und Francesco von uns unterscheidet. Sie alle bringen diese Leute nicht selbst um. Sie lassen sie töten. Von Idioten wie uns, die für ein bisschen Genugtuung ihre Seele an den Teufel verschleudern.«

»Woher weißt du überhaupt, ob es einen Himmel und eine Hölle gibt?«, fragte Tedeschi provozierend. »Mein Vater behauptete immer, das sei Gewäsch zur Unterdrückung der Massen.«

»Ich weiß es eben …«, antwortete er leise. »Und noch etwas weiß ich, Tedeschi. Wenn wir Jacopo und Francesco weiterhin blind folgen, sind wir dieser Hölle näher, als du glaubst.«

»Damian, du machst mir Angst.« Tedeschi genehmigte sich noch einen kräftigen Schluck Grappa. »Warum redest du so wirres Zeug? So viel hast du doch gar nicht getrunken.«

»Lass mich Elle erst mal zur Frau nehmen, und dann verrate ich dir, was ich meine.«

Als Elle sich gegen Morgen den Schlaf aus den Augen rieb, glaubte sie zunächst, schlecht geträumt zu haben, doch als sie sich unvermittelt in einem fremden Zimmer befand, wusste sie, dass alles, was sie in den Tagen zuvor erlebt hatte, wahr sein musste. Ihr erster Gedanke galt einem merkwürdigen Traum. Schon wieder hatte sie von einem kleinen, blonden Mädchen geträumt, das ihr offenbar viel bedeutete.

Bislang hatte sie sich nicht sehr viele Gedanken über eigene Kinder gemacht, aber vielleicht war der Wunsch nach einem Kind in Wahrheit viel stärker, als sie vermutet hatte. Was womöglich durch die vielen Kinder im Hause der Pazzi verstärkt wurde. Ihr nächster Gedanke galt Damian de' Castello und der Frage, ob dieser Mann wirklich der Richtige war, um mit ihm eine Familie zu gründen. Bei dem Gedanken, wie es wohl wäre, mit ihm das Ehebett zu teilen, regte sich eine seltsame Mischung aus Furcht und Freude in ihrem Herzen. Obwohl sie ihn im Grunde überhaupt nicht kannte und so gut wie nichts von ihm wusste, reizte sie dieser Mann ungemein. Wobei unvermittelt das leidende Gesicht Don Giovannis vor ihrem geistigen Auge erschien. Wie er wohl reagieren würde, wenn er erfuhr, dass sie von einem anderen schwanger war? Aber wenn das die einzige Möglichkeit wäre, ihrer beider Leben zu retten, beruhigte sie sich zum hundertsten Male, so würde ihr nichts anderes übrigbleiben, als Jacopo de' Pazzis Vorschlag zu folgen.

Dessen Ehefrau, Maddalena Serristoni, hatte ihr frische Nachthemden und Unterwäsche und dazu ein paar hübsche Kleider zum Wechseln bringen lassen. Auch Lucrezia hatte sie mit einigen neuen Kleidern aus den Reihen der höher gestellten Dienerschaft bedacht.

»Warum, glaubst du, tun sie das alles für uns?«, fragte Elle ihre Dienerin, die im Zimmer nebenan gerade aus einem bleiernen Schlaf erwacht war. Der Medikus der Pazzi hatte ihr am Abend zuvor noch einmal eine Tinktur mit Schlafmohn gegen die Schmerzen verabreicht.

»Ganz gleich, was sie vorhaben«, erklärte Lucrezia, während sie sich leise stöhnend in ihrem Himmelbett aufrichtete. Elle war gleich zur Stelle und gab ihr etwas zu trinken. »Wir dürfen froh sein, dass sie uns ihren Schutz bieten.« Inzwischen hatte Lucrezia sich dafür entschieden, bei ihr zu bleiben, worüber sich Elle ehrlich freute.

»Und was hältst du nun von Damian de' Castello und seiner Bereitschaft, mich nach der Annullierung meiner Ehe sofort zu heiraten?«

»Eine äußerst heldenhafte Geste, wenn du mich fragst«, entgegnete Lucrezia und verzog ihr malträtiertes Gesicht trotz der sichtlichen Schmerzen zu einer belustigten Grimasse. »Für ihn ist es bestimmt keine Strafe, dich zur Frau zu nehmen. Und genau genommen brauchst du einen Kerl, der vor nichts zurückschreckt, wenn du Lorenzo de' Medicis Klauen entkommen willst. Wer sonst, außer einem erfahrenen Condottiere, wäre in der Lage, dich in dieser Stadt zu beschützen?« Wieder setzte sie ein unanständiges Lächeln auf. »Ohne diese Männer wären wir jetzt tot. Wenn ich wieder halbwegs ansehnlich bin, werde ich mir auch einen Kerl aus ihren Reihen angeln.«

Elle musste unwillkürlich lächeln. »Der Blonde, der dich auf sein Pferd genommen hat, gefällt dir, habe ich recht?«

»Frag mich, wenn meine Augen abgeschwollen sind und der Schreck aus meinen Gliedern gewichen ist«, antwortete Lucrezia mit einem fatalistischen Unterton in der Stimme. Plötzlich klopfte es an der Tür.

Wenig später stand Emilia im Zimmer und servierte das Frühstück. Warmes Hefegebäck und heiße Milch mit Honig.

»Heute Morgen hatte ich schon Besuch«, verriet sie mit ehrfürchtiger Miene, während sie Teller und Becher auf einem Tischchen verteilte. »Donna Maddalena hat alle Diener zusammenrufen lassen, und Damian de' Castello persönlich hat uns darüber aufgeklärt, dass es uns bei Todesstrafe verboten ist, gegenüber Dritten über euren Aufenthalt hier zu sprechen.«

»Was soll das bedeuten?«, fragte Elle beunruhigt.

»Dass er und seine Leute es sind, die uns einen Kopf kürzer machen werden, wenn wir gegenüber Fremden oder der Dienerschaft anderer Familien etwas über euch erzählen«, erklärte Emilia mit ängstlichem Blick.

»Das würde er doch nicht wirklich tun, oder?«, fragte Lucrezia aufgebracht.

»Ich sage es nicht gern, und ich bitte euch, mich nicht zu verraten«, antwortete Emilia mit verhaltener Stimme, »aber diesen Männern ist so gut wie alles zuzutrauen. Man munkelt, dass sie für Messer Jacopo spezielle Aufträge ausführen, wenn ihr wisst, was ich meine.«

»Heikle Aufträge?« Elle verspürte eine plötzliche Übelkeit bei Emilias Äußerung.

»Verratet mich bloß nicht«, murmelte Emilia ängstlich. »Unter der männlichen Dienerschaft munkelt man, dass sie Messer Jacopos Speerspitze sind und sich des Öfteren für ihn die Finger schmutzig machen. Was immer das auch bedeuten mag, es verheißt nichts Gutes.«

Nachdem Emilia gegangen war und Elle ihre Morgentoilette erledigt hatte, stieg sie mit Lucrezias Hilfe in ein silberfarbenes Kleid, das Maddalena Serristoni ihr aus ihrem eigenen Fundus bereitwillig zur Verfügung gestellt hatte. Danach steckte sie sich sorgfältig die blonden Locken hoch und puderte ihr Gesicht.

»Was hast du vor?«, fragte Lucrezia misstrauisch.

»Ich werde mein Schicksal selbst in die Hand nehmen und meinem Bräutigam ein paar unbequeme Fragen stellen.«

»Aber du wirst Emilia doch nicht verraten?«

»Wofür hältst du mich?«

»Und was um Gottes willen willst du ihn fragen?«

»Ob er im Namen Jacopo de' Pazzis unrechte Dinge tut.« Das Wort »Auftragsmörder« lag ihr auf den Lippen, doch das wollte sie vor Lucrezia lieber nicht in den Mund nehmen.

Ihre Dienerin hob vorsichtig eine Braue. »Und du glaubst, er wird dir die Wahrheit sagen? Außerdem müsstest du zuerst genauer erklären, was du unter unrechten Dingen verstehst.«

»Er wird schon wissen, was ich damit meine«, antwortete sie und schlang sich einen wärmenden, braunen Brokatschal um die Schultern. Ohne ein weiteres Wort entschwand sie nach draußen.

Hastig rannte sie im fahlen Morgenlicht durch die langen Flure und dann die breite Treppe hinunter zum Hauptausgang. In der Nacht hatte es geregnet, die Kieswege waren mit Pfützen übersät. So ganz genau wusste sie gar nicht, wo Damian wohnte. Nur, dass er sich um diese Zeit meist in den Mannschaftsräumen aufhielt, die direkt hinter dem Badehaus für die Söldner lagen. Ob er dort auch schlief oder bei den Pferden auf einem Strohlager, was sie sich kaum vorzustellen vermochte, war ihr nicht bekannt.

Im Innenhof begegnete ihr ein junger Stallbursche, den sie kurzerhand am Arm festhielt. »Weißt du, wo ich Messer Damian finde?«

Der Junge schaute sie mit großen braunen Augen an und zögerte einen Moment, doch dann besann er sich. »Soweit ich weiß, ist er in seiner Kammer und bespricht sich mit seinen Soldaten«, wusste der Kleine zu berichten und deutete auf einen Flachbau direkt hinter den Stallungen. »Aber der Befehl lautet, dass sie niemand dort stören darf.«

Ungeachtet dieses Einwands eilte Elle davon und ließ den verdutzt dreinschauenden Jungen einfach stehen.

Sie hatte ohnehin das Gefühl, in verbotenes Terrain einzudringen, als sie den menschenleeren Pfad entlanglief und schließlich vor einer eisenbeschlagenen Türe stehen blieb. Sollte sie klopfen oder rufen? Einen Moment lang war sie unentschlossen, doch dann ging sie, wenn auch zaghaft, zu Werke. Als sich niemand meldete, drückte sie einfach die Klinke herunter. Nur um sich wenig später in einem weiteren Flur zu befinden, in dem mehrere Türen offenbar in andere Räume führten. Auch hier war niemand zu sehen, der ihr hätte Auskunft geben können. Als sie hinter einer grün bemalten, hölzernen Tür ein verhaltenes Stimmengewirr hörte, blieb sie stehen und lauschte einen Moment.

»Die Cattucci haben ihr Gelände nicht gesichert«, dozierte jemand mit breitem, deutschem Dialekt. Das musste Tedeschi sein, einer von Damians Männern. »Keine Hunde, keine zusätzlichen Wachen. Aber der Park rund um die Villa ist verdammt unübersichtlich. Keine Ahnung, ob man da unerkannt reinkommt.«

»Dann müssen wir eben warten, bis Cattucci rauskommt«, schlug ein anderer vor, der wohl Laurentio hieß.

»Ich denke darüber nach.« Das war Damians markante Stimme, die Elle inzwischen unter tausenden hätte heraushören können, weil sie so dunkel und wohltönend war. »Lass uns morgen noch mal darüber beraten, wie wir die Sache am besten angehen.«

Als die Tür unvermittelt aufging, schrak sie regelrecht zurück. Tedeschi, der blonde Hüne, schaute verblüfft auf sie herab.

»Donna Gabrielle?« Er verbeugte sich hastig.

Plötzlich stand Damian hinter ihm und starrte sie ungläubig an.

»Elle? Was machst du denn hier? Hat man dir nicht gesagt, dass du besser im Palazzo bleiben solltest, bis wir Nachricht aus Rom erhalten haben?«

Einen Moment lang glaubte sie, ein missmutiges Aufblitzen in seinen grauen Augen zu sehen. Doch dann lächelte er freundlich.

Dieser Mann hat sich unglaublich gut im Griff, dachte sie bei sich. Dabei hätte sie schwören können, dass er über ihr unvermitteltes Auftauchen verärgert war.

»Ich muss dringend mit dir sprechen«, antwortete sie möglichst gefasst, wobei allein sein martialischer Anblick schon respekteinflößend genug war. Er war ein ganzes Stück größer als sie, und seine breiten Schultern wirkten wie ein Bollwerk. Bereits früh am Morgen trug er einen eisenbeschlagenen Harnisch und ein Schwert am Gürtel, dessen bloßer Anblick garantiert jeden Unhold das Fürchten lehrte. Während seine vier Kameraden mit neugierigen Blicken an ihr vorbei zum Ausgang schlenderten, fasste Damian sie bei der Hand und zog sie in seine Kammer.

»Was gibt es denn so Wichtiges, dass du dich ohne Begleitung in den Hades der Söldner hinabwagst?«, spöttelte er grinsend. Offenbar passte ihm ihr Erscheinen tatsächlich nicht. Als er hinter ihr die Tür schloss und sie plötzlich ganz allein mit ihm in der spärlich möblierten Kammer stand, wurde sie von einer ungewissen Panik ergriffen. Wie sollte sie ihm beibringen, dass sie nur einen rechtschaffenen Mann zu heiraten gedachte und dass sie Zweifel daran hatte, ob er eine solche Bezeichnung überhaupt verdiente. Bei seinem Anblick erhärteten sich ihre Zweifel nur noch. Die Wangen waren mit einem dunklen Bartschatten bedeckt, die schwarzen Haare noch wilder zerzaust als üblich, und der Blick war so intensiv wie der eines Wolfes, der auf unvorsichtige Beute lauert.

»Setz dich doch«, sagte er unerwartet sanft und deutete auf einen der Stühle, die um einen kargen Tisch herum standen. Darauf befand sich eine leere Flasche Grappa, wohl noch vom Vorabend, und fünf Zinnbecher, die noch nicht gespült worden waren. Als er ihren fragenden Blick bemerkte, lächelte er. »Tut mir leid, ich konnte die Diener noch nicht hereinlassen. Wir hatten eine wichtige Morgenbesprechung. Möchtest du etwas trinken? Dann hol ich dir Wein und einen sauberen Becher.«

»Ich glaube nicht, dass unsere Unterredung so lange dauern wird«, erwiderte sie beinahe barsch und zog es nun doch vor, sich zu setzen.

Er nahm ihr gegenüber Platz und schaute sie erwartungsvoll an.

»Was kann ich für dich tun?« In seinem Blick brannte ein gut sichtbares Feuer.

Irritiert wich Elle ihm aus. »Ich habe da etwas gehört, das ich gerne klären würde, bevor du mich zu deiner Frau machst.«

Überrascht hob er eine seiner schön geschwungenen, schwarzen Brauen. »Was hast du gehört?«

»Ich …«, sie leckte sich hastig über die Lippen. Verdammt, wie sollte sie nur beginnen? »Ich habe gehört, dass du und deine Männer für Jacopo de' Pazzi und seinen Neffen Probleme aus dem Weg räumt.«

Damian stutzte einen Moment, doch dann lachte er abwehrend, wobei sich seine makellosen Zähne zeigten. »Ist es nicht die Arbeit eines jeden Söldners, für seinen Herrn die schwierigen Aufgaben zu übernehmen? Jene, die gefährlich sind und den Patron das Leben kosten könnten?«

»Ich spreche hier nicht vom Leben eines Jacopo de' Pazzi«, stellte sie unmissverständlich klar. »Ich spreche vom Leben seiner Gegner.«

Sie sah, wie sich seine Mimik unmerklich veränderte. »Ich möchte wissen, ob du im Namen der Pazzi Menschen ermordest.« Nun wurde er schlagartig ernst. Allem Anschein nach hatte sie ins Schwarze getroffen.

»Auch das gehört zu den weniger angenehmen Seiten des Söldnerlebens, wenn mich nicht alles täuscht«, antwortete er ausweichend. »Willst du mir nach unserer Vermählung etwa das Töten verbieten? So vergiss bitte nicht: Ich bin und bleibe ein Soldat, der seinem Kriegsherrn Gehorsam schuldet.«

»Was das Töten betrifft, habe ich nicht vor, bis nach unserer Eheschließung zu warten«, antwortete sie gefährlich leise. »Ich verlange schon jetzt, dass du niemanden umbringst, der sich dir nicht in einem offenen Kampf gestellt hat. Ich will keinen hinterhältigen Auftragsmörder zum Mann.«

Nun schien Damian ehrlich schockiert. »Wie kommst du darauf, so etwas auch nur zu denken? Oder hat dir jemand etwas Derartiges erzählt?« Plötzlich stand er auf und kniete sich vor sie hin. Dabei nahm er ungefragt ihre kalten Hände in seine warmen und küsste sie. Als er mit treuem Blick zu ihr aufschaute, jagte ihr nicht nur diese unvermutete Berührung einen Schauer über den Rücken.

»Gabrielle«, begann er mit beschwörender Miene. »Ich bringe niemanden um, nur weil Messer Jacopo es will. So etwas könnte ich gar nicht. Nur wenn es unvermeidbar ist und in Notsituationen, wie bei dem Überfall auf dich und deine Dienerin, zücke ich mein Schwert. Ich befinde mich mit dem, was ich tue, allseits im Angesicht Gottes. Das musst du mir glauben.«

Elle schaute ihm direkt in die Augen und erkannte darin eine gefährliche Mischung aus lauerndem Raubtier und bettelndem Schoßhündchen.

»Vertraust du mir nicht?«

»Elle!«, beschwor er sie noch einmal. »Ich weiß, wir beide können Dämonen sehen. Also was denkst du, wenn ich so durchtrieben und skrupellos wäre, wie du vermutest, hätte ich dann nicht einen gewaltigen Dämon in meinem Nacken sitzen? Schon allein wenn ich dich belügen würde, käme er zum Vorschein und würde dich hämisch angrinsen.«

Elle dachte einen Moment lang nach. Komischerweise hatte sie in Damians Nähe noch nie einen Dämon gesehen. Noch nicht mal einen flüchtigen Schatten. Obwohl diese Stadt von Dämonen geradezu übervölkert war wie eine riesige Höhle voller Fledermäuse.

»Nein«, musste sie kleinlaut zugeben. »Bei dir habe ich noch keinen Dämon gesehen.«

»Siehst du«, gab er beruhigt zurück und küsste ihren Handrücken, wobei er den Blick nicht von ihr abwandte. »Wirst du mir dein Vertrauen schenken?« Wieder schaute er sie so intensiv an, dass ihr ganz schwindlig wurde.

»Ich versuch's«, wisperte sie und senkte den Blick.

Dann stand er auf und zog sie mit sich hoch, sodass sie ganz nahe vor ihm stand und gezwungen war, zu ihm aufzublicken. »Wenn wir heiraten, werden wir aufeinander angewiesen sein«, flüsterte er andächtig und zog sie ohne Vorwarnung in seine Arme. Als sie erschrocken zu ihm aufschaute, überrumpelte er sie mit einem leidenschaftlichen Kuss, bei dem es für sie kein Entrinnen zu geben schien. Unerwartet schnell gab sie nach und öffnete ihre Lippen für seine geübte Zunge. Damian ließ sich nicht lange bitten und plünderte ihren Mund, als ob er ihm bereits gehörte. Aber was hatte sie auch sonst von ihm erwartet? Er war schließlich ein ganzer Mann, der ihr Verhalten selbstverständlich als Aufforderung verstand. Völlig überrumpelt von seiner sengenden Leidenschaft, war sie nicht fähig zu widerstehen. Schon hatte er einen Arm fest um ihre Taille gelegt, hob sie an, als ob sie ein Federgewicht wäre, und setzte sie rücksichtslos auf eine halbhohe Kommode, deren Ablage ihm bis zu den Hüften reichte. Noch immer küssend, schob er ihr die Röcke hoch und spreizte ihre schmalen, nackten Schenkel. Wie üblich trug sie keine

Unterwäsche und ihre seidenen Strümpfe reichten nur bis über die Knie, wo sie von einem Band gehalten wurden. Seine Hände fanden rasch, was sie suchten. Elle war nicht fähig, ihn von sich zu schieben, und offenbar wollte sie es auch nicht. Keuchend ließ sie zu, wie seine Finger sich ihrem pochenden Geschlecht widmeten und geschickt ihre zuckende Perle massierten. Mit der anderen Hand löste er den Schwertgurt und seine Hose. Wie im Rausch spürte sie seinen harten, federnden Penis an der Innenseite ihrer Schenkel, nur noch eine Handbreit von einer Entscheidung entfernt, während sie in seinen großen, warmen Händen wie Wachs dahinschmolz. Schwer atmend und mit halb geschlossenen Lidern drängte er die harte Kuppe seines beängstigend großen Glieds in ihr nasses, pochendes Fleisch. Elle hatte das Gefühl, vor Lust zu vergehen, als er sacht in sie eindrang. Erst nachdem er sie unnatürlich stark dehnte, kam sie plötzlich wieder zu Verstand und stieß ihn mit aller ihr zur Verfügung stehenden Kraft von sich weg. Verblüfft torkelte er zurück und stand da mit heruntergelassener Hose. Elle starrte atemlos auf seinen immer noch aufrecht stehenden Schwanz, der ihm dick und adrig bis zum Bauchnabel reichte.

Mit rasendem Herzen sprang sie von der Kommode herab und richtete sich, von ihm abgewandt, hastig das Kleid.

»Elle«, rief er ungeachtet seiner Blöße und schnappte nach ihrem Handgelenk, um sie abermals an sich zu ziehen. Anstatt diese plötzliche Intimität zuzulassen, holte sie aus und verpasste ihm mit der freien Hand eine schallende Ohrfeige.

Überrascht zuckte er zurück. »Elle, es tut mir leid …«, rief er, anstatt sich zu wehren, und schüttelte seine schwarze Mähne, passenderweise wie ein unwilliger Hengst, den man unversehens um seinen Spaß gebracht hatte. »Ich wollte nicht, ich dachte …« Hastig zog er sich die Hose hoch und verstaute sein bestes Stück dorthin, wo es hingehörte, bevor er den Latz verschnürte.

Elle schlug die Hand vor den Mund und wandte sich wie in Panik zur Tür. Herrgott, war das peinlich. »Nein, mir tut es leid«, rief sie mit zitternder Stimme. »Ich weiß nicht, was in mich gefahren ist«, bekannte sie ehrlich und rannte hinaus.

Was hatte sie sich nur dabei gedacht, ihn erst zu verführen und dann zu schlagen?

Tausend Gedanken gingen ihr durch den Kopf, während sie über den Innenhof zum Palazzo eilte, doch einer stand nun ganz klar im Vordergrund. Sie begehrte diesen Mann mehr als ihr Leben, und sie konnte es kaum erwarten, mit ihm das Bett zu teilen, ganz gleich, welche Abgründe er in sich trug. Eine erschreckende Erkenntnis, aber auch eine hoffnungsvolle, wenn man bedachte, dass sie schon sehr bald jede Nacht mit ihm die Freuden der Liebe teilen würde.

Ihr Herz stolperte beinah so wie sie selbst, als sie die Treppen zum Palazzo hinaufhastete und sich abermals die Frage stellte, warum ihr dieser Mann so unglaublich vertraut vorkam.

KAPITEL 14

Unselige Allianzen

Ende Januar/Anfang Februar 1477 – Florenz

Damian unterdrückte die Nervosität, die er in seinem menschlichen Körper empfand, während er ein paar Tage später die Treppen zu Jacopo de' Pazzis Arbeitszimmer emporhastete. Längst nicht alles war vorteilhaft, wenn man in die materielle Welt zurückkehrte. Und doch gab es da etwas, auf das er keinesfalls noch einmal verzichten wollte. Seit seiner jüngsten Begegnung mit Elle wusste er wieder, was er all die endlosen Jahre ohne einen menschlichen Körper vermisst hatte. Sie zu spüren, zu riechen, zu schmecken, brachte ihn beinahe um den Verstand. Nur mit Mühe war es ihm gelungen, seine dämonische Natur und die nicht eben von Logik geprägte menschliche Vorgehensweise bei ihrem letzten Auftritt in den Söldnerunterkünften zu beherrschen. Um Haaresbreite hätte er sich nicht mehr zurückhalten können und sie vergewaltigt. Es tröstete ihn, dass sie danach mindestens so verstört gewesen war wie er selbst. Aber allein für diesen Rausch hatte sich das Wagnis, zurück in seine menschliche Hülle zu schlüpfen, gelohnt. Seitdem hatte sie kein Wort mehr über diese, im wahrsten Sinne des Wortes, heiße Begegnung verloren, und auch er hatte es vermieden, sie noch einmal darauf anzusprechen.

Obwohl sie ziemlich kratzbürstig reagiert hatte, war er guten Mutes, sie zu gegebener Zeit mit Haut und Haaren besitzen zu dürfen.

Unter ihrer kühlen Schale brodelte ein wahrer Vulkan. Das wusste er aus ihrem ersten gemeinsamen Leben, und es schien, als ob der Aufenthalt ihrer Seele in einer weit entfernten Zukunft ihrer Leidenschaft keinen Abbruch getan hätte. Schon damals waren ihr Temperament und die damit verbundene Eifersucht unverkennbar gewesen. Ein Charakterzug, der den Italienerinnen eigen war und Damian in der Liebe so wichtig erschien wie das Salz in der Suppe. Dass sie wegen Jacaranda so aufgebracht reagierte, hatte er stets als gutes Zeichen gewertet.

Um Elles Gemüt zu beruhigen und sie freundlich zu stimmen, hatte er sie in den vergangenen zehn Tagen ein paar Mal im Palazzo besucht. Er hatte ihr Parfüm und Süßigkeiten mitgebracht, eben das, was Frauen so mögen. Dabei hätte er es besser wissen müssen. Sie war keine Frau, die sich mit solchen Kleinigkeiten beeinflussen ließ. Und so hatte sie seine gutgemeinten Gaben lediglich mit einem höflichen Lächeln honoriert. Auf Schmuck und teure Seide hatte er ohnehin verzichtet. Nicht nur wegen seines schmalen Geldbeutels. Er wollte ihr nicht das Gefühl geben, käuflich zu sein.

Die Stimmung zwischen ihnen war trotzdem angespannt, vielleicht auch, weil ihre Dienerin immer zugegen war und sie sich nicht ungestört unterhalten konnten. Lucrezias Verletzungen waren knapp zwei Wochen nach dem Überfall kaum noch zu sehen, und um auch deren Laune ein wenig zu heben, hatte er beim letzten Treffen Tedeschi mitgebracht, der die hübsche Blonde mit seiner humorvollen Art zu erheitern vermochte. Sie hatte an dem hünenhaften Deutschen ziemlich rasch einen Narren gefressen und würde ihren Anteil dazu beitragen, dass Elle bis zu ihrer Hochzeit die »Wölfe« der Pazzi mit anderen Augen sah.

Jacopo de' Pazzi hatte ihn rufen lassen, weil kurz zuvor die Vorhut seines Neffen Francesco aus Rom eingetroffen war. Im Gepäck eine Depesche des Papstes, die eine Entscheidung zur Annullierung von Gabrielle de' Vincencos Ehe enthielt. Obwohl Messer Jacopo die Meinung vertrat, dass bei dieser Sache nichts schiefgehen könne, war Damian nicht sicher, ob tatsächlich alles so reibungslos verlaufen würde wie beim letzten Mal. Elles Persönlichkeit hatte sich durch den Transfer ihrer zukünftigen Seele zurück in die Vergangenheit auf jeden Fall verändert und trotz aller Sorgfalt in seiner Planung hatte es schon einige Veränderungen im Zeitablauf gegeben, und er konnte nicht sicher sagen, wie sich selbst winzigste Abweichungen auf das Gesamtgefüge auswirken würden. Messer Jacopo empfing ihn mit einem zuversichtlichen Lächeln, und noch während Damian salutierte, bot er ihm einen Platz in einem seiner bequemen Besucherstühle an.

»Der Papst hat der Annullierung von Donna Gabrielles Ehe zugestimmt, und unsere Bank hat dem Heiligen Vater dafür einen weiteren Kredit gewährt.« Der grauhaarige Patron unterstrich seine frohe Nachricht mit einem wölfischen Grinsen, das einige seiner Zahnlücken entblößte. »Jetzt müssen wir nur noch die finanziellen Verhältnisse der Donna regeln, indem wir die Finanzbeamten der Signoria notfalls gerichtlich davon überzeugen, die viertausend Goldfiorini aus dem beschlagnahmten Vermögen des Giovanni de' Vincenco wieder herauszurücken.«

Damian, dessen Herz vor Freude davongaloppierte, was er sich allerdings nicht anmerken ließ, schaute seinen Patron aus schmalen Lidern an: »Denkt Ihr, Lorenzo de' Medici und seine Speichellecker erstatten Donna Gabrielle tatsächlich so mir nichts, dir nichts eine solch hohe Summe zurück?«

Von dieser Antwort hing ihre gemeinsame Zukunft ab. Ohne die Mitgift war kein sorgenfreies Leben möglich. Viel weniger wären sie in der Lage, falls seine Pläne nicht aufgingen, heimlich das Land zu verlassen.

»Ich werde ihr das Geld vorstrecken«, beschied Messer Jacopo jovial. »Wenn meine Advokaten es sich von der Signoria zurückerstritten haben, werde ich unsere Konten entsprechend ausgleichen. Auch habe ich zweitausend Goldfiorini nach Mailand an besagten Advokaten überweisen lassen, der für eine Umwandlung von Don Giovannis Todesurteil in lebenslange Kerkerhaft streitet.«

Damian dankte dem Universum im Stillen für diese Entscheidung, die nur minimal von der in seinem vorherigen Leben abwich. »Habt Dank, Messer Jacopo!«, sagte er mit getragener Stimme und verbeugte sich demonstrativ. »Dafür stehe ich auf immer in Eurer Schuld.«

»Nicht doch, nicht doch«, wehrte Jacopo ab. »So setzt Euch doch wieder.«

Nachdem Damian abermals in seinem Sessel Platz genommen hatte, wurde Jacopos Blick ernst. »Nur sollten wir bei allem Triumph nicht vergessen, warum wir das alles unternehmen. Wir kämpfen gegen einen gemeinsamen Feind, dessen Name Lorenzo de' Medici lautet. Nicht dass Ihr mich falsch versteht, Messer Damian. Euer Glück liegt mir natürlich am Herzen, aber in erster Linie wollen wir damit den Medici schaden. Lorenzo wird kochen, wenn er erfährt, dass Donna Gabrielles Ehe annulliert wurde und mein Condottiere sie zur Frau nimmt und ihm damit die Möglichkeit, ihr Vermögen vollends zu kassieren und sie hinter Gitter zu bringen. Und das ist nur ein kleiner Vorgeschmack auf das, was noch folgen soll.« Jacopo grinste gehässig. »Irgendwann in naher Zukunft werden wir die Medici von ihrem hohen Ross holen und in die Knie zwingen. Francesco arbeitet bereits daran, indem er im Vatikan die richtigen Leute um sich schart.«

So soll es sein, du Schwachkopf, dachte Damian und begegnete Jacopos finsteren Plänen, indem er schleimig zurücklächelte. Er dachte an das furchtbare Ende, das diesem Mann in der vorherigen Zeitversion beschieden gewesen war, weil er und sein übereifriger Neffe sich mit den Falschen verbündet hatten. Zugleich stellte er sich wiederholt die Frage, wie er eine solche Katastrophe verhindern konnte, ohne selbst ins Visier seines Auftraggebers zu geraten. In einem solchen Moment fragte er sich, ob es nicht besser sei, Geschichte am besten Geschichte sein zu lassen und mit Elle einfach von hier zu verschwinden, um sich weit weg von hier ein neues Leben aufzubauen. Doch so einfach war das dieser Tage nicht, und außerdem hatte er noch die Verantwortung für seine Mutter und seine beiden Schwestern zu tragen.

Messer Jacopo schien noch nicht einmal zu ahnen, was in ihm vorging.

»Bevor wir das Geburtstagsfest meines Neffen Francesco und damit zugleich Eure Vermählung vorbereiten, müsst Ihr mir noch einen kleinen Gefallen tun.« Er legte eine theatralische Pause ein, bevor er nicht weniger theatralisch fortfuhr: »Ich möchte, dass Ihr noch heute Nacht Mattheo Cattuccis Lebenslicht löscht. Und ich will, dass er einen grausamen Tod stirbt. Nicht nur, dass er seine Stimme in der Ratsversammlung von Florenz ständig gegen uns erhebt, er weigert sich zudem hartnäckig, einen früheren Kredit an uns zurückzuzahlen, weil er behauptet, wir hätten ihn bei einem Geschäft im Seidenhandel über den Tisch gezogen. Wo kommen wir denn hin, wenn sich sämtliche Händler der Stadt nach Lust und Laune das Recht herausnehmen, ihre Schulden nicht zu begleichen, und darüber hinaus öffentlich gegen uns intrigieren.«

»Bei allem Respekt, Messer Jacopo«, wandte Damian ein und versuchte, den zähnefletschenden Dämon zu ignorieren, der kurzfristig hinter Jacopos Schulter auftauchte. »Cattucci hat neun Kinder zu ernähren, und seine dritte Frau ist zum dritten Mal schwanger. Gibt es da keine andere Lösung?«

»Ihr überrascht mich, Messer Damian. Seid Ihr neuerdings unter die Samariter gegangen? Was kann ich dafür, wenn Mattheo Cattucci seinen Schwanz nicht unter Kontrolle hat und seinen Schlampen einen Balg nach dem anderen zeugt? Im Gegenteil, je mehr hungrige Mäuler er zu stopfen hat, umso raffgieriger wird er. Also – habe ich Euer Wort? Erstickt ihn, ertränkt ihn oder was auch immer, am besten in seinem eigenen Blut. Aber lasst ihn verschwinden, und das bis spätestens morgen früh!«

Beim Rausgehen verfluchte Damian seine unseligen Allianzen mit den Pazzi und fragte sich mal wieder, warum er ausgerechnet hierher mit Elles Seele zurückgekehrt war. Bei seinen vorherigen Überlegungen war er jedoch zu dem Schluss gekommen, dass ihm aufgrund der vorgegebenen zeitlichen Konstellation der Abläufe keine andere Wahl geblieben war, um die entscheidenden Veränderungen einzuleiten. Und dass er auf diese Weise schon in der Anfangsphase womöglich Abbadon, den Fürsten der Finsternis, auf sich aufmerksam gemacht hätte. Vor der Tür lief ihm ausgerechnet Elle über den Weg.

Sie trug ein türkisfarbenes Kleid, das ihre hochgesteckten, rötlich blonden Locken besonders zur Geltung brachte. Ihre klare Schönheit raubte ihm jäh die Sinne, wenn er sie nur ansah. Die feinen Gesichtszüge, die strahlenden Augen und die winzigen Sommersprossen um die Nase, dazu der rosige üppige Mund.

Sie neigte mit sichtlicher Verlegenheit den Kopf und grüßte kaum. Er konnte ihr ansehen, dass sie ihr unvorhergesehenes Intermezzo in seiner Kammer noch immer beschäftigte. Ob sie ihm grollte? Für einen Moment war es, als wolle sie an ihm vorbeigehen, doch dann blieb sie stehen.

»Du warst bei Messer Jacopo?«, fragte sie unvermittelt, den Blick direkt in seine Augen gerichtet. »Gibt es irgendwelche Neuigkeiten? Ich habe gehört, der Bote aus Rom wurde heute erwartet.«

»Allerdings«, antwortete er mit belegter Stimme und ertrank dabei fast in ihren lindgrünen Augen, die ihn stets an glitzernde Smaragde erinnerten.

»Der Heilige Vater hat der Annullierung deiner Ehe zugestimmt.« Abwartend sah er sie an. Dabei beobachtete er aufmerksam ihre sparsame Mimik.

»Das heißt …?« In ihrem Blick lag Unsicherheit.

»Es besteht kein Zweifel mehr daran, dass die Beamten der Signoria von Florenz dir eine Mitgift von viertausend Goldfiorini aus Don Giovannis eingezogenem Vermögen zurückzahlen müssen«, klärte er sie tonlos auf. »Messer Jacopo hat gesagt, dass er dir die Summe vorstrecken will, bis die Signoria das Geld herausrückt, was wohl noch eine Weile dauern kann.« Elle schaute ihn fassungslos an, nicht sicher, ob es tatsächlich einen Anlass zum Jubel gab. »Du bist jetzt eine reiche Frau, Gabrielle«, fügte Damian mit einem verhaltenen Lächeln hinzu, was ihr klarmachen sollte, dass ihre Situation nicht ganz so schlecht war wie angenommen. Der Satz hing wie Blei in der Luft.

»Ohne dich bin ich nichts«, bemerkte sie trocken. »Wo kann ich denn hin, ohne einen Mann, der mich beschützt und mein Geld für mich verwaltet?« Sie verzog ihren schönen Mund zu einem nüchternen Lächeln. »Vielleicht sollten wir heute Abend endlich Verlobung feiern, mit allem, was dazugehört«, schlug sie zweideutig vor, wobei sie eine möglichst neutrale Miene aufsetzte.

»Das wäre im Grunde eine gute Idee«, antwortete er freundlich. »Aber heute Abend kann ich leider nicht. Ich habe noch einen Auftrag zu erledigen.«

»Ach ja?« Zweifelnd sah sie ihn an.

»Tut mir leid, wenn ich dich jetzt enttäuscht habe«, schob er beschwichtigend hinterher. »Wie wäre es mit morgen? Wir könnten Messer Jacopo und Donna Maddalena fragen, ob sie mit uns feiern wollen.«

»Sicher.« Elle nickte beiläufig, aber besonders erfreut sah sie nicht aus.

»Dann wünsche ich dir und deiner Dienerin noch einen angenehmen Tag«, verabschiedete er sich und verbeugte sich förmlich.

Heilige Maria, Mutter Gottes, was war nur mit dieser Frau los? Wieso konnte sie ihre wahren Gefühle nicht zeigen? Verdammt, sie hatten sich unsterblich geliebt und nun benahm sie sich wie eine zögerliche Jungfrau. Vielleicht ahnte sie, dass er sie mit seinem tadellosen Lebenswandel belogen hatte? Angestrengt dachte er darüber nach, wie es beim letzten Mal gewesen war, und tröstete sich damit, dass Elle bis zur Hochzeit ähnlich reserviert gewesen war. Die erste gemeinsame Nacht hatte ihm den Durchbruch gebracht. Blieb zu hoffen, dass der gewünschte Erfolg sich spätestens dann einstellen würde, wenn sie sich endlich in den Armen lagen.

Noch weniger schön war die Tatsache, dass er bis zum Morgengrauen einen weiteren Widersacher der Pazzi zu beseitigen hatte.

Tedeschi, Laurentio, Gulliveri und Luca waren nicht sonderlich überrascht, als er sie über Jacopos Auftrag informierte. Und im Gegensatz zu ihm schienen sie kein Problem damit zu haben, Mattheo Cattucci das Genick zu brechen.

Am späten Abend lauerten Damian und seine Männer ihm in der Nähe der Albergo dei Macci auf. An jener Ecke, wo die Corle dei Macci auf die Chiasso degli Etiser traf, warteten sie im Schatten eines kleineren Palazzos auf Cattucci, der sich dummerweise zu verspäten schien. Gegen Nachmittag hatte ihnen ein Spion verraten, dass der Seidenhändler sich mehrmals wöchentlich nach Ladenschluss mit anderen Händlern in diesem Gasthaus traf. Ein paar Feuerkörbe spendeten ein spärliches Licht, während die meisten Gassen bereits wie leer gefegt wirkten.

Nachdem Cattucci die Gaststätte mit einem Geschäftsfreund in weinseliger Stimmung endlich verlassen hatte, trennten sich deren Wege.

Während sein Kumpan in Richtung Chiasso de Ferro davoneilte, setzte Cattucci, ein großer, sehniger Mann, seinen Weg allein in Richtung der Kirche San Michele fort. Wegen seiner Trunkenheit schwankte er ein wenig und schien seine Verfolger nicht zu bemerken. Offenbar rechnete er nicht mit einem Angriff, weil er noch nicht einmal ein Schwert am Gürtel trug, sondern lediglich den obligatorischen Langdolch, den fast jeder wehrfähige Mann in Florenz mit sich führte.

Das Zeichen zum Angriff fiel Damian alles andere als leicht. Plötzlich war ihm elend zumute, zumal er seinen Kameraden entgegen seinen sonstigen Gewohnheiten den Vortritt lassen musste und sie damit zur Sünde verführte. Schließlich kannte er nun den Preis, den sie nach ihrem Tod dafür zu zahlen hatten. Bei seinem letzten Kampf am Palazzo Vincenco jedoch hatte er, als er einen Menschen tötete, die Macht seiner dämonischen Kräfte gespürt, die er nur schwer beeinflussen konnte und deren Intensität ihn und seine Mission nicht nur an die anwesenden Dämonen verraten konnte, sondern auch an den Fürsten der Finsternis selbst. Der Anblick seiner Kameraden, die – ohne es zu bemerken – wie Marionetten an Fäden den Anweisungen ihrer dämonischen Schmarotzer folgten, widerte ihn an. Wie konnte man nur so gefühllos sein und sich derart manipulieren lassen, ohne es zu bemerken? Moro hatte Cattucci lautlos niedergerungen und ihm mit seinem eigenen Dolch die Kehle durchschnitten. Ein letztes, gurgelndes Geräusch entwich dem sterbenden Mann, und dann ließen der dunkelhäutige Söldner und seine Kameraden von ihm ab, wie hungrige Wölfe, die sich an einer blutigen Mahlzeit gelabt hatten. Plötzliche Schritte ließen Damian aufhorchen.

»Stadtwachen«, zischte er hörbar genug, um die anderen zu warnen. Wie auf Befehl zogen sie sich in eine düstere Seitengasse zurück und ließen den Leichnam gezwungenermaßen liegen. Doch auch von der anderen Seite waren Stimmen zu hören. Damian signalisierte seinen Kameraden mit einem leisen Pfiff, dass nur noch der Weg über die Dächer blieb. Wenig später hatte auch der Letzte von ihnen sich an einem sieben Fuß hohen Maueransatz hochziehen können.

Von dort aus erklommen sie lautlos einen Balkon mit einem Fenster. Im fahlen Mondlicht war dahinter ein schlafendes Mädchen zu erkennen, das wohl nicht ahnte, welch unseliger Besuch sie beobachtete. Eine Katze fauchte, als Damian lautlos auf ein vorstehendes Dach sprang und sein Gleichgewicht ausbalancierte. In den Gassen unter ihnen war derweil die Hölle los, weil die Wachen Cattuccis Leiche entdeckt und mit einer Fanfare Alarm geschlagen hatten.

Hastig kletterten sie in einem wagemutigen Parcours über die Dächer von Florenz, sprangen in schwindelnder Höhe über vier schmale Gassen und traten schließlich auf der Piazza di San Cristofano den halsbrecherischen Weg nach unten an, indem sie sich einer nach dem anderen an Überständen und Fenstersimsen herabhangelten. Immer noch war der Alarm der Söldner zu hören. Gulliveri verstauchte sich beim Absprung von einer Mauer zu allem Übel den Fuß. Tedeschi und Luca stützten ihn von beiden Seiten, und gemeinsam schleppten sie sich zur naheliegenden Osteria della Malvagia, die zu dieser Zeit noch geöffnet hatte. Der Schankraum hingegen war bereits leer, nur der Wirt und sein Gehilfe zählten hinter dem Tresen die Tageseinnahmen. Verstört schauten sie auf, als die fünf martialisch gewandeten Pazzi-Söldner unangemeldet in ihre abendliche Idylle einbrachen.

»Wie haben bereits geschlossen«, wagte der Gehilfe zu sagen und warf sich mutig in seine kaum vorhandene Brust.

»Jetzt habt ihr wieder geöffnet«, knurrte Tedeschi und legte seine Pranke an den Knauf seines Anderthalbhänders.

»W… was kann ich Euch zu trinken bringen, edle Herren?«, fragte der Wirt hastig und stieß seinen Gehilfen grob in die Seite.

»Dunkles Bier, falls dieser Scheißladen so was überhaupt führt«, knurrte Tedeschi.

»Und zwei Flaschen Grappa«, fügte Laurentio gebieterisch hinzu.

Rasch ließen sie sich an einem runden Tisch nieder. »Wie wäre es mit 'nem Würfelbecher, du Naseweis?«, fragte Luca den immer noch verstört dreinblickenden Aushilfsdiener. Nachdem der Wirt dem schmächtigen Gehilfen einen weiteren Stoß verpasst hatte, standen flugs Becher und Würfel aus Elfenbein auf dem Tisch. »Sehr wohl, die Herrn.«

Während der Wirt noch das Bier servierte, flog die Tür erneut auf und ein Söldnertrupp der Signoria stürmte herein. Ihr Anführer, ein stämmiger, rothaariger Kerl in der dunklen Uniform des achtköpfigen Wachausschusses, der sogenannten »Otto«, deren Soldaten in Florenz und Umgebung für Sicherheit sorgten, fixierte mit seinen blutunterlaufenen Augen zunächst Damian, bevor er seinen vernichtenden Blick über dessen Kameraden schweifen ließ.

»Sieh an, sieh an«, rief er mit einem hämischen Grinsen. »Die Wölfe der Pazzi! Was für ein Zufall«, witzelte er weiter. »Da verfolgen wir eine Horde von Unholden und treffen ausgerechnet hier auf die finstersten Schergen der Stadt. Wie lange sitzt ihr denn schon hier? Lasst mich raten! Ihr seid eben erst reingekommen, hab ich recht?«

Damian blieb völlig ruhig, obwohl sein menschliches Herz fast bis zum Hals schlug. Unbemerkt hatte er unter dem Tisch seinen Dolch gezogen und drückte die Spitze relativ unbarmherzig in den Hoden des Wirtes. Der machte sich unwillkürlich steif und biss auf die Zähne, was ihm trotz der rundlichen Züge einen höchst angespannten Gesichtsausdruck verlieh. Auch sein Gehilfe hatte wohl den Ernst der Lage erkannt und machte sich hinter dem Ausschank noch kleiner, als er ohnehin schon war.

»Dieser Herr wird Euch bestätigen können«, erklärte Damian überraschend gelassen, »dass wir schon eine ganze Weile hier sitzen und bereits mehrere Runden Bier bestellt haben.« Dabei schaute er mit treuen Augen zu dem vor Angst bebenden Wirt auf. »Nicht wahr, Pedro? Sag dem aufmerksamen Condottiere, dass wir schon den halben Abend hier verbracht haben.« Der Mann nickte ergeben, wobei seine Hände so sehr zitterten, dass er beinahe das Tablett mit den restlichen Bierkrügen hätte fallen lassen.

»Jawohl«, bestätigte er mit erstickter Stimme und stellte das Tablett ab, bevor den Stadtwachen auffiel, wie nervös er war.

»Die Herren befinden sich seit Sonnenuntergang in meiner Osteria. Nicht wahr, Carlo?«

Beinahe flehend suchte er den bangen Blick seines Gehilfen, dem nichts weiter übrigblieb, als zu nicken.

Dem rothaarigen Söldner gefiel die Aussage der beiden nicht, wie man unschwer an seiner verschlossenen Miene erkennen konnte.

»Dann habt ihr natürlich auch nichts von dem kaltblütigen Mord mitbekommen, der nicht weit von hier an Mattheo Cattucci begangen wurde.« Während der Wirt ängstlich die Augen weitete, verstärkte Damian den Druck auf dessen Hoden. Er selbst verzog den Mund zu einer ahnungslosen Geste und schaute abwechselnd in die völlig neutralen Gesichter seiner Kameraden. »Habt ihr irgendetwas gehört oder gesehen, das dem Hauptmann weiterhelfen könnte?«

Wie auf Kommando schüttelten alle die Köpfe. »Ihr seht ja selbst«, schloss Damian das Verhör arrogant. »Sosehr uns das Schicksal dieses ehrenwerten Kaufmanns bekümmert, Gott sei seiner armen Seele gnädig, wir können Euch bei der Auffindung des Schurken, der das zu verantworten hat, leider nicht behilflich sein.«

Dem Anführer der Stadtwachen blieb unter diesen Umständen kaum etwas anderes übrig, als kehrtzumachen und die oder den Täter woanders zu suchen. Kaum hatte er das Gasthaus zusammen mit seinen restlichen Söldnern und einem Fluch auf den Lippen verlassen, lockerte Damian den Druck seines Dolches. Dem stocksteifen Wirt rann zwischenzeitlich der Schweiß von der Stirn, und als er spürte, dass die Gefahr gebannt war, sank er regelrecht in sich zusammen.

Damian steckte seinen Dolch weg und stürzte einen Becher mit Grappa hinunter. Dann stand er auf und packte den Wirt, der immer noch wie angewurzelt neben ihm stand, am Kragen. Der Mann tat einen Schrei und verharrte sofort, als Damian ihn wütend anblitzte. »Wenn ein Wort über deine Lippen kommt, dass es anders gewesen sein soll, als von dir behauptet, bist du so tot wie der Kaufmann. Haben wir uns verstanden?«

»A… a… aber sicher doch. Ihr könnt Euch auf mich verlassen, bei der Seele meiner Mutter, ich schwöre es.«

»Gut.« Damian ließ ihn ruckartig los und bedeutete seinen übrigen Kameraden, dass sie ihre Krüge in einem Schluck leeren sollten. Er wollte so schnell wie möglich mit ihnen in den Palazzo Pazzi zurückkehren.

Elle hatte den ganzen Abend lang zum Fenster hinausgeschaut und die Unterkünfte der Soldaten beobachtet. Von ihrer Kemenate aus hatte sie einen umfassenden Ausblick in den Innenhof des Palazzos. Doch dort draußen war bis auf ein paar Feuerkörbe, die fast schon heruntergebrannt waren, alles dunkel.

»Was ist mit dir, Elle?« Lucrezia, die sich ihr vorsichtig näherte, schien besorgt. »Warum schaust du dauernd nach draußen?«

Als Elle sich zu ihr umdrehte, fasste sie sich ein Herz. »Glaubst du, er ist wieder bei dieser Hure?«

»Wer?«

»Na, wer schon? Mein zukünftiger Ehemann!«

»Warum quälst du dich mit solchen Fragen?«, wollte Lucrezia wissen und legte ihr beruhigend die Hand auf die Schulter.

Weil ich ihn liebe, hätte sie am liebsten geantwortet, doch das erschien ihr nicht nur wegen Don Giovanni unpassend. Selbst wenn es der Wahrheit entsprach, wollte sie es sich nicht eingestehen, weil irgendetwas in ihrem Innern sie davor warnte.

»Weil ich nicht belogen werden will.« Mit finsterer Miene schaute sie ihrer Dienerin direkt in die Augen. »Was glaubst du, warum er mich heiraten will? Denkst du, er tut es aus reinem Gehorsam Messer Jacopo gegenüber, der damit den Medici eins auswischen will? Oder tut er es wegen meiner stattlichen Mitgift, weil er sich von dem Geld nach unserer Eheschließung ein sorgenfreies Leben verspricht?«

»Wenn du mich fragst«, flötete Lucrezia schmunzelnd, »tut er es, weil er sich in dich verliebt hat.«

»Woher willst du das wissen?«

»Das könnte selbst ein gründlich geblendeter Unhold sehen. An deiner Stelle würde ich nicht lange grübeln, sondern mich freuen, mit einem Mann wie Damian de' Castello schon in Kürze das Lager teilen zu dürfen. Und was die Medici betrifft, so bilde dir nicht ein, für Lorenzo wäre die ganze Sache abgeschlossen, nur weil ein Condottiere der Pazzi dich anstandshalber geheiratet hat. Er wird versuchen, sich an dir und den Pazzi zu rächen. Auch wenn er das nach außen hin nicht zur Schau tragen wird.«

»Was willst du mir damit sagen?«

»Dass Messer Damian dauerhaft sein Leben aufs Spiel setzt, indem er dich schon bald zum Altar führt. Das könnte er mit einer Hure wesentlich einfacher haben. Ihm muss einiges an dir liegen, wenn er ein solches Risiko auf sich nimmt.«

»Aber was?« Elle schaute sie zweifelnd an. Dann fiel ihr Blick in einen großen Silberspiegel, in dessen glatter Oberfläche sich die Anzeichen ihrer Bedenken eindeutig in ihrer missmutigen Miene widerspiegelten. »Wir sind uns zwar schon einmal begegnet, aber das war vor langer Zeit und wir kennen uns kaum.«

»Schau dich doch an, Gabrielle«, gab Lucrezia mit hochgezogenen Brauen zu bedenken. »Du bist eine Schönheit, und er ist ein einsamer

Mann ohne Aussicht auf eine Familie. Oder denkst du, die Hure, von der du sprichst, würde ihm Ansehen bringen und Kinder schenken?«

Elle wandte sich gereizt zu ihr um. »Sie will ihn gar nicht, das hat sie mir selbst gesagt. Aber woher weiß ich, ob er zukünftig auf ihre Dienste verzichten will? Ich hab keine Lust, einen zweiten, wenn auch wesentlich jüngeren und attraktiveren, Don Giovanni zu heiraten.«

»Ich glaube nicht, dass er zu Huren geht, wenn er dich haben kann«, versuchte Lucrezia ihre Zweifel zu zerstreuen. »Er hat dich gesehen und du hast seinen Beschützerinstinkt geweckt. Vielleicht ist es sogar Liebe, was er für dich empfindet. Wenn du dich nicht auf ihn einlässt, wirst du es nie erfahren.«

Noch während Elle über die Bedeutung der Worte nachdachte, sah sie, wie ein Trupp Männer in der Dunkelheit in den Innenhof des Palazzos einmarschierte. Einer von ihnen humpelte. »Lösch die Kerze«, befahl sie Lucrezia, die sie verständnislos ansah.

»Aber dann sitzen wir im Dunkeln!«

»Egal, lösch das Licht oder geh mit der Kerze in deine Kammer und verschließ die Tür hinter dir.«

Während Lucrezia sich murrend mit dem brennenden Kandelaber entfernte und wie befohlen die Tür hinter sich schloss, wurde es in Elles Kammer stockdunkel. Tastend öffnete sie das Fenster zum Hof und horchte hinaus in die Nacht. Im fahlen Licht eines herabgebrannten Feuerkorbes vernahm sie Damians wohltönende Stimme. Auch Jacopo de' Pazzi war offenbar anwesend, denn seine leicht kratzige Altmännerstimme stach aus dem verhaltenen Gespräch heraus.

»Beinahe hätten uns die Schergen der ›Otto‹ erwischt«, erstattete Damian Messer Jacopo Rapport. »Wir konnten ihnen über die Dächer entkommen. War ein ganz schöner Ritt in schwindelnder Höhe, zumal in der Finsternis.«

»Wie konnte so etwas nur passieren?«, fragte Jacopo ungehalten. »Ihr solltet eure Arbeit unbemerkt verrichten.«

»Bei allem Respekt, Patron«, argumentierte Damian vorsichtig. »Ihr habt verlangt, wir sollten noch heute zuschlagen. Somit blieben uns nicht viele Möglichkeiten, eine passende Stelle und Gelegenheit auszusuchen. Wir mussten nehmen, was uns zur Verfügung stand.«

»Aber doch nicht mitten in der Innenstadt«, schimpfte Jacopo laut.

»Niemand wird Rückschlüsse ziehen können, Messer, und der Betroffene selbst kann nichts mehr dazu sagen.«

»Gut«, knurrte Jacopo unzufrieden. »Hauptsache, der Auftrag wurde erledigt.« Bevor die Gruppe sich zu verstreuen begann, sah Elle, wie Messer Jacopo in den schwachen Lichtschein trat und Damian versöhnlich auf die Schulter klopfte. »Macht Euch keine Gedanken über die Folgen. Solange sie uns nur verdächtigen und nichts beweisen können, ist alles in Ordnung. Beim nächsten Mal seid Ihr vorsichtiger«, mahnte er. »Doch bis dahin werden wir uns erst einmal Francescos Rückkehr und Eurer Vermählung mit der bezaubernden Gabrielle widmen. Ihr könnt es sicher kaum erwarten, zwischen ihren weichen Schenkeln zu liegen, habe ich recht?«

Damian blieb ihm eine Antwort schuldig und wünschte ihm lediglich eine gute Nacht. Seine Stimme klang plötzlich kalt. Elle schlug das Herz bis zum Hals. Was ging hier vor?

Beim Frühessen am nächsten Morgen sollte sie eine Ahnung davon bekommen, worin Damians Mission möglicherweise bestanden hatte.

Die ganze Stadt sprach davon, dass der ehrenwerte Kaufmann Mattheo Cattucci in der Nacht zuvor brutal ermordet worden war.

Doch im Palazzo Pazzi war bei den höhergestellten Bewohnern von Entsetzen kaum etwas zu spüren. In erster Linie tuschelten die Dienstboten über die schreckliche Tat. Elle gefror das Blut in den Adern bei der Vorstellung, dass Damian etwas damit zu tun haben könnte. Gerne hätte sie sich mit Lucrezia darüber ausgetauscht, doch das Thema war ihr zu heikel. Außerdem ging die furchtbare Nachricht mit der Ankunft eines neuen Gastes regelrecht unter. Francesco de' Pazzi war aus Rom zurückgekehrt und hatte nicht nur allerlei kostbare Geschenke für die Frauen und Kinder des Hauses im Gepäck, sondern auch jede Menge Eilmeldungen aus den Schreibstuben des Papstes, die Messer Jacopo augenscheinlich weit mehr interessierten als der bedauernswerte Tod eines dahergelaufenen Kaufmanns, als den er Mattheo Cattucci beim Frühessen vor versammelter Mannschaft bezeichnete. Frohgelaunt hatte er die anwesende Familie und besonders hochgestelltes Personal des Hauses anschließend zu einem mittäglichen Bankett geladen, zu dem wohl auch Messer Damian gebeten worden war. Fast zeitgleich mit Elle, die ebenfalls zu den erlauchten Gästen zählte, erschien er in der großen Halle vor dem offiziellen Speisesaal. Während Elle, züchtig im dunkelblauen Brokatkleid, ihr Haupt neigte, um Damians Aufmerksamkeit zu entgehen, kam er lächelnd auf sie zu. »Guten Morgen, Elle, ich hatte gehofft, dich hier zu finden. Messer Jacopo möchte nachher mit uns die Vorbereitungen für unsere Heirat besprechen.«

Elle war nicht fähig, darauf zu antworten. Wie erstarrt stand sie da und suchte im markanten Antlitz ihres Gegenübers nach Spuren, die ihn als kaltblütigen Mörder entlarvten. Doch das Einzige, was ihr auffiel, waren die erwartungsvoll dreinschauenden grauen Augen, der lächelnde, weiche Mund und das makellose Weiß seiner Zähne.

Bevor sie sich eine Antwort zurechtstottern konnte, wurde sie vom Erscheinen eines weiteren Mannes überrascht, der Damian an Attraktivität keinesfalls nachstand und ihm sogar ein wenig ähnlich sah. Damian stellte ihn als Francesco de' Pazzi vor.

Sie hatte den hünenhaften Mann bisher nur aus der Ferne zu sehen bekommen, wenn Giovanni sie, was selten genug vorgekommen war, zu einem innerstädtischen Ritterturnier mitgenommen hatte. Allgemein hieß es damals, er sei ein eiskalter Taktiker, der im Turnier bei einem Zweikampf keine Rücksicht auf seinen Gegner nahm. Darüber hinaus ein notorischer Frauenheld, aber im Gegensatz zu Giuliano de' Medici kein Verfechter der hohen Minne. Was immer das auch bedeuten mochte. Seiner Erscheinung nach, die auf Elle wie ein lauerndes Raubtier wirkte, hielt er sich, was Frauen betraf, sicher nicht mit langweiligen Liebesgedichten auf, bevor er zur Sache kam. Elle wusste nicht, ob er inzwischen verheiratet war. Falls ja, musste die Frau in Rom geblieben sein. Mit seinen feurigen Blicken, die er hierhin und dorthin versprühte, vermittelte er keinesfalls den Eindruck, als treuer Familienvater geeignet zu sein.

Er sei mit dem Teufel im Bunde, sagte man – das hatte Lucrezia jedenfalls behauptet. Elle neigte den Kopf und vermied so, »dem Teufel« direkt in die Augen zu schauen, als er ihre Hand ergriff und seinen durchbohrenden Blick auf sie richtete.

»Welch angenehme Überraschung, Donna Gabrielle«, bemerkte er mit rauer Stimme und küsste ungefragt ihre Hand. Elle hätte sie ihm am liebsten entzogen, doch der Neffe ihres Gastgebers hielt sie eisern fest.

»Ich habe vom Schicksal Eures Gatten gehört«, fuhr er nun erheblich leiser fort. »Wie kann eine so schöne Frau einem vertrottelten Greis wie Don Giovanni überhaupt so lange die Treue halten und dazu noch ihr Leben riskieren, um ihn aus dem Kerker zu holen? Für beides hättet Ihr einen Orden verdient, findet Ihr nicht?«

Die Dreistigkeit des Pazzi-Neffen verschlug Elle beinahe die Sprache.

Unvermittelt sah sie den dunklen Schatten, der ihn umrahmte wie ein düsterer Heiligenschein. Anscheinend stimmte das mit den Dämonen, auch wenn sie sich ihr nicht sofort zu erkennen gaben. Am liebsten hätte sie ihn darauf angesprochen. Doch das hätte Damian, der im Übrigen die gleiche Wahrnehmung wie sie selbst haben musste, bestimmt nicht erfreut. Aufgeregt wechselte sie einen Blick mit Damian, dessen Miene betonte Gleichgültigkeit signalisierte. Aber in seinen Mundwinkeln zuckte es. Amüsierte er sich etwa über diesen Hurensohn?

»Wenn ich jemandem Treue und Loyalität schwöre, halte ich mich gewöhnlich auch daran, Don Francesco«, antwortete sie unerwartet scharf und reflektierte verstimmt den teuflischen Blick des jüngeren Pazzi-Vorstandes.

»Gegenüber einem Mann, bei dem Ihr nicht einen Funken Verlangen empfindet?«, fügte Francesco mit gespielt ungläubiger Miene hinzu.

»Ich wüsste nicht, wie Ihr das beurteilen wollt«, erwiderte sie kühl.

Francesco überhörte ihren Einwand geflissentlich. »Aber nun werdet Ihr ja bald Messer Damian als Euren Gemahl im Ehebett willkommen heißen dürfen. Ich denke, er wird Eurem Naturell eher entsprechen.« Er lachte kollernd und verpasste Damian einen unerwarteten Seitenhieb. »Ich wäre zu gerne dabei, wenn Ihr beide zum ersten Mal das Lager teilt. Euer zukünftiges Weib sieht wirklich zum Anbeißen aus. Gibt es da nicht das Recht der ersten Nacht, das dem Patron zusteht, wenn seine Untertanen sich vermählen?«

»Ich glaube kaum, dass ich mich als Eure Untertanin verstehe, Messer Francesco«, giftete Elle unüberlegt. »Und überhaupt, was würde Eure Frau dazu sagen?«

»Ich habe kein Weib«, antwortete Francesco sichtlich verblüfft. »Oder, besser gesagt, welche von den vielen Frauen, die ich bereits beglückt habe, möchtet Ihr denn gerne zu meinem, sagen wir – abwechslungsreichen Lebenswandel befragen?« Wieder lachte er dreist.

»Sie ist ein gerissenes Luder«, beschied er mit einem schrägen Seitenblick auf Damian, der sich ein gequältes Lächeln abrang. »Die Widerspenstigkeit lodert ihr geradezu aus den Augen. Ich schwöre dir, Freund, du wirst deinen Spaß mit ihr haben.«

»Nimm es ihm nicht übel«, raunte ihr Damian zu, als Francesco de' Pazzi einen weiteren Onkel begrüßte und sich schließlich davonmachte. Ohne groß um Erlaubnis zu fragen, führte Damian sie an ihren Platz und setzte sich wie selbstverständlich neben sie. »Er kann nicht anders«, entschuldigte er nochmals das Verhalten seines jungen Patrons. »Und wenn der liebe Gott nicht beide Augen zudrückt, wird er eines fernen Tages bitter dafür büßen müssen.«

»Kannst du hellsehen?«, fragte sie leise, wobei sie den dreisten Francesco fest im Auge behielt, während er an der gegenüberliegenden Seite der riesig anmutenden Tafel breit grinsend einen Ehrenplatz besetzte. Messer Jacopo hatte sich inzwischen erhoben, weil er offenbar eine Rede halten wollte. Während die gut dreißig Gäste langsam zur Ruhe kamen, wandte sich Damian ihr zu und berührte mit seinen Lippen federleicht ihr Ohr. »Vielleicht«, flüsterte er. »Aber das erkläre ich dir erst, wenn wir verheiratet sind.« Sie spürte, wie sein Atem über ihre Halsbeuge strich, und bekam eine Gänsehaut, verbunden mit der vagen Vorahnung, dass Damian de' Castello nicht nur ein dunkles Geheimnis barg.

»Bist du schon aufgeregt?« Lucrezia legte letzte Hand an, indem sie Elle das Haar aufsteckte und ihr in ein blutrotes Brautgewand half. Seit zwei Tagen befanden sie sich bereits in der Villa Loggia. Der fürstlich anmutende Landsitz der Pazzi lag nur zwei Reitstunden östlich von Florenz. Bei strömendem Regen waren sie in Florenz aufgebrochen, in einem geschlossenen Wagen, der keinerlei Einsichtsmöglichkeiten bot. Begleitet von Damian und seinen Kameraden, die sich vorsorglich in dunkle Wachsmäntel gehüllt hatten, schmuggelte man Elle samt ihrer Dienerin regelrecht aus der Stadt heraus.

Lorenzo de' Medici sollte erst während der Feierlichkeiten davon erfahren, wer sie war und wer sie zukünftig sein würde. Wenn es nach Jacopo de' Pazzi ging, würde der selbsternannte Herrscher von Florenz noch vor seinen Augen vor Zorn platzen, weil man ihn und die Signoria von Florenz mit dieser Ehe hinters Licht geführt hatte.

»Du siehst nicht gerade glücklich aus«, bemängelte Lucrezia Elles abweisenden Gesichtsausdruck.

»Wie auch.« Elle stieß einen tiefen Seufzer aus. »Ich weiß nicht, was mit dieser Ehe auf mich zukommt, und dann hatte ich letzte Nacht auch schon wieder einen dieser schrecklichen Albträume.«

»Albträume?« Lucrezia bedachte sie mit einem besorgten Blick. »Du hast doch keine bösen Vorahnungen, oder?«

»Ich träume schon seit unserer Abreise in Florenz von einem blond gelockten, kleinen Mädchen, dem ich vergeblich hinterherlaufe, um es vor irgendeiner unbekannten Gefahr zu retten, und das, kaum dass ich es erwische, in einem Nebel entschwindet. Und seit ein paar Tagen träume ich von …«, sie stockte, nicht sicher, ob sie sich ihrer Dienerin offenbaren sollte.

»Was?«, drängte Lucrezia sie mit erhobenen Brauen.

»Flugmaschinen.«

»Flugwas?« Lucrezia starrte sie entgeistert an.

»Na ja, ich weiß auch nicht so genau …«, antwortete Elle kläglich. »Ich sitze in einem metallenen Vogel und rase damit durch die Wolken.«

»Wie eine Hexe auf einem Besen?« Lucrezias Miene vermittelte ihr eine Mischung aus Abscheu und Furcht.

»Nein«, beschied Elle trocken. »Mit einem Besen hatte das Ding absolut nichts zu tun. Viel eher ist es ein riesiger Vogel, der einen ziemlichen Krach macht und absonderlich stinkt.«

»Oh, mein Gott.« Lucrezia stöhnte laut und ließ versehentlich den Kamm fallen. »Sag nur, du hast von einem feuerspeienden Drachen geträumt? Das hört sich nicht gut an. Wenn du mich fragst, würde ich solch bizarre Visionen lieber für mich behalten.«

Während sie fortfuhr, Elle das rotblonde Haar am Hinterkopf zu einem regelrechten Nest aus Schlangen und Zöpfen festzustecken, die sie mit Perlen und glitzernden Seidengirlanden fixierte, schüttelte sie abermals den Kopf. »Ich hätte nicht gedacht, dass dir die Hochzeit mit Messer Damian derart zusetzt. Bleibt zu hoffen, dass wenigstens eure Brautnacht von solcherlei Träumen verschont bleibt.«

»Soweit ich mich erinnere«, spottete Elle wenig belustigt, »habe ich es dabei mit einem Wolf zu tun und nicht mit einem Drachen.«

Damian, der in Begleitung von Tedeschi am Eingang wartete, verschlug es beinahe den Atem, als er Elle zum ersten Mal in ihrem Brautstaat erblickte. Blutroter Brokat, mit einer goldenen Kordel raffiniert geschnürt, damit ihre vollen Brüste in dem etwas zu knapp geratenen Ausschnitt erst richtig zur Geltung kamen. Zu Damians Beruhigung trug sie darunter wenigstens noch ein blassrotes Seidenunterkleid, das an den Säumen hervorblitzte. Der ganze Spaß hatte sicher ein Vermögen gekostet, und Damian ahnte, dass sie eine solche Großzügigkeit ganz alleine Maddalena Serristoni zu verdanken hatten, die als erste Dame im Hause der Pazzi über einen exquisiten Geschmack verfügte, was den angemessenen Putz einer Patrizierin betraf.

Das rotblonde Haar hatte man Elle zu einem kunstvollen Turm aus üppigen Locken und kostbaren, edelsteinverzierten Bändern hochgesteckt. Ihre klaren Züge, die beeindruckenden grünen Augen und der herzförmige Mund wurden durch ein zartes Spiel aus verschiedenfarbigem Puder betont.

Tedeschi gab Damian einen gutgemeinten Stoß in die Rippen und grinste ihn an. »Oh Mann, ich würde heute Nacht gerne mit dir tauschen.«

»Und was würde Lucrezia dazu sagen?«, neckte Damian den blonden Recken. »Wenn du ihr nur ordentlich den Hof machst, wirst du heute Nacht die gleichen Freuden genießen können«, tröstete er seinen Freund und Kameraden, wobei er bereits Zweifel hegte, ob Elle, nachdem sie in letzter Zeit ihm gegenüber so abweisend gewesen war, überhaupt das Lager mit ihm teilen würde. Wenn es schlecht lief, würde sie ihn womöglich auf dem Boden schlafen lassen.

Tedeschis Antwort ging im Raunen der Menge unter, während Elle sichtlich nervös am Arm Jacopo de' Pazzis durch die große Eingangshalle stakste. Neben dem alternden, vertrockneten Edelmann sah sie aus wie eine frisch geschlüpfte Elfe. Doch das störte das Familienoberhaupt der Pazzi nicht. Im Gegenteil, seinem selbstgefälligen Gesichtsausdruck nach zu urteilen, schien er bestens gelaunt zu sein.

Die eigentliche Trauung war für den Vormittag angesetzt und sollte unter dem Segen von Stefano da Bagnone, dem Hauspriester der Pazzi, geschlossen werden. Zuvor war alles bis ins Detail geplant worden. Nicht nur der Ablauf der Trauung, auch das darauffolgende Bankett und die Platzierung der hochrangigen Gäste. Lorenzo de' Medici und sein geckenhafter Bruder sollten dem Brautpaar direkt gegenübersitzen. Rechts und links von ihnen würden Jacopo und seine Frau Platz nehmen. Somit hatten sie die vor Wut kochenden Medicis direkt im Blick.

Jacopo hatte es sich aus dem gleichen Grund nicht nehmen lassen, die Braut persönlich zum Altar der kleinen und völlig überfüllten Hauskapelle zu führen. Man sah ihm an, dass er sich diebisch darauf freute, in die verblüfften Gesichter von Lorenzo und seinem Bruder Giuliano zu blicken. Ein Bote hatte die Ankunft der beiden zu Pferd kurz zuvor gemeldet. Wie üblich schleppten sie ihren halben Hofstaat mit. Damian konnte sich nicht erinnern, ob all diese Leute auch bei der ersten Hochzeit in seinem vorherigen Leben erschienen waren, falls ja, hatte er sie geflissentlich ignoriert, weil er nur Augen für Elle gehabt hatte.

Natürlich hatte Jacopo de' Pazzi den ganzen Prunk nur angeordnet, weil er sich denken konnte, dass Lorenzo de' Medici eine solche Einladung dazu nutzen würde, ihn auf welche Weise auch immer zu übertrumpfen. Doch diesmal hielten die Pazzi alle Trümpfe fest in der Hand. Zumal auf der Einladung lediglich von einer Feier zu Ehren von Francesco de' Pazzi die Rede gewesen war. Bis vor wenigen Augenblicken hatte noch nicht mal Jacopos Neffe Guglielmo, der mit Bianca de' Medici verheiratet war, von der Hochzeit gewusst. Genau genommen hatte man ihm Elle nicht einmal vorgestellt, um zu vermeiden, dass er sie von wo auch immer wiedererkannte. Auch die übrigen Pazzi-Verwandten, wie Giovanni de' Pazzi und dessen zahlreiche Cousinen und Schwestern, waren kaum mit Gabrielle in Kontakt gekommen, geschweige denn, dass Messer Jacopo sie über deren Hochzeitspläne informiert hätte. Somit schaute die ganze Verwandtschaft ein wenig überrascht drein, als man zum Höhepunkt des Festes nicht etwa Francescos Ehrentag ankündigte, sondern die Vermählung seines Söldnerführers.

Selbst Elle war nur in die nötigsten Einzelheiten eingeweiht, was die bevorstehenden Feierlichkeiten betraf. Damian hatte in Absprache mit Messer Jacopo darauf verzichtet, ihr von einer Einladung Lorenzo de'

Medicis und seines Bruders zu erzählen. Das hätte sie nicht nur um einiges nervöser gemacht. So wie Damian sie einschätzte, hätte sie deren Teilnahme strikt abgelehnt. Obwohl sie bei intensiverem Nachdenken selbst hätte darauf kommen können. Schließlich war die Pazzi-Familie über Bianca de' Medici sogar verwandtschaftlich mit ihnen verbunden.

Lächelnd nahm Damian Elles kalte Hand aus den feuchtwarmen Händen seines Patrons entgegen. Dabei sah er, wie sie am ganzen Leib zitterte und nicht fähig war, ihm in die Augen zu sehen.

»Keine Sorge, cara mia«, flüsterte Damian ihr zu und drückte sanft ihre schmalen Finger. »Ich bin bei dir und werde es, so Gott will, bis ans Ende meines Lebens bleiben.« Er grinste frech, und, o Wunder, sie lächelte verhalten zurück. Das war nicht weltbewegend, aber immerhin ein Anfang.

Stefano da Bagnone war beileibe kein begnadeter Prediger und soweit Damian es beurteilen konnte, hatte er keinerlei Ahnung von der Liebe zwischen Mann und Frau. Andauernd faselte er von Gehorsam und Unterwerfung, die ein Mann seiner Frau gemäß der göttlichen Ordnung ohne Wenn und Aber abverlangen musste. Denn schließlich war es Eva gewesen, die Adam im Paradies mit einem Apfel zur Sünde verführt hatte. Was in der Vorstellung des Priesters bezeugte, dass der Mann den Frauen mitnichten die Führung überlassen durfte. Erst recht sei ihr nicht erlaubt, sich ihm zu verweigern. Nicht nur Elle verfolgte seine Ausführungen mit schmalen Lidern. Auch die übrigen Frauen schienen von seinen Ausführungen nicht gerade begeistert zu sein. Man munkelte überdies, dass er seine Befriedigung eher bei unschuldigen Knaben suchte. Ein Umstand, der ihn auf Damian schon immer wenig sympathisch hatte wirken lassen.

»Zum Zeichen, dass ihr fortan ein Fleisch und ein Blut sein werdet, müsst ihr die Braut nun küssen«, bestimmte er steif.

Damian spürte Elles bebende Lippen, als sein Mund den ihren berührte. Die Begegnung war unglaublich prickelnd und voller Leben und verursachte ihm ein eindeutiges Ziehen in den Lenden, das ihm deutlich machte, wer hier wen mithilfe eines simplen Apfels unterwerfen würde.

Erstaunlich, wenn man davon ausging, dass sie beide in Wahrheit längst tot waren. Aber auch Elle hatte der Kuss alles andere als kaltgelassen, was er an ihrem glänzenden Blick und den geröteten Wangen zu erkennen glaubte. Sie blühte regelrecht auf, nachdem er ihr als eindeutiges Zeichen seiner ewigen Treue einen goldenen Ring an den Finger gesteckt hatte, der mit einem erbsengroßen, ungeschliffenen Diamanten besetzt war, von dem der Jude, dem er ihn abgekauft hatte, behauptete, er besäße die Kraft, vollkommenes Glück anzuziehen.

Dass sie eine solche Kraft dringend benötigten, wurde Damian spätestens klar, als sie beim Hinausgehen aus der Kapelle, wie schon in der letzten Version ihres Lebens, direkt Lorenzo de' Medici und seinem Bruder in die Arme liefen. Für Damian war es wie ein Déjà-vu-Erlebnis, und er hoffte, dass er diesmal noch souveräner reagierte als beim letzten Mal. Allerdings hatte er die Rechnung ohne Elle gemacht, bei der das Déjà-vu glücklicherweise ausblieb, aber dafür zeigten sich nun andere Probleme.

»O mein Gott«, wisperte sie und wurde ganz steif vor Entsetzen. »Da sind ja Lorenzo und sein Bruder! Wer hat die denn eingeladen? Siehst du den gewaltigen Dämon hinter Lorenzos linker Schulter?« Angewidert wandte sie sich ab und klammerte sich gleichzeitig schutzsuchend an Damians Arm.

»Es ist dasselbe Ungeheuer, das ich schon beim Dreikönigsbankett gesehen habe!«

»Keine Angst«, flüsterte er mit einfühlsamer Stimme, legte einen Arm um ihre Taille und zog sie an sich, woraufhin sie sogleich ruhiger wurde. »Weder Lorenzo noch seine Dämonen können uns gefährlich werden.«

»Woher willst du das wissen?«, raunte sie ihm aufgebracht zu. »Wusstest du etwa, dass er und sein Bruder eingeladen waren?«

»Nein«, log er dreist und war wieder einmal froh, sein eigener Dämon zu sein, den sie ja deshalb nicht sehen konnte. »Wahrscheinlich ist Messer Jacopo nicht drum herumgekommen, ihn zu Franceschinos Ehrentag einzuladen. Immerhin gehören die Medicis so gut wie zur Verwandtschaft.«

»Aber sie hassen sich«, wandte Elle schnaubend ein. »Vor allem Francesco kann die beiden nicht ausstehen. Sag nur, er hat der Einladung zugestimmt?«

»Du weißt doch, wie heuchlerisch er und seinesgleichen sind. Außerdem lässt sein Onkel keine Gelegenheit aus, den Medici zu zeigen, dass er sich mit ihnen jederzeit messen kann.«

»Ist Messer Jacopo noch ganz bei Trost? Er weiß doch ganz genau, dass Lorenzo es nicht nur auf Giovannis Leben abgesehen hat, sondern auch auf meins. Wie kann er einen solchen Schakal zu unserer Hochzeit einladen?«

»Sch... sch...«, machte Damian, bemüht darum, die neugierigen Blicke der umherstehenden Gäste zu ignorieren. »Nicht so laut!«

»Nicht so laut?« Sie riss sich von ihm los und schaute ihn wie eine Furie an.

»Sag nur, du hast Lorenzo verziehen?«

»Was? Ich?« Nun war er es, der sie ungläubig anstarrte. »Dieser Hund hat meinen Vater auf dem Gewissen«, zischte er leise. »Denkst du ernsthaft, ich könnte das jemals vergessen? Aber es macht keinen Sinn, hier auf offenem Feld zu kämpfen. Außerdem bringt es nichts, solche Leute mit Nichtachtung zu strafen. Man kann sich ihrer nur entledigen, indem man sie tötet, und auch das nur, wenn die Zeit reif dafür ist.«

»Und wann ist sie reif?« Elle bebte regelrecht vor Zorn, Lorenzo, der noch gut fünfzig Fuß entfernt von ihnen auf sie zumarschierte, fest im Blick. »Jetzt kannst du zeigen, was du draufhast. Wie wäre es, wenn du ihn, um meine Ehre zu verteidigen, zu einem Duell herausforderst? Er ist bestimmt zu stolz, um einen Zweikampf mit dem Schwert abzulehnen. Und ich bin mir sicher, er würde den Kürzeren ziehen!«

»Elle, so sei doch vernünftig«, beschwor Damian sie leise. »Es wäre mehr als ungünstig, ihn hier und jetzt anzugreifen. Es sei denn, du willst, dass unsere Hochzeit in einem blutigen Schlachtfeld endet und in Florenz eine alles vernichtende Revolution ausgerufen wird, die unverzüglich solche Aasgeier wie Ludovico Sforza, den Herzog von Urbino, oder den Papst höchstpersönlich auf den Plan ruft. Willst du das etwa?«

»Nein, nein«, wisperte sie mit zittriger Stimme und schaute auf ein paar Kinder, die kreischend vor Vergnügen zwischen den Erwachsenen Verstecken spielten.

Bevor Damian auch nur eine Strategie entwickeln konnte, wie er eine Eskalation der Lage verhindern könnte, hatte Lorenzo de' Medici sich so weit genähert, dass er fast vor ihnen stand.

Breitbeinig machte er halt, ein unechtes Lächeln auf den Lippen. Sein Bruder hingegen zog sich mit einer linkischen Verbeugung zurück. Er hatte sich noch nie gerne in die Intrigen Lorenzos eingemischt. Dafür war er einfach zu ehrlich oder zu feige oder beides, wie manche gerne behaupteten.

»Da kann ich die Hexe ja lange suchen lassen«, zischte Lorenzo mit seiner auffällig näselnden Stimme in Richtung Elle, so leise, dass es außer Damian und ihr niemand hören konnte. »Eigentlich hätte ich wissen müssen, dass sie mit den Schergen der Finsternis im Bunde steht.«

»Nehmt Euch in Acht mit dem, was Ihr sagt«, raunte Damian, die Hand an seinem Dolch, und funkelte ihn drohend an. Es fehlte nicht viel, und er hätte Elles Wunsch, ihn zu töten, erfüllt.

Elle ließ sich von Lorenzos Auftritt erstaunlich wenig beeindrucken. Sie hob mit zorniger Miene den Kopf und straffte die Schultern. »Und du bist verdammt bis in alle Ewigkeit und weißt es anscheinend noch nicht einmal!«, schleuderte sie ihm ohne Rücksicht auf die umstehenden Gäste mitten ins Gesicht. »In deinem Nacken sitzt ein gewaltiger Dämon und fletscht die Zähne wie ein Raubtier, das nicht nur deinen Leib, sondern vor allem deinen Verstand beherrscht! Ich an deiner Stelle würde schleunigst für mein Seelenheil beten, obwohl ich denke, dass du längst verloren bist.« Eine kühne Behauptung, die il Magnifico, wie er von seinen Bewunderern genannt wurde, erschrocken zurückweichen ließ.

»Elle!«, mahnte Damian hastig, während er mitansehen musste, wie seine Braut sich um Kopf und Kragen redete. Lorenzo setzte derweil eine, wenn auch angestrengte, so doch erhabene Miene auf.

»Seid gewiss, Messer Damian«, orakelte er unheilschwanger, »ich werde mir Eure Hexe schon holen, so sicher, wie ich mir Euren Vater geholt habe. Vergnügt Euch heute Nacht nur ausreichend mit ihr, denn die Freude währt nur kurz, das verspreche ich Euch.«

KAPITEL 15

Totentanz

Ende Januar/Anfang Februar 1477 – Florenz

»Was fällt diesem Mistkerl nur ein, mich vor allen Leuten derart zu bedrohen?«, schimpfte Elle laut, während Damian sie, den Arm eng um ihre Schultern gelegt, in den Speisessaal führte. Doch anscheinend hatte niemand sonst etwas davon mitbekommen. »Glaub ja nicht, dass ich das so einfach hinnehme«, wetterte sie immer noch aufgebracht und scheute wie eine widerspenstige Stute, als sie den festlich geschmückten Bogendurchgang erreichten und von mehr als dreihundert Gästen mit Beifall begrüßt wurden.

»Lächeln, Elle, lächeln«, zischte Damian ihr mit zusammengebissenen Zähnen zu, während er selbst seine Mundwinkel nach oben korrigierte.

Auch Lorenzo de' Medici und sein Bruder hatten derweil als Ehrengäste am Kopf der zu einem riesigen Oval angeordneten Tische und Stühle Platz genommen. Die einzelnen Tafeln waren mit goldenem Brokat, chinesischem Porzellan und edlem Kristall gedeckt und übertrumpften beinah die Gepflogenheiten der Medici. Um seinen Triumph noch ein wenig mehr auskosten zu können, hatte Jacopo die beiden Medici-Brüder direkt vor die Brautleute platziert, deren Tisch mit einem üppigen Blumenbukett geschmückt war. Den Blick stur geradeaus auf die Gastgeber gerichtet, ignorierte Lorenzo de' Medici diesen Umstand mit aalglatter Miene.

Nicht so jedoch Elle, die glaubte, in Ohnmacht zu fallen, als sie vom Torbogen aus den ihr zugeteilten Sitznachbarn sah. »Ist Jacopo de' Pazzi dem Wahnsinn verfallen?«, zeterte sie Damian ins Ohr. »Wie kann er auch nur annehmen, dass ich mich mit einem solchen Barbaren an einen Tisch setze?« Wutentbrannt stemmte sie die Hände in die Taille und zog damit die Aufmerksamkeit aller auf sich.

»Elle«, beschwor Damian sie gefährlich leise. »Ich werde beide für dich töten, sobald das Fest vorbei ist. Sei dessen gewiss, aber bis dahin beruhige dich bitte. Sie freuen sich nur noch mehr, wenn wir uns unseren Unmut anmerken lassen.«

»Ich will mich aber nicht beruhigen«, gab sie erregt, jedoch wesentlich leiser zurück. »Ich setze mich da nicht hin«, beschied sie mit der trotzigen Miene einer Dreijährigen und fixierte gleich darauf zwei freie Plätze in ihrer Nähe, weit genug weg von Lorenzo und seinem Bruder. »Ich setze mich hier hin!«, beschied sie kurzerhand.

Damian war nicht schnell genug, um sie aufzuhalten, und schon saß sie neben einem schlanken, dunkel gelockten Kerl mit Rauschebart, den Damian mühelos als den jungen Leonardo da Vinci identifizierte.

Der zurzeit begabteste Bildhauer in Florenz, der zusammen mit seinem Meister Andrea del Verrocchio geladen war, blickte der Braut irritiert ins Gesicht, und als er sie erkannte, lächelte er feinsinnig. »Welch eine Ehre«, bekannte er deutlich beeindruckt und verbeugte sich höflich.

Elle wirkte mehr als beeindruckt von seinen haselnussbraunen Augen und dem strahlenden Lächeln, mit dem er sie begrüßte, als ob sie eine leibhaftige Königin wäre. Damian machte innerlich drei Kreuze, dass der gute Leonardo wie auch sein Nachbar Botticelli nachweislich nicht an Frauen interessiert waren.

»Messer Jacopo hat uns soeben den höchst erfreulichen Auftrag erteilt, eine Marmorbüste von Eurem Antlitz fertigen zu dürfen.«

»Tatsächlich«, flötete Elle, »darf ich auch Euren Namen erfahren?«

Der junge Künstler sprang pflichtschuldigst auf und verbeugte sich. »Leonardo di ser Piero, aus Vinci«, bestätigte er Damians Feststellung und verbeugte sich nochmals. »Tut mir leid, dass ich mich nicht gleich vorgestellt habe.«

»Leonardo da Vinci? Wirklich?« Elle war der Name wie selbstverständlich über die Lippen gegangen, was alle irritierte und am meisten wohl sie selbst. »Ich kenne Euch«, rief sie und setzte eine Miene auf, als ob sie soeben einen alten Bekannten getroffen hätte. »Ihr seid ein ziemlich berühmter Maler. Aber irgendwie hatte ich Euch älter in Erinnerung.«

»Älter?« Leonardo wich verstört zurück. »Und meine Bilder sind leider noch nicht so berühmt, wie ich es mir wünschen würde. Vielleicht verwechselt Ihr mich mit meinem werten Kollegen Botticelli?«, fragte er und schaute zu seinem dunkelblond gelockten Nachbarn, der Elle nicht weniger verwirrt aus runden Augen anglotzte.

»Botticelli?« Nun war es Elle, die erneut ihre feingeschwungenen Brauen hochriss, ganz so, als habe sie einen Geist gesehen. »Das ist doch nicht möglich? Ich habe schon mein ganzes Leben für Eure Meisterwerke geschwärmt!«

Damian schnappte nach Luft, weil er befürchtete, dass ihre Begeisterung für die beiden Künstler nicht aus dieser Zeit stammte, sondern aus einer zukünftigen, in der Elle seines Wissens in einem florentinischen Museum gearbeitet hatte. Inständig hoffte er, dass nur ihr Unterbewusstsein entsprechende Signale sendete und die Erinnerung an die Zukunft nicht urplötzlich durchbrach.

»Kennen wir uns?«, fragte Botticelli leicht verunsichert. »Fürwahr, Ihr erinnert mich an eine Frau, die ich sehr verehrt habe …«

»… Simonetta Vespucci«, half Damian seinem Gegenüber auf die Sprünge und lenkte auch Elle damit auf ein anderes Thema. »Sie ist ihre Cousine«, bemerkte er trocken und nickte ihr zu.

»Ich suche schon seit Monaten ein Mädchen, das ihr ähnlich ist«, frohlockte Botticelli regelrecht. »Könntet Ihr Euch vorstellen, mir Modell zu stehen?«

»Ich?« Elle war ehrlich verblüfft. Dann schaute sie zu Damian. »Wenn mein Bräutigam es erlaubt, gerne!«

»Was sollte ich dagegen haben?«, gab Damian verdattert zurück. Das hatte ihm gerade noch gefehlt. Nun würde Elles neuerliches Erscheinen in dieser Zeit nicht nur eine historische Verschwörung, sondern auch noch die nachfolgende Kunstgeschichte beeinflussen.

»Zunächst einmal steht sie in *unserem* Atelier Modell«, stellte Leonardo unmissverständlich klar. »So berühmt wie mein älterer Kollege Sandro bin ich leider noch nicht«, fügte er bescheiden hinzu. »Aber immerhin habe ich nicht nur in Florenz und Umgebung Aufträge angenommen, sondern bis nach Mailand, wenn auch unter Aufsicht meines Lehrmeisters.« Mit einem Seitenblick versicherte er sich der Zustimmung Verrocchios, eines leicht beleibten, mürrisch dreinblickenden älteren Herren, dem man seine Arroganz mühelos ansehen konnte.

Damian beschlich ein ungutes Gefühl, was die weitere Entwicklung des Abends betraf, doch anstatt die Unterhaltung zu stören, stellte er Elle ein Glas Rotwein vor die Nase, welches ein Diener soeben serviert hatte.

Er prostete ihr augenzwinkernd zu, um sie von da Vinci und seinem Gönner abzulenken. Beiläufig registrierte er Messer Jacopos missbilligende Miene. Dem Pazzi-Oberhaupt war deutlich anzusehen, wie sehr er sich über Elles eigensinnige Platzwahl ärgerte. Francesco de' Pazzi hingegen schien sich über ihr Verhalten köstlich zu amüsieren.

Nachdem alle saßen, hielt Messer Jacopo eine flammende Rede auf den Zusammenhalt in seiner Familie und darüber, wie wichtig ihm das Vertrauen in seine Untergebenen sei. Dabei fiel sein Blick mehrmals wie zufällig auf Damian und seine Kameraden, obwohl der Kreis seiner Getreuen um einiges größer war und nicht nur die Condottieri seiner eigenen Truppen geladen waren, sondern auch einige Mitarbeiter seiner Banken und Handelshäuser. Dann sprach er über die Qualitäten seines Neffen und darüber, wie lobenswert sich dieser im Verhältnis zum Heiligen Stuhl hervortat, wobei er nebenbei auch einen Gesandten des Papstes begrüßte. Erst zum Schluss kam er zu den beiden jungen Brautleuten und lobte Damian wie seinen eigenen Sohn, der ihm mit Gabrielle eine ältere Tochter ins Haus geführt hatte, wobei er völlig außer Acht ließ, unter welchen Umständen diese Ehe zustande gekommen war.

Elle, offenbar wenig begeistert von all den langatmigen Aufzählungen, widmete sich trotz Damians eindeutiger Geste, unter Jacopos kritischen Blicken zumindest Interesse zu heucheln, lieber dem jungen Leonardo. Unterdessen wurde das Essen aufgetischt, bei dem die Pazzi weiß Gott nicht am Fleisch gespart hatten. Als Vorspeise gab es kunstvolle, kleine Teigtaschen, die mit allerlei Köstlichkeiten gefüllt waren. Im Anschluss dann Gemüseplatten, die mit kandierten Früchten kunstvoll verziert waren, ganze Ochsen am Spieß und bergeweise gebratenes Geflügel im eigenen Federkleid – vergoldet natürlich. Zum Abschluss wurden Süßspeisen gereicht, mit Kuchen und Cremes in vielen Farben und Formen. Dazu frisches Obst, mitten im Winter, was die hervorragenden Handelsbeziehungen der Pazzi zum Orient unzweifelhaft unterstrich. Wein in allen Variationen und von den verschiedensten Orten der Welt krönte die reichhaltige Tafel. Damian lief das Wasser im Mund zusammen, als er all die Speisen sah, auf die er seit mehr als fünfhundert Jahren hatte verzichten müssen. Dabei wollte er keinesfalls zulassen, dass ihm Lorenzo und sein einfältiger Bruder den Appetit verdarben.

Ganz nebenbei nahm er die fragenden Blicke seiner Kameraden auf, die zusammen mit Lucrezia auf der gegenüberliegenden Seite der Tafel Platz genommen hatten.

Während er Tedeschi ein geheimes Zeichen gab, dass die Anwesenheit Lorenzo de' Medicis für den Wirrwarr um die Plätze verantwortlich war, schwatzte Elle ungehemmt mit dem jungen Leonardo weiter.

»Fluggeräte?«, fragte Elle begeistert, als Leonardo da Vinci ihr, warum auch immer, von seinen kruden Studien berichtete, die ganz und gar nichts mit seiner Kunst zu tun hatten.

Damian hoffte, sich verhört zu haben, doch das Schicksal schien seinen Lauf auch ohne sein Zutun zu nehmen.

»Ihr könnt Euch nicht vorstellen, Ser Leonardo«, frohlockte Elle mit gedämpfter Stimme, »wie glücklich Ihr mich mit Euren Erklärungen macht. Ich dachte schon, ich wäre ganz allein unter Gottes Sonne mit solchen Visionen. Ihr müsst nämlich wissen«, fuhr sie leise fort, »dass ich Nacht für Nacht so seltsame Träume habe. Ich sitze in einer metallischen Röhre, die Flügel hat wie ein Vogel, und sause in rasender Geschwindigkeit über das Land …« Während Elles Beschreibungen in fantastische Details mündeten, von unbeschreiblichen Höhen, stählernen Tragflächen und einer steinernen Landebahn, vergaß Damian beinahe zu atmen, zumal es Leonardo da Vinci ähnlich zu ergehen schien. Längst hatte er Papier und Stift aus einer Beuteltasche gefischt, die er offenbar stets mit sich trug, und fertigte unter den kritischen Blicken seines Meisters aufgeregt einige Zeichnungen an.

Natürlich hätte auch Damian mit seinem Wissen über die Zukunft mühelos einen Jumbo-Jet aufs Papier zaubern können, doch daran konnte ihm überhaupt nicht gelegen sein. Erstens hätte eine solche Darstellung viel zu intensive Veränderungen im empfindlichen Raum-Zeit-Gefüge des Universums herbeigeführt und damit unweigerlich die Aufmerksamkeit der mächtigen Wächter von Schatten und Licht erregt. Zweitens befürchtete er, in Elle ungewollte Erinnerungen wachzurufen, die offenbar ohnehin an die Oberfläche drängten. Und drittens hätte Leonardo da Vinci ihn für den Rest seines Lebens nicht mehr von der Kette gelassen, wenn er ihm auch nur im Mindesten die Aerodynamik eines solchen Flugzeugs erklärt hätte.

»Sprecht weiter, Donna«, forderte Leonardo sie unmissverständlich auf.

»Das klingt wahrhaftig nach göttlicher Eingebung. Woher wisst Ihr das bloß alles?«

Elle zuckte unschuldig die Schultern, und Damian überlegte fieberhaft, ob er ihr nochmals die Erinnerungen löschen konnte. Doch gefangen in einer menschlichen Gestalt, waren seine dämonischen Fähigkeiten nun mehr als begrenzt.

»Wenn Ihr mich fragt, klingt das nach Hexerei«, murrte Verrocchio, der mit argwöhnischer Miene unentwegt Leonardos hastiges Gekritzel beäugte.

Elle schaute verunsichert auf und suchte ihr Heil offenbar bei Damian. »Er hat recht«, stutzte sie und sah ihn mit ihren großen, grünen Augen fragend an. »Woher kann ich das alles wissen?«

»Keine Ahnung«, überspielte Damian die unangenehme Situation mit einem Lächeln und versuchte es mit der Flucht nach vorn. »Also ich finde das nicht so besonders bemerkenswert. Der Mensch träumt seit jeher vom Fliegen. Warum sollte meine Braut da eine Ausnahme machen?«

»Aber die einzigen Frauen, die fliegen können, sind nun mal Hexen auf einem Besen«, stichelte Verrocchio bösartig. Leonardo, der den Ernst der Lage anscheinend erkannte, nickte Elle höflich zu. »Mein Meister ist nicht gut auf meine Ideen zu sprechen«, murmelte er. »Vielleicht sollten wir uns unter der Woche einmal auf ein Glas Wein in einer Taverne treffen. Natürlich nur in Begleitung Eures Gemahls«, fügte er mit einem anzüglichen Lächeln hinzu.

Im gleichen Moment spielte die Musik auf. Eine wunderbare Mischung aus Mandolinen, Flöten und Trommeln. Während sie aßen, schlug die Truppe aus buntgewandeten Spielleuten moderatere Töne an, doch kaum war die Tafel aufgehoben, kam das Temperament der Musikanten deutlich zutage.

Die schon leicht angeheiterte Meute forderte Braut und Bräutigam unter frenetischem Beifall zu einem Hochzeitstanz auf. Elle wirkte plötzlich ein bisschen schüchtern. »Ich hab schon lange nicht mehr getanzt«, flüsterte sie Damian zu. »Giovanni hat mir immer auf die Füße getreten und …« Sie wollte noch etwas sagen, doch dann schüttelte sie lächelnd den Kopf.

»Was soll's? Einen besser aussehenden Tänzer als dich werde ich nirgendwo finden, und noch dazu bist du nun mein Ehemann.«

»Ja, das bin ich«, bestätigte er mit einem besitzergreifenden Lächeln und zog sie ganz nah zu sich ran. Als sie erstaunt zu ihm aufsah, ergriff er seine Chance und küsste sie lange und leidenschaftlich, bis der stürmische Jubel der Zuschauer, gepaart mit deren unflätigen Zurufen, ihm schließlich zu viel wurde und er sie zum Auftakt der Musik in die Mitte des Festsaals führte.

Elle war noch ganz schwindlig zumute. Nie im Leben hatte ihr Herz nach einem Kuss heftiger gepocht, obwohl die Schlagzahl ähnlich hoch war wie damals, als Damian sie beinahe auf seiner Kommode genommen hatte. Vor dieser Begegnung hatte sie nicht damit gerechnet, dass die simple Berührung ihrer Lippen einen solchen Sturm an Gefühlen in ihr auslösen könnte. Um ehrlich zu sein, brannte jede seiner Berührungen wie Feuer auf ihrer Haut.

Mit geröteten Wangen folgte sie Damians gekonnten Tanzschritten, ließ sich von ihm im Kreis führen und erlaubte ihm, sie immer wieder so nah an sich zu ziehen, dass sie seinen weingeschwängerten Atem auf ihrem Mund spürte.

Mit jeder Drehung wuchs in ihr die Sehnsucht, diesen Mann nicht nur zu küssen, sondern mit ihm zu verschmelzen. Plötzlich wurde ihr klar, wie sehr sie ihre Gefühle für ihn in den letzten Tagen unterdrückt hatte, und sie fragte sich, ob sie schon immer mehr für ihn empfunden hatte. Vielleicht war es kein Zufall, sondern Schicksal gewesen, dass ausgerechnet er sie aus den Fängen dieser Mörder errettet hatte.

Je länger sie tanzten, umso mehr vergaß Elle die Welt um sich herum. In seinen Armen fühlte sie sich auf seltsame Weise geborgen. Der Gedanke, schon bald vollkommen nackt das Ehebett mit ihm teilen zu müssen, schreckte sie nicht, diese Vorstellung berauschte sie sogar, und das Schlimmste war, sie schämte sich noch nicht einmal dafür. Beim Blick in seine verträumt wirkenden grauen Augen war sie fast sicher. Niemand würde ihr Glück stören können. Keine Medici, keine Pazzi und erst recht kein Giovanni, der sein Leben wohl bis zum bitteren Ende im Kerker verbringen würde.

»Ich wünschte mir, dieser Tanz würde niemals enden«, wisperte Elle atemlos, als Damian ihr wieder einmal nahe genug war, um sie küssen zu können. »Bis über den Tod hinaus«, wiederholte sie Stefano da Bagnones Trauformel. Damian reagierte mit einem verklärten Blick. »Dieser Tanz wird niemals enden«, flüsterte er beinahe andächtig. »Das verspreche ich dir bei meiner unsterblichen Seele.«

Bei diesen Worten ging Elle das Herz auf, und es schien ihr, als ob sie mit Damian schon ewig zusammen wäre. Nicht nur die Fähigkeit, Dämonen und mitunter Tote sehen zu können, verband sie auf merkwürdige Weise, auch sein Körper schien ihr plötzlich seltsam vertraut.

Umso aufgeregter war sie, als die Dämmerung anbrach und hunderte von Kerzen entzündet wurden.

»Zeit, das Brautgemach einzuweihen«, scherzte Tedeschi mit einer derben Geste. Und auch die anderen Gäste sparten nicht mit zotigen Bemerkungen, dass es nun an der Zeit wäre, dass der Hengst die Stute bespringt.

Elle bekam vor Aufregung Herzrasen, als die Meute der Pazzi-Söldner – neben Tedeschi, Luca, Gulliveri und Laurentio waren noch gut zwanzig andere Söldner geladen – sie und Damian derb bei Armen und Beinen packte und in die Luft hob, um sie unter weinseligen Gesängen ins reichgeschmückte Brautgemach zu tragen. Maddalena Serristoni hatte offenbar dafür gesorgt, dass das Brautzimmer samt dem ausladenden Himmelbett mit parfümierten Seidenblüten ausgestreut worden war. Auf silbernen Kandelabern hatte man Duftkerzen entzündet und auch sonst nicht an Prunk gespart.

Unter Hurrarufen wurden sie mit Schwung auf der mit cremefarbener Seide bespannten Matratze abgeladen, und der grölenden Menge war anzumerken, dass sie am liebsten dabei zugesehen hätte, was als Nächstes geschah. Tedeschi und Lucrezia scheuchten die neugierigen Gäste hinaus und waren die Letzten, die den Raum verließen und die Tür hinter ihnen abschlossen, damit sie das Zimmer gemäß der üblichen Sitte bis zum Morgen nicht verlassen konnten.

Elle wagte es kaum, Damian in die Augen zu blicken, als der sich ihr zuwandte und sie hingebungsvoll anlächelte wie ein Engel. Wobei sie sich fragte, warum sie trotz seines Charmes das Gefühl nicht loswurde, in Wahrheit ab sofort die Frau eines Teufels zu sein? Vielleicht lag es daran, dass er ein dunkles Geheimnis hatte und nicht bereit war, sie darin einzuweihen. Erst recht, wenn es um seine Gefühle ging.

»Ich liebe dich«, gestand er ihr heiser und kam ihr dabei so nah, dass sie seinen Atem auf ihren Lippen spürte. Elle war überrascht. Konnte er etwa Gedanken lesen? Ein solches Bekenntnis beschwichtigte all ihre Zweifel, und doch war es ihr nicht genug.

»Schon seit ich dich zum ersten Mal gesehen habe«, fügte er hinzu, als ob er schon wieder ihre Gedanken erraten hätte.

»Sag mir, warum«, bat sie ihn atemlos. »Bitte …«

»Weil ich dich wollte«, antwortete er schlicht, und das Verlangen, das in seinen Augen brannte, war nun wirklich nicht mehr zu übersehen.

Elle war versucht, ihn zu fragen, ob er das ausreichend fand, um sie von seiner Liebe zu überzeugen, doch er ließ sie nicht zu Wort kommen, indem er ihr einen Finger auf die Lippen legte,

»Nicht nur mit dem Leib, Elle«, sagte er sanft. »Mit meiner Seele und mit jeder Faser meines Herzens. Ich wusste es sofort, als ich dich zum ersten Mal auf Simonettas Hochzeit getroffen habe: Das ist die Frau, mit der ich mein Leben teilen und Kinder haben möchte. Du warst so überirdisch schön und zugleich überhaupt nicht von dir eingenommen, obwohl du so viel mehr Zauber hattest als Simonetta. Während sich alles nur um sie drehte, warst du so zerbrechlich und mutterseelenallein. Ich hätte mein Leben gegeben, um dich zu beschützen. Und ich hätte alles getan, um dich vor einem Mann wie Giovanni de' Vincenco zu bewahren. Doch du hast dir nichts von deinem bevorstehenden Schicksal anmerken lassen, warst fröhlich wie ein Sonnenstrahl, wie man ihn nur selten im Angesicht eines Unwetters sieht. Ich hätte mir nichts mehr gewünscht, als dich zu meinem Mädchen zu machen. Und als ich hörte, dass du den alten Angeber geheiratet hast, habe ich vor lauter Ohnmacht, daran nichts ändern zu können, geheult. Aber du bist mir nie wieder aus dem Kopf gegangen. Ich habe jeden Tag an dich gedacht und zugleich gehofft, dass wir uns nie wieder über den Weg laufen würden, weil ich wusste, dass ich es nicht ertragen könnte, dich in den Armen dieses Mannes zu sehen.«

Das Bekenntnis war einfach und doch mächtig genug, um Elle die Sprache zu verschlagen. »Oh Damian«, brachte sie stockend hervor. »Ich wusste ja nicht …« Plötzlich war alles wieder da. Gefühle und Erinnerungen an ihre erste Begegnung, die sie jahrelang verdrängt hatte. »Glaub mir, damals habe ich genau das Gleiche gefühlt wie du, aber ich konnte es dir nicht zeigen, weil ich wusste, es würde keinen Sinn ergeben. Trotzdem habe ich nach unserem Abschied tagelang in mein Kissen geweint.« Wie hatte sie das nur vergessen können? Unvermittelt schossen ihr Tränen in die Augen.

»Sch …«, machte er. Sein Mund senkte sich tröstend auf ihre bebenden Lippen. Warm und weich küsste er sie. Als er sich von ihr löste und wieder zu Atem kam, nahm er sie fest in die Arme. »Die Vorsehung geht ihren eigenen Weg«, raunte er. »Wenn man füreinander bestimmt ist, findet man sich, selbst wenn das ganze Universum dazwischenliegt.«

»Ja«, flüsterte sie und musste nun erst recht mit den Tränen kämpfen. »Das hast du schön gesagt.«

Mit Bedacht entledigte er sich all seiner Gewänder, Strümpfe und Stiefel, während Elle fasziniert dabei zusah, wie er ein Kleidungsstück nach dem anderen zur Seite legte, bis er vollkommen nackt vor ihr saß. Das Bedürfnis, ihn zu berühren, war übermächtig, doch sie zog es vor, ihn zunächst nur zu betrachten. Sein dunkles, schulterlanges Haar fiel auf seine muskulösen Schultern, die wie sein übriger Körper eines griechischen Gottes würdig erschienen, den ein Bildhauer meisterlich aus Marmor erschaffen hatte. Mit dem Unterschied, dass seine Brust leicht behaart war und ein dünner Pfad seidiger Härchen hinab zu seinen Schamhaaren verlief und darin mündete. Sein Gemächt, das aus einem dunklen Busch niedlicher Löckchen hervorragte, erschien ihr noch genauso beeindruckend wie bei ihrer ersten Bekanntschaft in den Mannschaftsräumen, auch wenn es sich nunmehr erst im halbsteifen Zustand seliger Vorfreude befand.

»Herrgott, bist du schön«, flüsterte sie andächtig, während ihr Augenmerk über seine stramme Erscheinung wanderte. »Sandro Botticelli und Leonardo da Vinci würden ihren Spaß mit dir haben.«

»Gott bewahre!«, flüsterte er belustigt. »Und was die Schönheit betrifft: Sollte ich das nicht lieber zu *dir* sagen?« Beinahe andächtig schnürte er ihr das Mieder auf und hieß ihren drallen Busen willkommen, indem er ihn, kaum dass er sich durch das dünne Unterkleid drückte, mit sanfter Hand streichelte.

Elle schloss die Augen und vergaß beinahe zu atmen. Ohne Protest ließ sie es zu, dass er ihr die dünnen Träger ihres seidenen Unterkleides von den Schultern streifte und ihre Brüste vollkommen entblößte.

»Komm her«, raunte Damian leise, und begann sie sanft zu massieren, was Elle ein kaum hörbares Aufstöhnen entlockte, als er ihre steifen Brustwarzen mit den Fingerspitzen berührte. Während er ihr das Kleid vollkommen abstreifte, reckte sie ihm ihr Gesicht entgegen und ließ ihren Mund von seinen Lippen liebkosen. Wie wunderbar zärtlich er war. Im Gegensatz dazu war Giovanni ein grober Tollpatsch gewesen. Früher hatte sie immer geglaubt, alle Männer wären gleich, doch Damian belehrte sie eindeutig eines Besseren.

»Leg dich neben mich«, forderte er sie mit lockender Stimme auf. »Ich möchte dich gerne verwöhnen.«

Willig streckte Elle sich der Länge nach auf der Matratze aus und ließ es zu, dass Damian ihr das Kleid auszog und ihre Schenkel behutsam spreizte. Dabei redete er unaufhörlich leise auf sie ein, als sei sie eine ungezähmte Stute, die es vor ihrem ersten Ritt zu besänftigen galt. Seine dunkle, angenehme Stimme streichelte sie mit Koseworten, und seine weichen Lippen liebkosten die Innenseite ihrer Schenkel. Dabei näherte sich sein Mund immer weiter ihrer Scham, die Lucrezia noch zwei Tage zuvor unter höllischen Schmerzen sorgfältig gezupft hatte, bis kein Härchen mehr zu sehen war, mit dem Argument, einer Braut in Adelskreisen würde es gut anstehen, wenn sie zur Hochzeitsnacht so blank wäre wie eine kindliche Jungfrau. Elle hielt die Luft an, als er ihren leicht geöffneten Schoß küsste und mit seiner Zunge das Zentrum ihrer Lust liebkoste. Das pulsierende Pochen kannte sie längst, aber nicht von Giovanni, sondern weil sie sich in einsamen Nächten selbst verwöhnt hatte. Doch was Damian tat, war beileibe nicht damit zu vergleichen. Im Nu war sie nass und geschwollen und keuchte hemmungslos, als seine Berührungen noch intensiver wurden. Ihre Hände krallten sich in sein dichtes Haar, und als er spürte, dass sie vor Lust fast verging, kam er über sie. Das Pochen in ihrem Schoß intensivierte sich, als er die feste Kuppe seines mächtigen Gliedes unvermittelt in ihre Hitze tauchte und sie unerwartet heftig dehnte, als er mit verhaltener Kraft tiefer in sie eindrang. Lust und Schmerz zu einem vollkommenen Gefühl vereint, öffnete sie sich noch weiter für ihn, gierig darauf, ihn ganz und gar in sich aufzunehmen. Schon jetzt genoss sie die Schwere seines Körpers, den moschusartigen Duft seiner Haut, die weichen Haare, die ihre empfindlichen Brustwarzen streiften und ihr eine Gänsehaut hinterließen. Sie wollte ihn spüren, möglichst hart und möglichst tief in ihrem Innern. Wollte eins mit ihm werden. Sich auflösen. Vergessen. Und zugleich mit ihm in ein bisher unbekanntes Paradies eingehen. Mit wilder Entschlossenheit kam sie ihm entgegen.

»Langsam, cara mia«, flüsterte er heiser. »Sonst bringst du mich um meine mühsam erkämpfte Zurückhaltung.« Er lachte leise und hielt sie mit beeindruckender Kraft unter sich fest. Erst als sie ihm nachgab, nahm er einen vorsichtigen Rhythmus auf, indem er sich ein kleines bisschen aus ihr zurückzog und danach umso heftiger in sie stieß. Dann verweilte er einen Moment in ihr, um die Beherrschung wiederzufinden, bevor er von vorn begann. Elle spürte nur allzu deutlich das Feuer, das er mit jeder noch so kleinen Bewegung von neuem in ihr entfachte und das sich zunehmend zu einem Flächenbrand entwickelte. Ihr Keuchen wurde bei jedem Stoß heller und heiserer. Niemals hatte sie beim Liebesakt eine solche Befriedigung empfunden. Ihre Hände wühlten sich in sein langes Haar, ihr Mund suchte den seinen. Seine Küsse, seine Zunge, die noch nach ihr schmeckte, seine Härte, die sich unablässig an ihrer Perle rieb, und der Druck, den er mit seinem drängenden Geschlecht Stoß für Stoß in ihrem Unterleib verbreitete, ließen ihren gesamten Körper erzittern. »Lass dich vollkommen gehen«, riet er ihr leise und wurde nicht müde, ihr empfindliches Innerstes mit all seiner animalischen Kraft zu erobern.

Je mehr sich ihr Begehren steigerte, umso mehr verfiel Elle in einen Zustand der völligen Hingabe. Ihr davongaloppierender Atem, ihr rasendes Herz und das gleißende Gefühl der Lust versetzten sie in einen schwebenden Rauschzustand, jenseits von Leben und Tod, verbunden mit der Ewigkeit, die sie eins werden ließ mit dem Mann, der sie liebte.

Unablässig erklomm sie den Gipfel ihres Empfindens, indem er ihr Fleisch so gnadenlos für sich vereinnahmte, dass es wehtat.

»Komm für mich, Elle. Zeig mir, dass du mich willst«, keuchte er, und auch Elle spürte, dass er kurz davor war, in ihr zu bersten. Als sie sich schließlich heftig zuckend um ihn verkrampfte, ließ er jede Vorsicht fahren und stieß so heftig zu, dass der Lustschmerz beinah unerträglich wurde. Elle klammerte sich mit aller Kraft an seinen muskulösen Rücken, während ihre schweißnassen Körper wieder und wieder aneinanderklatschten, bis er seinen Samen mit einem heiseren, erstickten Schrei in sie hineinpumpte. Nur langsam und völlig außer Atem kamen sie danach gemeinsam zur Ruhe.

Damian hob als Erster den Kopf und bedeckte ihr überhitztes Gesicht mit unzähligen Küssen, während er sich auf seine Ellbogen stützte, um sie nicht zu erdrücken. Als Elle die Augen öffnete, spürte sie ihn immer noch tief in sich drin. Mit seinen magischen Augen sah er sie unendlich liebevoll an.

»Du kannst dir nicht vorstellen, wie oft ich von diesem Augenblick geträumt habe«, flüsterte er rau. »Ich liebe dich so sehr, dass ich es nicht in Worte zu fassen vermag.«

Elle strich ihm eine verirrte Haarsträhne aus der Stirn und lächelte. »Da hast du mir etwas voraus«, gestand sie ehrlich. »Ich hatte keine Ahnung, dass die körperliche Liebe mit einem frisch angetrauten Ehemann, den ich kaum kenne, so aufregend sein kann.«

»Wir können es gleich noch mal versuchen und dann so oft wiederholen, wie du willst«, versprach er ihr grinsend.

»Pass auf, was du versprichst, Messer Damian«, erwiderte sie schelmisch. »Ich könnte dich beim Wort nehmen.«

Als Damian in der Morgendämmerung erwachte, wähnte er sich in einem schönen, hoffentlich nie endenden Traum. Erst recht, als er Elles makelloses Gesicht erblickte. Ihre Lider waren geschlossen, und ihre dunklen Wimpern standen in einem schönen Kontrast zu ihrer hellen Haut. Damian ließ seinen Blick fasziniert über die kleinen Sommersprossen rund um die Nase wandern und musste dabei einsehen, dass er ihren rosigen Lippen nicht widerstehen konnte, die ihm vom vielen Küssen noch leicht angeschwollen erschienen. Ganz zu schweigen von ihrem Geschlecht, das schon nach dem ersten Beischlaf offenbar nicht mehr abschwellen wollte. Was sie nicht davon abgehalten hatte, sich auch danach immer wieder ineinander zu verkeilen, bis der Schlaf ihre Gier aufeinander besiegt hatte. Doch nun war das Gefühl, sie mit Haut und Haaren verzehren zu wollen, unvermittelt zurückgekehrt. Damian konnte nicht anders, als Elle zu küssen und seine Hand zwischen ihre Schenkel zu schieben, wo er sie von neuem liebkoste.

Anstatt ihn abzuwehren, streckte sich Elle genüsslich und machte ihm mit geschlossenen Augen, auf dem Rücken liegend, den Weg frei für ein neuerliches Vergnügen.

Obwohl er vorsichtig war, forderte sie ihn mit heftigem Stöhnen und unmissverständlichen Hüftbewegungen dazu auf, sie wild und hemmungslos zu reiten. Und je heftiger er in sie stieß, umso mehr zerkratzte sie ihm vor frenetischer Lust den Rücken, wobei er unablässig in sie pumpte. Als sie zusammen zum Höhepunkt kamen, stieß er einen erstickten Schrei der Erlösung aus. Danach ließ er sich völlig erschöpft neben ihr in die Kissen fallen. Die neue Elle überraschte ihn. Seinem Empfinden nach war sie noch leidenschaftlicher als in ihrer früheren Version. Nach außen hin hatte die neue Elle auf ihn ziemlich kühl und berechnend gewirkt, aber im Bett war sie der reinste Vulkan, jedoch wie die frühere Elle überließ sie ihm gerne die Führung. Die Mischung aus beiden Frauen erschien ihm genial.

»Ich weiß nicht, was in mich gefahren ist«, erklärte sie, offenbar ein wenig verstört über sich selbst, als er sie auf der Seite liegend an seinen Schoß zog. »Ich kann einfach nicht genug von dir bekommen.«

»Ich finde das wunderbar«, gestand er ihr lächelnd und legte einen Arm um sie, während er mit der anderen Hand ihre nackten Brüste liebkoste. Ihr strammer süßer Hintern drückte sich schutzsuchend an sein abschwellendes Gemächt und erweckte es zu neuem Leben.

»Ich kann mich nicht erinnern, je so unersättlich gewesen zu sein«, fügte sie beinahe entschuldigend hinzu.

»Oh doch«, hätte Damian sagen mögen. »Nur warst du nicht ganz so wild.« Stattdessen sagte er: »Ist doch schön, dass wir die gleichen Vorlieben haben, oder etwa nicht? Was kann es Besseres zwischen zwei Eheleuten geben, als die ungehemmte Lust aufeinander zu teilen.«

Während er seine Nase schnuppernd wie ein Hund in ihrem üppigen Rotblond vergrub und den Duft von Jasmin inhalierte, drehte sie sich unvermittelt zu ihm um und küsste ihn auf den Mund.

»Danke«, flüsterte sie.

»Danke wofür?« Sie verblüffte ihn immer wieder.

»Weil du mich in jeder nur denkbaren Form gerettet hast und weil du der attraktivste Ehemann bist, den ich mir vorstellen kann, und dass Jacaranda recht behalten hat.«

»Jacaranda?«, fragte er aufgebracht. Die Letzte, an die er im Moment denken wollte, war Jacaranda. »Sag nur, du hast mit ihr über mich gesprochen?«

»Ruhig Blut, mein schwarzer Hengst.« Elle streichelte amüsiert über seine widerspenstige Mähne. »Sie hat mir lediglich verraten, dass du ein fantastischer Liebhaber bist.«

»Ach, daher weht der Wind!«, erwiderte Damian und setzte eine schockierte Miene auf. Schon schwang er sich über sie und fixierte ihre Handgelenke mit festem Griff auf der Matratze wie zu einem Verhör.

»Und was hat sie sonst noch gesagt?«

Elle wand sich wie ein gefangenes Tier, in dem vergeblichen Versuch, sich frei zu strampeln, dabei streckten sich Damian ungewollt keck ihre drallen Brüste entgegen. »Sie sagte mir, du seist sehr ausdauernd.«

»Sehr interessant. Jetzt kommt also heraus, warum du mich in Wahrheit geheiratet hast«, neckte er sie.

»Ja, genau«, gab sie schwer atmend zurück, »ich hab dich nur genommen, weil sie so sehr von deinen Qualitäten geschwärmt hat!« Frech streckte sie ihm die Zunge heraus, was er sogleich mit einem intensiven Kuss beantwortete. Gierig kam sie ihm mit ihrer Zunge entgegen, und er spürte eine unerbittliche Geilheit in sich aufsteigen, sie schon wieder und diesmal auf eine härtere, noch schmerzvollere Art zu nehmen. Ein Zeichen seiner dämonischen Natur, die er selbst in einem menschlichen Körper nicht ohne weiteres ablegen konnte und die ihn an seine früheren Vergehen erinnerte. Als Dämon hatte er sich Nacht für Nacht in den finstersten Spelunken herumgetrieben und zusammen mit seinen sündhaften Opfern die bösartigsten sexuellen Perversionen geteilt. Allerdings war er weit davon entfernt, seine Liebe zu Elle mit seinen niedrigsten Trieben zu beschmutzen. Keuchend ließ er von ihr ab und legte sich neben sie in die Kissen, wobei er sie sanft an sich zog.

»Jacaranda sollte kein Thema mehr zwischen uns sein«, betonte er heiser. »Ich habe ihr schon am Tag nach unserer ersten Begegnung gesagt, dass ich nicht mehr zu ihr kommen werde. Wir waren kein Liebespaar, musst du wissen.« Seine Stimme klang leicht gehetzt. »Ich gebe zu, wir haben öfters miteinander das Lager geteilt, und ganz kurz habe ich darüber nachgedacht, sie zu meiner Frau zu machen. Aber als Ehemann wollte sie mich nicht. Sie sagte, sie könne nicht auf ihr Leben als Hure und damit auf andere Männer verzichten.«

»Du musst dich nicht rechtfertigen« versicherte Elle und streichelte ihm zärtlich über die winzigen Bartstoppeln, die auf seinen Wangen zu spießen begannen. »Das war, bevor wir uns wiedergetroffen haben.«

»Es ist vorbei«, bekannte Damian und verdrängte sein schlechtes Gewissen, weil er es noch ein letztes Mal mit Jacaranda getrieben hatte, obwohl für ihn feststand, dass er Elle heiraten würde. »Sie hat keine Macht mehr über mich und mein Leben.«

»Unsere gemeinsame Zukunft fängt ohnehin gerade erst an. Warum sollen wir uns mit Vergangenem belasten«, bemerkte Elle lächelnd und sprach damit das aus, was Damian dachte.

»Weißt du, warum ich über deine Qualitäten als Liebhaber hinaus so gerne mit dir verheiratet bin?« Elle begegnete seinem fragenden Blick mit einem unschuldigen Augenaufschlag. »Weil du Verständnis für meine Verrücktheiten hast. Zum Beispiel, als ich Leonardo von meinen Visionen erzählt habe. Du hättest mich leicht für eine Wahnsinnige halten können, aber das hast du nicht. Und auch, weil es dir nichts ausmacht, wenn ich Dämonen sehe oder denke, ich hätte das alles schon einmal erlebt.«

»Äh … ja.« Damian senkte den Blick und räusperte sich. Nur gut, dass sie sich nicht an die wahre Elle erinnerte, die sie in der Zukunft gewesen war. Wahrscheinlich hätte sie ihm auf der Stelle den Kopf abgerissen.

Als ob sie durch ihn hindurchsehen könnte, schaute sie ihn mit ihren klaren grünen Augen an.

»Nun ja, das haben wir doch alle«, versuchte er die Situation zu entschärfen. »Wir träumen etwas, und kurz darauf geschieht es dann. Manche nennen es Vorsehung. Andere sagen, es sei nur Aberglaube, dem man keine größere Aufmerksamkeit schenken dürfe. Meine Mutter denkt, obwohl sie eine gläubige Christin ist, dass jeder Traum etwas zu bedeuten hat und uns etwas sagen will.«

»Ich träume in letzter Zeit immer wieder von einem blonden, kleinen Mädchen, das ich vor irgendetwas Schrecklichem retten muss. Doch kurz bevor ich es erreiche, entschlüpft es mir in einen undurchdringlichen Nebel. Hast du eine Ahnung, was das bedeuten könnte?«

»Vielleicht bist du es selbst, von der du träumst«, rettete sich Damian in eine wissenschaftliche Erklärung. Frei nach Sigmund Freud, der ihm im Laufe seines langen Dämonendaseins mehrmals über den Weg gelaufen war.

»Deine Verlorenheit nach dem Tod deiner Eltern, die schreckliche Ehe mit Giovanni de' Vincenco. Dann warst du plötzlich frei, und diese Freiheit hat sich als nebulöse Bedrohung entpuppt. Du glaubtest dich selbst retten zu müssen und wusstest nicht wie. Aber das ist jetzt vorbei«, fügte er segensreich hinzu und streichelte sacht über ihr Haar. »Jetzt hast du ja mich.«

»Du bist unglaublich«, himmelte sie ihn an. »Es gibt bestimmt keinen Mann in Florenz, der so viel Verständnis für seine Frau hat und dies auch noch mitfühlend in Worte fassen kann!« Sie reckte ihren Hals und küsste ihn auf den Mund. Dann sank sie zurück auf seinen ausgestreckten Arm und seufzte entspannt. »Vielleicht ist das kleine Mädchen mit den blonden Haaren die Tochter, die ich mir heimlich wünsche.«

»Wir werden eine Tochter haben«, versicherte er ihr mit fester Stimme. »Schon bald. Das verspreche ich dir.«

»Wobei fraglich ist, ob sie blondes Haar haben wird.« Zweifelnd fuhr Elle mit einer Hand in seine dichten, schwarzen Locken.

»Rot wäre doch auch sehr hübsch«, spann er den Faden weiter. »Eine meiner Schwestern hat kirschrotes Haar. Sie sieht wunderschön damit aus.«

»Warum hast du deine Familie nicht eingeladen?«, fragte sie unvermittelt. »Glaubst du vielleicht, sie sind mit unserer Hochzeit nicht einverstanden?«

»Natürlich sind sie das, wo denkst du hin?«, beeilte er sich zu sagen und dachte daran, dass er sie in ihrem letzten gemeinsamen Leben kurz nach der Hochzeit seiner Mutter vorgestellt hatte und die beiden, nach anfänglicher Unsicherheit, sofort ein Herz und eine Seele gewesen waren. Ein Punkt, den er noch abzuhaken hatte, sobald sie nach Florenz zurückgekehrt und ihre häuslichen und finanziellen Verhältnisse abschließend geklärt waren. »Allerdings hassen sie Lorenzo de' Medici genauso wie wir alle, aber auch Messer Jacopo und sein Neffe Francesco entsprechen nicht gerade dem Geschmack meiner Mutter. Ihr hat es gar nicht gefallen, als ich bei deren Leibgarde angeheuert habe. Sie meint, die Pazzi seien von Dämonen besessen.«

»Aber das sind sie doch auch«, stellte Elle schulterzuckend klar. »Hat deine Mutter etwa auch diese Gabe, Dämonen sehen zu können?«

»Ich hoffe, nicht«, bemerkte Damian unsicher. »Jedenfalls hat sie mir nie etwas davon erzählt.«

»Du hast ihr anscheinend auch nichts davon erzählt, wenn ich es recht betrachte, oder?«

»Nein, natürlich nicht, schließlich wollte ich sie nicht ängstigen. Zumal ganz Florenz von diesen schwarzen Gesellen bevölkert ist. Dabei sind sie in den reichsten Familien oft besonders stark vertreten. Ganz gleich, ob es sich dabei um Medici, Pazzi oder Strozzi handelt. Es ist beinah wie mit der Pest, die auch keine Rücksicht auf den Stand des Einzelnen nimmt.«

»Ich bin froh, dass du nicht von Dämonen besessen bist.« Mit ihren lindgrünen Augen schaute sie ihn so vertrauensvoll an, dass ihm ganz schwindelig wurde. »Das bedeutet, du bist ein durch und durch guter Mensch.«

Damian schwieg geflissentlich und versuchte sich nicht anmerken zu lassen, wie sehr ihn diese verfehlte Einschätzung erschütterte. Blieb zu hoffen, dass Elle niemals die Wahrheit erfahren würde.

Beim Frühessen wurden sie abermals mit Beifall empfangen, obwohl sich die Anzahl der Gäste aufgrund der nächtlichen Alkoholexzesse merklich dezimiert hatte. Zu Elles großer Erleichterung hatten Lorenzo de' Medici und sein Bruder auf eine Übernachtung verzichtet und waren samt Gefolge noch vor dem Nachtmahl in eine ihrer Villen abgereist, die sich nur eine Stunde Ritt entfernt in Fiesole befand. Auch die Söldner waren nicht mehr so zahlreich wie am Abend zuvor. Den meisten hatte Francesco de' Pazzi erlaubt, ihren Rausch ausschlafen zu dürfen.

Von Damians Kameraden war nur Tedeschi anwesend, um Brot, Wein und allerlei Delikatessen, die etliche Köche frisch zubereitet hatten, mit den übrigen Anwesenden zu teilen, darunter Messer Jacopo und seine Familie. An Tedeschis Seite saß Lucrezia mit hochroten Wangen und ein paar gut sichtbaren Liebesmalen am Hals. Als Elle sich neben sie setzte, nahm die Röte in ihrem Gesicht noch zu.

»Und?«, fragte Elle leise. »Hattest du eine ebenso vergnügliche Nacht wie ich?«

»Woher weißt du das?«, zischte Lucrezia betroffen.

»Man kann es sehen«, spöttelte Elle grinsend. »Sag nur, du hast ihn in deine Kammer gelassen?«

»Er hat die ganze Nacht bei mir verbracht«, flüsterte Lucrezia mit bebender Stimme und einem hastigen Seitenblick auf den blonden Tedeschi, der gerade in ein Gespräch mit seinem Sitznachbarn vertieft war.

»Er ist ein fantastischer Liebhaber«, gab sie Elle für die anderen nicht hörbar und mit einem Augenzwinkern zu verstehen.

»Na, dann haben wir ja was gemeinsam«, murmelte Elle und lächelte katzenhaft, bevor sie sich ihrem Frühstück zuwandte und Damian gegenüber ihr Glas erhob, der sie zur Belohnung mit einem dahinschmelzenden Blick bedachte.

Jacopo de' Pazzi schaute immer noch missmutig drein, offenbar, weil Elle sich, was die Sitzordnung betraf, am Tag zuvor seinem Willen widersetzt hatte.

Damian dagegen war den ganzen Morgen schon bester Laune, wenn er auch im Moment ein wenig nachdenklich wirkte.

»Was hast du?«, fragte Elle plötzlich besorgt. »Denkst du, Messer Jacopo ist noch immer verärgert, weil ich mich seinem Willen verweigert habe?«

»Nein, ich denke, seine finstere Miene hat andere Gründe.« Damian wandte sich um und schaute zur Tür. Dort war unvermittelt ein schwarz gekleideter Laufbursche aufgetaucht, der eine Depesche in den Händen hielt und nun zielstrebig auf Messer Jacopo zuging.

»Lorenzo de' Medici schickt mich. Ich soll Euch diese Nachricht überbringen«, lispelte der junge Mann und verbeugte sich ehrerbietig.

Das Oberhaupt der Pazzi entrollte mit angestrengter Miene das Papier und warf Damian einen unheilschwangeren Blick zu.

»Lorenzo de' Medici hat uns zu einem privaten Turnier eingeladen. Bereits am nächsten Samstag sollen Messer Damian und seine Männer gegen seine persönliche Leibwache des Löwen antreten. Der Kampf wird vor hochrangigen Vertretern der Signoria ausgetragen werden. Die siegreiche Mannschaft erfährt eine öffentliche Ehrung auf der Piazza del Vecchio. Dabei schlägt er ausdrücklich vor, Euch, Messer Damian, gegen seinen Hauptmann Gidio Olivetti antreten zu lassen. Als Preisgeld für den Sieger hat er tausend Goldfiorini ausgesetzt.«

Einen Moment lang war es totenstill. Alle Blicke ruhten auf Damian, der diese Nachricht mit unbewegter Miene entgegengenommen hatte.

»Dieser Scheißkerl will mich tot sehen«, flüsterte er kaum hörbar und nickte bedächtig. »Aber das kann er gerne haben. Jedoch nicht, was mich betrifft. Im Gegenteil, es ist eine wunderbare Gelegenheit, Olivetti den Garaus zu machen.«

KAPITEL 16

Hoffnungslos

Anfang Februar 1477 – Florenz

Noch zwei Tage nach ihrer Rückkehr in den Palazzo Pazzi ereiferte sich Elle, dass Damian der Aufforderung zu kämpfen ohne Zögern nachgegeben hatte. Dabei hätte alles so schön sein können. Maddalena Serristoni hatte ihnen direkt nach der Hochzeit im obersten Stock des Hauses in aller Eile ein hübsches Nest zugewiesen, wie sie es schmunzelnd nannte. Zwei geräumige Zimmer zum Schlafen und Wohnen und eine Kammer mit separatem Eingang, direkt nebenan, für die Dienerin. Dort sollten sie so lange wohnen, bis im Westflügel des Palazzos eine Suite mit drei Zimmern für sie hergerichtet worden war. Eigentlich hätten sie es sich nun gemütlich machen können, doch stattdessen hatten sie ihren ersten Ehestreit.

»Heilige Mutter Gottes«, erregte sich Elle, während sie in ihrem Schlafzimmer, in ein aufreizendes Nachthemd gekleidet, vor Damian auf und ab wanderte. »Ganz gleich, wie die Sache ausgehen wird. Es ist der Beweis: Lorenzo de' Medici wird nicht eher ruhen, bis er seine Genugtuung bekommt.«

»Er will nur sein Gesicht wahren, allein deshalb fordert er Messer Jacopo heraus.« Damian, der sich vor einem Wandspiegel in aller Seelenruhe rasierte, tat zumindest so, als ob er die Aufforderung zu einem lebensgefährlichen Turnier als alltäglichen Vorgang betrachtete.

»Er fordert nicht Jacopo heraus, sondern dich!«, schrie ihm Elle regelrecht entgegen. »Ich habe Angst! Was ist, wenn dieser Olivetti dich tötet?«

»Danke!«, stieß Damian, der kurz innehielt, mit hörbarer Ironie in der Stimme hervor. »Dass du mich für einen nichtsnutzigen Trottel hältst! Denkst du, es ist das erste Mal, dass ich auf einen Schwachkopf wie Olivetti treffe? Schließlich haben wir seine Leute auch bei dem Überfall auf dich und Lucrezia das Fürchten gelehrt.«

»Ich habe Angst, Damian, dass das noch nicht alles sein wird. Und ich bin schuld! Erinnerst du dich? Ich hab dir gesagt, du begibst dich in Gefahr, wenn du mir hilfst. Jetzt ist es so weit! Warum hast du nicht einfach nein gesagt.«

»Ich habe nicht anders reagieren können«, erwiderte er gereizt und trocknete sich das Gesicht mit einem Handtuch ab. »Für Messer Jacopo und seinen Neffen ist es eine Frage der Ehre, auf eine solche Herausforderung einzugehen. Eine Ablehnung ist so gut wie unmöglich.«

Elle setzte sich auf einen Hocker und kämmte wutschnaubend ihre hüftlangen Locken aus, während sich Damian in aller Gemütsruhe seiner Kleider entledigte. »Warum werde ich das Gefühl nicht los, du sehnst dich geradezu nach diesem Kampf. Was ist, wenn ihr das Turnier verliert? Frag mich nicht warum, aber alleine der Name des Mannes, Olivetti, macht mir eine Gänsehaut. Obwohl ich noch nie etwas mit ihm zutun hatte.« Ihr angespannter Blick ruhte auf Damian, der nun vollkommen nackt mitten im Zimmer stand. Das Kerzenlicht verwischte seine harten Konturen und ließ seinen Blick weich und liebevoll erschienen.

Damian konnte nur hoffen, dass der Anblick dieses Kerls nicht plötzlich sämtliche Erinnerungen in ihr weckte. Am besten wäre es, wenn sie ihn gar nicht erst zu Gesicht bekäme. Ihre normalerweise lindgrünen Augen waren ganz dunkel vor Furcht. »Mach dir keine Sorgen, Elle«, versuchte er sie zu beruhigen, wohl wissend, dass sie sich möglicherweise unterbewusst an Olivetti erinnerte. Immerhin hatte dieser Teufel sie in ihrem letzten Leben höchstselbst brutal vergewaltigt und anschließend erschlagen. Und Damian und seine Männer hatte er gehängt und vor Gabrielles Augen ausweiden lassen.

»Dieser Olivetti ist ein eingebildetes Arschloch«, fuhr er kalt lächelnd fort, »dem ich zeigen werde, was es heißt, sich mit einem Condottiere der Pazzi anzulegen. Wenn der Kampf vorüber ist, wird er sich wünschen, niemals geboren worden zu sein.«

»Das bedeutet, *du* willst ihn töten?« Elle sah ihn mit weitaufgerissenen Augen an. »Warum, Damian? Hast du mit ihm etwa noch eine Rechnung offen, von der ich nichts weiß?«

»Er ist der Anführer jener Männer, die versucht haben, dich und Lucrezia nach dem Bankett der Medici umzubringen«, antwortete er ausweichend. »Ich werde alles tun, um ihn zur Strecke zu bringen. Ob es dabei zum Äußersten kommen muss, entscheide nicht ich, sondern er.«

Zweifelnd sah sie ihn an. Sie glaubte ihm nicht, und er konnte ihr schlecht erklären, dass es noch andere Gründe gab, um Olivetti zu töten. Ihre gemeinsame Geschichte, die sich so, wie sie einst abgelaufen war, keinesfalls wiederholen durfte. Wenn Olivetti bei dem bevorstehenden Zweikampf starb, würde er als ihr Verfolger nach einer möglichen Pazzi-Verschwörung nicht mehr in Frage kommen. Was Damians Schicksal und das seiner Kameraden, aber auch das von Elle, eindeutig zum Guten veränderte. Er sah die tödliche Herausforderung Lorenzo de' Medicis, der sich offenbar vom Verhalten der Pazzi beleidigt fühlte, als eine Fügung des Universums an, weil sich damit eine eindeutige Chance auftat, den Lauf des Schicksals zu ändern.

»Ich frage mich nicht zum ersten Mal, ob du der Mann bist, für den ich dich halte«, sagte sie leise und senkte den Blick.

»Wie meinst du das?«

»Ich habe nicht nur Angst wegen des Kampfes, sondern auch, weil ich befürchte, dieses Leben als Condottiere könnte dich zu einer Bestie gemacht haben, der das Töten Vergnügen bereitet.«

Damian glaubte sich verhört zu haben, doch als er sah, wie sie schluckte und ein paar Tränen wegblinzelte, wusste er, wie ernst es ihr war.

»Elle …« Im Nu war er bei ihr und kniete, nackt, wie er war, vor ihr nieder. Zaghaft nahm er ihre Hände und drückte sie sanft, dabei sah er ihr tief in die Augen. »Ich schwöre dir, Elle, dass ich nie wieder etwas tun werde, was deinen Glauben an meine Ehre zerstören könnte. Alles, was ich will, ist, unsere gemeinsame Zukunft zu sichern und die unserer Kinder. Vertrau mir, Elle«, flehte er beinahe.

»Schon gut«, wisperte sie und zog seinen Kopf an ihre Brust. Die Nase unvorhergesehen tief zwischen ihren üppigen Busen gesteckt, atmete er den warmen Duft ihrer Haut ein und ließ sich bereitwillig die schwarzen Locken kraulen.

»Ich liebe dich«, fügte sie leise hinzu, »und könnte es nicht ertragen, mit einem Mann verheiratet zu sein, der sich von Dämonen beherrschen lässt.«

»Ich liebe dich auch«, flüsterte er und sah zu ihr auf. »Und ich verspreche dir, ich werde dich nicht enttäuschen.«

Die nächsten Tage vergingen in quälender Langsamkeit. Elle konnte sich nicht beruhigen, der Gedanke, was während und nach dem Turnier geschehen würde, ließ sie nicht schlafen. Egal, wie die Sache ausging, sie und Damian würden dafür bezahlen. Wenn die Pazzi gewinnen sollten, würden sie erneut den Hass Lorenzo de' Medicis auf sich ziehen, wenn sie verloren, würde die Macht der Medici weiter gestärkt werden, was sie noch gefährlicher machte als zuvor. Außerdem war sie sicher, dass Damian sich nicht von Olivetti besiegen ließ. Eher würde er sterben. Ein Gedanke, der sie ganz wahnsinnig machte.

»Gott sei mit dir«, flüsterte Elle und küsste Damian auf den Mund, bevor er sich am Samstagmorgen noch vor dem Frühessen mit Tedeschi und den anderen für den Aufbruch nach Cafaggiolo rüstete. Die gleichnamige Festung in den Hügeln des Mugello östlich von Florenz war eine weitere Sommerresidenz der Medici, die von Lorenzo und seinen Verwandten nicht nur als Stammsitz ihrer Söldner, sondern auch für Veranstaltungen jeglicher Art genutzt wurde. Obwohl Elle noch nicht oft dort gewesen war, kam ihr diese Gegend auf eine eigentümliche Weise vertraut vor.

»Lorenzo hat Cafaggiolo auch deshalb gewählt«, erklärte Jacopo de' Pazzi später beim Frühessen vor seiner Familie und einigen ausgewählten Soldaten, zu denen auch Damian zählte, »weil er keine ungebetenen Zuschauer dabeihaben will. Nicht auszudenken«, fuhr er mit hämischer Stimme fort, »wenn das Volk von seiner Niederlage erfahren würde. Deshalb hat er lediglich einige honorige Gäste eingeladen, bei denen er sicher sein kann, dass sie schweigen, wenn unsere Männer Olivetti und seinen Leute den Arsch versohlen.«

»Ich reite mit!«, verkündete Elle im Anschluss an das Frühessen beinahe todesmutig vor allen Anwesenden. Schließlich waren auch die Frauen der Pazzi zu dieser Veranstaltung geladen. Maddalena Serristoni de' Pazzi rümpfte ihr vornehmes Näschen. »Also, mir würde es nicht einfallen, Donna Gabrielle, zu dieser Jahreszeit und dann noch zu Pferd nach Cafaggiolo zu reisen.« Wie die anderen Pazzi-Frauen zeigte sie wenig Interesse an einem solch martialischen Auftritt. Für die Männer der Familie Pazzi war die Anwesenheit Pflicht, hätte ihr Gastgeber es doch als grobe Missachtung empfunden, wenn die Honoratioren der Famiglia der Einladung nicht persönlich gefolgt wären.

»Ich stimme Donna Maddalena zu«, stellte Damian gegenüber Elle in einem unmissverständlichen Befehlston klar. »Ich will, dass du hierbleibst. Ich traue Lorenzo nicht über den Weg. Was ist, wenn er versucht, dich entführen zu lassen, während ich mit seinem Hauptmann beschäftigt bin?« Seine grauen Wolfsaugen drückten nicht nur Zorn, sondern auch aufrichtige Sorge aus, doch für Elle kam eine solche Entscheidung erst gar nicht in Frage.

»Deshalb nimmt Messer Jacopo ja auch Messer Francesco mit und fünfzig weitere Soldaten«, fuhr sie ihm vor allen Anwesenden vorlaut ins Wort und schüttelte ihre wilde Lockenmähne zum Zeichen ihres Widerstands. »Glaubst du ernsthaft, Lorenzo de' Medici würde es angesichts einer solchen Übermacht wagen, Hand an mich zu legen? Und wer soll denn für dich beten, außer mir, damit dir nichts Böses geschieht?«

Messer Jacopo und sein glutäugiger Neffe warfen sich einen wissenden Blick zu und brachen in schallendes Gelächter aus. Nur Damian war nicht zum Lachen zumute, das konnte sie sehen. Eher sah es so aus, als ob er sie jeden Moment fressen wollte.

Zumal Messer Jacopo diesen Entschluss sogar zu begrüßen schien. »Aber sicher, meine Teure«, frohlockte er. »Euer Gemahl wird sich nicht die Blöße geben, in Eurem Angesicht gegen einen Hund wie Olivetti zu verlieren. Ihr seid sozusagen mein lebendiger Talisman, damit unsere Männer gewinnen. Habe ich recht, Messer Damian?«

Damian nickte mit einem gequälten Lächeln. »So soll es sein«, presste er unwillig hervor und machte sich ohne ein Wort leise fluchend davon. Wenig später beobachtete Elle, die eisern ihr schlechtes Gewissen verdrängte, gemeinsam mit Lucrezia aus dem oberen Stockwerk des Palazzos heraus, wie besagte fünfzig Söldner unten im Vorhof ihre geschärften Waffen auf Vollständigkeit und Gebrauch überprüften. Neben den üblichen Reiterspielchen wie Saustechen und Aufreihen diverser Ringe auf einer Lanze waren auch ernsthafte Schaukämpfe geplant, mit Armbrust und Hakenbüchse sowie Mann gegen Mann mit Schwert und Schild. Elle zweifelte beim Anblick der Männer keinen Moment daran, dass sie durchaus in der Lage waren, den Medici-Schergen ernsthaften Schaden zuzufügen. Das hatten sie bereits bei ihrer Rettung bewiesen. Doch damals hatte es fünf gegen zwei geheißen. Nun stand es gleich.

Schon alleine deshalb würde sie Damian keinesfalls aus den Augen lassen, auch wenn sie ihm nicht helfen konnte.

Immerhin war sie nicht die einzige Frau, die sich dem gefährlich aussehenden Trupp anschloss. Auch Lucrezia war mit von der Partie, wobei sie es eher für Tedeschi tat anstatt für Elle. Und so bestieg sie mit ihrer Dienerin je einen feurigen Rappen, um mit den Männern mithalten zu können.

»Bist du jetzt zufrieden?«, giftete Damian, als er an ihre Seite geritten kam.

»Es tut mir leid, aber ich konnte nicht anders«, verteidigte sie sich.

»Wenn du schon meinst, so unvernünftig sein zu müssen, bleib wenigstens in meiner Nähe«, befahl er ihr schroff.

Er war immer noch wütend, gar keine Frage. Nicht nur weil sie seine Befehle missachtet hatte, nein, auch weil sie vor der ganzen Pazzi-Sippe seine Autorität als Ehemann untergraben hatte.

In raschem Galopp ging es zum Stadttor hinaus. Nur gut, das sie und Lucrezia geübte Reiterinnen waren, denn sie hatten es eilig, weil das Turnier bereits um die Mittagszeit beginnen sollte.

Als sie nach drei Stunden strammen Ritts in Cafaggiolo ankamen, war sie erneut ganz beklommen. Das wehrhafte Anwesen mit den beiden riesigen Wachtürmen und den unzähligen Schießscharten trug mit seiner düsteren Ausstrahlung nicht gerade zu ihrer Ermutigung bei.

»Ich war schon mal hier«, gestand sie Lucrezia leise, die neben ihr ritt, als sie sich dem Festungstor näherten. »Und ich erinnere mich an einen großen, leuchtend blauen See, hier ganz in der Nähe.«

Lucrezia schaute sie merkwürdig an. »Ein See? Davon habe ich noch nie etwas gehört. Soweit ich weiß, gibt es hier weit und breit kein Gewässer, auf das deine Beschreibung zutreffen könnte. Wo sollte der See denn sein?«

»Ich … ich …«, stammelte Elle und drehte sich einmal im Kreis, mit Blick in den Himmel, als ob der Stand der Sonne ihre Orientierung hätte zurückholen können. Auch ein Blick über die bewaldeten Hügel brachte sie nicht weiter. »Ich bin mir beinahe sicher, dass hier früher eine breitere Straße verlief«, murmelte sie und deutete auf den schmalen Ochsenpfad, über den sie hierhergeritten waren. Während Lucrezia zweifelnd eine ihrer schönen Brauen hob, dachte Elle fieberhaft nach. Doch da war nichts mehr in ihrer Erinnerung, dass das vorherige Bild von einem fruchtbaren Tal und einer riesig anmutenden Wasserfläche in leuchtendem Blau hätte bestätigen können.

Inzwischen waren die Soldaten von den Pferden abgestiegen. Damian stapfte mit finsterer Miene herbei und half ihr und Lucrezia aus dem Sattel, nur um danach zu seinen Männern zurückzukehren, die gut fünfzig Fuß vor ihnen auf das Öffnen des eisenbeschlagenen Tores warteten.

»Hat Don Giovanni dich irgendwann mal mit hierhergenommen?«, fragte Lucrezia, als Damian sich nicht mehr in Hörweite befand.

»Kann sein, ich kann mich nicht mehr erinnern«, bemerkte Elle nachdenklich und setzte eine irritierte Miene auf, während sie ihr Pferd fest am Zügel hielt. »Kennst du das auch?« Sie warf Lucrezia einen fragenden Blick zu. »Du glaubst, eine Begebenheit vor deinem geistigen Auge direkt zu sehen, und je mehr du darüber nachdenkst, umso mehr entgleitet sie dir, bis du schließlich nicht einmal mehr glaubst, sie geträumt zu haben?«

»Erinnerungstäuschung nennt man so etwas«, klärte Lucrezia sie auf. »Wenn man irrtümlich glaubt, schon einmal etwas erlebt zu haben, das man in Wahrheit vielleicht nur geträumt und von jemand anderem erzählt bekommen hat.«

»Das hat mir niemand erzählt, und ich habe auch noch nie von einem solch beeindruckenden See geträumt«, versicherte Elle ihr, wobei sie ihre innere Unruhe kaum zu unterdrücken vermochte. »Nein, Lucrezia, hier stimmt was nicht. Außerdem wimmelt es hier nur so von Dämonen«, fügte sie mit unheilschwangerer Stimme hinzu.

»Wirklich?« Lucrezia schaute sich ängstlich um. »Warum bloß kann ich sie nicht sehen? Oder meinst du die vielen Krähen, die über uns kreisen?«

»Nein«, sagte sie und schüttelte den Kopf. »Krähen sind vergleichsweise harmlos gegen einen solchen Anblick.«

»Hast du Damian schon davon erzählt?«, fragte Lucrezia bang und versuchte, zugleich ihre tänzelnde Stute zu beruhigen, auf die sich ihre Unruhe zu übertragen schien.

»Wo denkst du hin?«, log sie mit schlechtem Gewissen.

»Meinst du nicht, er sollte es erfahren?«

»Er hat schon genug mit leibhaftigen Dämonen zu tun wie Lorenzo und seinen Schergen. Oder würdest du Tedeschi von einer solchen Gabe erzählen?«

»Nein, lieber nicht«, flüsterte sie und hielt nach dem blonden Hünen Ausschau, mit dem sie seit neustem das Bett teilte. »Es reicht vollkommen, wenn uns ein Lorenzo de' Medici der Hexerei verdächtigt.«

Elle stieß einen resignierten Seufzer aus. »Ich werde mich wohl daran gewöhnen müssen, von finsteren Wesen umgeben zu sein.«

Als in der Toreinfahrt einige besonders hässliche Exemplare ihren Weg kreuzten, die sich unbemerkt im Gefolge einiger Medici-Söldner befanden, schrak sie so sehr zurück, dass ihr Pferd scheute.

Sogleich war ein Knappe zur Stelle, der ihnen die Tiere abnahm und sie zu den Stallungen führte, die noch außerhalb des Festungsgebäudes lagen.

Als sie, vorangedrängt von den nachfolgenden Soldaten der Pazzi-Truppe, das Tor durchschritten, erblickte Elle einige Medici-Söldner, die sie bereits auf dem Bankett zu Ehren der Heiligen Drei Könige gesehen zu haben glaubte. Auch die Männer erkannten sie offenbar und warfen ihnen teils lüsterne, teils feindliche Blicke zu. Vergebens versuchte sie deren Hauptmann zu entdecken.

»Dieser Olivetti verursacht mir eine Gänsehaut«, erklärte Elle, wobei sie sich gründlich umschaute. »Hast du den Kerl schon mal irgendwo gesehen?«

Lucrezia schüttelte den Kopf. Selbst Emilia hat mir noch nichts von ihm erzählt. Und sie, sollte man meinen, interessiert sich für sämtliche Soldaten der Stadt. Inzwischen hatten sich Pazzi- und Medici-Anhänger auf dem Innenhof so weit vermischt, dass Elle für einen kurzen Moment den Überblick verloren hatte und beunruhigt nach Damian Ausschau hielt. »Ich bin mir fast sicher, dass ich ihm schon einmal irgendwo begegnet bin, auch wenn ich dir nicht sagen könnte, wie er genau aussieht.«

»Bleib besonnen«, versuchte Lucrezia sie zu beschwichtigen. »Es wird uns nichts Böses widerfahren, solange Messer Jacopo und Messer Francesco mit fünfzig bewaffneten Männern hinter uns stehen. Nicht zu vergessen, dass auch Damian und Tedeschi auf uns aufpassen.«

Als ob sie ihre Namen gehört hätten, standen die beiden Männer plötzlich hinter ihnen. Beide trugen die schwarze Uniform der Pazzi-Garde, die sie samt ihrer Bewaffnung noch gefährlicher erscheinen ließ, als sie ohnehin schon aussahen. Elle versuchte sich damit zu beruhigen, dass sie keine blutigen Anfänger waren und nach eigenen Aussagen wussten, was auf sie zukam. Deshalb ersparte sie ihnen weitere Nachfragen, um sie nicht mit ihrer Sorge zu belästigen. Stattdessen setzte sie ein tapferes Lächeln auf und ließ sich von ihnen zusammen mit Lucrezia zu den Ehrenplätzen der Damen geleiten. Der Turnierplatz befand sich hinter der Festung und war über einen zweiten Durchgang nach draußen zu erreichen. Wenigstens das Wetter spielte mit. Es war zwar bewölkt und kühl, aber keinesfalls nass, und es sah auch nicht aus, als ob es bald regnen würde. Ab und zu ließ sich sogar die Sonne blicken. Trotz dieser erfreulichen Aussicht hatte man die Ehrenloge der mehrstöckigen Tribüne mit einem blau schimmernden Baldachin überdacht. Damian und Tedeschi brachten sie bis zu den gepolsterten Stühlen, die extra für sie reserviert worden waren. In der Reihe unter ihnen, direkt neben dem Hausherrn, der noch auf sich warten ließ, wurden Jacopo und Francesco de' Pazzi bereits mit gebratenem Kapaun und Wein bewirtet.

»Wir sehen uns nachher«, versicherte ihr Damian mit einem undurchsichtigen Lächeln, »wenn ich dir als meiner auserkorenen Dame den Ehrenkranz überreiche.«

»Ihr beide seid die schönsten Frauen weit und breit auf diesem Turnier«, begeisterte sich Tedeschi mit einem stolzen Grinsen. »Allein eure Anmut wird uns zum Sieg verhelfen.«

»Das hast du lieb gesagt«, lobte ihn Lucrezia mit einem Kuss auf den Mund. »Aber wenn ich mir die Medici-Mätressen so anschaue, würde ich sagen, die Konkurrenz ist nicht unbedingt angemessen.« Sie grinste gehässig, während Tedeschi belustigt mit den Augen rollte und sie ungefragt in den Arm nahm, um sie noch einmal zu küssen.

Damian beobachtete die beiden, machte aber keine Anstalten, es ihnen nachzutun.

Elle musste nicht lange überlegen, um sich zu holen, was sie begehrte. Sie trat auf ihn zu und zog seinen Kopf zu sich hinab, was er sich trotz seiner Überraschung gefallen ließ. Dann küsste sie ihn mit einer ähnlichen Inbrunst, wie es Tedeschi bei Lucrezia getan hatte.

Als er ihr trotz seines vorherigen Ärgers zärtlich entgegenkam, konnte sie nur mühsam ihre aufsteigenden Tränen unterdrücken.

»Ich weiß, dass du als Sieger hervorgehen wirst«, flüsterte sie ihm mit belegter Stimme ins Ohr. »Aber besser noch wäre, wenn du möglichst unversehrt bliebest.«

»Ich verspreche es dir, cara mia«, beschwor er sie leise. »Hauptsache, du sitzt nicht hier und fällst womöglich vor lauter Sorge in Ohnmacht.«

»Ich werde alles in meiner Macht Stehende tun«, gab sie mit erstickter Stimme zurück.

Er küsste sie noch einmal und tätschelte ihr liebevoll den Hintern, bevor er sich endgültig verabschiedete.

Auch Lucrezia hatte von Tedeschi noch einen Kuss ergattert, bevor die beiden Männer breitschultrig und mit selbstbewusster Haltung davonmarschierten.

»Ach …«, seufzte Lucrezia und sah den beiden mit schmachtendem Blick hinterher, bevor sie sich der unweit entfernt hockenden weiblichen Konkurrenz zuwandte, der der Auftritt dieser beiden Prachtstücke auch nicht entgangen war.

»Sieh sie dir an«, spöttelte Lucrezia unfein. »Sie sehen nicht nur so aus wie die Raben am Himmel, sie schwatzen auch so. Wir werden diesen Medici-Huren schon zeigen, was es heißt, einen wahrhaftigen Helden sein Eigen zu nennen«, murmelte sie, während sie ihre feindlich gesinnten Blicke in die spärlich besetzten Ränge versprühte.

Bereits vor der Abreise hatte sie größten Wert darauf gelegt, mit den Medici-Frauen, sofern welche anwesend waren, konkurrieren zu können.

Sie hatte Elle das Haar sorgfältig zu einem Turm aus rotblonden Locken aufgesteckt, das Gesicht zart geschminkt und ihr ein Winterkleid aus königsblauem Damast verordnet, dessen mit Nerz besetzter Ausschnitt die anwesenden Herren trotz des kühlen Wetters einiges an Aufmerksamkeit kosten würde. Da es immer noch Februar war, hatten sie und Lucrezia sich in wärmende Kapuzenumhänge aus Wolfspelz gehüllt, die dem Ruf der Pazzi-Söldner zur Ehre gereichten.

Trotzdem zitterte Elle wie Espenlaub, als sie sich, von Lucrezia gefolgt, auf den gepolsterten Sitzen niederließ. Von hier aus konnte man den gesamten Turnierschauplatz überblicken, der mit makellos sauberem, weißem Marmorsand ausgestreut war. Wahrscheinlich damit man während des Kampfes das Blut besser sah, sagte sie sich und erschauderte zugleich.

Ein Diener versorgte sie mit dampfendem Wein und ein paar warmen Wolldecken. Lorenzo de' Medici, der nun unter jubelndem Beifall von annähernd zweihundert Zuschauern und Söldnern empfangen wurde, hatte offenbar auf die Anwesenheit von Frauen einigen Wert gelegt.

»Warum sonst hätte er Decken und heißen Wein ausgeben sollen?« Elle warf ihrer Dienerin einen fragenden Blick zu.

»Vielleicht hat er dabei an seine sodomitischen Hofschranzen gedacht?« Lucrezia grinste verstohlen.

Tatsächlich schenkte er im Vorbeigehen seine Aufmerksamkeit ausschließlich den Medici-Frauen, indem er ihnen huldvoll zunickte, jedoch ohne ein Lächeln. Elle und Lucrezia hingegen würdigte er keines Blickes. »Vielleicht sollten wir froh darüber sein, wenn er uns nicht einmal wahrnimmt«, murmelte Elle mit einem Seitenblick auf ihre Dienerin.

Nachdem il Magnifico, ganz in dunkelroten Samt und schwarzen Nerz gekleidet, endlich Platz genommen hatte, gab er das Zeichen für die Fanfarenbläser, und die Spiele konnten beginnen.

Die anfänglichen Reiterdisziplinen erschienen Elle beinahe langweilig, und mehrmals musste sie ein Gähnen unterdrücken, zumal die Pazzi-Söldner schon nach wenigen Runden im Vorteil waren. Doch erst das Gesamtergebnis zählte, und die anschließenden Durchgänge mit den Hakenbüchsen konnten die Medici für sich entscheiden. Elle hielt sich jedes Mal die Ohren zu, weil der unerträgliche Knall der Gewehre durchs halbe Mugello hallte.

Dagegen gingen die Armbrustschützen weitaus leiser vor. Nachdem Damian, mit einem Blick zur Tribüne, die Sehne gespannt und sich anschließend auf sein Ziel konzentriert hatte, war beim Abschuss nur ein leises Surren zu hören. Die Rundschilde aus Stroh, auf die er angelegt hatte, waren mehrere hundert Fuß entfernt. Doch er traf sicher ins Schwarze. Von den Rängen war bescheidener Jubel zu hören, als er wieder einmal die volle Punktzahl erreichte. Mit einem Lächeln auf den Lippen zwinkerte er Elle zu, und sie betete zu Gott, dass er Lorenzo de' Medici, dessen finsterer Blick über dem Treiben der Pazzi lauerte wie ein verheerender Fluch, nicht zu sehr verärgerte.

Zum Ende der Veranstaltung lagen beide Truppen in etwa gleich, wobei Messer Jacopo und Messer Francesco anzusehen war, dass sie sich ein besseres Ergebnis gewünscht hätten. Nun lag alle Verantwortung für einen Sieg auf Damians Schultern, der als Condottiere der Pazzi gegen einen Hauptmann der Medici im Schwertkampf antrat. Ein Duell der Hauptmänner, das schicksalhaft über Sieg oder Niederlage entscheiden würde.

Elle verkrampfte ihre Hand in der von Lucrezia, als Damian zusammen mit Gidio Olivetti den Turnierplatz betrat. Zumal über dem rothaarigen Olivetti ein gewaltiger Dämon aufzog, der unvermittelt eins mit dessen bulliger Gestalt wurde und lediglich erahnen ließ, welche teuflischen Kräfte er seinem Wirt bescheren würde. Bei Damian war nicht das Geringste von einem Dämon zu sehen, was Elle zum ersten Mal bedauerte.

Beide Männer verbeugten sich mit versteinerter Miene vor dem Veranstalter des Turniers und seinen nicht weniger steif dreinschauenden Gästen. Wobei es sich Damian nicht nehmen ließ, seiner vor Angst bebenden Frau einen ermutigenden Kuss zuzuwerfen.

Elle war nicht fähig, zurückzuwinken, sondern rang sich lediglich ein gequältes Lächeln ab, von dem sie nicht sicher war, ob Damian es überhaupt bemerkt hatte.

Als beide Männer in der Mitte des Ringes Aufstellung nahmen, mit Schwert und Kampfdolch bewaffnet, hätte Elle am liebsten die Augen geschlossen.

»Ich will gar nicht hinsehen«, flüsterte Lucrezia und krallte ihre Hand noch fester in die von Elle.

»Hast du eine Ahnung, wie es mir geht?«, wisperte Elle. »Aber ich darf nicht wegsehen, das kann ich Damian nicht antun.«

Nachdem Lorenzo de' Medici den Kampf mit einem Fanfarenstoß für eröffnet erklärt hatte, umkreisten sich die beiden Kontrahenten wie zwei lauernde Raubkatzen.

Damian lockte sein Gegenüber, indem er ihm auswich. Elle wünschte inbrünstig, dass er dies während des gesamten Kampfes tun würde. Aber dann hätte sie sich in ihrem frisch angetrauten Ehemann gewaltig getäuscht. Mit der linkischen Angriffskraft einer Viper beendete er die Zurschaustellung der Waffen, indem er Olivetti mit seinem Kampfdolch unvermittelt am Arm verletzte, was diesen fauchen ließ wie ein Löwe, dem man die Mahlzeit streitig machen wollte.

Im Nu retournierte der Hauptmann der Medici mit dem Schwert ungeachtet seiner aufgerissenen, rotgoldenen Uniform und verwickelte Damian in einen gnadenlosen Schlagabtausch. Schwerter und Messer wechselten so rasch die Position, dass Elle kaum fähig war, ihnen mit Blicken zu folgen. Lediglich das metallische Aufeinandertreffen der beiden Waffen versicherte ihr, wie unglaublich flink die beiden Männer versuchten, den Gegner auf Abstand zu halten. Wobei sie ohne Schild lediglich mit den beiden Klingen parierten. Die erste Runde ging – bis auf den Schmiss an Olivettis Arm – unblutig aus. Nur am raschen Atmen der beiden Kontrahenten konnte man festmachen, wie anstrengend ein solcher Kampf sein musste. Beiden stand je ein Adjutant zur Seite, der ihnen in den Pausen Wasser reichte oder ein Handtuch, um den Schweiß abzuwischen. Für Damian erledigte Tedeschi diese Aufgabe. Bevor der Kampf wieder von vorn losging, flüsterte er Damian etwas ins Ohr. Danach wirkte Damian hochkonzentriert, während dem rothaarigen Olivetti der blanke Hass ins Gesicht geschrieben stand.

Wieder klirrten die Klingen und Damian musste mehrmals geschickt ausweichen, sonst hätte Olivetti ihn eiskalt erwischt. Elle kniff jedes Mal die Augen zu und hoffte, dass Damian ihr verzieh. Währenddessen betete sie unentwegt das Ave-Maria. Funken sprühten, wenn die Schwerter hart aufeinanderkrachten, begleitet von einem singenden Laut der Dolche, die sich zugleich gnadenlos ineinander verschränkten. Es glich einem Wunder, dass Damian unverletzt in eine weitere Runde ging.

Dabei kämpfte er mit einer unnachahmlichen Eleganz, im Gegensatz zu Olivetti, der allenfalls die Brachialgewalt eines wütenden Stiers an den Tag legte, dem es allerdings nicht an der gleichen Gefährlichkeit mangelte.

Als er Damian schließlich mit einem gewaltigen Schlag seines Schwerts des Dolches beraubte, indem er dessen Klinge in zwei Teile sprengte, ging ein Raunen durch die gaffende Meute. Normalerweise hätte der Kampf unterbrochen werden müssen, um Damian einen neuen Dolch zu geben, aber niemand störte sich daran, obwohl man damit eindeutig gegen die Turnierregeln verstieß.

Elle war ganz steif vor Entsetzen, als Damian daraufhin, nur noch mit einem Schwert bewaffnet, von dem rothaarigen Hauptmann höchst unfair attackiert wurde und bei einem geschickten Ausweichmanöver überraschend zu Boden ging. Durch den Sturz hatte Damian versehentlich sein Schwert verloren. Blitzschnell rappelte er sich hoch, doch als er nach seinem T-Heft greifen wollte, nutzte Olivetti die Chance sofort, indem er Damian zu enthaupten versuchte.

Nur Elle sprang auf und stieß einen Schrei des Entsetzens aus. Auch Lucrezia hielt es nicht auf dem Stuhl. Sie gestikulierte wild mit den Armen, offenbar nicht fähig, auch nur zu atmen, geschweige denn, einen Laut von sich zu geben.

Zum Glück war Damian schneller und schmetterte Olivetti eine Handvoll Sand ins Gesicht.

Olivetti, der reflexartig innehielt, um sich die Augen zu wischen, hatte seinen Dolch fallengelassen, was ihn nicht davon abhielt, weiter auf Damian loszugehen. Geschwächt durch sein verändertes Blickfeld, verfehlte er ihn und rannte unbeabsichtigt in dessen ausgestrecktes Schwert. Damian durchbohrte den Armausschnitt des eisernen Harnischs so unglücklich, dass die Klinge ungebremst in den Brustkorb seines Kontrahenten vordrang und Herz und Lunge durchstieß. Olivetti ging gurgelnd zu Boden, wo er in einem letzten, ungläubigen Aufbäumen Massen von Blut spuckte und nach ein paar letzten Zuckungen leblos und mit gebrochenen Augen liegen blieb.

Fassungslos beobachtete Elle, wie sich der Dämon und die Seele Olivettis fast zeitgleich aus dem Leichnam lösten. Der eine fluchend, die andere verstört. Als Olivettis leerer Blick auf Elle traf, war sie nicht sicher, ob sie Furcht oder Mitleid empfinden sollte. Doch sie war froh, als er letztendlich vom dunklen Schatten des Dämons verschlungen wurde und ihr und vor allem Damian nicht mehr zu nahe treten konnte.

Wobei noch nicht sicher war, welche Konsequenzen sein Tod haben würde. Denn Lorenzo de' Medici saß vollkommen versteinert auf seinem Ehrenplatz, und auch sonst kam niemand auf die Idee, den plötzlichen Tod Olivettis zu kommentieren.

Damian schritt mit undurchsichtiger Miene vor seine Gastgeber und verbeugte sich kurz. Dann verneigte er sich genauso ausdruckslos vor den beiden Pazzi-Oberhäuptern. Danach blieb er einfach stehen, die Schwertspitze zu Boden gesenkt, wohl darauf wartend, dass wer auch immer ein Urteil fällte. Giuliano de' Medici war derjenige, der sich als Erster aus seiner Erstarrung löste und Damian eine Art Absolution erteilte.

»Es war weder Eure Schuld noch Euer Verdienst, dass Hauptmann Olivetti von uns gegangen ist«, befand er kühn, ohne das Veto seines Bruders abzuwarten. »Es war ein Unfall, nicht wahr, Lorenzo?«

Lorenzo de' Medici nickte stumm. Dann erhob er sich langsam und wandte sich den beiden Pazzi zu.

»So leid es mir tut«, näselte er sichtlich verärgert. »Ich muss das Turnier für unentschieden erklären. Es gibt weder einen Sieger noch einen Verlierer. Ich hoffe, Ihr stimmt mir zu, Messer Jacopo.«

Jacopo de' Pazzi erhob sich unwillig und schlug mit sichtlich unzufriedener Miene ein.

»Wir könnten einen neuen Kampf ansetzen«, meinte er, ohne zu sagen, wann und wo.

Elle glaubte, vor Erleichterung zu vergehen, und der Drang, über mehrere Stufen hinab zu Damian zu hüpfen und ihn zu umarmen, wurde übermächtig.

»Abmarsch!«, befahl Francesco de' Pazzi indessen in rüdem Ton gegenüber Damian, ohne sich anmerken zu lassen, was er vom Verlauf des Kampfes hielt.

»O Gott, bin ich froh, dass du lebst!«, flüsterte Elle an Damians Ohr, als sie ihm, auf Zehenspitzen stehend, um den Hals fiel und ihn mehrmals küsste. »Das war nicht fair, sie haben dir keinen neuen Dolch gegeben. Und Olivetti hat trotzdem weitergekämpft. Er wollte dich töten, von Anfang an. Er hatte von Lorenzo den Auftrag dazu, da bin ich mir sicher. Aber ich habe unentwegt gebetet und Gott hat mich erhört.«

Elle redete immer weiter, weil sich ihre Anspannung dadurch löste.

»Gut möglich, dass der Allmächtige seine Hand im Spiel hatte«, bestätigte Damian Elles Bemerkung mit einem zuversichtlichen Lächeln. »Egal, was dabei herumgekommen ist und ob Messer Jacopo sich wegen eines verpatzten Sieges ärgert, Olivetti kann uns jetzt nicht mehr gefährlich werden.«

»Wie meinst du das?«, fragte Elle mit gerunzelter Stirn. »Warum glaubst du, dass er uns hätte gefährlich werden können?«

»Vergiss es«, sagte Damian mit einem Seufzer. »Es wäre zu kompliziert, es zu erklären. Es ist gut, dass er tot ist, mehr will ich nicht dazu sagen.«

Elle nahm diese seltsame Bemerkung hin, auch weil sie keine Lust hatte, weiter über die Hintergründe dieses Kampfes zu sprechen. Es war vorbei, und das war gut so.

Dass Lorenzo de' Medici damit seinen Kampf gegen Damian und also auch gegen sie noch nicht aufgegeben hatte, ahnte sie zwei Tage später, als am frühen Morgen ein Diener laut schreiend durch die Hallen des Palazzo Pazzi rannte und vor einer Feuersbrunst warnte.

Als Damian, ohne lange nachzudenken, aus dem Bett heraus in seine Uniform sprang und eines der prunkvoll verglasten Fenster öffnete, lag bereits beißender Brandgeruch in der Luft.

Wenig später überbrachte ein weiterer Laufbursche die dazu passende Hiobsbotschaft. In den frühen Morgenstunden war Giacomo Rossis Taverne ein Opfer der Flammen geworden.

Elle dachte sofort an Jacaranda und die übrigen Mädchen. Dabei stellte sie sich die bange Frage, ob sie im schlimmsten Fall ein Opfer der

Flammen geworden waren, und selbst wenn nicht, wo sie nun Obdach fanden, wenn ihr gesamtes Hab und Gut verbrannt war.

Damian und seine Kameraden machten sich sofort bereit, um bei den Löscharbeiten zu helfen, doch auch sie kamen zu spät.

»Sie sind offenbar alle verbrannt«, erklärte er Elle tonlos bei seiner Rückkehr. Seine Uniform war völlig verdreckt und stank nach kaltem Rauch. Er hatte Ruß an den Händen und im Gesicht. »Wir haben, so gut wie wir konnten, alles durchsucht. Aber da waren nur noch Leichen zwischen den ausgebrannten Balken.« Er senkte den Blick, und sie sah, wie er schluckte.

»Auch Jacaranda?« Bei dem Gedanken, dass alle Mädchen und der Hurenwirt selbst einen so grausamen Tod gefunden hatten, empfand sie Entsetzen und tiefes Mitleid. »Weiß man schon, wie es passiert ist?«, fragte sie hilflos.

Damian schüttelte stumm den Kopf. Auch er war sichtlich erschüttert. »Nur so viel, dass offenbar eine Person fehlt. Aber niemand kann sagen, ob sie nur bis zur Unkenntlichkeit verbrannt oder was mit ihr passiert ist.«

Später am Nachmittag schritt Damian ohne ein Wort an den fünf in der Pazzi-Kapelle aufgebahrten Särgen entlang.

Der hohe Altarraum, der nach griechischem Vorbild von Filippo Brunelleschi und Giuliano da Maiano entworfen worden war, stand mit seiner Klarheit der klassischen Säulen und Bögen in krassem Gegensatz zu den bis zur Unkenntlichkeit verkohlten Leichen. Dem dämonischen Anteil in Damian war ein solcher Anblick durchaus vertraut und löste keinerlei emotionale Regung aus. Der Mensch Damian de' Castello, dessen warmherzigen Seelenanteil er sich auch als Dämon tief im Innern bewahrt hatte, erschauderte angesichts dieses Leids. Sein fassungsloser Blick lag auf den verbrannten Lippen der Opfer, deren weiße Zähne wie Blendwerk daraus hervorstachen. Lediglich Giacomo Rossi konnte er aufgrund seines lückenhaften, bräunlich gefärbten Pferdegebisses einwandfrei identifizieren. Damian tröstete sich mit der Gewissheit, dass die Seelen der Verstorbenen auch nach dem körperlichen Tod weiterlebten. Wobei natürlich nicht feststand, ob sie allesamt ins Licht gegangen waren.

»Eines der Mädchen fehlt«, bemerkte er gegenüber Francesco de' Pazzi ohne sich anmerken zu lassen, wie sehr ihn der grausame Tod der Verstorbenen beschäftigte. Jacopos Neffe, der ebenso wie sein Onkel das Ausmaß der Katastrophe einzuschätzen versuchte, hob lediglich eine Braue. »Habt Ihr eine Ahnung, welche der Huren fehlt?« Seine dunklen Augen zeigten keinerlei Anteilnahme.

»Ich meine, Ihr habt die Frauen allesamt besser gekannt als mein Onkel und ich.«

Damian schluckte seine Wut hinunter und war versucht zu sagen, dass Francesco ausnahmslos alle Mädchen in Giacomos Taverne auf die abartigste Weise geritten hatte und ihnen allein schon deshalb näher gekommen war als er selbst, der nur mit Jacaranda ein Verhältnis gehabt hatte. Dass Francesco sich nicht an deren Aussehen erinnern konnte, zeugte davon, wie wenig er sich für die Menschen interessiert hatte, die sich hinter den schönen Gesichtern verbargen. Zu seiner Entschuldigung musste Damian sich eingestehen, dass der Zustand der Leichen es sogar den Eltern der Toten schwergemacht hätte, ihre Kinder zu identifizieren. Inbrünstig hoffte er, dass Jacaranda nicht unter ihnen war. Doch wenn sie tatsächlich fehlte, wo war sie dann?

»Gegen Abend hat sich der Gonfaloniere di Giustizia angekündigt.« Messer Jacopo ließ seinen düsteren Blick über die Leichen wandern. »Fra Stefano wird hier in der Kapelle eine Messe lesen, bei der Jacopo Guicciardini anwesend sein will. Doch zuallererst soll er Zeuge sein, wie brutal Lorenzo de' Medici und seine Höllenhunde vorgehen, indem sie unschuldige Menschen einfach dem Flammentod überlassen.«

»Bist du sicher, dass Lorenzo für das Feuer verantwortlich ist?«, fragte Francesco überflüssigerweise.

»Wer denn sonst?« Der um einiges kleinere, grauhaarige Jacopo sah seinen großgewachsenen, schwarzhaarigen Neffen aufgebracht an. »Er hat sich über Olivettis Tod aufgeregt und darüber, dass er sein Turnier nicht gewinnen konnte.«

»Denkt Ihr, es ist meine Schuld?« Damian warf seinem Patron einen alarmierten Blick zu.

»Unsinn«, kam Francesco seinem Onkel zuvor. »Der Kampf wurde manipuliert. Ich bin froh, dass es Olivetti erwischt hat. Er hatte es verdient. Schließlich sind es seine Leute, die zu unseren ärgsten Feinden zählen. Ohne sie wäre Lorenzo nichts. Er ist nur ein hinterhältiger Schuft, der mit allen Mitteln an der Macht bleiben will.«

»Guicciardini unterschätzt dessen Bösartigkeit vollkommen«, fügte Messer Jacopo mit einem Nicken hinzu. »Er hat bereits einen Fehler gemacht, als es um die Beschlagnahmung des Vermögens der Vincencos ging, indem er ohne Nachfrage Lorenzos Ruf gefolgt ist und deren Besitz aufgeteilt hat. Angesichts dieser Ungeheuerlichkeit werde ich verschärft darauf hinwirken, dass wir nun zumindest auf eine rasche Herausgabe der Mitgift von Donna de' Vincenco pochen.«

Mit einem Seitenblick auf Damian verbesserte er sich: »Donna de' Castello wollte ich sagen …«

Damian war froh, dass er Elle im Palazzo gelassen hatte, als er zur Identifizierung der Leichen in die Kapelle gerufen worden war. Wobei er ja nur den armen Giacomo eindeutig erkannt hatte. Zuvor hatten Damian und seine Männer im Auftrag von Jacopo noch einmal die abgebrannte Taverne durchsucht, um eventuelle Spuren zu finden, die auf den Brandstifter hinweisen konnten. Das Ganze war eine ausgemachte Katastrophe, die eigentlich auch die Justiz von Florenz hätte interessieren müssen. Nur mit Gottes Hilfe war das Feuer nicht auf das benachbarte Anwesen übergesprungen.

»Was hat Guicciardini denn gesagt, als ihm dein Bursche die Einladung zur heiligen Messe überbracht hat?«, fragte Francesco de' Pazzi seinen Onkel.

»Er hat gesagt, dass er sich die Sache mal ansehen will«, zischte Jacopo wütend. »Als ob es sich bei den Leichen um eine Sache handeln würde!«, empörte er sich und vergaß dabei offensichtlich, wie viele Leichen er bei diesem untergründigen Krieg mit den Medici selbst auf sein Gewissen geladen hatte. Außerdem scheint er ganz zu vergessen, dass wir nicht nur ein paar gewinnbringende Huren verloren haben«, relativierte das Pazzi-Oberhaupt sein Mitgefühl für die Opfer, »sondern auch eine gutgehende Taverne und jede Menge zahlende Gäste.«

»Hübsche Huren lassen sich überall auftreiben«, beschwichtigte ihn Francesco trotzig, »und wenn die Trümmer weggeräumt sind, bauen wir eine neue Taverne, schöner und größer als die vorige.«

Damian kochte innerlich bei so wenig Anteilnahme seitens seines Auftraggebers. Aber was hätte er anderes erwarten können? Wusste er doch um den untrüglichen Egoismus und die Machtgier dieser Sorte Männer, die sie blind werden ließ, wenn es bei der Entlarvung ihrer Feinde um die eigenen Fehler ging. Ein Charakterzug, der sie womöglich schon bald den Kopf kosten konnte, wenn er es nicht schaffte, die beiden zur Vernunft zu bringen.

Wider Erwarten schien selbst Jacopo das ähnlich zu sehen.

»Du verkennst den Ernst der Lage, Neffe«, schalt ihn Jacopo. »Ich wette, das war erst der Anfang. Oder glaubst du tatsächlich, ein Medici hält sich lange mit der Zerstörung eines Hurenhauses auf? Ich bin fast sicher, da kommt noch was nach.«

Damian dachte über diese beunruhigenden Worte nach, als er wenig später zu Elle in den Palazzo zurückkehrte.

Grübelnd stieg er die Treppen zu ihrer Wohnung hinauf. Nach dem Tod Olivettis und dem Brandanschlag war nichts mehr wie zuvor. In seinem vorherigen Leben hatte beides schlichtweg nicht stattgefunden. Somit war die Zukunft schon neu geschrieben, bevor sie an dem von ihm vorgesehenen Wendepunkt angelangt waren. Was einerseits gut und andererseits schlecht sein konnte. Von nun an waren die Karten neu gemischt, und er konnte sich nicht mehr auf seine früheren Erfahrungen verlassen.

Als Elle ihn mit ungewohnt ängstlichem Blick empfing, war er beinah versucht, seiner Sorge freien Lauf zu lassen. Doch wie hätte er ihr erklären können, was in ihm vorging, ohne die Einzelheiten, die dazu geführt hatten, zu erwähnen?

Nein, sie konnte ihm auch nicht helfen. Im Gegenteil, allein ihre Anwesenheit erinnerte ihn wieder an die Verantwortung, die er mit der Entscheidung, sie hierherzubringen, übernommen hatte.

Mit einem Seufzer nahm er seine wunderhübsche Frau in die Arme, nachdem sie die Tür hinter ihm geschlossen hatte, und drückte sie an sich. Einen Moment lang genoss er die Weichheit, die Wärme ihrer Haut und den blumigen Duft ihres hüftlangen Haars. Als er sich von ihr löste, strich sie ihm tröstend über die stopplige Wange. Seit zwei Tagen war er nicht mehr dazu gekommen, den Bart abzunehmen, der ihm ihrer Meinung nach das Aussehen eines flüchtigen Straßenräubers verlieh. »Und?«, fragte sie aufgeregt, »Weiß man inzwischen, wie es passiert ist?«

»Jacopo hat Lorenzo de' Medici im Verdacht«, sagte er knapp. »Aber dafür gibt es noch keine Beweise. Und diejenigen, die sie erbringen könnten, sind tot.«

Elle schlug sich die Hände vor den Mund, für einen Moment war sie ganz erstarrt. »O mein Gott«, hauchte sie. »Jacaranda etwa auch?«

»Das wissen wir nicht«, sagte Damian mit trostloser Miene. »Der Einzige, den wir einwandfrei identifizieren konnten, war Giacomo Rossi, der Wirt. Die anderen Leichen müssen die der Mädchen sein, wobei eine von ihnen fehlt. Wir konnten bisher aber nicht herausfinden, welche.«

Als er aufblickte, gelang es ihm kaum, die aufsteigenden Tränen zu unterdrücken. Im Grunde genommen war er immer ein harter Kerl gewesen, aber der unvermittelte Tod von Giacomo und seinen Mädchen machte ihn traurig, zumal er sich unter den gegebenen Umständen dafür verantwortlich fühlte. »Diese Hunde«, entfuhr es ihm. »Ich möchte fast wetten, dass Messer Jacopo mit seiner Meinung richtig liegt und die Medici dahinterstecken. Spätestens seit unserer Hochzeit ahnt Lorenzo, dass die anderen Jungs und ich für den Tod seiner Auftragsmörder verantwortlich sind. Die Sache mit Olivetti hat das Maß vollgemacht.«

»Aber woher kann er wissen, dass die Taverne etwas damit zu tun hat? Hast du nicht selbst gesagt, der Wirt und die Mädchen wären alle verschwiegen?«

»Lorenzo ist nicht blöd«, zischte Damian verbittert und entledigte sich beiläufig seines Schwertgehenks, das er achtlos auf einen mit Samtbrokat bezogenen Sessel warf. »Er kann sich denken, dass wir es waren, die Lucrezia und dich gerettet haben. Seine Leute sind seitdem nicht mehr aufgetaucht. In Florenz ist es üblich, Leichen verschwinden zu lassen. Er muss annehmen, dass sie tot sind, sonst hätten sie sich längst bei ihm gemeldet.« Beiläufig wusch er sich in der Waschschüssel mit Seife und Bürste. Nachdem er sich abgetrocknet hatte, ließ er sich erschöpft auf das großzügige Baldachinbett fallen und bedeckte sein Gesicht mit den Händen.

Elle war sogleich bei ihm und setzte sich neben ihn. »Wäre es nicht ebenso gut möglich, dass die Männer davongelaufen sind, weil sie seinen Befehl, uns zu töten, nicht ausführen konnten?«

»Elle, du bist doch sonst nicht so naiv«, flüsterte er, bevor er sich aufsetzte und sie liebevoll in seine Arme zog. »Du weißt doch selbst, wie brutal sie vorgegangen sind. Denkst du, Lorenzo kennt seine eigenen Leute nicht? Ausgerechnet ein Kerl wie er, der nichts dem Zufall überlässt?« Wieder seufzte er und drückte sie an sich. »Es tut mir leid, Elle, dich in diesen Schlamassel hineingezogen zu haben. Ich hätte es wissen müssen.«

»Was redest du da?« Unwirsch befreite sie sich aus seiner Umarmung und schaute ihn verständnislos an. »Du kannst doch nichts dafür, dass es so gekommen ist. Und du hast selbst gesagt, dass wir bei den Pazzi in Sicherheit sind. Oder glaubst du, Lorenzo würde so weit gehen, den Palazzo Pazzi in Brand zu stecken?«

»Zuzutrauen wäre ihm das schon«, entgegnete Damian in verschwörerischem Tonfall. »Aber ich bin sicher, dass es ihm nicht behagen würde, wenn die Pazzi das Mitleid der Florentiner weckten, was in einem solchen Fall unweigerlich geschehen würde. Lieber würde er alles daransetzen, sie so sehr in Verruf zu bringen, dass sie aus Florenz verbannt werden, damit er ungehemmt deren Vermögen einstreichen kann.«

»Du glaubst, er würde tatsächlich so weit gehen, eine der mächtigsten Familien in Florenz anzugreifen?« Elles Stimme gipfelte in Unverständnis.

»Ich glaube es nicht nur«, murmelte Damian mit abwesendem Blick. »Ich weiß es. Er marschiert über Leichen, erst recht, wenn er sich an seinen Feinden rächen will. Nur eins weiß ich genau: Er wird sich nicht plump dabei anstellen. Wir müssen also auf der Hut sein.«

Er zog sie erneut an sich und küsste sie sanft. Als er von ihr abließ, sah er ihr streng in die Augen. »Du wirst nur noch in meiner Begleitung vor die Tür gehen, hast du mich verstanden?«

»Und was ist mit dir?«, fragte sie aufgebracht. »Denkst du, Lorenzo de' Medici hat es nur auf mich abgesehen? Spätestens seit unserer Hochzeit hat er auch dich im Visier, wie man bei dem Kampf mit Olivetti unschwer erkennen konnte.«

»Nein«, widersprach Damian, weil er ja wusste, dass Lorenzo in seinem vorherigen Leben keinen Brand befohlen hatte. »Es liegt nicht an unserer Hochzeit, sondern daran, dass du ihm seine Besessenheit auf den Kopf zugesagt hast. Und dabei warst du anscheinend überzeugend genug, um ihm Angst einzujagen. Vielleicht fürchtet er, du seist mit dem Teufel im Bunde und könntest ihm ernsthaft Schaden zufügen, indem du mit den Pazzi gemeinsame Sache machst.«

»Denkst du, er ist allein deshalb an meinem Tod interessiert?« Elle starrte ihn ungläubig an.

»Solange ich nicht weiß, was die Hintergründe dieser merkwürdigen Geschehnisse sind«, erwiderte Damian, »möchte ich lieber kein Risiko mehr eingehen. Also bleib bitte im Haus, wenn ich nicht da bin.«

Elle nickte enttäuscht. Sie liebte es, mit Lucrezia auf den Markt zu gehen. Jetzt, wo sie endlich kein Geheimnis mehr um ihren Verbleib machen musste und Jacopo de' Pazzi ihr Giovannis Mitgift auf ein Konto der Pazzi-Bank eingezahlt hatte, wollte sie sich ein paar neue Kleider leisten, um nicht ständig die abgelegten Gewänder von Maddalena Serristoni auftragen zu müssen.

»Versprochen?«, versicherte sich Damian ihrer Zustimmung noch einmal mit durchdringendem Blick.

»Versprochen«, ergab sich Elle in ihr Schicksal. Wie zum Trost küsste Damian ihre schmollenden Lippen und zog sie mit sich aufs Bett.

»Ich wüsste da etwas, das wir tun könnten, um uns von all dem Elend abzulenken«, flüsterte er liebevoll.

»Ja«, hauchte sie und gab sich ohne Protest seiner Zärtlichkeit hin.

Schon der nächste Tag brachte erneut das böse Erwachen. Elle hatte gleich so ein sonderbares Gefühl, als sie die Augen aufschlug und leicht orientierungslos in die Dämmerung starrte. In der Nacht hatte sie schon wieder so seltsames Zeug geträumt. Von Laurentio di Baux, wie er mit blutleerem Blick neben ihr auf einer Bank saß und ihr irgendetwas von aufgeschlitzten Bäuchen erzählte. Mit ihm hatte sie bisher kaum etwas zu tun gehabt. Aus irgendeinem unerfindlichen Grund war er ihr unsympathisch. Im Gegensatz zu Gulliveri und Luca, die immer einen lustigen Spruch auf den Lippen hatten, wirkte er merkwürdig ernst und verschlossen. Damian war der Meinung, dass es mit seinem schweren Schicksal zusammenhing. Medici-Söldner hatten seine

Schwester zu Tode geschändet, und die Feindseligkeit, die in der Nähe von Lorenzo de' Medici in seinen Augen aufflackerte, erschien ihr beklemmend.

Sie alle hatten unter den Medici zu leiden gehabt, jeder auf seine Weise, aber bei keinem war der Hass so deutlich zu spüren wie bei Laurentio.

Der Kopf dröhnte ihr immer noch, als sie ins erste Morgenlicht blinzelte und vergeblich nach Damian tastete, der am Abend zuvor neben ihr eingeschlafen war. Doch nun war seine Hälfte des Bettes leer.

Sie läutete nach der Dienerschaft und war froh, als statt der üblichen Hausmädchen Lucrezia erschien und sie mit einem warmen Frühstück überraschte.

»Du bist eine wahre Freundin«, lobte sie ihre Zofe. »Hast du eine Ahnung, wo Damian steckt?«, fragte sie kauend, während sie, noch im Bett sitzend, einen Teller mit warmem Rührei und gebratenem Speck löffelte.

»Ich weiß nur, dass heute Morgen ein Bote des Gonfaloniere di Giustizia Messer Jacopo ein Schreiben überbracht hat«, antwortete Lucrezia. »Seitdem sitzt er mit Messer Francesco und Messer Damian in seinem Arbeitszimmer und berät mit ihnen über irgendetwas Wichtiges.«

Elle schaute alarmiert von ihrem Rührei auf und schluckte verkrampft, dann stellte sie den Teller auf einem Tischchen ab und starrte Lucrezia aufgeschreckt an. »Was hat das zu bedeuten?«

»Keine Ahnung«, Lucrezia zuckte ahnungslos mit den Schultern. »Warum bist du denn so beunruhigt? Tedeschi sagte mir, es sei alles in bester Ordnung bis auf die Tatsache, dass man munkelt, Lorenzo de' Medici stecke womöglich hinter dem Brand in der Taverne und dass Messer Jacopo ihn deshalb vor Gericht bringen und auf Schadenersatz verklagen wolle.«

»Ich weiß nicht …«, murmelte Elle mehr zu sich selbst. »Lass mir ein Bad ein und leg mir meine Kleidungsstücke bereit. Danach will ich nach unten gehen und Damian fragen, was das alles zu bedeuten hat.«

Frisch nach Jasmin duftend, in ein königsblaues Gewand gekleidet und mit aufgesteckten Locken, eilte Elle anschließend die Treppen hinab und blieb mit rasendem Herzen vor der verschlossenen Tür von Messer Jacopos Arbeitszimmer stehen. Drinnen ertönten heftige Debatten, in die sich auch Damians dunkle Stimme mischte. Doch im Gegensatz zu sonst war sie nicht sanft, sondern aufgeregt, ja wenn nicht sogar bestürzt.

»Ich muss sie in Sicherheit bringen!«, polterte er. »Und zwar sofort. Wie könnt Ihr von mir erwarten, dass ich es auf einen Prozess ankommen lasse, nur weil Ihr die Genugtuung eines gewonnenen Gerichtsverfahrens genießen wollt? Was ist, wenn Eure Anwälte versagen und man sie als Hexe öffentlich hinrichten lässt? Ihr wisst doch selbst, wie bestechlich die Kirchenmänner sind. So viel Geld könnt ihr gar nicht zusammenkratzen, wie Lorenzo de' Medici aufzubringen imstande ist, wenn er etwas durchsetzen will!«

Es herrschte Stille.

Elle klopfte das Herz bis zum Hals. Also waren Damians Spekulationen wahr geworden. Lorenzo de' Medici wollte sie tot sehen!

»Sie ist meine Frau, Messer Jacopo!«, schrie Damian ihn regelrecht an, und darin war mühelos die Sorge zu hören, die er empfand. »Ich liebe sie mehr als mein Leben. Sie ist keine Hure, deren Dasein in Euren Augen nichts wert ist!«

Plötzlich war es wieder still. Jacopo brummelte irgendetwas vor sich hin, und Messer Francesco räusperte sich recht laut.

Elle hielt es nicht mehr aus. Sie musste erfahren, was da vor sich ging und warum Damian so verzweifelt klang.

Mit einem Ruck öffnete sie die schweren Türflügel und trat vor die verblüfften Männer wie eine düstere Fee, die alle Anwesenden zu verfluchen gedachte.

»Elle!«, schoss es aus Damian heraus. »Was machst du hier? Wieso schläfst du nicht mehr? Geh nach oben und warte, bis ich zu dir komme.«

»Nein«, sagte sie bestimmt. »Hier geht es offenbar um mich, und deshalb habe ich ein Recht darauf, zu erfahren, was geschehen ist.« Sie sah Damian fest in die Augen. Mit seiner schwarzen Uniform und den schwarzen Locken, die sein bleiches Gesicht umrahmten, wirkte er mit einem Mal auf sie wie ein leibhaftiger Engel des Todes.

»Lorenzo de' Medici hat Euch offiziell der Hexerei bezichtigt, Donna Gabrielle«, ergriff Jacopo de' Pazzi das Wort. »Nachdem ich noch gestern Abend eine Beschwerde bei Jacopo Guicciardini eingereicht habe, mit dem Verweis, dass es Zeugen in der Umgebung der Taverne gab, die kurz vor dem Brand gesehen haben wollen, wie Medici-Söldner das Gebäude betraten, hat Lorenzo eine offizielle Verlautbarung an den Gonfaloniere de Giustizia übergeben, die im Gegenzug Euch als die Schuldige für den Brand benennt.«

»Das ist doch lächerlich«, wehrte Elle sich mit sich überschlagender Stimme. »Ich war mit meinem Mann die ganze Nacht im Ehebett. Wir haben noch geschlafen, als der Brand ausbrach. Wie sollte ich da irgendeine Schuld tragen? Kann mir das mal jemand erklären?«

Francesco de' Pazzi, der bisher nur stumm und mit überkreuzten Armen zugehört hatte, löste sich aus seiner Erstarrung und kam mit einem bedrohlich düsteren Blick auf sie zu.

»Die Medici behaupten, Ihr seid eine Hexe und mit dem Teufel im Bunde. Und allem Anschein nach haben sie sogar Zeugen dafür.«

»Wer in Herrgotts Namen sollte das sein?« Elle hatte das Gefühl, den Boden unter den Füßen zu verlieren. Selbst ein flehender Blick zu Damian half ihr nicht weiter, weil er mindestens so verzweifelt dreinschaute wie sie selbst.

»Jacaranda«, antwortete er tonlos. »Sie hat den Brand allem Anschein nach überlebt und sich unter dem Schutz von Lorenzo de' Medici als Zeugin gemeldet.«

Elles völlig verwirrter Blick schnellte zwischen Damian und Francesco hin und her. »Und das Gericht glaubt einer dahergelaufenen Hure mehr als einem gestandenen Ritter? Damian kann bezeugen, dass ich bei ihm war«, verteidigte sie sich aufgebracht.

»Jacaranda ist nicht das Problem«, erklärte ihr Francesco unbeeindruckt.

»Als Hauptzeuge hat Lorenzo de' Medici Andrea di Michele Cioni alias Meister Andrea del Verrocchio genannt, dem Ihr offenbar auf unserem Fest ebenfalls unangenehm aufgefallen seid, weil Ihr seinem Zögling Leonardo mit Euren Visionen angeblich hexenhafte Flausen in den Kopf gesetzt habt, indem Ihr behauptetet, in einer eisernen Röhre fliegen zu können.«

»Das war doch nur eine Vision, die ich im Schlaf hatte!«, erklärte Elle aufgebracht. »Wie kann man so etwas für bare Münze nehmen?«

»Den armen Verrocchio hat Eure Vision, wie Ihr es nennt, offenbar so sehr beeindruckt, dass er dem Gericht glaubhaft versicherte, Ihr würdet darüber hinaus einen Besen besitzen, mit dem Ihr des Nachts, als alle schliefen, zur Taverne geflogen sein könntet, um sie in Brand zu stecken.«

»Um der Heiligen Jungfrau willen, warum hätte ich so etwas tun sollen?« Elle starrte völlig außer sich in die Runde der nicht weniger ratlosen Männer und setzte ein leicht irres Lächeln auf. »Ich nehme ja noch nicht mal einen Besen in die Hand, um zu fegen, warum in Gottes Namen sollte ich damit fliegen wollen?«

»Um dich an Jacaranda zu rächen«, bemerkte Damian leise, dem offenbar jeglicher Humor bei der Sache vergangen war. »Jedenfalls behauptet sie das. Sie sagt, du wärst ihr mitten in der Nacht in ihrer Kammer erschienen und hättest ihr Bett in Brand gesetzt. Sie habe es nur einem Zufall zu verdanken, dass sie sich unverletzt retten konnte, indem sie aus dem Fenster gesprungen sei. Um die anderen zu warnen, habe es nicht mehr gereicht.«

Elle taumelte, verlor das Gleichgewicht, und noch bevor sie zu Boden fiel, war Damian bei ihr und fing sie auf, indem er sie fest in seinen Armen hielt.

»Das Dumme ist«, fügte Messer Francesco mit säuerlicher Miene hinzu, dass die Gerichtsbarkeit ihr in Zusammenhang mit Verrocchios Aussage Glauben schenkt.«

»Außerdem«, ergänzte Jacopo de' Pazzi wenig rücksichtsvoll, »ist mir zu Ohren gekommen, dass Lorenzo de' Medici offenbar überall verbreiten lässt, unsere Familie sei mit dem Teufel im Bunde und wir hätten es allein Eurer Verbindung zur Unterwelt zur verdanken, dass Olivetti beim Zweikampf mit Eurem Gemahl sein Leben lassen musste.«

»O mein Gott«, stöhnte Elle. »Es ist alles meine Schuld, wäre ich doch bloß nie zu diesem Dreikönigsbankett gegangen.«

Völlig kraftlos hing sie in Damians Armen. Sie war kaum fähig zu atmen, geschweige denn zu weinen, weil sie an ihrer eigenen Furcht zu ersticken glaubte.

»Und was soll nun werden?«, presste sie mit erstickter Stimme hervor.

»Ich werde dich in Sicherheit bringen, was sonst?«, betonte Damian und küsste sie entschlossen auf die Stirn. »Pack ein paar Sachen, wir verlassen noch vor Einbruch der Nacht die Stadt.«

»Messer Damian!«, empörte sich Jacopo de' Pazzi mit hochrotem Kopf. »Ihr habt nicht nach meiner Erlaubnis gefragt, und ich habe Euch gesagt, dass wir den Prozess mithilfe meiner Anwälte gewinnen werden. Schließlich geht es hier nicht nur um den guten Ruf Eurer Frau, sondern auch um den der Familie Pazzi!«

Damian stieß ein unüberhörbares Schnauben aus. »Und ich sage Euch, Messer Jacopo, dass mir Euer Ruf völlig einerlei ist«, parierte er mit wütendem Blick. »Ihr unterschätzt die Dämonen, die hier am Werk sind, mit geradezu naiver Fahrlässigkeit! Und wenn Ihr nicht achtgebt, werden sie Euch und Eure Familie mit der gleichen Gewalt aus dieser Stadt hinwegfegen wie alles andere, das sich ihnen in den Weg stellt, noch bevor Ihr auch nur zu Atem gekommen seid. Ich werde meine Frau an einen sicheren Ort bringen, wo sie der Hauch dieser Dämonen nicht mehr erreicht. Danach werde ich, so Ihr es wollt, zu Euch zurückkehren und Euch bei deren Vernichtung helfen, falls Ihr auf meine Dienste nicht verzichten könnt. Ich gebe Euch mein Wort als Ritter.«

Jacopo stutzte einen Moment und nickte dann zustimmend, was selbst Damian zu überraschen schien. Elle rappelte sich mühselig hoch.

Ihr passte diese Lösung ebenso wenig wie die Aussicht darauf, sich einem Hexenprozess stellen zu müssen. Ihre Entrüstung über Damians Plan und die beiden Männer, die sich offenbar über ihr weiteres Schicksal völlig uneinig waren, musste sich unbedingt Luft verschaffen. »Heißt das, du setzt mich einfach irgendwo aus, wie eine Hündin, derer man überdrüssig geworden ist, und kommst dann wieder hierher, um zur Tagesordnung überzugehen?« Ihr fragender Blick lag auf Damian, der mit seiner Antwort keine Sekunde zögerte. »Schweig, Weib!«, schnauzte er sie ungewohnt rüde an. »In diesem Fall habe ich das Sagen, und du hast keine andere Wahl, als mir zu gehorchen!« Während Elle noch seinen unerwarteten Ausbruch verdauen musste, der sie schlichtweg sprachlos machte, wandte Damian sich an Messer Jacopo: »Ich muss Euch bitten, uns das Geld, das Donna Gabrielle gehört, unverzüglich freizugeben, denn nur so kann ich ihr eine geheime Unterkunft beschaffen und für zuverlässiges Schutzpersonal sorgen. Im Übrigen beabsichtige ich, meine Mutter und meine Schwestern zusammen mit meiner Frau an diesen geheimen Ort zu bringen, weil auch sie vor der Rache eines Lorenzo de' Medici nicht sicher sind.«

Jacopo räusperte sich, wobei ihm anzusehen war, dass ihm diese Entwicklung ganz und gar nicht in den Kram passte. Damian war versucht, den Alten beim Kragen zu packen und seine Zweifel aus ihm herauszuschütteln.

»Ich habe da eine bessere Idee«, sprang ihm Messer Francesco unerwartet bei.

»Er hat recht, Onkel. Der Wachausschuss der ›Otto‹ wird nicht zögern, Donna Gabrielle festzusetzen und zu verurteilen, sobald sich die Ratsmitglieder der Signoria einig sind. Und ein Lorenzo de' Medici hat die gesamte Bande im Griff. Nur noch wenige wagen es inzwischen, gegen ihn aufzubegehren. Du willst ihm doch nicht den nächsten Triumph schenken, indem du Messer Damian befiehlst, in die Stadt zurückzukehren?«

Das Wort Triumph hatte auf Jacopo de' Pazzi schon immer einen gewissen Reiz ausgeübt und verfehlte sein Ziel auch diesmal nicht.

»Was schlägst du vor?«, fragte er seinen Neffen mit überkreuzten Armen.

»Wir schicken die beiden nach Neapel. Ferdinand I. von Aragon gehört zu unseren zuverlässigsten Verbündeten. Er hasst die Medici und wird den Teufel tun, Gabrielle de' Castello ausgerechnet an seinen Erzfeind auszuliefern. Messer Damian kann in unserer Bankfiliale Arbeit finden, sei es als Hauptmann unserer dortigen Wachleute oder als Advokat, wenn er sich klug genug anstellt.«

Jacopo grinste verhalten. »Ich weiß, warum du der heimliche Herrscher unseres Hauses bist, Francesco«, grunzte er zufrieden. »Du hast immer so geniale Einfälle.«

Was ihm und den gesamten Pazzi eines Tages zum Verhängnis werden könnte, dachte Damian und schwor sich selbst, gerade wegen dieser außerordentlichen Großzügigkeit die Dinge im Blick zu behalten, um die anstehende Verschwörung auf jeden Fall in der vorherigen Form zu verhindern. Doch zunächst einmal musste er seine Frau und Familie vor Lorenzo und seinen Schergen beschützen. Wobei ihm auch in Neapel nicht viel Zeit bleiben würde, bis Lorenzo de' Medici auf die Idee käme, sich bei König Ferdinand anzubiedern, und die ganze Sache von vorn beginnen würde.

»Ihr habt gehört, was mein Neffe gesagt hat. Ich lasse einen Teil des

Geldes nach Neapel überweisen, den Rest erhaltet Ihr von unserer Bank hier vor Ort in bar, und dann seht zu, dass Ihr schleunigst das Weite sucht.« Ohne Zögern ließ er nach einem Sekretär rufen und beauftragte ihn, einen Wechsel über tausend Goldfiorini in bar zur Filiale zu bringen, wo sein Condottiere das Geld wenig später abholen würde.

Damian nickte schweigend. »Habt Dank, mein Patron«, raunte er gepresst. »Ich werde immer an Eurer Seite stehen, ganz gleich, wo ich bin und was geschieht.«

Zugleich packte er Elle grob am Oberarm und zerrte sie regelrecht aus dem prunkvoll eingerichteten Zimmer hinaus.

Draußen angekommen, fand Elle ihre Stimme wieder. »Was fällt dir ein«, herrschte sie ihn ungeachtet der vorbeieilenden Diener an, »mich so zu behandeln?«

Damian blieb abrupt stehen und sah ihr von oben herab derart kalt in die Augen, dass ihr angst und bange wurde. »Sag nur, dir wäre es lieber, mitten auf der Piazza del Signoria in Flammen aufzugehen? Ist es das, was du willst?«

»Nein«, stieß sie mit erstickter Stimme hervor und blinzelte verzweifelt die Tränen weg, die ihr spontan in die Augen schossen.

»Aber vielleicht wäre es besser so. Nun bringe ich dich schon wieder in Schwierigkeiten. Und deine arme Mutter und deine Schwestern dazu. Der Gedanke, dass sie wegen mir so sehr leiden müssen, macht mich ganz krank!«

»Ach, Elle«, flüsterte er und nahm sie so fest in die Arme, dass sie sich kaum mehr zu rühren vermochte. »Lorenzo hat ohnehin darauf gelauert, mir und meiner Familie eines Tages den Todesstoß zu verpassen. Ich hatte nur immer gehofft, dass es nicht mehr dazu kommen würde, weil er bis dahin längst selbst das Zeitliche gesegnet hätte.« Er seufzte kurz auf und schaute ihr zuversichtlich in die Augen. »Aber so ist es auch in Ordnung. Also hör auf, dir unnötige Vorwürfe zu machen. Das Angebot von Messer Francesco ist unglaublich großzügig. Fragt sich nur, wie viel Zeit uns bleibt, bis dich die Schergen der ›Otto‹ abholen lassen.«

Elle schloss die Augen und atmete tief durch. »Nicht viel, wie ich aus den Bemerkungen der beiden Pazzi herausgehört habe.« Damian fasste sie erneut am Ellbogen und bugsierte sie die breite Treppe hinauf. Als sie an ihrer Wohnung angekommen waren, fasste er einen Entschluss.

»Ich reite los und hole das Geld. Wenn ich wieder da bin, solltest du gepackt haben«, flüsterte er gepresst. »Danach müssen wir schnellstens die Stadt verlassen. Wenn die Signoria der Anklage stattgibt, wirst du schon morgen auf den Fahndungslisten der ›Otto‹ stehen. Im Umkreis von fünfzig Meilen sind wir dann nirgendwo sicher. Deshalb möchte ich, dass wir so rasch wie möglich aufbrechen können, sobald Messer Jacopo mir die Münzsäcke übergeben hat. Mit dem Geld werden wir uns in Neapel ein schönes Haus leisten, in dem auch meine Mutter und meine beiden Schwestern ein neues Zuhause finden können. Wir werden allesamt ein zufriedenes Leben führen und unsere Kinder in Frieden aufwachsen sehen. Na, wie findest du das?«

Elle schluckte verkrampft. »Aber bis dorthin ist es eine ziemlich gefährliche Reise …«, bemerkte sie sorgenvoll. »Und deine Mutter ist nicht mehr die Jüngste …«

»Darauf können wir im Moment leider keine Rücksicht nehmen.« Seine Stimme drückte tiefes Bedauern aus, und Elle war sicher, dass es ihm ebenso wie ihr das Herz zerriss, einen solchen Schritt wagen zu müssen.

»Und es ist doch alles meine Schuld«, resümierte sie, als sie in ihren Gemächern angelangt waren.

»Das«, erhob Damian bedrohlich seine Stimme, »möchte ich niemals mehr hören, ganz gleich, was geschieht. Wenn einer hier mit Schuld belastet ist, dann ausschließlich ich.«

»Aber …«, versuchte Elle noch einmal zu protestieren und dachte an ihre Unterhaltung mit Leonardo da Vinci, die ohne Zweifel zu dieser Katastrophe geführt hatte. Ganz zu schweigen von ihrem losen Mundwerk, mit dem sie Lorenzo de' Medici auf seine Dämonen hingewiesen hatte. Vielleicht hatte sie auch Jacaranda zu wenig Aufmerksamkeit geschenkt, indem sie über deren Bemerkungen hinsichtlich Damian einfach hinweggegangen war.

»Kein Aber!«, fauchte Damian sie regelrecht an. »Und wenn du nun die notwendigsten Dinge zusammensuchst«, fügte er hinzu und deutete auf die Tür zu Lucrezias Kammer, »wirst du niemandem von unserem Vorhaben erzählen. Schon gar nicht deiner schwatzhaften Freundin. Falls sie fragen sollte, wo du hinwillst, sag ihr, dass wir für ein paar Tage meine Mutter besuchen. Aber lass dir nicht anmerken, wie es in Wahrheit in dir aussieht. Hast du mich verstanden?« Wieder hielt er sie mit beiden Händen bei den Schultern gepackt und blickte sie mit zusammengekniffenen Lidern an, ganz so, als ob er ihr von Grund auf misstraute. »Du kannst dich auf mich verlassen«, murmelte sie und fühlte sich mit einem Mal unendlich erschöpft.

»Gut«, beschied er knapp und küsste sie hart. »Spätestens wenn die Turmuhr zum Mittag läutet, müssen wir auf unseren Pferden sitzen.«

Während er zu seiner Unterkunft marschierte, stellte Damian sich die Frage, ob er sich Elle gegenüber vielleicht zu grob benommen hatte. Aber wie hätte er ihr sonst klarmachen können, dass ihnen keine andere Wahl blieb, als so schnell wie möglich von hier zu verschwinden?

Was in gewisser Weise auch ein Vorteil war. Immerhin besser, als in den Strudel einer misslungenen Pazzi-Verschwörung zu geraten und von Olivetti gemeuchelt zu werden. Wobei sich sein schlechtes Gewissen meldete. War er nicht auch angetreten, um den Medici endgültig den Garaus zu machen? Aber nicht um den Preis, dass er Elle noch einmal auf so grausame Art verlieren würde, dachte er entschlossen. Genau genommen hatte das Schicksal für ihn bereits die Weichen gestellt. Blieb abzuwarten, ob sein Optimismus gerechtfertigt war. Neapel war eine quirlige, wohlhabende Stadt, und wenn er weiterhin in den Diensten der Pazzi bleiben konnte, war sein Auskommen gesichert. Eigentlich war sogar alles besser als vorher, wenn man von den Toten, die der Brand gefordert hatte, und der Anklage gegen Elle einmal absah. Wenigstens musste er nun nicht mehr morden, um Messer Jacopo Gehorsam zu leisten. Wenn er ein verantwortungsvoller Familienvater sein wollte, war ein Leben als Advokat oder Ähnliches allemal besser geeignet, als ein Auftragsmörder zu sein. Und auch seine Mutter musste er nicht weiterhin belügen. Ob sie allerdings bereit wäre, noch einmal wegen Lorenzo de' Medici Haus und Hof zu verlassen, blieb abzuwarten.

Nachdem er in seine Kammer zurückgekehrt war, begann er sofort, einige Dinge in zwei lederne Satteltaschen zu packen. Wobei er sich auf das Nötigste beschränkte, weil er Platz lassen musste für all das Gold, das sie mit sich führten. Deshalb legte er auch größten Wert auf ein ansehnliches Waffenarsenal.

»Willst du in einen Krieg ziehen?«, fragte Tedeschi halb im Scherz, als er Damian dabei überraschte, wie er seinen schwarzen Hengst mit mehreren Taschen belud, in denen sich nicht nur eine handliche Armbrust befand, sondern auch die dazugehörige Munition im Zehnerpack zu je fünf Einheiten. Dazu eine Hakenbüchse mit dem dazu passenden Pulver und, nicht zu vergessen, den obligatorischen Eisenkugeln, die er in einem Ledersäckchen verwahrte.

»Ich besuche meine Mutter«, erwiderte Damian, ohne aufzuschauen.

»Deine Mutter?«, fragte Tedeschi und grinste verhalten. »Und die lebt auf einer Festung und heißt dich ohne Beschuss nicht willkommen, oder wie?«

»Trottel!« Damian lächelte und fuhr ungerührt mit seinen Vorbereitungen fort.

Tedeschi ließ sich nicht von seinen Grobheiten beeindrucken und ging um ihn und das Pferd herum und tätschelte dem Tier das weiche Maul. »Es ist wegen Elle, hab ich recht?«, fragte er leise. »Lorenzo de' Medici will sie der Hexerei anklagen lassen. Warum eigentlich?«, fragte er unvermittelt.

Damian wusste längst, dass er mit dem Deutschen ganz allein in den Stallungen war. Und er konnte Tedeschi vertrauen. Also warum sollte er ihm nicht die Wahrheit sagen?

»Sie hat eine besondere Gabe«, begann er vorsichtig. »Sie kann Dämonen sehen. Und sie hat Lorenzo auf den Kopf zugesagt, dass er ein besonders großes Exemplar auf der Schulter sitzen hat.«

»Und das glaubst du ihr?« Der Deutsche lachte verstört.

»Ich glaube es nicht nur, ich weiß, dass sie keinen Unsinn erzählt. Ich besitze diese Gabe auch.«

»Jesus, steh mir bei!«, stieß Tedeschi ungläubig aus und bekreuzigte sich. Er schluckte verkrampft und ging sichtlich auf Abstand. »Sitzt … äh …«, er schaute sich furchtsam um, »… auf meiner Schulter etwa auch ein Dämon?«

»Manchmal«, gab Damian tonlos zurück und zog dabei ungerührt die Schnallen seiner Satteltaschen fest.

»D… d… du willst mich verscheißern«, stotterte der Deutsche mit einem halbherzigen Lächeln. »Oder?«

Damian hielt in seinen Vorbereitungen inne und sah ihn ernst an. »Nein, Tedeschi, leider nicht. Jede Untat hat ihre direkten Auswirkungen auf dein Seelenheil. Alles, was du in diesem Leben an Bösem begehst, wird von einem dämonischen Begleiter gelenkt, der dir wie eine schlimme Krankheit im Nacken sitzt und die schlechten Gedanken in dir verstärkt. Er sät das Übel, und du bereitest den Boden dafür, damit die Saat darin aufgeht. Und wenn du stirbst, darfst du die Suppe auslöffeln, die du dir mit deiner Leichtfertigkeit eingebrockt hast.«

»Woher willst du das wissen?«

»Ich war schon mal tot«, bekannte er ehrlich, in der Hoffnung, dass der Deutsche genug Ehrfurcht vor den himmlischen Mächten besaß, um seinen Ausführungen folgen zu können.

»Wie, du warst schon mal tot?« Tedeschi runzelte kritisch die Stirn.

»Ich war schon mal im Jenseits, aber nur kurz«, fügte Damian nicht ganz wahrheitsgemäß hinzu, weil er Tedeschi mit den tatsächlichen Hintergründen nicht überfordern wollte, »aber die wollten mich nicht und haben meine Seele zurück in meinen noch lebenden Körper geschickt. Seitdem kann ich Dämonen sehen. Ich habe noch mit keinem darüber gesprochen. Du weißt ja, wie schnell die Leute dabei sind, unsereins als Gehilfen des Satans zu verbannen.«

»Das, was du da erzählst«, bemerkte Tedeschi sichtlich um Fassung ringend, »ist doch nichts anderes, als uns die Pfaffen von der Kanzel predigen.«

»Genau«, bestätigte Damian mit einem müden Lächeln. »Und wer sagt, dass sie nicht ausnahmsweise mal recht haben?«

»Und was kann ich tun, um sie abzuschütteln? Ich meine, die Dämonen.«

Damian atmete auf, als er sah, dass Tedeschi bemüht war, ihn ernst zu nehmen.

»Von hier verschwinden, ein hübsches Weib ehelichen, mit ihr ein paar Kinder zeugen und irgendwo auf der Welt einem anständigen Gewerbe nachgehen, das niemandem wehtut.«

»Ist es das, was du nun vorhast?« Tedeschi schaute ihn aus treuen, blauen Augen an, die sein tiefstes Bedauern ausdrückten, in Zukunft auf ihn als Kamerad verzichten zu müssen.

Damian nickte stumm. »Mir bleibt keine andere Wahl«, beschied er dumpf. »Vielleicht kann ich dich später holen, wenn alles so läuft, wie ich hoffe.«

»Wo gehst du denn hin?«

Einen Moment lang haderte Damian mit sich, ob er Tedeschi einweihen sollte, doch dann rief er sich ins Gedächtnis, dass er ihm schon immer hatte vertrauen können.

»Neapel«, sagte er leise. »Francesco hatte als Einziger ein Einsehen und hat mir in einer Filiale der Pazzi eine Stelle offeriert. Aber bitte sag's nicht den anderen, bis ich mit meiner Familie sicher dort unten angekommen bin und euch eine Depesche geschickt habe.«

»Worauf du dich verlassen kannst.« Tedeschi schaute ihm tief in die Augen. Dann ging er auf ihn zu und umarmte ihn fest. »Pass auf dich auf, Junge, und lass dich keinesfalls von den Medici-Schergen erwischen.«

»Und du lass dich in keinerlei großangelegte Verschwörung reinziehen.«

»Verschwörung?«, fragte Tedeschi erstaunt. »Was für eine Verschwörung?«

»Es könnte gut sein, dass Jacopo und Francesco auf dumme Gedanken kommen, wenn Lorenzo sie weiterhin ärgert.« Damian zwinkerte ihm wissend zu, ohne näher auf die möglichen Details einzugehen. »Also nimm dir deine Lucrezia und sieh zu, dass du rechtzeitig mit ihr das Weite suchst und in Sicherheit bist, bevor der Sturm losbricht.«

»Ich befolge lieber deinen Rat«, versprach ihm Tedeschi leise, »und komme vorher zu dir.«

»Wie gesagt, ich melde mich, sobald wir glücklich in Neapel angekommen sind. Wenn alles so läuft, wie ich es mir vorstelle, werde ich Francesco klarmachen, dass wir auf Lucrezia und dich dort nicht verzichten können.«

»Hab Dank, Bruder!« Tedeschi hatte mit einem Mal feuchte Augen und schloss Damian abermals in seine Arme.

»Keine Tränen, mein Freund.« Damian klopfte ihm beruhigend auf den Rücken. »Sei gewiss, dass wir uns wiedersehen«, versicherte er ihm. *Und selbst wenn es erst im nächsten Leben ist*, hätte er am liebsten gesagt. Doch das ersparte er sich.

KAPITEL 17

Gnadenlos

Anfang Februar 1477 – Florenz

Elle riss erschrocken den Kopf hoch, als unvermittelt jemand, ohne anzuklopfen, ihre Gemächer betrat. Mit einer fahrigen Geste richtete sie sich das einfache, himmelblaue Wollkleid und ordnete ihre wirren Locken zu einem hastig geschlungenen Knoten.

»Wo willst du hin ohne mich?« Lucrezia schien mehr als überrascht, als sie sah, dass ihre Herrin, wie sie Elle ab und an immer noch nannte, offenbar ein paar Kleidungsstücke in eine lederne Reisetasche packte.

»Wir besuchen meine Schwiegermutter.« Elle wagte es nicht, ihrer engsten Vertrauten in die Augen zu schauen. Stattdessen wirbelte sie herum, als ob sie etwas suchen würde, und steuerte auf die Truhe mit dem Schuhwerk zu, weil sie auf keinen Fall auf ihre robusten Reitstiefel verzichten wollte. Dass ihr Weg sie in Wahrheit bis nach Neapel führen würde, durfte sie Lucrezia nicht erzählen.

Als sie aufsah und Lucrezias verstörtem Blick begegnete, versuchte sie sich an einem entschuldigenden Lächeln. »Weißt du zufällig, wo meine Haarklammern sind? Und eine Bürste bräuchte ich auch.«

Wortlos ging Lucrezia zu einer bunt bemalten Kommode, in der sich ihre Toilettensachen befanden, und öffnete sie. Geschickt fischte sie Bürste, Kamm und einen silbernen Handspiegel aus einem Sammelsurium aus bunten Bändern und perlenbesetzten Diademen.

Als Elle die Sachen mit einem dankbaren Nicken an sich nehmen wollte, zögerte Lucrezia einen Moment und versah Elle mit einem sorgenvollen Blick. »Da stimmt doch was nicht«, bemerkte sie misstrauisch. »Warum lässt du dir nicht von mir helfen, und warum sagst du mir nicht, dass du Florenz verlassen willst, und sei es nur, um zu einem der vielen Landhäuser der Pazzi zu fahren, geschweige denn zu deiner neuen Verwandtschaft? Elle, rede mit mir, was ist passiert?«

Elle senkte den Blick, weil sie sich von ihrer Freundin ertappt fühlte. »Ich kann es dir nicht sagen, Lucrezia. Oder besser … ich darf es nicht.« Mühsam blinzelte Elle die Tränen weg, doch Lucrezia war nicht dumm.

»Hat es etwas mit den Medici zu tun und dem Aufruhr, der hier vor ein paar Tagen geherrscht hat?«

Elle nickte wortlos. »Bitte dring nicht weiter in mich …«, flüsterte sie nur und fuhr damit fort, ein paar Unterkleider zusammenzusuchen. »Es ist besser, wenn du von der Sache nichts weißt.«

»Ich mache mir aber Sorgen«, protestierte Lucrezia. »Immerhin hat es einen schlimmen Brand gegeben mit fünf Toten und einer verschwundenen Frau. Es gibt jede Menge Gerüchte, und niemand weiß etwas Genaues, und nun tust auch du noch so, als ob mich das alles nichts anginge. Bis jetzt haben wir alles gemeinsam gemeistert. Und ich erinnere dich daran, dass Lorenzo de' Medici es auch auf mich abgesehen hat.«

»Du brauchst keine Angst zu haben, Lucrezia. Mit dir und Tedeschi hat das überhaupt nichts zu tun. Ich …« Sie stockte und dachte an Damian und das Versprechen, das sie ihm gegeben hatte. »Damian und ich sind unglücklicherweise zwischen die Fronten geraten«, erklärte sie vage. »Es gibt Anzeichen dafür, dass Lorenzo de' Medici sich an den Pazzi und besonders an ihm und mir rächen will. Deshalb müssen wir so schnell wie möglich verschwinden, schon allein, damit für Messer Jacopo und seine Familie kein größerer Schaden entsteht. Messer Francesco war so gütig, uns einen Unterschlupf anzubieten, wo wir bleiben können, bis Gras über die Sache gewachsen ist.«

»Was für eine Sache denn? Und was hat Lorenzo de' Medici damit zu tun?«, fragte Lucrezia sichtlich beunruhigt. »Ich meine, was kann er denn von dir wollen? Jetzt, wo du neu verheiratet bist und alles ins Lot kommen wird. Ich meine …«, begann sie von neuem und machte eine hilflose Geste. »Was bedeutet das: Er will sich an euch rächen? Etwa weil Damian Olivetti besiegt hat?«

Elle stieß einen tiefen Seufzer aus. Sie musste einsehen, dass es ihr unmöglich war, einfach auf Nimmerwiedersehen zu verschwinden, ohne Lucrezia eine Erklärung zu liefern und sich vernünftig von ihr zu verabschieden. »Versprich mir, Lucrezia, dass du schweigst, vor allem gegenüber deiner Cousine Emilia!«

Lucrezia starrte sie aus großen blauen Augen an und legte eine Hand aufs Herz. »Ich schwöre«, wisperte sie fast andächtig. »Bei der unsterblichen Seele meines Vaters, Gott hab ihn selig.«

»Nun gut«, beschied Elle und schaute Lucrezia entschlossen in die Augen. »Aller Wahrscheinlichkeit nach hat Lorenzo das Hurenhaus von seinen Schergen in Brand stecken lassen«, rückte Elle mit der Wahrheit heraus. »Jacopo de' Pazzi wollte ihn daraufhin verklagen, doch nun haben die Medici ihrerseits eine Anklage in den Stadtrat von Florenz eingebracht. Lorenzo behauptet darin glatt, ich hätte das Haus in Brand gesteckt. Aus Eifersucht. Jacaranda, die allem Anschein nach noch lebt, steht ihm mit einer entsprechenden Aussage zur Seite.«

»Großer Gott, ist sie von Sinnen? Du warst zum Zeitpunkt des Feuers hier in deinen Gemächern und lagst mit Damian im Bett«, empörte sich Lucrezia um einiges zu laut.

»Leise!«, mahnte Elle sie und fuhr zwangsläufig mit gedämpfter Stimme in ihren Erklärungen fort: »Lorenzo will mich wegen Hexerei anklagen. Du weißt doch, er wollte das schon einmal tun, als ich ihm beim Bankett auf den Kopf zugesagt habe, dass auf seiner Schulter ein Dämon sitzt. Offenbar ist er nun fest gewillt, mich als Hexe vor Gericht zu bringen. Und leider gibt es noch mehr Zeugen, die seinen Verdacht bestätigen könnten. Wahrscheinlich sind sie alle gekauft. Meister Verrocchio behauptet, ich hätte in seiner Gegenwart erzählt, ich könne in einer eisernen Röhre fliegen, und Jacaranda weicht nicht davon ab, mich zum fraglichen Zeitpunkt in ihrem Hurenhaus auf einem Besen gesehen zu haben, wie ich ihr Bett in Brand steckte.«

»Du liebe Güte!« Lucrezia ließ sich fassungslos in den nächstbesten Sessel plumpsen. »Wie können die beiden nur so etwas Verrücktes behaupten?«

»An der Sache mit der Röhre trage ich wohl selbst eine Mitschuld«, bemerkte Elle zerknirscht, »weil ich Leonardo da Vinci von meinen Träumen erzählt habe, in denen ich in einer eisernen Röhre durch die

Wolken fliege. Dabei hat sein Meister wohl mit spitzen Ohren zugehört und eine wahre Geschichte daraus gemacht.

Warum Jacaranda so einen Blödsinn erzählt, kann man sich leicht vorstellen. Immerhin war sie eine Weile so etwas wie Damians Geliebte und scheint nun uns beiden schaden zu wollen. Wer weiß, vielleicht hat Lorenzo de' Medici sie auch zu einer solchen Aussage gezwungen. Ihm kommt eine solche Denunzierung gerade recht, weil bei einem Schuldspruch meine Mitgift doch noch an die Signoria fließen würde. Auch den Pazzi würde meine Verurteilung sehr schaden, weil sie mir geholfen haben und somit ihren Ruf, mit dem Teufel im Bunde zu stehen, nur noch verschärfen.«

»Heilige Mutter!« Lucrezia war plötzlich so weiß wie ein frisch geschöpfter Büffelkäse und schlug sich die Hände vor den Mund.

»Und wo wollt ihr hin? Die geheimen Spione der ›Otto‹ sind überall. Sie können euch im Handumdrehen finden und verhaften!«

»Nein«, sagte Elle mit fester Stimme. »Wir ziehen in eine Gegend, wo die ›Otto‹ keinen Einfluss haben.«

»Und wo soll das sein?« Lucrezia brachte nur noch ein Krächzen heraus.

»Tut mir leid«, entgegnete Elle und schüttelte ihren rotblonden Schopf. »Ich habe Damian versprochen zu schweigen. Es ist ohnehin besser, wenn du noch nicht einmal eine Ahnung davon hast. Aber wenn ich erst dort bin, werde ich dir gewiss einen Brief schreiben.«

Wortlos half Lucrezia ihr weiter beim Packen.

»Es ist kalt«, versuchte sie das Thema zu wechseln und zog ein paar Wollstrümpfe aus einer Kommode, die Damian gehörte. »Ihr beide benötigt wärmendes Unterzeug. Zu dieser Jahreszeit kann es in Florenz und Umgebung ziemlich ungemütlich werden, und das nicht nur im übertragenen Sinne.«

Als alles in zwei Packtaschen verstaut war, stand Elle ratlos da und blickte sich um. »Fehlt noch etwas?«, fragte sie traurig.

»Ja«, entgegnete Lucrezia mit erstickter Stimme und umarmte sie fest.

»Die Heilige Mutter sei mit euch. Und lass mich so bald wie möglich wissen, ob es dir gutgeht.«

Unerkannt ritten Damian und Elle gegen Mittag zum südlichen La-Croce-Tor hinaus, um den Anschein bemüht, es nicht allzu eilig zu haben.

Zum Glück schien die Sonne, und die Wege waren trocken, auch wenn es ansonsten lausig kalt war. Elle trug ein wärmendes Cape aus dunkelblauer Wolle mit einer Kapuze, die zuverlässig ihre Gesichtszüge verbarg. Auch Damian hatte seine Pazzi-Uniform abgelegt und war in eine braune Lederhose und ein Wams aus ockerfarbenem Samt geschlüpft, über dem er eine mit Bärenpelz verbrämte Weste trug. Dazu einen schwarzen Federhut. Wer ihn nicht näher kannte, hätte meinen können, er sei ein junger Kaufmann, der mit seiner Begleitung in geschäftlicher Mission unterwegs war.

Francesco de' Pazzi hatte derweil zwei Knappen mit zwei Packpferden und einer Kutsche zum Haus von Eleonore de' Castello vorausgeschickt, die am späten Nachmittag in Fiesole eintreffen würden, dort, wo Damians Mutter mit ihren beiden minderjährigen Töchtern in ihrem früheren Gesindehaus lebte.

Damian und Elle wollten noch vor der Kutsche dort eintreffen, damit ihnen genug Zeit blieb, die Situation zu erklären.

Damians Mutter saß gerade in der Stube und putzte Gemüse, als ihr Sohn unangemeldet ihre bescheidene Kate betrat, Elle an der Hand, die sie auf Simonettas Hochzeit schon einmal gesehen haben musste.

»Gott zum Gruß, Mutter«, rief Damian mit belegter Stimme, die seine Aufregung verriet, zog den Hut ab und verbeugte sich standesgemäß. Dann nahm er Donna Eleonore ungefragt in den Arm und küsste sie herzlich auf die faltige Wange. Elle war nicht sicher, ob sie der Frau tatsächlich willkommen waren. Deren verstörtem Blick nach zu urteilen, schien sie nicht wirklich erfreut. Elle machte, wie es sich bei einer Frau und Mutter ihres Standes gehörte, einen angedeuteten Knicfall und küsste Eleonore de' Castello die schmutzige Hand, bevor diese sie zurückziehen konnte.

»Um Himmels willen, Damian« stieß die alte Dame krächzend hervor und beäugte misstrauisch Elles himmelblaues Wollkleid, das am Ausschnitt aufwendig mit bunten Edelsteinen und seidenen Borten verziert war. »Warum hast du dich nicht angemeldet? Du beschämst mich mit solch vornehmem Besuch, wo ich noch nicht einmal eine anständige Suppe im Hause habe.«

Elle tat die Frau leid in ihren abgetragenen, graubraunen Kleidern, das wirre, grau werdende Haar notdürftig aufgesteckt. Mager bis auf die Knochen, waren es einzig die braunen Augen und der geschwungene Mund, die von ihrer ehemaligen Schönheit zeugten. Früher hatte sie bestimmt einen stattlichen Haushalt geführt und sich viele Dienerinnen leisten können. »Wer ist diese Frau überhaupt und was hast du mit ihr zu schaffen?«

Damian stockte einen Moment, und man sah ihm deutlich die Verlegenheit an, in die ihn seine Erklärungsnot brachte. Elle wurde schlagartig klar, dass er Donna Eleonore nicht eingeweiht hatte, was seine überstürzte Hochzeit betraf. Ihr gegenüber hatte er es so dargestellt, als sei seine Mutter wegen der Pazzi und der Medici nicht erschienen. Aber er habe ihr einen Brief geschrieben, hatte er ihr noch am Tag vor der Hochzeit versichert. Doch in Wahrheit wusste sie noch gar nichts von ihrem Glück, nun eine Schwiegertochter zu haben.

Mit einem strafenden Seitenblick gab Elle ihm zu verstehen, dass er gefälligst selbst sehen musste, wie er die Suppe auslöffelte.

»Mutter«, begann er gepresst, wobei ihm anzumerken war, wie sehr er nach den richtigen Worten suchte. »Das ist meine Frau Gabrielle. Du kennst sie vielleicht noch, sie ist die Cousine von Simonetta Vespucci.

»Deine Frau?«, fragte sie wie vom Donner gerührt und unterzog Gabrielle unvermittelt einer näheren Betrachtung, indem sie um sie herumging, als ob sie ein seltenes Tier wäre. »Die Cousine von Simonetta?« Sie stutzte, und dann schien ein Ruck der Erkenntnis durch sie hindurchzugehen. »Natürlich erinnere ich mich! War sie nicht mit einem wesentlich älteren Mann verheiratet worden? Wie hieß er noch gleich?« Konzentriert dachte sie nach, nur um dann mit zufriedener Miene auszurufen: »Jetzt hab ich's. Giovanni de' Vincenco!« Donna Eleonore hob eine ihrer feingeschwungenen Brauen und warf Damian einen misstrauischen Blick zu. »Und wieso ist sie hier? Ist er mittlerweile verstorben?«

»Ihre Ehe wurde annulliert«, kam Damian jeder weiteren Spekulation zuvor. »Von Papst Sixtus persönlich.«

»Und warum, wenn ich wissen darf?«, fragte sie, wobei sie Elle nicht aus den Augen ließ.

»Weil Don Giovanni ihr keine Kinder schenken konnte«, erklärte Damian ungeduldig.

»Was mich nicht wundert«, fügte Eleonore mit einem wissenden Lächeln hinzu. »Schließlich war er schon damals uralt.«

»Und wenn es so wäre! Das spielt nun auch keine Rolle mehr. Er sitzt im Kerker von Mailand und wird beschuldigt, an einer Verschwörung gegen den toten Herzog beteiligt gewesen zu sein. Nur mit viel Glück und dem Geld der Pazzi bleibt ihm der Strang erspart.«

Damians Mutter war plötzlich ganz still. »Und was ist mit euch beiden?«, fragte sie tonlos. »Vor welchen Dämonen seid ihr auf der Flucht?«

Elle lief es eiskalt den Rücken hinunter. Damians Mutter hatte allem Anschein nach das Zweite Gesicht. Oder zumindest einen todsicheren Instinkt für die Gegebenheit um sie herum. »Habe ich dir nicht gleich gesagt, du sollst dich nicht mit diesen verdammten Pazzi einlassen?«

Damit lag sie zumindest teilweise daneben, was Elle dazu bewog, für Damian Partei zu ergreifen. »Es waren nicht die Pazzi, die Euren Sohn ins Unglück gestürzt haben«, warf sie ein. »Im Gegenteil, sie haben uns Pferde und Wagen zur Verfügung gestellt und einen sicheren Unterschlupf garantiert. Im Übrigen ist es meine Schuld, dass wir nun auf der Flucht sind. Und ich befürchte, dass ich es bin, die uns alle ins Unglück gestürzt hat.«

Donna Eleonore sah Elle einen Moment ungläubig an, dann brach sie in schallendes Gelächter aus. »Mich kann niemand mehr ins Unglück stürzen«, sagte sie, nachdem sie wieder zu Atem gekommen war. »Mehr Unglück kann mir kaum widerfahren. Mit einem Ehemann, der aufgrund einer Verleumdung gehängt wurde, und einem Sohn, dem nichts weiter eingefallen ist, als bei einer Bande von Mördern anzuheuern. Ich frage mich nur, was so ein wunderhübsches Wesen, wie Ihr es seid, dort zu suchen hat. Oder seid Ihr am Ende aus lauter Verzweiflung unter die Huren gegangen?«

»Mutter!« Damian zeigte mit seiner verbissenen Miene, wie sehr ihn die Bemerkungen seiner Mutter ärgerten. »Du tust ihr bitter Unrecht!«, schimpfte er. »Zumal sie in einer ähnlich aussichtslosen Lage steckt wie einst unser Vater.«

Donna Eleonore legte den Kopf schief und sah ihn fragend an. »Und wie, in Herrgotts Namen, soll ich das verstehen?«

Damian begann so ruhig wie möglich von Don Giovannis Verurteilung in Mailand zu sprechen und der Tatsache, dass die Medici ihre Chance erkannt hatten, indem sie nicht nur Don Giovannis Existenz zerstören wollten, sondern auch die seiner jungen Frau. Auch seine Rolle, was die Heirat und die Rettung der Mitgift betraf, ließ er nicht aus. »Doch damit ist es noch längst nicht genug«, schloss er seinen nüchternen Vortrag. »Il Magnifico hat noch viel bösartigere Spielchen auf Lager.« Er schnaubte verdrossen.

»Lorenzo de' Medici will mich wegen Hexerei verklagen«, klärte Elle die erstaunt dreinblickende Donna Eleonore unvermittelt auf. »Unter anderem weil Euer Sohn in einem Turnier in Notwehr Lorenzos Hauptmann erschlagen hat. Um sich dafür zu rächen und uns beiden und den Pazzi zu schaden, behauptet er nun, ich sei bei Nacht auf einem Besen zu einem Freudenhaus geritten und habe es in Brand gesteckt, obwohl ich zu diesem Zeitpunkt mit Eurem Sohn noch das Hochzeitslager teilte. Jacopo de' Pazzi hat beim Gonfaloniere de Giustizia dagegen Protest eingelegt, doch der lässt sich leider nicht beirren, es ist ziemlich sicher, dass er Anklage wegen Hexerei gegen mich erhebt.«

Ungeachtet dessen, was Damians Mutter dazu sagen würde, schenkte Elle ihrem frisch angetrauten Ehemann einen liebevollen Blick. »Damian hat sich nicht davon abbringen lassen, mit mir zu fliehen. Ich weiß das zu schätzen, und doch bin ich nicht glücklich darüber. Für meine Rettung setzt er seine eigene Sicherheit und die seiner Familie aufs Spiel. Wir werden garantiert von der ›Otto‹ verfolgt. Und die Pazzi haben uns die Möglichkeit eröffnet, zusammen mit Euch und Euren Töchtern nach Neapel zu gehen, wo sie eine Bankfiliale betreiben. Dort sind wir vor den Schergen der Signoria und auch vor den Medici ein für alle Mal sicher.« So, nun war es heraus.

Anstatt sie zu verfluchen, brach Donna Eleonore kopfschüttelnd in Gelächter aus. »Ich habe Lorenzo de' Medici nie für einen wirklich klugen Mann gehalten, doch nun scheint er völlig den Verstand zu verlieren. Nie im Leben, mein Kind, bist du eine Hexe. Glaub mir, ich verfüge über ausreichend Menschenkenntnis, um so etwas bezeugen zu können. Bei meinem Sohn sieht es schon anders aus. Bei ihm habe ich nicht nur einmal befürchtet, dass er von Dämonen besessen ist.« Während sie ihren stattlichen Sohn musterte, wurde ihr Blick ganz weich.

»Und nun weiß ich, er ist eher ein Kindskopf«, sagte sie leise. »Und ein ziemlich gutmütiger dazu. Er weiß, was Ehre und Verpflichtung bedeuten. Deshalb hatte ich ja meine Bedenken, als er sich von den Pazzi hat kaufen lassen. Doch er scheint sein Handwerk gründlich gelernt und bei seinen Auftraggebern einen entsprechenden Eindruck gemacht zu haben, ansonsten hätten sie ihn wohl nicht unterstützt. Einen besseren Mann werdet Ihr wahrscheinlich nirgendwo finden.«

Damian verspürte plötzlich einen Kloß in der Kehle, weil seine Mutter so große Stücke auf ihn hielt. Gut, dass sie nie von seinen Untaten erfahren würde, die er nicht nur in seinem früheren Leben reihenweise im Auftrag der Pazzi begangen hatte, sondern auch in seinem zweiten Versuch.

»Dann seid Ihr einverstanden, wenn wir noch heute alle zusammen nach Neapel aufbrechen?«, fragte er seine Mutter hoffnungsvoll.

»Wenn du mir sagst, wie wir einen solchen Neuanfang finanzieren sollen, hast du meine Zustimmung«, erklärte Donna Eleonore, ohne länger darüber nachzudenken.

»Wir haben viertausend Goldfiorini, von denen Messer Jacopo dreitausend auf seine Bank in Neapel überweisen lässt, den Rest haben wir in Bargeld erhalten.« Damian begegnete ihrem überraschten Blick mit regloser Miene.

»Woher hast du denn plötzlich so viel Geld?«, fragte sie misstrauisch.

Er zögerte und warf Elle einen flüchtigen Seitenblick zu. Seiner Mutter wäre es gewiss unangenehm, auf das Geld einer Fremden angewiesen zu sein. Doch darauf konnte Damian keine Rücksicht nehmen.

»Das ist Elles Mitgift aus ihrer ersten Ehe. Es sollte reichen, um einen Neuanfang zu wagen.«

Ihr Blick schnellte zu Elle hinüber. »Dann stehen wir also auf ewig in Eurer Schuld?«, fragte sie besorgt.

»Nein«, beruhigte sie Elle mit einem Lächeln. »Dafür habe ich Euren Sohn zum Ehemann bekommen, und der ist mit Geld nicht aufzuwiegen. Und ich kann Euch gar nicht sagen, wie sehr ich mich freue, fortan wieder eine eigene Familie zu haben. Menschen, die zu mir gehören. Seit dem Tod meiner Eltern hatte ich niemanden mehr, dem ich vertrauen konnte.«

»Gut«, befand Donna Eleonore mit einem wehmütigen Lächeln. »Ich muss nur noch Isabella und Ricarda hereinrufen. Sie sind draußen im Garten und ernten die letzten Winterrüben.«

Die beiden Mädchen brauchten erstaunlich wenig Zeit, bis sie das Nötigste gepackt hatten. Die Aussicht darauf, diesem armseligen Nest entfliehen zu können und vielleicht etwas von der Welt kennenzulernen, ließ ihnen Flügel wachsen. Inzwischen war auch die Kutsche mitsamt den zwei Zugpferden eingetroffen. Die Knappen ritten auf den beiden Packpferden zurück. Damian zurrte das Gepäck auf den Pferden fest, mit denen Elle und er hierhergeritten waren, und band sie am hinteren Teil des Wagens fest. »Wir werden noch heute Abend Florenz verlassen, um den Weg nach Süden anzutreten«, erklärte er den Frauen. »Wir müssen die Dämmerung und die Nacht nutzen, damit niemand unterwegs ist, der uns aufspüren könnte.«

Während seine Mutter und seine Schwestern in dem zweispännigen, geschlossenen Wagen Platz genommen hatten, saß Elle neben Damian auf dem Kutschbock und beobachtete die Umgebung. Sie hatte sich bei ihm untergehakt und ihren Kopf vertrauensvoll an seine Schulter gelegt. Auch wenn das keine große Geste war, so erfüllte sie Damians Herz mit unstillbarer Freude.

Sie liebte ihn, das spürte er, und offenbar besaß sie nicht nur den Schlüssel zu seinem Herzen, sondern auch den zum Herzen seiner Mutter. Auch seine beiden Schwestern mochten Elle auf Anhieb. Die Vorstellung, fortan mit seiner gesamten Familie in Neapel ein freies Leben führen zu können, fernab von all jenen Dämonen, die nicht nur in Florenz ihr Unwesen trieben, bedeutete für ihn ein unbeschreibliches Glück, mit dem er wahrlich nicht mehr gerechnet hatte. Keine grausamen Machthaber, die Menschen wie Schachfiguren manipulierten. Keine Kämpfe mehr und somit auch keine Toten. Und so, wie es aussah, hatte er Abbadon, dem Höllenfürsten, und seinen Helfershelfern, ja, wenn nicht dem gesamten Universum, ein Schnippchen geschlagen, indem er sie geschickt in die Irre geführt hatte. Endlich durfte er wieder leben wie ein Mensch, nicht wie ein bösartiges Tier, das sich ständig auf der Flucht vor sich selbst befand.

Während die reizvolle toskanische Landschaft an ihnen vorüberzog, mit ihren spitz aufragenden Zypressen und den abgeernteten Feldern, senkte sich der Abend mit einem feuerroten Ball über der schattenhaften Silhouette der umliegenden Berge. Nach mehreren Stunden Fahrt bei Nacht im Schein einer Fackel fand Damian noch vor der Morgendämmerung eine gut überschaubare Lagerstätte auf einem Hochplateau unter ein paar uralten Bäumen, die ihnen sowohl Schutz als auch Schatten spenden würden. Während seine Mutter und seine Schwestern noch schliefen, zündete er zu Elles Freude ein wärmendes Lagerfeuer an, nachdem er die Pferde zum Grasen angepflockt hatte.

Dann teilte er Brot und Käse mit ihr. Beides hatten sie wie den übrigen Proviant von zu Hause mitgebracht. In einer Kanne wärmten sie über dem Feuer den Wein, den Messer Jacopo ihnen mit auf die Reise gegeben hatte. Doch selbst dabei ließ Damian die Umgebung des Wagens nicht aus den Augen. Die Armbrust und das Schwert immer griffbereit, machte er sich keine Illusionen über ihre Sicherheit. Ein einzelner Wagen war nicht nur auffällig, was die Medici-Söldner betraf, sondern auch ein regelrechter Lockvogel für Räuber und Wegelagerer.

Dank der noch immer in ihm pulsierenden dämonischen Kräfte benötigte er nicht so viel Schlaf wie in früheren Zeiten. Nachdem er sicher sein durfte, dass seine Mutter und seine Schwestern im Wagen ein weiches Nachtlager gefunden hatten, legte er sich mit seinen Waffen auf die Lauer. Elle hatte darauf bestanden, bei ihm schlafen zu dürfen. Doch an Schlaf war ohnehin nicht zu denken.

»Wollen wir uns bei der Nachtwache nicht abwechseln?«, schlug Elle allen Ernstes vor und schmiegte sich dabei schutzsuchend an ihn, während sie eng aneinandergeschmiegt an einem der Wagenräder saßen.

»Du machst wohl Spaß«, murmelte Damian, der in den aufkeimenden Morgen spähte und einen Arm um ihre Schulter legte. Dann beugte er sich im Schein der Flammen zu ihr hinab und küsste sie. Die ganze Zeit schon hatte er darauf gewartet, seine Lippen auf ihre zu senken, um mit der Zunge um Einlass zu bitten. Aber schließlich hatte ihm nicht nur die Zeit im Nacken gesessen, sondern auch seine Mutter und seine Schwestern, die noch lange schwatzend nicht in den Schlaf gefunden hatten. Jetzt war es wunderbar still, und Elle öffnete ihren Mund und erwiderte sein Spiel mit der gleichen Leidenschaft, wie er es tat. Schon spürte er ihre Hand an seinem Schritt und atmete tief durch, als sich ihre flinken Finger einen Weg in seine weiche Hirschlederhose bahnten. Als sich ihre zarte Hand um sein schwellendes Glied legte, kicherte sie leise.

»Er will unbedingt frische Luft schnappen«, amüsierte sie sich und machte sich daran, die Schnüre seiner Hose zu öffnen. Damian wollte ihr Einhalt gebieten, doch er schaffte es nicht. Einen kleinen köstlichen Moment lang schloss er die Augen, als sie ihre wollenen Röcke raffte und sich breitbeinig mit bloßem Geschlecht auf seinem stramm stehenden Soldaten niederließ. Zu seinem Erstaunen war sie längst feucht, und es bedurfte keiner besonderen Fertigkeit, um sofort tief in sie hineinzugleiten. »Du kleines Luder«, flüsterte er atemlos, fest umschlossen von ihrer samtigen Hitze. »Du bist ja genauso erregt wie ich selbst.«

»Seit unserer Hochzeitsnacht möchte ich nichts lieber tun, als zu spüren, wie du in mir wächst, tief in mich hineindrängst und dann vor Lust beinah den Verstand verlierst.«

Ihre stetigen Auf- und Abwärtsbewegungen ließen ihn wahrhaftig den Verstand verlieren, zumal er nichts anderes mehr wahrnahm als seinen harten Schwanz, dessen geschwollene Eichel er wieder und wieder in ihrem engen Fleisch versenkte, dazu ihr leises Keuchen, immer heftiger werdend, und den heißen Atem auf seinen Lippen, der in kleinen Wölkchen stoßweise ihrem lockenden Mund entwich. Eine Hand fest in ihren süßen Hintern gekrallt, massierte er mit der anderen Hand ihre nackten Brüste, die er trotz der Kälte aus ihrem Ausschnitt befreit hatte. Derweil sie ihn immer schneller ritt, kam er ihr mit den Hüften entgegen und erhöhte somit den Druck, was ihre Lust noch zu steigern schien. Als er ihre unvermittelten inneren Kontraktionen verspürte, legte er eine Hand auf ihre Lippen, um ihren Lustschrei zu unterdrücken. Zugleich hielt er selbst den Atem an, während er sich bockend in ihrem Innern verströmte.

Als sie endlich zur Ruhe kamen und er es wagte, die Hand von ihrem Mund zu nehmen, küsste sie ihn wild, und er spürte ihre Wangen, die trotz der Kälte vor Hitze glühten. Und auch ihm selbst war gehörig warm geworden, zumal, wenn er darüber nachdachte, dass sie während ihres kleinen Vergnügens jederzeit hätten von seiner Familie überrascht werden können.

»Glaubst du, ich werde bald schwanger, wenn wir es nur oft genug miteinander treiben?«, flüsterte Elle mit belegter Stimme.

»Gewiss«, ermutigte er sie mit einem Lächeln auf den Lippen. »Je öfter wir es tun, umso eher.«

»Ich hätte gerne eine Tochter«, bekannte sie unvermittelt und schob sich ihm noch einmal entgegen. »Lucrezia meinte, wenn der Mann nach dem Beischlaf noch ein wenig in der Frau verweile, werde es ein Mädchen.«

»Sagt sie das?«, antwortete Damian belustigt und packte ihre Pobacken mit beiden Händen, um sie auf sich festzuhalten. Zugleich begann er erneut in sie hineinzustoßen. »Und was ist, wenn wir einfach noch mal von vorn beginnen, werden es dann Zwillinge?«

»Ein Junge und ein Mädchen«, hauchte sie ihm an den Mund und passte sich willig seinem schneller werdenden Rhythmus an. »Das wäre schön.«

»Ich werde mein Bestes geben, Donna Gabrielle, um Euch für die bisher entgangenen Freuden der Mutterschaft zu entschädigen«, witzelte Damian und spornte sie an, ihn noch heftiger zu reiten als vorhin.

Als Elle Stunden später erwachte, galt ihr erster Gedanke Damian, der ihr gemeinsames Lager bereits verlassen hatte.

Vollständig angezogen saß er am Feuer und bereitete heißes Wasser für einen Kräutersud vor, den er mit Honig und Wein abschmeckte. Während Elle sich selig streckte, immer noch gefangen von den Freuden der Liebe, reichte er ihr mit einem Augenzwinkern einen Zinnbecher mit der dampfenden Flüssigkeit und dazu ein Stück Walnussbrot, das seine Mutter vor ein paar Tagen gebacken hatte.

Elle setzte sich auf und zog die Pelzdecken, die sie aus Florenz mitgebracht hatten, enger um ihre Schultern, bevor sie den Becher entgegennahm.

»Danke«, sagte sie leise und nippte vorsichtig an dem heißen Gebräu. Derweil tat sich auch etwas im Innern des Wagens, und Donna Eleonore und die Mädchen krochen schlaftrunken aus der Tür hervor.

»Guten Morgen«, krächzte Damians Mutter und ließ sich nicht anmerken, ob sie von dem frühmorgendlichen Liebesspiel ihres Sohnes und ihrer frischgebackenen Schwiegertochter etwas mitbekommen hatte.

Stattdessen rieb sie sich mit schmerzverzerrtem Gesicht den Rücken und richtete sich mühselig auf, bevor sie gleichbleibend freundlich Kräutersud und Brot an ihre offenbar frierenden Töchter verteilte. Damian lächelte nur und nahm sie ohne ein Wort in den Arm und drückte sie fest. Nachdem sie sich von ihrem Sohn gelöst hatte, setzte sie sich mit einem tiefen Seufzer neben Elle auf das wärmende Bärenfell, das Damian als Schlafunterlage ausgebreitet hatte.

»Spätestens morgen früh gibt es eine warme Suppe«, versprach er mit einiger Zuversicht im Blick. »Dann erreichen wir Poggibonizzi. Im dortigen Castello Magione di San Giovanni al Ponte betreiben die Johanniter eine Herberge, in der ohne Nachfrage ein warmes Essen an Reisende ausgegeben wird. Wir dürfen es eigentlich nicht wagen, irgendwo einzukehren«, erklärte er, »solange wir uns noch im Hoheitsgebiet von Florenz befinden, aber die Ordensbrüder sind dafür bekannt, keine Fragen zu stellen und auch keine zu beantworten.«

Als Damian nach einer durchfahrenen Nacht den Wagen gegen Morgen einen Hügel hinauf lenkte, der zu dem vor gut dreihundert Jahren errichteten Castello führte, beschlich Elle ein ungutes Gefühl, das sie nicht benennen konnte. Die gesamte Umgebung war in dichten Nebel gehüllt, sodass man kaum die Hand vor Augen sehen konnte. Aber Damian kannte sich angeblich hier aus. Obwohl sich ein Dorf in der Nähe befinden sollte, war es geradezu gespenstisch still. Weit und breit war nicht mal ein Hund zu hören, geschweige denn ein menschlicher Laut. Nur das langgezogene Wehklagen der Krähen begleitete sie.

Damian schien es ähnlich zu ergehen. Seine konzentriert wirkenden, grauen Augen und die angespannten Gesichtszüge vermittelten ihr die Wachsamkeit eines Wolfes, der Witterung aufgenommen hat.

»Was ist?«, flüsterte sie beunruhigt, als er die Pferde zügelte und sie nur noch im Schritttempo gehen ließ.

»Nichts Besonderes«, versuchte er sie zu beruhigen. »Ist heute vielleicht ein Feiertag und ich habe es vergessen?«

Elle schüttelte ihre blonde Lockenmähne. »Nicht, dass ich wüsste«, antwortete sie und wandte ihren Blick nach hinten zum Wagen. »Im Zweifel sollten wir deine Mutter fragen. Aber an Feiertagen läuten gewöhnlich die Kirchenglocken, und die Menschen sind zur heiligen Messe unterwegs.«

»Ich weiß es nicht.« Damian wirkte immer noch wie gebannt, als er den Wagen durch den Nebel auf die ehemalige Templerfestung zusteuerte.

Früher hatte das Gebäude den Templern gehört, doch die waren vor mehr als hundert Jahren in einem blutigen Gemetzel von hier vertrieben worden. Danach hatte der Papst das Gebäude den Rittern des Ordens von San Giovanni vermacht, wie Damian ihnen am Abend zuvor erklärt hatte.

Natürlich läuteten die Glocken an einem Feiertag. Elle wusste es aus Mailand und auch aus Florenz. Warum sollte das in so einem kleinen Ort wie Poggibonizzi anders sein?

Irgendwann würden aus dem Nebel ein paar Pilger auftauchen oder einige Ordensritter, die ihnen die versprochene Suppe servierten.

Eine ungute Vorahnung ließ ihr Herz schneller schlagen, als sie den Innenhof der jetzigen Johanniter-Komturei erreichten. Es gab ein paar aus Stein erbaute Wirtschaftsgebäude und ein großräumiges Ordenshaus, doch weit und breit war niemand zu sehen. »Merkwürdig«, murmelte Damian und sprang vom Wagen. »Du bleibst hier bei meiner Mutter und meinen Schwestern, während ich da drinnen mal nach dem Rechten schaue.« Er versuchte sich an einem Lächeln, doch mit einer Hand am T-Heft seines Schwertes durfte Elle nicht nur vermuten, dass ihm die Sache nicht geheuer war. Entsprechend folgte sie ihm mit Blicken, als er mit einem Knarren den unbewachten Eingang des Ordenshauses öffnete und dahinter verschwand.

»Wo sind wir?«, fragte eines der Mädchen in die Stille hinein und streckte den Kopf aus dem Fenster.

Elle, die im ersten Moment erschrocken war, zwang sich zur Ruhe. »Auf der ehemaligen Templerfestung San Giovanni al Ponte, die nun angeblich von Johannitern bewohnt wird«, antwortete sie Isabella, die sich anscheinend im Auftrag ihrer Mutter erkundigt hatte.

San Giovanni … der Name weckte bei Elle unschöne Assoziationen und veranlasste sie, sich die Umgebung noch genauer anzuschauen.

Doch da waren nur kahle, ockerfarben getünchte Mauern und bäuerliches Arbeitsgerät. Noch nicht einmal Pferde wieherten in den Ställen. Trotzdem wirkte es nicht, als ob hier länger niemand mehr gewesen wäre. Unvermittelt glaubte sie einen Schatten gesehen zu haben und schrak zusammen. Dämonen? Das konnte nicht sein. Sie befanden sich in einer Ordensniederlassung. Hier sollte alles mit rechten Dingen zugehen. Doch dann fiel ihr das Attentat von Mailand wieder ein, wo es in der Kirche nur so von Dämonen gewimmelt hatte.

Mittlerweile war auch Donna Eleonora aus dem Wagen hervorgekommen.

»Wo ist Damian?«, fragte sie mit gerunzelter Stirn.

»Er hält Ausschau nach den Mönchen.« Elle legte geduldig die Hände in den Schoß.

»Ich muss mir ein wenig die Beine vertreten«, verkündete ihre Schwiegermutter und ging hinter den Wagen.

»Seid vorsichtig«, rief ihr Elle hinterher, als sie auf das offene Hoftor zumarschierte.

Ein zischendes Geräusch alarmierte Elle und ließ sie vom Wagen springen. Was sie sah, als sie Donna Eleonora folgte, war so schockierend, dass sie, ohne darüber nachzudenken, einen gellenden Schrei ausstieß. Der Kopf der älteren Frau lag auf dem schlecht gekehrten Pflaster und ihr Körper daneben, wie eine Marionette, der man die Fäden gekappt hatte. Blut spritzte aus dem abgetrennten Hals in die Umgebung und tränkte den hellen Sand mit schillerndem Rot. Fast gleichzeitig löste sich eine schemenhafte Gestalt aus dem toten Leib. Donna Eleonoras Seele sah noch genauso aus wie ihr Körper einen Herzschlag zuvor, als sie noch lebte. Selbst der Kopf saß wieder auf ihren schmalen Schultern, mit dem Unterschied, dass die Stelle, wo er durchtrennt worden war, sich wie ein blutiges Band um ihre Kehle legte. »Um Gottes willen, was ist geschehen?«, stammelte Elle, während sie immer noch völlig fassungslos die nun körperlose Donna Eleonore anstarrte, deren verwirrter Blick zwischen Elle und ihrem eigenen Leichnam hin und her schnellte. Bevor Elle von der armen Frau in Erfahrung bringen konnte, was geschehen war, wurde es unglaublich hell, und ein wunderschöner, junger Mann mit weiblichen Gesichtszügen trat aus einem gleißenden Licht heraus und nahm Damians Mutter bei der Hand. Ohne ein Wort der Erklärung führte er Donna Eleonore mit einem überirdischen Lächeln in das Licht hinein, in dem sie gemeinsam mit der Umgebung verschmolzen und sich zugleich im frühmorgendlichen Nebel auflösten, als ob nie zuvor etwas geschehen wäre. Ein weiterer, unmenschlicher Schrei löste Elle aus ihrer Erstarrung. Eines der Mädchen stand plötzlich neben ihr und deutete nicht nur laut kreischend auf den Leichnam ihrer Mutter, sondern auch auf einen Mann, der Elle mehr als bekannt war. Ungläubig blickte sie in das aschfahle Gesicht von Don Giovanni, der ein blutiges Schwert in der Hand hielt. »In drei Teufels Namen«, flüsterte sie. »Wie kommst du denn hierher?«

»Da staunst du«, raunte er mit einem bösartigen Grinsen. Hinter ihm schossen noch weitere grimmige Gestalten aus dem Boden, deren schwarze Silhouetten die untrügliche Anwesenheit von Dämonen bezeugten.

»Damian!«, schrie Elle aus voller Kehle, um ihren Liebsten zu warnen und Hilfe herbeizurufen, die sie sich auch von den vielleicht im Haus befindlichen Ordensrittern erhoffte.

Doch Damian kam ganz alleine aus dem Gebäude gestürmt. Das Schwert in der Hand, sah er sich einer ganzen Armee von Dämonen gegenüber.

»Elle!«, brüllte er voller Panik. »Nimm die Mädchen und verschwinde von hier!«

Leichter gesagt als getan, denn Giovanni und seine Männer versperrten den Hofeingang. Unterdessen waren Isabella und Ricarda aus dem Wagen geflohen und kauerten sich schutzsuchend an Elle, während Damian an ihr vorbeipreschte und Giovanni zum Kampf herausforderte.

Entsetzt beobachtete Elle, wie flink Giovanni parierte. Für einen Mann, der seit Wochen in einem Kerker vor sich hin vegetiert hatte, kaum zu vermuten. Damian hatte es schwer, ihn sich vom Leib zu halten, zumal nun noch weitere Söldner in den Kampf eintraten.

»Lauft in die Herberge«, riet Elle den Mädchen und gab ihnen einen Stoß, damit sie sich im allgemeinen Tumult davonmachen konnten, was sie auch taten. Sie selbst pirschte sich in gebückter Haltung an den Wagen heran, da sie wusste, dass Damian unter dem Aufbau ein weiteres Schwert versteckt hielt. Auch wenn sie nur vom Zusehen wusste, wie man damit umging, konnte sie Damian in dieser Not nicht sich selbst überlassen. Die Waffe war gar nicht so unhandlich, wie sie gedacht hatte. Mit fest umklammertem T-Heft stürzte sie sich auf einen der vielen Angreifer, die Damian bedrängten. Sie traf den großen Mann in der schwarz-roten Uniform an der Schulter, und er ließ auch sofort die Waffe fallen, was Damian die Gelegenheit gab, seinen nächsten Widersacher zu durchbohren. Doch schon war ein weiterer präsent, und nun war es Don Giovanni selbst, der sie attackierte und versuchte, ihr das Schwert aus der Hand zu schlagen. Aber sie reagierte erstaunlich versiert und parierte seine Schläge mit geschickten Gegenschlägen. Jedes Mal vibrierte ihr Arm bis ins Mark, und sie ahnte schon, dass sie Giovanni nicht lange standhalten würde. Sie wollte weinen, doch sie durfte es nicht. Mit verheulten Augen sah man nicht mehr gut.

»Giovanni«, flehte sie ihn mit tränenerstickter Stimme an. »Warum tust du mir so etwas an?«

»Weil du mich betrogen hast, du Hure«, zischte er und machte einen weiteren Schritt auf sie zu.

»Das stimmt nicht«, keuchte sie. »Lorenzo hat dich betrogen. Er wollte uns enteignen und mich als Hexe verbrennen lassen. Nur den Pazzi haben wir es zu verdanken, dass wir noch leben. Sie haben gezahlt, damit man dich nicht hängt!«

»Sie haben dafür gesorgt, dass du deine Mitgift erhalten hast und einen jüngeren Mann heiraten konntest. Allein Lorenzo habe ich es zu verdanken, dass ich aus dem Kerker entlassen wurde, um mich an jenen zu rächen, die mir Unrecht getan haben. Übrigens hat mir ein Söldner der Pazzi verraten, wo ich dich finde!«

Ein Söldner der Pazzi? Wer konnte das sein? Beinahe ohnmächtig vor Entsetzen, wich sie nur knapp dem nächsten Schwerthieb aus. Giovanni wollte sie tatsächlich sterben sehen.

Aus dem Augenwinkel sah sie, wie Damian mit aufgerissenen Augen zu ihr herüberschaute, während er vier Gegner gleichzeitig abwehrte.

»Elle!«, brüllte er außer sich vor Sorge und machte einen Satz zurück, um seinen Widersachern für einen Moment zu entkommen. Dann sprang er ihr bei und attackierte Don Giovanni von der Seite.

Ohnmächtig musste Elle mitansehen, wie Giovanni ihn in einen gnadenlosen Kampf verwickelte. Unterdessen fuchtelte sie planlos mit dem

Schwert herum, konnte ihm jedoch nicht helfen. Als sich die übrigen Angreifer von rückwärts auf ihn stürzten, warf sich Elle todesmutig dazwischen. Den ersten Schwertschlag konnte sie abwehren, doch ein weiterer rutschte an ihrer Klinge ab und durchbohrte ihr Herz. Einen Moment lang überraschte sie der Schmerz. Entsetzt riss sie die Augen auf. Trotzdem wurde es dunkel um sie. Doch danach war es gleich wieder hell und sie sah, wie Damian auf sie zustürzte und schrie. »Elle!« Er rutschte auf Knien zu ihr hin und nahm sie mit einem Aufschrei in die Arme.

»Ich bin hier«, rief sie ihm zu, um ihm zu zeigen, dass sie ihren Körper bereits verlassen hatte. Während Damian auf sie aufmerksam wurde, nutzten Giovanni und die anderen die Chance und stachen fast gleichzeitig auf ihn ein. Elle hielt die Hände vor den Mund gepresst, glaubte, den Verstand zu verlieren, als Damian vor ihren Augen starb. Sein athletischer Körper lag blutüberströmt auf dem Pflaster, doch das Schlimmste war, wie er seine Hand mit flehenden Augen nach ihr ausstreckte. Und mit einem Mal sah sie, wie er sich von seinem Körper löste. Doch er war kein gewöhnlicher Sterblicher. Keine unschuldige Seele. Er war groß, er war düster, und er jagte ihr mit seinem kaltblütigen Blick eine höllische Angst ein. Er war ein Dämon. Und sie erkannte ihn erst jetzt als solchen. Und es war nicht das erste Mal, dass sie sich auf diese Weise begegnet waren.

Schlagartig kehrte ihre Erinnerung zurück. Sie hatte schon einmal gelebt, doch das war in einer weit entfernten Zukunft gewesen.

»Damian«, flüsterte sie, und zugleich lösten sich die Schatten aus den übrigen Männern. Auch einen von ihnen erkannte sie wieder. Laurentio. Sein Gesicht war so fahl wie das von Giovanni, und sein Wams war mit Blut beschmiert. Auch er war ein Dämon! Wie konnte das sein? Wo kam er so plötzlich her? War er derjenige, der sie verraten hatte?

Damian ergriff als Erster das Wort. »Warum?«, brüllte er Laurentio an, der nur ein müdes Lächeln für ihn übrig hatte. »Ich dachte, du wärst ein Freund!«

»Unter Dämonen gibt es keine Freundschaften, das solltest du wissen.«

Inzwischen hatte sich der Dämon, der aus Giovanni gefahren war, in einen unscheinbaren dunkelhaarigen Mann verwandelt, der in seinem biederen Anzug aussah wie ein Versicherungsvertreter. Mit amüsiertem Blick beobachtete er die groteske Szenerie. Don Giovanni und seine Schergen schleppten unterdessen ungerührt die Leichen weg, wahrscheinlich, weil sie von Lorenzo de' Medici einen Lohn dafür erhielten oder sich zumindest ein Lob erhofften. Offenbar war keiner von ihnen fähig, Dämonen oder verstorbene Seelen zu sehen. Doch das kümmerte Elle nicht mehr, sie war tot, und das mit einer Gewissheit, die so erschütternd war wie ein Erdbeben. Plötzlich erinnerte sie sich an alles, was ihr je widerfahren war. Sie war nicht diejenige, die sie glaubte zu sein. Oder die, die Damian sie hatte glauben lassen zu sein.

Sie sollte nicht hier sein. Denn in Wahrheit entstammte sie einer anderen Wirklichkeit, die mit dieser so wenig zu tun hatte wie der Himmel mit der Hölle. Wenn man von den mafiösen Strukturen einmal absah.

»Was dachtest du, Damian de' Castello?«, höhnte der unscheinbare Mann mit den überkreuzten Armen. »Dass wir dir diese Geschichte durchgehen lassen? Hast du wirklich geglaubt, du könntest sie und das Mädchen auf diese Weise vor ihrem Schicksal retten?«

»Fürwahr, Abbadon«, zischte Damian mit hassverzerrter Miene. »Ich hatte gehofft, deren Seelen zu retten und mit ihnen deinem unmenschlichen Regime zu entgehen.«

»Du weißt, welche Strafe dich nun erwartet!« Der Kerl funkelte ihn bedrohlich an. »Der Kubus des ewigen Nichts.«

Was auch immer das war, dachte sich Elle, es schien Damian nicht zu beeindrucken. »Das, was du mir angetan hast, ist mir Strafe genug!«, schleuderte er seinem Widersacher entgegen. »Ich hätte wissen müssen, dass du Laurentio auf mich ansetzt. Nun weiß ich auch, warum ich bei seinem leiblichen Körper nie einen Dämon gesehen habe.«

»Ich bin ebenso in mein altes Ich hineingeschlüpft wie du«, erläuterte Laurentio lässig. »Dachtest du wirklich, du bist der Einzige, der so was zustande bringt? Aber, um fair zu bleiben, du hast uns erst auf diese Sache gebracht. Eine grandiose Idee, die bisher noch niemandem in den Sinn gekommen ist. Und dann haben wir genüsslich verfolgt, wie du dich und deine unbedarfte Freundin in Sicherheit gewiegt hast.

Um Abbadon zu täuschen, musst du gerissener sein als der Teufel selbst, aber auch dann würde es dir nicht gelingen. Wir hatten dich schon länger im Verdacht, dass du eines Tages ausbrechen und gegen die kosmischen Gesetze verstoßen würdest. Deshalb war Abbadon gewarnt. Nur wie du vorgehen würdest, wussten wir nicht. In Zukunft werden wir wachsamer sein.«

Der Kerl, den Damian Abbadon nannte, wuchs plötzlich zu einem gigantischen Schatten, und es sah ganz so aus, als ob er Damian verschlingen wollte. Doch der hatte offenbar nicht vor, sich verschlingen zu lassen. Schneller als sein Gegner reagierte er und zog Elle durch einen Tunnel aus wirbelndem Licht. Was folgte, war eine kosmische Achterbahnfahrt, bei der Elle erneut das Bewusstsein verlor.

»Was hast du vor?«, brüllte sie ihn an, als sie in einem undurchdringlichen Nebel wieder zu sich kam und sich mit Damians besorgtem Blick konfrontiert sah.

»Dich retten!«, polterte er zurück.

»Das sehe ich!«, herrschte sie ihn an. »Was meinte dieser Kerl mit ›Das Mädchen‹? Hat er von Luisa gesprochen? Wo ist sie? Wie geht es ihr? Und warum hast du mich von ihr weggelockt und mir offenbar zuvor mein Gedächtnis genommen? Rede endlich!«

Damian seufzte entnervt und legte ihr seine Hand auf die Stirn.

Wie ein Film liefen die Ereignisse der vergangenen Wochen vor ihr ab, und plötzlich erinnerte sie sich nicht nur an ihre zukünftigen Erlebnisse, sondern auch an ihr erstes Leben mit Damian. Ihre heißen Nächte und wie sehr er sie geliebt hatte. Sie war im fünften Monat schwanger, als ausgerechnet Gidio Olivetti sie kaltblütig ermordet hatte. Wie bei einem universellen Puzzlespiel setzten sich für Elle Stück für Stück die historischen Fakten zusammen. Damian war ihre große Liebe gewesen und sie die seine. Mit einem »Bis das der Tod euch scheidet« hatte er sich nicht abfinden wollen. Dieser wahnsinnige Idiot hatte ihre Seele und die des Kindes fast fünfhundert lange Jahre gesucht und war am Ende durch einen dummen Zufall fündig geworden. »Warum hast du mir nicht erklärt, woher wir uns kennen und warum du das alles tust?«

»Weil du mir nicht geglaubt hättest. Und weil Luisas Seele noch mit ihrem Körper verbunden war. Oder wäre es dir lieber gewesen, ich hätte sie getötet, um ihre Seele in die Vergangenheit mitnehmen zu können? Ganz abgesehen davon, dass du zuvor unsere Tochter hättest zur Welt bringen müssen, damit ihre Seele eine Bleibe findet. Luisas Seele hat nämlich schon einmal gelebt. In deinem Leib. Du warst im fünften Monat, als du vor meinen Augen von den Medici-Söldnern vergewaltigt und ermordet wurdest. Hast du eine Ahnung, wie es sich anfühlt, von Lorenzos Söldnern erhängt und aufgeschlitzt zu werden, während die eigene Frau vergewaltigt und erschlagen im Dreck liegt?«

»Großer Gott, Damian«, entfuhr es Elle. »Das tut mir so leid!«

»Nicht dir muss es leidtun, sondern mir«, versuchte Damian den Horror zu relativieren. »Schließlich war das alles meine Schuld, weil ich dich und damit das Kind in eine solche Katastrophe hineingezogen habe. Dabei habe ich die Hoffnung nie aufgegeben, dich und das Kind eines Tages im Leib eines anderen Menschen wiederzufinden. Und das, obwohl die Chance so gering war wie die Suche nach einem Diamanten im unendlichen Ozean.« Seine Stimme brach und war nur noch ein Flüstern. »Ich habe dich und das Kind mehr geliebt als mein Leben. Und ich wollte mich bei dir entschuldigen für all das Leid, das ich über dich gebracht habe. Deshalb wollte ich meine zweite Chance nutzen. Es besser machen als beim ersten Mal. Aber ich hab's schon wieder vermasselt.«

Dieses Bekenntnis dämpfte ihre Wut gehörig. »Du hast es nur gut gemeint«, wisperte sie andächtig. »Und wahrscheinlich, wenn ich mir darüber bewusst gewesen wäre, hätte ich es genauso gemacht. Trotzdem finde ich es unerträglich, wie du mich von Luisa weggelockt hast, nur um mich zurück in diese furchtbare Umgebung zu bringen, voller Intrigen, Seuchen und Gemetzel. Dachtest du ernsthaft, ich würde mich freuen, in einer solchen Zeit ein Kind aufzuziehen?« Einen Moment herrschte Stille zwischen ihnen. »Ach ja«, fügte sie bitter hinzu. »Ich vergaß, ich hätte es wohl nicht besser gewusst, weil du mir mein Gedächtnis genommen hast.«

Plötzlich war er ganz nah und schaute sie mit seinen grauen Augen unendlich traurig an. »Ich hatte keine andere Wahl, Elle«, beschwor er sie. »Wenn du gestorben wärst, hätte Gabriel dich ins Licht geführt und wir hätten uns allesamt nie wiedergesehen.«

»Und was wäre mit Luisa geschehen, wenn ich nicht zurückgekehrt wäre?« Sie starrte ihn aufgebracht an. »Wer hätte sich um sie gekümmert?«

»Laurentio hat mir in einer Vision zu verstehen gegeben, dass dein

Exmann sie in Schottland aufspüren wird. Bei einem Schusswechsel mit dessen Schergen kommen Janet und Luisa ums Leben. Deshalb wollte ich, dass du sie vergisst und ihrer Seele eine Chance gibst, aus deinem Leib aufs Neue geboren zu werden.«

»Das ist nicht wahr!«, schleuderte sie ihm ins Gesicht. »Laurentio hat dich betrogen, um dich in eine Falle zu locken. Damian, komm zu dir! Das Ganze ist total absurd. Deine Mutter ist tot, ich bin tot und du bist es auch. Dein Vorhaben, mich und unsere Zukunft zu retten, war ein einziger Totentanz! Nicht mehr als eine wahnwitzige Illusion!«

»Mag sein«, stimmte er nüchtern zu. »Aber für mich war es die einzige Möglichkeit, dir endlich wieder nahe zu sein und das zurückzuholen, was uns einst so brutal genommen wurde.« Seine Stimme zitterte, und Elle sah den verdächtigen Schimmer in seinen Augen.

Ein Dämon, der weinte, war wohl das Letzte, was sie für möglich gehalten hatte. Aber es war auch ein Beweis dafür, dass er trotz seiner dämonischen Natur tief im Innern der Mensch geblieben war, den sie tief in ihrer Seele immer noch liebte. »Ich hätte so gerne eine Familie mit dir gehabt«, flüsterte er und streichelte ihr zärtlich die Wange. »Ein normales Leben. Liebe. Eine glückliche Zukunft.«

»Scheinbar hat das Universum andere Pläne.« Elle kämpfte mit den Tränen.

»Ich dachte, ich könnte das Universum überlisten«, er senkte den Blick, und als er wieder aufschaute, lag eine unnachahmliche Trauer in seinen Augen, »wenn meine Liebe zu dir nur stark genug wäre.«

Bevor Elle darauf antworten konnte, wurde es plötzlich eiskalt, und Damians Gesicht verzog sich zu einer schmerzverzerrten Grimasse. Eine furchterregende Kraft, die selbst Elle zu spüren bekam, bemächtigte sich seiner Seele und zog ihn von ihr weg. »Wir müssen hier verschwinden!«, keuchte er. »Abbadon ist mir auf den Fersen und wird mich vernichten, wenn er mich erwischt!«

Abermals packte er sie am Handgelenk und zog sie in eine gleißende Helligkeit hinein.

Irritiert schlug sie die Augen auf und verspürte einen unangenehmen Schmerz in der Lunge und dann einen sengenden Stich im Herzen. In Panik ruckte sie hoch und rang nach Luft, die Hand fest auf die Brust gepresst, wo noch vor kurzem eine stählerne Klinge dieses von Dämonen gesteuerten Ungeheuers gesteckt hatte. Ungläubig realisierte sie ihren aufgeregten Atem und den hämmernden Schlag ihres Herzens. Ihr nächster Gedanke war bei Damian. Sie wollte ihn küssen, ihm sagen, wie leid ihr das alles tat und dass sie ihn mehr liebte, als sie sich selbst einzugestehen gewagt hatte, auch wenn sie zugleich unglaublich wütend auf ihn war. Panisch schaute sie sich um und erkannte das Krankenzimmer und das Bett, in dem sie sich vor nicht allzu langer Zeit von außen betrachtet hatte. Ihr Blick fiel auf einen Wandkalender, auf dem ein Datum markiert war. Demnach waren mehr als drei Wochen vergangen, seit sie eingeliefert worden war. Sicherheitshalber schaute sie zur Fensterbank. Aber Damian war weit und breit nicht zu sehen. Sie war allein. Nur die Geräusche eines Überwachungsmonitors begleiteten sie in ihrer wachsenden Gewissheit, soeben aus einem wochenlang andauernden, besonders bizarren Traum erwacht zu sein.

KAPITEL 18

Totenwache

Februar 2014 – Florenz

Damian hatte es gerade noch geschafft, Elles Seele zur Krankenstation zu leiten und dabei zusehen können, wie sie mit ihrem materiellen Körper verschmolz. Sie würde leben, und das war das Wichtigste.

Dann hatte Abbadon gnadenlos zugeschlagen und Damians Seele in einen noch tieferen Strudel der Verdammnis gezogen.

An eine Wand genagelt im Kubus des ewigen Nichts, folterte ihn der Höllenfürst mit der geballten, niederen Energie, die ihm zur Verfügung stand, und fügte ihm unsägliche Schmerzen zu.

»Wenn du geglaubt hast, du kämest ohne Strafe davon, so hast du dich geirrt«, ätzte Abbadon und genoss offenbar den Triumph, einem Abtrünnigen gegenüber seine ganze Macht zu demonstrieren.

»Hast du eine Vorstellung davon, was mit deinen Schwestern geschehen ist, nachdem du dich mit deiner Liebsten aus dem Staub gemacht hast?«

Damian ahnte, was nun kommen würde, und hätte am liebsten die Augen geschlossen, doch Abbadon übermittelte die Bilder direkt in seinen Geist.

Hilflos musste er mitansehen, wie Ricarda und Isabella von Giovannis Schergen aus dem Kloster gezerrt wurden, man ihnen die Kleider vom Leib riss und sie auf die brutalste Weise vergewaltigte. So lange, bis sie leblos liegen blieben. Doch sie waren noch nicht tot. Nachdem ihre Mörder sie hilflos und blutend zurückgelassen hatten, zog sich ihr Sterben langsam und qualvoll dahin, bis in die Nacht hinein.

»Hast du eine Ahnung, warum niemand kommt, um die beiden zu retten? Fragst du dich gar nicht, wo die Ordensritter geblieben sind?«, fragte Abbadon mit einem provokativen Grinsen. Damian blieb ihm die Antwort schuldig.

»Weil dies nicht die richtige Welt ist, sondern eine von mir geschaffene, und du bist arglos in diese Falle hineingetappt wie eine unvorsichtige Fliege, die sich auf einen Tropfen Honig setzt und daran kleben bleibt.«

Die Erkenntnis, von Beginn an chancenlos gewesen zu sein, weil Abbadon seine Pläne erkannt und ihn auf diesen Pfad der Verdammnis gelockt hatte, machte ihn ohnmächtig vor Wut. Doch er wollte sich nichts davon anmerken lassen, weil er Abbadon keinen weiteren Triumph gönnte.

Außerdem war es nun sowieso zu spät, um etwas zu ändern. Der Höllenfürst würde alles daransetzen, ihn qualvoll und vor allem langsam zu vernichten. Wobei er ihn nicht töten konnte, weil der Tod im kosmischen Gleichgewicht nicht vorgesehen war. Das Energielevel des Universums veränderte sich nie. Sehr wohl konnte Abbadon ihn in diesem Würfel einsperren, und zwar auf immer und ewig.

»Ich wünsch dir viel Vergnügen, mein Freund«, raunte Abbadon hämisch. »Ich werde dich garantiert nicht vergessen.«

Als es plötzlich Nacht um ihn wurde, hätte Damian am liebsten geschrien. Doch selbst seine Gedanken wurden von dem Würfel verschluckt. Er würde in Ewigkeit in diesem Nichts gefangen sein, allein mit sich selbst und der Schuld, die er auf sich geladen hatte.

Umso überraschter war er, als es plötzlich hell wurde und er sich Tedeschi gegenübersah, der seine dämonischen Kräfte missbrauchte, um

Damian von der dunklen Kraft zu befreien, die ihn im Kubus gefangen hielt.

»Du riskierst deine eigene Existenz«, warnte ihn Damian.

»Und du hättest mir bei einer zweiten Chance geholfen, der Verschwörung zu entkommen und mein Leben mit Lucrezia verbringen zu können«, erklärte ihm Tedeschi mit treuem Blick.

»Das war doch alles nicht echt.« Damian hatte Mühe, sein Misstrauen zu unterdrücken. »Abbadon hat diese Welt nur erschaffen, um mich in eine Falle zu locken.«

»Ich weiß, trotzdem war es eine nette Geste von dir, die ich dir nicht vergesse.«

»Sag nur, du hast von der Falle gewusst?«

»Ich bin ein Dämon, aber deshalb bin ich noch lange kein Kameradenschwein.« Der ehemals blonde Deutsche, der vorübergehend seine menschliche Gestalt angenommen hatte, setzte eine beleidigte Miene auf. »Ich habe es erst hinterher erfahren. Mir entgeht normalerweise nichts, was mich interessiert. Leider war ich zu beschäftigt, um mitzubekommen, was Abbadon vorhat. Laurentio hingegen hatte wohl genügend Zeit und Muße, um dich bei unserem obersten Schattenwächter anzuschwärzen. Er war es, der dich verraten hat. Deshalb sieh zu, dass du unerkannt von hier fortkommst, bevor jemand deine Flucht bemerkt.«

Damian konnte es kaum glauben, dass er so viel Glück hatte. Niemals hätte er auch nur vermutet, aus dieser schlimmsten Hölle befreit zu werden, und Tedeschi würde seine Großmut mit einer vergleichbaren Strafe bezahlen, falls Abbadon ihm auf die Schliche kam, und davon war auszugehen.

Doch bis dahin musste Damian alles in seiner Macht Stehende tun, um Elle und ihre kleine Tochter zu retten. Nur einen Wimpernschlag später stand er an Elles Krankenlager. Sie saß aufrecht auf ihrem Bett, noch immer an Schläuche und Sonden angeschlossen, die Hand vor den Mund gelegt, als ob sie das alles nicht begreifen könnte. Außer ihr war niemand im Zimmer, was Damian für einen Glücksfall hielt. Nicht auszudenken, wenn sie in Gegenwart ihres teuflischen Exmanns erwacht wäre. Er würde sie ohne Zweifel foltern, um den Aufenthaltsort ihres Kindes aus ihr herauszupressen.

Auch Damian durfte sich keinesfalls von seinen Schattenbrüdern erwischen lassen. Wenn er sich ruhig verhielt und keine verdächtigen Schwingungen von sich gab, indem er eins wurde mit seiner Umgebung, würde es vielleicht ein bisschen länger dauern, bis Abbadon ihn fand. Völlig bewegungslos schwebte er über ihr. Dass sie lebte und ihre Seele wieder in ihren Körper zurückgefunden hatte, empfand er wie ein Wunder. Ihr physischer Leib hatte drei Wochen Zeit gehabt, sich zu erholen. Offenbar war er stark genug gewesen, um ihrer Seele Einlass zu gewähren. Doch dass sie so rasch wieder zu Kräften kam, verblüffte sogar Damian. Wie gerne hätte er sie in den Arm genommen, sie geküsst und ihr erklärt, dass ihre Erinnerungen an ihn echt waren, kein verrückter Albtraum, wie sie offenbar befürchtete. In einem solchen Moment verfluchte er seine dämonische Fähigkeit, Gedanken lesen zu können, die ihm nun, nachdem er seinen eigenen physischen Leib verloren hatte, plötzlich wiedergegeben war.

»O Gott, was ist bloß mit mir passiert?«, fragte sie sich immerzu und schaute verwirrt an sich herab. Sie trug eine Windel und ein weiß-blau gestreiftes Nachthemd, das am Rücken offen war und nur mit einem Bändchen zusammengehalten wurde. Ihre nackten Füße baumelten über dem grauen Kunststoffboden. Ihr irritierter Blick hastete zu den Sonden, die sich an Brust und Bauch festgesaugt hatten wie die Arme eines Oktopus.

»Ich bin hier, Elle«, flüsterte Damian, obwohl er wusste, dass sie ihn nicht hören konnte. Trotzdem schaute sie zu ihm hoch, aber ihr Blick ging ins Leere.

Es bedurfte eines Moments der Orientierung, bis Elle sich erinnerte, warum sie sich offensichtlich auf einer Intensivstation befand. Irgendetwas Schreckliches war geschehen. Während sich der gedankliche Nebel über einem Konglomerat aus altertümlichen Gebäuden, mittelalterlich gekleideten Männern und Frauen, blutigen Schwertkämpfen und einem gutaussehenden Mann, den sie allem Anschein nach über alles geliebt hatte, allmählich lichtete, gelangte sie schließlich zu einem Flug nach Schottland und einem furchtbaren Abschiedsschmerz, den sie anscheinend eine Weile verdrängt hatte. »Luisa!«, rief sie, außer sich vor Panik, das sehr lebhafte Bild ihrer blond gelockten, blauäugigen Tochter vor Augen. Mit einem Mal war alles wieder präsent. Die Flucht vor

Silvio und seinem Vater, die Fahrt in einem gepanzerten Mercedes und der laute Knall, der sie und Alberto in den vereisten Lago di Bilancino katapultiert hatte.

Und woher auch immer, hatte sie plötzlich das Bild eines korrupten Polizisten vor Augen, der von ihrem Exschwiegervater Geld zugesteckt bekommen hatte, um ihn zu alarmieren, sobald sie erwachte.

Don Luigi und sein Sohn Silvio würden sie töten, sobald sie ihnen den Aufenthaltsort von Luisa verraten hatte. Sie musste hier weg, und zwar unerkannt. Resigniert schaute sie an sich herunter. Realistisch betrachtet würde sie in diesem Aufzug noch nicht einmal bis zur Ausgangstür kommen, ohne von besorgtem Personal eingefangen zu werden. Aber im Zimmer gab es keinen Schrank, wo sie ihre Sachen hätte finden können. Hastig entfernte sie sich die Infusionsnadel und die Sonden der Überwachungsgeräte. Das schrille Piepen der Gerätschaften hatte sie erwartet. Schon stürmte sie auf die Anschlussleiste zu, um bei Monitoren und Aufzeichnungsgeräten den Stecker zu ziehen. Im Nu war es still um sie herum, und sie wäre nicht Elle gewesen, wenn sie brav gewartet hätte, bis jemand vom Pflegepersonal erschien.

Aber das hätte auch nichts geändert, gestand sich Damian ein, der sich denken konnte, was als Nächstes geschehen würde.

Unbeeindruckt stieg Elle in ein Paar weiße Frotteehausschuhe, die das Krankenhaus offenbar zur Verfügung gestellt hatte, und begab sich mit ihrem Büßerhemd, wie sie es nannte, zur Tür, die sie für ihren Zustand viel zu schwungvoll aufriss, nur um gleich darauf regelrecht vom Bauch des bulligen Wachmanns zurückzuprallen. Erschrocken schaute sie an ihm hoch. Die Verblüffung lag für einen Moment auf beiden Seiten. Unvermittelt erinnerte sie sich daran, Zeuge geworden zu sein, wie ihr Exschwiegervater dem Kerl fünfhundert Euro in die Uniformjacke gesteckt hatte. Ihr Glück war, dass der Mann nicht schnell genug realisierte, was da soeben geschah. Bevor er zu einer Reaktion fähig war, huschte sie auch schon an ihm vorbei und rannte den langen Stationsflur entlang.

»Lauf, Mädchen, lauf«, rief Damian ihr lautlos zu und hoffte inbrünstig, dass der Wachmann nicht auf die Idee kam, auf sie zu schießen. Stattdessen zückte er sein Mobiltelefon. »Signore Falconi«, schnaufte er atemlos in den Hörer. »Signora Falconi ist soeben aus dem Zimmer gestürmt und läuft nun Richtung Aufzug. Nein, ich weiß nicht, wo sie hinwill. Weit kann sie ja nicht kommen, sie trägt nur ein Nachthemd.«

Abrupt beendete er das Gespräch und nahm die Verfolgung auf. Im Vorbeilaufen alarmierte er Ärzte und Schwestern, die sich sofort aufmachten, nach Elle zu suchen. Doch die war, wie Damian wenig später sah, als er zwei Wände und eine Tür überwunden hatte, längst im Treppenhaus.

Beiläufig hatte sie sich ihrer Hausschuhe entledigt und flüchtete in einen Wirtschaftsraum, der normalerweise nur den Reinigungskräften zugänglich war. Außer Atem lehnte sie sich von innen gegen die Tür und versuchte, gegen die aufkommende Übelkeit und den Schwindel anzukämpfen. Natürlich, der Kreislauf, murmelte sie zu sich selbst. Schließlich hatte ihr Körper gut drei Wochen ohne jede Bewegung liegend in einem Bett verbracht. Da war es nur natürlich, wenn man nach dem Aufstehen ins Schwanken geriet. Nachdem sich ihr Zustand ein wenig stabilisiert hatte, ging sie zum Garderobenschrank, öffnete ihn, riss ohne langes Überlegen einen wadenlangen, hellblauen Kittel vom Haken und schlüpfte hinein. Danach quetschte sie sich in ein paar abgetragene, braune Schuhe, die praktischerweise unter einem Regal mit sauber geordnetem Putzzeug standen, wo sie auch ein graues, ordentlich gefaltetes Leinentuch fand, das sie zu einem Turban schlug, um ihre blonden Locken zu verbergen. So verkleidet schnappte sie sich einen Besen und einen Putzeimer und lief zurück zur Tür. Plötzlich entdeckte sie eine schwarze Einkaufstasche, die, von einem Mantel verdeckt, an einem Haken hing. Sie hielt einen Moment inne und überlegte, ob sie es wagen sollte, hineinzuschauen.

»Mach es, Mädchen, mach es«, feuerte Damian sie an, der wusste, dass die Tasche Geld und ein Mobiltelefon enthielt und offenbar einer der Reinigungskräfte gehörte. Natürlich hatte Elle Skrupel, die Frau zu bestehlen, denn sie zögerte noch. Kurzerhand schlüpfte Damian in ihr Gewissen und erleichterte es ihr, in die Tasche hineinzugreifen und Geldbörse und Mobiltelefon herauszunehmen. Widerwillig öffnete Elle das abgewetzte Lederetui und fischte fünfzig Euro heraus. »Ich werde es zurückgeben, sobald ich die Gelegenheit dazu habe«, beruhigte sie sich und steckte zugleich das Mobiltelefon, ein älteres Modell, nicht besonders kompliziert in der Handhabung, in ihre Kitteltasche.

»Cleveres Mädchen«, lobte Damian sie und zog sich zugleich aus ihr zurück. Dann ging es zurück zum Treppenhaus, wo sie mit gesenktem Kopf nach unten eilte. Mittlerweile hörte man Stimmen aus dem Obergeschoss, wo Schwestern und Pfleger offenbar die Suche nach Elle aufgenommen hatten. Auch der Polizist hatte inzwischen seine Dienststelle und weitere Kollegen alarmiert.

Ungeachtet dessen rannte Elle zum Hinterausgang hinaus auf die Straße. Es war früher Nachmittag, und für das nasskalte Wetter Anfang Februar war sie viel zu leicht angezogen. Doch sie schien es zu ignorieren, denn zunächst einmal versuchte sie sich zwischen den auf dem Bordstein geparkten Autos und den zahlreichen winterlich gekleideten Passanten zu orientieren. Die Klinik, in der man sie ohne ihr Wissen untergebracht hatte, lag im Süden von Florenz, zwischen zahlreichen Neubauten. Nicht weit entfernt hatte sich der Palazzo Vincenco befunden, der jedoch längst abgerissen worden war. Damian empfand es als eine Ironie des Schicksals, Elle schon wieder auf der Flucht vor korrupten Schergen zu folgen, mit dem Unterschied, dass er sie nicht adäquat zu schützen vermochte. Ihre Gedanken waren einzig bei Luisa und dem Wunsch, möglichst bald bei ihr zu sein, um sie vor ihrem grausamen Exehemann und dessen skrupellosem Vater zu beschützen. Sie musste so schnell wie möglich das Land verlassen. Doch wie? Ohne Pass und ohne Geld!

»Komm nicht auf die Idee, ein Taxi zu besteigen und nach Hause zu fahren«, raunte Damian ihr zu, obwohl er sich bewusst war, dass sie ihn nicht hören konnte. Und solange sie nicht beabsichtigte, etwas Unrechtes zu tun, hatte er keine Chance, in ihre Seele einzudringen. Es war zum Verrücktwerden! Er hätte sie so gerne unterstützt. Es tat ihm beinahe körperlich weh, sie die Straße entlangirren zu sehen und nicht zu wissen, wie er ihr helfen konnte.

Elle schrak zusammen, als plötzlich ein Polizeifahrzeug mit Blaulicht in Richtung Klinikgebäude an ihr vorbeirauschte.

Hastig lief sie weiter geradeaus. Ohne Mantel, bibbernd vor Kälte. Damian blieb ihr dicht auf den Fersen, gespannt, was sie als Nächstes tun würde. Sie rannte zu einer Bushaltestelle, wahrscheinlich, um irgendwie nach Barberino di Mugello zu gelangen. Dort kannte man sie in der örtlichen Bankfiliale und würde ihr ohne Umschweife Geld von ihrem Konto aushändigen, selbst wenn sie keine Scheckkarte vorlegen konnte. Vorausgesetzt, man erkannte sie dort einwandfrei als Gabrielle Falconi wieder. Was angesichts des blauen Kittels und eines grauen Leinenturbans auf dem Kopf bezweifelt werden durfte.

Während sie noch wartete, fuhr ein dunkelblauer Lamborghini Gallardo an der Bushaltestelle vorbei und hielt wenig später mit quietschenden Reifen auf der regennassen Fahrbahn. Dann setzte er unter den neugierigen Blicken der Passanten ein wenig zurück und fuhr rechts ran. Ein dynamisch aussehender junger Mann mit kurzgeschnittenen, schwarzen Haaren, gekleidet in modische Jeans und Wolljackett, sprang heraus und lief auf die Bushaltestelle zu. Als er vor Elle stehenblieb, die sich in den hintersten Winkel des gläsernen Häuschens zurückgezogen hatte, fürchtete Damian für einen Moment, es könne sich um einen Schergen der Falconi handeln. Doch der Mann zückte einen Ausweis und forderte Elle auf, mitzukommen. Eher widerwillig ließ sie sich unter der gaffenden Menge abführen und stieg in den luxuriösen Wagen.

Im ersten Moment hatte Elle an Flucht gedacht, als sie den jungen Commissario wiedererkannte. Auch er hatte allem Anschein nach ein überaus gutes Personengedächtnis, denn immerhin hatte er sie bisher nur im bewusstlosen Zustand und im Bett liegend gesehen.

Ohne weitere Erklärung fasste er sie am Arm und führte sie zu dem dunkelblauen Lamborghini, offenbar ein Zivilfahrzeug der italienischen Polizei. Er öffnete ihr die Wagentür und half ihr beim Anschnallen, nachdem er sie mit sanfter Gewalt auf dem Beifahrersitz platziert hatte. Schwungvoll warf er die Beifahrertür hinter ihr zu und ging auf die andere Seite des Wagens. Das Fahrzeug verfügte über ein Funkgerät, aus dem eine männliche Stimme ertönte, die unentwegt irgendwelche aktuellen Meldungen herausgab. Hinter dem Beifahrersitz lagen ein transportables, stromlinienförmiges Blaulicht, das man bei Bedarf aufs Dach setzen konnte, und eine Polizeikelle. Neben der Mittelkonsole verbarg sich eine Gewehrhalterung, und im Cockpit war ein Computerbildschirm mit Tastatur integriert.

»Ich weiß, wer Sie sind«, sagte Elle, ohne lange zu überlegen, als der Commissario sich hinter das Lenkrad setzte und den Wagen startete.

Ihre Beine zitterten, und vor Aufregung war ihr ganz schlecht, aber das wollte sie sich möglichst nicht anmerken lassen. »Commissario Panetta, Sie müssen nicht glauben, dass ich zurück in dieses Krankenhaus gehe. Schon gar nicht in die zweifelhafte Obhut meines Exmannes. Eher werde ich sterben.«

Panetta, der sie von der Seite anschaute, machte ein erstauntes Gesicht. Sein markantes Äußeres mit den schönen, von dichten Wimpern umrahmten graublauen Augen und dem sinnlichen Mund erinnerte Elle an den Mann aus ihrem verrückten Traum, dessen Namen sie nicht einmal mehr laut auszusprechen wagte, weil ihr das, was ihr von ihrer Ohnmacht so unfassbar real in Erinnerung geblieben war, zu verrückt erschien, um wahr sein zu können. Einen Moment lang stutzte sie verunsichert. Was wäre, wenn sie immer noch träumte? Das Ganze würde doch nicht wieder von vorn beginnen? Nein, beruhigte sie sich. Das hier musste real sein. Jedenfalls realer als ihr Traum von einem mittelalterlichen Leben, dessen Alltag von Engeln und Dämonen bestimmt war. Außerdem sah Panetta anders aus als der Mann aus ihrem Traum. Er trug sein Haar kurzgeschnitten, und seine Augen schimmerten mehr blau als grau.

»Woher kennen Sie mich?«, fragte er verblüfft und blieb mit laufendem Motor stehen, anstatt, wie beabsichtigt, anzufahren. »Bis jetzt habe ich Sie nur im bewusstlosen Zustand gesehen, und ich kann mich nicht erinnern, dass wir uns vor Ihrem Unfall irgendwann vorgestellt worden wären.«

»Vielleicht liegt es daran, dass ich in meinem bewusstlosen Zustand alles hören konnte«, erwiderte sie forsch und wich dabei seinem prüfenden Blick aus. Es verwirrte sie von neuem, dass er mit seiner Bemerkung recht behielt. Sollte ihr Traum etwa doch keiner gewesen sein? Immerhin erinnerte sie sich genau, wie Panetta Don Luigi über die Bergung des gepanzerten Mercedes berichtet hatte und wie sie über Luisa spekuliert hatten, die nicht im Wagen gesessen haben konnte. Sie hatte die Debatte nicht nur gehört. Sie hatte sie ganz eindeutig gesehen. Ebenso wie die Tatsache, dass Luigi dem Polizisten vor ihrem Krankenzimmer Geld zugesteckt hatte. »O mein Gott«, flüsterte sie leise und schlug erschrocken eine Hand vor den Mund. Wenn das alles in Wirklichkeit geschehen war, könnte Panetta ebenso von den Falconi gekauft worden sein.

»Was haben Sie denn?« Der Commissario warf ihr einen besorgten Blick zu.

»Gar nichts«, beeilte sie sich zu sagen. »Werden Sie mich nun verhaften?«

»Warum sollte ich das?«, fragte Panetta erstaunt.

»Weil ich in der Klinik einen Kittel geklaut habe und ein paar Schuhe, die mir nicht gehören«, bekannte sie ehrlich, wobei sie die Sache mit dem Geld und dem Mobiltelefon vorsichtshalber unter den Tisch fallen ließ.

»Hören Sie«, antwortete der Commissario mit einem milden Lächeln, das seine makellosen Zähne entblößte, die sie abermals an den Mann aus ihren Träumen erinnerten, »darüber sollten Sie sich keine Sorgen machen. So etwas kann passieren, wenn man einen so schweren Unfall hatte wie Sie. Sobald man zu sich kommt, ist man völlig verwirrt und weiß nicht mehr, welcher Wochentag ist und wo man sich befindet. Ich kenne das, ich hatte mal einen schweren Motorradunfall mit einer anschließenden Amnesie. Es hat vierzehn Tage gedauert, bis ich wieder wusste, wer ich bin und aus welchem Stall ich komme. Ich bringe Sie zurück ins Krankenhaus. Das ist besser für Sie, glauben Sie mir.«

»Nein, auf keinen Fall.« Elle machte Anstalten, sich abzuschnallen. Doch Panetta war schneller und hielt sie am Arm fest.

»Seien Sie doch vernünftig«, beschwor er sie, wobei sich seine exakt geschwungenen Brauen ärgerlich zusammenzogen. »Sie sind noch nicht gesund genug, um entlassen zu werden. Außerdem stehen Sie unter Polizeischutz, bis wir genau wissen, wie es zu Ihrem Unfall kommen konnte.«

»Das war kein Unfall!«, erwiderte Elle mit trotzigem Blick. »Es war ein Attentat, und wenn Sie etwas anderes behaupten, so heißt das für mich: Sie stecken mit meinem Exmann unter einer Decke.«

»Moment!« Panetta schaltete den Motor ab und die Warnblinkanlage ein. »Bedeutet das, Sie können sich an den Hergang erinnern?

»Natürlich kann ich das«, entgegnete Elle leicht genervt.

»Dann wissen Sie also auch, wo sich Ihre Tochter befindet?«

»Selbstverständlich«, giftete Elle ihn an. »Aber rechnen Sie nicht damit, dass ich es Ihnen verraten werde.«

»Warum sind Sie mir gegenüber so feindlich eingestellt?«, beschwerte er sich. »Ich stehe doch voll auf Ihrer Seite. Schließlich will auch ich herausfinden, wer Ihnen das angetan hat.«

»Ich weiß, wer mir das angetan hat. Und ich weiß auch, wer den Wachmann vor meiner Tür mit fünfhundert Euro bestochen hat. Also wer sagt mir, dass nicht auch Sie bestechlich sind?«

»Unabhängig davon, dass ich garantiert nicht bestechlich bin«, gab er beleidigt zurück, »woher können Sie wissen, dass der Wachmann bestochen wurde? Er saß vor der Tür, und Sie lagen bewusstlos im Bett!«

»Ich sagte doch, dass ich trotz meines Komas alles hören konnte, was um mich herum geschah.«

Elle fand es absurd, dem Commissario erklären zu wollen, dass sie allem Anschein nach tatsächlich ihren Körper verlassen hatte und alles, was um sie herum geschehen war, hatte mitansehen können. Inbrünstig hoffte Sie, dass ihre Beobachtungen der Wahrheit entsprachen und sie nicht vielleicht doch nur alles geträumt hatte und ein Fall für die Klapsmühle war.

»Was haben Sie denn genau gehört?«, wollte Panetta wissen.

»Wie mein Exschwiegervater den Polizisten mit fünfhundert Euro bestochen hat, damit er ihn zuerst informiert, wenn ich erwache.«

Eigentlich hatte Don Luigi dem Mann sogar noch einen Fünfhunderter zugesteckt, aber das nur mit ihrem guten Gehör zu erklären war Elle zu kompliziert.

Panetta sah sie ungläubig an. »Warum sollte er so etwas tun?«

»Himmelherrgott!«, fuhr sie ihn an. »Weil er mich umbringen lassen will, sobald er weiß, wo meine Tochter ist.«

Panettas kritischer Blick offenbarte den Zweifel an ihrer Aussage. »Woher wollen Sie das so genau wissen?«

»Nun tun Sie doch nicht so«, fuhr sie ihn an, mit den Nerven so gut wie am Ende. »Als ob Sie nicht wenigstens eine Ahnung davon hätten, dass mein Exmann und sein Vater hinter der Sache stecken. Es sei denn, es stellt sich am Ende doch heraus, dass er auch Sie gekauft hat.«

»Ich sagte doch, dass ich mich nicht kaufen lasse«, erwiderte er verärgert.

»Aber Luigi Falconi hat's versucht«, bemerkte sie schnippisch. »Oder wollen Sie mir etwas anderes erzählen?«

Panetta wich ihrem prüfenden Blick aus.

»Nicht direkt«, gab er zu. »Er wollte für mich ein gutes Wort beim Ministerpräsidenten einlegen, wenn ich ihn über das übliche Maß hinaus auf dem Laufenden halte. Aber ich habe abgelehnt.«

»Und dafür einen Rüffel von Ihrem Chef kassiert?«

»Woher können Sie das wissen?«

»Ich kenne mich mit solchen Typen wie den Falconi inzwischen bestens aus. Sie lassen nichts unversucht, um an ihr Ziel zu kommen, und verstecken ihre Niedertracht unter dem Deckmantel der Barmherzigkeit. Eine Spende hier, eine gutes Wort dort, und schon läuft die Sache, im wahrsten Sinne des Wortes, wie geschmiert. Ich bin die Tochter eines Mafiabosses. Und auch wenn ich lange unwissend war, weiß ich inzwischen sehr genau, wie so etwas läuft.«

»Glauben Sie mir«, entgegnete er und machte eine abwehrende Handbewegung, »ich hatte die Falconi schneller durchschaut, als Sie vielleicht vermuten würden. Ich kann es Ihnen nur noch nicht beweisen.« Ohne Zögern zückte er seinen Dienstausweis. Commissario Capo Michele Panetta, Direzione Investigativa Antimafia (DIA), war darauf zu lesen. »Außerdem«, fügte er erklärend hinzu, »war mein Vater ebenso Polizist wie ich. Er hat im Kampf gegen das organisierte Verbrechen sein Leben gelassen. Denken Sie ernsthaft, ich würde mich von den gleichen Schmarotzern bestechen lassen, die meinen Vater auf dem Gewissen haben?«

Die Leidenschaft in seinen Augen erinnerte sie an Damian de' Castello, den Mann aus ihren verworrenen Träumen, der plötzlich mit jeder Bewegung dieses Mannes wieder Gestalt annahm. Ohne es wirklich zu wollen, ließ sie sich von seinem durchdringenden Blick überzeugen.

»Wenn das so ist, bringen Sie mich von hier fort, und zwar schnell. Bevor mein Exmann und sein Vater mit ihren Söldnern auftauchen. Denn der Wachmann vor meiner Tür hat leider mitbekommen, dass ich auf und davon bin. Und wenn Sie ehrlich sind, wären Sie doch auch nicht hier, wenn man Sie nicht alarmiert hätte.«

»Ich war sowieso gerade auf dem Weg hierher«, verteidigte er sich. »Seit drei Wochen komme ich jeden Tag zu Ihnen und sitze mindestens eine Stunde an Ihrem Bett, weil ich darauf hoffte, ein Lebenszeichen von Ihnen zu erhalten und mit Ihrer Hilfe herauszufinden, was genau geschehen ist und wo sich Ihre Tochter befindet.«

»Und Sie sind sicher, dass dieser Auftrag nicht von Luigi Falconi kommt?«

»Nein, ich sagte doch, dass ich mit ihm nichts zu schaffen habe. Das Jugendamt hat uns den Auftrag erteilt, nach Ihrer Tochter zu suchen. Nicht nur Luisa wird seit dem Unfall vermisst. Auch ihr Kindermädchen ist spurlos verschwunden. Wir sind also dazu verpflichtet, herauszufinden, wo die Kleine geblieben ist. Wobei es natürlich sein kann, dass Ihr Exmann mit den Behörden zusammenarbeitet.«

Langsam wurde Elle ungeduldig, wobei sie die Geschichte mit Ernestina erst mal verdauen musste. Wenn sie ihrem verrückten Traum Glauben schenken wollte, hatte sie deren Tod sogar miterlebt. Doch auch wenn sie mit Schaudern daran dachte, lag ihr Hauptaugenmerk auf Luisa. »Ich sagte doch«, erwiderte sie aufgebracht, »dass ich weiß, wo sie ist. Ich habe sie in Sicherheit gebracht. Und solange ich niemandem ihren Aufenthaltsort verrate, wird sie auch weiterhin in Sicherheit sein.«

»Sie haben Ihre eigene Tochter entführt?« Panetta schaute sie aufgebracht an. »Warum?«

»Wie oft muss ich das denn noch sagen? Weil mein Exmann und sein größenwahnsinniger Vater mich umbringen wollen, um meine Tochter zu sich nehmen zu können.« Elle hatte Mühe, ihre Ungeduld im Zaum zu halten. »Vielleicht interessiert es Sie, dass mein Vater einer der reichsten Unternehmer Italiens war und sein Geld dummerweise nicht mit ins Grab nehmen konnte. Weil ich es abgelehnt habe, sein Erbe anzutreten, wird Luisa alles bekommen, sobald sie achtzehn ist. Leuchtet Ihnen nun ein, warum die Falconi es auf das Kind abgesehen haben? Wenn ich sterbe, bekommt Silvio das Sorgerecht für das Mädchen. Dann können er und sein Vater mit deren Vermögen machen, was sie wollen. Luigi Falconi war der Erzfeind meines Vaters. Er war schon immer scharf auf dessen Firmen und das damit verbundene Vermögen. Vielleicht hat er gehofft, dass sein Sohn mit unserer Heirat eine Brücke schlägt, weil ich später einmal alles erben würde. Doch dann habe ich mich von Silvio getrennt, und Luigis Träume sind zerplatzt wie eine Seifenblase. Wenn Silvio das Sorgerecht für das Kind erhält, weil ich tot bin, kann Don Luigi sein Vorhaben, das Imperium meines Vaters zu übernehmen, ohne Probleme zum Abschluss bringen.«

»Wenn das so ist«, resümierte Panetta, »wieso haben Sie diesen Kerl dann überhaupt geheiratet?«

»Weil Silvio Falconi mich mit seinen himmelblauen Augen mehr als beeindruckt hat, und das zu einem Zeitpunkt, zu dem ich mit mir selbst alles andere als im Reinen war. Ich habe eine exzellente Schulausbildung genossen, an führenden Universitäten Kunstgeschichte studiert und für verschiedene Museen in Florenz gearbeitet. Eigentlich hätte alles ganz schön sein können. Und doch war ich unzufrieden, wollte mehr vom Leben. Einen Mann, der mich liebt, mit dem ich eine Familie gründen kann. Aber ich wusste nicht, wie ich es anfangen sollte. Dann stand Silvio plötzlich vor mir. Gutaussehend, gebildet und sehr jovial, was Spenden an karitative Einrichtungen betraf. Ich dachte, er wäre der Richtige, zumal er aus einem ähnlich vermögenden Elternhaus kam wie ich, es also garantiert nicht auf mein Geld abgesehen hatte. Damals wusste ich noch nicht, in welche Familie ich einheiraten würde. Ich war ziemlich naiv und vollkommen ahnungslos.«

»Aber Ihr Vater hätte Sie doch warnen können!«

»Natürlich, aber ich war bis über beide Ohren verliebt und wollte seine leisen Prophezeiungen nicht hören. Und für eindeutigere Warnungen hätte er die Karten auf den Tisch legen und mir die Wahrheit über sich und seine dunklen Machenschaften erzählen müssen, und das wollte er offenbar nicht.«

Wieder fuhr ein Wagen mit Blaulicht an ihnen vorbei.

»Ich glaube, sie suchen nach mir.« Elle schaute Panetta mit hochgezogenen Brauen an. »Tun Sie mir den Gefallen und schalten Sie die Warnblinkanlage aus. Noch besser wäre es, mich so schnell wie möglich von hier wegzubringen.«

»Was haben Sie vor?« Er sah sie durchdringend an.

»Ich muss zu meiner Tochter, so schnell wie möglich. Sie wird sich Sorgen machen, weil ich mich so lange nicht gemeldet habe.«

Panetta sah sie merkwürdig an. »In einem Kittel und mit einem Paar Schuhe, die Ihnen sichtbar zu klein sind?«

»Sie haben das Hemd vergessen, das hinten offen ist und unter dem man keine Unterwäsche, sondern lediglich Thrombosestrümpfe trägt«, fügte sie tonlos hinzu. Im gleichen Moment öffnete sich zufällig ihr Turban, und gab eine Flut blonder Locken frei, die sie mit einem in der Kitteltasche vorgefundenen Gummiband hastig zu einem Zopf bändigte.

»Wie reizend.« Panetta grinste jungenhaft, wurde jedoch sofort wieder ernst, als er ein verärgertes Aufblitzen in Elles Augen bemerkte.

»Ich finde schon einen Weg, wie ich an Geld komme, um mir etwas Vernünftiges zum Anziehen zu leisten.«

»Wollen Sie damit andeuten, Sie haben es nicht weit und die Kleine befindet sich ganz in der Nähe?«

»Hören Sie auf, mich auszufragen. Wenn Sie mir einen Gefallen tun wollen, dann lassen Sie mich am besten einfach gehen, ich komme schon zurecht.«

»Falls Sie nach Hause wollen, um sich mit allem Nötigen zu versorgen, so würde ich Ihnen dringend davon abraten«, empfahl er ihr mit einer gewissen Gnadenlosigkeit im Blick.

»Ihr Fahrer wurde ermordet, und Ihr Kindermädchen wird seit drei Wochen vermisst. Denken Sie ernsthaft, Luigi Falconi und sein Sohn würden nicht als Erstes in der Nähe Ihrer Villa nach Ihnen suchen lassen, wenn sie es tatsächlich auf Sie abgesehen haben?«

»Was heißt denn hier ›tatsächlich‹? Ich bin mir sicher, dass die beiden dahinterstecken und nichts unversucht lassen werden, um ihre Pläne in die Tat umzusetzen«, seufzte Elle resigniert. »Schließlich ist das der Hauptgrund, warum ich von hier fortmuss. Außerdem gibt es noch ein paar andere Anlaufstellen als mein Zuhause, wo ich Hilfe bekommen kann.«

»Von denen Silvio und sein Vater nicht einmal etwas ahnen?« Er zog eine Braue hoch und grinste überlegen.

»Leider haben Sie recht«, entgegnete sie mit gesenktem Blick. »Es gibt nur einen Ort, der wirklich sicher ist, doch der ist ziemlich weit weg.«

»Das bedeutet, Sie benötigen zu allem Übel einen Pass, der vermutlich nicht zufällig in Ihrer Kitteltasche steckt.«

Panetta traf damit schon wieder ins Schwarze, aber sie hatte noch ein

Ass im Ärmel, wenn sie ihren Anwalt in Mailand einschaltete. Angesichts seiner zahlreichen Verbindungen würde er ihr die notwendigen Papiere mit Leichtigkeit beschaffen können.

»Lassen Sie mich Ihnen helfen«, schlug der Commissario mit gekonnt treuem Blick vor. »Ich bringe Sie zu Ihrer Tochter und werde mit Ihnen gemeinsam dafür sorgen, dass Ihr Exmann und sein Vater hinter Gitter kommen. Natürlich geht das nur, wenn Sie für mich als Kronzeugin aussagen.«

»Ich würde liebend gerne auf Ihr großzügiges Angebot eingehen«, sagte sie mit einem katzenhaften Lächeln, doch bevor sie fortfahren konnte, packte Panetta sie grob am Nacken und drückte ihren Kopf auf seinen Schoß.

»Hey, was fällt Ihnen ein?«, protestierte Elle lautstark, wobei sie sich unvermittelt mit Panettas Schritt konfrontiert sah. »Denken Sie etwa, ich hätte Lust auf irgendwelche perversen Spielchen?«

»Tut mir leid«, entgegnete er und hob reflexartig seine Hände. »Ich wollte nur vermeiden, dass Ihr Ex Sie in meinem Wagen sitzen sieht.« Langsam ließ er sie wieder nach oben kommen, wobei ein Blick durch die Windschutzscheibe ihr verriet, dass tatsächlich soeben Silvio Falconi und sein Vater in einem gepanzerten Mercedes vor dem Klinikeingang vorgefahren waren. Doch zunächst sprangen zwei Männer im Anzug heraus, die die beiden Mafiagrößen beim Aussteigen sicherten, indem sie sich nach allen Seiten umschauten, bevor Luigi Falconi in seinen handgenähten Straußenlederschuhen einen Fuß auf die Straße setzte.

Elle erkannte die beiden dunkel gekleideten Typen als diejenigen wieder, die Ernestina ermordet hatten.

»Sehen Sie die beiden da«, sagte sie zu Panetta, der ebenfalls eine geduckte Haltung eingenommen hatte. »Die haben mein Kindermädchen umgebracht.«

»Woher wollen Sie das wissen?«, fragte der Commissario verstört. »Sie lagen die ganze Zeit im Koma, und wir haben bisher ja noch nicht einmal eine Leiche gefunden.«

»Das können Sie auch nicht«, erläuterte sie kühl, »weil sie in einem Krematorium zusammen mit einer anderen Leiche verbrannt wurde.«

»Sind Sie Hellseherin, oder was?« Er schaute sie sichtlich irritiert an.

»Das ist eine lange Geschichte, die ich Ihnen erzählen werde, wenn wir etwas mehr Zeit haben. Jetzt sollten wir uns schleunigst davonmachen, sonst entdecken uns die beiden noch.«

Panetta startete den Wagen. Er wirkte ein wenig orientierungslos. »Wenn Sie mir sagen, wo es hingehen soll!«

»Nach Norden.«

»Okay, nach Norden«, wiederholte er mit resigniertem Blick. »Wohin denn nach Norden?«

»Ziemlich weit. Ich denke, wir werden ein paar Tage unterwegs sein. Doch zunächst einmal möchte ich nach Mailand, zu meinem Anwalt, der mir einen Pass und einen anonymen Zugang zu meinen Konten verschaffen kann.«

»Okay, ich bringe Sie hin. Wo wohnt der Mann?«

»An der Via Tommaso Grossi in einem siebenstöckigen Gebäude. Das Büro befindet sich im Penthouse. Wenn ich es mir genau überlege«, schob sie mit nachdenklicher Miene hinterher, »würde es vollkommen ausreichen, wenn Sie mich dort hinfahren. Danach komme ich schon allein zurecht. Dottore Caesare hat viele Verbindungen. Ich bin sicher, er kann mir besser weiterhelfen als die Polizei.«

Elle hatte immer noch Hoffnung, dass ihr smarter Begleiter sie gehen lassen würde, doch danach sah es im Moment überhaupt nicht aus.

»Tut mir leid, das kann ich nicht verantworten, nach allem, was Sie mir soeben erzählt haben. Im Gegenteil, ich werde meinen Verbindungsbeamten anrufen und ihm sagen, was wir vorhaben.« Er wirkte entschlossen, und am meisten fürchtete sie die Pistole, die wie eine unausgesprochene Warnung aus seinem Jackett hervorlugte.

»Denken Sie, das ist eine gute Idee?«, fragte sie ihn skeptisch. »Was ist, wenn Ihr Kollege auch von meinem Schwiegervater bestochen wurde?«

»Tristan?«, fragte er ungläubig in einem Ton, als ob sie den Typ kennen müsste. »Ausgeschlossen! Er arbeitet schon seit Jahren für die DIA und betreut einige unserer V-Leute. Der würde sich lieber die Zunge abbeißen, als unsere Organisation gegen Geld zu verraten.«

Ohne ihre Antwort abzuwarten, zückte er sein Mobiltelefon und ratterte wenig später ihre Koordinaten runter, wobei er dem Mann am anderen Ende erklärte, dass sich sein Verdacht gegenüber den Falconi erhärtet hatte und er Gabrielle Falconi und deren Tochter zunächst einmal an einen sicheren Ort bringen würde. »Sie ist unsere einzige Zeugin«, beschwor er seinen Gesprächspartner. Ich muss dir nicht sagen, dass sie sich in höchster Gefahr befindet, solange sie sich in Italien aufhält und die Täter und deren Hintermänner nicht hinter Gittern sitzen.«

Im gleichen Moment wurde sich Gabrielle darüber klar, welches Wagnis sie einging, wenn sie diesen Mann ins Vertrauen zog. Doch genau genommen blieb ihr gar nichts anderes übrig, als mit den Behörden zusammenzuarbeiten, und somit war sein unverhofftes Engagement vielleicht sogar als Glücksfall zu werten. Schließlich wollte sie Luisa endlich wieder ein unbelastetes Leben bieten, und das war nicht möglich, solange sie auf der Abschussliste der Falconi stand.

»Dann habe ich also eure Freigabe, mit der Frau notfalls ins Ausland zu reisen?«, fragte er mit angestrengtem Gesicht und erhielt offenbar grünes Licht. »Gut, dann werden wir erst mal zu der angegebenen Adresse nach Mailand fahren. Ich melde mich, sobald ich sie und das Kind an einen sicheren Ort gebracht habe. Ihr solltet derweil Silvio Falconi und seinen Vater im Auge behalten. Auch wenn wir noch keine handfesten Beweise haben, stinkt die Sache zum Himmel.«

Damians besorgter Blick wanderte zu dem dunklen Lamborghini, der noch immer ganz in der Nähe parkte und mit seiner Warnblinkleuchte jeden Moment die Aufmerksamkeit der Falconi erregen konnte.

Hin- und hergerissen beobachtete er, wie Elle zwangsläufig mit diesem Kerl in dem protzigen Wagen saß und seinen kruden Ideen vollkommen ausgeliefert war. Der Typ erinnerte ihn mit seiner Selbstüberschätzung an seine eigenen Fehler, die dieses Desaster herbeigeführt hatten. Luigi Falconi und sein Sohn waren Herrscher über ein Imperium von Anwälten, Spitzeln und Auftragskillern, die ihre gierigen Finger längst in sämtliche Ämter Italiens ausgestreckt hatten. Die Annahme, ihren korrupten Informanten würde auf Dauer irgendetwas entgehen, und sei es in den elektronischen Dateien der Sicherheitsbehörden, war absurd und beunruhigte Damian beinahe genauso wie die schlüpfrigen Gedanken des jungen Commissario. So, wie es aussah, hatte der Kerl sich genauso schnell und gründlich wie er selbst vom ersten Moment an in Elle verguckt. In die Gedanken dieses Schmarotzers einzutauchen und mitansehen zu müssen, wie er Elle im Geiste den Kittel vom Leib riss und sie auf jede nur erdenkliche Weise befriedigte, machte ihn rasend.

»Bring sie endlich von hier weg, du Taugenichts«, zischte er seinem menschlichen Konkurrenten zu, nachdem die beiden Falconi aus heiterem Himmel in einem gepanzerten Mercedes vor der Klinik aufgetaucht waren. Der alte Falconi stieg als Erster aus, flankiert von ein paar Bodyguards, die seiner Limousine mit einem schwarzen BMW gefolgt waren. Dabei hielt er demonstrativ sein Mobiltelefon ans Ohr und bezeichnete den örtlichen Polizeipräsidenten als Hornochsen, weil er es offenbar nicht fertigbrachte, seine Exschwiegertochter zu finden. Zugleich bemerkte Damian, wie sich ein paar gelangweilte Dämonen über dem Geschehen sammelten, die ihn keinesfalls entdecken durften. Silvio Falconi, der seinem Vater gefolgt war, beschwerte sich lautstark beim Chefarzt der Klinik, der ihm mit weit ausgebreiteten Armen entgegenlief.

»Es ist uns so unangenehm, Signore Falconi, dass wir nichts Näheres über den Verbleib Ihrer Ehefrau sagen können. Nur so viel: Sie wurde nicht entführt, sondern ist uns regelrecht davongelaufen. Weiß der Teufel, warum.«

»Ich werde dafür sorgen, dass Ihnen sämtliche Fördermittel gestrichen werden«, polterte Don Luigi. »Wie können Sie eine schwerkranke Frau unbeaufsichtigt davonlaufen lassen? Vielleicht hat sie Halluzinationen oder einen psychotischen Schub bekommen und irrt nun im Nachthemd bei winterlichen Temperaturen völlig orientierungslos in der Stadt herum. Nach so einem langen Koma ist alles möglich. Wenn ihr etwas zustößt, ziehe ich Sie persönlich zur Verantwortung!«

In Wahrheit ging es ihm natürlich um etwas ganz anderes. Und seine Sorge, dass Elle durchaus begriffen haben könnte, wer hinter dem Anschlag steckte und deshalb auf und davongelaufen war, war nicht ganz unbegründet.

Danach telefonierte er hektisch mit dem Polizeipräsidenten. »Wer weiß, vielleicht wurde sie doch entführt«, krakeelte Don Luigi mit aufgebrachter Stimme, während er mit einer Hand wilde Figuren in die neblige Kälte malte, »und Ihr Wachmann will sich nur keine Blöße geben!«

Der Polizeipräsident versprach ihm daraufhin, unverzüglich eine Fahndung einzuleiten. Schließlich wandte Luigi sich mit verschlagener Miene seinen beiden Schergen zu.

»Na los, worauf wartet ihr noch, ihr Schwachköpfe?«, zischte er leise. »Sagt unseren Jungs, sie sollen ab sofort den Polizeifunk und sämtliche Internetzugänge der Staatspolizei überwachen. Ich will wissen, was die da treiben und ob es eine heiße Spur gibt. Möglichst noch bevor der Polizeipräsident seine Informationen bekommt. Schließlich will ich nicht drei Wochen umsonst darauf gewartet haben, dass diese Schlampe endlich wach wird. Diesmal müssen wir sie uns schnappen, um schleunigst herauszufinden, wo meine Enkelin steckt.«

Nur wenig später war Damian auf dem Notsitz des blauen Lamborghini gelandet, der offenbar in Richtung Mailand unterwegs war, wie man dem Navigationsgerät mühelos entnehmen konnte. Mit Argusaugen beobachtete er jede Bewegung des Commissario. Panetta drückte dermaßen aufs Gas, dass Elle ihre Hände in die Polster krallte, was ihre Knöchel weiß hervortreten ließ, doch sie sagte kein Wort.

»Fahr sie bloß nicht in den Tod«, knurrte Damian, indem er sich auf Panettas Hinterkopf konzentrierte. »Sonst befördere ich dich höchstpersönlich in die Hölle.«

»Haben Sie was gesagt?« Der Commissario warf Elle einen irritierten Blick zu.

»Nein«, entgegnete sie ein wenig atemlos. »Können Sie vielleicht ein kleines bisschen langsamer fahren? Die Straßen scheinen vereist zu sein, und was ist, wenn wir geblitzt werden?«

»Ich dachte, Sie wollen so schnell wie möglich nach Mailand?« Panetta hob eine Braue und grinste. »Und außerdem wollen wir den Falconi doch keine Chance geben, uns zu verfolgen, oder?«

»Wie Sie meinen! Nur wird es meiner Tochter auch nichts nützen, wenn wir auf glatter Fahrbahn in die Leitplanken rasen und ihre Mutter den Heldentod stirbt.«

»Keine Sorge«, versuchte der Commissario, sie zu beruhigen, und trat auf die Bremse. »Ich fahre das Auto nicht zum ersten Mal. Aber wenn Sie sich nicht wohl fühlen, nehme ich selbstverständlich Rücksicht.«

»Trottel«, entfuhr es Damian, der sich am liebsten selbst hinter das

Steuer gesetzt hätte. Seine Erfahrung mit Fahrzeugen jeglicher Art bezog sich immerhin auf die letzten fünfhundert Jahre. Auch was Unfälle betraf, war er als Dämon nicht gerade untätig gewesen und wusste genau, welche simplen Mechanismen man berücksichtigen musste, um eine Massenkarambolage auszulösen.

Im selben Moment kam eine Durchsage per Funk, die Elles Verschwinden und ihre äußere Erscheinung betraf. Dazu die Aufforderung an die Kollegen, sich unverzüglich bei der zuständigen Dienststelle zu melden, falls man die gesuchte Person aufgegriffen habe.

»Ich dachte, Sie hätten sich bei Ihren Kollegen abgemeldet!«, sagte sie zögernd. »Wieso bringen sie denn jetzt noch so eine Meldung?«

»Das ist eine Undercoveraktion«, klärte er sie nüchtern auf. »Nur meine Dienststelle weiß, wo ich bin. Erstens wollten Sie es selbst so, und zweitens macht es Sinn, weil wir uns sonst auf sämtlichen Ebenen der Polizeiverwaltung outen müssten, was aufgrund der Gefahr von korrupten Schwachstellen Ihrem Exschwiegervater zu Ohren kommen könnte.«

»Dann geben Sie also zu, dass es bei Ihnen undichte Stellen gibt?«

»Selbstverständlich. Ich bin ja nicht weltfremd, und außerdem arbeite ich für eine Organisation, die aus genau diesem Grund geschaffen wurde.«

Elle sah ihn aus schmalen Lidern an. »Ich würde gerne wissen, ob ich Ihnen vertrauen kann.«

»Das können Sie absolut«, versicherte er ihr. »Als Mafiajäger besitze ich einige Privilegien, die normale Kollegen nicht haben.«

»Weiß mein Exschwiegervater, bei welcher Einheit Sie genau arbeiten?«

»Ich hoffe, nicht«, antwortete er lächelnd und trat schon wieder aufs Gas. »Ich habe mich ihm als gewöhnlicher Staatspolizist vorgestellt. Ich denke, das hat er nicht angezweifelt. Immerhin handelte es sich bei dem Schuss auf den Wagen eindeutig um ein Attentat. Das ist dann kein Fall für die Verkehrspolizei.«

Elle nickte und sah nachdenklich zum Fenster hinaus, wo die typisch toskanische Landschaft im grauen Nebel versank.

»Würden Sie mir kurz Ihr Telefon borgen? Es ist doch bestimmt abhörsicher, oder?«

»Natürlich«, sagte er selbstsicher. »Wen wollen Sie denn anrufen?« Als er ihre irritierte Miene sah, stutzte er für ein Sekunde. »Tut mir leid, ich muss das fragen, weil ich sie vor irgendwelchen Dummheiten schützen möchte.«

»Den Anwalt meines Vaters in Mailand, von dem ich Ihnen erzählt habe.«

»Okay, ich denke, das geht in Ordnung, wenn Sie dem Mann vertrauen.«

»Das tue ich«, versicherte sie.

Beiläufig nahm sie das Smartphone des Commissario in die Hand und wählte eine Nummer. Sie hatte absichtlich nicht das Telefon in ihrer Kitteltasche benutzt, weil sie keine unangenehmen Fragen über dessen Herkunft beantworten wollte.

»Ich möchte mit Dottore Emilio Caesare sprechen«, sagte sie tonlos, als am anderen Ende jemand den Hörer abhob. Dann erklärte sie ihrem Gesprächspartner kurz und bündig, dass sie möglichst rasch einen neuen Ausweis und etwas Geld benötigte. »Keine Sorge, mir geht es gut«, sagte sie abschließend. »Ich erkläre Ihnen alles, wenn ich bei Ihnen bin.«

»Der Dottore wird mir Papiere und das nötige Geld besorgen«, informierte sie Panetta, nachdem sie aufgelegt hatte.

»Heißt das, er verschafft Ihnen einen illegalen Pass?« Seine Stimme ließ erahnen, dass er eine solche Entwicklung nicht unbedingt gutheißen würde.

»Nein«, antwortete Elle ein wenig schroff. »Ich besitze in Mailand mehrere Häuser und bin dort unter anderem gemeldet. Er wird lediglich dafür alle notwendigen Unterlagen einreichen, damit die Behörden mir noch heute brandneue Papiere ausstellen. Nicht alle Mitglieder von Mafiafamilien handeln grundsätzlich illegal.«

KAPITEL 19

Jagdfieber

Februar 2014 – Florenz

Panetta war versucht, Elle zu folgen, als sie in Mailand an der Kanzlei ihres Anwaltes angekommen waren und sie vor dem siebenstöckigen, eleganten Gebäude aus dem Wagen sprang. Aber sie hatte den Termin allein wahrnehmen wollen. In ihren abgetragenen Schuhen lief sie über das regennasse Pflaster, auf dem sich die gleißenden Leuchtreklamen der teuren Geschäfte spiegelten. Unterdessen blieb der Commissario, wie Elle ihm empfohlen hatte, im Wagen sitzen und beobachtete die Umgebung.

Sie wollte nicht, dass er einen allzu tiefen Einblick in ihr Verhältnis zu Dottore Caesare erhielt. Denn sie beabsichtigte, den Anwalt nach dem allgemeinen Befinden der Famiglia auszufragen, die mit Albertos Tod und ihrem Verschwinden garantiert in Aufruhr geraten war.

Panetta spielte derweil selbstvergessen mit seinem Smartphone und warf ab und an einen geschärften Blick in die Umgebung. Damian hingegen, der Elle und den Commissario im Blick behielt, spürte das nahende Unheil, als seine Aufmerksamkeit von drei dämonischen Schatten gefesselt wurde, die zusammen mit ihren Wirten auf das Haus zumarschierten, in dem Caesare seine Kanzlei unterhielt. Die Männer sahen nicht nur verdächtig aus, wie sie in der Dämmerung eine gebückte Haltung einnahmen, sie verhielten sich auch so.

»Hey, du Trottel«, schrie er Panetta an, der für einen Moment seine Aufmerksamkeit den neuesten E-Mails gewidmet hatte, aber nun irritiert aufschaute, obwohl er ihn nicht gehört haben konnte. Als der Commissario die drei Männer endlich entdeckte, war es schon fast zu spät, dennoch zückte er umgehend seine Pistole.

»Braver Junge«, lobte Damian ihn und beobachtete zufrieden, wie er unbemerkt aus dem Wagen stieg und den dreien in geduckter Haltung folgte.

Ungeduldig wartete Damian auf den ersten finsteren Gedanken des Commissario, der es ihm ermöglichen würde, in den ahnungslosen Mafiafahnder hineinzuschlüpfen, um ihn zu nützlichen Untaten anzustiften. So blieb ihm nichts anderes übrig, als ihm auf der Schulter sitzend zu folgen. Nachdem der Commissario am Hauseingang Deckung gesucht hatte, beobachtete er die drei Männer, wie sie einen Aufzug nahmen. Die Kanzlei von Emilio Caesare lag im obersten Stock in einer Art Penthouse. Damian wusste längst, dass es sich bei den merkwürdigen Gestalten um Falconis Auftragskiller handelte. Junge, arbeitslose Gestrandete, von gesichtslosen Hintermännern dazu versklavt, für einen Hungerlohn die finstersten Verbrechen auszuführen. In diesem Fall, sämtliche bekannten Anlaufstellen auf Elles Verbleib hin zu überprüfen und sie zu kidnappen. Bei dem, was sie an pechschwarzen Gedanken produzierten, wäre es ihm leicht möglich gewesen, in einen von ihnen hineinzuschlüpfen. Doch die Seelen der drei waren bereits von anderen Dämonen besetzt.

Langsam schien auch Panetta zu ahnen, dass der Besuch der drei in der Kanzlei alles andere als amüsant werden würde. Hastig rannte er die hell erleuchteten Treppen empor. Der Typ war ziemlich sportlich, ähnlich, wie Damian es immer gewesen war, und es war gut möglich, dass er *vor* dem Aufzug oben eintraf. Zumal im zweiten Stock noch eine übergewichtige Frau einstieg, die nur ein Stockwerk höher den Aufzug wieder verließ.

Damian hatte keine Muße, auf den Commissario zu warten, zumal dieser höchstens eine Ahnung davon hatte, was ihn dort oben erwartete. Außerdem war er im Gegensatz zu den drei Killern alleine und benötigte dringend seine Unterstützung. Aber zuerst war es wichtig, Elle zu warnen. Nur wie? Als Damian im Büro des Anwalts erschien, sortierte dieser auf dem Schreibtisch einer Sekretärin soeben die besagten Papiere, die Elle drei Stunden vorher telefonisch bei ihm bestellt hatte. Ein Fehler, wie sich nun herausstellte, denn die Falconi hatten nach ihrem Verschwinden umgehend sämtliche Telefonleitungen überwachen lassen, die mit Elle in irgendeinem Zusammenhang standen, wozu auch die Kanzlei des Anwalts gehörte. Elle kam gerade aus den Waschräumen geeilt, die zu den Büros gehörten und wo sie offenbar rasch zur Toilette gegangen war. Etwa im gleichen Moment stürmten die drei maskierten Männer die Kanzlei. Schwerbewaffnet mit schallgedämpften Handfeuerwaffen, mussten sie sich nur kurz orientieren, um ihr Opfer zu finden. Damian sah die finsteren Schatten, die ihren Körperumriss regelrecht überstrahlten, und spürte mit einem Mal die massive, negative Energie der Dämonen, die sich wie ein eisiger Schwall nach allen Seiten ausbreitete. Instinktiv fuhr er in den alternden, grauhaarigen Anwalt, der genug sündhaftes Potential in sich barg, um ihm Einlass zu gewähren. In Lichtgeschwindigkeit füllte er dessen Körper aus und riss Elle von den Füßen, bevor der erste Schuss fast lautlos durch den diskret beleuchteten Empfangsraum zischte und die Glastür zu Caesares Büro mit einem lauten Knall durchschlug. Während er sich mit Elle hinter einer Säule verschanzte, gingen die beiden Sekretärinnen kreischend unter ihren Schreibtischen in Deckung.

Doch die Männer drangen ohne Rücksicht und mit brachialer Gewalt weiter in die Kanzlei vor. Damian war mit Elle in die Hocke gegangen und schützte sie mit dem massigen Körper des völlig verwirrten Anwalts. Zwei kurze, zischende Schüsse durchschlugen Nacken und Kopf des alternden Mannes. Damian spürte den schrillen Schmerz und bäumte sich mit aller Kraft gegen den Tod des Alten auf. Trotz der schweren Verletzungen gelang es ihm, mit dem sterbenden Mann aufzustehen, was die blutrünstige Meute sichtlich verblüffte. Im selben Augenblick erschien Panetta in der Eingangstür, und nach einer gefühlten Nanosekunde eröffnete er das Feuer und schoss auf die Angreifer. Zwei von ihnen gingen sogleich tödlich getroffen zu Boden. Der dritte feuerte zurück. Doch bevor er den Commissario treffen konnte, ließ Damian den Körper des inzwischen toten Anwalts gegen den Schützen fallen, was ihn aus dem Gleichgewicht brachte und Panetta die Gelegenheit gab, seinen Widersacher zu erschießen.

Bevor Damian aus Caesares am Boden liegenden Körper herausschlüpfte, sah er noch, wie dessen Seele und die der getöteten Auftragskiller von den Dämonen in Empfang genommen wurden. Erst als diese verschwunden waren, traute er sich aus seinem Versteck.

Der Commissario stellte unterdessen fachmännisch den Tod der drei Angreifer fest und entwaffnete sie. Danach stürzte er mit bleichem Gesicht und zitternden Händen auf Elle zu, die mit schockstarrer Miene an der Säule hockte und jeden Moment ohnmächtig zu werden drohte, weil sie vor Schreck das Atmen vergessen hatte.

»Alles in Ordnung?«, fragte er gehetzt und streichelte kurz über ihre Wange. Als sie benommen nickte, erhob er sich leicht wankend und checkte die übrigen Räume, um sicherzugehen, wie er sagte, ob sich nicht noch mehr Angreifer in der Kanzlei befanden.

Erst danach ging er zu Caesare und überprüfte dessen Puls an der Halsschlagader, die ganz blutverschmiert war, wobei selbst dem Dümmsten klar sein musste, dass der Mann nicht mehr zu retten war. Erst danach zog er den toten Attentätern die Masken vom Gesicht, ausnahmslos junge Männer mit nichtssagenden Gesichtern. Routinemäßig durchsuchte er sie. Natürlich hatten sie keine Ausweise dabei oder irgendetwas anderes, was Rückschlüsse auf ihre Identität zugelassen hätte.

Mit einem Seufzer der Erleichterung, weil sie so glimpflich davongekommen waren, setzte Damian sich unerkannt neben Elle und hätte sie am liebsten in den Arm genommen und getröstet, doch das übernahm nun dieser Lahmarsch von Commissario, der beinahe alles vermasselt hätte.

Panetta kniete sich dicht vor sie und streichelte ihr übers Haar, dabei sprach er beruhigend auf sie ein. Es fehlte nur noch, dass dieser Vollidiot sie geküsst hätte, was einen Moment lang durchaus im Bereich des Möglichen lag, als er sich noch tiefer zu ihr hinabbeugte, was jedoch durch Elles ausdruckslose Miene vereitelt wurde. Erst danach kümmerte er sich um die beiden jungen Sekretärinnen, die wimmernd unter dem Schreibtisch hervorgekrochen kamen, zum Glück unverletzt.

Inzwischen hatte der Commissario zumindest nach außen hin zu seiner gewohnten Souveränität zurückgefunden und bugsierte die beiden Frauen zu ein paar Stühlen, wo sie sich hinsetzen sollten. Dann zückte er sein Mobiltelefon und rief mit einem dienstlich wirkenden Gesichtsausdruck die örtliche Polizei an. Wenig später stauchte er in einem zweiten Anruf seinen Verbindungsbeamten in Florenz zusammen, dem er vorwarf, seinen Laden nicht im Griff zu haben. »Irgendjemand bei euch muss geplaudert haben«, brüllte er fassungslos in den Hörer. »Warum sonst sollten die Schweine ausgerechnet jetzt hier aufgetaucht sein?«

»Lektion eins, Commissario«, brummte Damian ein wenig schadenfroh in seinen nicht vorhandenen Bart, »vertraue in lebenswichtigen Angelegenheiten niemandem, nicht mal deinem besten Kameraden, auch wenn er dir noch so loyal erscheint.«

Als nur eine Minute später Sirenen zu hören waren, schnappte sich Panetta, immer noch lautstark fluchend, Elles Pass vom Schreibtisch und zog sie auf die Füße.

»Was machen wir jetzt?«, fragte sie mit zitternder Stimme.

»Ich bringe Sie von hier fort, was sonst?«, antwortete er und dirigierte sie, am Arm gefasst, zum Ausgang.

»Die Polizei wird gleich hier sein«, versprach er den beiden Sekretärinnen im Vorbeigehen. »Sollte jemand fragen, wer für die toten Attentäter verantwortlich ist, sagen Sie, ein Staatspolizist im Auftrag der Regierung. Ich kläre die Lage von unterwegs«, versicherte er den beiden völlig geschockten Frauen, »falls jemand nach meinem Namen fragen sollte.«

So steif, als wäre sie eingefroren, und mit bebenden Lippen ließ Elle sich von ihrem selbsternannten Retter abführen, während ihr Blick wie angenagelt an dem leblos daliegenden Emilio Caesare haftete.

»Ist er wirklich tot?«

»Tut mir leid«, murmelte der Commissario. »Da war nichts mehr zu machen. Der Schuss hat ihm die Halsschlagader durchschlagen.«

Als sie an den toten jungen Männern vorbeigingen, fragte Panetta: »Haben Sie die drei schon mal irgendwo gesehen?«

Elle schüttelte stumm den Kopf und wandte hastig den Blick ab. Dann brachte Panetta sie zum Aufzug.

Damian folgte den beiden, sicher, dass es nun nicht mehr lange dauern konnte, bis ihnen ganze Schwärme von Dämonen an den Fersen hafteten.

»Sie hatten recht«, sagte Panetta, während er sie über das regennasse Pflaster zum Wagen führte. »Irgendwer ist uns auf den Fersen. Es tut mir leid, dass ich Ihre Sorge unterschätzt habe und so leichtsinnig war, unsere Position preiszugeben. Obwohl ich meinem Kollegen nach wie vor vertraue. Entweder wurde unser Gespräch abgehört, oder es gibt einen Maulwurf in unserer Einheit.«

»Würde Sie das wundern?«

»Nicht wirklich. Aber eins weiß ich genau: Tristan kann es nicht gewesen sein.« Resigniert fuhr er sich übers Gesicht und legte für einen Moment den Kopf in den Nacken. Dann sah er sie durchdringend an.

»Nach dieser Geschichte ist mir vollends klar, mit welchen Dimensionen wir es hier zu tun haben. Wir müssen Sie schnellstens in Sicherheit bringen, und das möglichst ohne Verfolger.«

Während sich von allen Seiten Polizeiwagen mit Blaulicht und lautem Signalhorn ankündigten, half er ihr rasch in den Wagen und machte ihn startklar. Noch bevor die Sicherheitskräfte eintrafen, waren sie bereits zwei Straßen weiter.

»Sie haben mir das Leben gerettet«, stöhnte Elle und wischte sich mit den Händen übers Gesicht, bevor sie mit einer Mischung aus Anspannung und Dankbarkeit zu ihm aufschaute.

»Nicht ich«, wehrte er ab. »Ihr Anwalt hat sich schützend über sie geworfen, und selbst, als er bereits getroffen war, ist er wieder aufgestanden und hat sogar mir das Leben gerettet. Irgendwie gespenstisch. Ich frage mich, wie so was überhaupt möglich sein kann.«

»Vor lauter Schock habe ich kaum etwas mitbekommen«, gestand Elle. »Aber dass Caesare für uns gestorben ist, macht mich völlig fertig.« Unvermittelt brach sie in Tränen aus. Panetta reichte ihr ein Papiertaschentuch aus einem Seitenfach.

»Weinen Sie ruhig«, meinte er, »das hilft.«

Damian, der wieder im Fond des Wagens saß und die Szene beobachtete, war froh, dass sich sein Konkurrent nicht zu mehr hinreißen ließ. Wie gerne hätte er Elle nun selbst in seine Arme geschlossen.

»Wo sollen wir denn jetzt hin?«, jammerte sie. »Ich meine, spätestens wenn die Polizei eintrifft und die Sekretärinnen befragt werden, ist doch klar, dass Sie mit mir auf der Flucht sind.«

»Das wissen diejenigen, die das angezettelt haben, nun ohnehin«, orakelte Panetta mit düsterem Blick. »Solange ich nicht sicher sein kann, wer mit den Falconi unter einer Decke steckt, werde ich einen Teufel tun, mich noch mal bei meiner Dienststelle zu melden. Erst wenn ich Ihre Tochter und Sie in einem sicheren Versteck weiß, werde ich den Bau verlassen und die richtigen Leute aktivieren. Bis dahin stellen wir uns tot.«

»Wenn wir es bis dahin nicht längst sind«, murmelte Elle und lehnte sich mit einem Seufzer in den Sitz zurück. »Ich will nur Luisa in meine Arme schließen und sicher sein, dass es ihr gutgeht.«

»Ich denke, die Angelegenheit ist um einiges komplizierter«, brummte Panetta und steuerte den Wagen über die Schnellstraße in Richtung Schweizer Grenze. »Soviel ich mitbekommen habe, distanzieren sich die Falconi auf ganzer Linie von öffentlichen Anschuldigungen, was irgendeine Feindschaft gegen Sie oder Ihre Familie betrifft. Die ganzen drei Wochen über haben sich Ihr Exmann und sein Vater nicht nur gegenüber der Klatschpresse äußerst beunruhigt gegeben, was Ihren Gesundheitszustand und den Verbleib Ihrer Tochter angeht. Auch uns gegenüber ist Luigi Falconi zusammen mit seinem Sohn ziemlich überzeugend aufgetreten. Beide Männer haben vehement die Meinung vertreten, dass der Anschlag, wenn überhaupt, nicht gegen Sie, sondern gegen Ihren verstorbenen Vater gerichtet war.«

»Mein Vater ist schon seit über einem Jahr tot, und ich habe mich von seinen früheren Geschäften deutlich distanziert«, stellte sie tonlos klar. »Ich betreibe inzwischen ein paar gutgehende Restaurants und stehe auf eigenen Füßen.«

»Und wie verhält es sich mit den früheren Clanmitgliedern Ihres Vaters? Sein Vermögen befindet sich in einem Trust, soweit ich weiß. Gibt es da nicht vielleicht jemanden außer den Falconi, der an Ihrem Tod oder am Tod Ihrer Tochter interessiert sein könnte?«

»Ausgeschlossen«, sagte Elle ohne den leisesten Zweifel. »Mein Chauffeur hat mich schon seit einiger Zeit vor meinem Exmann und dessen Vater gewarnt. Von einem Vertrauten der Famiglia hatte er erfahren, dass die Falconi planten, mich aus dem Weg zu räumen. Silvio will das Sorgerecht für die Kleine, um später ihr Erbe abzukassieren. Ich habe es ihm verweigert, also muss ich verschwinden. So einfach ist das.« Trotzig schaute sie auf. »Was glauben Sie, warum ich das Kind in Sicherheit gebracht habe?«

»War nur so ein Gedanke«, entschuldigte er sich. »Ich bin mir sicher, die Falconi sind clever genug, auch bei dem Anschlag in Mailand jede Schuld von sich weisen zu können. Sie werden garantiert niemanden für die Tat rekrutiert haben, den man mit ihnen in Verbindung bringen könnte.«

»Ja«, brummte Elle. »Sie brauchen mir nichts zu erzählen. Ich sagte doch, ich weiß, wie so etwas funktioniert.«

»Von hier aus sind es nur achtzig Kilometer bis Lugano«, wechselte er das Thema. »Das ist eine Stunde Fahrt, wenn die Straßen frei sind. Hauptsache, wir sind erst mal auf der anderen Seite der Grenze. Dort nehmen wir ein gemütliches Hotelzimmer, in dem Sie sich ein wenig entspannen können. Morgen kaufe ich Ihnen etwas zum Anziehen, und dann geht es weiter.«

»Ich habe Angst.« Sie fuhr sich hektisch durchs Haar. »Silvio und Luigi können uns offenbar überall aufspüren.« Sie schaute Panetta verzweifelt an. »Und dann fahren Sie auch noch so einen auffälligen Wagen mit einem italienischen Kennzeichen, das von den falschen Leuten womöglich identifiziert werden kann.«

»Machen Sie sich darüber keine Sorgen«, riet ihr Panetta mit einem selbstsicheren Lächeln. »An Kennzeichen, auch ausländischen, mangelt es mir nicht. Ich habe den halben Kofferraum voll davon, so gut versteckt, dass sie noch nicht einmal bei einer Polizeikontrolle auffallen würden. Aber damit haben wir ohnehin nicht zu rechnen. Seit 2008 gehört die Schweiz zum sogenannten ›Schengen-Raum‹ und verzichten auf Personenkontrollen an Schweizer Grenzübergängen.«

»Wenn Sie das sagen ...« Elle war trotzdem nicht zufrieden. Obwohl es sich um einen hochgetunten Sportwagen handelte, dauerte ihr die Fahrt über Land viel zu lange. »Wäre es nicht besser, wir würden den nächsten Flughafen ansteuern und ein Flugzeug nach Großbritannien nehmen?«

»Großbritannien?«, wiederholte er sichtlich erstaunt und pfiff leise durch die Zähne. »Davon haben Sie bisher gar nichts gesagt. Na, dann bin ich nun wenigstens im Bilde, wo unsere Reise hingehen wird.«

»Tut mir leid, dass ich Ihnen nicht in dem Maße vertraue, wie Sie es sich vielleicht wünschen würden«, entschuldigte sie sich. »Ich will einfach auf Nummer sicher gehen, dass niemand erfährt, wo sie ist, bis ich sie in Arme geschlossen habe und wir in Sicherheit sind.«

»Ich kann Sie verstehen«, kam ihr Panetta entgegen. »Aber selbst wenn Sie mit mir zum Nordpol wollten, wäre es in der momentanen Situation wohl besser, auf öffentliche Verkehrsmittel zu verzichten. Jedenfalls solange man in irgendwelchen Datenbanken nachvollziehen kann, wo wir uns gerade befinden.«

Offenbar kannte Panetta sich bestens aus, und da er ihr so beherzt zur Seite stand, fing er an, ihr sympathisch zu werden. Die Tatsache, dass er sie so selbstlos beschützte und ihr helfen wollte, auch unter widrigsten Umständen zu ihrer Tochter zu gelangen, imponierte ihr nicht nur, sie schaffte Vertrauen. Etwas, was ihr in der gegenwärtigen Situation geradezu überlebenswichtig erschien.

Elle dachte an Luisa und daran, wie es wohl sein würde, endlich wieder ihren kleinen, weichen Körper an ihr Herz zu drücken und den ganz eigenen, süßlichen Duft ihrer blonden Locken in sich aufzunehmen. Ganz zu schweigen von ihren glücklichen blauen Augen, in die Elle bei ihrem Wiedersehen regelrecht hineintauchen wollte, und ihrem glockenhellen Lachen, das sie am meisten vermisste. Die Sehnsucht nach Luisa nahm ihr den Atem, und als Panetta an einer Tankstelle etwas zu essen und zu trinken kaufte, war sie versucht, das Mobiltelefon aus ihrer Kitteltasche zu holen, um bei Janet anzurufen. Aber nach allem, was bisher geschehen war, verzichtete sie lieber darauf und schaltete es ab, bevor sie es in die Tasche zurückgleiten ließ.

Ehe sie das Gerät aus dem Fenster werfen konnte, war der Commissario schon wieder zurück und hielt ihr eine Tüte entgegen.

»Können Sie das bitte mal halten«, bat er sie und setzte sich hinters Steuer. Während sie ihm die Tüte kurz abnahm, stellte er zwei kleine Flaschen stilles Wasser in die dafür vorgesehenen Halterungen.

»Ich bin drei Wochen lang künstlich ernährt worden«, wandte sie ein, als er ein belegtes Schinkenbrötchen aus der Tüte zog.

»Denken Sie ernsthaft, mein Magen verträgt schon ein halbes Schwein? Was ist, wenn ich mich danach übergeben muss?«

»Um ein solches Risiko zu vermeiden, habe ich Ihnen einen Vanillepudding mitgebracht«, überraschte er sie und zog einen Becher sowie einen Plastiklöffel hervor und überreichte ihr beides geradezu feierlich.

»Sie müssen etwas essen«, fügte er streng hinzu und startete den Wagen, wobei er das Schinkenbrötchen für einen Moment auf der Mittelkonsole ablegte. Erst nachdem er wieder auf die Straße zurückgekehrt und den passenden Gang eingelegt hatte, nahm er es und biss herzhaft hinein.

Während er den Wagen spürbar beschleunigte, bedachte er sie mit einem prüfenden Seitenblick.

»Sie sind ohnehin stark abgemagert, seit man Sie in diese Klinik eingeliefert hat«, befand er mit vollem Mund. »Nachher kippen Sie mir noch um, und einen weiteren Klinikaufenthalt wollen und können wir uns in der momentanen Lage nicht leisten.«

»Nein«, flüsterte Elle und starrte fassungslos auf den Puddingbecher. So viel Einfühlungsvermögen beeindruckte sie.

»Ich werde Ihnen alles bezahlen, sobald ich wieder Zugang zu meinen Bankkonten habe. Zur Übergabe von Bargeld und Scheckkarte ist es in Caesares Büro ja leider nicht mehr gekommen.«

»Machen Sie sich darüber keinen Kopf«, fügte er kauend hinzu, schluckte und biss erneut in sein Brötchen. »Ich übernehme alles, bis wir sauber aus der Sache herausgekommen sind. Will heißen, Sie haben bei mir unbegrenzten Kredit.«

»Unbegrenzt?« Sie hob erstaunt eine Braue.

»Na ja«, fügte er kleinlaut hinzu und schmunzelte. »Solange es nicht das bescheidene Budget eines Hauptkommissars übersteigt. Cartier und Ferrari müssen leider warten, bis Sie selbst wieder bei Kasse sind.«

»Keine Sorge«, versuchte sie ihn zu beruhigen und betrachtete gedankenverloren den Puddingbecher. »Auch wenn es den Anschein haben sollte, ich bin nicht besonders anspruchsvoll. Ein Charakterzug, den ich wohl von meiner Mutter geerbt habe. Sie hat sich trotz der Millionen meines Vaters nie etwas aus Schmuck und Pelzmänteln gemacht.«

»Ist sie schon lange tot?«, fragte er unvermittelt und schluckte den letzten Bissen hinunter.

»Ich war noch ein Kind, als sie starb. Ich kann mich kaum an sie erinnern. Vielleicht habe ich deshalb ein Trauma, Luisa könnte ohne Mutter aufwachsen. Ich möchte sie groß werden sehen, ihren schulischen Werdegang und ihr Studium begleiten. Sehen, wen sie heiraten wird und ob sie mir vielleicht einen Enkel schenkt.« Sie schluckte und räusperte sich schließlich. »Haben Sie eine Familie? Ich meine damit nicht unbedingt eine Frau, sondern Eltern, Geschwister, Onkel und Tanten.«

»Nein, nicht, dass ich wüsste«, antwortete er gedehnt und griff nach der Wasserflasche, die er geschickt mit den Zähnen öffnete, bevor er einen Schluck davon nahm. Ich war Vollwaise, als ich von meinem Ziehvater adoptiert wurde. Er war Polizist und hat mich mit elf aus der

Gosse geholt. Ich war auf dem besten Weg, so zu werden wie die Jungs, die Caesare erschossen haben. Rudolfo Panetta war das Beste, was mir passieren konnte. Seine Frau war ein Jahr zuvor gestorben und hatte ihn kinderlos zurückgelassen. Er hat mir Vater und Mutter ersetzt. In seiner Freizeit hat er Holzpuppen geschnitzt für einen guten Zweck, was mir in der Schule den Spitznamen ›Pinocchio‹ einbrachte.« Seine Zähne blitzten im Scheinwerferlicht des Gegenverkehrs auf, weil er kurz auflachte. Ein kehliges, dunkles Lachen, das ihn Elle noch sympathischer machte. »Obwohl es auch ein paar nettere Mitschüler gab, die mich ›Pane‹ nannten, was in diesem Fall ›guter Kerl‹ bedeuten sollte, weil ich mit ihnen meine Frühstücksbrote geteilt habe.«

»Wie alt waren Sie, als Ihr Vater gestorben ist?« Elle hatte einen Moment überlegt, ob sie danach fragen sollte, aber es erschien ihr oberflächlich, es nicht zu tun.

»Achtzehn. Ich stand gerade am Scheideweg und wusste nicht, ob ich wie er Polizist werden oder ein Jurastudium an der Uni beginnen sollte. Mein Vater war für die Uni, aber als er kurz darauf von Mafiakillern erschossen wurde, gab es für mich nur noch einen Weg, moralisch und finanziell.«

»Das tut mir leid«, murmelte sie und senkte den Kopf.

»Muss es nicht«, betonte er und nahm einen weiteren Schluck aus der Flasche. »Ich hatte eine schöne Jugend und das Glück, sie mit einem fantastischen Vater verbringen zu dürfen.«

»Ich wünschte, das könnte ich auch von mir behaupten«, sagte sie leise. »Mein Vater hat für mich finanziell zwar alles getan, weil ich seine einzige Tochter war, aber in seinem Geschäftsgebaren war er alles andere als mildtätig, wie ich leider erst viel zu spät realisiert habe.«

»Seien Sie doch froh, dass Sie von seinen Geschäften nichts gewusst haben. Sonst hätten Sie schon als Kind deswegen Albträume gehabt. Sie trifft keine Schuld. Wir können uns das Nest nicht aussuchen, in das wir hineinfallen.«

»Glauben Sie wirklich, dass im Leben alles nur dem Zufall überlassen ist?« Plötzlich musste sie an ihren seltsamen Traum denken und an Damians durchaus einleuchtende Erklärung, dass man sein Schicksal selbst wählte, bevor man wiedergeboren wurde.

»Ich glaube nicht an irgendwelchen esoterischen Hokuspokus«, betonte Panetta und deutete auf den Pudding. »Den habe ich nicht gekauft, damit Sie ihn auf Ihrem Schoß warm halten. Sie sollten ihn essen.«

Als er schließlich ein paar Kilometer vor Lugano in ein Seitental fuhr und an einem kleinen Hotel anhielt, das mit einem leuchtenden Werbeschild auf sich aufmerksam machte, hatte sie ihren Pudding bis auf den letzten Löffel verspeist und wäre ihm dafür am liebsten vor Dankbarkeit um den Hals gefallen. Nicht nur dafür, sondern auch, weil er wie selbstverständlich alle Auslagen übernahm. Zumal sie außer den gestohlenen fünfzig Euro über keinerlei Barmittel verfügte.

»Ich habe mit Absicht ein kleines Hotel gewählt, wo niemand auf die Idee kommt, unnötige Fragen zu stellen. Von der Sorte gibt es hier Hunderte. Bis eventuelle Verfolger die alle durchhaben, sind wir längst über alle Berge.«

Als sie zusammen die breite Treppe zum Eingang des vierstöckigen Flachbaus hinaufgingen, hatte Elle für einen Moment das Gefühl, als ob ihr vor Erschöpfung die Beine versagten. Panetta war sofort bei ihr und stützte sie. »Kommen Sie«, sagte er fürsorglich. »Sie gehören dringend ins Bett.«

Seine dunkle, samtige Stimme erinnerte sie immer mehr an Damian, und ihre Sehnsucht, den Mann aus ihren Träumen wieder leibhaftig vor sich zu haben, wuchs, je mehr sie Panetta beobachtete. Doch all das erschien ihr zu verrückt, um wahr zu sein, obschon sie in ihrer Bewusstlosigkeit Dinge erlebt und gesehen hatte, die sie eigentlich nicht hätte wissen können.

Der Empfangsraum des Hotels war mit seinem rustikalen Ambiente ganz und gar auf Wanderer und Skitouristen ausgerichtet. Hinter dem Rezeptionstresen saß eine honigblonde Frau mit hochtoupiertem Haar im schwarzroten Dirndl und telefonierte, was ihre Aufmerksamkeit für einen Moment lang vom Eingang ablenkte. Ihr Kopf ruckte merkwürdig hoch, als sie Elle in Kittel und Arbeitsschuhen zusammen mit dem attraktiven Panetta am Arm bemerkte. Die Frau war vielleicht Ende fünfzig, also alt genug, um zu wissen, dass Elle und der Commissario, was ihr Outfit betraf, ganz und gar nicht zusammenpassten.

»Sie wünschen?«, fragte sie mit gerunzelter Stirn, nachdem sie den Hörer aufgelegt hatte. Ihre eng zusammenstehenden Augen konnten ein gewisses Misstrauen nicht verhehlen, was ihre Neuankömmlinge betraf. Obwohl Elle unglaublich müde war und wirklich keine weiteren Schwierigkeiten gebrauchen konnte, konnte sie für die Reaktion der Frau sogar Verständnis aufbringen. Zumal Panetta in Jeans und Jackett wie ein blendend aussehender Playboy wirkte und sie selbst in ihrer merkwürdigen Aufmachung eher als seine Putzfrau hätte durchgehen können. Wobei sie sich wohl noch glücklich schätzen durfte, dass die Reinigungskräfte in der Klinik nicht in hochhackigen Pumps, Minikleid und Federboa ihrer Arbeit nachgingen.

»Wir hätten gerne zwei Einzelzimmer«, informierte Panetta die Empfangsdame, während er ihren kritischen Blick selbstbewusst ignorierte. »Mit Dusche und Bad, wenn's geht«, fügte er hinzu und sah sich auffällig um.

»Es tut mir leid«, entgegnete sie mit einem gekünstelten Bedauern im Blick, wobei sie Elles komische Aufmachung verstohlen musterte. »Wir haben nur noch ein Doppelzimmer frei. Falls Ihnen das nicht zusagt, kann ich telefonisch in einem Nachbarhotel anfragen.«

Panettas und Elles Blicke trafen sich, und für einen winzigen Moment verschmolzen sie ineinander.

»Wir nehmen das Doppelzimmer«, verkündete Elle selbstsicher. »Es ist billiger, und solange zwei Betten drinstehen, ist es okay. Schließlich sind wir nicht auf Hochzeitsreise, sondern suchen lediglich ein bequemes Nachtlager.«

»Nachtlager«, wiederholte die Frau tonlos und sah sie schon wieder so seltsam an. Im Nachhinein kam Elle das Wort auch merkwürdig vor. Anscheinend wurde ihr Unterbewusstsein noch immer von ihrem seltsamen Traum beeinflusst.

Als Panetta den Schlüssel an sich nahm, wich er geflissentlich ihrem forschenden Blick aus, hinter dem sich die Frage verbarg, was sie tun würden, wenn sie das Bett wider Erwarten miteinander teilen mussten.

»Die Treppe hoch und dann rechts«, belehrte sie die Frau mit einem Fingerzeig. »Gepäck haben Sie keins, oder?«

»Nein«, kam ihr Panetta zuvor und legte Elle eine Hand auf den Rücken, um ihr beim Aufstieg in den ersten Stock Halt zu geben.

»Handtücher und Bademäntel befinden sich auf dem Zimmer«, rief die Rezeptionistin ihnen hinterher. »Außerdem eine Minibar und ein

Wasserkocher, mit dem Sie Tee, Kaffee und heiße Schokolade zubereiten können.«

Leider führte das Hotel keine Unterwäsche und auch keine Schlafanzüge, hätte Elle hinzufügen mögen. Dann würde sie nach einer heißen Dusche, die sie dringend benötigte, eben im Bademantel schlafen, beschloss sie kurzerhand.

Damian glaubte, den Verstand zu verlieren. Jetzt schlief Elle mit diesem Kerl auch noch im gleichen Raum! Blieb zu hoffen, dass die Betten wenigstens auseinanderstanden. Doch leider musste er beim Eintritt ins Zimmer ein großes Himmelbett erblicken, das mit einer durchgehenden Matratze ausgestattet war. Auch Elle und ihr heißblütiger Begleiter schienen überrascht zu sein.

»Wie hübsch«, entfuhr es Panetta. »Offenbar haben wir das Hochzeitszimmer erwischt.«

Elle räusperte sich verlegen und widmete sich auffällig interessiert der Zimmereinrichtung, die nicht weniger rustikal wirkte als im Eingangsbereich. Dunkles Holz und Tapeten mit herbstlichen Jagdszenen. Ein beigefarbener Clubsessel aus Leder und ein Flachbildfernseher von nicht unbedingt gigantischem Ausmaß durchbrachen das antike Flair wie auch die Kommode aus hellem Birnenholz mitsamt dem Wasserkocher, den abgepackten Keksen und den versprochenen Utensilien zur Zubereitung diverser Heißgetränke. Außerdem gab es einen Kühlschrank, in dem sich garantiert Champagner verbarg oder ein paar Flaschen Bier, falls man es dann doch rustikaler angehen wollte. In jedem Fall genug, um sich zu betrinken und alle Hemmungen zu verlieren. Dass Panetta durchaus dazu bereit war, erkannte Damian nicht nur an dessen sündigen Gedanken, sondern auch daran, wie er Elle mit Blicken verfolgte, besonders als sie ihr Haar löste und spielerisch über den Schultern lockerte.

»Drei Wochen im Koma und kein einziges Mal die Haare gewaschen«, sagte sie zu Panetta, der sich soeben im weiß gekachelten Bad umschaute. »Ich muss furchtbar aussehen und möchte nicht wissen, welche Körpergerüche ich ausdünste. Wie können Sie es nur mit mir aushalten?«

»Glauben Sie mir«, mit einem charmanten Lächeln zog er die Vorhänge zu. »Ich habe schon weitaus schlimmere Dinge erlebt. Ich war zwei Jahre mit einem Spezialkommando in Afghanistan und habe dort gegen die Taliban gekämpft. Manchmal haben wir zwei Wochen in irgendwelchen Höhlen gehaust, ohne auch nur einen Tropfen Waschwasser. Bei Ihnen gehe ich allerdings stark davon aus, dass man Sie auch im komatösen Zustand täglich gewaschen hat.« Wieder schmunzelte er, und in seinem Dreitagebart zeigten sich ein paar atemberaubende Grübchen, die seine Ähnlichkeit mit Damian nur noch mehr unterstrichen und Elle an ihn denken ließen.

Wenigstens hat sie mich nicht vergessen, machte sich Damian Mut. Vielleicht gelingt es mir ja irgendwie, mich bemerkbar zu machen.

Als sie schließlich mit einem Hinweis an Panetta im Bad verschwand, folgte Damian ihr und setzte sich oberhalb der Wanne auf die Duschabtrennung. Nachdem sie ihre Schuhe, den Kittel und das schreckliche Krankenhemd ausgezogen hatte, beugte sie sich nackt, wie sie war, über die Wanne und ließ warmes Wasser hineinlaufen. Dann goss sie etwas von dem duftenden Schaumbad hinzu und beugte sich hinab, um die roséfarbene Essenz mit der Hand zu verteilen. Obwohl Elle tatsächlich um einiges dünner geworden war, starrte Damian ihr auf den niedlich runden Hintern und die wunderbaren Brüste, deren Spitzen er zu gerne liebkost hätte. Die Sehnsucht nach ihr machte ihn vollkommen fertig und war schlimmer als Abbadons Folter. Als sie ihre rotblonden Locken lässig mit ein paar Haarnadeln aus der Kitteltasche oben am Kopf zusammensteckte und ihr schlanker Hals zum Vorschein kam, den er zu gerne geküsst hätte, fühlte er sich total verloren. Sie bemerkte von alldem nichts und ließ sich vorsichtig ins Wasser gleiten. Für einen Moment schloss sie die Augen und dachte an ihn. Aber sie traute ihren Erinnerungen nicht, und irgendwann würden sie vollkommen verblassen. Bei dem Gedanken, sie niemals mehr lieben zu können, wäre er am liebsten auf der Stelle in den Kubus des ewigen Nichts zurückgekehrt. Doch er hatte hier eine Mission zu erfüllen. Er musste sie mit ihrer Tochter vereinen, und das möglichst unversehrt.

»Ich liebe dich«, flüsterte er, während er sich am Fußende der Wanne niederließ, doch natürlich konnte sie ihn weder sehen noch hören. Als die Schaumberge vor ihrer Nase eine stattliche Höhe erreicht hatten, pustete er mit aller ihm zur Verfügung stehenden kosmischen Kraft hinein, und tatsächlich lösten sich ein paar Partikel und sausten in Richtung Elle durch die Luft, um wie zarte Schneeflocken auf ihr überraschtes Antlitz zu rieseln.

Erschrocken blickte sie auf, in der Sorge, die Tür zum Bad nicht richtig verschlossen zu haben. Doch daran konnte es nicht liegen. Irritiert schaute sie sich um, und als er das Spiel noch einmal wiederholte, schluckte sie hart. »Damian?«, flüsterte sie, und er konnte hören, wie sich ihr Herzschlag beschleunigte. »Bist du da?«

Er sah, wie sie trotz der wohligen Wärme im Bad eine Gänsehaut bekam. Einen Moment lang war er versucht, ihr eine passende Antwort auf diese Frage zu geben, indem er noch einmal so etwas Verrücktes wagte. Doch dann hielt er sich zurück, weil er sie damit nur noch nervöser und ängstlicher machen würde. Und am Ende wäre sie genauso unglücklich wie er, weil sie keine Chance hatten, jemals wieder zusammenzukommen. Schließlich würde eine lebenslange Schaumparty keinen von ihnen zufrieden stellen.

Elle verharrte noch einen Moment, dann schüttelte sie den Kopf und fragte sich schon wieder, ob sie gerade verrückt wurde und alles, was sie hier erlebte, nur eine Illusion war. Hastig wusch sie sich die Haare und stieg aus der Wanne. Damian stand ganz dicht hinter ihr und küsste ihr den dampfenden Nacken, noch bevor sie sich abtrocknete und den weißen Frotteemantel anzog. Wieder hielt sie inne und schaute in den Spiegel, wo sie nur ihre eigenen verschwommenen Konturen erkennen konnte. Mit einem Mal erinnerte sie sich an Lucrezia und das Bad, das sie ihr nach ihrer ersten Begegnung eingelassen hatte, und den Silberspiegel, den sie ihr hingehalten hatte. Alles, woran sie sich bei ihrem mutmaßlichen Traum erinnerte, war so verdammt real. Als ob es erst gestern geschehen wäre, live und in Farbe. Unvermittelt brach sie in Tränen aus.

»Nein, nein, nein«, stammelte Damian. »Nicht weinen, bitte, Elle.«

Sie schluchzte in ihr Handtuch hinein, fing sich dann jedoch wieder und zog tapfer die Nase hoch. Er dachte darüber nach, dass er all seine universelle Kraft zusammennehmen könnte, um sie auf dem Hoteltelefon anzurufen, so, wie er es damals bei Janet getan hatte. Doch damit würde er unwiederbringlich Abbadon auf den Plan rufen, indem er eine Überdosis an Energie verschleuderte. Und falls der hier auftauchte, bliebe ihm noch nicht einmal genug Energie, um zu fliehen. Es war zum Verzweifeln.

»Alles in Ordnung?«, fragte Panetta von draußen. Er war kurz auf dem Parkplatz gewesen, hatte seine Waffen aus dem Wagen geholt und das auffällige Auto in die Hotelgarage gefahren.

»Ja«, rief ihm Elle mit erstickter Stimme zu und knotete den Gürtel ihres Bademantels so fest zu, dass er nicht von allein aufgehen konnte. »Ich föhne meine Haare im Zimmer, dann können Sie jetzt ins Bad.«

Panetta starrte sie an wie eine Erscheinung, als sie mit geröteten Wangen nach draußen trat und sich anschließend vor einem Spiegel die noch feuchten Haare kämmte, während sie die Tür zum Bad für ihn offen stehen ließ.

»Geht es Ihnen gut?«, fragte er besorgt.

»Gut wäre zu viel gesagt.« Erst jetzt fiel ihr auf, dass er auf einem kleinen Tischchen eine Kerze angezündet und Weißwein aus der Minibar in zwei Gläser gegossen hatte. Nachdem er ihrem Blick gefolgt war, nahm er die Gläser und reichte ihr eins davon rüber.

»Trinken Sie«, forderte er sie mit einem Lächeln auf. »Das wird Ihnen guttun.«

»Klar«, knurrte Damian ungehört. »Du willst sie betrunken machen, du Schlauberger. Das ist ja eine ganz durchsichtige Masche, auf die sie bestimmt nicht hereinfallen wird.«

Sie wollte ablehnen, aber als sie in seine blauen Augen schaute, die nichts anderes als echte Anteilnahme versprachen, wurde sie schwach. »Danke«, flüsterte sie und hob ihr Glas. »Für alles.«

»Keine Ursache«, antwortete er und nahm einen Schluck. Als sie sich aufs Bett setzte, nahm er unaufgefordert neben ihr Platz. Seine Jacke roch nach Kälte und Autoabgasen.«

»Waren Sie noch mal am Wagen?« Elle schaute ihn fragend an und nippte leicht irritiert an ihrem Wein.

»Ich musste meine Waffen noch holen, ohne dass die Tante in der Lobby was mitbekommt.« Er grinste verschlagen und deutete auf eine Sporttasche, die halb geöffnet neben dem Bett stand, Ein Gewehr samt Munition lag darin und eine Pistole, die er nun griffbereit in der Schublade seiner Nachttischkommode verschwinden ließ.

»Und was ist, wenn jemand reinkommt?« Elle war mulmig zumute, und das nicht nur, weil sie vom Personal überrascht werden konnten.

»Die Tür habe ich abgeschlossen«, erklärte er mit einem Augenzwinkern.

»Ich kann mir nicht helfen, aber mit dem ganzen Waffenarsenal machen Sie mir erst recht Angst.«

»Ich werde gut auf Sie aufpassen«, bekräftigte er sanft und prostete ihr zu. »Michele«, sagte er und lächelte sie an. Bereitwillig streckte er ihr seine Rechte hin. »Vielleicht sollten wir uns duzen, das ist weniger auffällig«, schlug er vor. »Und auch praktischer, bei dem, was wir vorhaben, findest du nicht?«

Einen Moment lang fühlte Elle sich überrumpelt, doch dann dachte sie noch einmal darüber nach, was er für sie getan hatte, und schlug ein. »Elle«, sagte sie und erwiderte sein Lächeln.

Herr im Himmel, fluchte Damian. Jetzt trinken sie auch noch Brüderschaft. Als ob es nicht gereicht hätte, dass sie das Bett teilen.

Du verdammter Hund, zischte er Panetta zu, wenn du sie auch nur anrührst, bring ich dich um!

Es war, als ob der Commissario die Warnung verstanden hätte, denn er rückte unmerklich von ihr ab. »Ich muss duschen«, verkündete er mit einem Grinsen. »Schließlich willst du nicht mit einem Stinktier dein Bett teilen, oder?«

»Nun ja«, bemerkte Elle ein wenig verlegen, »wir müssen uns ja nicht zu nahe kommen.«

»Du brauchst dir keine Sorgen zu machen«, kam er ihren Befürchtungen zuvor, »ich gehöre nicht zu den Typen, die ihre Finger nicht bei sich behalten können.«

»Hast du eine Freundin?«

»Nein.«

»Bist du schwul?«

»Nein«, sagte er und brach in verhaltenes Gelächter aus. »Sehe ich so aus?«

»Keine Ahnung«, antwortete Elle, wobei sie seine makellosen Konturen im Blick hatte, mit denen er tatsächlich aussah wie ein männliches Model.

»Entspann dich«, riet er ihr und zog sich mit einer lässigen Bewegung seine Jacke aus, die er anschließend sorgfältig über den Sessel legte. »Ich werde dich in keiner wie auch immer gearteten Weise bedrängen.«

Das würde ich dir auch raten, Freundchen, giftete Damian und war froh, als der Kerl endlich im Bad verschwand.

Als er einige Zeit später zurückkehrte, hatte Elle sich bereits die Haare geföhnt und war samt Bademantel unter die dicke Daunendecke gekrochen. Michele trug nur seine schwarzen Boxershorts. Was sie förmlich nötigte, wenn auch nur kurz, einen Blick auf seine attraktive Erscheinung zu werfen.

Sein Körper war durchtrainiert und leicht gebräunt, aber längst nicht so muskulös wie der von Damian, dem Helden aus ihrem Traum, den sie sich plötzlich sehnsüchtiger herbeiwünschte als je zuvor. Zumal die Erinnerungen an diverse erotische Erlebnisse mit diesem Mann unerwartet heftig hervorbrachen.

Panetta, der ihren glasig werdenden Blick bemerkt haben musste, ließ sich absichtlich Zeit, unter die Decke zu kommen, erst recht, als ihm auffiel, wie sie ihn völlig abwesend beobachtete.

Elle, die sich ein Kissen in den Rücken gelegt hatte, schaute peinlich berührt in Richtung Zimmerlampe, als ihr klarwurde, dass sie den Commissario, wenn auch unbeabsichtigt, angestarrt hatte.

Als er schließlich neben ihr lag, frisch rasiert und nach Seife duftend, musste sie schon wieder an Damian denken und daran, wie sehr sie es in ihrem »Traum« genossen hatte, mit ihm im Bett zu liegen, in Erwartung seiner leidenschaftlichen und zärtlichen Liebe. Die Liebe mit diesem Mann war berauschender und intensiver gewesen als alles, was sie je in Wirklichkeit erlebt hatte, und beim Anblick von Panetta, der sie trotz seiner Beteuerungen irgendwie erwartungsvoll anschaute, fragte sie sich, ob es je wieder einen Mann für sie geben konnte, mit dem sie Ähnliches empfand.

Michele stellte den Wecker an seinem Smartphone und rückte sich danach sein Kissen zurecht, offenbar bestrebt, ihr nicht allzu nahe zu kommen.

»Was denkst du gerade?«, fragte er schließlich in die Stille hinein, nachdem er das Licht gelöscht hatte und nur noch die Kerze brannte.

Elle räusperte sich ein wenig, bevor sie zu sprechen begann. »Hast du dich jemals gefragt, ob es ein Leben nach dem Tod gibt?«

»Nein«, antwortete er ehrlich. »Aber ich bin mir sicher, dass es ein Leben vor dem Tod gibt, das man nicht von anderen bestimmen lassen sollte.«

»Manchmal hat man keine Wahl«, entgegnete Elle leise. »Vielleicht gibt es ja tatsächlich so etwas wie Schicksal.«

»Meinst du damit etwas Bestimmtes?«

»Ich denke zum Beispiel an die Pazzi-Verschwörung«, wisperte sie.

»Die Pazzi-Verschwörung?« Seine Stimme klang erstaunt. »Wie kommst du denn jetzt ausgerechnet darauf?«

»Irgendwie fühle ich mich an diese Zeit erinnert, wenn ich all die Korruption sehe und die Vetternwirtschaft, die dieser Mafiakrake jeden Tag neues Leben einhauchen.«

»Und was, denkst du, hat die Pazzi-Verschwörung mit deiner momentanen Situation zu tun? Das ist mehr als fünfhundert Jahre her, wenn ich mich nicht irre.«

»Schon damals waren die Menschen fremdbestimmt und haben sich mafiösen Strukturen unterwerfen müssen, die es ihnen unmöglich gemacht haben, ein freies, selbstbestimmtes Leben zu führen. Wenn du mich fragst, hat sich so furchtbar viel seit damals nicht verändert. Noch immer gibt es mächtige Unternehmer und Banker in Italien, die glauben, sie hätten das Recht gepachtet, sich in alle gesellschaftlichen Belange einzumischen und sich damit gottähnlich über andere Menschen zu stellen, sie zu versklaven und ihnen vorzuschreiben, was sie zu tun und zu lassen haben. Glaubst du, dass sich das jemals ändern wird?«

»Solange es Menschen gibt, die an eine Veränderung glauben und dafür kämpfen, wird sie auch möglich sein«, sagte er und ergriff ihre Hand.

»Gute Nacht, Gabrielle.«

»Gute Nacht, Michele, und vielen Dank für alles.«

»Das ist doch selbstverständlich.«

»Ist es nicht. Genaugenommen gab es bisher nur einen Mann, der etwas Vergleichbares für mich getan hat.«

»Und wo ist er jetzt?«, fragte er neugierig.

»Er ist vor langer Zeit gestorben«, antwortete sie leise. »Gott sei seiner Seele gnädig«, fügte sie ebenso leise hinzu und begann lautlos zu beten.

Damian zerrissen Gabrielles Worte schier das Herz, wenn er denn noch eines gehabt hätte, aber da der physische Körper des Menschen ebenso illusionär war wie der seelische, spürte er den Schmerz nicht minder intensiv. Hier zu stehen und nicht mit ihr reden, sie nicht umarmen zu können, empfand er als die einzig wahre Hölle.

Die beste Alternative, dagegen anzugehen, war, sich nützlich zu machen und zu schauen, was Silvio Falconi und seinen vermaledeiten Vater gerade umtrieb.

Wenig später stand er in der Bibliothek der Villa Falconi, die sich absurderweise unweit des alten Pazzi-Sommersitzes und der späteren Medici-Residenz in der Nähe von Montughi befand.

Darin wimmelte es nur so von beißwütigen Dämonen, die nur darauf warteten, irgendeinen niederträchtigen Auftrag befeuern zu können. Ein Grund, warum Damian sich möglichst unauffällig hinter einer Marmorsäule versteckte und sein Energielevel so weit wie möglich herunterschraubte.

Luigi Falconi war die Aufregung über die vorangegangenen Ereignisse anzumerken. Eingehüllt in einen kostbaren, rot-grün gestreiften Hausmantel, mit einem Glas Grappa in der Hand, saß er in einem monströsen Ledersessel und versuchte vergeblich, das Zittern seiner Hände zu unterdrücken. Wer ihn näher kannte, wusste, dass es nicht Angst war, die ihn erzittern ließ, sondern Wut. Hinter ihm stand sein Sohn Silvio in einem grauen Businessanzug und setzte, in der Annahme, dass sein Vater die Dinge schon schaukeln würde, eine gleichgültige Miene auf.

Außerdem war noch Ronaldo Tirabassi anwesend, ein talentierter junger Anwalt aus Rom, glatzköpfig, braungebrannt, im beigefarbenen Zweireiher, der als Jurist nicht nur das Treiben der privateigenen Söldner der Falconi koordinierte, sondern auch den Kontakt zu den verschiedenen Polizeiorganisationen hielt. Ohne einen Funken von Zurückhaltung oder Unterwürfigkeit in den Augen, hatte er gleich neben Don Luigi in einem Ledersessel Platz genommen.

Ihnen gegenüber waren Vittorio Pizzuto und Manfredo Scipione zum Rapport angetreten. Beide hatten zuvor als Söldner einer privat finanzierten Auslandsarmee eine zweifelhafte Karriere gemacht und arbeiteten nun für die Falconi an vorderster Front. Dementsprechend steif standen sie da, wie beim Militär, die Hände an die Hosennaht gelegt, und schauten stur geradeaus. Vittorio, der Ältere und etwas Fülligere der beiden, den man auch den Engel nannte, weil er seine Opfer meist auf die sanfte Tour umbrachte und stets mit einem Lächeln auf den Lippen, ergriff als Erster das Wort: »Woher sollten wir wissen, dass dieser verdammte Commissario so schussfreudig ist?«, rechtfertigte er vor seinem Boss den Tod der drei Auftragskiller, die er auf die Schnelle in der Mailänder Unterwelt rekrutiert hatte.

»Ich frage mich, wie diese Schlampe überhaupt Kontakt zu ihm aufnehmen konnte«, lamentierte Don Luigi lautstark und fuchtelte dabei mit seiner Zigarre herum, die längst kalt geworden war. Dann drehte er sich zu seinem Sohn um, der einigermaßen ratlos ins Leere glotzte.

»Wie ist deine Meinung, Silvio? Du kennst sie doch besser als wir alle zusammen.«

»Vielleicht hat sie den Commissario angerufen und ihm irgendeinen Mist erzählt«, mutmaßte er.

»Blödsinn!«, polterte Luigi. »Sie hatte doch gar kein Telefon! Und woher hätte sie überhaupt von ihm wissen sollen? Sie war doch die ganze Zeit über bewusstlos. Wie seid ihr denn darauf gekommen, dass sie mit diesem Kerl nach Mailand gefahren ist?«

»Nachdem unsere Leute sich auf Ihren Befehl hin in den Polizeicomputer von Florenz eingehackt haben«, dozierte nun Tirabassi in einem arroganten Ton, dem man mühelos seine höhere Bildung entnehmen konnte, »sind wir auf eine Spur zur DIA gestoßen. Nicht umsonst stehen seit ein paar Monaten einige Computerfachleute der Direzione Investigativa Antimafia auf unserer Gehaltsliste. Darüber hinaus dürfte Sie interessieren, dass auch Panetta seit etwa einem Jahr dort als Ermittler tätig ist. Mit einem höheren Dienstgrad, als er uns mit seinem Ausweis der Polizia di Stato weismachen wollte. Darauf wird er als kleiner Kommissar im Morddezernat geführt. In Wahrheit bekleidet er ganz nebenbei und offenbar undercover in der DIA den Posten eines Hauptkommissars und führenden Ermittlers.«

»Dann hat er uns also belogen«, monierte Silvio ärgerlich. »Fragt sich nur, warum?«

»So ein Hund«, zischte Luigi und kippte den Grappa in einem Zug hinunter. »Wahrscheinlich hatte er von Anfang an den Verdacht, dass wir hinter der Sache stecken. Jetzt geht es also nicht mehr nur um Elle, sondern auch um ihn.«

»Unsere dortigen Spitzel haben uns auf einen Anruf aufmerksam gemacht«, referierte Tirabassi ungerührt weiter, »der über ein innerdienstliches Mobiltelefon reingekommen ist. Es war wohl Commissario Panetta, der sich, mit einer Schutzperson nach Mailand fahrend, abgemeldet hat. Nach ein paar eiligen Recherchen war klar, dass es sich bei der Schutzperson um ihre Exschwiegertochter handelt. Daraufhin habe ich, Ihr Einverständnis voraussetzend, Vittorio beauftragt, ein paar gutausgebildete, junge Kerle nach Mailand zu beordern, die zuvor zum Kommando von Vladimir Istvanow gehörten und die er uns bereits vor einer Weile gegen kleines Geld überlassen hat. Vittorio hat den jungen Männern den Auftrag erteilt, Panetta zu erledigen und Signora Falconi zu entführen, jedoch so, dass niemand Rückschlüsse auf uns als Auftraggeber ziehen kann. Leider ist die Sache schiefgegangen und Panetta ist nun gewarnt.«

»Weiß man wenigstens, wo die beiden sich jetzt aufhalten?« Don Luigi sah ihn erwartungsvoll an, während er mürrisch auf seinem erkalteten Zigarrenstummel herumkaute, wobei ihm durchaus anzumerken war, wie ihn das Organisationstalent seines Anwaltes beeindruckte. Ansonsten hätte er wohl weitaus hysterischer reagiert.

»Sie hat ein Mobiltelefon bei sich«, triumphierte Manfredo, der Jüngere der beiden Falconi-Schergen, vorlaut und zückte einen Computerausdruck, den er Don Luigi wie einen besonderen Leckerbissen servierte. »Und soweit unsere Spezialisten ermitteln konnten, ist sie damit in Richtung Schweizer Grenze unterwegs.«

»Woher wisst ihr das denn?« Luigi riss ihm den Zettel aus der Hand und glotzte nun Rinaldo Tirabassi an, der mit einer solchen Frage bereits gerechnet hatte.

»Es gab da wohl eine Diebstahlsanzeige«, ergänzte der Anwalt die Meldung. »Eine Putzfrau der Klinik vermisst seit ihrer Rückkehr in den Personalraum ihr Mobiltelefon, einen Kittel, ein Paar Schuhe und fünfzig Euro, die offenbar aus ihrer Handtasche gestohlen wurden. Der Raum befindet sich eine Etage tiefer, direkt unter dem Krankenzimmer Ihrer Exschwiegertochter, die dort nur Stunden zuvor noch an Überwachungsgeräte angeschlossen war. Die Polizei hat vor zwei Stunden über eine routinemäßige Handyortung festgestellt, dass das Gerät sich exakt seit dem Verschwinden von Signora Falconi auf der Reise nach Norden befindet, und das mit einer raschen Geschwindigkeit, was dafür sprechen würde, dass Commissario Panetta ganz schön aufs Gaspedal tritt, um uns zu entwischen. Doch allem Anschein nach wurde das Telefon inzwischen abgeschaltet. Panetta fährt übrigens einen dienstlichen Lamborghini mit gängigem Kennzeichen, der Wagen ist also nicht als Polizeifahrzeug zu identifizieren.«

Luigi Falconis Gesichtsfarbe hatte längst von Rot zu Weiß gewechselt. »Die kleine Schlampe«, murmelte er vor sich hin. »Wenn sie glaubt, sie kann uns linken, liegt sie schief.«

Dann riss er seinen Kopf hoch und starrte seinen jungen Anwalt mit einer Miene an, als sei er ein besonders vernichtungswürdiges Insekt. »Welche Maßnahmen wurden eingeleitet?«, fauchte er.

»Wir haben den beiden nun eine hauseigene Observationstruppe hinterhergeschickt«, erklärte Tirabassi unbeeindruckt. »Alles fähige Männer, die schon bei diversen Auslandseinsätzen ihre Qualitäten unter Beweis gestellt haben. Es dürfte darüber hinaus nicht besonders schwierig sein, herauszufinden, welches Handy Panetta mit sich führt. Es ist zwar nicht leicht, an seine Nummer zu kommen, weil es sich um eine polizeiinterne Geheimnummer handelt, aber unsere Leute sind dran.«

»Verfolgt sie«, befahl Luigi scharf. »Ich bin mir sicher, dass Elle mit ihm zusammen auf dem Weg zu Luisa ist. Sobald sie dort angekommen sind, tötet ihr die Schlampe und den schlauen Commissario und lasst ihre Leichen auf Nimmerwiedersehen verschwinden. Aber passt auf, dass die Kleine nichts davon mitbekommt.«

Nachdem sich die Runde aufgelöst hatte, verließ Damian unbemerkt den Ort des Geschehens. Er wusste, wie mörderisch die Gier seiner dämonischen Brüder war und wie willig Luigis Schergen ihren Verlockungen folgen würden.

Elle und ihr naiver Commissario traten allein gegen eine ganze Armee von blutrünstigen Arschlöchern an, ohne es auch nur zu ahnen. Damian wusste noch nicht genau, wie, aber er musste etwas unternehmen, wenn sich Laurentios Prophezeiung nicht bewahrheiten sollte, die besagte, dass Mutter und Tochter bei einem Schusswechsel mit Falconis Leuten sterben würden.

KAPITEL 20

Am Ende der Welt

Februar 2014 – Schottland, Isle of Skye

Elle fiel tiefer und tiefer, eingetaucht in einen undurchdringlichen Nebel, der sie in eine Welt aus buntem Licht und Schatten führte, die sich, einem Kaleidoskop gleich, um sie herum drehte, bis ihr ganz schwindlig wurde. Doch bevor sie fiel, wurde sie von starken Armen aufgefangen und blickte in ein paar strahlende, hellgraue Augen, deren liebevoller Blick so unbeschreiblich war wie der Mann, dem sie gehörten.

»Damian?«, flüsterte sie, und bevor sie noch ein Wort sagen konnte, senkte er seine Lippen auf die ihren und öffnete ihr damit das Tor zum Paradies.

»Komm zu mir, cara mia«, lockte er sie. Nur wenig später lagen sie beide nackt in einem Baldachinbett und küssten sich wild. Ungehemmt öffnete sie für ihn ihre Schenkel, stöhnte unter den zärtlichen Liebkosungen seiner Zunge, krallte ihre Finger in sein schwarzes, lockiges Haar, reckte ihm ihre Brüste entgegen, forderte seine sanfte Gewalt, um sich ihm ganz und gar hinzugeben. Langsam, ganz langsam kam er über sie, streichelte mit seiner weichen, warmen Haut ihren Bauch und ihre Brüste, bevor er ihr Innerstes mit beeindruckender Kraft eroberte. Zunächst zurückhaltend, jeden Zoll ihres zarten Fleisches auskostend, doch dann immer drängender, bis er sie mit jedem Stoß vollkommen erfüllte und sie weit über die Grenze ihrer Lust und damit ihres irdischen Daseins hinauskatapultierte. Sein heißer Atem und ihr Stöhnen vermischten sich, und während sein Mund von ihrem Besitz ergriff, klammerte sie sich voller Inbrunst an seinen Rücken und verschmolz mit ihm zu einem einzigen Körper und zu einer einzigen Seele aus reinem Licht. Was blieb, war pure, tiefe Liebe in einer Intensität, die sie niemals für möglich gehalten hätte.

»Damian«, rief sie mit verhangenem Blick, doch statt einer Antwort sauste ein blutgetränktes Schwert auf sie herab und durchbohrte ihre flammenden Herzen mit einem unsäglichen Schmerz. Die anschließende Dunkelheit legte sich wie ein schwarzes Leichentuch über sie und erzeugte eine grausame Stille.

»Damian!«, schrie sie so laut, wie sie konnte, und als keine Antwort kam, weinte sie so heftig wie noch nie in ihrem Leben.

»Elle«, rief eine fast vertraute Stimme und rüttelte sie fest.

Irritiert öffnete sie die Augen und dachte im ersten Moment, ihr Ruf sei erhört worden. »Damian?«, krächzte sie hoffnungsvoll. Doch als ihr Blick klarer wurde, erkannte sie, dass die Augen des Mannes nicht so grau waren wie der Himmel an einem herbstlichen Regentag, sondern so blau wie der Lago di Bilancino am Morgen.

»Michele?«

Der Commissario kräuselte besorgt die Stirn, wobei er sie fest bei den Schultern packte und zugleich in die Matratze drückte, als ob sie ihm ansonsten davonfliegen würde. So wie es aussah, war sie mitten in der Nacht hochgeschreckt, und er hatte die Nachttischlampe eingeschaltet.

»Hast du schlecht geträumt?«, wollte er unsinnigerweise wissen, denn sie war längst schon in der Realität angekommen, doch der Schmerz und die Verzweiflung über den Verlust ihrer Liebe wollten nicht nachlassen. Ruckartig setzte sie sich auf und brach unvermittelt in Tränen aus.

Panetta versuchte erst gar nicht, sie zu trösten, sondern zog sich auf seine Betthälfte zurück und beobachtete sie stumm. Als sie endlich wieder zu Atem kam, reichte er ihr ein Glas Wasser, das auf seinem Nachttisch gestanden hatte.

»Ich sollte vielleicht nicht danach fragen«, bemerkte er vorsichtig. »Aber wer ist Damian?«

»Wer will das wissen?«, fragte sie schroff.

»Du hast im Schlaf seinen Namen geschrien, als ob es sich um den Teufel persönlich handelte.«

Elle nahm einen Schluck kaltes Wasser und spürte, wie sich ihr Puls beruhigte. »Er ist kein Teufel«, murmelte sie, konfrontiert mit der unvermittelten Klarheit ihrer Erlebnisse im Koma. »Auch wenn manche das vielleicht von ihm behauptet haben. Für mich war er wohl vor allem das, was man eine große Liebe nennt«, ergänzte sie leise.

»Ist das der Mann, der sein Leben für dich aufs Spiel gesetzt hat? Oder willst du nicht darüber sprechen?«

»Wenn ich dir unsere Geschichte erzählen würde, so würdest du es mir ohnehin nicht glauben.«

»Ich glaube dir alles«, erklärte er sanft.

»Er wurde hingerichtet.«

»O mein Gott.« Er schluckte hart. »Von wem?«

»Von den Schergen eines machthungrigen Diktators.«

»Welches Land und wie lange ist das her?«

»Spielt das eine Rolle?«

»Nicht wirklich«, beeilte er sich zu sagen. »Eine Diktatur ist eine Diktatur, ganz gleich, wo und zu welcher Zeit. War er ein Söldner?«

»So was Ähnliches. Er stand von einem Augenblick zum nächsten auf der falschen Seite. Dafür musste er sterben.«

Besorgt kräuselte er die Stirn. »Und du willst mir nicht sagen, wann und wo das alles passiert ist?«

»Wenn ich das täte, würdest du mich für verrückt erklären.«

»Würde ich nicht«, versicherte er ihr und legte hörbar all seine Überzeugungskraft in seine Stimme.

»1477.«

»1477?« Er lächelte unsicher. »Oder hab ich mich da verhört?«

»Nein, du hast dich nicht verhört.«

»Das kann ja nicht sein …«, sprach er mehr zu sich selbst.

»Siehst du, du denkst, ich sei durchgeknallt.«

»Denke ich nicht! Aber damit ich es verstehen kann, benötige ich mehr Einzelheiten als nur eine uralte Jahreszahl.« Erwartungsvoll richtete er sich auf, und Elle fragte sich, ob er sie vielleicht in eine psychiatrische Klinik steckte, wenn sie ihm erzählte, was sie während ihres Komas erlebt hatte.

»Vertraust du mir nicht?« Seine Brauen zogen sich zusammen wie manchmal bei Damian, wenn der sein unglückliches Gesicht aufsetzte.

Nun musste sie beinahe lachen. »Nur wenn du mir schwörst, mich nicht umgehend in die Psychiatrie zu stecken.«

»Versprochen!«, schwor er und legte feierlich seine rechte Hand aufs Herz.

»Also gut«, beschloss Elle mit einem tiefen Seufzer und machte es sich mit einem weiteren Kissen, das sie sich in den Nacken schob, bequem.

Als sie mit ihrer Geschichte geendet hatte, saß Michele für einen Moment vollkommen sprachlos neben ihr. »Wow!«, entwich es ihm endlich, bevor die schweigsame Spannung zwischen ihnen zu belastend wurde. »Und du denkst, das ist alles wirklich passiert?« Zweifelnd sah er sie an.

»Siehst du«, erwiderte Elle aufgebracht, »du glaubst, ich spinne. Dachte ich es mir doch.«

»Nein, das glaube ich nicht, zumal mir Teile deines Erlebnisses erschreckend real erscheinen. Ich meine die Sache mit dem getöteten Kindermädchen und die Geschichte mit der Bestechung des Wachmannes. Und dann das Gespräch zwischen dem Chefarzt und deinem Exschwiegervater, bei dem ich auch dabei war. Woher hättest du wissen sollen, was damals gesagt wurde. Und dass jemand versucht hat, dich umzubringen und dir nun auf den Fersen ist, steht außer Zweifel.« Er schaute sie mit ratlosen Augen an.

»Und was ist mit dem Rest? Mit den Dämonen und der Geschichte der Pazzi?«

»Na ja«, meinte er zögernd. »Du hast Kunstgeschichte studiert. In den Gemälden der italienischen Renaissance wimmelt es nur so von Engeln und Dämonen. All die Figuren, die in deinem, ich nenne es mal Traum, vorkommen, hatten in der damaligen Zeit eine Bedeutung.

Könnte es nicht sein, dass sich während des Komas in deinem geistigen Erleben Erlerntes und gewisse Ängste, die dich schon vor dem Attentat quälten, in einer Art schizoidem Albtraum miteinander vermischt haben?«

»Könntest du das Wort schizoid bitte vermeiden?«, bat sie mit brüchiger Stimme und biss sich auf die Unterlippe. Plötzlich zweifelte sie an sich selbst. War all das wirklich nur ein sehr realistischer Traum gewesen?

»Nicht alles, was ich erlebt habe, war albtraumhaft«, wehrte sie ab und dachte an die glücklichen Stunden, die sie mit Damian verbracht hatte. Konnte man überhaupt eine so tiefe Sehnsucht nach einem Mann entwickeln, den man nur aus seinen Träumen kannte?«

»Hast du schon mal was von einem Oneiroid-Syndrom gehört?« Micheles forschender Blick ängstigte sie.

»Willst du damit behaupten, ich sei doch nur verrückt?«

»Keinesfalls«, beeilte er sich zu sagen und ergriff ihre Hand. »Oneiroide sind komplexe Träume, bei denen der Erlebende sich als wach empfindet und die er auch im Nachhinein nicht vom Wachzustand unterscheiden kann. Das kommt ziemlich oft vor, wenn Menschen sich lange im Koma befinden. In der Regel handelt es sich dabei um besonders furchtbare Albträume, in denen nahe Angehörige sterben oder andere schreckliche Dinge geschehen. Und wenn die Betroffenen schließlich wieder wach werden, hat man Mühe, sie vom Gegenteil zu überzeugen.«

Als er Elles irritierten Blick registrierte, zückte er beiläufig sein Smartphone und bemühte allem Anschein nach das Internet. »Wikipedia sagt dazu«, referierte er schließlich: »Nach einer Studie erlebten 25 von 68 Patienten, die infolge eines schweren Traumas tagelang bewusstlos bzw. im Koma waren, typische Oneiroide. In einer weiteren Untersuchung hatten 24 von 25 langzeitbeatmeten Patienten Oneiroide. Mit größerer Lebensbedrohlichkeit der Erkrankung kommt es zu einer Zunahme der Oneiroide. Wenn schwer chronisch kranke Menschen danach gefragt werden, was ihre ergreifendsten Erlebnisse auf der Intensivstation waren, sind das in 44 Prozent der Fälle ihre Träume – also die Oneiroide. Über diese komplexen und beeindruckenden Träume haben einige Patienten sogar ganze Bücher verfasst.«

Elle spürte Wut in sich aufsteigen. Er glaubte ihr nicht, wie in dem Artikel bestätigt. Aber das war auch schon die einzige Gemeinsamkeit. »Aber was wir in Mailand erlebt haben, war kein Traum, sonst säßen wir nicht hier«, widersprach sie ihm nüchtern. »Und ich weiß, wer Ernestina umgebracht hat. Ich habe die Männer gesehen und könnte sie jederzeit identifizieren.«

»Und wenn der Richter dich fragt, woher du das weißt, sagst du ihm: Das hat mir ein Dämon gezeigt?« Zweifelnd hob er seine rechte Braue.

»Nein, natürlich nicht. Aber ich habe noch einen anderen Beweis dafür, dass das alles kein Traum war.« Hoffnungsvoll schaute sie auf.

»Welchen denn?«

»Ich habe gleich nach dem Unfall meine Freundin angerufen, bei der ich Luisa untergebracht habe. Zu einem Zeitpunkt, als ich bereits auf der Intensivstation lag. Ich habe ihr von meinem Unfall erzählt und dass es nicht schlimm sei. Sie solle warten, bis ich mich wieder melde, habe ich ihr gesagt. »Das war vor drei Wochen. Du kannst sie ja fragen, ob es stimmt, wenn wir dort sind.«

Der Zweifel in Micheles Blick blieb bestehen. »Könnte es nicht sein, dass du zwischendurch mal wach geworden bist und irgendein Mobiltelefon benutzt hast?«

»Welches denn?« Unangenehm berührt dachte sie an das gestohlene Mobiltelefon in ihrer Kitteltasche.

»Na, vielleicht von einer Putzfrau«, sagte er, als ob er ihre Gedanken erraten hätte. »Die Frau hat die Bedeutung deines Erwachens nicht erkannt und wollte nur freundlich sein. Und danach bist du wieder ins Koma gefallen.«

»Nicht ich habe angerufen, sondern er«, verkündete sie ärgerlich.

»Er?«

»Damian, der Dämon.«

»Und wie sollte er das gemacht haben?« Sie konnte deutlich erkennen, wie schwer es ihm fiel, keine ungläubige Grimasse zu ziehen. »Er ist schließlich ein Mann, und du behauptest, er habe eine ähnliche Stimme wie ich. Das hätte deiner Freundin doch auffallen müssen.«

»Er hat seine Stimme verstellt und genauso gesprochen wie ich.«

»Mal abgesehen davon, dass der Kerl vielleicht ein talentierter Stimmenimitator ist, woher hätte er das Telefon haben sollen?«

Elle spürte, wie unglaubwürdig sie wirkte.

»Er hatte es in seiner Jackentasche. Ich sagte doch, er trug einen Anzug, als ich ihn das erste Mal traf.«

»Ein Dämon in einem Designeranzug und mit einem Smartphone in der Tasche«, schlussfolgerte Michele mit ausdruckslosem Gesicht. »Und du denkst nicht, es könnte vielleicht ein Klinikbesucher gewesen sein, der sich in der Tür geirrt und dir in einem vorübergehenden Wachzustand sein Mobiltelefon geliehen hat?«

»Michele«, erwiderte sie leicht ungeduldig. »Ich lag auf einer Intensivstation, polizeiüberwacht. Wie hätte er dort unbemerkt hereinkommen können?«

»Dein Dämon ist doch auch reingekommen«, gab er fast trotzig zurück.

»Ja, du Besserwisser«, warf sie ihm frustriert an den Kopf. »Er ist ja auch ein Dämon, der durch Türen und Wände gehen kann und den das menschliche Auge nicht sieht.«

Michele schüttelte den Kopf wie ein Hund, der nicht versteht, was sein Besitzer als Nächstes von ihm verlangt. »Dämon hin oder her, du bist auch fast unbemerkt aus dem Zimmer herausgekommen, obwohl du zuvor sämtliche Schläuche abgezogen hast und ein Polizist vor der Tür saß.«

»Aber nur fast«, betonte sie mit erhobener Stimme.

»Ganz gleich, wie«, beschied Michele offenbar gründlich verwirrt. »Mit den Sicherheitsstandards dieser Klinik steht es anscheinend nicht zum Besten.«

Elle atmete tief ein und aus und stellte dann die für sie alles entscheidende Frage: »Heißt das am Ende, du glaubst mir nicht?«

»Elle ...«, sagte er und hob beschwörend die Hände. »Denk doch mal darüber nach, was ich über die Oneiroid-Träume gesagt habe. Du bist doch nicht die Einzige, der so etwas passiert. Dafür muss man sich doch nicht schämen. Außerdem haben wir jetzt wichtigere Probleme, als über einen Dämon nachzudenken, der lediglich in deiner Fantasie existiert.«

»Schon gut«, entgegnete sie unverkennbar frustriert.

»Elle«, lenkte er ein und erinnerte sie mit seiner unvermittelten Sanftmut schmerzlich an Damian, den sie, je mehr sie darüber nachdachte, keinesfalls ins Reich ihrer krankhaften Fantasie verbannen wollte.

»Ich wollte dich nicht verletzen. Ich möchte dir nur helfen, um mit dem, was war, und dem, was ist, besser klarzukommen. Ich möchte dich beschützen. Verstehst du das nicht?«

»Und dafür danke ich dir.« Ihre Stimme klang ungewollt kühl, wobei sie seinen leidenschaftlichen Blick bemerkte und ihm instinktiv ihre Hand entzog, weil er allem Anschein nach um einiges mehr für sie empfand, als ihnen beiden guttat.

Innerlich immer noch aufgewühlt, legte sich Elle zurück in die Kissen und zog sich die Decke über die Nase.

»Gute Nacht«, wisperte sie und legte sich demonstrativ auf die Seite, um Michele nicht zu weiteren Annäherungen anzuspornen.

»Soll ich das Licht anlassen?«

»Nein. Dass ich an Dämonen glaube, heißt noch lange nicht, dass ich Angst vor ihnen habe. Deren Auftreten hängt nicht unbedingt mit irdischen Lichtverhältnissen zusammen.«

»Vielleicht sollten wir das Kreuz von der Tür wegnehmen und auf deinen Nachttisch legen«, schlug er wenig hilfreich vor.

»Ich hatte wohl vergessen zu sagen«, antwortete Elle gereizt, »dass sie sich weder von einer Kirche noch von einem Kruzifix beeindrucken lassen, soweit ich das beurteilen kann.«

»Falls du dich doch ängstigen solltest«, bemerkte er zweideutig, »bin ich jederzeit für dich da.«

»Wie sagtest du so schön?«, flüsterte sie. »Wir haben schlimmere Feinde. Vielleicht solltest du lieber deine Pistole unters Kopfkissen legen.«

Damian hätte den Kerl erwürgen können. Elle einzureden, er sei nur ein Traumgespenst, war der Gipfel der Unverschämtheit. Sicher wäre es vernünftiger, wenn sie ihn vergessen würde, aber so blieb ihnen wenigstens die Erinnerung und vielleicht ein kurzes, wenn auch schmerzhaftes Wiedersehen, wenn sie eines Tages starb und sich von ihrem physischen Körper löste. Was bis dahin geschehen würde, stand ohnehin in den Sternen, und Damian ahnte bereits, dass er Probleme damit haben würde, wenn sie sich eines Tages in wen auch immer verliebte.

Schließlich war die Konkurrenz nicht zu unterschätzen, wenn er allein Panetta betrachtete, diesen smarten Schleimbeutel, der nichts unversucht ließ, um ihr zu schmeicheln.

Damian legte sich unbemerkt zu Elle ins Bett und spürte ihren bebenden Atem. Wenigstens *das* hatte er Panetta voraus. Er konnte ihr nahe sein, sooft er wollte. Aber es barg auch einen gewaltigen Nachteil. Denn sie weinte heimlich und ihm waren die Hände gebunden, sie in jedweder Form zu trösten. Und so blieb ihm nur, sich unbemerkt an sie zu schmiegen und ihr ein wenig Energie abzusaugen, damit sie müde genug wurde, um endlich einzuschlafen.

Als Elle gegen Morgen erwachte, war sie immer noch ganz aufgelöst und zittrig, weil sie nach allem, was geschehen war, nicht einmal mehr ihrer eigenen Wahrnehmung vertraute. Hektisch richtete sie sich auf und blinzelte durch die beigefarbenen Gardinen ins aufkeimende Morgenlicht. Ihr nächster Blick galt Panetta, doch der hatte sich bereits vor einer Stunde davongemacht und lediglich einen Zettel hinterlassen.

Bin kurz einkaufen. Komme spätestens um zehn zurück. Geh nicht raus, mach keinem auf und lass dir das Frühstück aufs Zimmer servieren. Gruß Michele.

Mit einem tiefen Seufzer fuhr Elle sich durchs Haar und stand auf. Sie trug immer noch den weißen Frotteemantel vom Abend und dachte darüber nach, Janet MacDonald anzurufen. Getrieben von der Angst, auch das könne alles nur ein Traum gewesen sein. Vielleicht war ja ihr ganzes Leben ein einziger Albtraum, aus dem sie nie mehr erwachen würde. Einen Moment lang war sie versucht, das gestohlene Mobiltelefon noch einmal einzuschalten, um es zu benutzen. Doch dann zögerte sie.

»Schalt es ab«, zischte Damian ihr unhörbar zu, der inzwischen um die Gefahr einer Ortung wusste. Und als ob sie ihn verstanden hätte, öffnete sie ein Fenster und warf das Ding in hohem Bogen in ein angrenzendes Gebüsch. Danach rief sie per Haustelefon den Zimmerservice und bestellte ihr Frühstück.

Als die Kellnerin mit einem Tablett erschien, auf dem sich auf Elles Wunsch hin nur eine Kanne Tee und ein gemischter Obstsalat befanden, bat sie die junge Frau um einen besonderen Gefallen. »Ich möchte gerne ins Ausland telefonieren«, erklärte sie ihr, die daraufhin mit erstauntem Blick auf den Apparat auf der Kommode deutete. »Damit können Sie überallhin telefonieren. Die Gebühr erscheint später auf der Hotelrechnung.«

»Ich möchte nicht, dass mein Begleiter etwas davon erfährt«, warf Elle mit verschwörerischer Stimme ein. »Deshalb möchte ich die Rechnung dafür gleich vor Ort bezahlen und nicht später an der Rezeption.« Die junge Frau nickte vielsagend. »Nur zu«, ermutigte sie Elle mit Blick auf den Anschluss, »ich warte dann draußen vor der Tür. Und falls Ihr Mann überraschend kommt, klopfe ich kurz.«

Elle schmunzelte über so viel Entgegenkommen und griff zum Hörer. Janets Nummer kannte sie auswendig. Eigentlich seltsam nach dem, was ihr Hirn alles mitgemacht hatte. »Janet? Bist du es?«, fragte sie, als jemand abhob. »Janet MacDonald, wer ist da bitte?«

Als Elle die vertraute Stimme ihrer Freundin hörte, brach sie in Tränen aus. »Ich bin's, Elle«, brachte sie nur mit Mühe hervor. »Tut mir leid, dass ich mich die ganze Zeit über nicht gemeldet habe. Mir ging es doch schlechter, als zunächst gedacht, und vom Krankenhaus aus hatte ich keine Gelegenheit zu telefonieren. Wie geht es Luisa?«

»O mein Gott!! Bist du's wirklich?« Die Stimme am anderen Ende signalisierte Erleichterung. »Warum hast du nicht wie vereinbart vom Mobiltelefon aus angerufen?«

»Das ist mir in der Klinik gestohlen worden«, log sie. Schließlich hatten sie ausgemacht, dass sie sich nur von einem ganz bestimmten Mobiltelefon aus melden würde. Doch das lag nun höchstwahrscheinlich auf dem Grunde des Sees.

»Es tut mir so leid«, schluchzte Elle mehr, als dass sie sprechen konnte. »Ich hab mir auch solche Sorgen gemacht um Luisa und um dich, weil ich dir doch nicht sagen konnte, was los war.«

»Jesus Christ!«, rief Janet in den Hörer und hielt daraufhin kurz den Atem an. »Ich dachte schon, dir wäre noch was Schlimmeres passiert. Wo bist du denn jetzt? Kannst du herkommen? Das Kind fragt täglich nach dir. Ich weiß nicht mehr, was ich der Kleinen erzählen soll.« Offenbar erwähnte sie aus lauter Vorsicht Luisas Namen nicht am Telefon.

»Ist sie da?«, fragte Elle sehnsüchtig. »Ich muss sie sprechen! Ich muss!«, flehte sie und schien mit ihrer Leidenschaft über jeden Zweifel erhaben, dass ihr Anruf irgendeine Gefahr mit sich bringen könnte.

»Mami«, sagte eine glockenhelle Stimme so vorsichtig, als ob ihre versprochene Anwesenheit eine Seifenblase wäre, die jeden Moment wieder zerplatzen könnte. »Bist du da?«

Elle schluckte hart. Die Luft blieb ihr weg vor lauter Sehnsucht, so dass es ihr unmöglich war, zu sprechen.

»Ja, Schätzchen«, krächzte sie kaum hörbar und räusperte sich, was ihrer Stimme etwas mehr Klarheit verlieh. »Ich bin's, Mami. Geht es dir gut?«

»Ich hab dich so vermisst, Mami. Wann kommst du mich holen?« Luisas Stimme klang weinerlich, was Elle schier das Herz brach. Was hätte sie darum gegeben, wenn Damian nun auftauchen würde, um sie auf der Stelle nach Schottland zu beamen. Doch nun steckte sie in einem physischen Körper, und er war nicht mehr da.

»Spätestens übermorgen bin ich bei dir, das verspreche ich dir.«

Sie hoffte inständig, dass sie dieses Versprechen halten könnte. »Ich küsse dich und drücke dich und denke jede Minute an dich, das musst du mir glauben«, beschwor sie die Kleine. »Gib mir noch mal Tante Janet, ich will ihr sagen, wann ich genau ankommen werde, hörst du?«

»Ja«, hauchte das Mädchen ins Telefon, und Elle glaubte, die Enttäuschung darin zu spüren, dass sie nicht sofort bei ihr sein konnte. Als Janet den Hörer entgegennahm, sagte sie zu Luisa, sie solle sich derweil um den Hund kümmern.

»Was ist passiert?«, fragte Janet, und Elle wusste nicht, wo sie anfangen sollte, denn allzu viel Zeit blieb ihr nicht, bis Michele zurückkehren würde.

»Das ist eine lange Geschichte«, wich sie aus, »von der ich dir im Moment nur Bruchstücke erzählen kann.«

»Egal, Hauptsache, ich weiß, was geschehen ist.«

»Sitzt du, oder stehst du?«, fragte sie Janet vorsichtshalber.

»Okay, ich sitze«, verkündete ihre Freundin mit atemloser Stimme. »Schieß los!«

»Beim Schießen sind wir schon richtig«, erklärte sie mit erstickter Stimme. »Silvio und sein Vater haben ein Attentat auf mich verübt. Nachdem ich aus Schottland zurückgekehrt bin, haben sie auf meinen Wagen schießen lassen. Mein Fahrer ist tot, aber mir geht es gut.«

»Das will ich nicht glauben!«, stieß Janet tonlos hervor. »Aber du hast mich doch nach deinem vermeintlichen Unfall noch angerufen und mir gesagt, es wäre alles in Ordnung?«

Elle spürte, wie sie in Erklärungsnot kam. »Ich wollte es auch nicht glauben und dachte, die Sache würde sich aufklären, deshalb bin ich nicht ins Detail gegangen. Ich wollte dich schließlich nicht beunruhigen«, log sie. »Danach bin ich noch mal ins Koma gefallen und habe erst gestern erfahren, dass Alberto erschossen wurde und Luisas Kindermädchen einem Mordanschlag zum Opfer gefallen ist. Silvio und sein Vater haben mich in der Klinik von ihren Spitzeln überwachen lassen, weil sie abwarten wollten, bis ich wieder wach werde und ihnen das Versteck von Luisa verrate. Danach wollten sie mich endgültig umbringen, um das Kind an sich reißen zu können. Ich konnte ihnen entkommen und bin nun auf der Flucht. Gestern haben sie daraufhin in Mailand meinen Anwalt töten lassen. Ich bin nur knapp ihren Auftragskillern entkommen. Es ist wirklich ernst, Janet! Ich habe keine Ahnung, ob sie schon wissen, wo ich Luisa versteckt habe, aber ich muss davon ausgehen, dass sie auch dich und das Kind aufspüren können. Gibt es einen sicheren Ort, wo ihr euch verstecken könnt?«

»Puh«, entfuhr es Janet. »Und was ist mit der Polizei? Gibt es denn niemanden in Italien, der deinem Exgatten und seinem Vater schleunigst das Handwerk legen kann?«

»Bei uns ist das kompliziert«, gestand Elle mit heiserer Stimme. »Das ist so eine Mafiageschichte. Luisas Großvater hat überall seine Finger im Spiel. Politik, Polizei und Staatsanwaltschaften. Es gibt niemanden, zu dem er keine geschäftlichen Verbindungen hätte. Genau wie mein Vater, bevor er gestorben ist. Männer von einem solchen Kaliber bestechen alle und jeden. Polizisten so gut wie Politiker. Falls dir der internationale Korruptionsindex etwas sagt, muss ich dem nichts hinzufügen. Demnach steht es um unser Land nicht zum Besten. Und sobald die Mafia ins Spiel kommt, wird alles noch schlimmer.«

»Und was willst du jetzt tun? Hast du denn niemanden, der dir helfen könnte?«

»Doch, ich befinde mich in Begleitung eines jungen Hauptkommissars von der Antimafiabehörde. Er will mich mit seinem Dienstwagen möglichst unbemerkt von meinem Exschwiegervater und den zuständigen Behörden nach Schottland bringen. Von dort will er versuchen, mich und mein Kind in einer Art Zeugenschutzprogramm außer Landes zu bringen und uns so lange zu verstecken, bis wir meinen Exmann und seinen Vater hinter Gitter gebracht haben.«

»Und du denkst, du kannst ihm vertrauen? Ich meine, offenbar hat er an der bestehenden Situation nicht viel ändern können, sonst hätte man die verantwortlichen Männer doch längst verhaftet.«

»Er hat sein Leben für mich aufs Spiel gesetzt, Janet, und gestern Abend drei Männer erschossen, die mich fast getötet hätten.«

»Jesus Christ!«, rief Janet ins Telefon. »Wo seid ihr denn jetzt?«

»In der Schweiz. Er ist gerade in der Stadt, um ein paar Dinge zu besorgen. Gleich nach dem Frühstück geht's weiter in Richtung Frankreich. Wir wollen durch den Eurotunnel fahren, um so schnell wie möglich zu euch zu kommen.«

»Gut«, befand Janet. »Oder sollte ich lieber sagen, nicht gut? Ich werde sofort packen und mit Luisa zur Isle of Skye fahren. In der Nähe von Dunvegan besitze ich ein abgelegenes Cottage. Dort werde ich mich mit ihr verschanzen. Ich besitze ein paar Jagdgewehre und eine Armbrust, die ich zu Sportzwecken nutze. Damit kann ich notfalls eine halbe Armee aufhalten. Ich werde dort auf euch warten. Frag im Ort nur nach Janet, der verrückten Künstlerin, dann wissen die Leute Bescheid.«

»Danke«, wisperte Elle, den Tränen nah.

»Hast du schon eine Idee, wie es danach weitergehen soll?«

»Nein«, gestand Elle kaum hörbar. »Aber wir müssen zumindest etwas Zeit gewinnen, bis wir jemanden bei den italienischen Behörden gefunden haben, der es wagt, offen gegen die Falconi zu ermitteln.«

Als Panetta wenig später mit drei großen Tüten in der Tür stand, sagte sie ihm nichts von dem Anruf. Nicht nur weil er wegen des Risikos, entdeckt zu werden, wahrscheinlich sauer sein würde. Auch, weil sie nicht wusste, ob es gut war, ihm jetzt schon zu offenbaren, wo genau ihr Ziel lag. Zum jetzigen Zeitpunkt mussten sie noch mehr als tausend Kilometer mit dem Wagen zurücklegen. Bis dahin konnte noch alles Mögliche geschehen. Wobei ein simpler Autounfall noch die harmloseste Variante darstellte. Denn was das betraf, hatte sie keinen Zweifel daran, dass Michele auch weiterhin keine Rücksicht auf eventuelle Geschwindigkeitsbegrenzungen nehmen würde.

»Geht's dir wieder besser?«, erkundigte er sich und überreichte ihr die Tüten.

»Was ist das?«, fragte sie, obwohl sie bereits eine Ahnung hatte.

»Na, schau doch mal rein«, empfahl er ihr mit einem Lächeln. »Ich hoffe, ich habe deine Größe richtig eingeschätzt, ich wollte dich nicht wecken, als ich heute Morgen losgefahren bin.«

Mit einer Mischung aus Spannung und schlechtem Gewissen breitete sie die Boutique-Kleidung aus, die er sich offenbar einiges hatte kosten lassen. Eine lange elegante schwarze Wollhose, einen dazu passenden silbergrauen Kaschmirpullover, weit geschnitten mit langen Ärmeln und einem übergroßen Rollkragen. Dazu eine schwarze Seidenstrumpfhose, ein Paar Feinstrickkniestrümpfe und ein Paar flache, schwarze Winterstiefeletten, warm gefüttert, aus gebürstetem Büffelleder.

»Du hättest nicht so viel Geld ausgeben sollen«, tadelte sie ihn.

»Ich wollte dir wenigstens eine kleine Entschädigung bieten für all das, was du durchmachen musst«, rechtfertigte er sich. »Gefallen dir die Sachen denn?« Abwartend, ja beinahe furchtsam sah er sie an.

»Sie sind wunderbar«, erwiderte sie mit einem Lächeln. »Ich muss nur sehen, ob sie auch passen.«

»Du hast noch gar nicht in die anderen Tüten geschaut«, ermahnte er sie.

»Du bist verrückt«, sagte Elle, nachdem sie aus einer kleineren Tüte zwei Garnituren feinster Dessous und aus der größeren Tüte einen modischen samtgrauen Winterparka herausgefischt hatte, dessen Kapuze mit echtem Wolfsfell besetzt war. Stumm hielt sie den Parka an sich gepresst, während ihr ein paar Tränen aus den Augenwinkeln kullerten.

Im Nur war er bei ihr und nahm sie in die Arme.

»Hey, Signora, warum weinen Sie denn, es ist doch alles in bester Ordnung.«

Hastig wischte sie sich eine Träne weg. »Ich bin nur so gerührt«, stieß sie mit belegter Stimme hervor. »Außer Janet habe ich niemanden mehr, dem ich vertrauen kann. Ich kann gar nicht sagen, was es für mich bedeutet, in meiner größten Not einem Mann wie dir begegnet zu sein.«

Panetta hielt sie noch immer im Arm, er war ein ganzes Stück größer als sie. Ein Adonis mit blauen Augen, dessen Lippen sich unaufhaltsam auf ihre senkten. Elle fühlte sich zu schwach, um ihm zu widerstehen, und ließ es zu, dass er sie küsste.

Damian war ganz außer sich vor Zorn, als er sah, wie schamlos der Commissario Elles hilflose Lage für sich ausnutzte. Und dass sie sich ihm ohne Protest einfach so hingab, enttäuschte ihn mehr, als er sich eingestehen wollte. Wie konnte sie nur. Frustriert schoss er durch das Zimmer und gab dabei eine geballte Portion dunkle Energie von sich, was unvermittelt Fenster und Türen vibrieren ließ. Sofort fuhren die beiden Turteltäubchen auseinander.

»Was war das?«, fragte Elle sichtlich verlegen, doch Panetta grinste nur lässig. »Meinst du den Kuss oder den Flieger der Schweizer Armee, der gerade die Schallmauer durchbrochen hat?«

»Ich habe keinen Flieger gehört«, erwiderte sie immer noch sichtlich irritiert, »und was den Kuss betrifft …«, sie zögerte einen Augenblick, bemüht, seinem zärtlichen Blick zu entkommen. »Wir sollten so etwas nicht tun. Jedenfalls nicht, solange wir nicht sicher sind, ob wir wirklich etwas füreinander empfinden.«

»Eine späte Einsicht ist auch eine Einsicht«, schimpfte Damian und gab sich damit zumindest Elle gegenüber wieder versöhnlicher. Doch wie er mit einem Kerl wie Michele Panetta auf Dauer verfahren sollte, war ihm nach wie vor schleierhaft, und er ahnte bereits, dass der Typ ihn noch einiges an Nerven kosten würde.

»Es tut mir leid«, sagte Panetta, sichtlich um Einsicht bemüht. »Ich hätte das nicht tun dürfen. Ein derart unprofessionelles Verhalten meinerseits in einer solchen Situation ist unverzeihlich.«

»Es muss dir nicht leidtun, Michele.« Elle lächelte verständnisvoll. »Ich glaube nur, es ist gerade nicht der richtige Zeitpunkt.«

Wenig später saßen sie in Panettas Lamborghini und sausten in Richtung französische Grenze. Gegen einundzwanzig Uhr erreichten sie Calais. Michele war trotz der winterlichen Witterungsverhältnisse mit Vollspeed über die deutschen Autobahnen gerauscht, und auch in Frankreich hatte er sich keinen Zwang angetan und den Lamborghini zu Höchstleistungen getrieben. Während einer kurzen Rast in einem Café hatte er von einem freien Internetzugang aus eine Passage im »Le Shuttle« gebucht, einem speziellen Zug, der für den Transport durch den Eurotunnel Autos, Busse und Motorräder an Bord nahm und sie von Coquelles bei Calais nach Folkestone an Englands Südküste transportierte. Wenn alles glattging, würden sie den Anschlusszug, der um 22 Uhr 30 den dortigen Bahnhof in Richtung Insel verließ, noch rechtzeitig erreichen.

»Damit sparen wir uns eine Übernachtung«, sagte Michele, dem sie inzwischen offenbart hatte, wo die Reise nun endgültig hingehen würde.

Als sie auf die Straße zur Verladerampe einbogen und er Elles zweifelnde Blicke sah, legte er seine Hand auf ihre Schulter. Es war die erste körperliche Berührung, seit sie Lugano verlassen hatten.

»Ich bin noch nie durch den Eurotunnel gefahren«, gestand sie ihm. In ihrem früheren Leben hatte sie ihre Auslandsreisen meist mit dem firmeneigenen Learjet getätigt, zumindest solange ihr Vater noch lebte. Und auch Silvio verfügte über ein eigenes Flugzeug.

»Keine Angst«, versuchte Michele sie zu beruhigen. »Die Autos werden in ein- oder zweistöckigen abgeschlossenen Zugsegmenten transportiert. Die Passagiere können währenddessen im Fahrzeug bleiben oder umhergehen. In einer guten halben Stunde sind wir auf der anderen Seite«, fügte er hinzu, als er ihren zweifelnden Blick auf sich spürte. »Das Gute ist zudem, dass nur sporadisch kontrolliert wird, und wenn überhaupt, suchen sie nach Asylanten, die passen in unseren Wagen nun wirklich nicht hinein. Somit habe ich keine Probleme, meine Waffen mitzunehmen, auch wenn man sie eigentlich nach Großbritannien nicht einführen darf.«

Elle wollte sich gar nicht vorstellen, dass er diese Waffen wie auch immer zum Einsatz bringen würde. Sie dachte nur an Luisa und daran, dass es nun nicht mehr lange dauern konnte, bis sie ihr Kind in die Arme schließen durfte.

»Von Folkestone aus sind es noch rund siebenhundert Kilometer«, klärte Panetta sie auf, nachdem er den Wagen unter den staunenden Blicken der Bahnarbeiter auf die Rampe gefahren hatte.

»Am liebsten würde ich durchfahren«, sagte er und sah sie vielsagend an. »Nur so können wir hoffen, etwaige Verfolger abzuschütteln.«

»Glaubst du, sie finden heraus, wo Luisa versteckt ist?«

»Nein«, er schüttelte den Kopf und versuchte, so viel Überzeugungskraft wie möglich in seine Stimme zu legen. »Du hast dir eine verdammt abgelegene Gegend ausgesucht, die mit Italien so viel zu tun hat wie ein Schottenrock mit einem Anzug von Armani.«

Unwillkürlich entlockte er ihr endlich ein Lächeln. »Netter Vergleich, ich hoffe, du behältst recht.«

Damian wählte lieber die sichere Methode und war schon im nächsten Augenblick wieder in der Villa der beiden Falconi, deren abhörsicherer Atombunker im Kellergeschoss der Villa mittlerweile zu einem Nachrichtenanalysezentrum mutiert war. Von hier aus koordinierte Tirabassi, unbemerkt von Polizei und Justiz, die weitere Vorgehensweise des Mafiaclans, als Luigi Falconi zu später Stunde die Kommandozentrale seines Imperiums betrat, wie er es gerne nannte.

»Und? Gibt's was Neues?«, nuschelte er mit einer weiteren Zigarre im Mundwinkel, die nun jedoch vor sich hin qualmte.

»Unsere Truppe hat die beiden am Eurotunnel in Calais aufgenommen«, erläuterte ihm Tirabassi, während er einigen geschulten Computerspezialisten des Clans über die Schulter schaute. »Großbritannien?« Don Luigi gab sich überrascht und zückte sogleich sein abhörsicheres Mobiltelefon. »Weiß man schon, wohin die Reise geht?« Bevor Tirabassi ihm erklären konnte, wie man an die Information gelangt war, hatte er seinen Sohn in der Leitung.

»Weißt du irgendwas über eine Verbindung deiner Exfrau nach England? Ich meine, hat sie dort Verwandte oder Freunde oder hatte Don Salvatore dort irgendwelche Geschäftsbeziehungen? Über die üblichen Bankgeschäfte in London hinaus. Wieso weißt du eigentlich nie etwas?«, fauchte Luigi seinen Sohn an, nachdem dieser ihm offenbar keine passende Antwort liefern konnte, und legte missmutig auf.

Mit grimmiger Miene wandte er sich wieder Tirabassi. »Vielleicht können Sie mir erklären, was Gabrielle in England zu suchen hat?«

»Schottland«, verbesserte ihn sein junger Anwalt. »So, wie es bisher aussieht, zumindest. Aber Genaues wissen wir noch nicht«, fügte er mit hörbarem Bedauern hinzu. »Bei meinen intensiveren Recherchen kam zum Vorschein, dass in dem Wagen, den wir in den See gejagt haben, ein Mobiltelefon gefunden wurde. Offenbar hatten die Ermittler das Ding übersehen, da es sich lediglich um ein billiges Prepaidhandy handelte, das man keinem bestimmten Besitzer zuordnen konnte.

Einem Mitarbeiter der Asservatenkammer im Polizeipräsidium von Florenz war die darin befindliche Karte immerhin tausend Euro wert. Nachdem wir nach einer konspirativen Übergabe die Daten ausgewertet hatten, sind wir auf einen Anschluss in Inverness, im Nordosten Schottlands, gestoßen. Leider gaben die Koordinaten nicht genug Informationen her, als dass wir hätten herausfinden können, wer die angerufene Person ist beziehungsweise wo sie genau wohnt, weil sie ein ähnliches Gerät benutzt hat, das mittlerweile abgeschaltet wurde. Da es mir ungewöhnlich erschien, dass Signora Falconi ein solches Billigtelefon benutzt und der Chauffeur keinerlei Verbindungen nach Schottland hat, blieb nur diese eine Möglichkeit: Sie hat die Entführung Ihrer Enkelin von Beginn an geplant und dafür extra dieses Telefon angeschafft. Daraufhin habe ich die Flugdaten verschiedener Airlines checken lassen, mit denen Ihre Exschwiegertochter in den Tagen vor dem Attentat über den Kanal geflogen sein könnte, und siehe da, sie hat mit einer Billig-Airline einen Flug nach London gebucht, bei dem offenbar auch Ihre Enkelin mit an Bord war. Danach verliert sich ihre Spur. Also ist anzunehmen, dass sie sich nun möglicherweise auf dem Weg nach Schottland befindet. Eine erneute Überprüfung der in Frage kommenden Flugdatenlisten hat dann ergeben, dass sie und Panetta entweder den Zug oder ein Auto nehmen, um ihr Ziel zu erreichen. Da sie es eilig haben und bei verschiedenen großen Autovermietungen kein Treffer zu landen war, dachte ich, sie seien wohl immer noch in Panettas Lamborghini unterwegs. Und weil der Wagen trotz seiner gedeckten, dunkelblauen Farbe nicht ganz unauffällig ist, habe ich unsere Jungs an der Einfahrt zum Eurotunnel Aufstellung nehmen lassen. Was glauben Sie, was dabei herausgekommen ist?« Er machte eine theatralische Pause und präsentierte dem unwirsch dreinschauenden Don Luigi auf seinem iPhone ein Observationsfoto, das ihm ein Mittelsmann via »WhatsApp« zugespielt hatte und das Michele Panetta und Gabrielle Falconi zeigte, wie sie mit dem Lamborghini die Auffahrt zur Verladerampe zu einem Eurostarzug hinauffuhren. »Bingo!«

»Sie verdienen einen Orden, Ronaldo«, bemerkte sein Patron reichlich unbeeindruckt. »Aber den bekommen Sie erst, wenn Sie mir sagen, wie es nun weitergeht.«

»Das ist ziemlich einfach«, resümierte der Jungjurist selbstbewusst. »Wir lassen die beiden so lange verfolgen, bis sie bei dem Mädchen angekommen sind, und danach machen unsere Männer die Drecksarbeit. Anschließend können Sie die Kleine wohlbehalten in Empfang nehmen. Der Polizei erklären wir, dass Gabrielle, offenbar von unbekannten Tätern bedrängt, sich mit einer Lösegeldforderung für das Kind konfrontiert sah und sich in ihrer Verzweiflung bei Ihnen gemeldet und um Ihre Hilfe gebeten hat. Nachdem Sie am vereinbarten Ort angekommen sind, haben Unbekannte Ihre Exschwiegertochter und den Commissario offenbar getötet, und das Mädchen hatte sich irgendwo versteckt. Sie haben die Kleine völlig verstört dort aufgefunden. Die Entführer und Mörder der beiden sind zu diesem Zeitpunkt bereits über alle Berge. Höchstwahrscheinlich kommen sie aus dem Umfeld von Gabrielles eigenem Clan, der es auf das Vermächtnis ihres Vaters abgesehen hat. Den Rest überlassen wir der Polizei. Seien Sie versichert, dass unsere Kommandos selbst in Zeiten allgemeiner DNA-Verunsicherung so eine Geschichte relativ spurenfrei abwickeln können.«

Don Luigi grinste zufrieden. »Wenn das tatsächlich funktioniert, haben Sie mehr verdient als nur einen Orden«, versicherte er Tirabassi.

»Und was ist mit Panettas Kollegen? Die müssen sich doch längst fragen, wo ihr Commissario abgeblieben ist. Außerdem hat er in Mailand drei unbekannte Männer erschossen und einen teuren Dienstwagen mitgehen lassen. Denken Sie nicht, die könnten uns irgendwann in die Quere kommen?«

»Zurzeit rätseln sie wohl noch, wo er sich aufhält. Bei einem mitgeschnittenen Telefonat nach der Schießerei in Mailand hat er seinem Verbindungsmann versichert, sich sofort zu melden, sobald er sein Ziel erreicht hat. Wobei er nichts davon gesagt hat, wo dieses Ziel liegen soll. Seitdem hat niemand mehr etwas von ihm gehört. Und offenbar spioniert ihm auch niemand hinterher. Bis die wach geworden sind, ist die Aktion längst vorbei und Commissario Panetta der nächste Kandidat für ein Staatsbegräbnis.«

»Sehr gut.« Don Luigi nickte jovial. »Sagen Sie mir Bescheid, wenn Sie Genaueres wissen, damit mein Sohn und ich unseren Jet anfordern können.«

Worte, die Damian nicht eben beruhigten.

Also war ihnen die ganze Dämonenmeute bereits auf den Fersen, und er befand sich mittendrin. Am liebsten hätte er Elle geschüttelt und ihren Begleiter an die Wand geklatscht, damit sie endlich zu sich kamen und die Gefahr erkannten. Doch das war ihm verwehrt.

Ohnmächtig beobachtete er, wie sich Panetta am Steuer dieser fahrenden Rakete verausgabte, anstatt sich ein wenig zu schonen, um Kraft zu sammeln für das, was noch auf ihn zukommen würde. Er sollte besser Elle den Wagen fahren lassen, die ganz aufgeputscht war von ihrer Vorfreude, endlich ihr Kind wiederzusehen. »Du solltest anhalten und ein bisschen schlafen, und wenn es nur eine Stunde ist«, riet sie ihm, als sie mitten in der Nacht über britische Autobahnen rasten und den Lake District längst hinter sich gelassen hatten.

»Wenn ich jetzt schlafe«, belehrte er sie, »bin ich hinterher nur noch müder.« Stattdessen forderte er sie auf, aus einer Box im Handschuhfach eine Pille zu entnehmen und ihm in den Mund zu stecken.

»Was ist das?«, fragte Elle irritiert.

»Kleine Stimulationshilfe für erschöpfte Polizisten«, erklärte er grinsend, ohne näher auf den Wirkstoff einzugehen, und spülte mit einer Flasche Cola hinterher.

Nur unterbrochen durch eine Pinkelpause und einen schnellen Kaffee im Stehen, raste Panetta schließlich in den frühen Morgenstunden bis zu den Haarwurzeln gedopt auf die schottische Grenze zu. Kein beruhigender Gedanke, wie Damian befand, ebenso wie die Tatsache, dass Falconis Auftragskiller indes auf eine direkte Observation verzichteten und lediglich Streckenposten besetzt hielten, die Panettas Route mit seiner kostbaren Fracht unbemerkt abhakten. Spätestens wenn die beiden Glasgow passiert hatten und es in Richtung Highlands ging, würde ein Helikopter zum Einsatz kommen, der die Weiterfahrt der beiden nur noch aus der Ferne überwachte. In dieser Region war Schottland zu übersichtlich und zu wenig bevölkert, als dass man die Fährte der beiden nicht wieder hätte aufnehmen können. Hinzu kam, dass ein blauer Lamborghini mit ausländischem Kennzeichen in dieser Gegend so auffällig war wie ein Tiger in einem Hühnerstall. Und da half es auch nicht, dass Panetta zwischenzeitlich ein französisches Kennzeichen aufgezogen hatte.

Gegen zehn Uhr morgens passierten sie Kyle of Lochalsh, jene Stelle, an der eine Brücke die Isle of Skye mit der schottischen Westküste verband. Nun trennten sie laut Karte nur noch wenige Kilometer von Luisa und Janet, die sich auf einen einsamen Flecken Erde zurückgezogen hatten, der sich Dunvegan nannte.

»Das ist ja wirklich das Ende der Welt«, resümierte Panetta, als sie im peitschenden Regen die Skye Bridge erreichten, die Insel und Festland miteinander verband. Nachdem der Brückenwart mit einer Ampel grünes Licht zur Durchfahrt gegeben hatte, versuchte Panetta vergeblich, sich zwischen den laufenden Scheibenwischern, die die Wassermassen kaum zu bewältigen vermochten, einen vollständigen Rundumblick über die vor ihnen liegende Gegend zu verschaffen. Weit und breit war nur eine karge, felsige Landschaft zu sehen, die sich im dichten Nebel in die Unendlichkeit zu erstrecken schien. Hier und da blitzten am gegenüberliegenden Ufer ein paar weiße Häuser aus einem graugrünen Einerlei hervor, das bei dieser Witterung noch nicht einmal einen Hund vor die Hütte locken konnte.

»Ein gut gewählter Ort«, befand er nüchtern. »Hier scheint es kaum Versteckmöglichkeiten zu geben, um unbemerkt einen Krieg zu beginnen. Wenn wir Glück haben, werden unsere Widersacher so bald nicht darauf kommen, dass wir uns ausgerechnet in dieser Einöde verkrochen haben. Das gibt uns Zeit, um über weitere Schritte nachzudenken.«

KAPITEL 21

Auf ewig dein

Februar 2014 – Schottland, Isle of Skye

Elle wollte im Moment nicht nach Lösungen für die Zukunft suchen, sie wollte genauso weit planen, wie ihr der Nebel die Sicht begrenzte. Und während der viel zu breite Lamborghini über die schmale Straße nach Dunvegan kroch, weil er ab und an ein paar triefend nassen Schafen ausweichen musste, vibrierte ihr Herz vor Ungeduld. Panetta ging in die Eisen, als unvermutet ein Dorfbewohner in einem graugrünen Regencape am Wegesrand auftauchte, dem er ausweichen musste. Der alte, wettergegerbte Schotte mit dem struppigen weißen Bart beäugte ihn misstrauisch, als er die Scheibe runterließ, um ihn nach Janet MacDonald zu fragen. Panettas stark eingefärbtes Englisch verriet ihn sofort als Italiener, was den Einheimischen noch zweifelnder dreinschauen ließ.

»Wieso wollen Sie das wissen?«, fragte er übellaunig und entblößte sein lückenhaftes Gebiss.

»Sie ist eine Freundin von mir«, kam Elle ihrem Begleiter zu Hilfe, der bereits eine ungeduldige Miene aufsetzte. »Meine Tochter ist bei ihr in Ferien. Ein kleines, zierliches blondes Mädchen. Vielleicht haben Sie die beiden ja schon zusammen gesehen.«

»Ich weiß nichts von einem Mädchen«, gab der knurrige Alte zurück. »Wenn Sie das Haus der verrückten Bildhauerin suchen, müssen Sie durch Dunvegan durchfahren und dann den Weg links runter nehmen, bis es nicht mehr weitergeht. Aber sie ist selten dort.«

»Danke«, sagte Elle mit bebender Stimme. Während dem Schotten das Wasser an der grünen Kappe herunterlief, warf er noch mal einen zweifelnden Blick auf den Wagen. »Ich rate Ihnen, auf die Schlaglöcher und den Steinschlag aufzupassen«, erklärte er ihnen mit einem leichten Grinsen, »für den Fall, dass sie dieses Prachtexemplar wieder heil nach Hause bringen wollen.«

Panetta hob eine Braue und ließ, ohne ein Wort des Dankes, die Scheibe wieder hochgleiten. Unmittelbar danach fuhr er etwas zu heftig an, was ihm durchdrehende Reifen bescherte. Im Rückspiegel sah Elle noch, wie der Alte kopfschüttelnd hinter ihnen herschaute. Dabei zweifelte sie, ob es gut gewesen war, ihn nach dem Weg gefragt zu haben, weil er sich bestimmt an sie erinnern könnte, wenn er von Fremden auf sie angesprochen würde.

Panetta nahm keine Rücksicht auf die Karosserie des Wagens, als er mit wie üblich überhöhter Geschwindigkeit den schlammigen Weg hinunter zum Dunvegan House entlangholperte, das schon lange, bevor es in Sicht kam, von einem verwitterten Holzschild angekündigt wurde. Die harte Federung des Wagens ließ Elle nicht weniger erzittern als die Aufregung, Luisa in wenigen Augenblicken wieder in die Arme schließen zu dürfen. Elles Begleiter warf ihr, obwohl er selbst reichlich übernächtigt aussah, ein aufmunterndes Lächeln zu. »Gleich haben wir es geschafft«, sagte er, wie um sich selbst zu bestätigen, dass er beinahe zweitausend Kilometer in einem durchgefahren war.

»Danke«, sagte Elle mit Tränen in den Augen, als Janets Cottage in Blickweite kam, und küsste ihn vor lauter Glück auf die bärtige Wange.

»Ist mir ein Vergnügen«, entgegnete er und fixierte ihre Augen einen Moment zu lange, als sich ihre Blicke trafen.

Als ob der Lamborghini dorthingehören würde, parkte er den Wagen in der Einfahrt des weißgetünchten Cottage, dessen Dach mit Schiefer gedeckt war und nur aus einem Stockwerk bestand. Allerdings war der Bau entsprechend langgezogen, sodass er früher sicher einer Großfamilie Platz geboten hatte. Drinnen brannte Licht hinter einem großen, von quadratischen Sprossen unterteilten Panoramafenster, das bestimmt erst später eingebaut worden war und im Vergleich zu den kleinen, wie Schießscharten anmutenden Seitenfenstern riesig wirkte. Von hier aus hatte man einen unverstellten Blick auf die schroffe Felsenküste des Atlantiks, die im Augenblick wie in einer uralten Sage mit ihren bemoosten Hängen und scharfen Klippen im Nebel versank.

Elle war berauscht von der frischen Luft, die nach Erde, Moos und schäumendem Ozean roch und ihr, erfüllt von dem Geschrei der Möwen, eine unendliche Weite vermittelte, die, so hoffte sie, ihr und Luisa eine neue Freiheit bringen würde. Als die Tür des Hauses aufgerissen wurde und ein kleines, blondes Bündel auf sie zustürmte, gefolgt von einem nicht weniger aufgedrehten weißen Knäuel, hob es sie beinahe von den Füßen. »Mami! Mami!«, rief die Kleine immer wieder, bis sich ihre Stimme überschlug und sie keinen Ton mehr herausbrachte. Hastig ging Elle in die Hocke und schloss das kreischende Mädchen so fest in ihre Arme, dass sie für einen Moment befürchtete, es zu erdrücken.

Dann brach sie, ohne es zu wollen, in Tränen aus und hielt dabei ihr Kind weiterhin in den Armen, wobei sie das vor Begeisterung glühende Gesichtchen ihrer Tochter unentwegt mit Küssen bedeckte. Der kleine weiße Hund schien sich mit ihnen zu freuen, denn er kläffte vor Aufregung beinah die ganze Insel zusammen.

Janet, die aus der Haustür herausgetreten war, sah sich die Wiedersehensfreude der beiden mit glänzenden Augen an, hielt sich aber noch zurück, weil sie diesen Moment ganz Mutter und Tochter lassen wollte.

Panetta war am Lamborghini stehen geblieben und betrachtete die Szenerie mit offensichtlicher Empathie.

Damian beobachtete Elle und Luisa aus der Ferne, und mit einem Mal wurde ihm klar, welchen gewaltigen Fehler er begangen hatte, das Band von Mutter und Tochter zu unterschätzen. Es wäre nicht dasselbe gewesen, wenn Luisas Seele fünfhundert Jahre früher das Licht der Welt erblickt hätte.

Ein Dämon durfte nicht weinen, und doch krampfte sich Damians imaginäres Herz beim Anblick der beiden zusammen. Wie gerne wäre er Elle ein treusorgender Ehemann gewesen und Luisa ein liebender Vater.

Janet ergriff als Erste das Wort, nachdem Mutter und Tochter sich voneinander gelöst hatten und Elle aufgestanden war und sie auf den Arm genommen hatte. »Kommt endlich rein«, rief sie in ihrer ruppigen Art, »wenn ihr da draußen stehen bleibt, holt ihr euch noch den Tod.«

»Wie wahr, wie wahr«, murmelte Panetta und scannte unauffällig die Umgebung, die – obwohl es noch nicht einmal Mittag war – ihm so düster erschien, als ob es bald Abend würde. Vorsorglich hatte er sein Gewehr in seinen Parka eingewickelt und samt Munition mit ins Haus genommen. Als Damian ihm unbemerkt in die gute Stube folgen wollte, stand plötzlich der kleine Kläffer vor ihm und knurrte ihn böse an. Hunde hatten ein feines Gespür für übernatürliche Kräfte, besonders wenn es sich um negative Energien handelte, und nahmen keine Rücksicht darauf, was deren Vertreter davon hielten.

»Was hat er denn plötzlich?«, wollte Elle wissen und schaute mit gekräuselter Stirn durch Damian hindurch, der für alle unsichtbar mitten im Zimmer stand und, wie sein menschlicher Konkurrent, die Waffensammlung der Hausbesitzerin bestaunte. Offenbar ging die Frau öfters zur Jagd, besaß sie doch zwei Schrotflinten und ein Jagdgewehr, die allesamt schussbereit waren, aber wegen des Kindes mit Sicherheit ungeladen in einer eigens dafür vorgesehenen Befestigung an der Wand hingen.

Elle bestaunte unterdessen die weiß getünchten, niedrigen Deckenbalken und die blau gestrichenen Fensterrahmen im Innern des Hauses. Auf dem rötlich gekachelten Steinfußboden hatte Janet überall bunte Teppiche ausgelegt, und in einem offenen Kamin brannte ein wärmendes Holzkohlefeuer. Überall hingen Bilder mit Meerblick und Strandszenen. Ein gemütlich eingerichtetes Häuschen, in dem sie sich auf Dauer hätte wohlfühlen können.

»Hier bei uns in den Highlands sind manche abergläubischen Menschen der Meinung«, orakelte Janet mit einem Grinsen, »dass Hunde Kobolde, Hexen und Dämonen sehen können. Aber ich bin sicher, wir haben die dunklen Kräfte beim Eintritt ins Haus draußen gelassen. Immerhin hängt ein jahrhundertealtes Kruzifix über der Tür, das angeblich von einem katholischen Priester geweiht wurde.«

Elle und Panetta schauten sich zeitgleich an und warfen sich bedeutungsvolle Blicke zu. Während er die Geschichte offensichtlich ins Reich der Zufälle verbuchte, schaute Elle noch immer ganz verstört in Damians Richtung.

»Willst du mir deine Begleitung nicht vorstellen?«, fragte Janet sie auffordernd und deutete mit einem Nicken auf den Commissario, der nun selbst die Initiative ergriff.

»Michele Panetta von der DIA. Direzione Investigativa Antimafia«, fügte er erklärend hinzu, nachdem Janet eine Braue hochgezogen hatte.

»Ich will ja nichts sagen«, begann Janet mit Blick auf Elle, die Luisa inzwischen vorsichtig wieder abgesetzt hatte. »Aber besonders erfolgreich scheint Ihr Verein ja nicht zu sein, nach allem, was wir bisher erleben mussten.«

»Die Mafia sitzt leider überall«, gab er beinahe entschuldigend zurück. »Sonst gäbe es uns schließlich nicht.«

»So setzt euch doch endlich«, forderte Janet sie auf und deutete auf einen langen Eichenholztisch, an dem sechs Stühle standen. »Ich mach uns Sandwiches und einen Tee.« Während Elle und Panetta sich erschöpft auf den Stühlen niederließen, spielte Luisa ausgelassen mit dem Hund. Man merkte deutlich, wie erleichtert sie war, ihre Mutter wieder bei sich zu haben.

Janet servierte zum Tee nicht nur Sandwiches, sondern auch selbstgebackene Scones mit Schlagsahne und Himbeermarmelade. »Für den Abend habe ich Lachs mit Kartoffeln und Salat vorbereitet. Ich bekomme den Fisch immer ganz frisch aus dem Dorf.«

»Ach, Janet«, sagte Elle mit einem Seufzer. »Du kannst dir gar nicht vorstellen, wie dankbar ich dir bin. Ohne dich wäre ich verloren.«

»Ohne deinen tapferen Begleiter aber auch«, bemerkte Janet und zwinkerte Panetta zu, bevor sie ihm einen Becher mit dampfendem Tee vor die Nase setzte. »Zucker?«

Er schüttelte den Kopf.

Janet balancierte die anderen Teebecher und einen heißen Kakao für Luisa zum Tisch und setzte alles ab. Anschließend holte sie Teller und

Besteck, dazu die Marmelade und fast zu Butter geschlagene Sahne in einem irdenen Topf.

Nachdem Elle an ihrem Tee genippt hatte, schob Janet, die ihr gegenübersaß, einen selbstgetöpferten, blauen Krug mit einem getrockneten Heidekrautstrauß zur Seite, um Elle besser sehen zu können.

»Und wie soll es nun weitergehen?«, fragte sie entschlossen.

»Ich denke, das sollten wir besprechen, wenn das Kind schläft«, schlug Elle mit Blick auf Luisa vor. »Sie ist zwar erst fünf, aber weiß Gott nicht auf den Kopf gefallen. Ich möchte nicht, dass sie sich ängstigt.«

»Ja, du hast recht«, räumte Janet ein. »Sie ist ein cleveres Mädchen, wie ich in den letzten drei Wochen des Öfteren feststellen durfte. Also kommt, ich zeige euch eure Zimmer.« Janet führte sie zu zwei geräumigen Gästezimmern. Eines davon mit einem Doppelbett, in dem Elle mit ihrer Tochter schlafen konnte, das andere Zimmer war für Panetta bestimmt, der seine Waffen dort sorgfältig auf einem Schrank verstaute, damit Luisa sie nicht in die Finger bekommen konnte.

Wenig später ging er nach draußen und kam mit zwei kugelsicheren Westen zurück, die augenscheinlich zur Ausstattung des Wagens gehörten.

»Was ist das?«, fragte Luisa und sprang neugierig um den Commissario herum. »Da steckt man kleine Mädchen hinein, die zu viele Fragen stellen«, witzelte er und ging auf sie zu. Luisa, der sein Spiel zu gefallen schien, suchte kreischend das Weite. Panetta, der eigentlich völlig übermüdet sein musste, rannte ihr lachend hinterher und versuchte sie dabei zu fangen. Luisa schrie vor Vergnügen und versteckte sich unter dem Tisch. Er tat so, als habe er sie nicht gesehen, und machte sich auffällig um sich schauend auf die Suche, was Luisa ein weiteres Prusten entlockte.

Elle beobachtete die beiden mit einem Schmunzeln und dachte daran, wie schön es gewesen wäre, mit einem solchen Mann eine Tochter zu haben.

Wobei ihr nicht Michele Panetta vorschwebte, sondern Damian, der mit ihr dutzende Kinder hatte haben wollen.

»Legt euch doch ein bisschen hin«, riet ihr Janet, die offenbar bemerkt hatte, wie müde sie war. »Vielleicht kommt die Kleine dann auch zur Ruhe. Sie ist so aufgedreht wie seit drei Wochen nicht mehr.«

Der Commissario lehnte zunächst dankend ab, doch die schwarzen Schatten unter seinen Augen verrieten, dass auch er dringend Schlaf benötigte.

»Im Falle eines Falles sind Sie uns keine große Hilfe«, ermahnte ihn Janet, »wenn Sie vor Erschöpfung keine Waffe halten können. Machen Sie sich keine Sorgen, Sir Walther und ich werden auf Sie achtgeben.«

»Sir Walther?« Panetta schaute sich irritiert um.

»Das kleine Wollknäuel, das so böse knurren kann. Man sollte ihn nicht unterschätzen. Er ist ein Terrier, wenn er jemanden nicht leiden kann, wird er gemein und beißt zu bis auf die Knochen.«

Panetta lächelte schwach und bedankte sich. »Ich glaube, Sie haben recht, ich lege mich mal eine halbe Stunde aufs Ohr.«

Aus der halben Stunde wurden mehrere Stunden, und als Elle von einem Stimmengewirr, bestehend aus Janets schottischem Akzent und Micheles italienisch eingefärbtem Englisch, erwachte, war es draußen längst dunkel.

»O Gott, ich hab verschlafen«, murmelte sie, als sie immer noch schlaftrunken die gute Stube betrat. Sie war vollkommen weg gewesen, hatte noch nicht einmal geträumt, oder sie erinnerte sich nicht mehr daran. Und irgendwie war sie sogar dankbar für diese Traumlosigkeit.

Damian hatte die ganze Zeit an ihrem Bett gehockt und konnte sich kaum sattsehen an Mutter und Kind. Die Kleine hatte auch ein bisschen geschlafen und war dann leise aufgestanden, um Elle nicht zu wecken. Einfach süß.

»Mach dir nichts draus«, beruhigte sie Janet, »so spät ist es noch gar nicht. Im Winter verschwindet die Sonne hier in den Highlands schon um vier Uhr nachmittags.«

Während Janet das Essen vorbereitete, hatte Elle auf einem gemütlichen Sofa Platz genommen, das zur Ausstattung der geräumigen Wohnküche gehörte. Panetta dagegen tigerte durch die gute Stube wie eine nervöse Raubkatze. Ab und an blieb er vor einem der kleinen Fenster stehen und stierte in die Dunkelheit.

Obwohl er keinen brauchbaren Kontakt zu seiner Seele bekam, versuchte Damian ihn zu beeinflussen, indem er ihm mit seinen negativen Schwingungen ein Gefühl der Unsicherheit vermittelte.

Wer außer Panetta könnte im Ernstfall die Verteidigung der drei Frauen übernehmen?

»Kann man das große Fenster verbarrikadieren?«, fragte der Commissario unvermittelt und blieb vor dem Panoramafenster stehen, das Janet noch nicht einmal mit Gardinen versehen hatte, weil sie der Meinung war, dass es hier ohnehin niemanden gab, der hätte hereinschauen können.

»Um Himmels willen, was wollen Sie uns denn damit sagen?«, stieß sie hervor und schaute erschrocken von ihrem Salat auf, den sie zuvor in eine Schüssel verlesen hatte.

»Denken Sie, die Gangster kommen durchs Fenster herein?«

»Michele, was sind Gangster?«, fragte Luisa und wandte sich interessiert dem Commissario zu, den sie ziemlich schnell in ihr Herz geschlossen hatte.

»Wir sollten besser das Thema wechseln«, ermahnte Elle die beiden. »Lasst uns später darüber sprechen, wenn sie schläft.«

Beim Anblick der nachtschwarzen Fensterscheiben wurde ihr plötzlich mulmig. Was, wenn dort draußen jemand auf sie lauerte? Panetta, der die Angst in ihren Augen erkannt hatte, riss das Ruder an sich und marschierte entschlossen auf Janet zu. »Sie haben doch sicher nichts dagegen, wenn ich ein paar Schranktüren aushänge und hier ein wenig für Verdunklung sorge?«

»Gut, Junge«, lobte ihn Damian lautlos und marschierte hinter ihm her, »du denkst ja mehr mit, als ich erwartet hatte.«

»Tun Sie sich keinen Zwang an«, erwiderte Janet dem Commissario und warf Elle einen bedeutungsvollen Blick zu, als er in den Flur zu den hinteren Räumlichkeiten verschwand.

»Glaubt er wirklich, wir kriegen schon so bald Besuch aus Italien?« Offenbar versuchte sie mit Rücksicht auf Luisa ihre eigentliche Frage zu verschlüsseln.

»Er hat recht, solange wir nicht wissen, auf welchem Kenntnisstand mein Exmann und sein Vater sind, müssen wir vorsichtig sein«, bestätigte Elle, wobei sie versuchte einen gelassenen Eindruck zu vermitteln, was ihr jedoch nicht wirklich gelang. Bei dem Gedanken an Silvio und Damians Prophezeiungen zitterten ihre Hände, und ihr Herz galoppierte davon.

»Und du denkst wirklich, sie finden uns hier?«

»Hast du sämtliche Türen abgeschlossen?«, wollte Elle nun wissen, ohne auf Janets Frage einzugehen. Ihr war im Vorbeilaufen aufgefallen, dass das Haus noch einen Hintereingang besaß.

»Natürlich«, versicherte ihr Janet. »Obwohl ich das normalerweise nicht mache. Zur Not könnten wir auch durch den Keller entkommen.«

»Den Keller?«

»Dies ist ein uraltes Haus, hier haben sich früher, zu Zeiten des englisch-schottischen Bürgerkriegs vor dreihundertfünfzig Jahren Rebellen aufgehalten und dabei offenbar ein unterirdisches Versteck angelegt und einen Tunnel zur Küste gegraben. Später diente es Schmugglern und Strandpiraten als Unterschlupf. Der Stollen ist achthundert Meter lang und führt bis hinunter zur Bucht. Im Notfall könnten wir ihn sogar als Fluchtweg nutzen«, fügte sie fast begeistert hinzu.

»Ich hoffe, das wird nicht nötig sein«, murmelte Elle mit Blick auf das spielende Kind.

Nach dem Abendessen kehrte ein wenig Ruhe ein. Luisa war vor lauter Aufregung ganz erschöpft auf dem Sofa eingeschlafen. Michele trug sie ohne Aufforderung ins Bett. Elle folgte ihm ins Schlafzimmer und deckte Luisa liebevoll zu, nachdem er sie behutsam auf der Matratze abgelegt hatte. Als Elle sich wieder aufgerichtet hatte, lächelte er ihr bedeutungsvoll zu.

»Sie ist ein bezauberndes Mädchen«, bemerkte er leise. »Ganz wie ihre Mutter.«

Er zeigte sich wohl bewusst von seiner besten Seite, dachte Elle, weil er in ihr nicht nur die Schutzperson sah, sondern in erster Linie eine Frau, die er zweifelsfrei begehrte.

In diesem Punkt war er ein typischer Italiener und stand Damian in nichts nach. Der Gedanke an ihn und seine Prophezeiung brachte sie augenblicklich in die Realität zurück.

»Danke für das nette Kompliment, Michele«, erwiderte sie mit einem erschöpften Lächeln und ging vor ihm hinaus in den Flur. »Aber leider ist jetzt nicht der richtige Zeitpunkt, um mit dir zu flirten.«

Im Esszimmer informierte Michele die Frauen über seine weiteren Pläne. Schon am nächsten Tag wollte er einen Mittelsmann in London kontaktieren und ihn um eine passende Zufluchtsstätte für Elle und das Kind in Norwegen bitten. Falls alles glattging, würde sie einen neuen Pass und eine neue Identität bekommen. Doch zunächst einmal musste er wissen, wem er überhaupt noch vertrauen konnte.

Als Elle später im Bett lag, ging er noch einmal hinaus, um in die Nacht zu horchen.

»Alles in Ordnung«, versicherte er ihr wenig später, nachdem er geklopft hatte und den Kopf durch den Türspalt steckte. Seine Stimme klang äußerst sanft. »Nur der Hund hat die Zähne gefletscht. Vielleicht kann er mich nicht leiden.« Er grinste schwach. »Wenn er schon bei mir so unfreundlich reagiert, bin ich zuversichtlich, dass er ein guter Wächter ist.«

»Vielen Dank für deinen Einsatz«, sagte Elle und legte sich halbwegs beruhigt zurück in die Kissen. »Gute Nacht.«

»Gute Nacht«, erwiderte er nur und zögerte noch einen Moment, bevor er die Tür hinter sich schloss. Er war ein gutaussehender Kerl, und sein offensichtliches Interesse schmeichelte ihr, aber ihr Herz gehörte jemand anderem, auch wenn es ihr noch so verrückt erschien.

Im Moment stand ohnehin nur Luisa im Vordergrund. Voller Sehnsucht streckte Elle in der Dunkelheit ihre Hand aus und streichelte über ihr lockiges Köpfchen. Sie schlief tief und fest, und ihr regelmäßiger Atem hatte auf Elle die Wirkung einer Beruhigungspille.

Umso aufgeschreckter war sie, als sie mitten in der Nacht von einem Geräusch geweckt wurde. Der Hund knurrte so laut, dass sie es bis ins Schlafzimmer hören konnte. Dann begann er wütend zu kläffen. Elle sprang sofort aus dem Bett und zog sich Strümpfe, Hose und Stiefel an, darüber ihren Kaschmirpullover, und rannte in die Küche. Dort stand Michele ebenfalls vollständig angezogen und machte sein Gewehr klar. Nun kam auch Janet angelaufen, in Jeans und Nachthemd, die Schrotflinte im Anschlag.

»Um Himmels willen, was ist los?«, blaffte sie den Commissario an.

»Wenn ich das wüsste«, antwortete er gereizt und mit Blick auf die Tür.

Damian hatte längst die Mauern durchdrungen und stand draußen im stockfinsteren Nebel. Angespannt richtete er seine übersinnlichen Antennen auf sich nähernde Dämonen aus, von denen die schottischen

Highlands offenbar nicht mehr viele beherbergten. Dafür umso mehr heimatlos umherirrende Seelen, die sich, warum auch immer, geweigert hatten, den Weg ins universelle Licht anzutreten. Vielleicht weil sie brutal gestorben waren und noch immer auf Rache sannen oder nach ihrem Tod vergeblich in ihre Heimat zurückgekehrt waren und der so lange vermissten Umgebung gegenüber einem Eintauchen ins Jenseits den Vorzug gaben.

Damian spürte die Kälte der Schatten, doch sehen konnte er niemanden.

Als plötzlich eine hochgewachsene, durchscheinende Gestalt neben ihm auftauchte, zuckte er regelrecht zurück. Zu seiner großen Überraschung war es Tedeschi, sein langjähriger Freund und Vertrauter aus dem Dämonenheer.

»Was machst du hier?«, fragte er verblüfft.

»Ich versuche dich zu beschützen«, rechtfertigte sein Kamerad seinen unvermuteten Auftritt.

»Das hier ist kein gewöhnlicher Krieg. Das ist ein Rachefeldzug gekränkter Dämonen. Laurentio führt die Bande an, und offenbar gibt es da ein Geheimnis, was diesen Don Luigi und seinen Sohn betrifft. Es hat etwas mit Elle und dir zu tun, aber bisher konnte ich noch nicht in Erfahrung bringen, was genau dahintersteckt.«

Damian seufzte kurz und sah in die Ferne. »Spielt das jetzt noch eine Rolle?« Vom menschlichen Auge unerkannt, näherten sich ganze Heerscharen von Dämonen. »Mich würde nur interessieren, was Laurentio dazu antreibt, mich und alles, was mir lieb und teuer ist, zu vernichten.«

»Er ist immer noch wütend auf dich, weil du ihn damals bei der Pazzi-Verschwörung angeblich sehenden Auges ins Verderben geführt hast. Und offenbar will er Abbadon imponieren und ihm deinen Kopf liefern, weil er hofft, dann in der Hierarchie der Dämonen aufzusteigen.«

»Nichts anderes habe ich erwartet.« Damian warf seinem Kameraden einen resignierten Blick zu. »Wenigstens gibt es noch Freunde wie dich.« Er klopfte Tedeschi anerkennend auf die Schulter. »Was schlägst du vor?«

»Sobald der Angriff stattfindet, werden wir die drei mit unseren dämonischen Kräften unterstützen. Du übernimmst den Commissario, um dessen verborgene Karte der Blutrünstigkeit auszuspielen, falls es zum Äußersten kommt. Ich übernehme Elle«, fuhr Tedeschi mit ernster Miene fort. »Denn sobald es um das Leben ihres Kindes geht, wird sie sich mir öffnen«, versicherte er Damian.

»Und was ist mit Janet, der Schottin?«

»Die trägt genug Potential in sich«, bemerkte Tedeschi mit einem Augenzwinkern, »um im Ernstfall einen gewöhnlichen Dämon an sich zu ziehen.«

»Dort draußen ist irgendwas«, resümierte Michele mit Blick auf den Hund, der dicht vor der Haustür stand und nicht aufhören wollte zu knurren. »Weck die Kleine auf, und dann gehst du mit Janet hinunter in den Keller. Danach werde ich draußen nachsehen und gegebenenfalls Entwarnung geben.« Während er seine Munition in diversen Hosen- und Jackentaschen verteilte, glaubte Elle an ein Déjà-vu. Hatte sie nicht Ähnliches in ihrem komatösen Traum erlebt? Damals war sie mit Damian, seinen Schwestern und seiner Mutter auf der Flucht nach Neapel gewesen, als er in dieser merkwürdigen Ordensburg nach deren Bewohnern Ausschau hielt, was ihrer Erinnerung nach in einer Katastrophe geendet hatte.

In Panik rannte sie zurück ins Schlafzimmer, weckte das schlaftrunkene Kind und half ihm so ruhig wie möglich in die Kleider.

»Was ist los? Wo gehen wir hin?«, fragte Luisa und blinzelte in die Taschenlampe, die Michele ihnen gegeben hatte. »Kein Licht!«, hatte er befohlen, »damit wer auch immer sich dort draußen rumtreibt nicht ausmachen kann, wo wir uns genau bewegen.«

»Wir machen eine Nachtwanderung«, antwortete sie Luisa. »Das ist lustig, glaub mir.«

Als sie mit dem Mädchen an der Hand in die Wohnstube zurückkehrte, traf sie auf Janet, die hastig die Jacken verteilte und einen weiteren Karabiner schulterte. Auch sie war damit beschäftigt, Munition einzustecken.

»Wo hast du denn schießen gelernt?«, wollte Elle wissen, in deren Elternhaus Waffen merkwürdigerweise tabu gewesen waren, wenn man von den Pistolen der Bodyguards einmal absah. Trotzdem hatte Alberto ihr heimlich Unterricht gegeben, wovon ihr Vater nichts wissen durfte.

Bei Elle war es Abenteuerlust gewesen, welche Gedanken Alberto umgetrieben hatten, wenn er sie heimlich mit auf den Schießstand genommen hatte, wollte sie selbst im Nachhinein lieber nicht wissen.

»Mein Vater ist mit mir früher immer zur Jagd gegangen«, erzählte Janet beiläufig. »Keine Sorge, ich beherrsche diese Mordinstrumente, auch wenn man es mir nicht unbedingt ansieht.«

»Hier«, sagte Michele und reichte ihnen die beiden Schutzwesten, die er aus dem Wagen geholt hatte. »Zieht das an.«

»Und was ist mit dir?« Elle sah ihn verständnislos an. »Du brauchst so ein Ding doch eher als ich.«

»*Ich* brauche keine Weste«, kam Janet Micheles Protest zuvor, den man an den zusammengezogenen Brauen erkennen konnte. »Elle hat recht. Sie haben das Ding nötiger als ich zum Beispiel. Schließlich müssen Sie uns etwaige Verfolger vom Hals halten.«

»Hör auf sie, Michele.« Elle sah ihn flehend an und wünschte sich, dass er nicht so ein Sturkopf war wie der Mann aus ihren Träumen.

Brummend nahm er die Weste entgegen. »Und nun ab in den Keller«, befahl er und war schon bei der Tür.

Janet drängte Elle und Luisa in ein weiteres Gästezimmer, zu einer im Boden eingelassenen Klappe, hinter der sich eine schmale Steintreppe verbarg, die nach unten führte.

»Ich will da nicht rein!«, protestierte Luisa lautstark und fing an zu zappeln. »Das ist mir zu dunkel!«

»Wir haben doch Licht, Schätzchen«, versuchte Elle sie zu beruhigen, indem sie ihr die Taschenlampe vor die Nase hielt.

»Nein, ich hab Angst«, kreischte sie und stemmte sich mit aller Kraft gegen die erste Treppenstufe.

Janet, die hinter ihnen stand, drängte sich an der Kleinen vorbei und ging voran. Nach ein paar Schritten stellte sie die Taschenlampe kurz ab und hieß Luisa mit offenen Armen willkommen. »Sei nicht albern, Liebes, ich habe doch auch keine Angst. Drüben am anderen Ende gibt es ein Märchenschloss. Dort leben Feen und Elfen, du wirst sehen, es wird dir gefallen.«

»Das glaube ich dir nicht«, schmollte Luisa. »Die Erwachsenen erzählen immer nur Blödsinn. Mama hat mir versprochen, wir fahren nach Afrika, und stattdessen sind wir in Schottland gelandet.«

»Aber dass es in Schottland viele Schlösser gibt, ist doch nicht gelogen«, versuchte Janet es noch einmal. »Ich verspreche dir, wir werden auf unserem Spaziergang ziemlich lustigen Seelöwen begegnen, die auf einem echten Feenfelsen leben.«

»Und was ist mit den Kobolden?« Ihr Blick war erwartungsvoll.

»Ich hoffe nicht, dass uns Kobolde begegnen«, bemerkte Janet mit einem schwachen Lächeln. »Du weißt doch, was ich dir über die Kobolde erzählt habe. Sie sind listig und unberechenbar. Deshalb ist es auch besser, wenn wir zu dritt sind. Sie fürchten sich nämlich vor zu vielen Menschen.«

»Gut, dann werde ich euch begleiten«, befand Luisa mit königlicher Herablassung, was Elle beinahe zum Lachen gebracht hätte, wenn die Lage nicht so ernst gewesen wäre. Plötzlich hielt sie inne. »Und was ist mir Sir Walther und Michele, kommen die nicht mit?«

»Der Commissario passt in der Zeit auf das Haus auf«, erklärte ihr Janet gelassen. »Und Sir Walther hilft ihm dabei. Damit die bösen Kobolde nicht hereinkommen können und alles durcheinanderbringen. Sie fürchten ihn fast mehr als die Menschen, musst du wissen.«

Luisa nickte einsichtig. »Ich würde die auch nicht reinlassen wollen.«

»Auch wenn das, was du da gerade erzählst, weit entfernt ist von moderner Pädagogik«, murmelte Elle und nickte Janet dankbar zu. »Du bist ein Genie.« Dann atmete sie einmal tief durch und half Luisa beim Abstieg. Plötzlich stand Michele hinter ihr und legte ihr eine Hand auf die Schulter. »Ihr macht das prima, und es ist bestimmt nicht für lange.«

»Pass auf dich auf.« Elle versuchte sich an einem Lächeln. Wie bekannt ihr dieser Satz mit einem Mal vorkam! Leider hatte er im Ernstfall noch nie funktioniert.

Damian hatte das ganze Hin und Her ungeduldig beobachtet und stand nun dicht hinter Panetta, bereit, in ihn hineinzufahren, sobald es möglich wäre. Der Commissario war zur Haustür zurückgekehrt, nachdem er die Kellerklappe sorgfältig hinter den Frauen geschlossen und einen Garderobenschrank vor die Zimmertür geschoben hatte, um den Eingang zu tarnen. Nun stand er, auf sich selbst zurückgeworfen, vor der entscheidenden Frage, ob er nach draußen gehen sollte oder nicht. Es war noch immer dunkel, deshalb hatte er auf seine SPAS-12, eine italienische Schrotflinte, die zur Grundausrüstung der italienischen Polizei gehörte, ein vollelektronisches Nachtsichtgerät montiert. Außerdem konnte er mit diesem Gewehr noch andere Projektile verwenden. Somit fühlte er sich gegen eventuelle Angreifer bestens gerüstet.

Doch so weit kam es erst gar nicht, denn sobald er die Tür geöffnet hatte, rannte Sir Walther kläffend hinaus und dem Commissario zischte ein Schuss um die Ohren. Sofort ging er in Deckung. Hochleistungsgeschosse, wahrscheinlich abgefeuert von einem russischen Sturmgewehr, in dem der Schalldämpfer bereits integriert war. Also hatten die Falconi doch Ernst gemacht und eine ausländische Söldnertruppe beauftragt, um sie aufzuspüren und zu erledigen. Dummerweise rannte Sir Walther wie eine weiße Signalboje weiterhin kläffend in die stockfinstere Nacht. Noch mehr Schüsse zischten an Panetta vorbei. Es waren also mehrere Schützen, nur wie viele konnte er noch nicht ausmachen.

Von allen Seiten hagelte es nun Schüsse, und Panetta sah keine andere Möglichkeit, als sich wieder ins Haus zurückzuziehen. Auf den Hund konnte er dabei keine Rücksicht nehmen, außerdem hätte das Tier nur die Aufmerksamkeit seiner Gegner auf sich gezogen. Im Wohnzimmer angekommen, verbarrikadierte er die Haustür hinter sich und lief zum Hinterausgang. Dort schlüpfte er lautlos durch die Tür. Bei seiner Ankunft am Vormittag hatte er das weitläufige Sumpfgebiet hinter dem uralten Steinhaus gesehen, mit niedrigen Sträuchern und Heidekraut, aber auch Schilf und ungesicherten Tümpeln. Für Spaziergänger gesperrt und im Sommer voller blutrünstiger Mückenschwärme, wie Janet ihm beim Abendessen erklärt hatte, nachdem er sie aus strategischen Überlegungen über die Umgebung dieses Hauses ausgefragt hatte. Er würde durch das unsichere Gelände hindurchwaten müssen, um seine Verfolger abzuhängen, bevor er die Frauen am Strand treffen und vor den Angreifern warnen konnte. Dort lag nach Janets Auskunft ein sturmfestes Ruderboot, das die Bewohner der Insel bei ruhiger See an das gegenüberliegende Ufer einer kleinen Insel trug, wo sich zu jeder Jahreszeit Robben und vielfältige Seevögel tummelten.

Panettas Plan war, die Frauen und das Kind dort in Sicherheit zu bringen, bis er die hiesige Polizei auf ihre fatale Situation aufmerksam machen konnte. Denn den Falconi passte es garantiert nicht in den

Kram, wenn plötzlich die örtlichen Sicherheitskräfte mitsamt der Presse auftauchten, um einen für dieses Land völlig untypischen Mafiakrieg zu dokumentieren. Den Frauen hatte er zuvor geraten, zur Bucht zu fliehen, falls er nicht spätestens nach zehn Minuten zum Kellerloch zurückkehrte. Er hoffte inständig, dass sie so klug wären, nicht unnötig länger auf ihn zu warten.

Während er in Einsatzstiefeln, die er noch am Nachmittag gegen seine Designerschuhe eingetauscht hatte, in den feuchten Untergrund einsank, stürmten seine Verfolger dreihundert Meter hinter ihm geräuschvoll das Haus. Türen krachten und Fensterscheiben zersprangen. Panetta war sich sicher, dass sie sich noch zurückhielten, um das womöglich dort befindliche Kind nicht zu gefährden. Denn ohne das unversehrte Mädchen würden die Pläne der Falconi nicht aufgehen und es gäbe kein Geld.

Vergeblich versuchte Panetta, sich in der Dunkelheit zu orientieren. Lediglich das Rauschen des Meeres in der Ferne gab ihm eine Idee, in welcher Richtung sich die Westküste befand, um zur besagten Bucht zu gelangen.

Zwischenzeitlich versank er bis zu den Knien im eiskalten Sumpf.

Damian, der ihm geräuschlos gefolgt war, spornte ihn stumm an, in dieselbe Richtung weiterzumarschieren. Denn er wusste, dass sein dämonischer Kamerad Laurentio ihnen mit einer Horde gleichgesinnter Schattenwächter und einer mit ihnen verbundenen, kaukasischen Söldnertruppe auf den Fersen war. Don Luigis Anwalt hatte Teile dieser kampferprobten Privatarmee erst am späten Nachmittag von London aus, wo sie das ganze Jahr über stationiert waren und von diversen Oligarchen rekrutiert wurden, um deren Drecksarbeit zu erledigen, auf den Flughafen von Inverness einfliegen lassen. Von dort aus waren sie mit einem organisationseigenen Helikopter zur Isle of Skye geflogen und hatten sich unweit von Portree in einer verlassenen Ruine startklar gemacht. Acht bestens ausgebildete Söldner, die nach Tirabassis Einschätzung reichen sollten, um einen mehr oder weniger cleveren Polizisten und zwei harmlose Frauen zur Strecke zu bringen.

Zumindest besaßen sie ausreichendes Equipment, wie zum Beispiel modernes Nachtsichtgerät, das auch auf größere Entfernungen brauchbare Ergebnisse lieferte.

Panetta wurde bereits von einem kleinen, aber feinen Empfangskomitee erwartet, als er völlig durchnässt den Rand des Sumpfgebietes erreichte. Seine Waffe hatte er die ganze Zeit über dem Kopf getragen, damit sie nicht nass wurde, was für diese finsteren Typen einer Einladung gleichkam.

Der Schuss, der daraufhin erfolgte, traf jedoch nur seinen Gewehrkolben und schlug ihm die Waffe regelrecht aus der Hand. Panetta reagierte schnell genug, um das Gewehr abzufangen, bevor es in der nach Moder stinkenden Brühe landete, die ihm inzwischen nur noch bis zu den Waden reichte. Von weitem leuchteten ihm zwei Taclights entgegen. Leistungsstarke Lampen, die man normalerweise auf eine Pistole montierte, was ihn daran erinnerte, dass er noch über eine M9 verfügte, die er vollgeladen am Gürtelholster trug.

Ohne lange zu überlegen, zog er die Waffe und zielte auf das Licht in der Ferne. Mehrere Schüsse hallten durch die Nacht. Ob er getroffen hatte, wusste er nicht, aber zumindest beeindruckte es seine Verfolger genug, um weitere Schüsse auf ihn abzufeuern. Relativ unbehelligt erreichte er schließlich den Rand des Sumpfes und machte sich auf weitere Schießereien gefasst, weshalb er beschloss, hinter einem aus der Dunkelheit herausragenden Felsvorsprung in Deckung zu gehen.

Damian war versucht ihn zu warnen, denn hinter dem Felsen lauerten zwei Männer, die bereits von Dämonen der übelsten Sorte besessen waren. Um sie als Mensch rechtzeitig zu bemerken, bedurfte es einer erhöhten Wachsamkeit, die Panetta, der gedanklich viel zu sehr mit seiner nassen Kleidung beschäftigt war, leider vermissen ließ. Plötzlich tauchte ein Gewehrkolben aus dem Nichts auf, der lediglich die Schläfe des Commissario streifte, dessen Wirkung aber doch hart genug war, um sein Bewusstsein für einen kurzen Moment zu trüben. Panetta ging stöhnend zu Boden und verlor dabei sein Gewehr. Sein Widersacher sagte etwas auf Russisch, was Damian keine Mühe machte, da seine Fähigkeit, Gedanken zu lesen, an keinerlei Sprache gebunden war. Es bedeutete, dass man den Fremden am Leben lassen müsse, solange man die Frau und das Kind noch nicht in der Gewalt habe.

Damian spürte, wie Panetta immer wütender wurde, auch wenn er überhaupt nichts von dem verstand, was die Typen berieten. Damian empfand es als gute Gelegenheit, zunächst einmal vollends von Panettas Seele Besitz zu ergreifen, um in einem ersten Schritt dessen moralisches Gewissen vollkommen lahmzulegen. Danach beschloss er, ihm ordentlich Feuer zu geben, indem er ihn zu einem kaltblütigen Mord anstachelte. Der Commissario besaß einen gemeingefährlichen Dolch, den er an der Innenseite seiner Hose trug und relativ leicht aus dem Holster ziehen konnte, aber noch nie benutzt hatte. »Zieh dein Messer und stich die beiden ab«, forderte Damian den noch zögernden Commissario auf und bediente sich schließlich seiner Hände, weil ihm die Sache nicht schnell genug ging. Schon beim ersten Versucht war die Kraft des Stoßes stark genug, um die Schutzweste des über ihm hockenden Gegners zu durchdringen und dessen Herz aufzuspießen wie eine weiche Kartoffel. Den anderen, der gerade damit beschäftigt gewesen war, ihn nach Waffen zu durchsuchen, und zu spät reagierte, erwischte er mit einem blitzschnellen zweiten Hieb und durchtrennte ihm die Kehle. Sein Blut spritzte wie ein warmer, öliger Sprühregen auf Panettas Gesicht, der von seinen plötzlichen Fähigkeiten offenbar selbst ganz beeindruckt war. Zufrieden beobachtete Damian, wie sich die Seelen der beiden Toten und auch deren Dämonen davonmachten, ungeachtet der Leichen, die sie einfach im schottischen Moor zurückließen.

Panetta, der von dem übernatürlichen Beiwerk seiner Tat nichts bemerkt hatte, rappelte sich verdutzt auf und rieb sich stöhnend den Schädel, wobei er das Blut seiner Feinde unbeabsichtigt in seinem Gesicht verschmierte.

»Das Funkgerät«, wies ihn Damian – der nicht bereit war, den Körper des Commissario so ohne weiteres wieder zu verlassen – in einer Art inneren Gedankenkommunikation an.

Panetta leuchtete den Typen prompt ins Gesicht, wobei er keinerlei Lust verspürte, ihnen die Masken herunterzureißen. Er entfernte lediglich bei einem der Männer den Knopf im Ohr, der zu einem transportablen Funkgerät führte. Als er das Gerät an sich nahm, musste er frustriert feststellen, dass die Kerle tatsächlich Russisch sprachen und er nicht das Geringste davon verstand.

»Dumm gelaufen!« Damian wurde wieder einmal bewusst, wie wenig Wert die italienische Polizei auf eine gründliche Fremdsprachenausbildung legte. Selbst Englisch war beileibe nicht selbstverständlich. Somit blieb ihm nichts anderes übrig, als für den Commissario eine Art gedankliche Übersetzung zu übernehmen, um ihm wenigstens eine Idee davon zu geben, was dort draußen gerade vor sich ging. Während Panetta, ohne genau zu wissen, warum, schwer bewaffnet in Richtung Küste stolperte, besann sich Damian darauf, seine dämonischen Fühler in die Umgebung auszustrecken. Die Typen suchten immer noch nach Elle und Luisa. Langsam wurden sie nervös, weil der von Tirabassi eingesetzte Mittelsmann ihnen die Sache wohl einfacher dargestellt hatte, als es offenbar war und die Falconi, die sich für den frühen Morgen per Helikopter angekündigt hatten, um das Ergebnis ihrer horrenden Investition in Augenschein zu nehmen, leer ausgehen würden, wenn es so weiterlief.

Elle und Janet eilten derweil durch diesen engen feuchtkalten Tunnel, nicht sicher, was als Nächstes geschehen würde. Einigermaßen aufgeregt durch diesen Umstand, trugen sie Luisa abwechselnd auf dem Arm. »Hier ist es aber nicht lustig«, maulte die Kleine mit einer weinerlichen Stimme. »Es ist kalt und stinkt wie auf einem Klo.«

»Beruhige dich, Schätzchen«, versuchte Elle sie zu trösten, wobei sie selbst ganz hektisch wurde, weil es in dem nicht enden wollenden Gang so finster und schmutzig war.

Die Frage »Wann sind wir da?« geriet nun in den Vordergrund, weil Luisa sie gefühlt alle drei Sekunden stellte, worauf Janet gebetsmühlenartig mit »Bald!« antwortete.

Als endlich der Ausgang in Sicht kam, mahnte Janet zur Vorsicht, weil er sich in einer Höhle befand, die bei Flut bis zu zwanzig Zentimeter von Meerwasser überspült werden konnte. Außerdem war es immer noch dunkel, obwohl sich bereits die beginnende Dämmerung zeigte. Elle sog gierig die frische Luft ein, und auch wenn es hier draußen noch kälter und bestimmt gefährlicher war, falls sie tatsächlich verfolgt wurden, fühlte sie sich wie befreit.

Janet schlich derweil voran, geduckt wie eine Indianerin auf dem Kriegspfad, die Flinte im Anschlag.

»Will Tante Janet jemanden erschießen?«, krähte Luisa im Lichtkegel der Taschenlampe so laut, dass Elle regelrecht zusammenzuckte.

»Sei still, Kind«, kam ihr Janet zuvor, »wir spielen jetzt Räuber und Gendarm. Und dabei müssen wir ganz leise sein.«

»Ist Michele der Gendarm und wir sind die Räuber?«, wollte Luisa nun wissen. »Sind Sir Walther und er deshalb nicht mitgekommen?«

»So ungefähr«, flüsterte Elle und setzte ihre Tochter auf dem feuchten Untergrund ab, der ihnen dank Ebbe nasse Füße ersparte.

Die Ebbe hatte jedoch den Nachteil, dass das Boot, von dem Janet die ganze Zeit gesprochen hatte, viel zu weit auf dem Ufer lag, als dass sie es ohne Hilfe hätten in die Wellen schieben können. Und von Michele fehlte jede Spur.

»Eigentlich hätte er längst hier sein müssen«, sagte Janet besorgt.

Angespannt sahen sie sich um. Sie waren von schemenhaften Felsen und einer schmalen Bucht umgeben, die – zumindest noch – menschenleer war.

»Wo sind denn die Elfen und das versprochene Märchenschloss?«, fragte Luisa enttäuscht.

»Wenn es heller wird, werden wir sie sehen«, antwortete Janet ausweichend.

Plötzlich tauchte aus der Dunkelheit ein Schatten auf, den sie, ohne zu zögern, mit dem Gewehr bedrohte.

»Halt oder ich schieße!«, brüllte Janet so laut, dass das letzte Wort von den Felsen widerhallte.

»Nicht schießen! Ich bin's nur«, rief Panetta und hob demonstrativ die Hände.

»Du darfst dich nicht einfach ergeben, Michele«, mahnte Luisa, die den Commissario sofort an der Stimme erkannt hatte. »Dann bist du ein Spielverderber! Und die dürfen bei der nächsten Runde nicht mehr mitspielen.«

»Keine Sorge, Kleines«, unkte er bitter. »Das Spiel ist noch nicht vorbei. Genau genommen fängt es gerade erst an.«

»Was ist passiert?«, fragten die beiden Frauen wie aus einem Mund, noch bevor der Commissario näher gekommen war.

»Der Hund hatte den richtigen Riecher«, fuhr Panetta mit einem Seufzer fort. »Dort oben wimmelt es nur so von Dämonen. Sie tragen allesamt Söldneruniformen und sprechen russisch. Ich konnte nicht verstehen, was sie gesagt haben, aber ich habe zwei von ihnen erledigt. Ihrer Ausrüstung nach zu urteilen, gehören sie zur absoluten Elite der in gehobenen Mafiakreisen üblichen Privatarmeen, zumindest was Ausrüstung und Ausbildung betrifft. Wenn wir mit unseren Vermutungen richtigliegen, haben sich die Falconi deren Einsatz einiges kosten lassen.«

»Du blutest ja«, stellte Luisa nüchtern fest, als Michele endlich näher kam. »Oder ist das Wasserfarbe? Luca aus dem Kindergarten bemalt sich auch immer mit roter Wasserfarbe das Gesicht und behauptet, er sei hingefallen, weil man dann einen Lutscher kriegt.«

»Um Gottes willen, bist du verletzt?« Elle hatte nicht so panisch klingen wollen, doch nun war es passiert.

»Nur ein Kratzer«, bemerkte er lässig und fuhr sich in der aufkeimenden Dämmerung mit der Hand übers Gesicht. Als er sah, dass sie tatsächlich voller Blut war, stieß er einen erstickten Laut aus. »Das kann unmöglich alles von mir sein«, beschied er und fasste sich verunsichert an den Kopf, wo er lediglich eine Beule samt einer harmlosen Hautabschürfung vorfand. Rasch lief er zu einer Wasserstelle, die sich nach der Flut in einer Felsaussparung gebildet hatte, und wusch sich Hände und Gesicht, um den Frauen den weiteren Anblick des Blutes zu ersparen.

»Wir sollten gehen«, riet er ihnen, nachdem er zurückgekehrt war, und schulterte erneut sein Gewehr.

»Wohin?« Elle verlor langsam die Geduld. »Hast du wenigstens einen Plan?«

»Ich helfe euch, das Boot ins Wasser zu bringen«, beschied er mit Blick auf die ruhige See, »und ihr flieht gemeinsam auf die Insel. Dann laufe ich zum nächsten Dorf, und von dort aus rufe ich die örtliche Polizei an. Ich allein kann diese Wolfsmeute dort oben unmöglich stoppen. Und mit euch gemeinsam über die Höhe zum Dorf zu fliehen, ist auch keine Lösung, weil diese Typen uns überall auflauern können. Das ist viel zu gefährlich, besonders für dich und das Kind.«

»Das mit der Insel ist eine gute Idee«, stimmte Janet ihm zu und deutete auf einen Weg durch die Felsen. »Wenn du dort hinaufsteigst und immer weiter geradeaus läufst, kommst du direkt nach Dunvegan. Geh am besten zum Hotel, die haben so früh schon auf. Dort findest du auf jeden Fall ein Telefon, das von den Mobilfunkanbietern und deren Signalstärke unabhängig ist. Die sollen in meinem Namen bei Inspektor MacLean in Portree anrufen und ihm sagen, was passiert ist.«

Luisa, die plötzlich begriffen hatte, dass hier etwas ganz und gar nicht stimmte, begann zu weinen. »Werden wir etwa von bösen Kobolden verfolgt?«, schluchzte sie. »Und wo ist Sir Walther? Was ist, wenn sie ihn gefangen haben?«

»Komm her, Schätzchen«, sagte Elle zärtlich und nahm sie erneut auf den Arm. »Mit Sir Walther ist alles in Ordnung. Und uns wird schon nichts geschehen. Michele und die Polizei werden die Kobolde verhaften, bevor sie uns etwas tun können.«

Grimmig blickte sie zu den Klippen hinauf. Und wenn sie mit dem Kind bis ans Ende des Ozeans rudern müsste, sie würde sich Luigi und seinen Schergen nicht ergeben. »Du musst nur ganz leise sein, damit uns die bösen Kobolde nicht hören«, mahnte sie ihre Tochter, als sie gemeinsam den Strand überquerten. Am Boot angekommen, das an einer Boje vertäut war, nahm Janet die in Öl getränkte Abdeckung fort und Michele setzte Luisa hinein. Mit vereinten Kräften zogen sie das Boot über den Strand in tieferes Gewässer. Bevor Elle zu ihrer Tochter und Janet ins Boot kletterte, blieb sie vor Michele stehen und belohnte ihn mit einer innigen Umarmung. »Ich verlass mich auf dich«, sagte sie und senkte den Blick, weil er offenbar mehr erwartete als nur das. Doch für einen Kuss war sie nicht bereit, schon gar nicht vor Luisa, der nichts entging. »Lass dich von den Typen da oben bloß nicht erwischen«, riet sie ihm und wich seinem verlangenden Blick aus.

Michele beugte sich ohne Vorwarnung zu ihr hinab und drückte ihr seinerseits einen Kuss auf die Wange. »Ich hole euch heil hier raus, das schwöre ich dir.«

Dann gab er dem Boot einen Schubs, indem er es in die spärlichen Wellen hineindrückte. »Wenigstens ist die See nicht so rau wie in den letzten Tagen«, bemerkte Janet mit einem Blick zum Himmel. Der Nebel hatte sich etwas gelichtet, aber die geschlossene Wolkendecke war immer noch grau, als sie mit kräftigen Ruderschlägen der kleinen Insel zustrebten. Michele rannte unterdessen zur Bucht zurück und suchte nach dem Weg durch die Felsen.

Damian, der immer noch in Panetta steckte, ignorierte dessen Gefühle für Elle und spornte den Commissario zu Höchstleistungen an, indem er dessen Adrenalinspiegel aufwallen ließ und ihn beiläufig als lahmen Esel und faulen Hund beschimpfte. »Wenn du meine Frau haben willst, musst du was dafür tun«, spottete er. »Oder wie heißt es so schön: Umsonst ist der Tod, und der kostet das Leben.«

Panetta rannte im wahrsten Sinne des Wortes um sein Leben. Bis Dunvegan waren es knapp vier Kilometer. Für einen geübten Sportler wie den Commissario sicher keine weite Strecke, doch zu dieser Zeit und bei dieser Witterung war die Entfernung nicht zu unterschätzen. Das Dorf lag direkt am Loch Dunvegan, in einiger Entfernung zum achthundert Jahre alten MacLeod-Schloss, welches Janet offenbar mit dem Märchenschloss meinte, das sie Luisa hatte zeigen wollen.

Keine fünfzehn Minuten später erreichte er die ersten Häuser, und plötzlich stand der zahnlose Alte, den sie am Tag zuvor nach dem Weg gefragt hatten, in einem grün-blau karierten Schottenrock und einer dazu passenden Tweedjacke vor ihm.

»Stecken Sie in Schwierigkeiten?«, fragte er mit seinem für Panetta nur schwer verständlichen schottischen Akzent.

»Sieht man mir das etwa an?«, lautete die genervte Gegenfrage des Commissario, wobei er sich mit den Händen in der Taille abstützte und nach Atem rang.

»Erstens, weil Typen wie Sie geradezu um Schwierigkeiten betteln«, krächzte der Alte beinahe amüsiert. »Und zweitens, weil ich vor einer Stunde merkwürdigen Besuch hatte.«

Panetta, der mit dem Schlimmsten rechnete, sah alarmiert auf und hielt nach den Falconi oder deren Söldnern Ausschau. Doch der Alte stieß nur einen Pfiff aus, und plötzlich kam Sir Walther angerannt und kläffte drauflos, was das Zeug hielt, wobei er, kaum bei seinem Opfer angekommen, in bösartiges Knurren verfiel.

»Er kann Sie wohl nicht leiden.« Der Alte sah den Commissario aus schmalen Lidern an, er konnte natürlich nicht wissen, dass der Hund nicht wegen Panetta knurrte, sondern wegen Damian, der immer noch dessen Seele belagerte. »Vielleicht liegt es an Ihrem Gewehr. Oder er wittert das Blut auf Ihrer Kleidung. Haben Sie unerlaubt einen kapitalen Hirsch erlegt, oder was ist passiert?«

»Das ist im Moment vollkommen unerheblich«, schoss Panetta ärgerlich zurück und zeigte ihm seinen internationalen Polizeiausweis. »Ich brauche ein abhörsicheres Telefon, um die örtliche Polizei und den MI 5 anzurufen.«

»Ich hab mir gleich gedacht, dass da was nicht stimmt«, unkte der Alte und deutete auf sein unweit entfernt stehendes Cottage. »Sie können von meinem Apparat aus telefonieren. Aber nur, wenn Sie mir sagen, was passiert ist. Also raus mit der Sprache, wo sind Janet und ihre hübsche Begleiterin?«

Panetta war nicht sicher, ob er dem Alten reinen Wein einschenken sollte, und so sprach er lediglich von einem Überfall und davon, dass die Schurken, die ihr Haus gestürmt hatten, nicht zu unterschätzen seien.

Der Alte, der ihn daraufhin wie versprochen zu seinem Cottage führte, ließ es sich nicht nehmen, selbst die Polizeistation in Portree anzurufen, der einzigen Kleinstadt am nördlichen Zipfel der Insel.

Der Commissario riss ihm das Telefon aus der Hand und konnte sich gegenüber dem örtlichen Inspektor zumindest so weit verständlich machen, dass er selbst Polizist war und unverzüglich Verstärkung benötigte, da es schon Tote gegeben hätte. Er selbst wollte nicht so lange warten und machte sich, mit Gewehr und Pistole bewaffnet, auf einem klapprigen Damenrad, das der Alte ihm großzügig geliehen hatte, auf den Weg zu Janets Haus. Er wollte wissen, was dort vor sich ging, bevor er die angeforderte Polizei in Empfang nahm, wobei er sich durchaus bewusst war, welches Risiko er damit einging.

Elle war es wie eine Ewigkeit vorgekommen, bis sie an der kleinen Insel anlandeten. In Wahrheit hatte die Überfahrt jedoch nur gut fünfzehn Minuten gedauert, was sie und Janet eine ziemliche Kraftanstrengung gekostet hatte. Ihre Arme fühlten sich ganz lahm an, als sie aus dem Boot sprangen und es mit vereinten Kräften ans Ufer zogen. Die Insel selbst war nichts weiter als eine Ansammlung nackter Felsen, die größten so hoch wie ein zweistöckiges Haus. Umgeben von einem dunklen Kiesstrand, war sie die ideale Zuflucht für Robben und Möwen, doch im Moment herrschte, was das betraf, nicht gerade Hochbetrieb. Dabei hatte Elle darauf gehofft, hier etwas zu finden, was Luisa von ihrer Angst ablenkte. Das Kind war überraschend still geworden, und Elle nahm sie liebevoll auf den Arm, bevor sie an Land zusammen mit Janet nach einer windgeschützten Stelle suchte, wo sie sich einstweilen niederlassen konnten.

»Und was machen wir jetzt?«, fragte sie Janet, nachdem diese das Boot an einem in einen Betonblock eingelassenen Eisenpflock sicher vertäut hatte.

»Mal sehen«, vertröstete sie Janet und wühlte in ihrer Jackentasche. Dabei fand sie offenbar ein Mobiltelefon.

»Du hast ein Telefon?«, fragte Elle überrascht.

»Ja doch, du hast es mir doch gegeben! Ich habe es aufgehoben, für alle Fälle, und soweit ich sehen kann, ist es auch noch geladen.«

»Warum bist du denn nicht schon früher auf die Idee gekommen, damit um Hilfe zu rufen?« Elle schüttelte leicht verärgert den Kopf. »Du hättest es auch Michele geben können.«

»Ich hab daran gedacht, aber als wir an Land waren, hatte es keinen Empfang«, erwiderte Janet und zuckte entschuldigend mit den Schultern. »Deshalb habe ich dem Commissario geraten, nach einem Festnetzanschluss zu suchen. Aber so, wie es aussieht, hat es jetzt sogar zwei Balken. Ich werde versuchen, Angus anzurufen«, beschied ihre Freundin mit Blick auf das gegenüberliegende Ufer.

Janet wählte eine Nummer, die sie allem Anschein nach auswendig konnte.

»Angus, bist du es?«, fragte sie den Mann am anderen Ende der Leitung sicherheitshalber. »Hier ist Janet. Ich sitze mit meinem Besuch auf der kleinen Robbeninsel fest, und das Boot hat ein Leck. Kannst du uns abholen? Ich bezahle es dir. Nein, bitte keine Fragen. Es ist wirklich dringend. Uns ist kalt, und wir haben ein fünfjähriges Mädchen dabei«, erklärte sie mit Blick auf Luisa, der trotz ihrer dicken Jacke die Zähne klapperten. Immerhin war es Februar, und sie hatte die ganze Nacht nicht geschlafen.

»Wer war das?«, fragte Elle nicht nur aus Neugier, sondern auch, um einschätzen zu können, ob man dem Mann am Telefon vertrauen konnte.

»Ein alter Freund aus dem Dorf, der ein Ausflugsboot besitzt und im Sommer, wenn ich hier meine Ferien verbringe, manchmal ein paar Touristen zu mir rüberbringt, die meine Skulpturen bewundern und ab und an auch welche kaufen.«

Als wenig später ein Motorengeräusch ertönte, verspürte Elle zunächst so etwas wie Erleichterung, doch dann sahen sie, dass die Männer samt Boot so gar nichts mit einem raubeinigen Touristenführer gemein hatten, den Janet ihr angekündigt hatte. Es handelte sich um ein schnelles Schlauchboot, in dem militärisch gekleidete Männer saßen.

»Wir müssen sie von der Insel fernhalten«, bestimmte Janet spontan und teilte Elle eines ihrer Gewehre zu. Dann brachte sie Luisa hinter einen Felsen. »Du musst dich hier verstecken, Schätzchen«, befahl sie der Kleinen in strengem Ton. »Mami und ich müssen die Kobolde vertreiben.«

»Mami!«, brüllte Luisa kläglich, doch Elle kannte in dieser Situation keine Gnade. »Bleib, wo du bist, oder Mami wird das erste Mal in deinem Leben richtig böse«, herrschte sie ihre Tochter an.

Als Luisas Stimme endlich verstummte, kroch Elle zu Janet hinter einen Felsen und brachte das Gewehr in Anschlag. »Du musst nur auf das Schlauchboot zielen«, riet ihr Janet, die das Ziel längst ins Visier genommen hatte. »Bevor sie untergehen, werden sie lieber abdrehen.«

Mit einem Mal fühlte sich Elle merkwürdig gestärkt, und warum auch immer musste sie an Tedeschi denken, einen Söldner aus der Leibwache der Pazzi, der in ihrer Traumzeit, wie sie es inzwischen nannte, ihr Trauzeuge gewesen war und den sie stets sehr sympathisch gefunden hatte.

Entschlossen zielte sie auf das Boot und drückte ab. Seltsamerweise schossen die Männer nicht zurück und drehten tatsächlich ab, nachdem ihre Schüsse ein großes Loch in den Bug gerissen hatten.

Doch wie sich kurz darauf herausstellte, war dies noch lange kein Grund zum Frohlocken. Denn schon näherte sich neues Unheil in Form eines Helikopters, der nun dicht über der kleinen Insel kreiste und sich dabei tiefer und tiefer schraubte. Als Janet sah, wie sich ein paar Uniformierte von oben herab abseilten, wollte sie erneut das Feuer eröffnen, doch Elle bemerkte rechtzeitig, dass der Mann über ihr eine Pistole auf Luisa richtete, und hielt ihre Freundin zurück. »Denk an das Kind«, brüllte sie, gegen den ohrenbetäubenden Krach der Rotorblätter ankämpfend. Janet gab ihren Widerstand auf, und nachdem zwei der Männer gelandet waren – riesige Kerle, die Wrestlingkämpfer hätten sein können, mit Helm und Gesichtsschutz getarnt –, ließ sie sich nach einem letzten Aufbäumen fesseln. Dann schnappten die Typen sich Elle, die allein schon wegen Luisa keinerlei Widerstand leistete, und legten ihr und dem Kind ein Geschirr an, ähnlich wie das eines Fallschirmspringers. Ohne Ankündigung wurde Elle mit einer Winde nach oben gezogen. Luisa folgte mit einem der Söldner, der schützend seine Arme um das Kind gelegt hatte, was Elle ein wenig beruhigte. Bedeutete es doch, dass sie dem Kind offenbar keinen Schaden zufügen wollten. Janet hingegen wurde einfach zurückgelassen. Wenigstens war sie am Leben, tröstete sich Elle, die zugleich sicher war, dass – sollten Silvio und Luigi hinter dieser Sache stecken – mit ihr nicht so gnädig verfahren würde. Doch sicherlich würde man sie nicht vor den Augen ihrer Tochter ins Jenseits schicken, denn sonst hätten es die Kerle, die ihr nun in dem davonfliegenden Helikopter gegenübersaßen, es längst getan.

Vergeblich versuchte Elle die Gesichter zu erkennen, die sich unter den Sturmhauben verbargen. Luisa schrie sich die Lunge aus dem Leib, während der Helikopter aufs Festland zusteuerte und ganz in der Nähe des Cottage aufsetzte. Dort wurden Elle zumindest die Fesseln abgenommen, damit sie ihre Tochter beruhigen konnte, doch weiterhin war eine Pistole auf sie gerichtet.

Luisa hatte aufgehört zu weinen und war in ihren Armen ganz stumm vor Angst.

Als wenig später ein zweiter Helikopter zur Landung ansetzte, wusste Elle instinktiv, wer die Passagiere waren. Während die Rotorblätter langsam zum Stillstand kamen, stiegen drei gut gekleidete Männer aus, die so gar nichts mit den schottischen Highlands und noch weniger mit den martialisch ausgerüsteten Söldnern verband, die sich ausschließlich russische Befehle zubellten.

»Das sind Papi und Großvater«, stellte Luisa verblüfft fest und verlor offenbar jegliche Sorge.

Das sind der Teufel und sein Sohn, hätte Elle ihr am liebsten geantwortet, doch aus Rücksicht auf ihr Kind verkniff sie sich eine solche Bemerkung.

Don Luigi, der sie keines Blickes würdigte, gab sich den Männern mit den Masken gegenüber freundlich und überreichte ihnen einen ledernen Koffer.

Dann stand plötzlich Silvio vor ihr und dem Kind und kniete mit einem schleimigen Lächeln vor Luisa nieder. Die beiden hatten sich über ein Jahr nicht mehr gesehen. Doch Luisa, die nicht wusste, warum sich ihre Eltern getrennt hatten, hegte ihm gegenüber offenbar keinerlei Groll.

»Papi«, rief sie selig und streckte ihm ihre Ärmchen entgegen.

»Jetzt wird alles gut«, sagte er zu seiner Tochter und schloss sie mit einem durchtriebenen Blick Richtung Elle in die Arme.

»Großvater und ich nehmen dich jetzt mit in den Helikopter«, klärte er Luisa auf.

»Und was … was … ist mit Mami?«, rief die Kleine hin- und hergerissen vor Glück und gleichzeitiger Sorge, dass Elle sie nicht weiter begleiten sollte.

Elle, die Protest einlegen wollte, spürte unvermittelt die Mündung einer Pistole im Rücken, als Silvio die Kleine an der Hand nahm, um sie von ihr fortzuführen.

»Mami kommt mit dem Auto nach«, erklärte Don Luigi seiner Enkelin und zwinkerte ihr breit grinsend zu. »Sie hat hier noch etwas zu erledigen, mein Schatz.«

»Ohne Mami will ich aber nicht mit in den Hubschrauber«, beschied Luisa trotzig und riss sich im selben Moment von Silvio los.

Don Luigi, der sich offenbar sorgfältig gewappnet hatte, zauberte eine besonders prächtige Barbiepuppe hinter seinem Rücken hervor. »Zu Hause wartet ein ganzes Puppenhaus auf dich«, schmeichelte er dem greinenden Mädchen.

Doch nach einem kurzen Moment des Zögerns konnte auch die Puppe Luisa nicht davon überzeugen, mitzukommen. Don Luigi war anzusehen, wie er die Geduld verlor.

Und auch Silvio, der mit Engelszungen auf Luisa einredete, konnte seine Tochter nicht umstimmen. Wenig später schnippte Don Luigi mit seinen Fingern Richtung Helikopter und deutete damit einem seiner Begleiter an, er möge das Problem auf die weniger elegante Art erledigen. Auch wenn sie ihm noch nie leibhaftig begegnet war, erkannte Elle den Mann in dem vornehmen Anzug, der Luisa packte wie ein wildes Kaninchen und sie unter lautem Gebrüll ihrerseits in den Heli verschleppte. Es war Vittorio, der Kerl, der Ernestina auf dem Gewissen hatte. Sie hatte ihn gesehen, als sie im Koma lag, nachdem ihre Seele aus ihrem Körper gewichen war.

Als ob sich ein Schleier heben würde, wurde ihr plötzlich bewusst, dass all das, was sie in dieser Phase einer vermeintlichen Ohnmacht erlebt hatte, kein Traum gewesen war, sondern Wirklichkeit.

»Tut mir leid, dass du dich von deiner Tochter nicht mehr verabschieden kannst«, bekundete Don Luigi mit gekünstelter Anteilnahme. »Vielleicht werdet ihr eines fernen Tages im Himmel das Vergnügen haben.«

»Wie recht du doch hast, du Arschloch«, stieß Elle hervor. »Und du kommst in die Hölle«, spuckte sie ihm hinterher, »und dort wirst du dir wünschen, all das hier niemals getan zu haben.«

»Stopft ihr das Maul«, befahl er den verbleibenden Männern grob. »Für immer, und seht zu, dass man ihre Leiche nicht finden kann. Mein Anwalt wird sich davon überzeugen, ob der Auftrag auch ausgeführt wurde.« Ohne sich noch einmal zu ihr umzudrehen, marschierte er zum Helikopter, in dem Luisa längst verschwunden war.

»Damian«, flehte Elle mit Blick in den grauen Himmel, »wenn du hier bist, irgendwo, lass nicht zu, dass das hier geschieht. Du hast mir immer versprochen, mich zu beschützen.«

Damian, der um die Not seiner Frau wusste, trieb Panetta abermals zu Höchstleistungen an. »Komm, Junge, jetzt nicht schlappmachen«, zischte er dem vor Anstrengung keuchenden Commissario zu, als von ferne bereits der Landeplatz der beiden Helikopter zu sehen war. Der zweite Heli, der offenbar zu den Söldnern gehörte, stand immer noch am Boden und machte es dem Commissario leicht, unbemerkt bis ganz nah an das Abflugfeld zu robben, während der andere Helikopter bereits die Rotoren gestartet hatte.

Der unvermittelte Anblick von Elle, die, von einer Waffe bedroht und umringt von sechs russischen Söldnern, offenbar auf Luisas Abflug wartete, verschlug ihm den Atem.

Damian, dem ganz schlecht war vor Sorge, hatte nur noch einen Gedanken: Er wollte diejenigen, die das verbrochen hatten, tot sehen.

Mit allen Kräften der Finsternis, die ihm zur Verfügung standen, ermutigte er Panetta dazu, auf die Söldner zu schießen. Er benötigte nur ein Magazin, um ihnen allesamt ihre Hohlköpfe wegzupusten. Dann stand Elle völlig frei.

Plötzlich peitschten Schüsse durch die kahle Landschaft, und Elle registrierte für den Bruchteil einer Sekunde, dass die beiden Männer neben ihr getroffen zu Boden gefallen waren. Ohne wirklich darüber nachzudenken, schnappte sie sich die Pistole jenes getöteten Söldners, der zuvor die Waffe auf sie gerichtet hatte, und schoss auf die bereits rotierenden Rotorblätter des Helikopters, um die Maschine mit ihrer Tochter an Bord irgendwie aufzuhalten. Neben ihr fielen vier weitere Söldner und ein Mann in einem hellen Anzug, der seinerseits eine Pistole gezückt hatte, jedoch nicht mehr zum Zuge kam. Es war, als hätte man ihn und die anderen einfach abgeschaltet. Dann sah sie Michele Panetta, wie er sich im Sturzflug geradezu todesmutig auf den abhebenden Heli stürzte und sich mit vollem Einsatz an die Kufe klammerte. Durch das plötzliche Gewicht geriet der Helikopter in Schräglage und hatte Mühe abzuheben.

Elle, die immer noch Micheles zweite Schutzweste trug, schnappte sich eine weitere Pistole eines der getöteten Männer und rannte auf den Helikopter zu. Die Tür stand noch offen, und Vittorio, der neben dem Piloten saß, gab mehrere Schüsse auf Michele ab, der tapfer dagegenhielt und nun seinerseits Vittorio aus dem Heli zerrte und ihn erschoss, bevor der ihm eine Kugel verpassen konnte.

Von hinten brüllte Don Luigi hektische Befehle, den Heli trotz aller Vorkommnisse wie geplant abheben zu lassen. Elle schoss weiter auf die Verbindung zwischen Maschine und Rotorblättern, bis die Funken sprühten.

Panetta, der allem Anschein nach schwer verletzt war, zog sich mit letzter Kraft in den Heli hinein und sah sich mit Don Luigi konfrontiert, der seinerseits eine Pistole gezückt hatte.

Damian, der die Einschläge in Panettas Körper wie leibliche Schmerzen zu spüren bekam, trieb den Commissario trotz der unsäglichen Qualen an, weiterhin keine Gnade walten zu lassen. Der nächste Schuss, den er abfeuerte, traf Don Luigi mitten in die Stirn, wobei Damian zusammen mit Panetta achtgeben musste, dass der Commissario das Kind nicht traf, das zusammen mit Silvio Falconi auf der hinteren Rückbank kauerte.

Der Pilot hatte inzwischen aufgegeben und den Startversuch abgebrochen. Wahrscheinlich war ihm die ganze Geschichte zu heiß geworden, denn er schnallte sich ab und stürmte nach draußen. Silvio Falconi hatte nun selbst eine Pistole in der Hand und zielte damit auf das Kind. Luisa hielt sich Augen und Ohren zu und schrie wie am Spieß. Doch er hatte wohl nicht mit der Entschlossenheit einer Mutter gerechnet. Elle stieg von draußen auf den Pilotensitz und bedrohte ihren Exmann nun ihrerseits mit einer monströsen Waffe. »Lass sie gehen!«, schrie sie Silvio unmissverständlich an. »Sofort!«

Aber der dachte gar nicht daran, ihre Forderungen zu erfüllen. Plötzlich richtete er seine Pistole auf Panetta, der ihn gleichfalls bedrohte, und drückte ab. Damian spürte, wie das Geschoss trotz der Schutzweste die Brust seines Wirtes durchschlug und ihm den Rest gab. Durch den Aufprall wurde er zusammen mit Panetta nach hinten gerissen und rücklings auf den harten Grasboden geschleudert. Im gleichen Moment knallte ein zweiter Schuss, und sein erster Gedanke war, dass Falconi nun Elle erschossen hatte.

Doch bevor er sich dessen versichern konnte, spürte er, wie Panettas Seele den Körper verließ, in dem er, Damian, noch immer verharrte.

»Halt! Hiergeblieben!«, befahl er dem Commissario hart, doch Panetta stand bereits neben ihm und schaute fassungslos auf seinen Leichnam herab, als ob er es selbst nicht glauben konnte. Aber da war noch etwas anderes, das Damian in bodenloses Erstaunen versetzte. Auch Don Luigi und Silvio Falconi standen nun neben dem verblüfften Commissario mit einer ähnlich verdutzten Miene. Kraft seiner Fähigkeiten erkannte Damian, dass es sich bei den beiden nicht um deren materielle Körper handelte, sondern um deren unsterbliche Überreste. Aber als er noch genauer hinschaute, erkannte er die ursprünglichen Seelen von Giovanni de' Vincenco und Lorenzo de' Medici in ihnen. Doch wie kamen sie ausgerechnet hierher? Beide hätten für ihre Verfehlungen eigentlich auf ewig in der Hölle schmoren müssen.

Im gleichen Moment erschien Elle und beugte sich über ihn, Luisa fest im Arm, die ihr Gesicht an ihrer Schulter verbarg.

»Michele, halt durch, der Rettungsarzt kommt gleich.« In ihrer Sorge um Panetta schrie sie fast. »Michele, so sag doch was! Kannst du sprechen?« Zugleich übertönten sie von mehreren Seiten die schrillen Sirenen britischer Polizeifahrzeuge.

Damian verspürte grenzenlose Erleichterung, dass sie und das Mädchen lebten und offenbar unverletzt waren. Obwohl ihn natürlich brennend interessierte, was seine alten Widersacher Giovanni und Lorenzo hier zu suchen hatten. Hinter Elle, die von all dem nichts ahnte, tauchte die schemenhafte Gestalt von Tedeschi auf, der genauso konfus zu sein schien wie er selbst. Aus gutem Grund hatte Damian keine Lust, den toten Körper des Commissario zu verlassen, aber Tedeschi ahnte zumindest, dass er noch in ihm steckte.

»Warum?«, formten Damians Lippen lautlos, die eigentlich Panetta gehörten.

Statt einer Antwort erstrahlte ein unbeschreiblich helles Licht vom Himmel herab, und dahinter materialisierte sich jener Erzengel, dem es als Einzigem zustand, die Seele eines menschlichen Lebewesens nach Hause in den Himmel zu führen.

Gabriel. Aber bevor er mit Panetta verschwand, der in seinem Leben offenbar alles richtig gemacht hatte, bückte er sich zu Damian hinunter und legte seine gleißend helle Hand auf die zerfetzte Brust von Panettas verwaistem Körper. Damian, der noch immer in dessen sterblicher Hülle steckte, spürte die sengende Hitze der unbeschreiblichen Macht des Lichts, spürte, wie die Wunden zu heilen begannen und wie seine Seele eins wurde mit dem zuvor fremden Leib. Fassungslos bewegte er Arme und Beine. »Die universelle Kraft hat entschieden, dass du, Damian, eine zweite Chance bekommen sollst, nachdem uns Abbadon betrogen hat und die Seelen der beiden hier anwesenden Abtrünnigen fälschlicherweise für ein neues menschliches Leben als Luigi und Silvio Falconi auf die Bewerberliste gesetzt hat. So haben sie einiges an Unheil angerichtet, was uns mehrfach zweifeln ließ, ob es sich wirklich um Geläuterte handelte. Durch dein konsequentes Handeln hast du bewusst oder unbewusst diesen Fehler zutage gebracht und das universelle Gleichgewicht wiederhergestellt. Als Lohn erhältst du einen passenden Körper zurück und darfst damit als Mensch noch einmal von vorn beginnen. Ausgleichende Gerechtigkeit für außergewöhnliche Leistungen nennt man das wohl.« Der rothaarige Engel setzte den üblichen hochnäsigen Blick auf.

»Und was ist mit Tedeschi?«, wandte Damian unerschrocken ein, mit Blick auf seinen Dämonenfreund, der von dieser Wendung offenbar genauso überrascht war wie er selbst. »Er hatte einen ebenso großen Verdienst an der Geschichte wie ich.«

Der Erzengel betrachtete Tedeschi mit seinen glühenden Augen und nickte huldvoll. »Er darf ins Licht gehen, wenn er es will.«

Tedeschi fiel vor dem Engel auf die Knie. »Ob ich will?«, fragte er und warf Damian einen ungläubigen Blick zu. »Natürlich will ich«, erklärte er mit vor Begeisterung krächzender Stimme.

Der Erzengel fackelte nicht lange, gab ihm den Segen, dann verschwand er mitsamt seinen neuen Probanden im Licht. Hinter ihm erschien für einen kurzen Moment Abbadon und sammelte mit zorniger Miene seine neuen oder besser gesagt alten Dämonen ein, bevor er kommentarlos der irdischen Bühne den Rücken kehrte.

Elle, die immer noch über Damian hockte, aber von den ganzen überirdischen Verwicklungen nichts mitbekommen hatte, blickte ängstlich auf ihn herab. Als sie realisierte, dass Panettas Körper trotz des vielen Blutes gegen alle physischen Gesetze unverletzt war, lächelte sie ungläubig.

»Michele? Mein Gott, du lebst!«

Damian grinste selig und fasste nach ihrer Hand. »Mir geht es gut. Nur …«

»Was ist mit deinen Augen passiert?«, fragte sie misstrauisch.

»Was sollte mit ihnen sein?«

Elle erfasste instinktiv, dass hier etwas nicht stimmte, sie sah ihn aus schmalen Lidern an. »Sie sind nicht mehr blau. Sie sind so grau wie Regenwolken, und auch deine Stimme klingt eine Nuance tiefer als sonst.«

»Ach?« Erstaunt hob er seine neuen Brauen, die den alten nicht unähnlich waren, und setzte sich ein wenig umständlich auf. »Da werde ich dem Erzengel wohl einen besonderen Dank zukommen lassen müssen, weil er mir etwas von meiner früheren Erscheinung gelassen hat. Auch wenn ich Panettas vergleichsweise erschlafften Körper erst einmal ordentlich in Form bringen muss, um wieder ganz der Alte zu sein.« Er zwinkerte ihr spitzbübisch zu. »Ich hoffe, dir gefällt trotzdem, was du siehst. Falls nicht, wird es schwierig. Dies ist die einzige zweite Chance, die wir zusammen haben. Aber ich verspreche dir, ich arbeite dran, aus dem, was mir gegeben wurde, schnellstmöglich wieder einen ganzen Kerl zu machen.« Erneut grinste er.

»Damian?«, flüsterte sie fassungslos und wurde mit einem Mal noch weißer im Gesicht, als sie ohnehin schon war. »Sag nur, du bist wirklich da drin?«

»Wäre das ein Problem?«

»Nein.« Mit einer Mischung aus Verwirrung und Hoffnung im Blick starrte sie auf ihn herab. »Und wo ist Michele Panetta?«

»Seine Seele durfte ins Licht gehen. Er wäre in jedem Fall an der Reihe gewesen, auch wenn wir uns nicht in sein Schicksal eingemischt hätten. Seine sterbliche Hülle hingegen darf weiter existieren, weil jetzt Damian de' Castello in ihr steckt.«

Damian konnte sich das breite Grinsen nicht verkneifen, als er Elles entgeisterte Miene sah, dabei war er kaum fähig, sein Glück zu fassen. Auch wenn es vielleicht für den Moment etwas unpassend war, im Angesicht all dieser Toten, die sie umlagerten, stemmte er sich hoch und umarmte Mutter und Kind, die eng aneinandergeschmiegt vor ihm hockten. Luisa hatte sich inzwischen ein wenig beruhigt, aber sie zitterte noch immer am ganzen Leib. Damian streichelte ihr Köpfchen und sprach beruhigend auf sie ein. Die Wärme und das Gefühl, die beiden fest in seinen Armen zu spüren, waren unbeschreiblich. Er wollte nicht weinen, aber ein paar stille Tränen konnte er nicht zurückhalten.

»Alles, was ich mir seit unserem grausamen Tod nach der Pazzi-Verschwörung gewünscht habe, ist in Erfüllung gegangen«, flüsterte er Elle mit tränenerstickter Stimme zu. »Na ja, fast alles. Ich hätte mir für meine anderen Kameraden ein ähnliches Glück vorstellen mögen, aber wenigstens Tedeschi konnte ich zu einem Platz im Himmel verhelfen. Gabriel hat ihm die Absolution erteilt. Und wer weiß es schon, vielleicht trifft er dort sogar auf Lucrezia. Immerhin ist es möglich. Aber das Wichtigste ist, ich kann bei dir und bei unserer Tochter sein, jeden verdammten Tag und jede verdammte Nacht, vorausgesetzt, du willst mich in diesem Aufzug überhaupt noch?«

»O Damian!« Sie schluckte. »Natürlich will ich dich!« Er sah die Tränen und vor allem das Glück in ihren Augen, aber auch Sorge. »Und was sagen die Wächter des Lichts dazu, aber vor allem dein Höllenfürst? Wird er nicht alles tun, um dich ein weiteres Mal zu vernichten?«

»Keine Angst.« Mit einem Lächeln deutete er zum Himmel. »Der Deal ist von der allerhöchsten Ebene abgesegnet.«

Hinter ihr erschien Tedeschis schemenhafte Gestalt und zwinkerte ihm aufmunternd zu. »Sie dürfen die Braut jetzt küssen«, forderte er Damian gut gelaunt auf.

Und dann küsste er Elle, so innig, wie er sie noch nie im Leben geküsst hatte.

»Ich bin das Licht der Welt. Wer mir nachfolgt,
wird nicht in der Finsternis umhergehen,
sondern wird das Licht des Lebens haben.«
(Johannes 8, 12)

EPILOG

März 2014 – Villa Leonardo, Colle Barucci

Mit halbgeöffneten Lidern lag Damian in den kostbaren Kissen eines modernen Baldachinbetts und beobachtete die wunderschöne schlafende Frau an seiner Seite. Blinzelnd versuchte er der gleißenden Morgensonne zu entgehen, die durch ein großes Panoramafenster ins Schlafzimmer fiel. Es war das erste Mal seit rund fünfhundert Jahren, dass er einen schrecklichen Kater verspürte. Sein Kopf dröhnte, und der Magen rebellierte. Ein unangenehmes Gefühl, das ihm die gute Laune jedoch nicht verderben konnte. Der gestrige Abend und die darauffolgende Nacht waren wohl etwas zu stürmisch ausgefallen für einen Mann, der es nicht mehr gewohnt war, einen menschlichen Körper zu besitzen. Zu viel Wein und noch mehr Sex hatten ihn binnen Stunden in einen hundertjährigen Greis verwandelt. Einen glücklichen hundertjährigen Greis, um es genau zu sagen. Was aber auch daran liegen mochte, dass Panettas sterbliche Hülle bei weitem nicht die Kondition eines gestandenen Söldners aus dem 15. Jahrhundert aufwies.

Doch darauf wollte er keine Rücksicht nehmen. Mit ein bisschen Training würde er sein neugewonnenes Ich schon bald an seine eigenen, früheren Fähigkeiten heranführen.

Elle jedenfalls genoss seine körperlichen Qualitäten in vollen Zügen. Es war wie früher, als sie sich zum ersten Mal geliebt hatten, wenn nicht sogar noch ein bisschen intensiver. Wenigstens etwas, wobei Panettas Hinterlassenschaft vorurteilsfrei zu gebrauchen war, dachte er amüsiert. Selig streckte sie im Halbschlaf ihre Hand nach ihm aus. Mit einem zufriedenen Summen streichelte sie über seine leicht behaarte Brust und dann tiefer hinab, was Damian erneut auf sündige Gedanken brachte.

Ihr weicher, kurvenreicher Körper, der in den letzten Wochen nach all den Strapazen des Komas und der nachfolgenden Ereignisse erfreulicherweise wieder an Gewicht zugenommen hatte, schmiegte sich nun hingebungsvoll an ihn, offenbar noch ganz gefangen in der Befriedigung, die sie sich in den Stunden zuvor immer wieder geschenkt hatten.

»Ist es wirklich wahr?«, murmelte er mehr zu sich selbst und wagte es nun doch, zu der engelhaft blonden Frau hinzublinzeln. Dabei ließ er noch einmal den gestrigen Tag Revue passieren, als sie sich unter Ausschluss der Öffentlichkeit in der Cappella dei Pazzi in Florenz in kleinstem Kreis das Jawort gegeben hatten.

Unter den geladenen Gästen befanden sich lediglich ein paar führende Mitarbeiter aus Elles Restaurantkette und einige Kollegen von Michele Panetta, die nun offiziell auch seine Kameraden waren. Niemand von ihnen hatte die Veränderung bemerkt, die mit Panetta vor sich gegangen war, schon gar nicht, dass nun Damian de' Castello in seiner athletischen Erscheinung steckte.

Natürlich hätten sie auch in der Cattedrale di Santa Maria del Fiore heiraten können, doch Elle fand das nicht passend. Unter anderem weil dort das Attentat auf die Medici stattgefunden hatte, mit all den furchtbaren Konsequenzen für ihr eigenes Schicksal. Und auch wenn das nichts daran änderte, war ihr die Pazzi-Kapelle um einiges lieber gewesen.

»Zur Erinnerung an unser gemeinsames Leben vor rund fünfhundert Jahren«, hatte sie ihm zu bedenken gegeben, nachdem er ihr bei einem romantischen Abendessen den alles entscheidenden Antrag gemacht hatte.

»Ich möchte, dass der Kreis sich schließt«, hatte sie ihm mit glänzenden Augen zugeflüstert, nachdem ein leidenschaftlicher Kuss und ein wunderschöner Diamantring ihr neu entfachtes Feuer besiegelt hatten. »Damit wir das vollenden können, was uns einst so grausam genommen wurde.«

Niemand von den Gästen und erst recht nicht die Klatschreporter, die nach der Vermählung draußen vor der Kapelle auf druckfrische Fotos lauerten, ahnte auch nur, was sich in Wahrheit hinter ihrer Liebe verbarg. Sie dachten wohl immer noch, dass Gabrielle Falconi, ehemalige Leonardo und jetzige Panetta, Restaurantbesitzerin und Multimillionärin, den mutigen Beamten der Direzione Investigativa Antimafia nur deshalb geheiratet hatte, weil sie ihm nicht nur ihr Leben, sondern auch das ihrer einzigen Tochter zu verdanken hatte.

Luisa, die ihren Schock über die vorangegangenen Geschehnisse nur mit viel Liebe und Zuwendung überwunden hatte, ging in einem weißen Rüschenkleidchen voran und streute den Weg in der Kapelle mit gelben Rosenblüten und blauen Vergissmeinnicht aus, als Damian seine frischgebackene Braut zum Altar führte. Die Blumen hatten sie farblich passend zum Wappen der Pazzi ausgesucht, genau wie ihre Kleidung, die aussah wie vor fünfhundert Jahren, als sie bei ihrer ersten Heirat von Stefano da Bagnone getraut worden waren. Ein versierter Kostümschneider hatte sie nach ihren Vorstellungen extra angefertigt. Was der Mann und die übrigen Gäste für eine romantische Heirat im Stil der Renaissance hielten, war für Damian und Elle in Wahrheit eine todernste Angelegenheit.

Doch davon sollte Luisa nichts zu spüren bekommen. Neben Janet MacDonald, der ersten Brautjungfer, die zusammen mit einem Kollegen des Commissario als Trauzeugin fungierte, schritt sie gewissenhaft um sich schauend zum Altar, wobei sie neben ihrer Mutter auch deren Bräutigam nicht aus den Augen ließ. Commissario Panetta war inzwischen überall in Italien wie ein Nationalheld gefeiert worden, weil er ganz allein die Zerschlagung eines berüchtigten Mafiaclans möglich gemacht hatte, dessen bis dahin niemand Herr geworden war. Entsprechend stolz saß der Chef des echten Michele in der Kapelle und hatte ihn, ohne zu wissen, dass sich nun Damian in dessen Körper verbarg, vor allen Anwesenden zum Polizeidirektor befördert. Ein Amt, das Damian mit Zustimmung von Elle gerne annahm, entsprach es doch in etwa seiner Position als Condottiere in längst vergangenen Zeiten. Ein gut bezahlter Job, wie er fand, außerdem mochte er es noch immer nicht, finanziell von einer Frau abhängig zu sein. Schließlich wollte er sein Bestes geben, um die Familie so bald wie möglich zu vergrößern, und schätzte es als seine Aufgabe, sie auch finanziell adäquat versorgen zu können. Auch wenn Elle ihn deshalb, mit einem Lächeln auf den Lippen, als unverbesserlichen Macho bezeichnete, der er damals schon gewesen war. Aber bei seiner neuen Aufgabe ging es ihm nicht nur um Geld. Anstatt wie zu Pazzi-Zeiten einem korrupten Clan zu dienen, würde er nun die dunklen Kräfte des Universums kraft seines Amtes und seiner besonderen Fähigkeiten wenigstens ein Stück weit im Gleichgewicht halten können. Denn die Fähigkeit, Dämonen zu sehen und die Seelen erst kürzlich Verstorbener, war ihm trotz seiner Wandlung zum Menschen geblieben. Er würde auf Seiten der Guten kämpfen, was die Chance, eines Tages zusammen mit Elle endgültig ins Licht gehen zu dürfen, ungemein erhöhte. Und sie würde ihn dabei mit all ihrer Liebe unterstützen.

»Bis dass der Tod euch scheidet«, hallten die Worte des Priesters in der Pazzi-Kapelle in ihm nach, bevor der katholische Geistliche ihnen den von allen Anwesenden erwarteten Segen gab.

Im Nachhinein dachte Damian an das Lächeln, das Elle ihm dabei geschenkt hatte, und die damit verbundene Gewissheit, entgegen der Aussage des Geistlichen, nicht nur auf Zeit, sondern auf ewig miteinander verbunden zu sein.

NACHWORT UND DANKSAGUNG:

Selbstverständlich ist dieser Roman, der »Fantasie der Autorin« entsprungen. Ebenso wie die Handlungsweise und die Dialoge der historisch verbrieften Persönlichkeiten. (Lorenzo de' Medici und seine Anhänger mögen mir verzeihen, dass »Il Magnifico«, wie er schon damals genannt wurde, nicht unbedingt die Rolle des Helden erhalten hat und mein Mitgefühl eher dem Schicksal der Pazzi gilt, wenn auch dieses sich mitunter in Grenzen hält.)

Darüber hinaus versichere ich, dass eine mögliche Ähnlichkeit in Name, Charakter und Handlung mit tatsächlich lebenden Personen in der Gegenwartsdarstellung wie auch im historischen Teil natürlich rein zufällig und nicht beabsichtigt ist.

Trotz allem konnte ich nicht widerstehen, fasziniert von der historischen Abhandlung grandioser Sachbuchautoren und hilfreicher Hinweise engagierter Museumsführer, über die Pazzi-Verschwörung im Frühjahr 1478 in Florenz, in diesem Roman auf historisch verbriefte Wahrheiten zurückzugreifen, die mich, ich gebe es zu, nachhaltig zu dieser Story inspiriert haben.

In diesem Zusammenhang möchte ich allen danken, die es mir möglich gemacht haben, so viel über die historischen Abläufe und ihre Hauptdarsteller zu erfahren, ganz besonders aber Frau Dr. Barbara Ellermeier. Als promovierte Historikerin unterhält sie einen professionellen Recherchedienst für Autoren (www.recherchefuerromane.de), und ist sehr erfolgreich, was die Auffindung von historischen Daten und Fakten betrifft, aber auch, wenn es um Antworten zu kulturellen und kulinarischen Fragen längst vergangener Zeiten geht. Meine Arbeit hat sie mit fundierten Hinweisen zur italienischen Renaissance und deren wichtigsten Figuren unterstützt und damit erheblich zu deren Lebendigkeit beigetragen.

Bei meiner Recherchereise in die Toskana im August 2012 zu den entscheidenden Örtlichkeiten in Florenz und Umgebung überkam mich denn auch hier und da eine Gänsehaut im Gedenken an die tatsächlichen Geschehnisse von damals, vor allem in Verbindung zu meinen Romancharakteren, die mir zu diesem Zeitpunkt bereits richtig ans Herz gewachsen waren.

Wer meinen neuen Roman bis hierher gelesen hat und wie ich tiefer in historisch belegte Hintergründe eintauchen möchte, dem empfehle ich gerne einige interessante Sachbücher, die – was die Pazzi-Verschwörung im Besonderen und die damalige Zeit im Allgemeinen betrifft – spannende Details bereithalten:

Martines, Lauro: Die Verschwörung. Darmstadt: Primus Verlag.

da Bisticci, Vespasiano: Große Männer und Frauen der Renaissance. München: Verlag C. H. Beck.

Klapisch-Zuber, Christiane: Das Haus, der Name, der Brautschatz – Strategien und Rituale im gesellschaftlichen Leben der Renaissance. Frankfurt/M.: Campus Verlag.

Weitere Recherchequellen:

Oneiroid-Syndrom
Quelle: Wikipedia; Schröter-Kunhardt, Michael: Oneiroidales Erleben Bewusstloser. In: Kammerer, Thomas (Hg.): Traumland Intensivstation: Veränderte Bewusstseinszustände und Koma, Interdisziplinäre Expeditionen. Books on Demand GmbH 2006

Wie immer habe ich eine Menge Musik gehört, während ich diesen Roman geschrieben habe – hier ein kleiner Auszug:
La Canzone Di Aengus, Il Vagabondo – Angelo Branduardi
Gulliver – Angelo Branduardi

Il Signore Di Baux – Angelo Branduardi
Ballo In Fa Diesis Minore – Angelo Branduardi
Cogli La Prima Mela – Angelo Branduardi
Donna Ti Voglio Cantare – Angelo Branduardi
Wake me up – Avicii
Story of My Life – One Direction
Some Die Young – Laleh
Words as Weapons – Birdy
Wings – Birdy
Just a Game – Birdy
Terrible Love – Birdy
Am seidenen Faden – Tim Bendzko
Stay – Rihanna

Danken möchte ich auch meiner Literaturagentur Lianne Kolf, München, die diesen Roman an den Verlag vermittelt hat. Mein Dank gilt zudem den Mitarbeitern des Aufbau Verlags, die sich um Lektorat, Vermarktung und nicht zuletzt um die Veröffentlichung dieses Romans kümmern. Insbesondere danke ich Herrn Marcus Thie, der sich als eBook-Manager besonders um die Online-Vermarktung verdient macht und immer ein offenes Ohr für mich hat.

Weiterhin gehört mein Dank zahlreichen Freundinnen und Freunden, darunter viele Autoren, die mir während des Schreibens stets mit Rat und Tat zur Seite stehen. Besonders erwähnen möchte ich meine liebe Freundin Inka Loreen Minden (http://www.inka-loreen-minden.de/) und den Autorenverein Delia (http://www.delia-online.de/index.html).

Last but not least danke ich meiner Familie, vor allem meinem Mann, der mich immer unterstützt, und meinem Sohn, der sich professionell um Bild und Ton kümmert. Ich liebe euch.

Aber das alles würde nicht helfen, wenn es meine Leserinnen und Leser nicht gäbe, deren Begeisterung den Erfolg meiner Bücher ausmacht.

Ihnen/euch danke ich ganz besonders herzlich. Alles Liebe und Gute!

Herzlichst Martina André

PERSONENVERZEICHNIS

Neuzeit – 2014

Gabrielle »Elle« Falconi, * 1982 – Tochter des verstorbenen …

»Don« Salvatore Leonardo, *1948 – † 2012, Gabrielles Vater, Mafiaboss, Multimillionär und Chef eines Anlageimperiums

Silvio Falconi, *1978 – Exmann von Gabrielle, millionenschwerer Bauunternehmer und Vizechef eines bedeutenden Mafia-Clans und dessen Vater …

»Don« Luigi Falconi, *1950 – Mafiaboss und (zusammen mit Don Salvatore Leonardo) Großvater von …

Luisa Falconi, *2008 – fünfjährige Tochter von Gabrielle und Silvio Falconi

Alberto, *1953 – Elles Leibwächter und Fahrer

Dr. Emilio Caesare, *1948 – Elles Familienanwalt, dessen Kanzlei sich in Mailand befindet

Janet MacDonald, *1978 – Elles Freundin in den schottischen Highlands

Commissario Michele Panetta, *1980 – Hauptkommissar, Undercoverermittler der DIA – Antimafiabehörde, Florenz

Dottore Giorgio Lauda, *1965 – behandelnder Arzt in der Privatklinik Gabriele d'Annunzio

Ernestina, *1954 – Elles Kindermädchen

Signora Adolini, *1972 – Luisas Vorschullehrerin

Ronaldo Tirabassi, *1985 – talentierter junger Anwalt aus Rom, der den Falconi zuarbeitet

Vittorio Pizzuto, *1964 – Bodyguard, Söldner, Auftragskiller im Dienst von Luigi Falconi

Manfredo Scipione, *1969 – Bodyguard, Söldner, Auftragskiller im Dienst von Luigi Falconi
Sir Walther, *2008 – weißer West-Highland-Terrier
Abbadon – Oberhaupt der Schattenwächter/Fürst der Dämonen
Erzengel Gabriel – Wächter des Lichts

Historischer Teil 1476–1478

Historisch nicht belegte Personen:

Messer Damian de' Castello, *1452 – Gabrielles Ehemann, Ritter und Condottiere der Leibwache von Francesco de' Pazzi
Gabrielle »Elle« di Spinola de' Vincenco, spätere de' Castello, * 1456 – Damians Ehefrau, geschiedene de' Vincenco
Frederico Tedesco, genannt »Tedeschi«, *1454 – Söldner im Auftrag von Jacopo de' Pazzi
Luca Allegro, genannt »Moro«, *1455 – Söldner im Auftrag von Jacopo de' Pazzi
Gulliveri Lamberti, genannt »la pecora«, *1453 – Söldner im Auftrag von Jacopo de' Pazzi
Laurentio di Baux, genannt »patrizio«, *1454 – gestorben 1478 – Söldner im Auftrag von Jacopo de' Pazzi – später Dämon der Schattenwelt
Lucrezia Pialini, *1455 – Gabrielles Dienerin und Freundin
Giovanni de' Vincenco, *1411 – Gabrielles erster Ehemann
Donatella, *1452 – die Hausmagd im Palazzo Vincenco
Giacomo Rossi, *1424 – Hurenwirt in Florenz
Jacaranda, *1456 – Hure in Giacomos Taverne
Petronella, *1458 – Hure in Giacomos Taverne
Marcella, *1459 – Hure in Giacomos Taverne
Domenica, *1455 – Hure in Giacomos Taverne
Ernesto de' Castello, *1416 – †1475 – Damians Vater
Eleonore de' Castello, *1425 - Damians Mutter
Isabella de' Castello, * 1461 – Damians Schwester
Ricarda de' Castello, *1463 – Damians Schwester

Roberto de la Marchese, einer von Jacopo de' Pazzis persönlichen Leibdienern
Pietro della Scappi, angesehener Berater der Medici
Sebastiano de' Poggia, reicher Fischhändler aus Pisa
Gidio Olivetti, Hauptmann der Medici
Mattheo Cattucci, Widersacher der Pazzi

Historisch belegte Personen:

Lorenzo de' Medici, *1449 – †1492 – auch genannt Lorenzo il Magnifico – der Prächtige – aus dem Geschlecht der Medici, bedeutender Politiker und Stadtherr von Florenz
Giuliano de' Medici, *1453 – †1478 – Bruder von Lorenzo de' Medici
Jacopo de' Pazzi, *1421 – †1478 Oberhaupt der Familie Pazzi
Francesco de' Pazzi, *1444 - †1478 – Jacopo de' Pazzis Neffe, Schwager von Lorenzo de' Medici über seinen Bruder Guglielmo, der mit Bianca de' Medici (Schwester von Lorenzo) verheiratet war
Pazzino de' Pazzi, Vorfahre der Pazzi-Familie im 11. Jahrhundert
Maddalena d'Antonio di Salvestro Serristori de' Pazzi, seit 1446 Jacopo de' Pazzis Ehefrau. †1480 im Franziskanerkloster Monticelli
Catherine de' Pazzi, *1463 als Jacopo de' Pazzis Tochter anerkannt, †1490
Giovanni de' Pazzi, *1439 – †1481 – Jacopos Neffe
Beatrice Borromei, *unbekannt, Giovanni de' Pazzis Ehefrau
Stefano da Bagnone, *1418 – †1478, Hauspriester der Pazzi
Simonetta Cattaneo Vespucci, *1453 – †1476, berühmte Adlige in Florenz (im Roman Gabrielles Cousine)
Cattocchia Spinola de Candia, *unbekannt, Mutter von Simonetta Vespucci – (im Roman Tante von Gabrielle)
Marco Vespucci, *unbekannt, Ehemann von Simonetta, Cousin des Seefahrers und Entdeckers Amerigo Vespucci
Francesco Salviati Riario, * 1443 – †26. April 1478 in Florenz, Erzbischof von Pisa
Papst Sixtus IV., Francesco della Rovere, *1414 – †1484, von 1471 bis 1484 Papst

Raffaele Riario Sansoni, *1460 – †1521 Kardinal von Genua
Federico da Montefeltro, *1422 – †1482, Herzog von Urbino
Giovanni Battista da Montesecco, †1478, Feldherr bei den Truppen Papst Sixtus IV.
Galeazzo Maria Sforza, *1444 – †1476, Herzog von Mailand
Ludovico Sforza, *1452 – †1508, Bruder des Herzogs von Mailand
Bernardo Bandini Baroncelli, *1421 – †1479, Attentäter bei der Pazzi-Verschwörung
Tolentini und Giustini, Condottieri/Heerführer bei den Truppen Sixtus' IV.
Jacopo Guicciardini, 1477 Gonfaloniere di Giustizia in Florenz
Cesare Petrucci, 1478 Gonfaloniere di Giustizia in Florenz
Sandro Botticelli, namentlich Alessandro di Mariano Filipepi, *1445 bis † 1510, italienischer Maler und Bildhauer
Andrea del Verrocchio, namentlich Andrea di Michele Cioni, *1435 oder *1436 in Florenz, † 10. Oktober 1488 in Venedig, einflussreicher Künstler in der Renaissance.
Leonardo da Vinci, *15. April 1452 – † 2. Mai 1519, namentlich *Leonardo di ser Piero,* italienischer Maler, Bildhauer.

GLOSSAR

Condottiere, Heerführer einer militärischen Einheit

DIA, Direzione Investigativa Antimafia – Italienische Antimafia-Behörde

Fiorino/Fiorini, (lat. Florenus, ital. Fiorino d'oro, franz. Florin), war eine von 1252 bis 1533 in Florenz geprägte Goldmünze.

Gonfaloniere di Giustizia, Amtsträger auf Zeit in der Signoria – zuständig für Recht und Gesetz

Messer, Bezeichnung für einen adligen Ritter

»Otto« di Gurdia, ein Gremium von acht Richtern, über deren Amtsinhaber der »Rat der Hundert« entschied. Die »Otto« kontrollierte die Anwendung der Gesetze, kontrollierte die Wachmannschaften der Stadt, regelte die Truppenstärke der Regierungssoldaten und die Aufgaben der Geheimpolizei, die politische Gegner verfolgen und Verschwörungen aufdecken sollte.

Palazzo, Villa/Herrenhaus einer reichen Familie

Signoria, mittelalterliche Regierungsform der Stadtstaaten in Ober- und Mittelitalien, bei der ein »Herr« (Signore) an der Spitze einer umfangreichen Ratsversammlung stand. Im Florenz Lorenzo de' Medicis setzte sie sich aus den Gonfalonieri und dem Rat der Hundert (Consiglio dei Cento) zusammen, dazu kamen zahlreiche Kommissionen, deren Mitglieder ständig wechselten.

Zelter, besonders gezüchtetes Reisepferd